한국 근대시의 사상

이상학회 편

국학자료원

한국
근대시의
사상

이상학회 편

머리말

/

이상학회에서 첫 번째 단행본을 펴낸다. 이상학회는 2015년 12월 창립한 이래 정기적으로 학술대회를 개최했지만 학회지는 발간하지 않았다. 연구의 독자성과 자율성을 높이고 연구 성과를 더 널리 공유하기 위해서는 공인된 규칙을 따라야 하는 학술지보다 단행본을 발간하는 것이 낫다고 판단했기 때문이다. 비록 애초에 계획했던 것보다 첫 단행본을 선보이는 데 오랜 시간이 걸렸지만 그만큼 충실한 연구 성과가 담겨 있다고 자부한다.

이상학회는 창립 후 3년간 이상과 구인회의 문학이 제출한 사상적 명제에 대해 논의하였다. 이를 통해 역사의 파국에 맞서려던 이상의 기획이 어떠한 것이었는지 밝혀내고, 그의 기획이 혼자만의 것이 아니라 1930년대의 문학이 독자적으로 성취한 거대한 흐름이라는 것을 확인할 수 있었다. 2019년부터는 '한국 근대시의 사상'이라는 주제로 여러 차례 학술대회를 개최하였다. 한국 근대 문학사를 온전히 규명하고 한국문학의 창조성 및 문학의 독자성을 확인하기 위해서는 문학사상사 정립이 반드시 필요하다. 한국 근대문학 사상사에 대한 연구는 기존에도 시도된 바 있지만 양적으로 부족할 뿐더러 질적으로도 몇 가지 한계를 노출하고 있다. 특히 문학 사상을 리얼리즘과 모더니즘의 대립 구도에 기대어 설명하거나 근대성의 문학적 측면을 규명하는 데 치중함으로써 근대적 시각에서 벗어난 문학사상의 흐름과 계보에 관해서는 정당한 시각을 부여하지 못했다. 기존 연구의 한계를 인식하면서 이상학회는 창립 이래 치열한 학술적 논의를 통해 정립한 사상적 관점을 바탕으로 한국 근대시의 사상적 계보를 새롭게 정립하고자 하였다. 여러 차례의 학술대회를 통해 무엇보다 중시했던 것은 근대를 극복하려 시도했던 문학 사상의 계보를 정립하고 문학이 여타 분야와 비교해 독자적으로 선취한 사상적 면모를 제시하는 것이었다.

이 책은 이상학회가 창립 이래 축적한 연구 성과를 망라한 것이다. 이상학회 학술대회에서 최초로 발표와 토론을 거친 후 다른 학회의 학회지에 실린 것도 있고, 이상학회 학술대회에서 논의되지는 않았더라도 이상학회 구성원의 성과 중에 연구내용과 연구방법이 '한국 근대시의 사상'이라는 주제에 부합하여 수록한 것도 있다. 되도록 여러 작가와 주제를 수록하여 한국 근대시의 사상적 면모에 접근하는 다양한 관점과 방법을 제시하고자 하였다.

이 책의 또 다른 목적은 이상학회 초대 회장인 신범순 선생의 학문적 업적을 기리는 것이다. 2021년 8월 정년을 맞이하기까지 신범순 선생은 근대문학사를 새로운 관점에서 구성할 수 있는 주체적이고 독창적인 개념을 창조함으로써 근대문학 연구의 새로운 지평을 개척해왔다. 이 책에 실린 모든 연구는 신범순 선생이 제시한 독창적 관점을 계승하고 발전시키면서 제출된 것이며, 이는 곧 선생의 학문적 성과가 지닌 가치를 조명하는 일이기도 할 것이다. 신범순 선생이 쌓아올린 발자취는 앞으로도 오랫동안 문학 연구의 이정표가 되어줄 것이기에 부록을 통해서는 지금까지의 모든 연구 업적을 정리하였다.

신범순 선생의 연구는 아직 진행형이다. 이상과 구인회가 그러했던 것처럼, 그는 항상 한국 근대문학 연구의 전위에 서 있었고 앞으로도 그러할 것이다. 신범순 선생은 창립 취지문에서 이상학회가 지향하는 바를 다음과 같이 선언한 바 있다. "우리는 문학과 예술 그리고 사상 전체를 아우르며 진정한 학문을 추구하고 참다운 예술을 창조하려는 목표를 갖고 있습니다. 기존의 외래적인 사상과 이론의 유입과 유통에만 집착하지 않고 우리의 문화생태에 맞는 독자적인 사상체계를 구축하고자 합니다." 이 책은 선생의 선언을 실현하기 위한 첫 걸음일 뿐이다. 이상학회는 앞으로도 그의 선언에서 출발할 것이고 그의 선언을 향해 나아갈 것이다.

2021년 8월

필자를 대표하여 소래섭.

목 차

/

최남선, 신채호의 단군 복원 운동과 창세기적 문학사상의 의미*

/

조은주

1. 개벽사상과 창세기적 사유

1920년대 초·중반 우리 문단의 중요한 사상적 흐름을 우리는 잡지 『개벽』
을 통해 읽을 수 있다. 『개벽』은 천도교의 기관지적 성격이 강했지만, 그러
한 종교적 입장에 국한되지 않는 정치, 경제, 역사, 철학, 문학적 사상의 선구
자적 역할을 담당하며 다채로운 사상의 스펙트럼을 보여준 바 있다.[1] 그러
나 무엇보다도 『개벽』이 당대 문단, 나아가 사회에 준 파급력은 '開闢'이라
는 단어에 응축되어 있다고 할 수 있을 것이다. 우리가 흔히 1920년대를 일
컬어 '개벽' 혹은 '개조'의 시대라고 명명할 때, 그러한 담론의 중심에는 『개
벽』이 주도했던 '개벽사상'이 자리잡고 있기 때문이다.

개벽사상은 동학의 창시자인 수운 최제우에 의해 확립된 후천개벽사상에
뿌리를 두고 있다. 후천개벽사상이란 천지가 처음 열려서 탄생된 선천(先天)

---

* 이 논문은 『한국현대문학연구』 29(한국현대문학회, 2009)에 게재한 「'나'의 기원으로서의
'단군'과 창세기적 문학사상의 의미 : 최남선, 신채호를 중심으로」이다.
1 조남현, 『한국현대문학사상논구』, 서울대학교 출판부, 1999, 129면.

의 세계가 낡고 타락했을 때 개벽(開闢)에 의해 근본적으로 변혁된다면 새로운 질서의 후천(後天) 세계가 도래하게 된다는 사상이다. 우주를 발전과 퇴보의 반복으로 보는 순환론적 우주관에 기초한 후천개벽사상은, 동학이 천도교로 개칭되었을 때 시대적 분위기를 반영하여 '문명개화'의 모티브가 가미되기도 했다.[2] 개벽사상에는 현실에 대한 부정적 인식과 함께 사회 개혁을 향한 열망이 내재되어 있는 것이다. 그런데 '開闢'의 문제가 그리 단순하지만은 않다. 이는 『개벽』의 유명한 테제인 '自我를 開闢하라'[3] 가 명시해주고 있듯이 '開闢'의 주요 대상은 사회적 제도나 국가 정책이기에 앞서 '自我'라는 보다 내밀한 영역이었다는 점에서 비롯된다.

1920년대에 생산되었던 '나', '자긔', '自己', '我', '個人'에 관한 다양한 문학적 담론 가운데 개벽사상이 가지고 있던 고유한 성격은 바로 이 지점에서 도출될 수 있다. 즉 개벽파가 주창한 '자아의 개벽'이란 세계와 단절된 자아가 우주적 자연과의 유기적이고 총체적인 관계망을 회복하는 문제를 담고 있는, 근대적 '자아주의'와는 변별되는 개념이었다.[4] 따라서 '개벽'은 자아를 포괄하여 세계와 온 우주 전체를 개벽하려는 의지의 산물이라 할 수 있다.

이 글에서 주목한 것은 바로 이러한 개벽파의 개벽사상이 환기시키는 일종의 '창세기적 사유'이다. 아마도 가장 의식적으로 편집되었을 『개벽』의 창간호에, 일태의 <檀君神話>, 소춘의 <力萬能主義의 急先鋒, 푸리드리히, 니체 先生을 紹介함>, 이능화의 <人乃天의 硏究>, 임노월의 <死의 讚美>

---

2 김진수, 「한국민족종교의 후천개벽사상에 관한 비교연구」, 서울대학교 석사논문, 1994, 8면.; 고건호, 「한말 신종교의 문명론」, 서울대학교 박사논문, 2002, 124면.
3 權悳奎, <自我를 開闢하라>, 『개벽』 창간호, 1920.6.25. 권덕규는 이 글에서 '개벽'은 물질계가 아닌 '사상계'에 해당하는 것임은 분명하게 언급한다.
4 신범순, 「축제적 신시와 처용 신화의 전승」, 『시와정신』 2009년 봄호, 259~261면.

등이 함께 실릴 수 있었던 이유는 무엇일까. 이들이 공유하고 있었던 사상적 측면 때문이 아닐까. 민족의 기원에 관한 기록인 단군신화 옆에 나란히 놓인, 진리를 향해 나아가는 파괴적인 힘으로서의 니체, 천도교의 핵심 사상이었던 인내천, 영원과 무한의 바다로 설정된 '죽음'에 대한 예찬 등은 기존의 가치 체계를 전복하며 변혁을 추구한다는 점에서 모두 창세기(創世記)적이다.

　창세기적 사유는 일차적으로 1920년대 초창기 사회에 대한 문인들의 인식에서 비롯된 것으로 보인다. 이 시기『개벽』에 실린 일련의 글에서 우리는 당대 현실이 '혼돈'의 시대로 파악되고 있음을 알 수 있다. 예컨대 권덕규는 '오리켄'[5]과 '톨스토이', '짜푸링' 등에 열광하며 뚜렷한 사상적 지향없이 유행에 휩쓸리는 사람들을 비판했다. 아침에는 기독교의 교부를 따르다가도 저녁에는 소설가와 희극배우에 '쏠리는' 이들의 모습이 그에게는 한심한 행태로 비춰진 것이다. 한편 주요섭은 평양의 비약적인 발전이 과연 조선인에게 득이 될 것인가에 대해 회의적인 시선을 보냈다. 그러면서도 그는 서울과 개성 등지에 남아있는 구시대적 관습(여성의 장옷, 미신숭배)을 개탄하는 계몽주의자적 면모를 보여준다. 흥미로운 것은, 권덕규와 주요섭이 분명 전혀 다른 맥락에서 당대를 비판하고 있음에도 그 비판에 활용되고 있는 은유적 표현은 거의 같았다는 점이다.

　　어대로선지 검은 구름이 둥둥 떠들어 오더니 천지가 아득하야지며 남
　　쪽에서 번개가 번쩍하고 북쪽에서 霹靂이 우루룽하며 어느덧 아직 근하

5　Origen(186~254)은 초대 교회에 큰 영향을 미친 인물로 성경신학자, 교의신학자, 변증적 기독교 사상가 등으로 평가받는다. 그는 여러 이단에 대항하며 그리스도의 신성과 삼위일체 교리를 강조했다. 이문장, 앤드류 월즈 외, 이문장 역,『기독교의 미래』, 청림, 2006, 128~154면.

고 벼락이 나려젓다 하고 보니 아까 광명한 듯한 세상이 그만 마귀의 세상이 되고 말엇도다. 이윽고 한쪽이 번하야지며 洪纖巨細 분변할 수 업든 것이 하나씩 둘씩 짐작하야지며 산이 우뚝서고 물이 출출 흘러가니 이제야 선 것은 서어 보이고 누은 것은 누어 보여 物件 個個가 낯낯이 제인 줄을 알게 되엇다.6

「혼돈」혼돈, 혼돈이외다. 이 감상문의 데목을 「혼돈」이라고 한 것도 이 때문이외다. 곳 이번 오래간만에 도라와서 우리 사회를 드러다 볼 때 단번에 「혼돈」하는 탄어를 발하엿습니다. 창세기 첫쟝 생각이 남니다. 「따이 혼돈하야 공허하고 깁흠우에 캄캄함이 잇는대」(창세기 1장 2절) 하는 말과 가티 現今 朝鮮은 혼돈 속에 잇습니다. 地球가 처음에 혼돈한 속에서 각가지 元素가 부글부글 뒤석겨 끌어 도라가며 캄캄하는 것가티 지금 우리 사회도 새 사회를 건설할 要素들이 한 대 뒤석겨 우글부글 뒤끌코 잇습니다. 모든 사람이 아즉 자기가 가야할 확실한 압길을 엇지 못한 것 만슴니다.7

창세기를 연상시키는 권덕규의 글은 혼란한 조선의 '사상계'에 '인생의 개벽'이 요구된다고 말한다. 그가 강조하는 것은 "인제는 人人 각개가 제여금 새 방향을 정하고 새 진로를 열어 다 각각 일면의 시조가 될" 필요가 있다는 것이다. '물질계'가 아닌, '사상계'의 개벽을 통해 스스로 '시조'가 되어야 한다는 것, 이것이 권덕규의 전언이었다. 상해에서 잠시 귀국한 주요섭의 눈에도 조선 사회는 '혼돈'으로 읽히고 있다. 권덕규가 '개벽사상'을 전면에 내세웠다면 주요섭은 성경의 '창세기'를 떠올리고 있다는 점에서 다르다. 그러나 두 사람은 그러한 혼돈의 시기를 극복하기 위한 방안을 모색한다는 점에서, 역시 같은 사유를 공유했다고 볼 수 있다. 불행한 시대를 구원하기 위해 창

6 權悳奎, <自我를 開闢하라>, 『개벽』 창간호, 1920. 6. 25.
7 金星, <혼돈, 4年만에 故國에 돌아와서>, 『개벽』, 1923. 9. 1.

세기를 재현하는 것, 이는 결국 카오스적 현실을 "정리식힐 에너기"[8] 를 찾으려는 시도에서 비롯된 것일 터이다.

권덕규가 같은 시기 지속적으로 조선의 고유한 지점을 고구한 점[9] , 조선의 고대사[10] 와 조선어를 연구하며 <조선국어사전편찬회>로 활약한 점[11] , 1921년과 1931년『동아일보』에 각각 연재된 백두산 기행과 시조 기행 등을 고려할 때, 그의 사유를 천도교적 '개벽사상'으로 국한시킬 이유는 없다. 마찬가지로 상해에서 홍사단 원동지부에 참여하며 사회주의에 경도되어 있던[12] 주요섭이 말하는 '창세기'를 기독교적 맥락으로 이해한다면 난센스이다. 오히려 '왜 창세기인가'라는 질문이 더 생산적인 논의를 끌어낼 수 있지 않을까. 새로운 우주를 재창조하는 것에 버금가는 사명감의 압도가 이들의 내면에서 읽히기 때문이다.

이광수가 가장 감동적인 외국소설로 <부활>과 <창세기>를 꼽은 점에서 알 수 있듯이[13] 조선의 문인들에게 창세기는 기독교적 세계관과 직결되지 않았다. 정지용은 이광수가 문학 지망생에게 권했던 글이 구약성서의 창세기였다는 점을 회고하면서, 자신 역시 해방 이후 혼란한 시기를 '제2의 창세기'라고 말하면서 사상적 변혁을 꿈꿨다.[14] 이러한 에피소드들은 창세기

---

8 金星, 앞의 글.
9 權惠奎, <朝鮮 생각을 차즐대>,『개벽』, 1924.3.1.; 권덕규, <마침내 조선 사람이 자랑이여야 한다>,『개벽』, 1925.7.1.
10 권덕규, <朝鮮에서 胚胎한 支那의 文化, 朝鮮古代史研究一端>,『동광』, 1926.11.1.
11 권덕규, <朝鮮語文의 淵源과 그 成立>,『동명』, 1922.9.3.; 권덕규, <訓民正音 第八回甲記念一正音頒布 以後의 槪歷>,『신민』, 1926.5.1.; <사회 각계 유지를 망라 ― 조선국어사전편찬회 조직>,『신한민보』, 1929.11.28.
12 최학송,「해방전 주요섭의 삶과 문학」,『민족문학사연구』39, 2009. 155~157면.
13 이광수, <내가 感激한 外國作品>,『삼천리』, 1931. 1. 1.
14 정지용, <「創世記」와「周南」「召南」>, 김학동 편,『정지용전집』2, 민음사, 2003, 285

적 사유가 갖는 역동적 힘에 대한 문인들의 인식을 우회적으로 알려준다. 창세기는 그들에게 한 민족이 다른 민족에 의하여 수난을 당하는 시기를 극복해나가는 과정을 기록한 장엄한 서사이자 그러한 순간 발휘되었던 주체적 정신에 관한 은유였을 것이다. 아담, 아브라함, 이삭, 야곱으로 이어지는 계보를 통하여 전해지는 전 인류에 대한 구원의 약속이 주었을, 그 특별한 감흥을 짐작하는 것을 어렵지 않다.

창간사를 비롯하여 『개벽』에 게재된 많은 글들에는 새로운 우주와 신(新)시대와 신(新)인물을 향한 벅찬 감격과 함께 '단군'이 놓여있다. 1920년대 문인들에게 창조적 정신의 저장소는 우리 고대사의 한 장면인 단군 시절로 인식되었던 것일까? 실제로 우리 역사에서 위기의 순간마다 단군의 의미는 재해석되어 왔으며 그 해석은 민족적·문화적 정체성에 관한 주체적 자각으로 이어졌다.[15] 조선의 고대사를 적극적으로 검토하면서 '단군'을 역사적 실체로 자리매김하고자 했던 신채호, 최남선, 정인보 등의 사상적 노력은 일제의 역사 왜곡에 대한 저항에서 출발했지만 그저 대타적인 행위만은 아니었다. 이들의 단군 복원 운동은 창조적인 에너지가 충만했던 시절인 '비롯되던 때'(illud tempus)[16]에 대한 향유라고도 할 수 있다. 즉 고대사 재인식의 문제 안에는 주체적인 역사 해석을 통해 세계를 새롭게 창조하려는, 창세기적 사

면.; 정지용, <조선시의 반성>, 같은 책, 362면.

15 윤이흠, 「단군신화와 한민족의 역사」, 윤이흠 외, 『단군 그 이해와 자료』, 서울대출판부, 4~9면.

16 엘리아데는 샤먼의 무속체험을 신화시대의 복원으로 본다. 신화는 아득한 옛 인류의 풍요로운 시절에 대한 기원이며, 은혜가 넘치는 '비롯되던 때'(시원의 때)인 파라다이스 상태를 그리고 있는데, 바로 샤먼의 접신을 통해 그 때를 체험힐 수 있다는 것이다. 이러한 샤먼 체험이 '현실의 타락'을 회복하기 위한 시도라는 점에서 '단군'의 복원운동 역시 동일한 지평에서 이해될 수 있다. 엘리아데, 이윤기 옮김, 『샤마니즘』, 까치, 2007. 108면, 146~147면, 251면.

유가 깔려있는 것이다.

'창세기'(Genesis)는 '기원'(origins)을 뜻하는 헬라어에서 나온 것으로, 창세기의 이름을 붙인 사람들에게 이 책은, 인간을 포함한 우주와 생명체의 '기원'에 대한 기록으로 인식되었다고 한다.[17] 창세기가 종교적 관점에서 비껴나 향유될 수 있었던 이유, 또 역사학을 벗어나 단군이 지속적으로 호명되고 있었던 이유가 바로 이점 때문이 아닐까. 개벽사상이 애초에 우주를 포괄한 '자아'의 영역에서 출발했던 점을 염두에 둘 때, '나'의 기원에 대한 관심과 '단군'에 대한 사유가 겹쳐져 있음은 우연이 아니다. 바로 이러한 관점에서 이 글은 신채호와 최남선의 단군 복원 운동을 중심으로, 그들이 표방하고 있고 그들 문학에서 변용되고 있는, 창세기적 사유의 면모를 추적할 것이다. '단군' 관련 텍스트가 한편으로는 근대적 자아 개념과 구별되는 '나'를 구성하는 문제이기도 했다는 점, 다른 한편으로 이는 당대 시대적 위기를 주체적·창조적으로 극복하기 위한 문학사상이기도 했다는 점 등이 이 글의 주요 관심사이다.

2. 백두산 순례를 통한 창세기적 장면의 발견 : 최남선

2.1. '소년－바다'로부터 '단군－백두산'으로의 이동

최남선의 대표작 <해에게서 소년에게>는 '해'와 '바다', '소년' 등 최남선의 초기작에서 중요한 위치를 차지하는 은유들의 향연을 보여준다. 그에게

---

17 트렘퍼 롱맨 3세, 전의우 옮김, 『어떻게 창세기를 읽을 것인가?』, 한국기독학생회출판부, 2006, 13면.

'바다'는 '육지'로 상징되는 부정과 불의에 대항하는 존재로 거대한 파괴력과 함께 창조적인 힘을 지닌 것이었다. '소년'은 1908–1909년에 걸쳐 『소년』에 발표된 일련의 시들[18] 에서도 확인되듯이 '自由'와 '正義'가 구현되는 '正義圖'에 흡사한 나라, '新大韓'을 만들어야 하는 사명의 존재라고 할 수 있다. 주어진 임무를 성공적으로 수행하기 위해서 소년은 '剛健한太陽'의 빛을 가득 머금은 '바다'로부터 강력한 에너지를 전수받는다. 최남선은 소년에게 있어 바다의 의미를 "神靈한「뱁티씀」"[19] (baptism)이라고 표현하면서 바다에 물을 담그는 시련(세례식)을 통과하는, 영웅적 존재의 탄생을 예고해준다.

> 부글부글 끓난듯한 동녘하날 보아라, / 祥端귀운 籠罩하야 쌕쌕히찬 안에서 / 온갖勢力 根源되신 太陽이 오르네, 하날은 붉은빗헤 횝싸힌바 되얏고 / 바다는 더운힘에 降服하야 잇도다, / 어두움에 가져있던 千億萬의 사람이 / 눈을쓰고 삷혀보난 自由엇으며 / 몸을일혀 움작이난 氣運생기네
>
> — <三面環海國>(5:318)

> 싸듸싸닷싸! 두당둥당둥! / 조긔조긔 반짝반짝 보이난것이 / 무엇인지 너의들이 알어보나냐 / 다만압만 보고가서 얼는取하라 / 勇士에게 도라갈바 勝捷燈이라 / 急하게나 緩하게나 쉬지만말고 / 처음定한 우리目的 굿게직혀서 / 싄긔잇게 勇猛잇게 가기만ᄒ면 / 쌔아슬者 다시업다 우리것일세.
>
> — <大韓少年行>(5:319)

---

18 예컨대 다음과 같은 작품들이 있다. <千萬길 깁흔 바다>, 1908. 12. <新大韓少年>, 1909. 1. <三面環海國>, 1909 .9. <바다 위의 勇少年>, 1909. 11.

19 <千萬길 깁흔 바다>, 육당전집편찬위원회 편, 『육당최남선전집』5권, 현암사, 1973, 314면. 이하 이 전집에서 인용할 경우 권수와 면수만 밝힘.

『소년』에 실렸던 시 텍스트들은 소년이라는 영웅의 탄생과 새로운 나라를 향한 열망을 신화적 분위기와 함께 시적으로 형상화했다. 최남선은 <나폴레옹 大帝傳>[20]의 서문에서 한 사회가 부정과 부패로 인해 몰락의 길을 걷게 되었을 때 요구되는 '혁신운동'을 '홍수'와 '大火'에 빗대기도 했다. 이는 영웅이 탄생하게 되는 배경과 소년이 호명될 수밖에 없는 현실적 상황에 대한 비유적 표현이었다. 다분히 창세기를 연상시키는 은유들 덕분에 이 작품들은 기독교와의 관련성 하에 검토되기도 했다.[21] 대부분의 연구자들이 동의하듯 이 시기 최남선은 '소년'이라는 계몽적 기호를 통해 새로운 나라(신대한) 만들기에 주력했다.[22] '소년'이 신대한을 건설하는 영웅적 주체라면 '바다'는 그러한 건설의 에너지를 제공하는 장소이다.

최남선의 초기작에서 두드러지게 부각되는 '소년―바다'라는 은유의 축은 1920년대에 들어서면서 '단군―백두산'으로 옮겨간다. 물론 1910년의 ≪태백산 시집≫과 '산'(山)에 대한 그의 지속적인 편애를 감안한다면 이를 급작스러운 변화라고 보기는 어렵다. 그러나 보통명사가 아닌 고유명사로서의 '백두산'에는 최남선이 1920년대부터 본격적으로 참여했던 고대사 복원의 문제가 얽혀있었다. 백두산은 그에게 우리 민족의 시조인 단군이 나라를 세운 곳이었으며, 그러한 과거의 역사가 보이지 않는 문자들로 점철된 신성한 장소였다. 백두산은 단군의 현현(顯現)을 직접 경험할 수 있는 곳이었던 셈

---

20 <나폴레옹 大帝傳>, 『소년』, 1908~1910. (10:24)

21 김병학은 최남선이 이 시기 표방하는 개화 계몽 담론이 기독교 서적을 통해 유입된 것으로 보고 있다. 김병학, 「한국 개화기 문학에 나타난 기독교 사상 연구」, 조선대학교 박사논문, 2004.

22 이와 관련하여 잡지 『소년』이 국권상실의 위기를 구하고 미래를 개척할 세력을 계몽하려는 의도를 보이면서 '조선반도의 특수적 독자성'을 보편화하고 있다는 해석으로 전성곤, 『근대 '조선'의 아이덴티티와 최남선』, 제이앤씨, 2008을 참고할 수 있다.

이다. 역사학 연구 작업을 통해 확립된 '단군—백두산'이라는 은유의 축이 중요한 의미를 갖는 것은 이 때문이다.

일본의 한국사 연구는 1880년 광개토대왕비문의 발견으로 인해 고대사 분야에 집중되었다. 『外交志稿』(1877), 『朝鮮史』(1892), 『日韓古史斷』(1893), 『朝鮮近世史』(1901) 등의 저서는 임나일본부설, 남선경영설 등을 내세우면서 일본의 국가적 위상을 우월한 것으로 설정하고 타율적인 조선의 이미지를 강조함으로써 침략을 정당화시키는 논리를 생산해냈다. 이들은 특히 '고증 사학'이라는 방법론으로 단군을 신화나 전설로 취급하면서 비역사적인 존재로 바꾸는 일에 주력했다.[23] 총독부는 1922년 12월 '조선사편찬위원회'를 출범시켰고 이를 '조선사편수회'로 확장시키면서 1938년까지 총 35권의 『조선사』를 편찬하기도 했다. 『조선사』에서 '단군'은 의도적으로 배제될 수밖에 없었는데, 단군 수용이란 일본을 능가하는 한국사의 유구성을 인정하는 격이었기 때문이다.[24] 이러한 역사 왜곡의 현장에서 최남선은 '친일변절자'라는 비난에도 불구하고 1928년 조선사편수회에 동참하면서 고대사 복원을 위해 노력했다.[25]

최남선이 보여준 단군에 대한 관심은 <檀君節>(1909), <檀君窟에서 — 妙香山>(1916), <稽古箚存>(1918) 등 이른 시기부터 간헐적으로 확인되지

---

23 이만열, 『한국 근현대 역사학의 흐름』, 푸른역사, 2007, 481면.

24 이만열, 위의 책, 485~505면.

25 1929년 12월23일 최남선이 참석했던 제3회 조선사편수회 위원회의 회의 내용을 살펴보면, 최남선은 '사료' 중심주의를 내세우는 이마니시(今西龍)에게 맞서서 '숙신'과 '발해'를 조선사에 포함시킬 것은 물론이며 가능한 모든 자료를 끌어모아야 한다는 말로 대응하고 있다. 그러나 결과적으로 그 힘은 미약했다. 『조선사』에서 상고사가 제외되었을 때 최남선이 추가수록을 요구하자 이나바(稲葉岩吉) 간사는 단군조선은 편찬 방침인 편년체에 합당하지 않으므로 받아들여질 수 없다는 이유를 들었다. 고정일, 『新文館 崔南善 講談社 野間清治 愛國作法』, 동서문화사, 2007, 252~254면.

만 본격적인 단군 복원 운동은 1920년대 중반 이후 이루어졌다. 이 과정에서 우리가 주목해야 하는 것은 그가 '自己'에 대해 사유하고 있는 일련의 글들이다. 일제에 의해 형성된 식민주의사관에 대응하여 '단군'에 천착함으로써 그는 초기부터 강조했던 "自己를 알어!"[26]의 명제에 답하고자 했던 것이 아닐까. 그는 自己를 안다는 문제를 時勢, 家勢, 身勢로 분류하고 "오작 個人으로만 그럴쑨이 아니라 나라로도 쏘한 그러하니"라고 말하면서 "自我를 쌔닷고 쏘 그쌔의 自己를 알어서 合當하게 힘을" 써야한다고 강조했다. 그의 '自己'는 개벽파가 언급한 '自我'의 경우와 같이 근대적 개인의 영역을 넘어서는, 포괄적 개념이다.

<自己忘却症 ─時潮의 病的 一傾向>[27]에서 그는 '自己'를 '민족적 자기'로 확대하면서 자신의 입장을 명확히 밝히고 있다. '조선의 신시대'를 만든다는 일념 하에 유행처럼 이루어지던 "自己忘却, 自己輕蔑, 自己侮瀆的의 일경향·일태도"를 경계하면서, 민족적 운명까지를 아우르는 '自己'의 개념을 주창한 것이다. '나'의 기원이자 민족의 시조인 단군을 연구하는 작업은 그에게는 '自己'의 계보를 탐색하는 중요한 문제였던 것 같다. 최남선의 다음과 같은 언급이 이를 말해준다.

> 우리는 먼저 우리 자신을 알아야 하겠다. 우리의 현재를 아는 동시에 우리의 과거를 알아야 하겠다. 陰 10월 3일은 우리의 한배님의 開天하신 날로 정한 날이다. 이때를 당하여 古代史를 한번 더 돌아봄은 無益한 일이 아닌줄 안다.[28]

---

26 <소년시언>, 『소년』, 1909. 11. (10:117)
27 <自己忘却症 ─時潮의 病的 一傾向>, 『동아일보』, 1925. 9. 8. (10:216-217)
28 최남선, 「「상ㅅ달」과 開天節의 宗敎的 意義, 朝鮮古代史 硏究 一端」, 『동광』, 1926. 11. 1.

1930년대 시사에 이름을 남긴 시인들, 예컨대 김기림, 오장환, 이상 등과 같은 시인들이 보여준 '나'의 정체성에 관한 물음은 대체로 도시 문명에 대한 성찰과 관련을 맺고 있다. 그러나 같은 시기 백석, 이용악, 김조규 등이 펼쳤던 '나'의 정체성에 관한 물음은 근대성 담론과는 거리가 멀다. 이들은 전통적 '기억'의 문제를 거론하면서 '나'의 기원과 계보를 탐색했기 때문이다.[29] '기억'은 정체성을 구성하는 핵심 요소이기에[30] 우리 자신을 알기 위해 먼저 우리의 '과거'와 '古代史'를 돌아보라는 최남선의 지적은 주목될 필요가 있는 것이다.

최남선은 몽고, 만주, 중앙아시아와 발칸반도를 포함한 영역을 광명, 즉 태양을 숭배하는 Pǎrk 문화권으로 설정하고 불함문화의 중심지와 사상으로 백두산과 단군을 꼽았다.[31] 이로써 조선은 "東亞 最古의 一國"으로 정립되며 단군은 '당굴', 즉 불함문화권의 원시적 종교이자 "人文的 原始"로 추앙된다.[32] 이러한 글들을 근거로 최남선의 사유를 민족주의적 이데올로기로 환원시키는 일은 아주 잘못된 관점은 아니더라도 중요한 지점을 놓치게 된다.[33] 최남선의 단군론은 민족주의적 입장을 넘어서는 새로운 세계 창조에

---

29 졸고, 「일제말기 만주체험 시인들과 '기억'의 계보학적 탐색」, 『한국시학연구』 23, 2008을 참고.
30 정항균, 『므네모시네의 부활』, 뿌리와이파리, 2005, 26면, 47면.
31 「不咸文化論」, 『동아일보』, 1925. 12. 27. 윤재영 역. (2:43—76)
32 「壇君論」, 『동아일보』, 1926. 3. 3~7. 25, (2:79)
33 민족주의가 개인의 차이를 억압하고 개인을 '민족적 인간'으로 호명하는 기제로 작동한다고 볼 때, 이러한 민족주의는 일제의 국민국가 논리와 동일한 것이라고 말할 수 있다. 그렇기 때문에 일제강점기 '민족'을 사유하는 일련의 작가들을 '민족주의'로 묶는 일은 너무 포괄적이고 위험한 작업이 될 수 있다. 서구의 민족주의이론가들의 대체적인 시각에서도 한국은 예외적인 경우로 거론되고 있지 않은가. 만약 일제강점기의 민족주의를 정리한다면 우리는 적어도 2가지 이상의 민족주의를 상정해야 할 것이다. 근대적 산물로서 국가를 구성하려는 민족주의에 의해 탄생된 '민족'과, '민족' 이전의 '종족'의 동일성을 강

대한 낭만주의적 기획이 보다 근본적인 형태로 내장되어 있다. 이는 압록강과 백두산 일대를 탐사하고 돌아온 뒤에 출간된 《白頭山覲參記》(1927)를 통해 비교적 면밀하게 검토해 볼 수 있다.

2.2. 민족의 시원에서 찾아낸 '도로'(復)의 정신

최남선이 자신의 백두산 기행을 '종교적 순례'라고 규정한 이유는 무엇일까. 그간 연구해온 고대사의 현장을 직접 눈으로 확인하는 '숭고한' 작업이었기 때문이 아닐까. 《白頭山覲參記》[34]는 최남선이 백두산으로부터 발견한 단군사상의 구체적인 표현이며 함경도 지방의 민속, 방언, 지리 등을 꼼꼼하게 기록한 학술적 자료이기도 하다.[35] 이 저서의 권두에 그는 백두산을 이렇게 정의한다.

> 白頭山은 읽고 읽어도 다 할 날이 없고, 알고 알아도 끝날 날이 없는 神에게서의 大啓示 그것이요, 동방 사람의 산 經典입니다. 實相 그대로 全現해 있는 우리의 倫理學이며, 과거란 문자로 기록된 豫言書입니다. (6:14)

백두산이 살아있는 신의 '大啓示'이자, '經典', 과거라는 문자로 기록된 '豫言書'라는 말은 물론 백두산을 바라보는 그의 욕망이 만들어 낸 표현들이다.

조하는 원형 민족주의적 흐름이 그것들이다. 어떤 방식으로든 지금의 '민족주의'의 틀과 범주는 좁혀지거나 세분화될 필요가 있다. 한국문학연구회, 『한국문학과 민족주의』, 국학자료원, 2000, 19~21면, 260~261면.; 권혁범, 『민족주의는 죄악인가』, 생각의나무, 2009, 68~72면.; 어네스트 겔너, 『민족과 민족주의』, 예하, 1988, 8~17 등을 참고.

34 최남선, 《白頭山覲參記》, 1927. 7. 15.(6:13−152)
35 고정일, 앞의 책, 243면.

그 곳에서 '과거'라는 보이지 않는 문자들을 더듬으며 그가 보았던 것 혹은 보고자 했던 것들은, 실상 불함문화권의 중심인 '단군'에 있었다. 1926년 7월 24일부터 8월 6일의 기간 동안 200여명의 탐사대가 '탐험'을 떠나듯 나선 백두산 여행에서 최남선을 가장 흥분시켰던 것은 허항령 고지의 사당에서 발견한 「國師大天王之位」라는 문구였다. 그에 의하면 '白頭山神'은 "國士神이자, 山神이자, 祖神이자, 天神"인 '天王'을 의미하고 '檀君의 原義'이기도 하므로 이는 단군 숭배와 관련된 명백한 증거이다.[36] 단군 숭배의 구체적인 흔적을 발견하는 바로 그 순간 최남선의 백두산 기행은 '탐험'이 아닌 '근참(覲參)'이 된 것이다. 이 조선인 순례자 앞에 백두산은 흡사 고대의 어느 한 지점으로 이동한 것과 같은 환상적인 풍경을 펼쳐놓는다.

> 이렇게 떠들썩 분주하기를 한참에 비에 젖은 무거운 연기가 뭉게뭉게 오르는 듯 서린 곳마다 各班各樣의 意匠으로 만든 군막이 우뚝우뚝 일어서서, 별안간 無人深林에 일대 촌락이 幻現하고, 一班에 十二人씩 화톳불을 에둘러 앉아서는 笑談 반 음식 반으로 飯盒을 기울이며 입맛들을 다시는 것이, 분명 현실인 채 꿈속 광경과 같다. 언제쯤인지 모르거니와, 한 四·五千年 이전쯤 조상의 꿈 자취를 재현해 놓은 것 같아서, 일종 이상한 감회가 울연히 생겨난다. 어두운 빛이 어느덧 모든 것을 캄캄의 입 속으로 집어삼키고 군데군데 붉은 결이 활활거리는 화톳불만이 夜神의 眼光처럼 번쩍거린다. (6:54)

탐사대는 하룻밤을 보내기 위해 무인심림(無人深林)에 군막을 세우기 시작한다. 비가 오는 탓에 안개와 같은 몽환적인 분위기를 연출하는 연기, 별안간 '환현'(幻現)하는 촌락처럼 우뚝우뚝 세워진 각양각색의 군막들, 화톳불

---

36 (6:50−51)

을 끼고 12명씩 에둘러 앉아 음식을 나눠먹는 풍경은 어떠했던 것일까. 이를 지켜보던 최남선은 고대 최초의 나라가 건설되는 과정을 목격하는 듯한 감회에 사로잡히면서 4-5000년 전, 즉 단군시대에 있었던 "조상의 꿈 자취"가 재현되는 것 같다고 고백한다. 이러한 그의 감격은 천리천평(千里天坪)의 초원에서도 이어졌다. 그는 백두산의 분화로 인해 여러 차례 반복되었다는 큰 불을 연상하면서, 과거의 '焦土'와 현재의 '林地' 사이를 오고 가며 짜라투스트라와 솔로몬, 석가모니 등을 불러내는 것이다. 천지개벽이 된 이후 천평에서 일어난 '輪廻轉變'은 최남선에게 웃음과 노래, 슬픔과 한숨이 '맷돌의 틈'에 이스러져서 뒤섞이는 듯한 '그윽한 機密'을 던져준다.[37] 그는 넓게 펼쳐진 초원 위에서 과거의 '불탄 자리', 즉 폐허의 흔적과 재생의 역사를 동시에 본 것이다.

천평이 이처럼 중요한 장소인 까닭은 "天坪의 坪은 곧 「벌」의 譯이요, 「벌」은 古語 「볼」의 轉이니, 天坪은 실상 「흔 볼」의 譯字로 대개 壇君古傳에 나오는 桓國 그것이거나, 그렇지 않아도 그 類語"[38] 라는 것으로 설명된다. 즉 최남선에게 천평은 곧 '桓國'이기에 그의 감격어린 고백은 과장된 것이 아니었다. 그는 지리한 '역사적 고증'은 그만두고 "신념상의 국가 민족적 聖地· 靈場· 神蹟"으로서 백두산의 생명력을 직시하라고 말했다. 여기서 천평은 '香海' '天水海' 등으로 묘사되고 있는데 이는 초기부터 최남선이 즐겨 사용하던 '바다'의 이미지가 단순히 계몽주의적 기호로 이해될 수 없음을 시사한다. 천평을 지나 천지(天池)에 도착한 최남선은 그 곳에서 비로소 성스럽고 숭고한 '창세기'의 한 장면을 대면하게 된다.

---

37 (6:62)
38 (6:63)

天池야말로 세계에 있는 가장 신비한 一存在일 것이다. 「天池」라는
一語에 創世記 이상의 古義 奧義 密旨를 看取하지 못하는 이는 그를 活眼
가졌다 못할 것이다. 天池! 언제 누가 지었는지는 모르되 필시 아득한 옛
날, 인류가 아직 깨끗한 마음과 밝은 눈을 가져서, 直觀 徹照의 세계로서
逐出 되지 아니하였을 시절에 생겨난 이름일 것이다. 인류가 「똑똑」이
라는 죄를 지어서 「약음」의 구렁에서 헤매게 된 뒤에는 저 늪을 대하여
簡率하고 透徹하게도 「天池」라는 이름을 지을 도리 없을 것이다. (중략)
간소하고도 심오하고 淺易하고도 고상한 것은 진실로 朝鮮의 古經典의
중요한 一篇이되는 것이다. (6:117-118)

開闢 또 開闢, 나는 이제 우주의 太原에 서 있다. 나는 이제 조화의 試
驗所에 들어와 있다. 神의 工場을 구경한다. 혼돈의 秘閣에 앉아서 常活
恒動의 眞歷史를 읽으며, 萬化無窮의 大緣起는 바야흐로 여기를 운동장
으로 하여 猛習을 계속하며, 日月燈, 江海油, 風雷皷枚의 천지간 一番戱
場과 堯舜旦, 文武末, 莽操丑淨의 古今來 許多 脚色은 한참 여기를 스튜
디오로 하여 力演을 진행한다. 金剛山에서 現象界의 萬物草란 것을 보았
던 우리가, 뜻밖에 여기와서 그 本體 實相인 萬化範이랄 것을 본다. 둘둘
도신다. 설설 내립신다. 超文字의 活創世記가 연방 책장을 넘긴다. 활약
또 활약. 전환 또 전환. (6:124)

최남선에 의하면 '天池'에서 "創世記 이상의 古義 奧義 密旨"가 있음을 간
파해내지 못한다면, 그의 눈은 있으되 보지 못하는 죽은 눈이나 다름없다.
'천지'라는 용어는 活眼을 지녔던 태초의 순수한 인류에 의해 탄생된 것으로,
다른 민족의 신화와 전설보다도 투명하고 우월한 "朝鮮의 古經典의 중요한
一篇"이다. 천지의 신성한 분위기에 압도된 그는, 자신이 '開闢'의 순간, 즉
'우주의 太原'인 혼돈 가운데서 만물이 생겨나는 '神의 工場'을 구경하고 있
다고 말한다. 장구한 시간의 역사를 거슬러 올라가서 카오스적 우주로부터
세계가 창조되는 과정을 목격하는 것, 이는 창세기를 문자로 읽는 것이 아니

라 직접 보는 것과 같았으니, 천지 풍경은 "超文字의 活創世記"에 다름없는 것이 된다.

태초의 창세기를 체험하던 그는 동·서양을 망라한 세계의 온갖 창세신화를 연상하는 것으로 나아간다. 천지의 바람결을 따라 梨俱吠陀Rig-veda의 <無有歌>Nasa-dasiya, 「아니」의 「오시리스 운 네팔」에 올리는 노래, 「겐나」의 「라」에 올리는 노래가 연주되고 이어 모세의 손에 기록된 <創世記>, 列子의 「有太易~」, 핀人의 國民史詩 <갈레발라>, 갈라티아Galatia의 創造神話, 헤시오도스의 <神統論> 등이 복합적으로 펼쳐지면서 천지의 창세기적 순간을 기념하는 것이다. 최남선은 대우주의 심오한 비밀이 "大主宰 壇君의 눈 끔적이심"에 있음을 깨닫고 거기서 인류의 "마지막 구원"의 빛을 발견하고 있다.[39]

천지에서 나열되고 있는 감격적인 문장들은 그 곳이 현실과 유리된, 신화적이고 다분히 비현실적인 공간이었기에 가능했던 것은 아니었다. ≪白頭山觀參記≫에는 백두산에 도달하는 과정에서 경험한 식민지 지식인으로서의 감각과 정서가 뒤따른다. 예컨대 압록강 근방의 국경 지대에서 그는 더 이상 우리 땅이 아닌 '경계'를 보았고, 조선인을 감시하기 위해 일제에 의해 지어진 주재소들을 바라보며 그 견고한 '성'들에 '느꺼움'을 느끼기도 했다.[40] 이러한 민족의 외부와의 만남을 거쳐 도달한 민족의 '기원'으로서의 백두산[41]은 그래서 더욱 상징적인 것이다. 때문에 그는 천지에서 하산하기 전에 다음과 같은 의미심장한 말을 하지 않을 수 없었다.

---

39 (6:124-127, 132-133)
40 (6:37-38)
41 서영채, 「기원의 신화를 향해 가는 길」, 『한국근대문학연구』, 한국근대문학회, 2005. 110면.

白頭山의 古名「不咸」은 실로 이 古語의 譯音인 것이다. 그런데 이
「붉은」山 의 聖的 支柱인 것이 무엇이냐 하면, 실로 「도로」라는 大道 妙
理이었다.「도로」로써 常新하고 一如하고 久住하고 永樂하는 絶理亡言
의 至道가 거룩한 생명의 무서운 强靭으로써 동방을 은혜 주어 왔다. 아
무리 쇠잔에 빠졌던 자라도 이 정신을 언뜻 차리기 무섭게 부활의 빛이
그 앞길을 비추게 됨을 실로 意料에 벗어진다 할 사실이었다. 이「도로」
의 甘露가 과거에 있어서 얼마나 많은 동방의 패퇴자를 분발 興起케 하
여 위대한「復」業을 성취케 하였는가? 그런데 目下의 우리들이 아무보
다도 가장 반가운 눈을 이 점에 떠야할 자가 아님을 누가 앙탈할 것인가?
天池 聖經의 마지막 장에서 나는 이「도로」의 一句를 넘치는 감격으로
써 읽고 또 읽었다. (6:139)

　　'천지'라는 '聖經'의 마지막 장은 이렇게 '도로'로 장식된다. 최남선에 의하
면 '「붉은」산'의 성스러움의 근간은 바로 이 '도로'에 있으며 그것은 '돌'(復)
의 구멍인 '천지'가 품고 있는 사상이다. '도로'는 아무리 쇠잔에 빠진 상태에
서도 부활의 빛을 던져주고 "위대한「復」業"을 성취케 하는 정신이다. 이 거
룩한 생명의 정신을 통해 지금 우리의 '自己'를 깨닫고 구원의 길로 나아가는
것, 이것이야말로 최남선의 창세기적 사유가 이끌고자 했던 진정한 '도로'의
길이 아니었을까? 그는 당시 조선의 현실에서 '도로'의 사상이 재현되어야
할 필요성을 뼈저리게 느꼈던 것 같다.

　　백두산 기행을 마치고 돌아온 최남선은 <歷史를 通하여서 본 朝鮮人>
(1928), <壇君神典의 古意>(1928), <壇君神典에 들어있는 歷史素>(1928),
<壇君 及 其研究>(1928), <壇君小考>(1930) 등을 서술하며 단군 연구에
매진했다. '壇君學을 세우자!'[42] 는 주장은 일제의 사료중심주의, 고증 사학에

---

42 <壇君 及 其研究>,『별건곤』, 1928. 5. (2:243)

맞서기 위한 최후의 방안이었을지도 모른다. 단군을 신화로 폄하하는 시각에 대해서 그는 '신화'는 "원시 인민의 종교요 철학이요 과학이요 예술이요 역사"[43] 라는 말로 응대하며 조선의 신화, 전설, 민담, 동화 등을 수집했다. 이러한 작업을 통해 최남선은 조선과 다른 민족과의 고대적 '이야기'에 담겨 있는 공통소를 발견하고, 문화교섭의 오랜 흔적들을 통해 문화 보편주의적 관점을 획득한 것으로 보인다. 아마도 이렇게 획득된 보편주의 혹은 세계주의가 대일협력의 논리와 일정부분 연결될 수도 있을 것이다.

예컨대 건국대학 교수시절에 발표된 <滿蒙文化>(1941)는 '단군'을 중심으로 동북아시아와 일본을 동일한 문화권으로 묶고 있다는 점에서 대동아공영론의 함몰로 이해되기도 했다.[44] 그러나 당대 일본에서 전개되었던 단군 긍정론, 즉 일본 시조 天照大神의 동생인 素盞嗚尊를 단군으로 설정하는 시각을 최남선이 끝까지 수용하지 않았던[45] 이유에 대해 생각해볼 필요가 있지 않을까. 방대한 저작인 <滿蒙文化>를 대일협력의 발판으로 치부하기에는 단군의 범주가 너무 크고 강력하다. "새 理想에 살기 위해서는 옛 전통을 잡으라"[46] 는 그의 목소리는 제국과 민족, 보편과 특수 사이의 긴장감을 놓치지 않는다. 신화적 인물도, 실존했던 개인도 아닌, 문화적 요소로서의 단군이란 무엇인가. 일제말기 최남선의 단군론은 "친일과 민족의 분할을 불가능하게"[47] 만드는 미묘한 자리에 놓여 있다. 그렇다면 우리는 그 언저리를 지

---

43 <朝鮮의 神話>,『매일신보』, 1939. 2. 16－3. 13. (5:16)
44 이영화,『崔南善의 歷史學』, 경인문화사, 2003, 154~155면.
45 保坂祐二,「崔南善의 不咸文化論과 日鮮同祖論」,『韓日關係史硏究』12, 2000. (이영화, 앞의 책, 157면)
46 <滿蒙文化>(10:372)
47 오문석,「민족문학과 친일문학 사이의 내재적 연속성 문제 연구」,『현대문학의 연구』30, 2006, 359면.

속적으로 맴돌 수밖에 없었던 그의 사상적 측면, '도로'의 정신에 주목해야 하지 않을까.

3. 仙人의 '武士魂'과 새로운 건설로서의 '0'의 사상 : 신채호

3.1. 주체적 '我'의 회통학과 수두시대의 무사혼

1920년대 최남선 못지않게 단군 복원 운동에 천착했던 이가 신채호였다. 신채호가 보여주는 단군에 대한 관심 역시 그의 투철한 '我'의 개념과 결부되어 있다. 신채호는 <大我와 小我>에서 '我'를 '大我'와 '小我'로 구분한 바, 그에 의하면 소아는 물질적이고 육체적인 수준일 뿐인지라 죽는 존재이지만 대아는 "精神的·靈魂的의 眞我"로 영원히 '不死'하는 신성한 '我'이다.[48] 영혼과 정신적 측면이 강조되는 이유는 그에게는 '사상'이 민족의 성쇠 여부를 결정하는 핵심적인 요소였기 때문일 것이다.[49]

이러한 我觀은 초기에는 주로 '英雄'의 이미지와 중첩되어 있는데 그에 의하면 "英雄者는 세계를 창조한 聖神이며, 世界者는 영웅의 활동하는 무대"[50]이다. 영웅은 '愛國憂民'을 천직으로 하고 '獨立自由'를 생명으로 생각하는, '新東國'을 건설하기 위한 대아적 존재인 것이다.[51] 초창기 신채호는 약육강

---

48 <大我와 小我>, 『대한매일신보』, 1908. 9. 16~17. (단재신채호전집편찬위원회 편, 『단재신채호전집』 6권, 독립기념관 한국독립운동사연구소, 2007~2008, 648~652면, 이하 같은 전집일 경우 권수와 면수만 밝히겠음)

49 <朝鮮歷史上 一千年來第一大事件>, 『朝鮮史研究草』, 『동아일보』, 1924. 10. 20~1925. 3. 16. (2:329)

50 <영웅과 세계>, 『대한매일신보』, 1908. 1. 4~5. (6:621-622)

51 <二十世紀 新東國之英雄>, 『대한매일신보』, 1909. 8. 17~20. (6:724-728)

식의 힘의 논리가 지배하는 현실 속에서 국권을 회복하고 근대국가를 건설하기 위한 영웅의 역할을 강조했다. 그의 많은 논설에서 국민적 영웅이 '聖神'으로까지 추앙되는 양상은 메시아적 대망론을 연상시킨다.[52] 여기서 우리가 주목할 부분은 그가 아관을 전개시키면서 국가와 가족을 동일한 위치에 놓고 그 자리에 '단군'을 불러내는 대목이다.

> 今夫國이란 者는 一家族의 結集體(西諺 云 國家란 者는 家族 二字의 大書)며 歷史란 者는 一國民의 譜牒이라. 此 譜牒 中에 吾祖 吾宗의 功烈도 記ᄒ며 恥辱도 記ᄒ며 德業도 記ᄒ며 壯蹟도 記ᄒ며 傷心事도 記ᄒ야 善을 勸ᄒ며 惡을 懲ᄒ고 內를 尊ᄒ며 外를 岐ᄒ고 民賊을 誅ᄒ며 公仇를 戮ᄒ고 百年以前을 昨日갓치 思ᄒ며 萬載 以後를 明朝갓치 視ᄒ야 檀君始祖가 太白山에 下ᄒ사
>
> — <歷史와 愛國心의 關係> (6:501)

> 小家族 觀念을 棄ᄒ고 大家族(卽 國家) 觀念을 作 ᄒ야 壹小家族의 先祖만 慕치 말고 壹大家族의 先祖「卽 檀君」 慕ᄒ며 壹小家族의 子孫만 愛치 말고 壹大家族의 子孫(卽 檀君子孫)을 愛ᄒ며 壹小家族의 産業만 惜지 말고 壹大家族의 産業을 惜ᄒ라 云云혼 說이 本報論欄에 累現혼 빅 아닌가.
>
> — <打破 家族的 觀念> (6:648)

신채호에 따르면 국가는 "一家族의 結集體"이고, 역사는 "一國民의 譜牒"이다. 보첩(譜牒)이란 계보가 적힌 서판이다. 가족의 계보이자 국민의 계보가 기록되어 있는 이 서판의 시작은 물론 '檀君始祖'였다. 그는 "小家族 觀念"을 버리고 "大家族(卽 國家) 觀念"을 가져야 한다고 강조하는데, 대가족 관념

---

52 최홍규, 『신채호의 역사학과 민족운동』, 일지사, 2005, 73~79면.

이란 "壹大家族의 先祖「卽 檀君」"과 "壹大家族의 子孫(卽 檀君子孫)"을 사랑하는 마음을 의미한다. 자신의 선조가 단군임을 뚜렷이 인식하는 일, 그리고 그 단군의 자손인 우리 민족 전체를 사랑하는 일, 이것이 그가 말하는 대가족적 관념이다. 이러한 관념을 충족시키는 '我'야말로 신채호가 "我란 觀念을 擴張"[53] 해야 한다고 말할 때의 我일 것이다. 그가 '國의 價值'를 '高尙'하게 하기 위해서 "반드시 自己의 價值를 高尙케"[54] 해야 한다고 말하는 이유도 여기에 있다.

신채호의 아관은 『朝鮮史』(1931)에 이르면 '我'와 '非我'간의 투쟁의 양상으로 첨예화된다. 『조선사』의 총론인 <史의 定義와 朝鮮史의 範圍>에서 그는 '아'란 "主體的 위치에 슨 자"라고 정의하면서 주체적인 아와 비아간의 투쟁이 시·공간으로 확대되는 과정을 기록한 것이 바로 '역사'라는 인식에 도달하고 있다.[55] 이렇듯 그의 역사관이 다소 투쟁적이고 혁명적일 수밖에 없었던 것은 <朝鮮革命宣言>에서 선언하고 있듯이 일본이라는 異族의 통치를 파괴하고서야 고유한 조선을 찾을 수 있다는 신념 때문이었다. 그는 이 글에서 "정신상의 파괴가 곧 건설"[56] 이라고 말하면서 파괴와 건설을 동일시하고 "파괴의「칼」＝건설의「旗」"라는 사유를 보여준다.

이렇게 볼 때 신채호에게는 우리 역사상에 존재하는 비아적 요소를 척결하는 것이 시급한 과제였다고 할 수 있다. 그는 무엇보다도 일제식민주의사관에 의해 한국 고대사가 비주체적 소아의 모습으로 서술되는 것을 문제 삼았다. 또한 위작이 횡행하는 사서(史書)의 한계를 인식하고 이를 고기류(古

---

53 <我란 觀念을 擴張홀 지어다>, 『대한매일신보』, 1909. 7. 24. (6:684)
54 <國의 價>, 『대한매일신보』, 1910. 2. 5. (6:553)
55 『朝鮮史』, 『조선일보』, 1931.6.10~10.14. (1:601)
56 <朝鮮革命宣言> (8:900)

記類), 야사류(野史類), 선가류(仙家類), 비록류(秘錄類) 등을 통해 보완하고자 했다.[57] 신채호 특유의 역사 연구 방법론인 '會通'은 『朝鮮史』에서 제시되는데, 그는 역사의 '개조'를 위해서 "系統을 求"하고 "前後 彼此의 關係를 類聚"하는 '회통'의 방법으로써 "心習을 去"하고 "本色을 存"해야 한다고 주장했다.[58]

'회통'이란 비아적 요소를 없애고 아의 계보를 거슬러 올라가서 역사적 사건을 하나 하나 끌어모으는 방식으로 '역사'를 재구성하는 역사철학이다. 즉 회통은 미시적 인과분석인 실증사학과 달리 거시적 인과분석을 통해 과거의 역사 서술을 새롭게 해석하는, 역사 다시쓰기의 방법론이다.[59] 이러한 '회통'의 방법론에서 중요하게 거론되는 시대는 '단군'의 시대였다. 1931년부터 32년까지 『조선일보』에 연재된 <조선사>, <조선상고문화사> 등에는 이러한 그의 관점이 분명하게 제시되어 있다. 그는 여기서 단군시대를 '수두시대'라고 명명했다. 불을 숭배하는 광명신 사상은 태백산의 우주목 '수두'를 기점으로 하였는데 수두는 '神壇'이므로 '檀君'은 당시의 공동 신앙을 지칭하는 것이 된다.[60] 이때 수두의 敎徒의 一團을 '선배'라고 불렀는데 '선배'의 이두자인 「仙人」 혹은 「先人」이 '仙人王儉'으로 기록되어 남아있다는 것이다.

> 「花郞」의 別名은 「國仙」이라 하며 仙郞이라 하고, 「高句麗皁衣」의
> 病名 「仙人」이라 하며, 「三國遺事」의 花郞을 「神仙之事」라 하엿슨즉,

---

57 이만열, 「단재 신채호의 고대사인식 시고」, 『한국사연구』, 한국사연구회, 1977, 48~53면.
58 『朝鮮史』(1:623－625)
59 신일철, 「신채호의 역사사상 연구」, 고려대출판부, 1981, 146~147면(김현주, 「신채호의 '역사' 이념과 서사적 재현 양식의 연관성에 대한 연구」, 『상허학보』1－14, 2005, 315면 참고).
60 (1:632－634)

新羅의 花郎은 곳 高句麗의 皀衣에서 나온 者요, 「高句麗史」의 「平壤者
仙人王儉之宅」은 곳 仙史의 本文이니, 檀君이 곳 仙人의 始祖라. 仙人은
곳 우리의 國敎이며 우리의 武士道며 우리 民族의 넉시며 精神이며 우리
國史의 「ㅅ곳」이어늘, 그 源流를 말하지 안코 다만 唐人의 「新羅國記」
나 「大中遺事」의 本文을 引用하야 「眞興大王」의 花郎 세우던 말만 함은
무삼 일이뇨.61

김부식의 사대주의적 역사서술을 비판하는 자리에서 신채호는 '선인'이
신라 화랑(花郎)의 기원임을 밝혔다. 신라의 화랑이 '國仙', '仙郎', '仙人', '神
仙之事', '都領'등의 이름으로 기록된 것은 화랑이 우리 민족 고유의 신앙에
서 비롯된 것임을 방증한다는 것이다. 화랑은 수두의 壇前의 競技會에서 뽑
힌 자들로 꽃으로 몸을 치장하고 평상시에는 학문과 기예, 시가, 음악을 익
히지만, 전장(戰場)에서는 공익을 위해 스스로를 기꺼이 희생하는, 우리의
전통적 무사혼(武士魂)을 지닌 자들이다.62 바로 이들의 시조, 선인의 시조
가 다름 아닌 '단군'이다. 수두시대에 기원을 둔 화랑의 무사혼은, 윤언이, 묘
청, 정지상 등에까지 연결되었지만 묘청의 실패 이후 '사대주의'에 의해 멸망
하고 만다는 '낭가(郎家)사상'의 핵심 요소이다.

'무사혼'은 그가 초기부터 강조했던 '영웅'의 역할론과 '칼'로 상징되는 아
나키즘적 사상의 결합체로 보인다. 단군 자손의 혼을 애타게 부르던 시 <초
혼의 노래>63, '국민의 혼'을 보전할 수만 있다면 어떠한 국가적 위기라도
극복할 수 있다고 강조한 <國民의 魂>64 등을 상기해 볼 때, 선인의 '무사

---

61 『조선상고문화사』(3:367)
62 『조선사』(1:747)
63 <초혼의 노래>, 『대한매일신보』, 1907. 12. 18.
64 <國民의 魂>, 『대한매일신보』, 1909. 11. 2.

혼'은 신채호가 회복하고자 했던 민족적 유산이자, 일제와 같은 비아적 존재와 맞서기 위해 요구되었던 정신이라 할 수 있다. 신라가 당의 문화에 도취되어 있을 때 우리 고유의 정신을 연마하며 민족정신의 발양에 힘썼던 '화랑'의 정신[65] 을 그가 계승하려는 이유는 너무도 자명하다.

3.2. 자아를 위한 초혼가와 0의 正體的 건설

신채호의 역사서술에서 부각되는 아와 비아의 투쟁으로서의 '역사'와 단군시대에 대한 천착 등에는 주체적 '我'의 관념으로 고대사를 재해석하고, 이를 바탕으로 새로운 나라를 건설하고자 했던 그의 열망이 깔려있다. 이러한 사유는 그의 소설 <꿈하늘>에서 문학적으로 변용되었다. <꿈하늘>의 주인공 '한놈'은 천상과 지옥을 넘나들며 그 곳에서 만난 영웅적 존재들에게서 지혜를 전수받고 투철한 역사의식으로 거듭난다. 한놈이 창조적 기억의 저장소인 '죽음'의 세계를 여행하고 돌아온다는 설정은 샤머니즘적이다. 샤먼은 병든 자를 치유하기 위해서 지하세계로 가서 죽은 자들을 만나 기적의 치료술을 전수받는 존재이다.[66] 한놈은 천상과 하계 여행에서 만난 영웅들로부터 지혜를 전수받고 국권을 빼앗긴 상황을 타개하기 위한 방법론을 모색하는 것이다.[67]

샤먼적 여행을 통해 구축된 창조적 정신으로 민족의 위기를 극복한다는 서사에서, 우리는 문학 작품으로 옮겨온 신채호의 창세기적 사유를 읽을 수

---

65 이동순, 「단재소설에 나타난 낭가사상」, 『어문논총』 12, 1978, 143~144면.

66 엘리아데, 앞의 책. 175~177면.

67 <꿈하늘>은 작품명인 '꿈'에 착안하여 몽유록 형식의 계승으로 이해된 바 있다. 대전대학교 지역협력연구원 엮음, 『단재 신채호의 현대적 조명』, 다운샘, 2003, 79면.

있다. 그의 사유는 무궁화 꽃송이가 한놈에게 들려준 「칼부림」이라는 노래가 증명해주듯이 파괴력을 지닌 것이었다. 꽃송이가 "내가 나니 저도 나고 / 저가 나니 나의 대적이다 / 내가 살면 대적이 죽고 / 대적이 살면 내가 죽나니"로 시작되는 장엄한 음률의 곡조인 「칼부림」을 부르자, 한놈은 "내가 나자 칼이 나고 칼이 나니 내 친구다."[68] 라는 내용의 답가를 부른다. 이들의 노래에는 아와 비아의 투쟁으로서의 역사관과 혁명이 파괴로부터 개척된다는 「朝鮮革命宣言」의 정신이 담겨있는 것이다.

「쑴하늘」은 신채호의 역사관을 거의 그대로 차용한 텍스트로 보아도 무방할 것 같다. 예컨대 한놈이 천상의 세계에서 양쪽으로 수없이 파생된 자신의 오른손과 왼손의 싸움을 경험하는 것, 일곱의 '한놈'으로 나뉜 채 부귀와 탐욕 등을 상징하는 '황금산'과 '새암'의 시련을 통과하는 것 등과 같은 대목에서 우리는 신채호 특유의 역사관을 확인할 수 있다. 여섯의 한놈이 모두 사라지고 마지막으로 남은 한놈에게 꽃송이는, 진정한 '나'란 가족과 민족, 국가를 포괄하는 확장된 개념으로 비아와의 투쟁을 통해 정립되는 것이라고 말한다. 지옥에서 강감찬과 대화를 나누고 다시 하늘로 돌아온 한놈은 「가갸풀이」라는 노래를 부르는 것으로 주체적 '아'의 의식적 각성을 증거한다.

　　가갸거겨 가자가자 하늘 쓸너 거름거름 나아가다 / 고교구규 고되기는 고되지만 구든 마음 풀닐소냐 / 그리고 그믄 밤에 달이 나고 기운 해 다시 쓰도록 / 나냐너녀 나 죽거던 너가 하고 너 죽거던 나 또 하여 / 노뇨누뉴 노지 안코 하고 보면 누구라서 막을소냐 / 느니ᄂ 느진 길을 늣다 말고 니 악물고 주먹 쥐자 / 다댜더뎌 다달은들 칼 안이랴 더 갈사록 매운 마음 / 도됴두듀 도령님의 넋을 받어 두려운 놈 배이 업다 / 드디ᄃ 드

68 <쑴하늘>, 1916. (7:513-560)

릴 곳이 잇스리니 디경 쌀어 서고지고 / 라랴러려 라팔 불로 북도 첫다
러랴 말고 칼을 쌔자 / 로료루류 로동하고 싸홈하여 루만 명에 첫째되
면 / 르리르 르르룽 아라르룽 아리라 자개 아들갓치 / 마먀며며 마마님
도 구경 가오 먼동 곳헤 봄이 왓소 / 모묘무뮤 모든 사람 모다 몰아 무쇠
팔뚝 내둘으며 / 므미므 믄대던지 갓갑던지 미리치며 나아갈 쑨 / 사샤
서서 사람마다 올코 보면 서슬 잇서 푸르리라 / 소쇼 수슈 소름 깃는 독
갑이도 수켓에야 어이하리 / 스시스 스승님의 뜻을 받어 세로 가로 쒸고
지고 / 아야어여 아무런들 내 아들이 어미 업시 컷다 마랴 / 오요우유 오
즉이나 오랜 나라 울이 박달 울이 곁에 / 으이♡ 웅웅 우는 아기라도 이
정신을 차리라 (7:557)

　전통적인 한글 뒤풀이 형식을 활용하고 있는 「가갸풀이」는 일종의 초혼
가이다. 한글뒤풀이 형식은 한글자모를 외우는 순서로 전개되면서 삶의 진
리를 깨우치고 존재의 집을 짓는 과정을 형상화한다.[69] 여기에 "도됴 두듀
도령님의 넋의 받아"라는 구절이 삽입되어 있는 것은, 죽은 영혼인 '도령님'
과의 대화가 그의 각성을 이끈 동력이 되었음을 시사한다. 결국 이 노래는
한놈이 진정한 '나', 즉 자아의 영혼을 불러모으는 초혼가이자 '나'의 정신적
지향이 '선인'의 무사혼에 있음을 보여준다. 「칼부림」의 노래에서처럼 '칼'
을 전면에 내세우는 투쟁적 역사관의 근원에는 도령님의 넋이 자리잡고 있
는 것이다. <꿈하늘>의 서두에서 한놈을 만난 을지문덕이 자신을 가리켜
'선배'라고 지칭하는 장면에서 우리는 그가 선인(仙人)의 혼임을 확인할 수
있다.

　미완으로 끝난 <꿈하늘>의 결말부는 '도령군'이 지닌 역사적 의미에 관
한 한놈의 회고로 채워져 있다. 도령군에 관한 서술은 신채호가 <조선사>,

---

69 신범순, 「한국현대시에서 혼과 몸의 문제에 대한 연구」, 2004년 대학원 강의자료집,
　62~64면.

<조선상고문화사> 등에서 서술한 내용과 정확히 일치한다. 즉 도령은 신라 화랑의 별칭이지만 화랑은 우리 고대의 창조적 정신을 대표하는 "우리 역사의 뼈요, 나라의 꽃"이라는 것이다. 이 소설의 끝부분에서 한놈은 홍등의 인도를 받아 "도령군 놀음 곳"이라 새겨진 돌문 앞에 도착하여, 도령군에 입문하기 위해서는 '눈물'을 바쳐야한다는 글귀를 읽는다. '눈물'이란 역사적 투쟁의 과정에 필연적으로 요구되는 화랑적, 선인적 희생을 뜻하는 것으로 보인다. '도령군'은 그 희생을 바탕으로 창조될 새로운 세계를 위한 정신의 기원, 즉 단군 시대의 전통적 정신이 응축된 곳일 터이다.

<쑴하늘>에서의 이러한 사유를 <龍과 龍의 大激戰>[70]은 다양한 알레고리적 장치를 통해 계승했다. <용과 용의 대격전>은 실제로는 '용'이라고 통칭되기 어려운 '미리'와 '드래곤'의 싸움, 이를 통한 드래곤의 승리를 기록한 신화적 텍스트이다. 동양을 대표하는 '미리'가 복종, 노예, 소극적 도덕을 상징한다면, 드래곤은 반항, 혁명, 파괴의 도덕을 상징한다.[71] 한놈이 수많은 한놈과의 싸움을 통해 진정한 '나'를 정립했다면, 드래곤은 자신의 쌍생아라고 할 수 있을 미리와의 투쟁을 통해 주체 정립의 과정을 보여준다. 드래곤은 타락한 상제와 미리를 몰아내고 인민을 구원하는 메시아적 같은 존재로 설정되어 있다.[72] 그러나 드래곤은 혁명의 주체가 아니라 민중의 각성을 이끄는 자로 설정되어 있을 뿐이며, 인민 스스로 자각을 통해 혁명을 이끌어

---

70 <용과 용의 대격전>, 1928. (7:603−618)

71 김갑수, 「아나키즘의 윤리관과 전통 윤리관의 만남 및 변용」, 『시대와 철학』18권 1호, 2007, 86면.

72 드래곤이 '야소기독(耶蘇基督)', 즉 예수가 부활할 수 없을 정도로 심하게 참사당한 사건의 배후로 등장한다는 설정은, 그래서 더욱 아이러니하게 읽힌다. 드래곤은 "고통자가 복받는다. 핍박자가 복받는다"는 야소기독의 허황된 거짓말이 피지배층으로 하여금 실제의 적을 잊고 허망한 천국을 꿈꾸게 한다는 점을 맹렬하게 비판한다.

낸다는 점에서 <용과 용의 대격전>은 <꿈하늘>의 서사와 구별된다.

굶주린 백성에게 피와 눈물의 상납을 요구하고 '혁명'을 기도하는 인민은 무참히 잡아죽이는 미리의 모습이라든가, 식민지 민중이란 온갖 착취를 당하면서도 "너의들의 생존안녕을 보장하여 주노라" "문화정치의 혜택을 받으라"는 말을 곧이곧대로 믿어 속이기 쉽다는 언급 등은 당대 조선의 상황에 대한 직접적 알레고리로 읽힌다. 이 소설의 결말은 천국이 멸망하자 상제는 쥐구멍으로 달아나서 쥐가 되고, 미리는 드래곤에게 대패하는 것으로 처리된다. 그런데 드래곤에 대한 신채호의 해설이 흥미롭다. 아래 인용문은 소설에 삽입된 것으로 『지민신문』에 게재되었다는 '드래곤의 진영(眞影)'이라는 제목의 글이다. 드래곤의 모습은 신문에 그저 '0'이라는 숫자로만 그려져 있을 뿐이어서 다음과 같은 설명이 부연되었다고 한다.

> 天國이 全滅되기 前에는 드래곤의 正體가 오즉 「0」으로 表現될 쌘이다. 그러나 드래곤의 「0」은 數學上의 「0」과는 달으다.. 數學上의 「0」은 자리만 잇고 實物은 업지만 드래곤의 「0」은 一도 二도 三도 四도 乃至 十 百 千 萬 等 모든 數字로 될 수 잇다. 數學上의 「0」은 자리만 잇고 實物은 업지만 드래곤의 「0」은 총도, 칼도, 불도, 베락도, 其他 모든 「테로」가 될 수 잇다. 今日에는 드래곤이 「0」으로 表現되지만 明日에는 드래곤의 對象의 敵이 「0」으로 消滅되야 帝國도 「0」, 天國도 「0」, 其他 모든 支配勢力이 「0」이 될 것이다. 모든 支配勢力이 「0」으로 되는 째에는 드래곤이 正體的 建設이 우리 눈에 보일 것이다. (7:610)[73]

드래곤은 천국이 전멸되기 전에는 오직 '0'으로밖에 표현될 수밖에 없는

---

73 조선문학예술총동맹출판사(1966)에서 나온 선집과 김병민 편(연변대학출판사, 1994) 선집의 내용이 조금 다르다. 후자의 내용을 따랐다.

존재이다. 그러나 이때의 '0'은 수학상 0처럼 무(無)를 의미하는 것이 아닌, 어떤 숫자 혹은 대상으로도 변모될 수 있는 무한한 가능성을 지닌 무한(無限)의 0이다. 드래곤의 적인 제국, 천국, 자본가, 기타 모든 세력이 '0'으로 소멸된다면 그때 비로소 드래곤의 '정체적'(正體的) 건설이 드러나게 된다는 점에서 0의 역설적 의미가 있다. 현실을 지배하는 모든 기득 세력을 제로상태로 소멸시킨다는 것, 그런 다음에야 새로운 세계의 체계를 세우는 '정체적' 건설이 가능하다는 것은 무슨 의미인가. 이러한 0의 사상은 신채호가 강조해 마지않던 건설을 위한 파괴의 정신, 현실의 불의를 시정하고 새로운 세계를 창조하기 위한 혁명적 정신이 아니겠는가.

〈꿈하늘〉에서 직접적으로 '단군'의 시대를 강조했던 것과 달리 〈용과 용의 대격전〉은 많은 상징과 알레고리로 채워져 있다. 이러한 간극은 1916년에서 1928년 사이의 간극이기도 할 것이다. 3·1 운동의 실패(1919), 북경에서 함께 지낸 아나키즘 이론가 유자명과의 생활(1922), 무장폭력투쟁의 노선을 확고하게 밝힌 〈조선혁명선언〉(1923), 이 무렵 그가 읽었던 크로포트킨와 행덕추수(幸德秋洙), 대만인 무정부주의자 임병문과 접촉하고 무정부주의 동방연맹에 가입한 것(1925)[74] 등이 두 소설 사이를 메우고 있는 신채호의 삶이다.

〈용과 용의 대격전〉과 같은 해에 발표된 〈예언가가 본 무진〉[75]에서 그는 '辰巳聖人出'이라는 고대적 예언을 되새기며 "무진년을 조선의 성년으로 믿는 동시에 더욱이 우리 조선 민중의 일반 노력을 빌고" 있다. 그는 이제 '영

---

74 류자명, 『나의 회억』, 료녕민족출판사, 60면, 108~109면. (최홍규, 「신채호─탐구와 도전의 역사상(歷史像)」, 『경기사학』7, 2003, 137~139면 참고)
75 『조선일보』, 1928.1.1.

웅' 대신 '민중'을 찾는다. 이런 점에서 <용과 용의 대격전>에서 강조된 것
이 민중의 의식적 각오와 혁명76 이라는 해설은 어느 정도 그의 의도가 반영
된 것이다. 신채호는 영웅이 아닌 민중에 의한 혁명을 통해 "理想的 朝鮮을
建設"77 하기 위한 방법을 모색했고 이를 작품 안에서 구체화시켰던 것이다.

요컨대 그 양상은 달랐지만 앞서 살펴본 <꿈하늘>과 <용과 용의 대격
전>에는 자아를 포함하여 온 세계 전체를 개벽하고 새롭게 건설하려는, 창
세기적 사유가 내장되어 있다. 전자에서 수두시대로부터 불러들이는 '무사
혼'과 같이 전통적 정신의 측면이 강조됐다면, 후자에서는 건설의 전제조건
인 '파괴'의 필연성을 부각시키는 아나키스트적 측면이 강조됐다는 점에서
구분된다. 이러한 사유는 신채호가 독창적으로 펼쳤던 주체적 '我'의 관념,
'회통'으로서의 역사학, 단군을 시조로 인식하는 '대가족적' 관념, 아나키스
트적 혁명 정신 등을 함께 두고 볼 때 충분히 음미될 수 있을 것이다.

4. 단군, 새로운 창세기를 기획하는 사상

1920-30년대 최남선과 신채호는 당대 실증적인 자료를 섭렵하며 단군의
실체를 검증하려 했고, 단군을 통해 조선의 고유한 정신을 찾으려 했던 대표
적 작가이다. 이는 문학적 텍스트에서뿐만 아니라 역사학자의 입장에서도
그들에게 중요한 문제였다. 최남선이 주창한 불함문화권의 중심과 신채호가
내세운 역사철학인 '회통'의 중심에, 모두 '단군'이 놓여져 있기 때문이다.

---

76 한기형, 「불행한 출발, 그 역경의 시작— 애국계몽기 소설과 단재 소설의 성격」, 『한국소
　설문학대계1』, 동아출판사, 1995, 552면.
77 <朝鮮革命宣言> (8:891-901)

『개벽』이 창안한 개벽사상이 태생적으로 천도교와 연결되어 있음을 감안할 때, 단군과 관련된 텍스트들은 기본적으로 '개벽사상'과 연계될 수 있다. 다만 최남선과 신채호의 특별함은 단군에 대한 사유를 '我'와 '自己'의 기원에 관한 사유와 중첩시키며, '나'의 계보에 대한 탐색을 자신들의 역사학의 방법론 혹은 핵심적 사상으로 환치시켰다는 점에 있다.

이 글이 '개벽사상'이 아닌 '창세기적 사유'의 관점에서 최남선과 신채호를 검토한 이유가 여기에 있다. 자아를 포괄하여 세계와 온 우주 전체를 재창조하려는 개벽사상 위에, '나'의 개념과 그 기원을 탐색하는 계보학적 사유를 결합시키는 방식, 이것이 이 글에서 살펴본 두 작가의 창세기적 사유이다. 창세기적 사유는 직접적으로 단군을 호명하는 텍스트뿐만 아니라 은유적 차원에서도 동원되었던, 새로운 세계를 건설하려는 낭만주의적 기획과도 같았다. 이는 당대 조선의 위기를 극복하기 위해 건설적 혁명을 희구하는 창조적인 문학사상이기도 했다. 창세기적 사유를 통해 새로운 창세기를 기획했던 것, 어쩌면 이것은 지금 우리에게 그저 문학적 은유의 차원으로나 체감되는 것일지도 모르겠다. 그러나 당시 확고하고도 의연했던 두 작가의 목소리는 그 은유의 방향성을 가늠케 한다.

孤舟가 五山을 만났을 때, 朝鮮이란 何오*

/

김효재

1. '孤舟'가 '五山'을 만났던 그때

이 연구는 오산학교의 정신적 지향과 함께 오산학교라는 '곳'에서의 이광수와 그곳에서 그가 만났던 사람들에 주목한다. 이광수의 자전 소설 및 산문 자료들, 그리고 오랜 시간 축적된 의미있는 연구 성과 덕분에 오산학교 시절 이광수의 행적은 이미 상당 부분 밝혀졌다. 그러나 '오산학교' 설립 및 운영에 중추적 역할을 했던 사람들과 이 학교를 거쳐 간 사람들의 면면을 재삼 숙고할 때, 이광수에 대해 새로운 조명이 가능하리라는 기대가 있다. 또한 오산학교의 특이성과 이광수의 관련성에 대한 주목은 문학사뿐만 아니라,

---

* 이 원고의 첫 시작은 18회 춘원연구 학술대회(2019년 9월 28일) 주제 발표문이었다. 박사논문 주제와 관련된 내용이었기 때문에 발표 원고는 이후 수정·보완되어 박사논문 「한국 근대 문학에 나타난 '종의 감각' 연구」(서울대학교 대학원 박사학위논문, 2020)의 3.1과 3.2 및 4.1.1로 분산 수록되었다. 이 글은 박사논문에 수록된 내용을 다시 재구성하여 수정·보완한 것이다. 이광수와 오산학교의 관련성을 다룬 글인 만큼, 김소월과 오산학교를 다룬 석사논문(김효재, 「김소월 시의 사상적 배경 연구 — 오산학교의 이상향 추구를 중심으로」, 서울대학교 석사학위논문, 2013.) 내용 몇 가지가 재인용 형태로 포함되어 있다. 목차 및 글의 구성은 춘원 연구 학술대회 발표문을 따랐다.

사상사적 측면에서도 중요한 물꼬가 될 것이라 기대된다.

식민지와 분단을 겪으면서, 그리고 무엇보다 근대성의 가치를 절대시하는 연구 환경에서, 우리 정신사의 어떤 부분들은 여전히 미궁에 빠져 있으며, 미지의 상태로 있다. 오산학교 연구는 그러한 지점을 밝힐 수 있는 중요한 열쇠다. 그러므로 이광수가 오산학교에서 교류했던 다수의 사람과 그들의 행적을 밝히는 것은 이광수 연구뿐만 아니라, 우리 정신사의 또 다른 맥을 복원하는 차원에서도 중요한 의미를 지닌다.[1]

따라서 이 글의 목표는 이광수와 오산학교를 연결지을 때, 이광수 한 사람

---

1 이런 점에서 오산학교를 식민지 시기 이상향 운동의 거점으로 파악하고, 안창호와 이광수 등을 "이상적 민족주의자"그룹으로 평가한 신범순의 연구는 중요한 의미를 지닌다. 신범순은 오산학교 이상적 공동체에 주목하면서 이광수와 안창호와의 관계, 이광수와 오산학교 이상향 추구와의 연결망 속에서 이광수의 역사사상 투쟁의 측면에 대한 논의를 이어갈 수 있는 계기를 마련해주었다. (신범순,『노래의 상상계』, 서울대학교 출판부, 2011, 385~399면.) 오산학교의 설립자인 이승훈이 서북지역 애국계몽운동의 핵심 단체였던 서북학회의 정주지회 책임자로 활약했던 상황과 정주지역의 보수적인 유림세력과 균형을 이루면서 오산학교를 설립하고 운영했던 측면을 밝힌 조현욱의 논문은 서북지역의 애국계몽운동의 흐름 속에서 오산학교의 위상을 드러내고 있어 의미가 있다. (조현욱,「오산학교와 서북학회정주지회」,『문명연지』3(1), 한국문명학회, 2002.) 김효재는 식민지 시기를 신흥종교의 범람과 함께 중요한 영적 싸움이 벌어진 시기로 파악하고, 정신사적인 전환이 이루어지고 있음에 주목하면서, 오산학교의 이상향 추구의 중심에 고래로부터의 "하늘" 개념과 "하느님" 사상이 맞닿아 있는 서북지역의 정신적 특색이 작용하고 있다고 보았다. (김효재,「김소월 시의 사상적 배경 연구 - 오산학교의 이상향 추구를 중심으로」, 서울대학교 석사학위논문, 2013.)
한편, 이광수 연구에서 식민지 시기, 오산학교 공동체로 대표되는 이상촌 운동을 벌였던 그룹과 역사 사상 투쟁이 어떻게 작품으로 구체화될 수 있는지를 보여준다는 점에서 방민호의 연구를 주목해 볼 수 있다. 방민호는 이광수의 장편소설「흙」이 분명하게 안창호의 이상촌 담론을 포함하여 김구, 안중근 등과 같은 지사들의 지향을 담고 있으며, 이런 '이상향 추구'의 사유가 이광수의 작품 세계를 이루는 사상적 배경의 한 축을 이루고 있음을 작품 분석을 통해 입증했다. 이를 통해 이광수의 민족적 이상주의라는 사유(혹은 사상)가 이광수 개인의 것이 아니라 당대 다양하게 민족 해방 투쟁을 벌였던 사람들의 활동 및 사상의 집적임을 확인할 수 있다. (방민호,「장편소설『흙』에 이르는 길-안창호의 이상촌 담론과 관련하여」,『춘원연구학보』13, 춘원연구학회, 2018.)

의 영웅 서사를 구성하는 것에 있지 않다. 그보다는 이광수가 함께했던 오산학교 지적 공동체의 이상향 추구와 관련된 정신사적 지형 속에서 '朝鮮'이라는 기표가 가진 함의를 재정리하고, "朝鮮靑年"의 이상과 요람을 재구성하는 데 목적이 있다. 이를 위해 이 글에서는 오산학교 출신 인사들의 증언을 바탕으로 오산학교의 학풍을 확인하면서, 이광수가 오산학교에서 교류했던 인사들의 면면과 오산학교의 정신사적 지형을 탐색하고자 한다. 그러한 가운데, 1910년대 초·중반의 이광수를 보다 의미있게 재조명할 수 있기를 바란다.

이광수의 소년기와 청년기에 그의 이향과 귀향은 동학(東學) 및 오산학교와의 만남과 긴밀한 연관성을 지닌다. 이광수에게 이 둘은 각기 어떤 의미였을까? 먼저 이광수에게 "동학과의 만남"은 "일찍이 집안이 다 기울도록 허랑하게 술로 세월을 보내던 조부와 부친의 세계 속에서, 그리고 천덕꾸러기 고아로 세상을 떠도는 가운데 인생에 의문을 품어왔던 소년으로 하여금 '세상을 위하여 저를 바치는' 고결한 삶의 이상에 눈뜨게 해줌으로써 보잘것없던 자신의 존재 이유를 긍정할 수 있는 길을 열어주었"다는 점에서 중요했다.[2] 즉, 동학은 이광수에게 "돌고지 마을에서 세계로 나아가는 통로"[3]였다.

반면 오산학교는 이광수를 돌고지 마을로, 용동 마을로 다시 조선의 울 안으로 불러들인 곳이다. 그러한 오산학교는 그에게 어떤 의미였으며, 그의 삶에서 어떤 통로가 되었을까? 이광수가 1910년 3월에 메이지 중학을 졸업하고, 남강 이승훈의 초빙으로 오산학교에 부임한 것은 같은 해 4월 중순이었다.[4] 이 시기 이광수의 궤적을 그의 자전적 소설, 「그의 自敍傳」(『조선일보』,

---

2 최주한,『이광수와 식민지 문학의 윤리』, 소명출판, 2014, 19~20면.
3 김윤식,『이광수와 그의 시대』1, 솔, 1999, 110면.

1936.12.22.~1937.5.1.)을 통해 재구성해볼 수 있다. 이 소설의 내용을 참고하면, 그가 고향으로 돌아온 데는 첫째로 늙은 조부를 부양해야겠다는 것과 둘째로 오산학교 근무라는 두 가지 중요한 명분이 있었다.

그러나 그에게는 그 외에도 두 가지 이유가 더 있었다. 하나는 당시 "기개가 있다고 자처하는 청년들"이 보통 하는 "고국에 돌아가서 민중을 각성시켜야 할 때라는 비분 강개한 생각"을 가졌던 때문이었다. 그리고 다른 하나는 "공부는 더 해서 무엇하느냐, 나는 벌써 최고 지식에 달한 것이 아니냐, 나는 벌써 인생관과 우주관을 완전히 가진 것이 아니냐, 하는 건방진 생각" 때문이었다. 급기야 "마치 산전 수전 다 겪어서 인생을 다 알고 난 사람과 같은 초연한 듯, 인생에 피곤한 듯한 태도"를 가지고 있었기에, 더이상 "무엇을 배울 때가 아니요, 남을 가르칠 때라고 자임"하면서, "이러한 건방진 생각을 품고 열아홉 살"에 귀향했던 것이다.5

그렇게 "건방진 생각"에 가득차 있던 이광수는 오산학교에 온 이후로, "조부상"을 포함한 여러 가지 이유를 핑계로, "학교를 쉬이고 밤낮 술만 먹고 돌아다녔다."6 그렇게 4월, 5월을 보내던 그는 돌연 마음을 고쳐 먹고, 학교 수업에 열정을 갖고, 학생과 학교에 정을 붙이기 시작한다. 그는 유학 시절 공부하던 때의 깨끗한 마음을 회복하고, "조국에 대한 의무를 굳세게 인식"하고, "학생들을 가르치기에 전생명을 다 바치리라 혼자 맹약"하였다. 남강 이승훈이 마련해준 작은 집에 대해서도 처음에 품었던 오만과 불만이 가득하던 마음을 반성하고, "가난한 생활을 하는 것을 조국에의 봉사로 생각"하기

---

4 메이지 중학의 졸업식은 1910년 3월 26일 오후 2시에 거행되었다. 위의 책, 263면.
5 이광수, 「그의 자서전」, 『이광수전집』6, 우신사, 1979, 341면.
6 위의 책, 342면.

로 한다. 그리고 이렇게 마음을 돌린 것에 대해, 그는 "하느님"이 "나를 버리지 아니하신 것"이라고까지 표현한다.[7]

이렇게 이광수는 오산학교에서 건실하게 교사 일을 해내기 시작했고, 이곳에서 여러 훌륭한 오산인들을 배출하는데 기여한다. 무엇보다 한국 문학사에서 이광수의 공적은 오산학교 출신 문인의 계보화를 가능하게 했다는 점에서도 찾을 수 있다. 이는 이광수가 오산에 남긴 것이면서 동시에, 한국 문학에 남긴 미래였다. 이광수의 제자였던 김여제(2회), 박현환(3회),[8] 김억(4회), 이희철(7회) 그리고 김억의 제자인 김소월,[9] 김억과 교류하며 김소월

---

7 위의 책, 343면.

8 오산학교 3회 졸업생 박현환은 안창호를 최측근에서 보좌한 흥사단우로, 『흥사단 운동』 (대성문화사, 1955.)을 집필했다. 박현환이 문학사에서 의미를 갖는 것은 그가 신문관 번역서 중 톨스토이의 「부활」을 초역한 인물이라는 점에서다. 박진영은 박현환과 박현환이 번역한 『해당화』, 그리고 『해당화』를 출판한 신문관에서, "최남선을 중심으로 형성된 청년 톨스토이안 그룹"의 흔적과 오산학교의 영향력, 그리고 도산 안창호를 상기할 수밖에 없다고 설명한다. 덧붙여서 그는 『해당화』가 『부활』의 번역이라는 사실보다 3·1운동 전야의 청년 톨스토이안들의 행로가 한데서 마주쳤다는 점 때문에 더욱 의미있는 것이라 설명한다. 박진영, 「해설―신문관 십 년, 번역 문학 백 년의 대장정」, 『신문관 번역소설 전집』, 소명출판, 2010.; 박진영, 「≪해당화≫의 번역자 나정 박현환 한국에 온 톨스토이」, 『반거들충이 한무릎공부 : 박진영 홈페이지』, 2010.12.2, www.bookgram.pe.kr. 참조. (이상 김효재, 「1950년대 종합지 『새벽』의 정신적 지향(1)」, 『한국현대문학연구』46, 한국현대문학회, 2015, 269면에서 재인용.)

9 김소월이 몇 회 졸업인지와 관련해서는 약간의 혼란이 있다. 『오산 100년사: 1907―2007』 (오산학원, 2007)와 같은 오산학교 자료에는 12회로 되어 있다. 그러나 김소월과 동급생이었던 것으로 추정되는 한경직 목사가 10회 졸업생으로 소개되고 있어 혼란이 있다. 한경직 목사에 따르면, 1919년 3·1운동으로 학교가 폐쇄되어 해당연도 졸업식이 치러지지 않아 졸업장을 받지 못했다고 한다. 그리고 이러한 설명이 김소월 관련 내용(김윤식, 앞의 책, 391면.)에서도 발견된다. 이런 점을 참고하면 김소월도 같은 10회 졸업생으로 보는 것이 타당할 것이다. 그러나 이런 혼란은 김소월의 오산학교 재학 시기에 대한 추정이 연구자마다 앞뒤로 1~2년씩 차이가 나는 데서도 발생한다. 가장 일반적으로 연보에 소개된 김소월의 오산학교 재학 시기는 1915~1919년이나, 1917~1921년/1916~1919년 등 김소월 연구자 간에도 이견이 있다. 김억의 「소월의 생애」(『여성』, 1936.9.)에는 김소월이 열다섯 살에 남산학교를 졸업하고 오산학교에 입학하였다고 되어 있는데, 1902년생인 김소월이

의 유고시를 『여성』에 소개했던 백석(18회) 등이 모두 오산학교 출신이다.[10]

　권두연은 신문관에서 발행된 잡지 『아이들보이』(1913년 9월 창간)에 "가장 적극적인 참여를 보이고 있는 정주" 지역이 이광수가 교사로 근무하던 "오산학교가 있던 곳"이라는 점과 "『아이들보이』의 주요독자층"이 오산학교 출신임을 밝힌 바 있다.[11] 또한 다른 논문에서 권두연은 이광수의 제자였던 「읍혈조」의 작가 이희철의 문학적 행적을 다루면서, "오산학교 6회, 7회 졸업생들이 특히 대거 『아이들보이』 독자투고란에 참여한 현상"을 지적했다.[12] 이 논문에 표로 제시된 "오산학교 출신의 신문과 매체 관련 활동 내역"을 통해, 이광수의 오산학교 재직 당시 오산의 문학열을 확인할 수 있다. 여기에는 김여제, 박현환, 김억, 이희철 등과 같이 실제로 문인이 된 학생 명단뿐만 아니라, 역사 교사였던 김도태(1회),[13] 의사가 된 백인제(6회),[14] 목회

　　열다섯 살이면 1916년이다. (김효재, 「김소월 시의 사상적 배경 연구 ― 오산학교의 이상향 추구를 중심으로」, 37·55면.)

10　이광수는 『무정』과 『그의 자서전』 등에서 오산에서의 교사 체험을 다룬 바 있다. 그리고 이광수 외에 오산학교에서 교사로 근무했던 남궁억과 염상섭 등의 문인이 오산에서 경험한 내용을 작품으로 남긴 바 있다.

11　권두연, 『신문관의 출판기획과 문화운동』, 고대민족문화연구소, 2016, 90면.

12　권두연, 「소설의 모델, 독자, 작가 ― 이희철(李熙喆)의 문학적 행보에 대한 고찰」, 『비평문학』42, 한국비평문학회, 2011, 55~56면. 권두연은 이와 같은 오산학교 학생들의 독자투고란 참여가, 단일학교로는 가장 많은 독자 참여로, "특정 지역의 문학열이 형성되는 과정에 학교와 매체가 매우 긴밀하게 연동되었을 가능성을 제공"한다는 점에서 특별한 주목을 요한다고 했다. 그러면서 이에 대해 "이광수의 개인적인 영향이나 오산학교의 특정한 교풍에 근대 매체의 개입이 무시될 수 없는 힘으로 작용"했음을 보여주는 사례라고 평가한다. 그러나 이 시기 "오산학교 출신 가운데 상당수가 3·1운동에 연루되어 있다는 점"등의 예를 들어, 이광수와 오산학교 제자들이 이와같이 "제도의 연장선에 있으면서도 동시에 문학적인 경향을 통해 제도 밖으로 이탈하려는 양상을 보였"음을 지적하고 있어 흥미롭다.(56~57면.)

13　오산학교 1회 졸업생인 김도태는 오산학교를 졸업(1910년 7월)한 뒤, 남강의 명으로 경기도의 삼악학교와 만주 신흥무관학교에서 교사로 근무하였다. 신흥무관학교는 독립군 양성학교로서, 시당 여준과 단재 신채호가 오산학교를 떠난 뒤 독립운동을 하면서 교사를

자가 된 이약신(7회)[15] 등의 이름도 있다.

> 나는 孤舟라는 호를 가졌으나 교사가 되어서는 '올보리'라고 자칭
> 하였다. 올보리란 맛있는 곡식은 아니나 다른 것이 아직 나기 전에 굶주
> 림을 면하는 양식이다. 나도 좋은 양식이 되려는 야심을 버리고 급한 데
> 임시로 쓰이는 올보리가 되자는 것이었다. 최남선이 자기는 시대의 희생
> 이로라고 말한 것과 같은 심리였다.[16]

권두연은 위의 논문에서, 위의 인용 글을 예시로 하여, 이광수가 "孤舟. 즉
외로운 배(외배)를 아호로 사용"했으나, "오산에서의 활동을 위해 특별히 '올
보리'라는 필명을 따로 지었을 정도로 이 시기에 대한 의미를 새롭게 부여"
했다고 평가한다. 이광수가 "은연중 문학을 장려"했다고 했지만 "오산학교

지낸 곳이기도 하고, 경기도의 삼악학교는 여준이 자신의 고향인 경기도 용인에 설립한
학교이다. 이후 김도태는 1914년에 모교인 오산학교로 돌아와 1916년 봄, 동경 유학을 떠
나기 전까지 역사를 가르쳤다. 따라서 김소월의 입학 연도를 1915년이라고 하면, 김소월
또한 김도태로부터도 역사를 배웠을 가능성이 있다. 김도태는 3·1운동 당시에는 관서 지
방의 연락책으로 정주의 이승훈과 경성의 최남선 간의 연락을 담당했으며, 48인 중 한 사
람으로서 옥고를 치르기도 했다. 또한 그는 「세종대왕 전기」, 「남강 이승훈전」, 「서재필
박사 자서전」 등의 전기를 집필하였다. 그가 동경 유학 시절 『학지광』 16호(1918)에 기고
했던 「우리의 歷史的 短處를 補充할것」이라는 글은 해당 호 압수로 인해, 17호(1919.1.)에
수록된 '社告'란을 통해 목차를 확인할 수 있을 뿐이다. (김효재, 앞의 논문, 51면.) 한편,
김도태가 오산학교에서 교사로 재직했던 시기는 고당 조만식이 교장이었고, 신민회 사건
으로 투옥됐던 남강 이승훈도 돌아와 다시 학교 살림을 돌보던 시기와 맞물린다. 오산학
교 역사에서 조만식 교장과 교주 이승훈이 함께했던 시기를 오산 출신 인사들은 오산의
전성기라 부르기도 한다.

14 백인제는 현재의 백병원 설립자이며, 폐결핵을 앓았던 이광수에게 일평생 큰 도움을 주
었다. 김윤식, 앞의 책, 393면.

15 7회 졸업생 중 주기철과 이약신은 평양신학교를 나와 목사가 되었다. 주기철 목사는 신사
참배를 거부하다 순교했다. 주기철의 형 주기용은 같은 7회 졸업생으로 1932년과 1953년
각각 오산학교 교장을 역임했다. 주기철 형제는 경상도 출신으로, 이광수가 경상도 지역
에서 했던 강연을 듣고 감화되어 오산학교에 진학했다. (『오산 100년사: 1907-2007』,
오산학원, 2007. 참조.) 이약신 목사는 여성학자 이효재 선생의 아버지로도 유명하다.

16 이광수, 『나의 고백』, 춘추사, 1948, 194면. (권두연, 앞의 논문, 54면에서 재인용.)

에서의 "춘원의 영향"은 이광수 본인이 생각한 것 이상으로 크게 작용했"다는 것이다.[17] "家庭에 對한 사랑"을 주고 받으며, "다른 만흔 少年들이 맛보지못하는 詩的生活"[18] 을 이광수에게서 얻었다고 하는 五山人 이희철 외에도, "최남선씨가 경영하던 소년잡지를 들고 오야서 자미잇는 이약이를 말하기도 하고 필기도 식히"던 이광수의 조선어 수업은 당시 많은 학생에게 "모든 시간중에 제일 자미잇는 시간"으로, 의미있는 시간으로 새겨졌던 듯하다.[19] 김억도 그런 학생 중 하나였다.

> 나는 어찌하여 文藝에다가 뜻을 두었던가, ---이르는 말이 사람의 一生은 첫걸음이 가장 重要하다고. 귀밑에 솜털도 지지아니한 새파란 사람을 부뜰고 무어라고 學校先生님이 칭찬을 하거니와, 이처럼 무서운 結果를 주는것은 없습니다.
> 詩歌에對한 나의 興味도 이러한 곳에서 싹이 텃으니, 그것은 五山學校 中學部 二學年때외다. 어찌 어찌 하여 作文이랍시고 웃으운것이 春園先生의 눈에 들어 대스럽지 아니한 칭찬을 받은것이 結果로는 그만 나의 一生을 支配케 되었으니, 春園先生으로서야 어찌 이리 될것을 꿈에나마 생각했을것입니까.[20]

이 인용 글에서 보듯이, 김억은 자신이 문예에 뜻을 두게 된 것의 연원을 중학 시절 스승이었던 춘원 선생에게 들었던 칭찬에서 찾는다. 한국 근현대 시사에서 빼놓을 수 없는 시인이며 평론가로서 김억은 이광수의 오산학교 제자이면서, 그 자신도 오산학교에 재직하여 훌륭한 시인을 길러낸 교사로

---

17 권두연, 위의 논문, 54면.
18 五山人, 「K先生을 생각함」, 『창조』 5호, 1920.3, 93면.
19 위의 글, 90면.
20 김안서, 「獨白」, 『博文』 12, 1939.10. (『안서김억전집』 5권, 박경수 편, 한국문화사, 1987, 786면.)

서 시인 김소월의 스승이다. 김억은 이 글 외에도 「언제나잊을수없는時節」(『學燈』22, 1936.1.), 「나의 詩作生活自敍」(『白民』16, 1948.10.) 등의 글에서도 시인의 길에 들어서게 된 이유로 이광수의 칭찬을 거듭 언급한 바 있다. 이 기록에서는 중학 시절을 인생의 가장 좋았던 시절로 되새기는 한편으로, 처음의 순수한 열정만이 아니라, 선생님의 칭찬 한마디에 삶의 중요한 진로를 결정했던 것에 대한 여러 가지 복잡한 심경이 묻어나기도 한다.[21]

이렇게 이광수가 3년여 시간을 근무하면서 오산에 꽃피운 문학열은 '조선어'로 글을 쓰고 문학을 한다는 것을, '전위'로 인식하는 새로운 곳간 지기들의 탄생을 예고하는 것이었다. 이러한 '오산의 문학열'은 열아홉, 혹은 20대 초반 젊은 교사의 순수하고도 순진한 허세와 다소 건방지고 치기 어린 열정이 있었기에 가능했던 것 아닐까? 이광수 자신은 후에 이 건방진 치기를 반성적으로 되새길 수밖에 없었을지라도 말이다. 그리고 무엇보다 거기에는 오산학교를 거쳐 간 선생들과 오산학교 졸업생들의 회고 속에서 발견되는 교주 이승훈의 본보기 교육과 오산만의 특별한 분위기, 그리고 '조선인'이라는 자의식이 뒷받침되었을 것이다.

2. '大韓'에서 '朝鮮'으로 : "朝鮮ㅅ사람인靑年"이란 何오

2.1. 오산학교 이상향 추구의 명맥

이광수와 비슷한 시기에 남강 이승훈에게 초빙되어 오산학교에서 과학 교

---

21 "생각하면 우습은일이거니와, 中學校때에 作文이랍시고 게발게발 줏거린것이春園선생에게 칭찬을받아서 영문모를 文學의길로 들어온 것을 只今이라도 恨하는바외다." 김억, 「작가단편자서전」, 『삼천리문학』, 1938.1, 230~231면.

사로 근무했던 유영모[22]의 회고와 유영모가 교장으로 재직하던 시절의 제자이자 이후 1920년대 후반부터 10여 년간 오산학교 교사로 근무했던 함석헌의 회고는 오산에서의 경험을 상당히 극적인 것으로 서술한다. 먼저 유영모를 통해서 남강 이승훈의 '조선' 강조와 더불어 그 당시 오산학교에 함께 근무했던 여준, 윤기섭 등의 교사들과 망명길에 오산학교에 들러 수개월을 머물다간 신채호의 영향이 새롭게 드러나는 측면이 있다. 다음으로 함석헌의 회고는 오산학교 설립 초기에 형성됐던 오산 정신의 명맥이 어떻게 이어지고 오산만의 특색으로 자리 잡았는지를 증언해주고 있어 흥미롭다.

유영모는 오산학교가 "나라의 병든 민족정신을 치유하는 요새였고, 교사든 학생이든 오산학교를 거쳐 간 사람은 누구나 오산의 정신을 이어받아 순수한 단군의 자손이 되었다고" 회고한다. 특히 "교사로서 오산학교에 가서 가르친 것 이상으로 배웠"다고 한 부분이 주목된다.[23] 유영모를 오산으로 초빙했던 남강 이승훈은 그에게 애국심을 일깨웠으며, 그는 오산학교에서 "나라를 자신의 생명보다 더 사랑한 여준·신채호·윤기섭"을 만났다. 또한 "그의 일생에 정신적으로 가장 큰 영향을 미친 톨스토이·석가·노자를 오산학교에서 가까이"하게 되었다.[24]

유영모는 여준 선생이 오산에 올 때 가져온, "많은 고전과 신학문의 책" 덕분에, 오산학교에서 마음껏 책을 읽을 수 있었다.[25] 특히 "교회주의 일변도"

---

22 유영모는 1910년부터 2년간 오산학교에서 과학 교사로 근무하였으며, 조만식 교장에 이어 1921년 9월부터 오산학교 교장으로 부임해 1년 반 동안 농사를 지으며 학생들을 가르쳤다.

23 박영호, 『진리의 사람 다석 유영모(상)』, 두레, 2001, 161면.

24 위의 책, 340면.

25 위의 책, 162면.

였던 그는 여준의 권유로 불경과 노자를 읽었고 신채호로부터도 많은 도움을 받았다. 여준은 동서양의 지식과 학문에 두루 능한 학자였고, 신채호는 박학다식한 사학자인데다가 종교에도 조예가 깊어서 유교·불교·도교뿐 아니라 민족의 전래종교인 고신도에도 관심이 많았고,[26] 대종교(大倧教)에 인연을 맺고 있었다.[27]

유영모의 회고에 따르면, 여준의 제안으로 오산학교에는 "학생토론회가 정규 교과과정으로 있었"는데, "교사와 학생이 비록 한옥이지만 기숙사에서 함께 생활"했기 때문에, "토론하고 대화할 시간적인 여유가 많았"다고 한다.[28] 이러한 토론이 특히 외부에서 손님이 오면 강연과 함께 더욱 활기를 띠어 밤새도록 이어졌다. 이승만, 최남선, 신채호 등 이름있는 애국지사가 오산을 찾으면 교주 이승훈이 있을 때는 더하고, 없더라도 "크게 환영하여 학생들에게 강연을 들려 주었"고, 학생들에게 우선 "애국심"을 넣어주자는 취지에서 "과학 공부보다도 애국지사의 강연을 더 소중하게" 여겼다고 한다.[29]

> 나는 시당 여선생께 능엄경을 배웠다. 그는 불서에도 아는 것이 많은 모양이거니와, 그의 명리에 염담하고 사물에 애체 없는 품이 지금에 생각하면 선승에 통함이 있었다. 무엇인지 모르나 그는 내가 평생에 잊지 못하는 인물 중에 하나다. 겨우 열 아홉, 스무살 적 내가 이런 높은 선비의 뜻을 다 알아 볼 수는 없었겠지마는 그는 생각할수록 사모해지는 인격자였다.[30]

---

26 위의 책, 200면.
27 위의 책, 164면.
28 위의 책, 199면.
29 이광수, 「나의 고백」, 『이광수 전집』 7, 삼중당, 1976, 233면.
30 같은 면.

위의 인용 글은 시당 여준 선생에 대한, 해방 후 이광수의 회고다. 앞 장에
서 인용한 바 있지만, "공부는 더 해서 무엇하느냐, 나는 벌써 최고 지식에 달
한 것이 아니냐, 나는 벌써 인생관과 우주관을 완전히 가진 것이 아니냐"[31]
라고 생각했던 그에게, 시당 여준 선생은 그것이 얼마나 큰 오만이었는지를
깨닫게 해준, 오산에서 만난 평생의 귀인 중 한 사람이었다.

한편 함석헌은 관립학교(평양고보)를 다니다가 1919년 3·1운동 이후
1921년에 보결생으로 오산학교에 들어간 뒤, 자신의 신앙과 삶의 가치관에
엄청난 변화가 시작되었다고 회고했다.[32] 그가 남긴 오산학교 인상기를 통
해 오산학교가 민족학교로서 우리 말과 역사를 중시하고, 오산학교 교사들
역시 다른 학교와는 차별화된 방식으로 학생들을 지도하고 있었음을 확인할
수 있다.

> (1) 공립학교에서 "오마에(너)"라고 부르는 소리만 듣던 내 귀가 선생
> 들이 아주 어린 학생보고도 "왜 그랬지요?"하는 존경하는 말을 쓰는 것

---

31 이광수, 「그의 자서전」, 『이광수전집』6, 우신사, 1979, 341면.
32 함석헌, 「이단자가 되기까지」, 『함석헌 전집4 : 죽을 때까지 이 걸음으로』, 한길사, 1983,
  188면.
  함석헌에게 '오산학교'는 평생의 영적 스승인 유영모 선생을 만난 곳으로도 의미가 크다.
  유영모는 남강 이승훈의 부탁으로 조만식 교장의 공석을 메우기 위해 1921년 9월 교장으
  로 부임해서 1년 남짓 동안 근무했다. 오산을 떠난 지 7~8년 만에 다시 오산에서 가르쳤
  던 것이다. 유영모 선생이 부임한 것은, 마침 함석헌이 오산에 편입한 지 두 번째 학기가
  되던 때였다. 함석헌은 유영모 선생으로부터 생애 처음으로 "인생이라, 생명이라 하는
  말"을 들었고, 선생에게 배운 것 중, 자신의 배움의 깊이가 얕고 평범한 가운데 '삶'이라,
  '참'이라 하는 말을 잊지 못하게 되었다고 했다. 특히 유영모 선생의 말을 듣고 자신의 "속
  에 텅 빈 느낌을 차차 가지게 됐고 생각을 조금씩 해보게" 되었다고 한다. 이렇게 그가 자
  기 스스로 '나'란 무엇인지를 고민하고 문제 삼게 되었던 것도 그때부터였다. 또한 그가
  독서에 눈을 뜨게 된 것도, 일본의 대표적 무교회주의자인 우찌무라 간조의 이름을 처음
  들었던 것도 이 오산 시절에 있었던 일이다. 그만큼 오산에서의 인연과 배움은 함석헌에
  게 각별한 것이었다. (187~189면.)

을 처음 들으니 퍽 놀랍고 어딘지 모르게 친절미가 흐르고 있는 그 공기가 말할 수 없이 좋아 보였다.

전부터 있던 학생의 말을 들으면, 오산의 면목은 다 없어졌다는 것이다. 그러나 그런데도 오히려 어떤 보이지 않는 힘이 전체를 둘러싸고 있었다. 물론 그것은 몸은 지금 감옥에 가 있어 못 보지만 남강선생 때문이었다. 나는 거기서 처음으로 '**한글**' '**배달**' '**한배**'라는 말을 배웠다.[33] (인용자 강조)

(2) 오산학교가 된 것도 시대의 영향이지만 그것은 **남강의 인격**아니고는 될 수 없습니다. 그것은 그 때에 비 뒤에 버섯처럼 또 쓰러져 버린 많은 학교의 역사가 그것을 증명합니다. 오산학교는 남강의 인격이 나타난 것이었읍니다. 그것 때문에 단순한 학문만이 아니요, 정신이었기 때문에 그것은 힘이 있었읍니다. 그는 오산학교를 경영한 것이 아니라 오산을 살았읍니다. 학생을 가르친 것이 아니라 학생과 같이 자랐읍니다. 선생과 학생이 조밥 된장국에 한 가족이 되어 같이 울고 웃던 창초의 그 오산학교는 그 때 **민족운동, 문화운동, 신앙운동의 산 불도가니**였읍니다.[34] (인용자 강조)

(3) 남강, 도산, 고당 선생의 인격의 알짬이 기독교 신앙이고 따라서 오산정신의 알짬이 이 역시 그것임을 말하는 데 있어서 잊어선 아니 될 것은, 그것이 **선교사와 관계없다**는 사실이다. 이 세 분이 다 선교사 밑에서 일한 이들이 아니요, **오산학교는 미션 학교가 아니었다.**

나는 오산이 만일 미션 학교였더라면 오산이 되지 못했으리라고 생각한다. 미션 학교가 아니었기 때문에 도리어 자유로운 산 정신을 살릴 수 있었다. 미션 학교라고 다 그렇다 할 수 없겠지만, 매양 미션 학교가 형식적인 교리의 강요를 당함으로 말미암아 생각이 고루하고 어딘지 뼈다귀 빠진 듯한 데가 있음을 세상이 잘 알고 있다. 이것은 선교사 밑에서 일하는 사람이 그릇된 추종으로 인하여 정신의 독립을 잃고, 또 재정적

---

33 함석헌, 「남강·도산·고당」, 위의 책, 164~165면.
34 함석헌, 「하나님의 발길에 채어서 Ⅰ」, 위의 책, 211면.

독립을 못하는 데서 오는 폐단일 것이다.(중략) 내가 만일 미션 학교엘
다녔더라면 어느 선교사의 동정으로 미국쯤 갔을는지 모르고, 그랬더라
면 혹 목사가 됐던지 어느 신학교의 교수가 됐을는지 모른다. 그러나 그
렇게 아니된 것은 천만다행이다.35 (인용자 강조)

위에 인용한 함석헌의 글을 참고할 때, 오산학교의 특징은 크게 세 가지로
정리된다. 첫째, 오산학교에서는 공립학교에서와 달리, "'한글' '배달' '한배'
라는 말"을 배울 수 있다는 점, 둘째, 오산학교에는 보이지 않는 정신이 흐르
고 있고, 이것이 교주인 남강의 인격 및 신앙과 긴밀하게 연결되었다는 점,
셋째, 오산학교의 정신은 기독교 신앙을 중요시하나, 선교사의 미션스쿨과
구분해야 한다는 점이다.

먼저, "'한글' '배달' '한배'라는 말"을 배울 수 있다는 것은, '국문(國文)'이
라는 말을 사용할 수 없게 되기 전부터 있어 온 국어국문운동의 흐름과 한글
이라는 명명(命名)에 담긴 의미를 배울 수 있다는 것, 그리고 고조선의 역사
와 단군에 대해 배울 수 있음을 뜻한다.36 이윤재는 「한글 강의」를 통해, 주
시경이 '한글'의 "한"을 "조선 고대민족"을 칭하는 "환족(桓族)"과 그 환족의
"나라 이름"인 "환국(桓國)"에서 찾고, "환"의 말뜻을 "한울로 불러나려"오신
"조선의 시조 단군(檀君)"과 연결 짓고, "한울"의 줄임말이라 설명했다고 전
한다. 그는 주시경의 설명에 근거해서 "「한」은 하나(一)이며, 한울(天), 크다
(大), 바르다(正)란 말로 된 것"이고, "이러한 의미로 우리글을 한글로 하게

---

35 함석헌, 「남강·도산·고당」, 위의 책, 161면.
36 한글 명칭과 관련된 자세한 내용은 이윤재, 「한글강의(1)」, 『신생』 2권 9호, 1929.9.; 고영
　근, 「'한글'의 作名父는 누구일까」, 『새국어생활』13(1), 2003.봄.; 정재환, 「해방 후 조선
　어학회·한글학회 활동 연구(1945~1957년)」, 성균관대학교 박사학위논문, 2013, 151~
　161면. 참조.

된 것"이며, "한글은 「한」이란 겨레의 글, 「한」이란 나라의 글 곧 조선의 글이란 말"이라고 설명한다.37

1910년 한일 강제 병합 이후 "국문과 국어라는 말을 쓸 수 없게 된 상황에서" 우리 겨레의 정체성을 드러내는 "배달말글"과 "한글"이라는 이름이 등장했다. 유래를 살펴보면, '한글' 명칭은 '국문'이라는 명칭을 사용할 수 없게 된 시절, 우리 글의 보급과 연구를 위해 만든 단체였던 1913년 주시경 선생의 "한글모"에서 시작되었다. '한글모'는 이후 조선어학회의 전신이다. '한글'이라는 이름은 1927년 이후 본격적으로 대중에 알려지게 됐고, '한글'이라는 명칭의 보급에는 주시경의 유지를 받든 주시경 제자들의 큰 활약이 있었다.38 39

정재환의 연구를 참고하면, '한글'이라는 명칭이 신문에 자주 등장하기 시작한 것은 1926년 이후의 일이다.40 그에 따르면, 신문 기사 제목에 "'한글'이 처음 등장하는 것은 1924년 4월 1일자 『시대일보』"였고, "거창기독교 청년회에서 조선어 사상을 보급하기 위해 **한글강습회**를 개최했다는 소식"(인

---

37 이윤재, 「한글강의(1)」, 『신생』 2권 9호, 1929.9.
38 정재환, 앞의 논문, 153~155면.
  '한글'이라는 작명의 시초에 대해서는 주시경 설과 최남선 설 두 가지가 있으며, 이와 관련하여 국어학자인 고영근과 임홍빈의 논쟁이 있다. 그러나 본 연구에서 주목하는 부분은 작명의 시초를 따지는 데 있지 않으므로 논쟁과 관련한 상세한 논의는 생략한다. 고영근, 「'한글'의 作名父는 누구일까 : 이종일 · 최남선 소작설과 관련하여」, 『새국어생활』 13(1), 국립국어원, 2003.; 임홍빈, 「'한글' 명명자(命名者)와 사료(史料) 검증(檢證)의 문제(問題)-고영근(2003)에 답함-」, 『어문연구』35(3), 한국어문교육연구회, 2007. 참조.
39 한글날이 처음 제정되어 한글날로 이름이 바뀌기(1928) 전의 이름이 '가갸날'(1926)이었다. '가갸날'을 한글날로 바꾼 1928년 이전까지, '가갸'와 '한글'이 같이 사용되었다. (정재환, 위의 논문, 160면.) 참고로 1926년 가갸날(한글날의 첫 이름)이 생겼을 당시, 한용운은 「가갸날에 대하여」(『동아일보』, 1926.12.7.)라는 글을 통해서, 가갸날 제정의 감격을 표현한 바 있다.
40 위의 논문, 160면.

용자 강조)의 기사였다.[41] 이렇게 "한글이란 명칭이 세상에 알려지지 않은 이른 시기에 '한글강습회'란 이름"이 붙을 수 있었던 것은, 당시 강습회의 "강사가 조선어연구회의 이윤재"였기 때문으로 추정된다.[42] 한산 이윤재는 신채호의 주선으로 1924년부터 1926년까지 오산학교에 근무하면서 역사를 가르쳤다.[43]

따라서 1921년에 "'한글' '배달' '한배'라는 말"은 우리 말과 역사 교육에 대한 분명한 목표 의식과 전문적인 정보를 가진 교사를 만나지 않고서는 당시 학교에서, 특히 공립학교에서는 배우기 어려운 내용이었던 것이다. 그러나 오산학교에서 배울 수 있었던 것은 오산학교는 민족학교이면서 그와 같은 내용을 가르칠 수 있는 전문 지식을 갖춘 교사가 있었다는 의미다.[44][45]

---

41 위의 논문, 159면.

42 위의 논문, 160면.

43 김효재, 앞의 논문, 50~52면. 이윤재가 오산학교에서 근무했던 시기와 백석이 오산학교에 다녔던 시기가 겹친다.

44 이것은 오산학교 공동체와 신문관 및 조선광문회와의 연관성으로도 설명할 수 있다. 1910년대 신문관은 당시 지식인들 사이에서 사랑방으로 통했으며, 신문관을 중심으로 청년학우회와 조선광문회, 조선어강습원이 공동체를 이루고 있었다. "특히 안창호와 주시경의 사상은 신문관을 지탱하는 두 근간으로 작용하면서 구체적인 출판활동으로 구현"됐다. 그리고 이 시기 청년들은 "주시경의 한글사상에 세례를 받아 새로운 언어관을 지닌 언어 공동체를 형성해 나간다."(권두연, 앞의 책, 24~26면.) 조선광문회는 당시에 지방에서 올라온 이승훈 같은 노지사의 휴식처이며, 모임장 역할을 했다. 오영섭이 작성한 "조선광문회 출입인사" 명단에서 남강 이승훈과 졸업생 김도태, 김여제의 이름을 확인할 수 있다.(오영섭,「조선광문회 연구」,『한국사학사학보』3, 2001, 121~130면.)
우리말에 대한 부분은 오산학교 출신의 이찬갑을 통해서도 흥미로운 부분을 발견할 수 있다. 함석헌의 동기이면서 오산학교 설립자인 남강 이승훈의 종증손자인 이찬갑은 역사학자 이기백과 국어학자 이기문의 아버지이기도 하다. 그의 서재 목록은 우리말로 쓴 시와 역사, 소설로 채워져 있다. 더욱이 신문 스크랩에는 그의 우리말에 대한 각별한 애정을 짐작하게 하는 메모가 빼곡하게 적혀있다. 그는 '『표준말모음』발간'(1937년 7월 14일)이라는 동아일보 기사에 "이 어두운 시대에도 어둠을 헤치며 광명을 향해 자라나는 모양의 우리말. 내 말! 아, 반가워라. 아가 잘 자라라. 잘 커라."(백승종,『그 나라의 역사와 말』, 궁리출판, 2002, 사진 부록 참조)라고 적었다.(김효재, 앞의 논문, 31면.)

다음으로, 오산학교가 선교사의 미션스쿨과 다르다는 것은, 기독교 근본주의자의 학교와는 거리가 있을 뿐만 아니라, 인용 글에서도 나오듯이 기독교 신앙을 기본으로 하면서도 외국인 선교사에 좌지우지되지 않고, 학교의 자율성과 독립성을 유지할 수 있음을 의미한다. 함석헌은 특히나 선교사의 미션스쿨에 대해 강한 반감을 드러내고 있다. 함석헌의 반감에는 분명한 이유가 있다. 예컨대, 한국기독교사 연구회에 따르면, 당시 선교사들은 1905년 이후로 정교 분리주의를 내세워 일제의 식민정책을 외면하거나 지지했다고 한다. 또한 무엇보다 선교사들은 일본의 강압에 의해 식민지배에 놓여 망국민이 된 조선인들의 절망과 아픔으로 들끓는 에너지를 "백만명 구령운동"같은 성령운동으로 희석시켰다는 점에서 비판을 면하기 어렵다.[46]

이 책에는 이찬갑의 장서 목록이 소개 되어 있다. 동양고전에 해당하는 『사서삼경』을 제외하고, 김부식의 『삼국사기』, 일연의 『삼국유사』, 이승휴의 『제왕운기』, 정인지의 『고려사』, 정약용의 『여유당선서』 등의 한국 고전과 안확의 『조선문명사』(1923), 최남선의 『아시조선』(1927)과 『백두산근참기』 및 『심춘순례』, 이윤재의 『성웅·이순신』, 신채호의 『조선사연구초』, 문일평의 『호암전집』, 김태준의 『조선소설사』, 안재홍의 『백두산등척기』, 김윤경의 『조선문학 급 어학사』 및 『주시경선생 유고』, 최현배의 『우리말본』 및 『한글갈』, 조선어학회의 『한글 맞춤법 통일안』 등 역사연구서와 국어학의 기초를 다진 책들과 김억, 김소월, 정지용, 백석 등의 초판본 시집 및 박용철 전집, 이광수, 김동인, 홍명희, 박태원 등의 소설집이 장서 목록에 들어 있다.(백승종, 60~67면.) 천정환은 이 장서들이 "역사와 말글 문화 전통에 예민했던" 지식인의 면모와 함께 일제강점기 조선인의 "자기 발견으로서의 국학의 전개 과정"을 보여준다고 하면서, 특히 이찬갑의 장서 중 한국 고전으로 분류되는 서적들은 "조선이 소중화(小中華)관에 사로잡혀 있을 때"는 언급조차 되지 않았던 것들이라고 지적했다. (천정환, 『대중지성의 시대』, 푸른역사, 2008, 243~246면.)

45 당시 교육 환경과 관련하여 다음의 내용을 참고할 수 있다. 1923년 신의주고등보통학교 2학년 학생들이 방학 숙제로 자기 고향의 설화를 채록한 것 중 장태근 학생은 자신이 채록한 「홍경래의 난」에 대해 "역사 지식이 부족하고 또 학교에서 조선역사를 자세히 가르쳐주지 않았기 때문에 유감스럽지만" "홍경래의 사적"을 쓸 수 없"다고 적고 있다. 長泰根(8월 9일, 15번), 「홍경래의 난」, 신의주고등보통학교 2년 갑·을 반 수집, 『1923년 조선설화집』, 이시이마사미石井正己 엮음, 최인학 번안, 민속원, 2010, 23면.

46 김효재, 앞의 논문, 32~34면.

함석헌은 일반 선교사와 미션스쿨의 이와 같은 역사성 결여와 기회주의적인 측면에 큰 반감을 느꼈던 것으로 보인다. 게다가 기독교 신앙을 가지고 있지만, 단군의 자손임을 되새기며 애국심을 강조하는 교주 이승훈이나 고당 조만식, 그리고 도산 안창호의 신념이 기독교 성령화라는 선교사들의 목표와 아무런 갈등없이 동행하기는 어려웠을 것이다. 실제로 조만식은 기독교 근본주의자들과는 거리를 유지했다고 한다.47

마지막으로 많은 학교가 쓰러져 가는 와중에도 오산학교만은 오롯이 건재할 수 있었던 오산의 정신은 무엇이었을까? 함석헌은 동경 유학 초기 동경사범학교 입학시험 준비 당시, 오산학교에서 혼(魂)의 느낌을 알게 된 사람으로서 자기 내면을 돌보지 못한 채 입시에만 매달리는 것이 괴리가 있어 집중이 어려웠다고 회고한 바 있다.48 오산학교에서 어떤 배움과 경험이 있었기에, 학교 교육으로 혼의 느낌이 깨어날 수 있었던 것일까? 이러한 함석헌의 회고는 오산학교라는 '곳'을 민족학교라는 상징 이상의 아우라를 지닌 곳으로 상상하게 한다. 기독교 학교이되, 선교사의 미션스쿨은 아니며, 기독교인이지만 단군의 자손임을 일깨우는 선생과 더불어 솔선수범을 말이 아니라 행동으로 가르치고, 밤새워 선생과 학생이 나라의 운명에 대해 토론을 벌이는 민족 간부 육성을 위한 배움터가 바로 오산학교였다.

---

47 오산학교의 살림을 맡아 보던 설립자 이승훈이 신민회 사건으로 인해 학교를 비운 동안, 이승훈의 간곡한 부탁으로 초반에는 이광수가, 뒤에는 조만식이 학교 운영과 살림을 맡았다. 함석헌은 남강 선생이 출옥한 뒤에, 남강 이승훈과 고당 조만식이 있었던 1915년부터 1919년의 시기를 오산의 전성기라고 말한다.

48 함석헌, 「이단자가 되기까지」, 앞의 책, 192면. 함석헌은 동경사범학교 입학시험을 준비하던 때를 다음과 같이 회고한다. "처음 한 해는 입학시험 준비로 지냈는데, 그때가 제일 괴로웠다. 이미 **오산에서 혼의 눈을 뜨기 시작**했으므로 속살림을 무시하고 시험 준비라는 바쁜 생각에 지내자니 나 스스로 내 맘의 동산을 짓밟는 듯해 견딜 수 없었다." (인용자 강조)

위의 인용 글에서 함석헌은 오산의 정신이 곧 남강 이승훈의 인격이며, "단순히 학문이 아니라, 정신"이었기에 힘이 있었다고 말한다. 학생을 단지 교육의 소비자로만 생각하거나, 일방향의 교습 대상에 고정하지 않고, 서로 배우고 가르치고 함께 삶을 살았던 그때 오산학교는 "민족운동, 문화운동, 신앙운동의 산 불도가니"였다는 것이다. 함석헌이 지적한 오산학교와 남강의 면모에 대해서는 이광수도 여러 글에서 회고한 바 있다.

더욱이 1910년 8월, 오산학교에 재직할 때『소년』에 발표했던 "少年論壇"의「今日我韓青年의 境遇」((『소년』3년 6권, 1910.6.)와 2개월 간격을 두고 실린「朝鮮ㅅ사람인青年에게」(『소년』3년 8권, 1910.8.), 그리고 "寫實小說"「獻身者」(『소년』3년 8권, 1910.8.)는 오산학교와 남강 이승훈에 대한 당시 이광수의 실감을 생생하게 확인할 수 있는 글이라 의미가 있다. 이에 대한 논의는 다음 절에서 좀 더 자세히 다루기로 하고, 여기에서는 오산의 정신, 혹은 남강의 정신을 이상향 추구의 명맥과 관련하여 좀 더 살펴보고자 한다.

신범순은 이광수의「문사와 수양」(『창조』8호, 1921.1.),「악부−고구려 지부」(『백조』창간호, 1922.1.) 등의 글을 분석하면서 이런 일련의 글들의 "정신적 축"을 "민족적 이상주의"라고 표현한 바 있다. 그는 당시의 이상주의가 수입된 사조로 설명될 것이 아니라, 우리 현실에 기초한 "이상적 공동체에 대한 꿈"과 "그것을 실현하려는 구체적인 사상적 설계도"로 설명되어야 한다고 주장했다. 또한 "이광수 개인의 사상에 그치는 것"이 아니라, "당대 민족운동과 독립투쟁 활동에 가담했던 많은 단체와 그것을 주도했던 사람들의 사상"과의 연관성을 봐야 한다고 하면서 "민족사학의 양대 축이었던 정주 오산학교와 평양 대성학교"를 그와 같은 "이상향 운동의 거점"으로 파악한다.[49]

평북 정주 출신의 남강 이승훈은 교육구국운동을 표방하며 1907년 12월 24일, 자신의 고향 마을에 있던 향교 승천제(升薦齊) 자리에 오산학교를 설립했다. 사환으로 출발해 자수성가한 사업가인 그가 오산학교를 설립한 배경에는 평양에서 들은 안창호의 강연이 결정적인 역할을 했다. "나라가 없는 민족은 세계에 상놈이요, 전민족이 다 상놈이 되거든 당신 혼자 양반 될 수가 있겠소?"라는 구절을 듣고, 그 길로 단발을 하고, "여주 이가가 다 상놈인데 나 혼자 양반이 될 수가 없듯이, 우리 민족이 다 상놈인데 여주 이가만이 양반이 될 수 없으니 대한 민족 전체가 양반이 될 도리를 하여야 한다"고 결심하고 도산을 찾아가 이야기를 들은 뒤에 귀향하여 옛 향교 자리에 세운 것이 오산학교였다.[50]

이렇게 오산학교의 설립은 남강이 주도하였으나, 학교 인가가 나고 지역 유림의 인정을 받아 실제로 개교하기까지의 과정에는 신민회와 서우학회·서북학회 같은 당시의 애국 계몽 단체들과 정주지역 향교 및 양반층이 함께 하였다.[51] 사실상 신민회의 교육사업은 구국운동에서 촉발되어 학교설립과 더불어, 이상적인 공동체에 대한 지향을 염두에 둔 것이었다. 1910~20년대 '모범촌' 건설 운동이라고 불렸던 이상촌 건설 운동은 신민회로부터 시작되었다.[52] 신민회는 민족정신을 강조하면서 앞으로 새로운 공동체를 이끌어갈

---

49 신범순, 앞의 책, 388~389면.
　　신범순은 "오산학교 출신인 김억과 김소월, 남궁벽, 이광수, 그리고 1930년대에 활약한 이 학교 시인 백석과 화가 이중섭"까지 모두 "이러한 이상향적 사상"을 가지고 있었다고 본다. 또한 1930년대 오산학교의 미술 교사로 근무하면서 이중섭을 지도했던 서양화가 백남순의 「낙원」(1936년 작, 현재 호암미술관 소장)도 "오산학교 이상주의의 상징"처럼 학교 박물관에 걸려있었다는 점을 지적하고 있다. (389면.)
50 이광수, 「나의 고백」, 앞의 책, 232면.
51 조현욱, 앞의 논문. 참조

민족 간부의 육성과 독립운동가 양성에 교육 목표를 두었다.[53]

이와 같이 신민회는 민족정신을 중심으로 이상촌 건설 운동을 전개해 나갔고, 그 이상촌에 대한 구상은 단군 황조의 신시 건설과 관련되어 있었다. 『도산애국가시집(1)』(『새벽』 3권 3호, 1956.5.)에 소개된 안창호의 「대황조의 높은 덕」[54]에서 대황조 단군은 태백산에 내려와 모든 고난과 위험을 무릅쓰고 "황무지"를 개척하여 "나라 집"을 세우고 자손들을 보호하고 편하게 하여 "어진 정사"와 "윤리 도덕"으로 교화한 높은 덕을 지닌 존재다.[55] 『독립신문』(1921년 음력 10월 12일)에 실렸던 「개천절 송축사」도 유사한 메시지를 담고 있다.

---

52 신민회 회원들은 철도가 가까운 곳이나 기선이 드나드는 해변에 촌락을 정해서 가옥과 도로를 부설하고 농산물을 재배하며, 문명한 촌락을 설립하고자 했다. 학교와 병원, 도서관 시설을 갖추고 구락부도 두며, 빈민들을 이주시켜 문명의 혜택을 입게 하자는 목적이 있었다고 한다. 이명화, 「도산 안창호의 이상촌운동에 관한 연구」, 『한국사학보』8, 고려사학회, 2000, 122~123면.

53 김효재, 앞의 논문, 15면.

54 1. 우리 황조 단군께서/태백산에 강림하사/나라 집을 건설하여/자손 우리에게 전하셨네/거룩하다 의의탕탕/대황조의 성덕 거룩하다//2. 모든 곤난 무릅쓰고/황무지를 개척하사/의식 거처 편케하여/자손 우리들을 기르셨네/영원무궁 잊지마세/대황조의 높은 덕 잊지마세//3. 모든 위험 무릅쓰고/악한 짐승 몰아내사/자손 우리들을 보호했네/공덕무량 기념하세/대황조의 큰 공덕 기념하세//4. 착한 도를 세우시고/**어진 정사** 베풀으사/**윤리 도덕** 가르쳐서/자손 우리들을 화하셨네/전지무궁 빛내보세/대황조의 높은 교화 빛내보세//5. 형제들아 자매들아/대황조의 자손된 자/우리형제 자매들아/천번 죽고 만번 죽어도/변치마세 변치마세/대황조께 향한 충성 변치마세/ ─ 안창호, 「대황조의 높은 덕」 전문 (『도산애국가시집(1)』, 『새벽』 3권 3호, 1956.5.)

55 육당은 안창호가 주도했던 신민회의 하부 실천 기관인 '청년학우회'의 취지를 썼고, 도산의 고대사 인식을 공유했으며, 자신의 『태백산시집』 표지에 도산에게 헌정한다는 말을 썼다. 그는 이 시집에 「태백산가」, 「태백산부」, 「태백산의 사시(四時)」, 「태백산과 우리」 등의 시를 실었고, 이 시편들을 통해서 단군을 '우리 대황조'라고 칭하고 환웅의 홍익인간 이념이 실현된 세계를 태백산으로 상징화했다. 신범순, 앞의 책, 498면.

오늘에 大韓男女老少 다 니러나 가즉한 마음으로 太白山檀木 아래에
誕生하사 建國하신 始祖檀君을 頌祝하는도다.

거룩하다 우리 始祖檀君―그 德이 놉고 業이 빗나도다. 그 열어주신
남은 싸은 三千里의 수다운 韓半島이오. 그 五千年 동안 길너오신 남은
子孫은 二千萬의 勇壯한 大韓사람이로다. **荒漠한 世上에 나라흘 열으시
고 먹고 닙고 사는 法度를 가르치시며 道를 세우고 敎를 베프사 뭇百姓
으로 生存과 安寧의 幸福을 누리게 하섯도다.**

곳음과 굿셈과 어짐과 밝음으로 그 몸을 가지사 子孫萬代에 模範을
지으섯도다. 아아 그의 子孫 우리 大韓兄弟姉妹 서로서로 사랑하야 마음
을 合하고 힘을 갓치하니 우리 祖上의 尊嚴이 더욱 드러나고 우리 民族
의 繁榮이 無窮하리로다.[56]

　　노래 「대황조의 높은 덕」의 "황무지"는 송축사에서는 "황막한 세상"으로
표현되어 있다. 안창호는 이런 척박한 땅에 대황조 단군이 나라를 세우고
"먹고 닙고 사는 法度"를 가르치고, "道"를 세우고 "敎"를 베풀어서 모든 백
성이 "生存과 安寧의 幸福"을 누릴 수 있게 했다고 썼다. 또한 단군은 곧고
굳세고 밝은 몸으로 "子孫萬代에 模範"을 지었다고 하니, 이런 모범 덕분에
우리 자손들은 "大韓兄弟姉妹 서로서로 사랑하야 마음을 合하고 힘을 갓치"
하므로, "우리 祖上의 尊嚴이 더욱 드러나고 우리 民族의 繁榮이 無窮"할 것
이라고 말한다. 이처럼 안창호의 이 글에서도 알 수 있듯이, 신민회의 이상
촌은 단군이 세운 나라를 본보기로 했다. 즉, 단군이 "황무지"에 나라를 세운
것으로부터, 小中華의 노예로 살았던 조선과 일본의 식민지로 전락한 척박
한 현실을 "황무지"로 인식하고 새로운 가치와 새로운 세상을 창조하는 모

---

56 안창호, 「개천절 송축사」, 『독립신문』, 1921년 음력 10월 12일(양력 11월 11일), 13면.
　　(국학연구소, 「도산 안창호와 단군 관계 자료」, 『알소리』2, 한뿌리, 2006, 88~89면에 재
　　수록.)

범과 희망을 발견했던 것으로 이해할 수 있다.[57]

이러한 이상촌에 대한 구상이 서북 출신들에게 강력할 수 있었던 것은 서북의 지역적, 자연적 특색과 관련이 있다. 특히 식민지 시기 "이상향 운동의 거점이었던 오산학교"[58]의 이상주의는 그런 측면이 더 두드러진다. 오산학교 출신 선후배 사이인 김소월과 백석의 시가 서북지역의 옛 마을을 배경으로 할 때, 그 중심에는 오산학교가 있던 시골구석의 용동마을이 자리한다. 이들의 시에 등장하는 마을의 신화적이고 신비스러운 분위기는 이 지역의 자연이 만들어내는 특색과 연결된다.

오산학교에 근무했던 남궁 벽의 글과 오산 출신 언론인의 글에서도 이곳의 자연은 남다른 곳으로 표현된다. 가령, 1920~30년대 당시에도 오산학교의 자연은, 복잡한 도회지와는 분명하게 구분되는 "원시적"인 특색을 간직하고 있었던 듯하다. 이러한 자연의 모습은 그곳에서 생활하는 사람들에게 또 다른 정신적 풍경을 형성하는 재료가 되었을 것이다. 김소월의 시 「거츤 플허트러진모래동으로」(『학생계』2, 1920.7.)에는 "길다란쑥대끗을三角에 메워/거메줄감아" 만든 잠자리채가 등장한다.[59] 어린 시절 함께 놀던 동무들에 대한 그리움을 주된 정조로 하는 이 시에서 삼각대에 거미줄을 감아서 만든 잠자리채로 잠자리를 쫓는 풍경은 상당히 이채로운 분위기를 만들어

---

57 이상 도산 안창호의 이상향 모델과 관련한 내용은 김효재, 앞의 논문, 19~22면의 내용을 수정·보완한 것임을 밝혀둔다.

58 신범순, 앞의 책, 393면.

59 거츤플허트러진모래동으로/맘업시거러가며놀내는蜻蛉.//들꼿풀보드라운香氣마트면/어린적놀든동무새그리운맘.//**길다란쑥대끗을三角에메워/거메줄감아들고蜻蛉을쏫던**,//늘함께이동우에이플숩에서/놀든그동무들은어데로갓노!//어린적내노리터이동마루는/지금내흐터진벗생각의나라.//먼바다바라보며우둑히섯서/나지금蜻蛉짜라웨가지안노. ―「거츤플허트러진모래동으로」전문(『학생계』2, 1920.7.)(인용자 강조)

낸다. 거미줄 잠자리채 덕분에 이 시의 화자가 뛰놀았던 고향 마을, 곧 정주 곽산 혹은 용동마을은 도시 문명의 손길이 미치지 않는 청정한 곳으로 상상 된다.

오산학교 교사로 있었던 남궁 벽은 「自然 ─ 五山片信」(『폐허』 창간호, 1920.7.)에서 당시에 자연과 "가장 密接한 生活"을 했던 경험을 다음과 같이 썼다.

> **나는이곳定州에온뒤로, 自然과 가장密接한生活을합니다.** 自然의一部 分이되엿다하면, 도로혀조흘쯧합니다. 나는自然속에서날로成長하여감 니다, 맛치나무와풀이, 自然속에서成長하여가는것처럼.(중략) 나는오늘 午後에, H氏와갓치小學部主任教師K氏의집에놀나갓슴니다. 快活한K氏 는, 불이낫케무슨대접을하다고안으로들어가더니, 未久에털복숭아를한 박아지가지고나왓습니다. 그리고나서는, 쓸로나려가서호박닙을한주먹 싸가지고왓슴니다. 그쌔에나는속맘으로, 「저것은무엇하나」.하엿슴니다.
>
> H氏와나는僞善칼을쓰내가지고, 껍질을벗기기시작하엿슴니다. 그것 을본K氏는, 「그러케애쓰지말고, 나하는대로만하게」. 하면서, **호박닙으 로복숭아를문지른즉, 털이하나도업시버서젓슴니다.** 나는不知中에입을 열어서, 「올치, 그것이된수인걸」.하엿슴니다. 「分明히宅집압헤도호박 이잇슨듯하니, 눈녁어보신일이잇겟지요만은, **호박닙에는깔금깔금한털 이잇슴니다. 그털로복송아털을문지르면, 말쑥하게잘벗슴니다.」**
>
> 나는그러한것을처음보기도하고, 그方法이아조原始的인故로, 매우滋 味잇게녁여서곳흉내를내여본즉, 果然잘버서짐니다. **原來이五山이라는 곳은大段히구석진곳임으로, 農民의生活狀態에原始的인구석이만이남어 잇슴니다.** 더욱이오늘은, 우리先祖의遊牧時代에나쒸여온것가치느겻슴 니다. 그러나이世上의山戰水戰을다격근듯한氏는, 조곰도神器히녁이지 안코如前히칼로벗겻슴니다.[60] (인용자 강조)

---

60 남궁벽, 「自然 ─ 五山片信」, 『폐허』 창간호, 1920.7, 67~68면.

위의 글에 남궁 벽은 퇴근 후 동료 교사의 집을 방문했다가 복숭아를 대접 받고, 집주인이 호박잎을 사용해 복숭아의 털을 제거하는 것을 본 뒤, 처음 경험한 일에 대해 느낀 감상을 적고 있다. 그는 동료 교사가 알려준 방법을 "원시적"이고도 "재미있게" 여기면서, "原來이五山이라는곳은大段히구석 진곳임으로, 農民의生活狀態에原始的인구석이만이남어잇슴니다."라는 말 로 오산의 자연과 생활을 표현한다. 더욱이 그는 "우리先祖의遊牧時代에나 쒸여온것가치느겻"다고 쓰고 있다.

한편, 오산학교 재단 일을 맡아보았던 김기홍은 「復興하는 學都五山」(『삼 천리』 7권 11호, 1935.11.1.)에서 "五山의 誕生"이 "진정한 意味의 朝鮮敎育 의誕生"을 뜻한다고 하면서, 오산학교의 자랑거리로 오산이 복잡한 도시가 아닌 시골에 있음으로써 많은 교재를 자연으로부터 받는다는 점과 오산의 탄생부터 학교를 유지해오기까지 "이 땅의 가난한 백성들의 품 안에서 자 라"났기 때문에 "조선의 민중"과 연관되어 있음을 꼽는다. 오산학교가 시골 에 있다는 것과 조선 민중과 가깝다는 점에서 김기홍은 오산이 "한개의진실 한 <시골>的일군"을 길러야 할 사명을 갖는다고 인식한다. 그리고 이때 "시골"이라고 함은 "도시"에 대비되는 공간적 개념을 포함하면서도 또 다른 중요한 가치를 내포한 개념으로 사용된다.

그에 따르면, "한개의진실한 <시골>的일군"은 이 땅에서 자라난 조선 민 중이면서, 정직과 사랑을 실천하고 "서로돕고엉키고억매"이는 사람들이며, "적은自己를죽이고 큰自己에나아"가며, 돈과 옷과 지식 및 사회적 지위와 같 은 형식을 버리고 사람을 "거죽"이 아닌 "속"으로 다루는 사람이다.[61] 김기

---

61 김기홍, 「復興하는 學都五山」, 『삼천리』 7권 11호, 1935.11.1.
　이 부분은 도산 안창호의 「정의돈수(情誼敦修)—유정한 사회와 무정한 사회」(『새벽』 2권

홍의 이러한 글은 오산의 자연과 시골에 위치한 오산의 특성이 오산학교에서 추구하는 이상향 추구와 맺고 있는 관련성을 이해하는 데 도움이 된다.

역시 평북 정주 출신인 이광수는 자신이 나고 자라난 곳을 "평양서도 이백여 리나 더 뒤로 들어간 정주, 정주에서도 사십리나 시골 구석"이라 설명하고, 구석진 곳이라 정치적 자극을 받을 기회가 적었다고 썼다.[62] 게다가 그는 그곳을 "코스모폴리탄"이라고 이름 지을 수 있을 정도로 "고신도와 불교의 사상 속에서 사람들은 제 나라 남의 나라라는 의식을 가질 필요가 없"이 살았다고 표현한다.[63] 정주아는 서북 지역이 "단일 민족 공동체 내부에서 경험한 고립의 역사로 인해 기존 체제에 대한 개혁의 욕구와 그 대안으로서 외래문화에 대한 개방성을 갖"지만, "동시에 고조선 및 고구려의 도읍으로서 새로운 민족공동체의 상상이 시작되는 역사적 정통성을 지닌 지역으로 생각"되기도 했음을 지적했다.[64] 외진 시골구석이라는 지형적 특징 때문에 이곳은 중앙으로 진출할 기회나 정보도 적었지만, 외부로 받는 정치적 자극도 적었던 만큼, 오히려 그 덕분에 고대(古代)의 정신이나 전통, 그리고 자연 친화적인 삶의 방식을 더 잘 간직할 수 있었다.

무엇보다 서북인들은 고도(古都)가 있던 지역이었다는 자부심과 단군 성지가 있는 묘향산과 구월산을 '영산(靈山)'이라 신성하게 여기며 살았다. 오산학교는 개천절 행사를 하기 위해, 일제의 감시를 피해 교주(校主)인 남강의 생일 날짜를 개천절 날짜로 조정하기도 했고, 조만식 교장 때는 수학여행

5호, 1955.9.)의 내용을 연상시킨다.

62 이광수, 「나의 고백」, 『이광수전집』6, 삼중당, 1976, 219면.

63 같은 면.

64 정주아, 「한국 근대 서북문인의 로컬리티와 보편지향성 연구」, 서울대학교 박사학위논문, 2011, 16면.

을 단군의 성지로 알려진 묘향산 답사로 대신하기도 했다. 또한 역사 교육은 여준, 신채호, 장도빈, 이윤재 등과 같은 상고사에 대한 인식이 투철한 인물들과 그들에게서 수학한 제자들이 담당하게 했다.[65]

이광수가 정주 지역의 "코스모폴리탄적인" 성격을 말하면서 언급했던 고신도는 단군과 관련된 고대 '선교(仙敎)'를 말한다. 이에 대해서는 최남선과 신채호에 의해서도 다뤄졌다. 육당은 "고신도(古神道)가 이씨조선 이래 종교적 통일을 상실하고 변전, 타락을 거듭했으며, 민속적으로 별종의 생명을 유지"하고 있다고 했다.[66] 신도(神道) 혹은 선교(仙敎)의 전통이 많이 사라졌지만, 그 명맥을 묘향산에서 찾을 수 있으며, 묘향산은 일찍이 단군 탄생의 성지이자, 민족의 영산(靈山)으로 인식되어 왔다. 고려 말 이색은 묘향산에 "선불(仙佛)의 고적"이 남아있다고 하였고, 조선조에 들어서는 퇴계 이황의 제자이며 투철한 성리학자였던 조호익도 묘향산을 선산(仙山)으로 기록하였다.[67] 게다가 묘향산은 임진왜란 당시 의병을 일으켰던 서산대사가 제자들과 함께 은거했던 곳이기도 하다.[68] 서산대사의 검은색 법의는 고려 조의선인을 상징하는 것으로, 서산대사가 이끌었던 선승들은 단순히 부처를 모시는 승려와 달리, 고대로부터의 선교와 그 수련의 명맥을 잇고 있던 무리일

---

65 김효재, 앞의 논문, 44~53면.
66 신범순, 앞의 책, 473면.
67 신익철, 「조선조 묘향산에 대한 인식과 문학적 형상」, 『한국 한문학 연구의 새 지평』, 소명출판, 2005, 549~550면. 조호익은 철저한 성리학자였지만, 1585년 평안도 강동현에서 귀양살이를 하면서 "유배지에서 계속 학문에 정진하여 1592년에 해배되기까지 많은 후진을 양성하여 관서지방에 학풍을 진작시킨 인물"이다. 그는 묘향산을 유람하고, 성리학적 사유를 넘어서서, 묘향산을 "단군이 탄생한 성지"로 다른 산에 비할 수 없는 청정함과 수려함을 지닌 산으로 묘사하고, "동방에 문명의 빛을 열어준 민족의 시조로 단군을 찬미"했다.(553면)
68 위의 글, 550면.

가능성이 높다.

한편, 백석이 관서 지방을 유랑하고 쓴 시로 알려진 「북신(北新)—서행시초(西行詩抄)2」(1939)[69] 에서 시적 화자는 "香山부처님"이 가까운 거리의 국수집에서 "맨모밀 국수"에 "털도 안뽑는 도야지고기"를 얹어 먹으며, "가슴에 뜨끈한것을 느끼"고, "소수림왕(小獸林王)"과 "광개토대왕(廣開土大王)"을 생각한다. 여기에서 "향산(香山) 부처님"도 단순히 불교적 의미만은 아닐 것이다.

김소월의 「물마름」(1925)과 백석의 「정주성」(1935)이 서북지역에서 일어난 홍경래의 난과 관련되어 있음은 주지의 사실이다. 남강 이승훈도 이 홍경래 난을 서북인의 혁명 정신의 상징으로 인식하고 있었다.[70] 이처럼 서북인의 혁신을 대표하고, 조선조 위정자들의 포악과 가렴주구에 대한 저항 의식을 대표하는 민중 항쟁이었던 홍경래 난은, 일제강점기에 이르러서는 식민 체제에 대한 저항 담론으로 자리 잡아 나갔다. 홍경래는 식민지 시대에 민중 저항을 상징하는 중요한 문화적 영웅으로 부상했으며, 1920~30년대에 이르러 저항 담론에서 중요한 위상을 차지하게 된다. 즉 일제 강점하에서 저항

---

69 거리에서는 모밀내가 낫다/부처를 위하는 정갈한 노친네의 내음새가튼 모밀내/가 낫다//어쩐지 香山부처님이 가까웁다는 거린데/국수집에서는 농짝가튼 도야지를 잡어걸/고 국수에 치는 도야지고기는 돗바늘 가/튼 털이 드믄드믄 백엿다/나는 이 털도 안뽑는 도야지고기를 물/구럼이 바라보며/또 털도 안뽑는 고기를 시껌언 맨모밀/국수에 언저서 한입에 꿀꺽 삼키는 사람들을 바라보며/나는 문득 가슴에 뜨끈한것을 느끼며/小獸林王을 생각한다 廣開土/大王을 생각한다 — 백석, 「北新 — 西行詩抄 2」전문(『조선일보』, 1939.11.9.)

70 "아—「人間得失塞翁之馬」인가, 五百年 宿怨 生活을 보낸 우리 西北에는 뼈다귀를 울궈먹는 先正判書의 祠堂도 없고, 罪惡의 歷史를 끼친 貪官汚吏의 祖上도 없고 妄想을 發揮하던 四色偏堂도 없고 跋扈兼併하던 土豪 强族도 없고, 班常의 階級과 依賴의 陋習도 없다. 자못 남달리 가진 것은 感傷의 愁心歌와 鬱結한 革命思想뿐이었다."(인용자 강조) 이승훈, 「西北人의 宿怨新慟」, 『新民』14호, 1926.6. (남강문화재단 편, 『남강 이승훈과 민족운동』, 1988, 400면에서 재인용.)

적 의미가 강화됨으로써 홍경래 난의 투쟁 정신이 내포하는 의미는 "소외된 지방의 지역적 항쟁"에 국한되지 않는다.[71] 홍경래 난 당시, 참모인 김창시가 낭독했다는 격문은 "蓋關西, 箕聖高域, 檀君舊窟"[72] 로 시작한다. 곧 "대개 서북지방은 기자의 옛 강역이고 단군의 옛 굴로서 (...)"[73] 라는 것은, 홍경래의 난을 주도한 세력이 "고조선의 역사를 계승하고 있음"을 보여준다.[74]

2.2. 창조의 주체로서 "朝鮮ㅅ사람인靑年"이라는 "貴重한 稱號"

앞서 1장에서 언급했던 이광수의 자전적 소설 「그의 자서전」에 나타난 것과 같은, 교사 부임 2개월 만에 일어난 그의 극적인 변화를 어떻게 설명할 수 있을까? 이광수의 삶에서 오산학교를 비중있게 다룬 김윤식의 『이광수와 그의 시대』도, 당시에 이광수가 썼던 글을 이광수 개인의 저작으로만 이해한

---

71 신범순은 김소월의 「물마름」을 분석하면서, 김소월이 바로 서북지역의 이러한 주체적 뿌리를 인식하면서 식민지 치하에서 자신의 주체성을 확보하려 했으나, 이러한 홍경래의 투쟁조차 제대로 말하지 못하고 단지 암시적인 차원에 그치는 시를 쓸 수밖에 없었다고 지적한 바 있다. 신범순, 앞의 책, 397면.

72 문일평, 「朝鮮三大內亂記, 地方的 差別待遇에 反抗한 平西大元帥 洪景來亂」, 『별건곤』 15호, 1928.8, 9면. 홍경래 난 당시, 참모인 김창시가 낭독한 격문은 박기풍의 「진중일기」에 기록된 것으로, 문일평뿐만 아니라, 임규 등에 의해 잡지와 신문에 수차례 소개된 바 있다. 임규는 『개벽』 19호(1929.2)에 桂山人이라는 필명으로 「一張書로 天下의 不平客을 니르킨 平西 大元帥 洪景來檄文」에서 홍경래의 격문을 소개하고 있다. 이돈화는 『개벽』 5호(1920.10)에 白頭山人이라는 필명으로 「洪景來와 全琫準」이라는 글을 실었다. 그리고 그 이외에도 홍경래의 난은 1920~30년대 『개벽』과 『삼천리』, 『동광』, 『중외일보』, 『동아일보』 등의 신문·잡지에 꾸준히 기사화되고, 전기 및 장편소설로 창작되었다. 식민지 시기에 홍경래 난의 이러한 격문을 소개하는 것도 식민지 치하에서 주체성을 찾으려는 노력의 하나로 이해된다. 신문과 잡지에 위의 격문과 홍경래 난에 관련한 글을 썼던 문일평도 평북 의주 출신이기는 하지만, 중앙의 잡지에 소개되었을 때 홍경래는 서북이라는 지역성보다는 민족 전체를 대표하는 인물이 된다.

73 해설은 이덕일, 「폭정은 영웅을 낳는다」, 『한겨레 21』, 2008.4.1., 145면에서 인용.

74 신범순, 앞의 책, 397면.

다. 필자는 분명 이광수지만, 이광수가 그러한 사유에 도달하기까지의 과정은 이광수 혼자 성취한 것이 아니라, 오산학교의 지적 공동체, 곧 교사와 학생들의 열띤 토론과 이상촌 건설의 지향이 공동으로 이뤄낸 성과가 아니었을까? 혼자 썼으되 혼자가 아닌 지점들, 복수의 배후들에 대한 고려가 요청된다.

김윤식은 『이광수와 그의 시대』에서 이광수의 생애를 견인했던 사상이 오산학교 시절에 형성되었다고 한 바 있다.[75] 이광수의 오산학교 경험과 연결 지으면서, 그가 오산학교에 부임했던 첫해에 『소년』에 게재했던 글에 대한 주의 깊은 독해를 통해 그의 사상적 면모를 파악하고자 한 김윤식의 작업은 상당히 시사적인 데가 있다. 특히 김윤식은 1910년 8월호의 [소년논단]편에 수록된 이광수의 글에 주목한다. 『소년』 3년 8권의 [소년논단]에는 이광수의 세 편의 글, 「余의自覺한人生」, 「天才」, 「朝鮮ㅅ사람인靑年에게」가 실렸다. 김윤식은 『소년』이 "교과서용 도서"라는 점, 그리고 각자 자기 안의 '천재'를 발견하고 자각하여 발휘하는 것이야말로 이 시대를 사는 학도들의 사명임을 설파하는 「天才」(『소년』 3년 8권, 1910.8.)같은 글이 "오산학교 훈화의 연장선"에 있음을 지적했다.[76] 또한 그는 「朝鮮ㅅ사람인靑年에게」(『소년』 3년 8권, 1910.8.)를 "이 무렵의 춘원 사상"이 집약된 글로 파악하고, 이광수가 "처음으로" "대한"이라는 말 대신에 "조선"이란 말을 썼다는 점을 강조하면서, 명목상으로 아직은 대한제국임에도 "조선"이라고 쓴 것은 "춘원의 현실 내지는 역사 인식의 심화에 관련되겠지만" 무엇보다 "그의 감각적 실감"에서 온 것이라 해석한다.[77]

---

75 김윤식, 앞의 책, 302~311면.
76 위의 책, 304면.

그런데 『이광수와 그의 시대』는 1910년 8월호에 실렸던 「천재」와 「조선 사람인 청년에게」를 1910년 6월에 발표된 글로 표기하고 있고, 김윤식 역시 발표 시기를 1910년 6월로 생각하고 글을 전개하고 있다. 1910년 6월이라는 점을 염두에 두고, 그는 "왜 '조선'이라고 할 수밖에 없는가. 아직도 엄연히 명목상으로는 대한제국이 아닌가."라는 질문을 던졌던 듯하다.[78] 물론, 『소년』은 매월 15일에 발행되었으므로, 1910년 8월호에 발표되었다고 해도 1910년 8월 29일 한일 강제 병합 이전이고, 역시 "명목상" "대한제국"이었을 테니 위의 질문은 여전히 유효하다. 그렇다면 이광수가 "조선"이라는 말을 사용할 때, "그의 감각적 실감"이란 과연 무엇이었을까?

김윤식은 「조선 사람인 청년에게」에서 첫째, '아한 운운' 하던 것에서 진일보한 현실 인식을 바탕으로 한 '조선인'이라는 자각과 둘째, 현실이나 역사 이해를 떠난 윤리의 강조 두 가지를 지적한다.[79] 그러나 현실 인식에서 바로 희망을 외치는 것에 대해 "유치한 낙관론", "책상물림의 외침", "똥내 나는 역사, 그 더럽고 후진된 상태를 똑바로 볼 줄 아는 사람이라면 그것이 속수무책, 즉 절망임을 깨달았을 것"이라고 하면서 "절망의 심연"을 꿰뚫어 볼 안목이 없다고 이광수를 비판한다.[80] 게다가 이광수가 스스로를 "교사이자 생도의 자리에 놓았"고, "조선 사람인 청년"을 자각하게 하는 것이 자신의 중요한 사명이라고 자임하였으나, 그것이 "한갓 윤리적 모호성"임을 깨닫지 못하였기에, "그의 한 생애를 지배한 비극적 의미"를 내포한다고 평가한다.[81] 즉 이광수의 사상이 처음 형성에서부터 비극의 씨앗을 품고 있었다는

---

77 위의 책, 305면.
78 같은 면.
79 위의 책, 307~308면.
80 위의 책, 307면.

것인데, 이처럼 이광수의 일대기를 비극적 서사로 이해하는 것에는 아쉬움이 있다.

김윤식은 분명 오산학교의 영향이 적지 않았음을 간파하고 있음에도, 이광수의 글과 오산학교가 겹치는 지점을 '오산학교 훈화의 연장' 이상으로 생각하지 않는다. 그러나 기록하는 자는 이광수 혼자였다고 하더라도, 그러한 생각을 가능하게 한 공동체의 기반이 있었다는 점을 다시 한번 더 환기할 필요가 있다. 한일 강제 병합 이듬해에 신민회 사건으로 교주 이승훈이 투옥되어 학교에 없고, 여준까지 망명한 뒤에도 이광수는 오산에 남아서 햇수로 3년을 오산학교의 살림을 책임지고 동회의 일을 혼자 돌보다시피 했다. 처음 오산에 왔을 때와는 상당히 다른 모습이었다.

김윤식이 지적한대로, "이후 춘원은 계속 '조선'이란 말만 사용했고 또 그럴 수밖에 없었"을지 모른다. 그러나 「朝鮮ㅅ사람인靑年에게」(『소년』 3년 8권, 1910.8.)에서는 "朝鮮"이라는 말과 함께 두 달 전에 발표했던 「今日我韓靑年의境遇」(『소년』 3년 6권, 1910.6.)[82] 에서와 마찬가지로 "新大韓 建設"

---

81 위의 책, 311면.

82 「今日我韓靑年의境遇」(『소년』 3년 6권, 1910.6.)의 주요 내용은 다음과 같다.
"父老와先覺者의引導敎育"에만 기댈 수 없는, "韓國의靑年"들은 "하여노은것업난 空漠한곳에各種을創造함이職分이라."(27면.) "朝鮮民族이 榮하고 枯하난 境界"는 자신들이 처한 상황에 대한 "우리들靑年"의 "自覺"에 달려 있다.(28면.) "靑年期"는 "精神을墮落하기쉬우며, 또精神을無限히向上하기도쉬우니" "靑年의精神의向上하며墮落하난分界線"에 있는 "重要하고危險한 時代"다. "우리의 父母나, 社會나 學校나 先覺者의 敎導를 밧으면서 그것에 未足한것을우리들이채우자함"이니, 自修自養이 요구되는 까닭이다.(29면.) "大皇祖의理想發現", 곧 "新大韓建設이란理想"을 위해서 "個人的自修自養"과 함께 "同志"간의 "團合的自修自養"이 요청된다. "和樂한 時代"에 있지 못한, "우리들이이런境遇에잇게된것이不倖이라할수도잇겟으나", "우리들의 鐵腕石拳을試用할萬年無多의 조흔째라."(29~30면.) "오늘날 韓國의靑年이되야서야, 엇지, 境遇의自覺이업스리오." "余는 諸君의自覺한것을듯고져하난이며, 諸君의自覺함을바라난이"다.(31면.) "自修自養의 標準"을 各各 생각해보자.(32면.)

에 대해 말하며, "今日의 大韓青年"이라는 칭호를 버리지 않는다. 이광수는 여전히 이 글에서 "조선"과 "대한"을 같이 쓴다. 그리고 "청년"을 지칭할 때 만큼은, "朝鮮ㅅ사람인青年"이 얼마나 "貴重한 稱號"인가를 강조하고 있어 주목된다.[83] 이 두 편의 글은 우리 청년들에게는 "공막(空漠)한" 곳에 새로운 세상을 건설하고 창조할 직분과 사명이 있다는 것과 현재의 현실적 여건은 결코 유리하지 않으나, 오히려 그렇기 때문에 온전히 우리의 힘으로 창조하고 건설할 수 있는 "萬年無多의조흔째",[84] "千古無多의 조흔時機"[85] 이기에 낙관적이며 "自修自養"에 더욱 힘써야 한다는 공통된 주제를 다루고 있다.

이 글의 전반부에서 이광수는 이전 유학 시절, "韓人"이라고 하지 않고, "朝鮮人"이라고 하면 모욕을 느꼈던 이유를 서술하고 있다. 그는 조선을 1·2·3대 조선으로 나누고, 1·2대는 영예로웠으나 3대의 조선은 영예롭지 못하다고 말한다.[86] "우리 大皇祖檀君끠옵서 이 無窮花世界에 처음 國家를 세

---

83 孤舟, 「朝鮮ㅅ사람인青年에게」, 『소년』 3년 8권, 1910.8, 32면.

84 孤舟, 「今日我韓青年의境遇」, 『소년』 3년 6권, 1910.6, 30면.

85 孤舟, 「朝鮮ㅅ사람인青年에게」, 앞의 책, 33면.

86 이에 대한 생각을 이광수의 다른 글, 「復活의 曙光」(『청춘』 12호, 1918.3.)에서도 확인할 수 있다. 그는 이 글에서 "삼국시절에 漢土의 文明風", "고려말년에 儒敎風"이 불어와 움직임이 있었고, 조선시대에 들어와서 "이퇴계를 중심으로하는 朱子學派"로 해서 움직임이 있었던 이래로 300여년간 침체되고 "조선인의 머리는 곰팡이 슬고 심정은 冷灰가티 싸늘하게 식었다"고 주장한 바 있다.(23면.) 그는 조선문학 발달을 저해해온 원인을 조선 유학자에게서 찾는데, 첫째는 조선 유학자가 문자와 사상을 혼동했기 때문이고, 둘째는 역시 조선 유학자가 공자나 주자의 존숭에서 그치지 않고 그들이 출생한 "지나라는 국토와 그네의 동족되는 지나인까지 존숭"한데 있다고 했다.(30면.) 특히, "상제의 적자"임을 잊고 "소중화라는 노예적별명"에 빠짐으로써 "조선인은 朝鮮文으로 조선인 자신의 精神을 기록한 朝鮮文學을 가지지못하게되었다."고 보았다. "猶太人은 그 薄土에서 蹂躪을 當하면서도 上帝의 嫡子, 世界의 中心으로 自任하엿다. 朝鮮人도 檀君이 하날에서 下降하엿다하엿스니 自己를 上帝의 嫡子로 自信하엿던 것이 分明하다. 그러하거는 처음 漢文을 읽던 어리석은 우리 祖上네가 이 理致를 모른까닭으로 檀君을 바리고 堯舜을 崇하엿스며 上帝의 嫡子라는 榮光스러운 地位를 바리고 小中華라는 奴隸的別名에 隨喜感泣하게되엿

우실째엣 國名"이 "朝鮮"이니, 이로써 4243년 전부터 "朝鮮民族"이라는 이름을 가지게 되었으며, 國家의 名稱은 변해도 "朝鮮民族"이라는 이름은 "永劫無窮"히 바뀌지 않을 것이며, "우리 民族에게 情답고 榮譽로운 이름"이며, "朝鮮民族"은 "正義"와 "自由", "剛毅"와 "希望"과 "光明"을 表象하는 이름이었다. 이런 뜻을 이어받아 1·2대 조선은 영예로웠으나, 3대 조선의 사람들은 단군의 크신 이상에 응하지 못하고, "錦繡갓흔 無窮花世界 朝鮮民族의 歷史"의 "四千멧재頁에 똥을발낫난도다"라고 해석한다. 이로 인해 자기 스스로 "朝鮮人"이라는 이름을 "侮辱"으로 알게 되었었다는 것이다. 그러나 이제 그는 그런 생각과 꿈에서 깨어나 "朝鮮人(民族)이란 名稱의 가장 情답고 榮譽롭다난 眞儀"를 깨달았다고 말한다.[87]

그러면서 그는 조선에서 태어났다고 해서 모두 "朝鮮ㅅ사람인靑年"인 것이 아니라, "大皇祖로부터의 큰 抱負를 바다지고, 이를 成就하려난이에게야 비로소「朝鮮ㅅ사람인靑年」이라난 貴重한 稱號를 줄수잇나니라"하면서 "肉體의 血統"보다도 "精神의 血統"이 중요함을 강조한다.[88] 일본이나 중국은 선조들이 이미 이루어 놓은 것을 유지하고 발전시키면 그만이지만, "今日의 大韓靑年"은 "아무것도업난 空空漠漠한곳에 온갖것을 建設"하고 "創造"해야 하기에 "大韓靑年의 責任"은 특별히 무겁고 많을 뿐만 아니라, "우리들 靑年

다."(30면.)

87 청년기가 정신의 향상과 타락의 분계선에 있으며, 행불행의 선택이 한 걸음에 엇갈리는 무섭고 어려운 시기이듯이 조선의 현재도 그러하다.(「금일 아한 청년의 경우」) 새로운 세상을 창조할 우리들은 더 많은 정성과 더 많은 노력을 경주해야 한다. "今日의 朝鮮ㅅ사람인 靑年"들은 이것을 같이 자각해야 할 것이다. 이광수가 "朝鮮의 靑年"이라고 하지 않고, "조선ㅅ사람인 청년"이라고 한 것은 단지 노년·중년·청년이라는 연령 구분을 호칭하는 것이기보다는 '청년기의 조선'이라는 의미를 담으려 한 것으로 이해된다. 조선 민족이 모두 "조선ㅅ사람인 청년"이라는 "귀중한 칭호"를 받는 것이 아닌 이유도 이 때문이다.

88 孤舟,「朝鮮ㅅ사람인靑年에게」, 앞의 책, 32면.

의 價値는 더욱 高貴"하고 "人生의 價値는 正比例"하다고 말한다. 그리고 다시금 우리들 靑年이 "千古無多의 조혼時機"라는 말을 적용할 수 있는 "조혼時機에 稟生"하였음을 재차 강조한다.[89]

아아 하날은 엇지하야 우리들을 이와갓흔 不幸한 境遇에두엇난고, 이러케생각함애 余는 가슴을 두다리고 하날을우러러 慟哭하려 하얏노라, 이째에 엇던소리가 雷聲갓히 余의耳膜을 짜려가로대「이弱한놈아, 미욱한놈아, 너는 幸과 不幸을 가리지못하난 놈이로구나!」

余는 쌔엿노라, 쑴에서, 矇昧에서, 미욱에서. 그리고 喉頭에까지 미러나왓던 慟哭은 도로 쫏겨드러가 깃분 우숨으로 變하야 顔色에 나오더라.

아아, 余가 못낫도다, 미욱하얏도다. 그러하기에———우리들이 그러한 機關도업고 便宜가업기에 價値가 高貴하다, 함이니라. 조혼機會에 稟生하얏다함이니라. 우리들은 한푼어치 남의힘도업시 穩全히 우리들의 힘만으로 온갓것을[90] 建設하고 創造하겟난故로, 이러한 重한責任을 가졋기에, 이러한 큰 抱負를 가졋기에 우리들의 價値가 高貴하다함이니라, 조혼時機에 稟生하얏다 함이니라.

우리들은 失望할것이 全혀업고, 悲感할것이 全혀업고 도로혀 希望망洋洋하고 질거움만 胸腔에 쏵 차서 팔이 너플너플하고 억개가 웃슥웃슥함을 禁치못겟고나.[91]

누군가 이미 마련해놓은 토대가 없으므로, "空空漠漠한곳에 온갓것을 建設"해야 하며, 이것을 "좋은 기회"라고 말하는 낙관적 태도는 「今日我韓靑年의境遇」와 「朝鮮ㅅ사람인靑年에게」에서 일관되게 유지된다. 그러나 불행한

---

89 위의 글, 33면.
90 원문에는 "온갓을"이라고 되어 있다. 33면에 "온갓것"이라는 표현이 나와 있고, 이 부분의 앞뒤 맥락상 "것"이 누락되었다고 판단하여 인용하면서 "것"을 써넣었다.
91 위의 글, 35면.

시대·불행한 환경에 놓인 것이 아니냐는 원망을 제 3자의 것인 듯이 서술했던 전작에서와 달리,「朝鮮ㅅ사람인靑年에게」에서는 자신이 자각한 바를 고백하는 부분이 눈에 띈다. 특히 "肉體의 血統"보다 "精神의 血統"을 중요하다고 강조하는 점이 매우 의미심장하다. 더욱이 이 글에는 "努力"과 "精誠"을 강조하고,[92] "自修自養의 표준"이 되는 윤리, 곧 새로운 세계에 맞는 새로운 '윤리'를 요구하고, 그 선과 악을 구분하는 '윤리의 표준'에 대해 요청하는 내용이 추가되었다.

> 倫理라난 것은 사람을 爲하야 잇난것이니 죽기爲한 倫理도 업슬지며, 害롭기爲한 倫理도 업슬지오. 依例히 살기爲한 倫理일것이며, 利롭기爲한 倫理일것이니라. 何特倫理만에만 이러하리오, 무엇이든지 사람의손으로 사람을爲하야 된것두고야 모다「生」에서 폴어나오지 아닌것이있스랴. 「生」이라난 것이 잇기에 善도잇고 正義도잇고, 惡이며 不義가 잇난것이니, 生을 쩌나서는 그런것들은 모다 업서지나니라, 쏘 되지도 아니하엿스리라.
>
> 그런故로 標準으로할 것은 다른 아모것도 아니오, 오즉「生」일지니라. 天賦된 良心의 命令을 쪼차「生」의 保持發展에 必要한 事爲의 옷갓에 對하야 精誠스러히, 잇난힘을 다햐야 생각하고 努力하면 그는 모다 善이니라, 正義니라, 이와갓히하면「朝鮮ㅅ사람인 靑年」이라난 貴重한 일홈에다가 英雄이라난 빗나난 冠을 씨울지며, 쏘 우리들의 晝宵曚昧에

---

92 이광수의 천재론에 주목한 연구에서 유건수는 당대에 유통된 영웅론이 무명영웅과 성(誠)에 주목하고 있음을 지적하고, 이광수 역시 영웅에서 "성(誠)이라는 정신적 태도를 강조한 흐름에 동참"했다고 보았다. 이광수가 생각하는 참영웅 또한 '정성'을 바탕으로 한 수양을 필요로 한다는 것이다. 또한「우리영웅」(『소년』 3년 3권, 1910.3.)에서도 이순신이 칭송받을 만한 존재가 될 수 있는 요건이 "정성(精誠)"에 있음에 주목했다. (유건수,「이광수 초기 문학에 드러난 천재의 의미」, 서울대학교 대학원 석사학위논문, 2019, 18~33면.) 1910년대 유통된 영웅론에서 정성이 강조되고, 이광수가 "참영웅"에 대해 정성을 바탕으로 한 수양을 요구하는 측면은, 타고난 불멸의 영웅상보다는, 끊임없는 자기극복을 요구하는, 니체가 말한 위버멘쉬적인 존재와 더 상통하는 면이 있다.

닛치난째업난 理想의 對象物인 新大韓도 建設되나니라.[93]

이광수가 강조하는 "自修自養" 문제를 니체의 『차라투스트라는 이렇게 말했다』에서 차라투스트라를 통해 니체가 끊임없이 강조하는 위버멘쉬의 "자기 극복" 명제에 견주면 좀 더 적극적인 해석이 가능하다. 니체의 "자기 극복"은 끊임없이 시도되어야 하는 어떤 것이다.[94] 가르치는 자와 배우는 자 모두 "끊임없이 자기 자신을 극복해야 하는 존재"이며, 역시 고정되어 있지 않다. 그런 점에서 이광수가 자신을 포함하여, "朝鮮ㅅ사람인靑年"을 학생이면서 교사의 자리에 동시에 위치 짓는 것은 상당히 의미심장하다. 이것은 일방적인 계몽이 아니다. 장차 "큰 일"을 하고, "새 세상"을 만들기 위해 "큰 준비"를 해야 하는 사람들에게 필요한 것은 "노력"과 "정성", 곧 끊임없는 자기 갱신, '자기 극복'이다.

또한 이광수가 새로운 세상의 건설과 창조라는 조선 청년의 과업을 언급하면서, 윤리의 표준을 언급하는 부분도 니체의 사유와 견줄 때 새롭게 이해되는 측면이 있다. 니체는 저마다의 민족에게 선악을 구분하는 기준이 있고, "저마다의 민족 위에 가치를 기록해둔 서판" 곧 "저마다의 민족이 극복해낸 것들을 기록해둔 서판"이 있다고 말한다. 그에 따르면 "사람들은 자신을 보존하기 위해" "사물들에 가치를 부여"하였으며, 사람은 "이 가치를 평가하는 존재"다. "가치 평가는 곧 창조 행위"이며, "가치의 변화는 창조하는 자들의 변화"이고, "창조자가 되려는 자는 끊임없이 파괴를 하기 마련"이고, 원래 "민족이 창조의 주체"였다.[95] 또한 새롭게 윤리의 표준, 곧 사물의 가치를 새

---

93 孤舟, 앞의 글, 37~38면.
94 니체, 「자기 극복에 대하여」, 『차라투스트라는 이렇게 말했다』, 정동호 옮김, 책세상, 2014, 190~195면.

롭게 정립하기 위해서, 투쟁하고 창조하는 자가 되어야 한다.[96] 이런 내용을 참고하면, 이광수가 이전 시대를 비판하고 새로운 세상을 창조할 주체인 조선 청년에게 윤리의 표준을 마련해야 한다고 하는 것은 새로운 세상에 필요한 새로운 가치의 창조를 의미하며, 이는 창조의 주체에게 주어진 사명이다.

한편, 이 글「朝鮮ㅅ사람인靑年에게」에서, "生에 대한 강력한 긍정"과 "精誠과 努力"을 강조하며, "學識"보다 "精神"을 중시하는 측면은 같은 호에 수록된 단편소설「獻身者」와 상호 텍스트적으로 읽을 필요가 있다. 작품 말미에 "孤舟曰 이는 寫實이오. 다만人名은 變稱.이것은한長篇을 맨들만한 材料인데 업슨才操로 꼴못된 短篇으로 만드럿스니 主人公의 人格이 아조 不完全케 나타낫슬 것은 母論이오. 이罪는 容赦하시오."[97] 라는 설명이 달린 이 소설은 너무나 명료하게 오산학교의 교주 이승훈을 모델로 하며, 이광수를 연상시키는 젊은 교사인 "漁翁"을 통해 서술된다.

「헌신자」(『소년』 3년 10권), 1910.10)의 첫 장면은 사무실에서 학생들에 둘러싸여 있는 노인의 모습에서 출발한다. 이 노인의 이름은 金光浩요, 서북 출신의 "상놈"이지만, 양반네들에게도 인정받을 정도의 정직함과 근면 성실함으로 신용을 얻어 사업가로 성공하고 재산도 모았다. 그러나 그는 거기에만 만족하고 안주할 수 없었다. 그러던 차에 평양에서 "엇던 紳士의 一場大演說"[98] 을 듣고 크게 자각한 바가 있어 그날로 단발을 하고 "學校라난것을 始作"하여, "敎育事業에 獻身하던 初頭"로 "學校라면 집도몰으고 財産도몰으고 몸도몰으게" "學校狂·敎育狂"이 되었던 것이다.[99] 이러한 김광호 노인

95 니체, 「천 개 그리고 하나의 목표에 대하여」, 위의 책, 96~99면.
96 니체, 「베푸는 덕에 대하여」, 위의 책, 128면.
97 孤舟, 「獻身者」, 『소년』 3년 8권, 1910.8, 58면.
98 위의 글, 55면.

에 대해 서술하는 "漁翁"이라는 젊은 교사는 물론 이광수를 연상시킨다.[99]
어옹은 김광호 노인을 "固執이 굿센사람"으로, 학교설립의 어떤 방해에도
굴하지 않고, 가산을 털어 헌신적으로 학교를 운영하는 인물이라 설명한다.
그리고 그 덕분에 "暗黑하던 곳에도 文明ㅅ바람이 불어와 學生도 漸漸" 늘
고, 설립자가 솔선하여 교사들과 함께 학교를 정돈해 가니, "學校의 精神"도
생기고, "말할것업시 어리석고 어둡고, 몰으난 數百青年을 그러나마 사람다
웁게 맨들어내임"에 학생의 수도 200여 명에 이르게 되었다고 서술한다. 또
한 김광호 노인이 이 학교의 운영과 함께 다른 학교에도 힘을 쓰고 "實業有
志며 여러社會에도 참여"하여 "信仰과 敬慕"를 받으니, 이러한 바탕은 "學
識"이나 "言論", "文章"이 아니라, "그참스럽고 쓰거운마음과 한번定한 以上
에는 미욱스러히나가난精神"에 있음을 강조하고 있다.[101] 무엇보다 김광호
는 "精誠"의 사람이다.

> 죠곰이라도 내學校ㅅ 學生을 남의게 지지아니케 하랴하야 無限히 애
> 쓰고 힘쓰난터이라. 이러한 精誠이 밋츰인가 學生의 精神程度로 말하면
> 아마도 國內엔 第一은몰되 第二론 갈것이며 또 各色이 날노 擴張하여
> 가오. (…) 漁翁이란者도 새로 外國으로돌아온 어린教師인데 이의 無識
> 함과 밋 性情의 不合함을 잘 알면서도 오히려 이를 사랑하고 仰慕하난
> 터이오. 只今도 卒業式에 남보다 지지안케 하랴고 漁翁의게 日本서 하난
> 法을 물은것이오. 漁翁은 제 房에 돌아가 머리를 숙이고 이윽히 이에게

---

99 위의 글, 56면.
100 서은혜는 「헌신자」가 "모범이 될 수 있는 실존인물의 행적이나 인품을 충실하게 기록한
다는 서술 목적에 충실한 작품"으로, 작가를 연상시키는 인물이 그것을 기록하는 기록
자의 모습으로 형상화되어 작품에 등장하고 있음에 주목한 바 있다. 서은혜, 「1910년대
이광수 단편소설의 '자기-서사'적 특성」, 『춘원연구학보』7, 춘원연구학회, 2014,
216~220면.
101 孤舟, 「獻身者」, 앞의 책, 57면.

對하야 限量업난 感想을 둘으다가 맛참내 눈물이 흘넛소.[102]

요컨대 敎主 김광호 노인은 상놈 출신이지만, 양반들에게조차 정직과 성
실함을 인정받았고, 무엇보다 깨달은 바가 있어 정성과 노력으로 학교를 운
영하며 존경을 받으니 그것은 참된 열정과 정신 덕분이다. 무엇보다 현실의
난관에 굴하지 않은 의지의 사람, "固執이 굿센사람"이라는 점이 중요하다.

오산학교의 교주인 남강 이승훈은 "나라가 없는 민족은 세계에 상놈이요,
전민족이 다 상놈이 되거든 당신 혼자 양반 될 수가 있겠소?"라는 도산 안창
호의 물음에, "여주 이가가 다 상놈인데 나 혼자 양반이 될 수가 없듯이, 우리
민족이 다 상놈인데 여주 이가만이 양반이 될 수 없으니 대한 민족 전체가
양반이 될 도리를 하여야 한다"와 같이 크게 자각하고 새로운 길로 나선 선
각자였다.[103] 그는 상놈 출신으로 양반들로부터 인정을 받았으나, 자기 친족
의 안위만을 생각하는 삶에서 나아가 '나'라는 존재의 범주를 민족 전체로 확
장했던 인물이다. 즉 '나'의 의식 범위를 부계 혈통 중심의 '종족(宗族)' 중심
에서 사고하는 것에서 벗어나 "朝鮮 民族"이라는 '種'의 개념으로 확장해 갔
던 것이다. '종족(種族)' 개념으로의 확장은 종적·횡적(縱的·橫的) 확장을 모
두 이루었는데 동시대를 사는 '조선인'을 포함하여, 먼 옛 조상들과 먼 훗날
의 자손들에게까지 미치는 것이다.

이와 같이 혈통 중심의 宗族을 중시하는 것에서 벗어나 조선 민족 전체를
사유하는 감각은 이광수가 1930년대 동강 단군릉 답사 후에 쓴 기행문에서
도 확인된다.[104] 이 글에서 그는 각자 자기 집안의 조상 묘와 사당 관리에는

---

102 위의 글, 58면.
103 이광수, 「나의 고백」, 앞의 책, 232면.
104 "朝鮮人은 祖先을 崇拜한다고 합니다. 간곳마다 祖上의 墳墓앞에는 많은 財物을 들어서

정성스러운 "조선인"들이 "祖上의 祖上이신 檀君陵"의 관리에는 무관심하고 소홀한 것을 비판하고 경계한다.

한편, 남강 이승훈은 1926년 4월, 순종의 국상을 당하여 쓴 글에서 "우리가 우는 눈물은 그 意味가 좀 別다른 點이 있다. 舊君을 哭함보다 우리는 社稷을 哭한다. 자못 哭할 뿐 아니라 한번 눈물을 씻고 주먹을 부르쥐고 살려고 努力을 하려 한다."라고 적었다.[105] 그런데 이 글의 다른 부분에서 현실에 대한 그의 전환적 인식이 주목된다.

아—「人間得失塞翁之馬」인가, 五百年 宿怨 生活을 보낸 우리 西北에는 뼈다귀를 울궈먹는 先正判書의 祠堂도 없고, 罪惡의 歷史를 끼친 貪官汚吏의 祖上도 없고 妄想을 發揮하던 四色偏堂도 없고 跋扈兼倂하던 土豪 强族도 없고, 班常의 階級과 依賴의 陋習도 없다. 자못 남달리 가진 것은 感傷의 愁心歌와 鬱結한 革命思想뿐이었다. 그러므로 近世에 이르러서는 幸히 新文明의 空氣를 吸收함이 他地方보다 早速하여 文化가 일찍 發達되었으니 耶蘇敎가 最先 普及된 것과 光武 隆熙年間의 敎育熱이 全國에 冠하던 것과 모든 社會의 新運動이 西北 人士에 依하여 首倡됨이 多하던 것은 世의 周知하는 事實이며 또 一般이 貧富 階級의 差가 그다지 甚치 아니하여 獨立 自活의 氣風이 많고 依賴遊食의 弊가 稀少한 것은 不幸中에도 幸이니 이것은 오로지 五百年 虐待가 준 副産物이라, 말하자면 亦是 「王化」라고나 할까. **比時를 當하여 나는 西北 사람된 제 身勢를 생각하고 눈물이 없지 못하다. 나는 決코 西北 사람의 優越을 自矜**

石物을 하여놓고 祭閣을 지어놓고 山直이를 두어 守護를 하고 春秋로 省墓를 합니다. 그러하신바는 祖上의 祖上이신 檀君陵은 쑥밭이 되게 내버려두고 民族의 恩人인 모든 偉人의 墳墓는 잇는곧줄아 알지못하게 되엇습니다. (중략) 檀君의 옛 서울 平壤으로 나려왓습니다. 朝鮮文化의 發祥地인 平壤, 朝鮮民族의 가장 榮光스러운 歷史를 가진 平壤 風景만으로도 朝鮮人에게 無限한 愛着心을 주는 平壤." 이광수, 「단군릉」, 『삼천리』 8권 4호, 1936.4, 20~21면.

105 이승훈, 「西北人의 宿怨新慟」, 『新民』 14호, 1926.6. (남강문화재단 편, 『남강 이승훈과 민족운동』, 1988, 400면에서 재인용.)

하여 卑陋한 地方的 觀念을 나타내려는 것이 아니라 우리 朝鮮人 全體가 이제는 모두 한가지 옛 西北 사람과 同一한 運命下에서 彷徨하는 것을 생각함에 지나간 宿怨은 어느덧 사라지고 새로운 悲慟이 한층 더 가슴을 아프게 한다. 그러나 現今의 世態는 自身의 枯苦한 身勢타령만 하고 있음을 容恕치 아니한다. 우리는 이제부터 誼좋게 將來를 爲하여 살아나갈 努力을 같이 하지 않으면 안 될 것이다.[106] (인용자 강조)

이 글에서 서북이 기성 지배 세력에서 소외되었던 것이 서북인의 숙원(宿怨)이었으나, 역설적으로 근대화 과정에서 유연함을 발휘하는 힘이 되었고, 서북의 발전 동력이 될 수 있었다고 적고 있다. 이어서 남강 이승훈은 서북인의 숙원에 비유해 현재의 조선 현실을 진단하고, "우리 朝鮮人 全體가 이제는 모두 한가지 옛 西北 사람과 同一한 運命下에서 彷徨하는 것을 생각함에" "새로운 悲慟"을 느낀다고 하면서, 식민지 시대를 주체의 의지에 따라 변화 가능한 유동적 시공간으로 전환시킨다.

식민지 현실을 인식하는 데 있어서 이러한 유연성은 서북인들이 공유하는 특성일 수 있다.[107] 왜냐하면 "五百年 宿怨 生活을 보낸" 서북인들은 어느 정도 고단한 현실 정세에 단련이 되어 있었기 때문이다.[108] 이광수의 「朝鮮ㅅ 사람인靑年에게」에서 드러나는 낙관을 이런 측면에서 이해할 수도 있을 듯하다.

요컨대 단군의 뜻을 제대로 잇지 못했던 3대 조선은 대한제국의 멸망과 함께 막을 내렸고, 그 폐허의 자리에 이제 새로운 대한, 새로운 조선을 건설

---

106 같은 면.

107 정주아, 앞의 논문, 16~17면. 참조.

108 남강 이승훈 글의 인용부터 관련 내용을 다룬 이 부분은 김효재, 앞의 논문, 13~14면의 내용을 수정·보완한 것임을 밝혀둔다.

할 임무가 "조선ㅅ사람인 청년"에게 있다고 할 것이다. 앞서 신민회, 곧 도산 안창호의 이상촌이 황무지에 세운 단군의 나라를 본보기로 했다는 점과 이와 연결된 오산학교의 이상적 공동체에 대한 지향을 기억해둘 필요가 있다.

「朝鮮ㅅ사람인靑年에게」는 이상적 공동체에 대한 희망, 신대한과 새세상에 대한 희망을 '조선ㅅ사람인 청년'에게, 그리고 세상에 강력하게 '증여'하고 있다. 즉 이 글은 새로운 세상을 만들고 이끌어갈 것에 대한 일방적인 선동 혹은 계몽이 아니다. 오히려 자신이 자각한 것을 '조선'의 사람들과 공유하고, 새로운 세상을 창조해갈 것에 대한 희망을 증여하는 글이다. 그러한 희망을 이광수 역시 오산에서 증여받았을 것이다.

그러므로 그의 낙관은 오산에서의 그러한 경험치들이 쌓이는 중에 그 속에서 자각하고, 싹튼 것이 아닐까? 이상적 세계에 대한 희망을 포기하지 않고, 그 희망을 세상에 아낌없이 '증여'하며, 실제 이상촌 건설로 이상을 현실화하고, 실현하는 사람들이 '여기'에 있다는 실감이 오산학교의 이광수에게 그런 글을 쓸 수 있게 했던 것이다. 따라서 위의 글에 나타난 창조에 대한 열망은 더이상 이광수 혼자만의 "유치한 낙관론"이나 물정 모르는 "책상물림의 외침"이 아니다. 그 이상(理想)의 실현을 오산학교 공동체가 공동으로 입증하고 있다는 점이 이 시기 이광수 이해와 연구에서 반드시 고려되어야 할 것이다.[109]

---

109 남강 이승훈과 이광수 등에게서 발견되는 오산학교의 이상적 공동체에 대한 지향과 '나'에 대한 확장적 인식은 오산학교 출신의 김소월과 백석의 시에서 어렵지 않게 확인할 수 있다. 김소월의 「상쾌한 아침」(『삼천리』56, 1934.11.)과 백석의 「국수」(『문장』3(4), 1941.3.)등이 대표적이다.

3. '同舟'의 '그들'과 창조의 가치를 새기며

이광수의 오산학교와 관련한 행적은 이광수의 회고 및 자전 소설을 통해서 재구성이 가능하며, 연구도 일정 정도 축적이 되었다. 이광수의 삶에서 '오산학교'라는 이상적 공동체와 그곳에서 그가 이룬 성과는 어떤 의미일까? 삶의 전환점 혹은 위기의 순간에 '오산'이라는 이름은 다양한 인물들과 함께 그에게 소환된다. 그 다양한 이름은 '오산'을 매개로 회고되고, 기록된다. 그러나 엄혹한 시절을 살다간 '그들', 이광수가 오산학교를 매개로 만났던 사람들의 삶을 재구하는 것은 녹록치 않다. '그들'은 이미 뜻으로, 정신으로 남은 자들이기 때문이다.

예컨대 문자화되는 순간 "한숨"이 되어버리고 마는 영역이 있다.[110] 뜻과 정신과 혼의 느낌을 어떻게 언어화하고 문자로 적실하게 표현할 수 있을까? "조선혼" 혹은 "조선심"이라고 하는 순간, 언어로 번역되지 않는 영역의 것들은 학문의 영역에서 자리를 찾기 어려워진다. 사실상 기록이 존재를 입증해주는 가장 간편하고 효율적인 방편임을 부인할 수는 없으나, 기록이 없는 것이 곧 존재하지 않았음을 의미하는 것일 수 없음도 자명하다.

이광수는 「그의 自敍傳」(『조선일보』, 1936.12.22.~1937.5.1)에 오산학교 사람들과 오산학교를 그만두고 떠난 방랑길에서 만난 사람들을 '기록'하고

---

110 프리드리히 키틀러는 파우스트를 인용하면서 독일 시문학이 "아아!"하는 "한숨과 함께 시작"한다고 해서 독문학계에서 큰 파란을 일으켰다. 그는 "아아"하는 순간, "이미 순수 영혼은 더이상 영혼이 아니라 언어가 되기 때문에, "아아하는 한숨"을 "순수영혼이라는 독특한 존재 양태를 나타내는 기호로, 순수영혼이 다른 어떤 기표를 입에 올리거나 어떤 기표들이든 일단 입에 올리면, 그것은 저 자신을 위해 한숨 쉬어야 할 것"이라고 말한다. 그에 따르면 "말이 새어 나오는 곳마다 영혼의 타자들이 생겨난다." 프리드리히 키틀러, 『기록시스템』, 윤원화 옮김, 문학동네, 2016, 12~16면.

있다. 신채호가 뤼순 감옥에서 옥사(1936.2.21.)한 뒤에 나온 소설이라는 점을 생각할 때, 이광수의 이 작품은 이광수 자신의 이력에 대한 점검일뿐만 아니라, 신채호에 대한 애도, 그리고 식민지 시기에 문서로 기록하기는 어려웠으나, 마음에 담고, 뜻으로 새겼던 '아름다운 이름'들을 기억하기 위한 기록물로 의미화해볼 수 있을 것이다.[111]

또 하나 상해에서 만난 사람이 있었다. 그이는 다만 상해에 모인 사람들 중에서만 장로일뿐더러, 조선 안에서도 장로로 존경을 받는 이였다. 그는 P라는 호하고 또 미친놈이란 뜻을 가진 호도 가지고 있었다. 벌써 이도 빠지고 머리도 세인 파파 노인으로 역시 합병 전에는 서울서 H라는 신문에 주필로 있던 이다.

그는 밥을 주면 먹고 옷을 주면 입고 또 술이 생기면 먹고 없으면 굶고, 다만 조선의 역사를 쓰고 불충 불의한 자를 공격하는 것으로 생활을 삼고 있었다. 누구에게나 아첨하거나 비위 맞출 줄도 모르고, 저 생각하는 대로 말하고 행하는 늙은이였다. 그 절개에 있어서 T와 다름이 없으나 성품에 있어서는 T보다 훨씬 시인적이요, 또 성자적이었다.

T가 늙으면 P와 같이 되었을는지 모르거니와, T는 언제나 칼날 같은 의지와 절개로 뭉쳐진 사람으로서 시인적 여유조차 아니가진 이였다.

아무려나 P나 T나 다 스러지는 조선의 그림자였다. 다시 나기 어려운 표본들이었다. 그들은 벌써 죽어 없고 그들의 이름조차도 젊은 사람의 귀에는 들릴 기회가 없어지고 말았다.[112] (인용자 강조)

---

111 이미 이광수는 「탈출 도중의 단재 인상」(『조광』, 1936.4.)을 통해 신채호에 대한 추억과 애도의 마음을 표한 바 있다. 김주현은 이광수에게 단재는 "경애와 흠모의 대상"이었음을 지적하면서, 그 근거로 이광수가 『나의 고백』(춘추사, 1948, 76면.)에서 "나는 그를 연애하다싶이 사랑하였다. 그러나 나는 그를 사랑한다는 말을 그에게 말한 적이 없었다. 역시 연애하는 사람의 심리였다"고 고백한 부분을 제시했다. (김주현, 「이광수와 신채호의 만남, 그리고 영향」, 『한국현대문학연구』48, 한국현대문학회, 2016.4, 154면.) 김주현은 이 논문에서 이광수와 신채호의 네 차례의 만남─1910년 정주, 1913년 상해, 1918년 북경, 1919년 상해─을 실증적으로 밝혔다.

112 이광수, 「그의 자서전」, 『이광수전집』6, 우신사, 1979, 355면.

위의 인용 글에 나오는 P와 T는 이미 알려진 것과 같이 백암 박은식과 단재 신채호를 가리킨다. "그들은 벌써 죽어 없고" 1936년에 이미 "그들의 이름조차도 젊은 사람의 귀에는 들릴 기회가 없어지고" 말았다면, 그 뒤에는 이름도 사라진 이들의 삶을 기억하고 뜻을 새기는 일은 어떻게 할 수 있을까? '누군가는 살아남아서' 혹은 '살아남은 누군가'는 뜻으로 남은 이들을 기억하고 기록하고 노래하고, 가슴에 새겨진 뜻을 전해야 하지 않을까?

그날 夕飯後 에 般若庵을 찾으니, 마침 法華會를 한다 하여 數十僧侶가 各地로서 모였는데, 그中에는 有髮한 居士도 二人이 있읍니다. 工夫하는 차림차림이 숲혀 古代式 인 것이 甚히 재미 있읍니다. /밤에 바야흐로 잠이 들었을 때에 門 밖에서 누가 내 이름을 부르므로 일어나 나가본즉, 어떤 알지 못할 僧侶라 웬일이냐고 물은 즉 그는 나를 이끌고 저 法堂 앞 어두운 곳으로 가서 컴컴한 그림자 하나를 가리키고 어디로 스러져 버리고 맙니다. 僧侶가 스러지자 컴컴한 그림자가 내게로 움직여 오더니 내 팔을 꼭 잡으며,『○○이야요..』합니다. /나는 대답할 새도 없이 그를 껴안았읍니다. 天涯萬里에 서로 離別한 지 四, 五年이 지나도록 生死를 未判하던 ○○가 僧侶가 되어 楡岾夜半에 서로 만날 줄을 뉘라 뜻하였겠읍니까. 우리는 손을 이끌고 어떤 樓上에 올라 萬籟俱寂한 가운데 끝없는 叙懷가 있었읍니다. 그는 그동안 그의 지나온 崎嶇한 生涯를 말하고 나는 나의 지나온 崎嶇한 生涯를 말하니 진실로 感慨無量입니다. **나는 꺼리는 바 있어 그의 波瀾重疊한 半生을 말하지 못하거니와, 讀者여 기다리라, 不遠의 將來에 반드시 叢林의 碩德으로 그의 名聲이 諸位의 귀에 들릴 날이 있으리라 합니다.**[113] (인용자 강조)

위의 인용 글 「金剛山遊記」(『新生活』, 1922.3~8.)에 등장했던 "龍夏和尙"[114]은 이미 알려진 것처럼 이광수의 삼종제 이학수(운허 선사)다. 이광수

---

113 이광수,「金剛山遊記」,『이광수전집』9, 삼중당, 1971, 77면.

가 조심스러워 말하지 못했던 그의 "波瀾重疊한 半生"은 이광수가 예고하였 듯이, 실제로 "叢林의 碩德으로 그의 名聲"이 자자해진 뒤에 밝혀졌다. 대성 학교에 다니던 이학수(이시열, 운허 선사)는 신민회 사건으로 학교가 폐교된 후, 고향을 떠나 독립운동에 투신하고 대종교에 입교한 뒤에 이름을 이시열 (李時說, 호는 檀叢)로 개명했다.[115] 그는 1913년에 서간도 회인현에 대종교 의 윤세복이 세운 대종교의 시교당(施敎堂)을 겸한 동창학교에서 교사로 근무하였고,[116] 동창학교 폐교 이후에는 흥경현에 김교환 등과 함께 일신 (日新)학교를 설립하였다.[117] 이후 1918년 봄 이시열은 통화현 반납배(通化 縣 半拉背)에서 승진(承震), 김기전(金基甸) 등과 배달학교(培達學校)를 설립 한다.[118] 배달학교의 교원 중 신원미상자 5인을 제외한 11명 가운데 9명이 '평북 정주' 출신이었다. 당시 학생이었던 조경연(趙敬淵)의 증언에 따르면, 이시열은 문과를 담당했으며 학생들에게 '배달민족'임을 교육하고 강조했다 고 한다.[119]

이시열은 1921년 독립자금을 모으기 위해 국내에 들어왔다가 피신해 있

---

114 위의 글, 79면.
115 신용철, 「운허 이학수(1892–1980)의 생애와 사상 – 애국과 구도의 길에서」, 『인문학 연구 』3, 경희대학교 인문학연구원, 1999.; 신용철, 「춘원 이광수李光洙와 운허耘虛 스 님 : 망국과 해방, 분단과 전쟁을 겪은 20세기의 두 위인」, 『춘원연구학보』2, 춘원연구 학회, 2009.; 조준희, 「이시열의 민족운동과 대종교」, 『숭실사학』28, 숭실사학회, 2012. 조준희의 연구는 이시열의 처 가계가 오산학교와 관련이 있음을 처음으로 밝혔다. 그에 따르면, 이시열의 처 백한남의 부친 백균행(白均行)은 구한말 위정척사 운동의 중심이었 던 화서학파의 핵심 인물인, 백예행(白禮行)과는 6촌 사이고, 오산학교로 전환된 승천제 (升薦齊)의 훈장이자, 오산학교 초대교장이었던 백이행(白彝行)과는 8촌이다. (181면.)
116 조준희, 위의 논문, 183면.
117 위의 논문, 185면.
118 배달은 단군이 세운 최초의 나라 이름이기도 하면서 우리 민족을 뜻하는 말이기도 해서, 그 자체로 우리 민족의 정체성을 드러낸다.
119 조준희, 앞의 논문, 187~188면.

던 중에 박용하라는 가명으로 금강산 유점사에서 출가하여 승려가 되었다. 그러나 재차 만주로 가 독립운동을 하다가 1932년에 귀국한다.[120] 국내에서는 불교 승려로 살았고, 이광수와 관련해서는 봉선사 주지이자 이광수의 『법화경』 공부에 도움이 되었다는 정도로 알려졌다. 그러나 일반적으로 알려지지 않았으나, 운허 선사, 곧 이시열은 해방 후 대종교 총본사가 환국한 뒤에, "조완구, 이극로, 안호상, 신백우, 박노철"등의 대종교인과 함께 "倧學研究會"의 종리 연구길에서 대종교 주요 경전의 국역 및 주해 작업을 했다.[121]

운허 선사의 이력에서 이와 같은 대종교 관련 사항이 밝혀진 것은 십수 년 전의 일이다. 그러나 독립운동의 구심 역할을 했기에 식민지 시기에 공공연히 드러낼 수 없었던 '대종교'라는 이름은 해방 후에도 제 위상과 이름을 찾지 못한 듯하다.[122] 이광수 문학 연구에서도 운허선사의 영향은 이광수의 불경 공부에 한정된다. 불교적인 것 외의 다른 측면, 곧 운허 선사가 대종교 경전 주해 작업을 한 것을 포함하여, 그와 연결된 역사 사상 투쟁의 명맥 부분에서 참고할 만한 내용이 분명 있을 것이다. 앞으로 이 부분에 대한 연구 역시 활발히 이루어질 것이라 기대한다.

한편 앞서 언급했던 「그의 자서전」(『조선일보』, 1936.12.22.~1937.5.1)에 기록된 것을 보면, 이광수가 오산학교를 그만두고 떠난 방랑길에 안동현

---

120 위의 논문, 194면.

121 위의 논문, 195~198면.

122 해방 후 개작에서 "대종교"라는 명칭이 추가된 작품도 있다. 예컨대 김동리의 「화랑의 후예」는 1935년 『조선중앙일보』 신춘문예 당선작이다. 해방 후 김동리는 이 작품을 개작하여 단편집 『무녀도』(을유문화사, 1947.)에 수록한다. 광산업을 하는 숙부의 연행 사유가 1935년 당선 원고에는 만주의 "적색사건"으로 되어 있던 것이 1947년 단편집 수록 시에는 "대종교사건"으로 수정된다. 「화랑의 후예」에서 황노인과 숙부의 실제 모델이 있다고 한다면, 대종교의 백산 안희제와 맏형 김범부를 생각할 수 있다.

에서 "우연성의 개입"[123] 이라고 하더라도, 귀국하는 정인보(「그의 자서전」에서 W)를 만난 것은 상당히 절묘한 일이다. 소설에서 W의 권유로 상해에 가서 주인공 남궁 석이 만났던 H, K, S, M, P, Y는 이미 알려져 있듯이, 각각 호암 문일평, 벽초 홍명희, 소앙 조용은, 단재 신채호, 백암 박은식, 예관 신규식이다. 이광수에게 상해로 가라고 했던 정인보를 포함하여, 실제로 이광수가 상해에서 만났던 이 사람들은 '공교롭게도' 모두 대종교(大倧敎) 상해지부의 동제사(同濟社) 조직과 동제사가 운영하는 박달(博達)학원의 강사들이었다.[124] 신규식은 동제사의 대표로서, 미국 윌슨 대통령의 민족자결주의와 관련된 해외 소식을 오산학교의 남강 이승훈을 포함한 국내 인사들에게 전달하여 3·1운동을 준비하게 했던 인물이다.[125] 그뿐 아니라, 오산학교를 거쳐 망명했던 신채호나 오산학교 교사였다가 망명길에 오른 여준과 윤기섭 등은 신흥무관학교에서 다시 만났고, 대종교인으로서 망명객으로서 독립운동에 가담했다.[126] 이 당시 대종교는 어떤 의미였으며 무엇을 각성시키고 있었던 것일까?

오산학교를 매개로 해서, 식민지 시기 진짜 총과 무기를 들고 전쟁을 벌였던 항일무장투쟁 세력과 문단의 펜 부대가 벌였던 치열한 싸움이 정신사적

---

123 김윤식, 앞의 책, 401면.
124 김희곤, 「同濟社의 結成과 活動」, 『한국사연구』48, 한국사연구회, 1985. 참조.
　　同濟社는 "復國運動을 위한 독립지사들의 결집체"로서 "同舟共濟(한 마음, 한 뜻으로 같은 배를 타고 彼岸에 도달하자)의 뜻을 나타내면서, 표면상으로는 互助機關이란 명분을 내세웠으나, 실제적인 의미에서는 國權回復을 전개했던 독립운동 단체"였다. (175~176면)
125 남강 이승훈의 공판 기록에도 나오는 선우혁은 동제사 산하의 신한청년당 소속이었다. 이와 관련한 부분은 김효재, 앞의 논문, 28면.
126 이태준 소설의 모델이 되기도 했으며, 부산 출신으로서 만주 지역에서 이상촌 운동을 했던 대표적인 인물로 알려진 백산 안희제 또한 대종교인이었다.

으로 연결되어 있었던 지점을 이렇게나마 확인할 수 있다. 지하의 점조직으로 은밀하게 숨어 들어갔을 이 연결망의 입증은 폭넓게 연결되어 있는 공동체의 인적 그물망 추적을 통해 대략적인 윤곽을 그려볼 수 있다. 그러나 그러한 조직의 실체를 확인하는 것에 앞서 식민지 시기 거대한 전쟁의 소용돌이, 그중에서도 영적인 전쟁을 염두에 둘 때, 오산학교 공동체에서 살펴보았던 이상향 추구의 문제와 함께 새로운 세상과 새로운 가치를 창조하려는 강력한 의지에 주목할 수 있다.

그런 점에서 이 시기 '영웅'과 '초인'이라는 말도 있으나, '창조하는 자'를 뜻하는 말로 '신인(神人)'은 더욱 강력하게 다가온다. 大倧敎에서 "倧"은 그 "神人"을 뜻하는 말이다.[127] 사람이 곧 하늘이며, 신이라는 것은, 그 사람이 곧 세상을 창조할 수 있는 힘을 가진 존재라는 의미다.[128] 대종교가 각성시키고 있는 지점은 바로 이것이 아닐까? 이는 단지 대종교의 영향을 일대일 대응으로 적용하기 위함이 아니다. 천도교에서 말하는 인내천(人乃天)의 핵심도 '신인(神人)'이라는 개념에 있다.[129] 식민지 시기에 기독교가 조선에 빠르게 전파될 수 있었던 것은, 전통적으로 우리에게 있던 '하늘님'이라는 개념 때문이었다.[130]

---

127 대종교 경전 『삼일신고(三一神誥)』의 「신훈(神訓)」편에는 "강재이뇌(降在爾腦)"라는 말이 있다. 사람이 정성으로 간절히 구하면, 신이 이미 머릿골 속에 내려와 있으므로, 신이 밖에 있지 않고 내 안에 있음을 안다는 것이다. (한문화 편집부, 『천지인』, 한문화, 2009, 26면.) 참고로, 유영모는 "생각하기 때문에 내가 존재한다."고 하면서 "사람이 생각하는 곳에 하느님이 계신다하여 염재신재(念在神在)라 한다."고 했다. (유영모, 『다석어록』, 박영호 엮음, 홍익재, 1993, 126면.)
128 김효재, 앞의 논문, 18면.
129 위의 논문, 17면.
130 송의원, 「한국적 세계관과 기독교 문화 — 단군신화와 한(韓)사상을 중심으로」, 『백석저널』8, 2005. 가을. ; 허호익, 「한중일 신관 비교를 통해 본 환인 하느님 신관과 한국기독

식민지 시기 이 '신인(神人)'의 개념은 종교뿐만 아니라, 예술론에 있어서도 중요한 관심의 대상이었다. 특히 김동인은 예술론에서 창조적 주체로서 인간을 "神人"으로 설명하고, "神人合一"을 이야기한 바 있다.[131][132] '신인(神人)'이라는 표현을 사용하지는 않았으나 시인 이상화는 시인의 사명을 새로운 세계의 '창조'에서 찾고 있어 의미심장하다. 1926년 4월 『개벽』68호에는 이상화의 시 두 편, 「시인에게」와 「통곡」이 나란히 실렸다. 그 중 「시인에게」에서 이상화는 "한편의 시 그것으로/새로운 세계 하나를 낳아야 할 줄 깨칠 그 때라야/시인아, 너의 존재가/비로소 우주에게 없지 못할 너로 알려질 것이다."라고 했다. 그리고 "시인아, 너의 영광은 / 미친 개 꼬리도 밟는 어린애의 짬 없는 그 마음이 되어/ 밤이라도 낮이라도 / 새 세계를 낳으려 손댄 자국이 시가 될 때에 있다. /촛불로 날아들어 죽어도 아름다운 나비를 보아라."라고도 했다.[133] 이상화의 이 시를 통해 볼 때, 시인의 의무는 새로운 세계를 창조하는 데 있으며, 시인의 영광은 새로운 세계를 위해 불 속도 마다하지 않는 데서 찾을 수 있다. 시인에게 그러한 의무와 영광이 있는 것은 시인이라는 존재가 불모의 땅을 누구보다 애달파하고, 그로 인해 누구보다도

교」, 『고조선단군학』13, 2005. ; 박일영, 「한국 전통 사상의 하느님」, 『가톨릭 신학과 사상』47, 2004. ; 함석헌, 『뜻으로 본 한국 역사』, 제일출판사, 1982. 등 참고.

131 "小說家卽藝術家요藝術은 人生의精神이요思想이요自己를對象으로한참사랑이요社會改良, 神人合一을 修行할者이오." 김동인, 「小說에 대한 朝鮮사람의 思想을」, 『學之光』17, 1919.1, 46면.

132 방민호는 김동인의 창조와 관련해서 그 사상적 배경으로 니체 사유와의 연결성 및 수용 가능성을 지적한다. (방민호, 「동인지 『창조』의 문학사적 의미 – 김동인을 중심으로—」, 『영화가 있는 문학의 오늘』, 2019.봄.참조) 여기에서 더 나아가 이 연구는 '창조'의 의미를, 니체적 사유를 참조하면서도, 니체적 사유와의 영향 관계만이 아니라, 당시 "神人"의 의미와 견주면서 보다 적극적으로 의미 부여할 수 있는 지점을 고민한다.

133 이상화, 「시인에게」, 『개벽』 68호, 1926.4, 114면.

크게 통곡할 수 있는 자이기 때문이다.[134]

　식민지 시기 주시경, 이극로, 이윤재, 최현배, 권덕규 등의 어학자들이 상당수가 대종교인이었다는 점도 특기할 만하다.[135] 이것은 또 어떻게 이해할 수 있을까? 신채호의 「꿈하늘」(1916) 6장에는 한놈[136]이 님나라에 이르러 흐려진 하늘을 쓸면서 자신의 뒤를 이어 하늘을 푸르게 할 앞으로 올 다른 이에 대한 소망을 말하고 나서 "가갸 풀이"노래를 지어 부르는 장면이 있다.[137] 신범순은 「가갸풀이」노래가 "황무지적 세계를 빠져 나가" "새로운

134　김효재, 「새로운 생명의 탄생을 위한 노래들 — 강은교론」, 『시와정신』57, 2016. 가을, 141면.

135　박용규, 「일제시대 이극로의 민족운동 연구 : 한글운동을 중심으로」, 고려대학교 박사학위논문, 2009.; 정재환, 「해방 後 조선어학회 · 한글학회 활동 연구(1945~1957년)」, 성균관대학교 박사학위논문, 2013.; 김동식, 「국어학자, 독일로 가다 — 이극로」, 『기미년 독립운동과 상하이로 간 사람들』, 2019년 한국어문학연구소 국제학술대회 자료집, 2019.3.8. 참조.

136　국문 글쓰기와 관련해서 선구적인 작업을 이루었던 신채호의 업적과 대종교와의 관련성, 그리고 한글의 의미를 고려할 때 신채호의 첫 한글 소설의 주인공 "한놈"은 복수적인 존재로서, 단지 신채호라는 작가 1인만을 뜻하는 것이 아닐 수 있다. '한'의 의미는 하나, 둘, 셋 하는 숫자만이 아니다. 앞서도 언급한 것과 같이 이윤재의 「한글강의」(『신생』2(9), 1929.9.)를 참고하면, '한'에는 "하나(一)이며, 한울(天), 크다(大), 바르다(正)"라는 뜻이 있다. 여기에서 "우리글을 한글로 하게 된 것"이며, "한글은 「한」이란 겨레의 글, 「한」이란 나라의 글 곧 조선의 글이란 말"이라는 뜻이다. 그리고 "놈"과 관련하여 「꿈하늘」에는 을지문덕의 입을 빌려 "아무 골이니 아무 뫼니 하는 우리 글로 지은 名은 적은 마을에 그치고 큰 郡이나 道 같은 것은 다만 支那字로 지어 楊州니 京畿道니 하며 무슨 쇠니 무슨 놈이니 하는 우리말로 지은 人名은 賤한 아희에 그치고, 所謂 班族의 成人은 모두 支那式을 맡아 金甲이니 李乙이니 하며"라는 말이 나온다. 이와 같은 내용을 통해서 "놈"이 단순히 남자 사람을 낮춰 부르는 말이거나 하층민의 이름에만 사용하는 천한 말이 아니라, 원래는 일반적으로 사람의 이름에 쓰였던 말임을 알 수 있다. 따라서 "한놈"이라는 이름은, 작가가 자신을 낮춰서 칭한 이름만이 아니라, 한나라의 사람이라는 뜻도 된다. 즉, 이윤재가 풀이해 놓은 "한"의 의미를 적용하면, "한놈"은 桓國, 朝鮮, 하느님 나라의 크고, 밝고, 바른 사람 등의 뜻으로 새길 수 있다. 이상 신채호의 「꿈하늘」과 "한놈"의 명명에 관련된 자세한 내용은 다른 지면에서 상술하고자 한다.

137　「꿈하늘」에는 무궁화 노래, 무궁화 노래 화답가, 태백산가, 땅웅이 노래, 칼부름 노래, 가갸풀이 노래 등 창작시가 여덟 편 있고, 최영의 시조 1편이 나온다. 다음은 가갸풀이

세계를 창조하려는 '나'에 대한 인식을 상승시키"는 의미를 갖는다고 해석한다. 그에 따르면 이러한 "시 형식은 오래된 것"이고, "문자를 공부한다는 것이 집을 짓는 행위"가 되는 것은 '한글풀이' 노래의 기본주제다.[138]

이러한 한글풀이 노래의 주제를 참고로 할 때, 오산학교를 포함하여 이상촌에 설립된 학교들이 일관되게 우리 말과 글자를 가르치는 일에 정성스러웠던 점, 그리고 사람을 세상을 창조할 수 있는 힘을 가진 존재로 인식하는

노래 전문이다.

"가갸거겨 가자가자, 하늘 쓸러 걸음 걸음 나아가자/ 고교구규 고되기는 고되지만, 굳은 마음은 풀릴쏘냐 / 그기고 그믐 밤에 달이 나고, 기운 해 다시 뜨도록 / 나냐너녀 나 죽거든 네가 하고, 너 죽거든 나 또 하여 / 노뇨누뉴 놀지 않고, 하고 보면 누구라서 막을쏘냐 / 느니나 늦은 길을 늦다 말고, 이 악물고 주먹 쥐자 / 다댜더뎌 다 닳은들 칼 아니랴, 더 갈수록 매운 마음 / 도됴두듀 도령님의 넋을 받아 두려운 놈 바이 없다 / 드디다 드릴 곳 있으리니, 지경 따라 서고 지고 / 라랴러려 나팔 불고 북도 쳤다, 너나 말고 칼을 빼자 / 로료루류 로동하고 싸움하여 루만 명에 첫째 되면 / 르리라 르르릉 아라, 르릉 아리아 자기 아들 같이 / 마먀머며 마마님도, 구경 가오 먼동 곳에 봄이 왔소 / 모묘무뮤 모든 사람, 모두 몰아 무쇠 팔뚝 내두르며 / 므미마 먼 데든지 가깝든지, 밀어치며 나아갈 뿐 / 사샤서셔 사람마다 옳고 보면, 서슬 있어 푸르리라 / 소쇼수슈 소름 찢는 도깨비도, 수컷에야 어이하리 / 스시사 스승님의 뜻을 받아, 세로 가로 뛰고 지고 / 아야어여 아무런들, 내 아들이 어미 없이 컸다 마라 / 오요우유 오죽이나 오랜 나라 우리 박달 우리 겨레 / 으이아 응응 우는 아기라도, 이 정신은 차리리라" ―「가갸풀이」 전문 (『신채호문학유고선집』, 김병민 편, 연변대학출판사, 1994, 63～64면.)

138 신범순, 앞의 책, 285면. 신범순은 이 시가 "한글 자모를 처음 외우는 듯이 시작하면서" "새로운 세계를 향한 발걸음의 전진과 의식의 상승을 겹쳐놓고" 있다고 해석한다. 신범순은 이런 류의 노래에서 글을 깨우치는 것은 삶의 진리를 깨우치는 것을 의미하며, 이는 "삶의 집짓기, 존재의 집짓기"라고 말한다. 특히 한놈의 노래에서 '나'의 각성이라는 점에 주목하면서, 신채호가 「매암의 노래」에서도 "중국의 넓적 글/ 서양의 꼬부랑 글/ 우리 글과 바꿀쏘냐 매암매암"이라고 함으로써, 국문에 대한 각성이 자아의 종족적 계보학에 대한 주체적 각성을 위해서 매우 중대한 역할을 한다고 했다는 점을 강조한다.(286면.) 한편, 신범순이 "가갸풀이"를 자연스럽게 '한글풀이'로 이해한 것은, "가갸글"이 "한나라말" "한나라글" "배달말글" 등과 함께 "한글"의 또 다른 명칭이기 때문이다. 앞서도 언급했지만, 한글날 제정 후 한글날로 이름이 바뀌기(1928) 전까지 '가갸날'(1926)이라는 명칭이 사용되었고, '가갸날'을 '한글날'로 바꾼 1928년 이전까지, '가갸'와 '한글'이 공동으로 사용되었다. (정재환, 앞의 논문, 160면.)

'신인(神人)'의 의미를 각성시키는 대종교와 대종교인들이 이상촌 건설에 중심이 되고 있었던 점, 작가들이 예술에서 창조적 주체로서의 인간을 뜻하는 '신인'에 주목하고, 언어를 다루는 시인의 사명이 새로운 세계의 창조에 있다고 하는 점, 문자를 다루는 어학자들의 상당수가 단군의 자손임을 자각하고, '신인'의 가치를 가르치는 대종교인이었다는 점은, 공통적으로 식민지 시기 "空漠한곳에各種을創造함이職分"으로 하는, 곧 "空空漠漠한곳에 온갖것을 建設"하고 "創造"할 "朝鮮ㅅ사람인 靑年"에게 강력한 "창조"의 귀중한 가치를 일깨운다.[139]

요컨대 이와 같은 강력한 창조의 의미와 가치를 되새기는 노력이 앞으로의 연구에서 더욱 이루어져야 하리라 본다. 두려웠으나 끝까지 포기하지 않고 싸웠던 사람들이 피로써 증여했던 것은 새로운 세상을 창조하는 것에 대한 희망이었다. '공막(空漠)'한 세상에 새로운 세상을 창조할 좋은 기회라고 했던 이광수의 글이 단지 세상 물정 모르는 책상물림의 철없는 낙관이 아니라, 황무지에 새 나라를 건설했던 단군의 뜻을 기억하고, 이상촌 건설로 자신들도 그 뜻을 실현하고, 창조의 귀한 가치를 후손들에게 물려주고자 분투했던 동시대인들의 치열한 싸움터에서 함께 울고 웃고 호흡하며 쓴 글로 읽히길 바란다. 그것이 이광수와 '동시대인들'의 '이름'을 값지게 기억하는 방법일 것이다.

---

139 孤舟, 「朝鮮ㅅ사람인靑年에게」, 앞의 책, 32면.

"'나'는 누구인가?"에 대한 1920년대 문학의 문답 지형도*

'불축제' 계열시와 김소월 시의 관련 양상을 중심으로

/

권희철

1. 서론 : 1920년대 문학을 바라보는 근대주의적 시선과 전통주의적 시선

근대 초창기에 행해진 다양한 실험들 가운데 '자아'를 둘러싼 물음과 대답을 빼놓을 수 없다. 이 시기 '개인', '개성', '자아', '자기' 등의 용어가 크게 유행했다는 사실은 널리 알려져 있다. 이러한 현상은 계몽주의적 기획 혹은 근대적 개인 주체에 대한 요구와 밀접하게 관련되어 있는 것처럼 보인다. 1920년대 초반 우리 문학에 주목하는 최근의 연구들이 이 지점에 민감하게 반응하면서 '근대적 자아 혹은 개인의 탄생' 과정을 서술하고자 하는 욕망을 드러내는 것은 이러한 사정과 관련되어 있다.[1] 이러한 연구들은 1920년대 문학

---

* 이 글은 『한국현대문학연구29호』(2009)에 같은 제목으로 발표된 것을 일부 수정한 것이다.
1 이 시기 우리 문학에서의 '개인'의 탄생과 '자아'에 대한 관심을 지적한 대표적인 연구로 다음의 논문을 꼽을 수 있다.
  김예림, 「1920년대 초반 문학의 상황과 의미」, 『상허학보 제2집』, 상허학회, 2000.
  김춘식, 『미적 근대성과 동인지 문단』, 소명출판, 2003.
  김행숙, 『문학이란 무엇이었는가 - 1920년대 동인지 문학의 근대성』, 소명출판, 2005.
  오문석, 「1920년대 초반 '동인지'에 나타난 예술이론 연구」, 『상허학보 제2집』, 상허학회,

을, 작품의 미성숙, 감정의 과잉, 퇴폐주의, 현실도피 등으로 평가하려는 초기 근대문학 연구자들의 시각[2]에 적절한 반론을 제기하면서 '동인지 시대' 문학사 기술의 자립적 근거를 보여준다는 점에서 문학사 서술의 중요한 전환점을 마련했다고 할 수 있다.

하지만 우리는 이러한 시각을 조심스럽게 재검토해야만 한다. 이 점을 논의하기 위해 최근의 연구들이 보이는 공통적인 견해를 간략히 요약해보자. '1910년대 도입한 계몽주의적 근대성이 '개인'을 내세우는 것처럼 보이지만, 실상 이 개인은 민족과 국가 단위의 사회적 담론 속에 흡수될 인자로써만 인정되었다. 따라서 진정한 근대적 개인 주체는 1920년대의 낭만주의적 근대성이 1910년대 계몽주의적 근대성을 보완한 뒤에야 탄생할 수 있었다. 이 지점에 이르러서야 외부적 계기들로부터 자유로워진 진정한 개인, 근대적 주체가 탄생한다.' 이러한 시각은 추상적으로 이해된 서구적 근대성, 외부적 계기들의 억압으로부터 자유를 획득하는 개인의 출현을 은연중에 보편적인 것으로 승인하면서, 이 보편적인 것이라고 생각되는 (서구적) 근대성을 우리 문학에서 재확인하려는 시도가 아닐까. 과연 서구적 근대성이 그러한 방식으로 작동해왔는가에 대해서도 세밀한 논의가 필요하겠지만 이에 대한 논의는 이 글의 범위를 초과한다. 그러나 이와 반대되는 흐름, 개인을 감싸는 공동체적 의미망에 대한 요구가 이 시기 우리 문학의 중요한 주제였다는 점을

2000.

이은주, 「문학 텍스트에 나타난 자기 구성 방식에 대한 시론 : 「창조」, 「폐허」, 「백조」의 사랑의 담론을 중심으로」, 『상허학보 제2집』, 상허학회, 2000.

2 백철, 『신문학사조사』, 민중서관, 1953(증보판)

감태준, 「근대시 전개의 세 흐름」, 『한국현대문학사』, 김윤식·김우종 외, 현대문학, 2005(4판)

조연현, 『한국현대문학사 개론』, 정음사, 1964.

지적할 수는 있을 것이다. 근대적 충격파가 사회적 기반과 공동체적 의미망을 뒤흔들었을 때, 자신을 감싸고 있던 의미의 지평을 잃어버린 자아에게 남은 것은 혼란과 불안이었으며, 이러한 자아의 빈곤함을 감지한 근대 초창기의 지식인들이 '자아'를 둘러싼 다양한 담론들을 작동시켰다고 볼 수 없는 것일까.

이 담론들의 복잡한 양상 가운데 (서구적) 개인 주체의 탄생에 대해서라면 이미 충분한 논의가 진행되었으므로 이 글에서까지 이러한 주제를 반복할 필요는 없을 것이다. 오히려 '한국문학의 근대성 탐색'이라는 기획이 발견할 수 없었던 그 반대의 흐름, 자아의 빈곤함으로부터 탈출하려는 모색들에 대해 논의하는 것이, 선행 연구들을 보충하면서 우리 문학사의 새로운 가능성을 제시할 수 있는 길일 것이다. 이 반대의 흐름을 일반적인 용법에 따라, 잠정적으로 '전통주의'라고 부를 수도 있다. 이 '전통주의'라는 용어는 박현수의 『현대시와 전통주의의 수사학』(2004)이 핵심적인 개념어로 제시하고 있는 것이기도 하다. 박현수는 이 책을 통해, 앞서 소개한 연구들이 의도적으로 배제하는 것처럼 보이는 전통적인 것들을 지향하려는 경향을 강조하면서, 전통주의가 지향하는 과거의 것들의 형식적인 측면과 내용적인 측면을 상세히 논의하고 있다. 그러나 최남선, 김억, 김소월 등의 문인들이 보여준 전통주의적 경향에 대해서라면 우리는 많은 논의들을 보아왔기 때문에 이것 자체가 새로운 시각이라고 할 수는 없다. 또한 전통 미학을 계승하면서 문학사의 연속성을 확보한다[3] 는 평가만으로는 전통주의의 정신사적 맥락을 해명할 수 없으며, '우리 문학의 근대성 탐색'을 주조로 하는 연구들과 대화하

---

3 박현수, 『현대시와 전통주의의 수사학』, 서울대학교출판부, 2004, 69면.

기 어렵다. 필요한 것은 전통주의적 경향을 확인하고 강조하는 것이 아니라, 전통주의가 자리하고 있는 정신사적 토대에 대한 해명이다. 이 글은 1920년대 문학을 바라보는 근대주의적 시선과 전통주의적 시선의 사이에 서서 이둘을 새롭게 재정의하는 것을 최종적인 목표로 삼는다.

이러한 논의에서 가장 중요한 문인 가운데 한 사람이 소월 김정식이라는 점에 대해서 이의를 제기하기는 어려울 것이다. 김소월은 『創造』 2호에 「浪人의 봄」을 발표하면서 동인지 시대의 한 부분을 담당했으며, 전통주의에서 가장 중요한 성과를 낳은 시인으로 알려져 있기도 하다. 이광수, 주요한, 김억 등이 이론적인 수준에서 논의한 '민요시'가 김소월의 시에 이르러서야 작품의 수준에서 현실화되었다는 점을 부정하기 어렵다. 박현수의 조사에 따르면 김소월에 대한 연구는 2004년에 500편을 상회하는 것으로 되어 있는데[4] 이 가운데 전통주의를 다루는 연구들은 대부분 정한론과 민요시론의 주제에서 크게 벗어나지 못하고 있는 실정이다. 이제 우리가 김소월의 시에 대해 물어야 할 것은 김소월의 시가 어느 정도까지 민요의 리듬과 정서에 가까운지에 대한 것이 아니라, 정한론과 민요시론의 심층은 무엇인지, 김소월이 이 옛 노래와 옛 노래에 담긴 한의 정서를 반복한 '창조적' 의미가 어디에 있는지를 물어야 할 것이다.

결국 김소월론으로 귀착될 이 글이, 『學之光』에 실린 몇 편의 글과 김동인, 주요한, 홍사용으로부터 본론을 시작하는 이유가 여기에 있다. (동경유학생들의 계몽적 담론의 집합소로 여겨지곤 했던) 『學之光』에 잠복해있는 전통주의의 맥락, 그리고 대동강을 둘러싼 김동인, 주요한, 홍사용의 경쟁관

---

4 위의 책, 305면.

계에 대한 해명이 있은 다음에야, 김소월이 보여주는 전통주의의 정신사적 의미가 선명해지며 동시에 이 글이 시작할 때 제시한 '자아'를 둘러싼 물음과 대답을 전통주의의 시각에서 해석할 수 있을 것으로 기대되기 때문이다.

2. 1920년대적 물음 : "'나'는 누구인가?"

조영복은 1920년대 초기 시들을 집중적으로 분석하면서, 동인지 시대 시 작품 전체를 관통하는 화두가 '나'와 관련되어 있다고 지적했다.[5] 조영복의 연구 또한 '고독한' 개인성의 신화라는 시각을 유지한다는 점을 문제 삼을 수 도 있겠지만, 동인지 시대의 시작과 끝을 알리는 두 편의 시가 정확히 이 문 제에 걸려있다는 지적만큼은 탁월하다. 이 두 편의 시를 다시 확인해보자.

동인지 시대의 시작을 알리는 『創造』 1호의 첫머리는 주요한의 「불노리」 가 차지하고 있다. 주요한은 「불노리」를 통해 화려한 대동강의 불놀이의 풍 광을 포착하고 있지만 정작 여기서 강조되는 것은 '대동강'의 불놀이가 아니 라 오히려 '나'의 불놀이다. 이 시의 화자가 축제의 여러 장면들과 소리를 민 감하게 수용할수록 오히려 화자 내면의 고독한 슬픔이 강조되면서, 왜 '나'만 '혼자서' 눈물을 참을 수 없으며 혼자서만 가슴 속에 눈물을 품었는가 하는 질문이 부각된다. 시가 전개되면서 이 물음은 한층 심화되어, 이 시의 제목 불놀이가 '대동강'의 불놀이가 아니라 화자 내면의 불놀이, 다시 말해 '나'의 불놀이를 가리키게 된다. 급기야 시의 마지막에서는, '나'의 내면 속의 무엇 인가를 불태워야 한다고 강조하고 있다.("아아 좀더 强烈한熱情에살고십다,

---

5 조영복, 『1920년대 초기 시의 이념과 미학』, 소명출판, 2004, 316~321면.

저긔저횃불처럼 엉긔는煙氣, 숨맥히는불꽃의 苦痛속에서라도 더욱쓰거운
삶을살고십다고 쯧밧게 가슴두근거리는거슨 나의 마음…./ (…중략…) / 오
오사로라, 사로라! 오늘밤! 너의발간횃불을, 발간입셜을, 눈동자를, 쏘한너
의발간눈물을….") 흥성스러운 축제로부터 '고립'되어 있는 나, 가슴 속에 '빨
간 눈물'을 간직하고 있는 나, 불태워야 할 '열정'을 내면화한 나는 누구인가?

　이것이 주요한이 동인지 시대의 서막에서 제기한 물음이었으며 이 질문은
'대동강'을 건너뛰고 '불놀이'라는 매개항으로 (김동인, 주요한과 함께 1900
년생인 수원 출신의) 홍사용과 연결되는 지점이기도 하다. 홍사용은 동인지
시대의 실질적 마감이라고 할 수 있을『백조』3호에 실린「그것은 모다 쑴
이엇지마는」을 통해 이 '불놀이'와 '나'라는 문제의식을 그대로 이어 받고 있
다. 이 시는 주요한의「불노리」에 비견할 만한, 정월 보름의 쥐불놀이의 축
제적 풍광을 박진감 있게 묘사한 뒤 시의 마지막에 가서 주요한이 제시한 물
음을 변주하면서 끝맺고 있다.("그것은 모다 수수썍기엇지마는 (…중략…)/
'모른다모른다하야도, 도모지 모를것은, 나라는『나』이올시다'") 동인지 시
대의 시작과 끝에서 각각 주요한과 홍사용이 문제적 '나'를 시적으로 형상
화했으며, 이 '나'와 관련한 물음이 동인지 시대 전체를 울리고 있다고 하겠
다. 이 물음은 특히 홍사용에게 지속적인 탐구의 대상이었다. 그는 동인지
시대가 끝난 후에도 이 물음을 희곡「출가」에서 "대체 이 '나'라는 것은 무
엇이며 또 '나'라는 '나'는 무엇이 어찌하여야 좋을 것인고." 라고 반복해서
묻고 있다.

　조영복은 이를 두고 이렇게 썼다. "시대의 맨 선두에 서서 자신의 '주체'를
이 공동체의 공간 속에 버무려 넣을 수 없었던, 그래서 고독하기 이를 데 없
었던 몇 명의 시인들 … 낯선 이 '나'의 출현은 사실은 아무도 인식하지 않았

던 '나'의 주체적인 각성에 있었던 것이다."[6] 그러나 이들 작품이 보여주는 상황은 보다 복잡하다. 우리가 서론에서 미리 소개한 것처럼, 여기에 낯선 '나'가 출현하고 있기도 하지만, 이 '나'는 마냥 고독한 개인으로 태어나고 있기만 한 것은 아니다. 이 점을 명확히 하기 위해서는 '나'에 대한 세밀한 논의가 필요하다. 이를 위해 동인지 시대 바로 앞에 놓이는 『學之光』의 일부를 검토해 보자.

『學之光』에 실린 글들을 검토해보면, 이 잡지가 진정한 자아를 찾아야 하고 개개인의 자아를 각성해야 한다는 주장으로 가득 차있다는 사실을 금세 확인할 수 있다. 그러나 진정한 자아에 대한 모색이 그저 자아를 찾아야 한다는 강조나 '나는 곧 나 자신이다I am who I am'와 같은 손쉬운 동어반복, 유아론적 주관주의와 혼동될 수 없다. 오히려 자아를 둘러싼 모든 외부적 지지물을 차단할 때 자아는 그저 텅 빈 공허에 불과한 것으로 드러날 뿐이다.[7] 최승구가 '자아'의 중요성을 강조하는 자리에서 우리의 배후에 있는 힘센 주인을 발견하지 못할 때 그저 "공각(空殼: 빈 껍데기)의 우리"에 머물고 말 것이라고 경고했던 것이[8] 이러한 맥락에 놓여있다. 진정한 자아에 대한 추구는 자아의 개체로서의 자율성에 대한 요구가 아니라, 자아의 가치와 의미를 확증해 줄 수 있는 보다 큰 범주의 지평에 대한 추구이다. 자아는 스스로가 속해있는 공동체, 그 속에 구현되어 있는 문화와 상징형식을 전제로 할 때만 성립 가능하다. '자아'를 둘러싼 모든 물음은 독백적이라기보다 대화적이며 타자와의 호혜적 인정 관계에 기초한 역사적이고 사회적인 지평을 필연적으

---

6 조영복, 앞의 책, 319~320면.
7 슬라보예 지젝, 이성민 옮김, 『부정적인 것과 함께 머물기』, 도서출판b, 2007, 1장 참조.
8 최승구, 「너를 혁명하라!」, 『학지광』 5호, 1915.5, 16면.

로 내포할 수밖에 없다. 주체는 이러한 지평으로부터 주어진 가치들을 선택하고 재정의하며 의미 있는 삶을 추구하게 되는 것이다.[9]

CK生 김찬영이 그의 시「프리!」(『學之光』4호, 1915.2)에서 근대적 주체 형성의 핵심이랄 수 있는 자유를 교묘하게 조롱하는 것도 같은 맥락에서 이해할 수 있다. 그는 이 시에서 사람들이 자유에 대해 갈망하고 있지만, 정작 자유를 요구하는 인간의 감각과 의식과 이성이 모든 고통의 근원이 되고 있다는 사실에 대해서는 알지 못하고 있다고 비판하면서, 거울 속에 갇혀 거울 상이 자신인 줄도 모르고 욕하는 어린 아이로 인간의 형상을 대체해놓고 있다.[10] 김찬영이 이 어두운 시를 통해 진정으로 추구하고자 했던 것은, 그 자신이 이 시 사이사이에 삽입해 놓은 자연의 형상이자, 자기비판이라는 거울 상자의 외부일 것이다.

그러나 김찬영은 여기서 자연의 형상이나 거울상자의 외부에 대해서는 충분히 이야기하지 못했다. 이에 대해서는 최승구, 이광수, 김여제 등을 통해서 보충해 볼 수 있을 것이다. 최승구는「긴 숙시(熟視: 눈여겨 자세하게 들여다 봄)」(『近代思潮』, 1916.1)에서, 김찬영이 추상적으로 제시한 근대적 거

---

9 찰스 테일러, 송영배 옮김, 『불안한 현대사회』, 이학사, 2001, 4장 참조.
10 시의 일부를 보이면 다음과 같다.
　　Free! Free! 모든 것에 으뜸이 되는 저이의 부르지즘은, 쉬임없이 오오(嗷嗷)하다.
　　저이는, 저이의 감각과, 의식과, 교활한 이해가(가장 저이들이 자랑하는 그것이) 모든 허위와, 죄악과, 권태와, 공포와, 고통을 저이에게 공급하는 줄을 아는지? 모르는지? 모든 죄악과 허위에 빠져있는 저이들은, 스스로 그것을 저주하고, 매욕(罵辱)하고, 참귀(慘貴)한다. ─미욱한 아이가 거울을 보고 자기의 그림자를 욕하듯이─
　　　　　　　　　…(중략)…
　　모든것은 그와 같이 위대한 자유 안에서, 생과 사의 사이를 영화로운 웃음과, 환락의 노래로, 피고, 날고, 흐르는데, 오직 인생은 자유의 부르짖음과 허위와, 공포와, 교만과, 싸움과, 울음에 쌓여서, 캄캄한 죽음 속으로 다투어 이끌려가다. 그 캄캄한 분묘(墳墓) 속으로. 그러나, 그 종국은 Free! Free!

울상자를 보다 시적으로 형상화하면서 이를 돌파할 수 있는 가능성을 제시했다. 그는 당대의 상황을 "종려(棕櫚)도, 야자(椰子)도 업고, 관목(灌木)도, 사초(莎草)도 업는 사막", "감천(甘泉)이나, 세류(細流)도 업는―황량(荒凉)하고, 적막(寂寞)한 사막"으로 규정하면서도 그 사막의 밑에 감추어 있을 옥토에 대해 꿈꾸었다. 그것은, 지금은 잃어버렸지만 먼 과거의 어느 시점에서는 우리의 고향이었던 것으로 상정되어 있다. 최승구는 이 고향을 낙원의 이미지로 구성하는데 힘을 기울였다.[11] 그리고 이 낙원―옥토―고향이 사막의 밑에 감추어져 있으므로 우리가 할 일은 다만 사막의 모래를 걷어내고 낙원―옥토―고향을 되찾는 것일 뿐이다. 이 시의 마지막은 길고 긴 밤이 끝나고 새벽빛이 밝아올 무렵 옥토가 드러나는 예언적인 장면으로 끝이 나고 있다. 그리고 이 모든 과정에 대해 찬찬히 들여다보기, 긴 숙시가 이 시의 제목이기도 하다.

「긴 숙시」가 결국 되찾게 될 것이라고 낙관적으로 예언한 그 옥토가 무엇인지에 대해서 최승구는 별도의 설명은 생략해 놓고 있다. 이러한 산문적 설명을 반드시 시가 감당해야만 하는 것은 아니겠지만, 이것을 비슷한 시기에 이광수와 쓴 「공화국의 멸망」과 연결지어 생각해보는 것은 가능할 것이다.

---

11 시의 일부를 보이면 다음과 같다.

붉은 장미, 흰 백합도 뛰엿섯고, 무궁화도 미소를 가지고 자긍(自矜)하엿섯다.

금색의 사탄(沙灘 ; 모래톱가의 여울)에는 청천(淸泉)도 흘럿섯고. 녹엽(綠葉)의 괴하(槐下 ; 홰나무 아래)에는 감밀(甘蜜)도 뛰엿섯다.

뛰이면 지고, 지면 또 뛰이고, 흐르면 괴이고, 괴이면 또 넘처서, 꼿다운 향이 낙원에 가득하엿섯고, 그 향이 원지(遠地)에까지 들니엿섯다.

귀(貴)여운 양들은, 청천을 마시고 백접(白蝶)의 뒤를 조차 뛰여단이기도 헷섯고, 감밀에 배불니여 수음(樹蔭) 밋, 푸른 천융단(天絨緞)에서 오면(午眠)도 하엿섯다.

향기에 끌녀오는 원방의 여객(旅客)은, 그 향기에 취하여 숙수(熟睡)하든 자도 적지 안엇섯다.

이광수는 이 글에서 성문법 없이도 유지되는 우리의 전통적인 공동체적 질서를 '공화국'이라고 부르며 "아아 우리는 피상적 문명에 중독하야 이 오래고 정들은 공화국을 깨뜰이엇도다"고 한탄하는 한편[12] 신권(神權)에 의해 조율되는 공동체의 모습을 그려내고자 했다. 이광수는 나중에 『白潮』에서 「樂府」를 통해 고구려와 부여의 신화적 서사시를 재현하면서 이 신권을 바탕으로 한 공동체의 운명을 실험적인 시의 형식으로 반복하기도 했다. 이것은 아마도 최승구가 꿈꾸었던, 사막 아래 감추어진 낙원-옥토-고향의 이미지를 구체화한 것일 것이다. 이 신권-공화국, 낙원-옥토-고향이야말로 자아의 원천에 해당하며, 이 자아의 원천을 회복하는 것만이 공허한 '자아'와 '자유'에 대한 증상적 요구를 진정시킬 수 있는 방법일 것이다. 신권-공화국, 낙원-옥토-고향이 최승구가 「너를 혁명하라!」에서 빈 껍데기인 자아를 채워줄, 자아의 배후로 지목한 힘센 주인(최승구는 이것이 또한 진정한 자아라고도 말했다.)의 자리를 채워 넣을 수 있기 때문이다. 비슷한 시기에 발표된 김여제의 시에서도 자아의 원천을 회복하려는 시적 욕망을 확인할 수 있지만, 이에 대해서는 4장에서 다시 서술하겠다.

우리가 1920년대 문학을 논의하는 자리에서 『學之光』 소재의 글을 길게 언급한 것은 이 시기 두드러진 '자아'를 둘러싼 담론들이 개체의 자율성을 강조하는 근대적 개인 주체이기만 한 것이 아니라는 점을 분명히 하기 위함이다. 이 점은 『開闢』의 경우에도 마찬가지이다. 『開闢』에서도 '자아', '자기', '개성' 등의 용어의 유행을 확인할 수 있다. 우리는 아직까지 이들 개념어들에 대한 세밀한 논의를 진척시키지 못했지만, 이 용어들이 개체적이고 독백

---

12 고주(孤舟), 「공화국의 멸망」, 『학지광』 5호, 1915.5, 11면.

적인 개인이 아니라는 점은 지금까지 어느 정도 드러난 셈이다. 『開闢』창간
호에서 권덕규가 '자아 개벽'이 곧 '고대의 발랄한 天賦의 기상'을 되살리는
것이라고 했을 때,(「자아를 개벽하라」) 이는 오히려 공동체적이고 대화적인
자아의 개념이 아니겠는가. 또한 『創造』8호에서 김찬영이 '赤裸의 自我'로
돌아가야 한다고 말할 때,(「현대예술의 對岸에서」) 항상 고독한 개인이 아니
라 가장 내밀하고 신령(神靈)스러운 자기, 낭만적이고 비의적(秘意的)인 자
기, 개인보다 더 큰 범주의 존재를 동시에 떠올리고 있다는 점을 놓쳐서는
안 된다.

3. "'나'는 누구인가?"에 대한 불축제 계열시의 대답과 김소월 시 의 접점

'자아'를 뒷받침하는 의미 지평에 대한 요구를 염두에 두면서 다시 주요한
의 「불노리」와 홍사용의 「그것은 모다 꿈이엇지마는」(『白潮』3호, 1923.9)
으로 돌아가 보자. 이 때 이들이 제시하는 '나는 누구인가?'하는 물음을 감싸
고 있는 불놀이와 쥐불놀이를 주목해야 한다. 이 불안한 개인의 혼돈스러운
질문이 탄생하는 배경은 이 축제적 장치들의 균열과 관계되기 때문이다. 먼
저 홍사용의 「그것은 모다 꿈이엇지마는」의 일부를 보이면 다음과 같다.

> 長明燈, 발등걸이, 싸리불, 횃불, 불이야— 쥐불, 듯기에도 군성스러운
> 퉁탕 매화포, "가자—건는便으로" 마른잔듸바테 불이부트오니, 무덕이
> 불이 와르를하고 일어납니다.

> 쥐불은 기어붓고

노루불은 쉬어오고
파랑불
샘안불
호랑나비 나비불
사내便
계집애便
얼시구 조타 두둥실

"으아—쥐불이야" "무어 막걸리 열동의?"붉은입술,연시보담 더샘안
靑春의 쌤, 늙은이의눈씻, 선머슴꾼의 너털웃음, 용틀임하는 젊은이마
음, 이밤은 이러케 모다 놀아나는데, 고개씻하는 홰나무의 속심을 누가
아오리까.

　퍼지는 불길은 바다처럼 흐르고, 사람의 물결은 불붓듯 몰립니다.

　이 시의 마지막 부분에서 이 장면들이 모두 꿈인 것으로 밝혀지지만, 여기
서 홍사용은 음력 정월의 풍속 가운데 쥐의 날, 쥐가 쏘는 일을 막기 위해 불
을 놓는 쥐불놀이를 거대한 불의 축제로 뒤바꾸어 그려놓고 있다. 여기서 사
람들은 바다처럼 퍼져 흐르는 불길 가운데 정월의 축제 속에 녹아든다. 이
정월의 불축제가 우리 민속에서 새해를 맞아 개화(改火)를 위해 새 불씨를
지피고 부활(復活)의 시간을 만들어내는 불문화[13] 와 관련되어 있을 가능성
을 생각해 볼 수 있다. 우주적 질서와 깊이 관련되어 있는 세시풍속에 녹아
드는 사람들은 동시에 개별적인 인간 하나하나의 지위를 지정해주는 체계를
승인하는 것일텐데, 이러한 불축제가 모두 꿈으로 밝혀지는 이 시의 후반부
에 꿈이 깨는 것과 함께, 그렇다면 도대체 나란 무엇인가 하는 질문이 솟아
나온다.

　우주적 질서, 혹은 신성한 지위를 갖는 어떤 존재를 상기시키는 경향은 홍

13　편무영,『초파일 민속론』, 민속원, 2002, p.27~35.

사용의 다른 글에서도 확인할 수 있다. 나중에 홍사용은 동인지 백조 시절을 회상하면서 부루종족의 역사에 대해 언급했는데(「백조시대에 남긴 여화(餘話)-젊은 문학도의 그리던 꿈」(『조광』제2권 9호, 1936.9))[14], 신채호의 설명에 따라 이 부루가 '불'의 음역[15] 이라고 생각한다면 '불문화늑부루'의 상징을 연결지을 수 있다. 여기에 덧붙여 『백조』 창간호의 편집후기에 해당하는 「육호잡기」에서 홍사용이 "검이여…. 빛을 주소서…."라고 쓴 부분을 참고할 수도 있다. 검, 금, 곰, 감 등의 용어는 북방계의 샤먼사상과 관련된 용어로 토템신인 '곰'을 가리킬 뿐 아니라 지모신이며 어머니신의 역할을 담당하며, 중앙, 검정, 고귀함, 아름다움, 유일의 뜻을 지닌다.[16] 홍사용은 희곡 「흰젖」(『불교』50,51 합호, 1928.9)에서 이 검이 이 땅을 밝게 하는 신령한 기운이며 태양과 관계된다고 밝힌 바 있다. 또한 「별, 달, 또 나, 나는 노래만 합니다」(『동명』17호, 1922.12)와 같은 시에서는 연자맷돌을 중심으로 한 조화롭고 평화로운 모성적 풍경을 밝히는 것으로 어머니의 횃불을 제시하기도 했다. 덧붙여 「나는 王이로소이다」(『백조』3호, 1923.9)에 나오는 짚불점을 언급할 수도 있다. 정월 열나흗날 저녁 짚을 태워 남는 재의 빛깔이나 모양을

---

14 신범순은 부루종족의 역사에 대한 홍사용의 언급을 "만주와 시베리아를 암시하는 서북방으로부터 추방되어 동쪽의 한 귀퉁이로 떠밀려 온 방랑의 세월을 노래하는 민요들에서 우리의 본래적인 정서를 찾아보려"는 시도와 연관짓고 있다.(「제축적 신시와 처용 신화의 전승」, 『한국현대문학과 제축, 시장, 변신술의 서판』, 미출간 서울대학교 대학원 강의교재, p.7)

15 신채호는 『조선상고사』에서 이렇게 쓰고 있다. "동서 고대의 인민들이 다 불의 발견을 기념하여 그리스의 화신(火神), 페르시아의 화교(火敎), 중국의 수인씨(燧人氏) 등의 전설이 있게 되었으며, 우리 조선에서는 더욱 불을 사랑하여 사람의 이름을 '불'이라 지은 경우도 많은데 '부루(夫婁)', '품리(稟離)' 등이 다 '불'의 음역이다. '불'이라 지은 지명도 적지 않은데 부여(扶餘), 부리(夫里), 불내(不耐), 불이(不而), 국내(國內), 불(弗), 벌(伐), 발(發) 등이 다 '불'의 음역이다."(박기봉 역, 『조선상고사』, 비봉출판사, 2006, p.91)

16 정호완, 『우리말로 본 단군신화』, 명문당, 1994, pp.110~131.

보고 미래를 점쳐보는 이 풍습17 이 「나는 王이로소이다」의 한 가운데 새겨져, 의미의 지평을 잃은 고독한 개인, 눈물의 왕을 감쌌던 (그러나 지금은 사라진,) 개인보다 큰 범주의 존재를 상기시키고 있다. 홍사용은 고독하고 혼란스러운 개인과 이를 감싸는 전통적 맥락을 절묘하게 결합시키고자 했던 것이 아닐까. 그는 "나는 누구인가?"라는 질문의 대답을, 전통적인 쥐불놀이에서, 부루종족의 역사와 검의 정체에서 찾으려고 했던 것이 아닐까. 이 때문에 홍사용은 조선을 메나리(민요의 다른 이름)의 나라로 규정하며(「조선은 메나리 나라」, 『별건곤』12 · 13호, 1928.5.) 민요를 재창조하려는 방향으로 나아갔을 것이다.

주요한의 「불노리」의 경우는 어떠한가. 김동인의 증언에 따르면 이 시는 1918년 음력 4월 8일 대동강에서 행해진 불놀이를 배경으로 하고 있다.18

---

17 한국세시풍속사전, 국립민속박물관, 2004, p.187.
18 김동인은 이에 대해서 두 번 강조해놓았다. "요한의 많은 시인(시의 오기인 듯—인용자) 가운데 『창조』 창간호에 난 '불노리'는 가장 졸렬한 시일 것이다./ 불노리라 하는 것은 4월 파일의 관화(觀火)를 일컬음이다. 열네 살부터 동경 생활을 한 요한은 관화를 본 일이 없다./ 여에게서 평양 대동강의 관화는 여사여사한 것이라는 이야기를 듣고 그 들은 바에 상상의 가지를 좀 가미해 쓴 것이 그것이다."(김동인, 「문단 십오년 이면사」, 『김동인 전집』 16권, 조선일보사, 1988, 376면.(『조선일보』, 1934,4.3.) "『창조』 창간호에 나는 「약한 자의 슬픔」이란 소설을 썼고 주요한은 「불노리」란 시를 썼다. 그 전해(1918) 4월에 나는 결혼을 하였다. 양력 4월에 결혼을 하였는데 그 음력 4월 8일 석가여래의 탄일에 평양에서는 수십 년래 쉬었던 큰 관등놀이를 하였다./ 수십 년 못하였던 것이니만치 호화롭고 굉장하게 하였다. …(중략)… 신혼, 잔치, 관등— 하도 마음이 기뻐 그 관등놀이의 굉장하고 훌륭함을 요한에게 말하였더니 거기서 명편 「불노리」의 노래가 생겨난 것이었다."(김동인, 「문단 30년의 자취」, 『김동인 전집』 15권, 조선일보사, 1988, 317~318면.(『신천지』, 1948.3)
김동인은 「불노리」에 대해서 '졸렬한 시'라고 했다가 나중에 다시 '명편'이라고 그 가치를 고쳐 평가했지만, 대동강의 관등놀이 체험이 자신만의 것이라는 점, 그리고 이 체험이 주요한의 시 「불노리」의 배경으로 자리하고 있다는 점에 대해서는 두 번의 증언에서 모두 동일하게 주장하고 있다. 특히 「불노리」를 명편이라고 추켜세운 두 번째 증언에서는 이 굉장한 체험을 주요한이 먼저 작품화하고 자신은 그와 무관한 작품을 써낸 것에 대한 아민속학에서 이 불놀이는 종종 도교적 의식과 불교행사의 결합, 그리고 이러한 종교적 의례의 민속화로 풀이되기도 하는데, 이를 단순히 외래 종교의 유입과 관련된 것으로만 볼 수는 없을 것 같다. 예컨대 초기 개신교에서 크리스마스 경축 풍속은 불놀이와 농악의 어울림으로 되어 있는데[19] 그만큼 우리 문화에서 불놀이의 풍습은 강력한 것이었다고 추측해 볼 수 있다.(북한에서는 등놀이의 기원을 고구려 시대까지 소급하여 추정하기도 한다.[20]) 주요한은 1918년 상인들을 중심으로 대동강에서 행해진 자본주의적 축제 속에서 자신을 충분히 녹여낼 수 없었고 그것이 이 시가 낳은 고독한 개인의 근원인지도 모른다. 그가 「불노리」의 마지막에서 "오오사로라, 사로라! 오늘밤! 너의발간햇불을, 발간입설을, 눈동자를, 쏘한너의발간눈물을…."이라고

쉬움이 은연중에 드러나 있다.

그런데 주요한은 이러한 김동인의 주장을 반박하고 있다. "「불노리」는 어렸을 때, 4월 파일날 대동강에서 본 관등회, 평양사람들이 봄이면 오르는 서산, 동산과 보통강 너머 서장대에서 본 광경들을 기억에 되살려 쓴 것이다."(주요한, 『주요한 문집』I, 요한기념사업회, 1982, 22면.)

대동강 불놀이가 과연 수십년 만에 부활한 것인지 이 때까지 그 전통이 이어져 온 것인지에 대한 실증적 자료는 아직 발굴하지 못했다. 그러나 우리 문학사에서 경쟁관계에 놓여 있는 동갑내기 시인과 소설가가 대동강을 사이에 두고 서로 다른 자기 주장을 굽히지 않고 있음은 흥미롭다.

19 방원일, 「한국개신교의례의 정착과 혼합현상에 대한 연구」, 서울대 석사논문, 2001, 31∼32면, 진철승, 「사월초파일의 민속화 과정 연구」, 『역사민속학』 15호, 민속원, 2002 244∼245면에서 재인용.

20 "삼국사기의 황룡사 간등이 사료상으로는 처음이지만 4세기 중엽 고구려 벽화 등에 이미 '의례용' 등롱이 등장하고 있다는 주장이다. 등롱은 처음에는 조명용으로 이용되고, 이어 장식용으로, 그리고 마지막으로는 봉건통치자들의 위용을 나타내는 의례용으로 이용되는데, 4세기 중엽 안악3호분 대행렬도 등에 이미 의례용 등롱이 나타나므로, 이를 우리나라의 의례용 등놀이의 시원으로 삼아야 한다는 것이다. 벽화의 등롱 외에도 동동 등의 고구려계 가사도 근거로 제시하고 있다." 김호섭, 「중세등불놀이에 관한 연구」, 『력사과학』 112호, 과학백과사전출판사, 1984, 43면, 진철승, 위의 논문, 237∼238면 각주 14번에서 재인용.

쓴 것은, 이 불놀이를 보다 근원적인 방식으로 반복할 것을 요구하는 것이 아니었을까. 주요한이 「불노리」가 발표된 뒤 5년만에 이 시의 서구적 영향을 비판하면서 시의 참다운 정신을 민요 속에서 찾아야 한다고 주장한 것(「노래를 지으시려는 이에게」,『조선문단』1·2호, 1924. 10, 11)이 이 불축제의 근원적인 방식에 대한 요구라고 볼 수 있을 것이다.

불의 축제가 불완전한 모습으로 행해지는 가운데 근대적 개인의 불안과 함께 옛 축제의 열기를 동시에 포착하는 것은 김동인 쪽이 좀 더 뚜렷하다. 김동인은 「눈을 겨우 뜰 때」(『개벽』, 1923.7~11, 미완)에서 대동강 불놀이의 장면을 매우 생생하게 묘사해놓고 있는데 이에 대해 신범순은 이렇게 평했다. "그의 냉정한 시선이 이 축제의 신화적인 안개 속에서 움직이고 있는 차가운 계산과 경쟁적 이기심의 자본주의적 측면을 포착하고 있었다. 그러나 이러한 것만으로 이 축제에 대한 김동인의 생각을 완전히 읽어냈다고 할 수 있을까? 그렇지는 않을 것이다. 이 축제는 아직 예전에 그 중심에 있던 풍요제적 불꽃의 아련한 그림자를 물려주고 있기 때문이다." "김동인은 비록 이 축제의 바닥에 냉혹한 현실의 사업적 구조를 갖다놓았지만 그 위에서 춤추고 노래하며 하루를 즐기는 사람들의 가슴 속에 그 옛 축제의 열기를 전해주려 하였다. 이 두 측면을 겹치게 묘사한 것이야말로 김동인만이 성취할 수 있었던 예술적 성과가 아니었을까?"[21]

우리는 지금까지 홍사용, 주요한, 김동인의 세부적 차이들을 무시하면서 이들의 공통점을 추출하는 작업을 진행시켜왔다. 우리는 홍사용과 예이츠의 신비적 낭만주의의 공통점에 대해서, 주요한이 나중에 수양동우회 운동의

---

21 신범순, 「주요한의 '불노리'와 축제 속의 우울」,『시작』, 2002, 겨울, 212, 213면.

강경노선과 「채석장」의 세계로 나아간다는 점에 대해서, 김동인이 누구보다 대동강의 사상에 집요하게 매달려왔다는 점에 대해서 언급하면서 이들의 차이를 보다 세밀하게 다룰 수도 있을 것이다. 그러나 이러한 과제는 이 글의 관심사가 아니므로 잠시 미뤄두기로 하자. 여기서는 '나'와 관련된 문제틀이 이 동갑내기 세 문인의 작품 세계 속에서 두 가지 방향으로 동시적으로 작동하고 있다는 점을 강조하는 것으로 충분할 것이다. 그들은 불안한 개인의 탄생을 목격한 동시에, 이 근대적 개인들이 잃어버린 의미 지평의 흔적을 지속적으로 탐구했다. 그리고 그들이 모두 '불축제'를 중요한 모티프로 다루고 있다는 지점 또한 흥미롭다. 만일 우리가 북한 학계의 성과를 참조하면서 대동강의 의미를 부각시킨다면[22], 대동강을 마주한 주요한과 김동인의 경쟁 관계와, 대동강을 건너 뛴 채 '불축제'의 지점에서 합류하는 홍사용의 관계항을 설정할 수도 있을 것이다.

그렇다면 민요시의 최대 성과물을 낳은 김소월의 경우는 어떠할까? 혹시 이 '불축제'의 삼각형과 근접한 위치에 김소월이 자리하고 있는 것은 아닐까. 이 지점에서 비교적 덜 알려져 있는 김소월의 시 「기억(記憶)」에 대한 검토가 필요하다.

> 달아래 싀멋업시 섯든그女子/ 서잇든그女子의 햇슥한얼골,/ 햇슥한그
> 얼골 적이파릇함./ 다시금 실벗듯한 가지아래서/ 식컴은머리싈은 번쩍

---

22 북한의 역사학계에서는 대동강 유역의 고대 문화에 대한 실증적 연구가 지속되고 있다. 북한 사회과학원은 1993년 '단군릉' 발굴을 토대로 1993년과 94년에 걸쳐 '단군 및 고조선에 관한 학술발표회'를 발표하며 평양이 고대문화의 중심지라는 점을 실증적으로 밝히고자 했다. 이 발표대회에서 공개된 자료들은 한국정신문화연구원 역사연구실 교수인 이형구에 의해 『단군과 단군조선』(1995)으로 묶여 남한에도 소개되었다. 또 북한의 역사학자 이순진은 『대동강 문화』(평양; 외국문출판부, 2001)에서 대동강 일대에서 발굴된 고고학적 자료들을 바탕으로 고조선 문화의 우수성과 대동강의 지역성을 연관지은 바 있다.

어리며./ 다시금 하로밤의식는江물을/ 平壤의긴단장은 슷고가든새./ 오
오 그싀멋업시 섯든女子여!//

　그립다 그한밤을 내게갓갑든/ 그대여 꿈이깁든 그한동안을/ 슬픔에
구엽음에 다시사랑의/ 눈물에 우리몸이 맛기윗든새/ 다시금 고지낙한城
박골목의/ 四月의느저가는 쓴눈의밤을/ 한두個燈불빗츤 우러새든새./
오오 그싀멋업시 섯든女子여!// (강조 : 인용자)

　여기에 등장하는 '그 여자'는, 김소월 시의 전반에 걸쳐 등장하는 님, 한 때
사랑하는 사이였으나 지금은 만날 수 없는 '님'이 현대적 감각으로 바뀐 것임
은 쉽게 수긍할 수 있다. 이 시의 화자는, 기억 속에서, 과거형으로 남은 그
여자를 사월의 어느 날 밤의 강변 풍경 속에서 기억해내며 그 창백한 얼굴과
식어버린 강물을 시각적이고 촉각적인 이미지로 그려내고 있다. 김소월 시
에서의 이별의 상황과 그리움이라는 주제에 대해서라면 새로울 것이 없을
터이고, 김소월 시에서 드문 경우에 해당하는 '현대적 감각'에 대해서는 이미
신범순이 지적한 바 있으로[23] 굳이 이 글에서 다시 다뤄야 할 필요는 없을
것이다. 우리가 여기서 주목해야 할 것은 인용문에서 강조된 부분, '평양의
긴 단장'과 '4월의 늦어가는 뜬 눈의 밤', 그리고 '한 두 개 등 불빛은 울어 새
든 때'이다.

　시의 화자가 떠올리고 있는 이 장면에 어떤 구체성을 부여하는 것이 가능
하지 않을까. 얼른 눈에 띄는 것은 '평양'이며 '4월'이다. 4월이 곧장 음력 초
파일을 가리킨다고 보기는 어렵겠지만 밤새도록 꺼지지 않고 남아있는 저
불빛이 4월 초파일의 대동강의 불놀이를 가리키는 것이 아닐까. 그렇다면

---

23 신범순, 「샤머니즘의 근대적 계승과 시학적 양상」, 『시안』 18권, 2002.12, 52~53면.

이 시는 대동강의 불놀이를 배경으로 하면서도 그 화려한 풍경을 뒤로 하고 평양성 밖의 어느 고즈넉한 골목에서 한 두 개의 불만을 남겨두고 불이 모두 사그라드는 새벽까지 함께 했던 옛 연인에 대한 추억을 노래한 것으로 읽을 수 있다. 그런데 옛 연인과 함께 밤을 새우는 '그 여자'는 이 특별한 시간에 왜 '싀멋업시'(=시멋 없이. 아무 생각 없이) 있는가. 이 여자의 해쓱하고 파릇한 얼굴 표정과 이 시 전체를 감싸고 있는 슬픔과 눈물을 함께 생각해 보면 일목요연한 대답이 주어진다. 이별을 앞 둔 마지막 밤을 함께 보내고 있기 때문에 그 여자는 '싀멋업시' 있다. '평양의 긴 단장'24 이 이를 뒷받침 한다. 김소월은 여기서 대동강에 실려가는25 몹시 슬퍼 창자가 끊어지는 듯한 아픔을 포착하고 있다.

김소월의 전기적 사실이 상세한 부분까지 알려져 있지 않기 때문에 김소월이 대동강의 불놀이를 실제로 체험했는지의 여부는 알 수 없지만, 평안북도 정주에서 나고 자라, 서울과 동경에서 유학한 김소월이 이 불놀이를 직접 체험했을 가능성은 희박하다고 보는 것이 자연스럽다. 이런 점에서 이 시가 대동강의 불놀이를 배경으로 하고 있다고 하더라도, 앞서 제시한 두 거물급 문인들의 '불놀이' 증언과 같은 수준에서 다루기에는 다소 가벼워 보일 수도

---

24 원문에는 별도의 한자 표기가 되어 있지 않아 이 '단장'이 무엇을 가리키는지 명확하지 않다. 지속적으로 김소월 작품의 판본들을 면밀히 검토해온 전정구는 이를 '긴 단장(短墻)'으로 풀었다.(『김정식 작품 연구』, 221면) 단장(短墻)은 낮은 담장을 가리키기 때문에 '길고도 낮은 담장'으로 이해한 것이다. 그러나 '대동강 변의 길고도 낮은 담장'이 우선 의미가 통하지 않을 뿐더러, 김소월이 자주 쓰지 않는 한자어를 사용했다고 생각하기 어려워 이 풀이를 승인하기 어렵다. 권영민은 이를 단장(斷腸)으로 풀었는데(『김소월 시 전집』, 문학사상사, 2007) 이 시의 전체적인 슬픔의 감정과 비교할 때 이 해석이 보다 자연스럽다.

25 1연 7행의 '슷고가든째'를 전정구는 '슷고가든째'로 표기했는데 원문의 인쇄상태가 좋지 않기 때문으로 보인다. 권영민은 이를 '슷고가든째'로 고치고 '싣고 가던 때'의 방언으로 풀이했다.

있다. 그러나 '대동강'이 근대 초창기 우리 문인들에게 전통주의의 상징과도 같은 것이었다는 점에서, 『창조』와 『영대』를 통해서 지속적으로 이들과 교류했던 김소월의 위치를 대동강을 중심으로 다시 조명하는 것은, 김소월을 다루는 시인론에서나 20년대 시사(詩史)를 기술하는 데에 어느 정도의 역할을 감당할 수 있지 않을까.

김소월은 「기억」에서 「불노리」와 「눈을 겨우 뜰 때」의 화려함과 뜨거움을 축소시키고 진정시켜 놓았다. 그는 이 대동강의 뜨거움을 '하로밤의식는 江물'로, 대동강을 밝히는 등불을 밤을 새운 '한두個燈불빛'으로 바꿔 놓았다. 여기에는 외부의 불에 대비되는 내면의 뜨거운 불(주요한)도 없으며, 자신을 내던지고 싶은 강력한 운명의 마력(김동인)26 도 없다. 그런 강렬한 요소들이 모두 빠져 나간, 쓸쓸하고 '햇슥한' 풍경만이 남아서 '슬픔'과 '눈물'로 맺혀있을 따름이다. 김소월은 내면의 뜨거운 불이나 운명의 마력과 같이 시적 주체를 강력하게 흡입하는 요인들로부터 벗어나 대동강의 불놀이를 슬픔과 눈물로 바꿔서 수용하고 있는 것인데, 바로 이 지점이 김소월이 김동인과 주요한(혹은 홍사용을 포함하여)과 연결되는 장면이면서 동시에 이들과 결정적으로 구분되는 장면이기도 하다. 김소월은, 온 대동강을 밝힌 불놀이가 한 두 개의 불빛으로만 남은, 이제는 식어버린 강물 위에서, 슬픔과 눈물의 의미를 곱씹으며, 김동인에게서는 강력한 마력을 내뿜는 그리움의 대상(대동강의 노래가 상기시키는 큰 존재, 예컨대 진시황)을, 주요한에게서는 그 대상으로부터 떨어져있다는 소외감을, 의식하지 못한 채로 수용하면서 자신만의 독자적인 영역을 만들어왔던 것이 아닐까. 이 점을 미리 언급하자면,

---

26 나는 이에 대해 「속삭이는 목소리로서의 '대동강'과 어머니 형상의 두 얼굴」, 『한국근대문학연구』 17호, 2008.4.에서 상세히 논했다.

김소월은 우리가 잃어버렸다는 사실조차 잊어버린 어떤 대상을 불러오기 위해 전통적인 슬픔의 가락을 채택하고 이를 통해 개인적인 사랑·이별·슬픔을 넘어서는 보편적인 지평을 보여주고 있다. 이 시의 제목 '기억'이 지향하는 바는 그 여자와 이별하던 마지막 밤의 풍경과 감정인 동시에 그 풍경과 감정들을 감싸고 있던 불축제의 거대한 의미망(우리가 잃어버렸다는 사실조차 잊어버린 바로 그 대상)과도 연결된 것이 아닐까. 그렇다면 그것은 단순히 전통적인 상투구를 활용했다는 설명[27] [28] 을 넘어서는 것이 된다.

4. 민요시론과 정한론의 심층 : '슬픔은 어디에서 오는가'에서 '왜 슬픔을 불러일으키는가'로

김소월의 시가 아무리 뛰어난 리듬감으로 서러움의 정서를 표현하고 있다고 하더라도, 「기억」에서와 같이 옛 연인에 대한 회상만을 반복하며 슬픔과 눈물의 감정에 대해서만 이야기했다면, 우리가 대동강을 사이에 두고 김소월을 주요한이나 김동인과 동등한 위치에서 다루기는 어려웠을 것이다. 그러나 김소월은 단지 지난 일을 회상할 뿐만 아니라 그의 시를 통해서 잃어버린 대상과 만나는 시적인 방법을 보여주고 있다. 이 장에서는 「산유화」와 「초혼」을 통해 김소월의 이러한 측면을 살펴볼 것인데, 이것은 김소월이 자

---

27 박현수, 「김소월 시의 보편성과 토포스」, 앞의 책.

28 오세영과 송희복 역시 이러한 민요시론의 소박함에 대해 일찍이 지적한 바 있다.(오세영, 『한국낭만주의시연구』, 일지사, 1983, 164면; 송희복, 『김소월 연구』, 태학사, 1994, 35~41면.) 이들 연구가 유럽 낭만주의가 갖는 전통적 요소들과 김소월 사이의 공통점을 지적하는 것은 민요시론의 의미를 한 차원 끌어올린 것이기는 하지만, 여전히 김소월만의 전통적 요소들의 의미가 무엇인지에 대해서는 충분한 해명이 이루어지지 않고 있다.

신의 시 작품을 통해서 형식적으로나 내용적으로 수용했던 민요의 전통과도 관련된 것으로 보인다.

우리가 이 문제에 접근하는 것은 대단히 까다로운데, 그것은 우리 '민요'에 대한 연구가 아직 충분치 못한 까닭이다. 물론 우리 민요에 대해 일찍이 고정옥의 『조선민요연구』(한성당, 1947)나 임동권의 『한국민요집』(동국문화사, 1961) 등이 방대한 자료를 모으고 체계를 부여하는 작업을 보여줬지만 아직까지 이 실증적 작업을 넘어서는 연구성과, 예컨대 정신사의 영역에 편입될 만한 민요의 의미를 탐색한 연구를 찾아보기 어렵다. 민요 연구가 큰 진척을 보이지 못하는 것은 세 가지 이유 때문인 것으로 추측되는데, 그 하나는 민요 연구자들이 민요에서 노동요와 같은 기능적 측면을 지나치게 강조한다는 점, 또 다른 하나는 민요의 원천 가운데 하나인 고대 무가에 대한 깊이 있는 시각이 부재한다는 점, 끝으로 민요가 역사적 승자들의 공식적인 노래에서 배제된 요소들이 전승되는, 잠복해있는 역사성의 저수지로 작용하고 있다는 데 대한 인식[29]이 철저하지 못하다는 점이 그것이다. 필자가 검토한 비교적 최근의 연구들도 이러한 점에서 자유롭지 못하다.[30] 민요시로서의

---

29 비록 충분히 강조되지는 않았지만 강등학은 이에 대해서 다음과 같이 언급하고 있다. "원래 부족국가의 국중대회라는 것은 국가의 중심을 이룬 특정 족장 사회의 의식이 국가차원의 것으로 상승된 것이며, 복속된 나머지 족장사회에서 치루던 의식은 민간전승의 지역문화로 남게 된다고 했다. 민요로서의 의식요는 이같은 민간전승의 지역적 의식과 함께 형성되기 시작하며, 그것은 부족국가시대로부터 비롯되어 삼국시대를 거치는 동안 자리를 잡아가는 것으로 생각할 수 있다. 대보름날 한 해의 풍년을 비는 의식을 치루며 부르는 노래, 곧 풍요기원요들은 소급하면 부족국가시대에 지역화된 족장사회의 기풍의식에 맥을 대고 있다고 할 수 있다."(『한국민요학의 논리와 시각』, 민속원, 2006, 227면)

30 필자가 검토한 것은 다음의 연구들이다.
강등학, 『한국민요학의 논리와 시각』, 민속원, 2006.
류종목, 『한국 민요의 현상과 본질』, 민속원, 1998.
임동권, 『한국민요논고』, 민속원, 2006.

김소월 시를 다루는 연구들이 형식적 측면, 특히 음절수에 대한 분석에 치중하면서 주제나 사상의 깊이를 거의 외면하고 있는 것[31]도 민요의 사상사적 측면에 대한 시각이 부재하는 것과 관련이 있을 것이다. 요컨대 소월 시에서의 민요 수용이 갖는 정신사적 의미에 대한 논의는 지금까지 거의 진행된 바 없었던 것이다. 이 점에서 김소월론 가운데 고전적 지위를 차지하고 있는 김동리의 「산유화」 분석이 갖는 특별함을 강조할 필요가 있다. 김동리의 「청산과의 거리」는 여러 연구자들에 의해 인용되곤 했지만 그 탁월함은 충분히 강조되지 않았다.

김동리는 이 짧은 글에서 김소월의 「산유화」가 '기적적 완벽성'을 갖추고 있다면서 이를 통해 김소월 시의 본질을 꿰뚫어볼 수 있다고 쓰고 있다. 널리 알려져 있듯, 김동리가 여기서 강조한 것은 '저만치'의 '거리'이다. 이 시에서 가장 중요한 대상은 꽃이나 산이나 새가 아니라 실상 이 시적 대상들과 결코 접촉할 수 없게 만드는, 시적 대상과 시적 주체 사이에 가로놓여있는 '저만치'의 '거리'라는 것, 어떤 특정한 대상이나 그 대상을 향한 그리움이 아니라 이 거리를 문제 삼았을 때 소월시가 보여주는 것이 보편적인 차원으로 상승한다는 것으로 김동리의 분석을 요약해 볼 수 있다. "여기서 그의 개인적 특수적 감정은 일반적 보편적 정서로 통하게 된 것이며 이러한 일반적 보편적 정서가 민요조를 띠게 된 것은 지극히 당연하며 자연스런 결과라 아니

---

31 오세영의 『김소월, 그의 생애와 문학』(서울대출판부, 2000)의 다음 구절이 이러한 형식과 내용의 분리에 대한 하나의 증상을 보여준다. 오세영은 「접동새」를 분석하면서 "내용은 민담에 기대고 있기 때문에 형식미의 완결성을 기할 수 있었던 것"(74면)이라고 주장했다. 「접동새」의 형식이 자신의 내용과 결합하지 않고, 오히려 내용을 민담과 결합시키면서, 형식은 자기 자신과만 관계하기 때문에 완결성을 지닐 수 있다는 것일까? 이 시의 완결성은 내용과 형식의 분열에서 온다는 것일까?

할 수 없는 것이다(소월 시의 민요조는 진실로 이에 연유되었던 것이다). …
(중략)… 소월의 정한은 이제 인간 전체의 공동적 부채로서 결부된 것이다."[32]

여기서 김동리의 작업이 보여주는 것은 민요시론과 정한론에 포함되어 있
는 하나의 시각, '슬픔은 어디에서 오는가'에 대한 물음에 대한 변경이다. 우
리는 종종 이 슬픔의 근원이 전통적 민요의 가락 혹은 정한의 전통적 정서에
있는 것이라고 답변하고 말았다. 그러나 김동리는 왜 그러한 민요의 가락과
정한의 전통적 정서를 채택해야만 하는가, '왜 슬픔을 불러일으키는가'로 물
음을 변경시켰다. 김소월은 왜 그토록 집요하게 자신의 시에서 '슬픔'의 정서
를 불러일으켰는가. 왜 대동강의 불놀이를 소재로 한 시에서 주요한, 김동
인, 홍사용과 다른 방식으로 불 축제의 흥성스러움을 배제한 채 슬픔만을 전
면에 내세웠는가. 우리가 물어야 할 것이 바로 이 지점에 달려있다.

이 점에서 우리는 김동리가 놓치고 있는 지점, 「산유화」의 제목이 암시하
는 전통의 맥락을 김소월과 연결시켜야 한다.[33] 「산유화」가 전래 민요와 많
은 한시의 전통 속에 놓여있으며 이 산유화(山有花)가 '메나리' 혹은 '미나리'
의 한자식 표기라는 점은 여러 연구자들이 지적한 바 있다.[34] 1770년(영조
46)에 상고 때부터의 각종 문물제도를 총망라하여 정리한 『증보 문헌비고』
에 '산유화'는 백제 유민(遊民)들의 노래라고 기록되어 있으며 이를 바탕으로

---

32 김동리, 「청산과의 거리」, 『문학과 인간』, 민음사, 1997, 43~44면.
33 서울대학교 2008년 2학기 '한국현대시론연습' 강의를 통해서 신범순은 고조선에서부터
   이어져 내려오는 '산유화' 계열시의 흐름을 소개한 바 있다. 이는 2009년 '노래의 수사'라
   는 제목의 책 속에 실려 출간될 예정이다. 이 강의에서 신범순은 김소월을 중심으로 노래
   의 전통과 그 의미를 해명하고자 했다.
34 박혜숙, 「<산유화>의 창작 근원과 상징 구조 연구」, 『문학한글』 4호, 한글학회, 1990.12.
   안동주, 「<산유화>론」, 『한국언어문학』 34집, 한국언어문학회, 1995.6.
   이가원, 「<산유화>소고」, 『아세아연구』 18호, 고려대학교 아세아문제연구소, 1965.6.

한 한시들이 『부여군지』에 소개되어 있다.[35][36] 현재 우리에게 남아있는 자료들은 백제 유민들의 정서가 탈락된 노동요와 옛 '산유화'를 듣고 그 감상을 적은 한시뿐이다. 그러나 이 '산유화' 계열의 시와 노래들이 '잃어버린 세계'에 대한 슬픔과 열망을 상기시킨다는 점만은 쉽게 알아차릴 수 있다.

이 '잃어버린 세계'에 대한 슬픔과 열망이 김소월의 「산유화」에서 '저만치'의 거리로 형식화되어 있는 것으로 보인다. 김소월이 자신의 시에서 슬픔과 그리움의 정서를 반복했던 것은 이 '산유화'·'메나리' 전통의 끝자락에 자신의 시를 이어보려고 했던 것이리라. 요컨대 김소월은 파편화된 개인주체의 불안에 대한 천착을 과감히 생략하고, 이들의 시야에서 사라져버린 것들이 '저만치'의 거리에 있음을 상기시키며 이 이별의 상태를 극복할 만한 감정적 에너지를 불러일으키기 위해 그의 시 속에 강력한 슬픔을 주입시키고 있는 것이라고 할 수 있다.

山에는 꼿픠네/ 꼿치픠네/ 갈 봄 녀름업시/ 꼿치픠네//

山에/ 山에/ 픠는꼿츤/ 저만치 혼자서 픠여잇네//

---

35 이 중에 윤창산의 한시 <산유화가>를 번역하여 소개하면 다음과 같다.
   산유화가는 백제의 노래 백제의 화려함은 극에 달했어라.
   당시의 춤과 노래 흥청대기를 일년 삼백 육십일이라.
   정사에 뜻이 없어 대궐은 비고 수레는 황금칠보 단장하였네.
   봄바람에 들놀이는 그칠 때 없어 철마 소리 일어나자 궁녀들은 낙화라.
   번화함이 이에 이름 어이 다 말하리 못 물결 크게 솟아 독룡은 죽고
   부여 풍속 군왕 기운 얼어붙으니 유유한 흥망성쇠 내 어찌 하리.
   다만, 유민 부르는 건 산유화인데 사람마다 산유화에 눈물만 짓네.
   아아 일천 년의 빈 궁터.(박혜숙, 앞의 논문, 132면에서 재인용)
36 산유화의 기원이 백제 유민의 노래와는 별도로 향랑의 노래에서 비롯된다는 견해도 있지만 대체로 향랑의 노래 또한 백제 유민의 노래에서 비롯된다는 견해가 우세한 듯하다. 이에 대해서는 안동주 앞의 논문 참고.

山에서우는 적은새요/ 꼿치죠와/ 山에서/ 사노라네//

山에는 꼿지네/ 꼿치지네/ 갈 봄 녀름업시/ 꼿치지네//

김동리가 정리한 것처럼, 이 시에는 계절의 순환(이 상기시키는 어떤 자연
적 질서)와 이를 물질화한 꽃, 꽃과 어울리는 생명인 새(새가 종종 우리 영혼
을 상징하는 동물로 여겨진다는 점을 강조할 필요가 있을까), 그리고 이 꽃
과 새를 감싸고 있는 공간인 산이 주요한 자리를 차지하고 있다. 그리고 이
자리가 화자와 '저만치' 떨어져 있다는 점이 이 시의 특징적인 형식이기도 하
다. 이 시는 이 거리를 형상화하는 데 치중하고 있어 여기에는 김소월 시의
가장 두드러진 특징인 슬픔의 정서는 가라앉아 있지만, 그의 시 대부분을 차
지하고 있는 사랑과 이별에 관한 작품들을 이 시와 겹쳐서 읽는 것이 가능하
다. 김소월이 노래한 개인적 이별은 실상 보다 추상도 높은 차원의 이별, '저
만치'의 거리를 상기시키는 것이 아닐까. 여기서 인류학적이고 종교학적인
연구들을 참조할 수 있다. 엘리아데와 조르주 바타이유는 그들의 저서에서
현실에서 잃어버리고 만 충만한 신화적 상태를 회복하고자 하는 다양한 방
식들을 소개한 바 있다.37 김소월의 이별 노래를 이 신화적 제스처의 층위로
상승시켜서 읽을 수는 없을 것인가.

이 점에서 김소월의 시 「초혼」이 중요하다.

산산히 부서진이름이어!/ 虛空中에 헤여진이름이어!/ 불너도 主人업
는이름이어!/ 부르다가 내가 죽을이름이어!//

---

37 엘리아데, 이동하역, 『성과 속』, 학민사, 1994, 2장; 조르주 바타이유, 『저주의 몫』, 문학
동네, 2000.

心中에남아잇는 말한마듸는/ 끗끗내 마자하지 못하엿구나./ 사랑하든 그사람이어!/ 사랑하든 그사람이어!//

붉은해는 西山마루에 걸니웟다./ 사슴이의무리도 슬피운다./ 써러저 나가안즌 山우혜서/ 나는 그대의이름을 부르노라.//

서름에겹도록 부르노라./ 서름에겹도록 부르노라./ 부르는소리는 빗겨가지만/ 하눌과쌍사이가 넘우넓구나.//

선채로 이자리에 돌이되여도/ 부르다가 내가 죽을이름이어!/ 사랑하든 그사람이어!/ 사랑하든 그사람이어!//

김윤식 이래로 이 시는 동양 유교문화권에서 이루어진 문화적 양식을 시적으로 형상화한 것으로 이해되곤 했다.[38] 그러나 이 시는 김소월의 또 다른 시「무덤」과 함께 샤머니즘의 시적 계승으로 읽어야 할 것으로 보인다.[39] 「초혼」이 죽음의 영역으로까지 상승해서 영혼과 대화하는 샤머니즘의 능력을 상기시키면서 동시에 그러한 대화가 단절되는 상황을 산의 높이가 끝나는 곳에서 장면화하고 있기 때문이다. 김소월은 여기서 「산유화」의 충만한 장소인 산을 약간 비틀어서 그러한 장소를 지향하는 현실적 높이의 최대치로 바꿔놓고 있다. 그리고 이 충만한 공간(여기서는 하늘)을 향한 높이가 높을 수록, 그곳에 닿을 수 없는 현실의 절망과 슬픔도 비례해서 커지며, 이 시가 김소월 시 가운데 드물게 격정적인 어조를 띠는 것은 이 때문으로 설명할 수 있다. 또한 이 시에서 사랑하는 사람과의 '이별'이 영혼과 대화할 수 있는

---

38 김윤식, 『한국근대문학사상비판』, 일지사, 1978, 143~153 참조.
39 이 점에 대해서는 신범순이 앞서 지적한 바 있다.(「샤머니즘의 근대적 계승과 시학적 양상」, 『시안』 18권, 2002.12, 48~49면.)

하늘과 땅 사이의 '간극'과 정확히 일치한다는 점도 눈여겨 보아야 한다. 이 글이 반복해서 강조하는 김소월 시의 슬픔의 정체를 신화적 제스처로 읽을 수 있는 근거가 여기에 있기 때문이다.

우리의 논의와는 다소 거리가 있겠지만, 김여제의 시 「山女」(『학지광』5호, 1915.5) 또한 이러한 맥락에서 읽을 수 있다. 김여제가 처음으로 발표한 시로 알려진 이 시에는 샤먼의 트랜스상태, 혹은 최남선이 「불함문화론」에서 소개한 향도의 수련과정을 떠올리게 하는 장면이 제시되어 있다.[40] 이 시에서 한 소녀가 격렬한 춤이나 노래의 끝이라고 생각되는, 점점 빨리 뛰는

---

40 시의 전문을 인용하면 다음과 같다.
　뛰는심장의고동은 더, 더 한도(度)한도를 높히며,/ 다막힌 호흡은 겨오, 겨오 새순환(循環)을 닛도다./ 그리하여 우리산녀의 들은팔은 속졀없이 에워싼 뜬긔운에 파동을 주어 늘이도다.

　돌 사이에서 돌 사이를,/ 젹은 샘은 긔여/ 졸, 졸 졸으륵, 간은「멜너디」를 주(奏)하면서 영원에 흘으도다./ ─그리하여 대해예 닛도다./ 가을긔럭이는 황혼에 나즉히 날도다./ 멀니, 멀니 모르는곳으로─아니, 아니 남(南)켠하늘로,/ 날아, 지평선져, 가에 희미한 그림(影)을 떨으도다./ 놉흔, 놉흔 무궁(無窮)에 흘으는 달은/ 멧번을 그얼골을 변(變)하도다./ ─우리산녀는,/ 긴장(緊張), 이완(弛緩), 흥분, 침정(沈靜)의 더, 더 복잡한정서에 차도다./ 느즌새의 울음, 반득이는 별이,/ 얼마나, 얼마나 우리산녀의 가슴을,/ 져, 져 먼 나라로, 상상의 보는 세계로,/ 넓은 드을로, 물결의 사는, 잔잔한 바다로,/ 아니, 아니「Unknown World」로,/ 얼마나, 얼마나 우리산녀의 가슴을 끄을렷으랴!

　우리산녀의 머리에서 발끗까지,/ 져문날 잠기는해는,/ 또다시 그검은깃(羽)을 덥헛도다./ 그러나 우리산녀는 다만 가만히(無言) 섯도다./ ─화기(火氣)에찬, 가슴은 한찰나(刹那)한 찰나에 점졈더 그키를 높이도다./ 져긔, 져 무서운암흑속에서는, 갑책이 갑책이 엇던 엇던 모르는 힘이나와,/ 한길에, 한길에 우리산녀를 삼키여갈듯하도다─우리젹은소녀를./ ─괴악(怪惡)한 니갈리는 소리가 어듸선지 희미하게 들니도다!

　어느때모진광풍이 닐어와,/ 압령(領), 늙은소나무를 두어대 꺽다./ 멧벌에가 약한피레를 불어 울다./ 졀(節)차자 아름다운 꼿도 프니여─향긔도 내이다./ 그러나 역시 산 가운듸엿다./ 잇다금 들퇴끼(野兎)가 뛰여, 우리산녀의 뷔인가슴에 새반향(反響)을 내일뿐이엿다./ ─님은 여전히 안이오다!

심장의 고동과 다 막힌 호흡 속에서 자신을 에워싼 산(山) 기운 안으로 자신만의 파동을 늘어뜨리고 있다. 이 소녀는 샤먼의 트랜스상태가 그러한 것처럼 미지의 세계로 자신의 시선을 옮겨가고 '어떤 모르던 힘'과 교섭한다. 시의 마지막 부분에서 결국 부재하는 것으로 밝혀지는 '님'과의 접촉을 위해 '산녀'는 이 비일상적인 상태에 돌입하고 있는 것인지도 모른다. 최남선의 용어로 바꾸어 말해본다면, 산녀는 '천(天)=태양=산'과의 접촉점을 찾으려는 향도의 어떤 절차를 재현하고 있는 것이기도 하다. 만일 이와 같은 방식으로 「산녀」를 읽는 것이 정당한 것이라면 우리는 이 시를 「초혼」과 연결시키면서 샤머니즘의 시적 계승의 흐름을 포착할 수 있을 것이다. 논의를 좀 더 확대해 본다면 이 샤머니즘의 시적 계승이 근대적 감각들과 만나면서 에로티시즘을 낳는 장면을 서정주의 초기 시들에서 확인할 수도 있을 것이다.

5. 결론 : "'나'는 누구인가"에 대한 1920년대적 답변의 한 가지 사례

이 글은 『학지광』과 『개벽』 소재의 글들을 단편적으로 소개하면서 1920년대를 전후한 강력한 물음을 "'나'는 누구인가?"로 요약했다. 이러한 물음은 20년대 동인지 시대를 지탱했던 걸출한 문인들의 작품 속에서도 확인할 수 있는 것인데, 이 글은 이러한 물음과 대답에 대한 해석이 근대주의적인 시각과 전통주의적인 시각에 기울어지지 않도록 주의하며 이들의 물음을 세공화하고자 했다. 이 과정에서 우리는 이 물음 속에 숨겨진 서로 다른 방향의 동시적 지향, ①고독하고 불안한 개인의 출현과 동시에 ②이러한 개인을 감쌀 수 있는 의미 지평에 대한 요구를 발견할 수 있었다. 이 가운데 전자에 대한 지향에 대해서는 이미 충분한 논의가 있었으므로 이 글은 후자에 집중하면서, 주요한, 김동인, 홍사용이 다룬 '불의 축제'를 근대적 개인 주체들이 요구하는 '의미의 지평'을 보장하는 장치로 해석하기를 제안했다. 이들 작품은 "'나'는 누구인가?"하는 질문에 대한 대답을 공동체적이고 전통적인 영역에서 구하고자 했던 것으로 보인다.

또한 이러한 시각의 연장선에서 김소월 시에 대한 민요시론과 정한론의 심층을 재검토할 수 있었다. 김소월은 흔히 민요의 리듬을 차용하면서 한의 정서를 형상화한 시인으로 알려져 있지만 이 글이 해명하고자 한 것은 김소월이 그러한 방식으로 슬픔을 불러일으키는 이유였다. 「산유화」와 「초혼」의 분석을 통해, 김소월의 슬픔이 기능적인 장치라는 점, 이것이 신화적 장치이며 현실에서 잃어버린 어떤 충만한 시간과 공간을 불러오는 장치라는 점을 어느 정도 해명했다. 그리고 김소월의 시 「기억」을 통해 이러한 슬픔의 노래가 주요한 등의 '불의 축제' 계열의 작품들과 연결되고 분기되는 지점을 조명하기도 했다.

우리는 김소월을 통해서 1920년대적 물음에 대한 새로운 답변이 제출된 장면을 목도한 것이 아닐까. 데카르트적 코기토가 모든 외부적 계기들과 절연한, '내성(內省)의 시선으로만 이루어진 나'에 대해 상상한 결과물이라면 김소월의 코기토는 이 불안한 근대 주체의 앙상함에서 탈출해서 가장 낯선 존재인 영혼과의 대화, 그를 통한 존재의 풍요로움을 상상한 결과물이라고 할 수 있다. 데카르트적 주체가 외부적 계기들과의 절연에 철저함을 기하기 위해 '방법적 회의'를 도입한 것에 비해 김소월은 결별한 것들과의 '거리'를 상기시키기 위해 '방법적 슬픔'을 도입한 것이고 이것이 '한'의 의미라고 볼 수 있을 것이다. 이 슬픔 속에서 우리는 가느다란 선으로 공동체적 의미망 속에 접속할 수 있었다. 김소월은 이 가느다란 선이 자신이 기대한만큼 풍요로워질 수 없었을 때 이렇게 절망했다. "우리들의 노래가 과연 이 세상에다 바늘끝만한 광명이라도 던져줄 수가 있을 것입니까. 우리는 쓸데없이 비인 하늘을 향하고 노래하는데 지내지 아니하는 것입니다."[41] 문단 활동을 중단한 뒤의 절망적인 상황을 토로한 이 편지에서 우리는 역설적으로, 앙상한 개인 주체를 둘러싼 텅빈 하늘에 풍요로운 의미의 지평을 도입하려 했던 김소월의 지향점을 읽을 수는 없을 것인가.

---

41 이것은 김억이 공개한 김소월의 편지 가운데 일부이다.(김억, 「소월의 생애와 시가」, 『삼천리』, 1935.2)

김영랑 시에 나타난 '마음실'의 이미지와 서정성의 문제*

/

강민호

1. 들어가며: 시어 '마음'과 서정성의 관계

영랑 김윤식(金允植, 1903~1950)은 한국 현대시사에서 1930년대를 대표하는 시인으로 평가된다. 다만 김영랑은 다소 이중적인 작가로 여겨지기도 하는데, 소위 '순수서정' 시인으로서의 면모와 '사회참여적' 시인으로서의 면모 사이에 불일치가 발생한다는 것이다. 실제로 그는 「모란이 피기까지는」 등의 대표작에서 섬세하고 유려한 언어 감각을 선보이는 한편, 고향에서 3·1 운동을 주도했다가 대구형무소에 수감되기도 하는 등 지사(志士)적 기질을 보이기도 했다. 해방 이후에는 다양한 정치 활동에 가담하면서 후기 시편의 경향도 점차 현실 정치를 반영하는 쪽으로 기울어졌다는 점도 이중성의 근거로 자주 지적된다.

김영랑의 시를 전반적으로 검토하고자 하는 연구는 그간 이러한 두 면모 사이의 거리를 좁히고자 하는 데에 초점을 맞추어온 것으로 보인다. 관점은

---

* 이 글은 『춘원연구학보』 20호(2021)에 같은 제목으로 발표된 것임을 밝힌다.

크게 두 가지로 나뉜다. 첫째로, 본래 순수서정에 침잠해 있던 김영랑이 식민지 현실에서 점차 현실 감각을 획득하여 중후기의 참여적·의지적 어조가 강한 작품으로 나아갔다는 설명이 존재한다.[1] 이는 김영랑의 이중성을 일종의 문학적 '이행'으로 바라보며, 현실 감각의 결여라는 아킬레스건이 극복되는 발전적 과정으로 취급하는 것이다. 둘째로, 앞서 서술한 첫 번째 관점을 반박하면서 초기의 순수서정 경향 자체에 정치적 함의를 부여하는 논의도 적지 않게 발견된다.[2] 여기에는 서정시 장르에 관한 아도르노의 예술사회학적 논의[3]가 주된 근거로 작용한다. 순수서정의 경향이 오히려 현실에 대해

---

1 김상일은 「춘향」(1940.7)을 논하면서 김영랑을 "30년대를 대표할 만한 리얼리스트"로 평하였고, 문덕수는 「바다로 가자」(1947.8.7)에 나타난 진취적인 어조를 가리켜 "낭만적 저항의 자세"라 했다.
　김상일, 「영랑시와 그 교환의 구조」, 『문학사상』 9월호, 1974.
　문덕수, 「김영랑시의 두 가지 양상」, 『삼중당문고』 101권, 1975.
　(모두 『김영랑』(김준오 편저, 서강대학교 출판부, 1997)에서 재인용)
　또한, 허형만은 김영랑의 문학이 지닌 저항정신과 민족의식이 평가절하되었다고 주장하며 「거문고」(1939.1), 「가야금」(1939.1), 「독을 차고」(1939.11) 등의 작품에 민족에 대한 상징이 담겨 있다고 했다.
　허형만, 「김영랑 시에 나타난 저항의식」, 『문예운동』 여름호, 문예운동사, 2012.
2 아도르노를 근거로 삼으며 김영랑 시의 서정성에 담긴 반체제적 성격을 의미화한 연구로는 최승호와 최호빈의 연구를 들 수 있다. 초기 시편의 서정성이 훼손된 실제 현실을 이상적 세계로 대체하려는 열망과 관련 있다는 강영미의 분석도 주목된다.
　최승호, 「김영랑 시의 서정화 방식과 순수성의 사회학적 의미」, 『국어국문학』 131호, 국어국문학회, 2002.
　최호빈, 「김영랑 시의 서정성 연구」, 『어문논집』 64호, 민족어문학회, 2011.
　강영미, 「김영랑 시의 정신세계」, 『한국시학연구』 10호, 한국시학회, 2004.
3 사실 서정시에 사회적 효용을 부여하는 아도르노의 관점은 "아우슈비츠 이후에 서정시를 쓰는 것은 야만적"(테오도르 아도르노, 『프리즘』, 홍승용 역, 문학동네, 2004, 29면)이라 한 초창기 시각에 대한 반성이다. 이러한 반성에 따르면, 서정시는 철저하게 개인적인 것으로 보이는 외연을 통해 모든 것을 사물화하는 세계(즉 후기 자본주의 이후의 사회)의 폭력에 항의하는 시 양식이다. 오히려 순수 주관적인 표현 속에서 그러한 사물화로부터 벗어난 '낯선 사물'이 건져질 수 있기 때문이다.
　테오도르 아도르노, 「시와 사회에 대한 강연」, 『아도르노의 문학이론』, 김주연 역, 민음사,

의도적인 침묵이자 외면일 수 있으며, 가장 강력한 저항의 수단으로 격상될 수 있다는 것이다. 이는 김영랑의 작품 경향과 전기적 측면에 동일성을 마련하고자 하는 시도로 읽힌다.[4]

그러나 김영랑 시에 드러나는 서정성을 단지 '현실도피'나 '내면에의 침잠' 등의 도식적인 수사로 처리해버려도 온당한지는 재고해보아야 할 문제다. 주지하듯 초기의 김영랑을 순수서정 시인의 대표격으로 인식하는 경향은 널리 퍼져 있으며, 나아가 한국적 서정시의 태동이 김영랑에게 있었다는 논의[5]마저 존재한다. '마음'이란 시어와 주로 비애감을 표현하는 수식어가 적지 않게 출몰하는 초기 시편을 구태여 서정시의 범주에서 제외할 이유는 없다. 다만 김영랑 시의 서정성이 어떻게 발현되고 있는지, 대개의 연구가 밝힌 바와 같이 외부의 풍경에 대한 서정 주체의 '감응'과 '내면화'라는 서정시의 전형을 정말로 김영랑에게서 발견할 수 있는지, '마음'이나 감정 표현의 시어가 꼭 서정성의 '농도'를 담보한다고 볼 수 있는지 등의 질문을 좀 더 세

1985, 14~16면 참조.

4 한편 김영랑이 우리말의 아름다움과 향토적 분위기를 가장 잘 살린 시인이라는 점에서, 그의 시를 민족주의적 저항의식의 소산으로 보기도 한다. 대표적으로 오세영은 김영랑을 가리켜 "영원한 민족 시인"이라 상찬하면서, 당대 프롤레타리아트 문학보다도 더 저항적인 면모를 띤다고 평가한다.
오세영, 「저항정신으로 본 김영랑의 시」, 한국시인협회·한국시학회 편, 『남도의 황홀한 달빛－김영랑의 시와 사상』, 우리글, 2008, 31면 참조.

5 "나는 여기에서 한국적 서정시가 태어났다고 본다. 앞으로 이어서 보겠지만 미당 서정주의 시가 한국적 서정시의 완성형이라면 (내가 그렇게 보는 이유는 미당 이후 한국의 서정시의 '장(場)'은 미당을 시늉하는 언어－동작들로 번잡해졌기 때문이다), 그 뿌리는 분명 김영랑에 있다고 판단되기 때문이다. 이 서정시는 김소월이나 한용운의 그것과는 무관한 것이다. 아니 한국 근대시의 최초의 보기를 제공한 그들의 시로부터 어떤 '편차'가 발생하였고 그로부터 김영랑적인 것이 우세해졌다고 보는 게 더 정확한 진술일 것이다."
정명교, 「한국적 서정시를 태동시킨 김영랑의 시와 박용철의 시론」, 『다산과현대』 10권, 연세대학교 강진다산실학연구원, 2017, 179면.

밀하게 던져볼 필요가 있다.

본고는 김영랑 연구의 몇 가지 쟁점 가운데 하나인 시어 '마음'에 주목6하여, 김영랑 시의 '마음'이 철저히 유폐적인 주관에의 침잠을 강화하는 것이 아니라 그러한 전형으로부터 벗어나는 독특한 서정성을 산출하고 있음을 입증하고자 한다. 초기 김영랑은 '마음'을 이완과 긴장 운동을 반복하는 실[絲]의 이미지로 조형하고 있으며, 이렇게 만들어진 '마음'의 형상은 서정시의 재료라 할 수 있는 '감정'이 서정적 자아의 관할에서 끊임없이 빠져나가는 광경을 포착한다. 즉 정동(情動)으로서의 잠재성을 보인다는 것이다.7 「독을 차고」 등 김영랑 시의 전환기를 대표하는 작품들은 더 이상 되돌아갈 수 없는 초기 시편의 '마음'에 대한 후일담에 여전히 머물러 있다. 현실 감각과 역사 의식의 출현은 부차적인 문제다.

요컨대 김영랑 시를 꿰뚫는 큰 줄기는 초기 서정성의 극복이나 확장 등의 서사가 아니라, '마음실' 이미지의 작동 방식이 겪는 변화에 따라 새롭게 재편될 필요가 있다. 또한, 본고는 김영랑 시에 드러나는 수사법이나 이미지의

---

6 이창민이 지적하듯 김영랑 시에서 '마음'은 문맥에서 추정된 추상적인 의미가 아니라 실제로 문장에 기재된 언표로, 그것도 통계적으로 매우 높은 빈도로 발견되는 어휘라는 점에서 중요성을 지닌다. 이는 김영랑이 명백한 문학적 의도에서 '마음'을 노골적으로 노출하고 있거나, 그의 문학 세계에서 이미 거대한 한 축을 담당하고 있다는 의미일 것이다.
이창민, 「김영랑 시에 언급된 '마음'의 내포」, 『우리어문연구』 35권, 우리어문학회, 2009, 579면 참조.

7 김영랑의 시어 '핏줄'에 주목한 한 연구가 이러한 본고의 의도와 가장 유사하다고 볼 수 있다. 해당 연구에서는 '핏줄'이 내면의 갈등을 유발하는 '정동'의 기능을 한다고 분석한다. 다만 본고에서는 '핏줄'이 김영랑 시에서 주요하게 분석될 정도의 빈도를 보이지 못하고 있으며, '핏줄'이 아니라 '마음'에 정동적 기능이 더 뚜렷하다는 입장을 견지하고자 한다. 또한, 해당 연구의 해석처럼 김영랑 시에서 정동은 내면의 갈등을 유발하는 문제적 요소가 아니라 오히려 주된 탐구의 대상이 되고 있음을 논하고자 한다.
구자준, 「김영랑 시어 '핏줄'의 의미」, 『한국시학연구』 47호, 한국시학회, 2016.

변천 이외에 그가 박열, 박용철, 정지용, 서정주 등 문학적·역사적으로 중요한 당대 인물들과 관계를 맺어 왔고 이들과 연대하거나 멀어지는 과정이 각각 김영랑 문학의 처음과 중간, 끝에 대응함에도 주목했다. 이와 같은 관점은 작품의 의미를 생애사에만 맞추어 해석하는 실증주의를 강화하기 위함이 아니라, 문인 간 교류 양상의 변화를 통해 김영랑 문학의 몇 가지 변곡점을 설명하는 개연성을 마련하기 위함이다. 불온한 움직임을 보이는 '마음실' 이미지의 존재 여부는 바로 이러한 변곡점과 맞물려 있다.

2. '마음실'의 상상력과 위태로움의 정동

김영랑의 초기 시편이 지닌 가장 큰 특징으로는 시어 '마음'뿐만 아니라 시 전체에 포진된 모든 사물과 전경이 '액화(液化)'된 채 느슨하고 부드럽게 흐르는 이미지로 변용된다는 점을 꼽을 수 있다. 여기서 어떤 물체의 상태가 액체로 변한다는 의미인 '액화'는『조선일보』(1939.5.20, 24.)에 발표된 김영랑의 산문에서 직접 빌려온 말이다. 김영랑은 자신의 시편 전반에 깔려 있기도 한, 유동(流動)하는 풍경에 대한 인상을 '액화'라는 말로 집약하고 있다.

> 온전히 기름만이 흐르고 있는 새벽, 아 —운다, 두견이 운다. 한 5년 기르던 두견이 운다. 하늘이 온통 기름으로 **액화**되어 버린 것은 첫째 이 달빛의 탓도 탓이려니와 두견의 창연한 울음에 푸른 물든 산천초목이 모두 흔들리는 탓이요. 흔들릴 뿐 아니라 모두 제가끔 푸른 정기를 뽑아 올리는 탓이다.
>
> — 「두견과 종다리」 일부

'기름만이 흐른다'거나 '달빛', '푸른 물' 등 흐름의 동작을 나타내는 표현들이 동원되면서 생명력 넘치고 따뜻한 5월의 정경이 묘사된다. 김학동[8]은 초기 시편의 전반적인 특징을 '동적(動的) 율동(律動)의 상태'라 명명했는데, 꽤 적확한 지적이었다 할 수 있다. 전형적인 김영랑 초기 시편 중 하나인 아래 작품은 그러한 특징이 두드러진다.

> 내 **마음**[9]의 어띈듯 한편에 끗업는
>   강물이 흐르네
> 도처오르는 아츰날빗이 빤질한
>   은결을 도도네
> 가슴엔듯 눈엔듯 또 피ㅅ줄엔듯
> **마음**이 도른도른 숨어잇는 곳
> 내 **마음**의 어띈듯 한편에 끗업는
>   강물이 흐르네.
>
>   — 「끗업는 강물이 흐르네」[10][11] 전문

---

8 김학동, 「정감적 구경과 자아의 사회적 확대-영랑의 시작세계」, 김학동 편저, 『돌담에 소색이는 햇발같이: 김영랑 전집·평전』, 새문사, 2012, 217면.

9 인용하는 모든 시에서 굵은 글씨로 처리된 '마음'은 인용자의 강조임을 밝혀둔다.

10 『시문학』 1호, 1930.3.
    이하 김영랑의 시와 산문은 모두 『돌담에 소색이는 햇발같이: 김영랑 전집·평전』에서 인용한다. 제목과 표기 역시 이 책의 방식을 따른다.

11 전집에서 편집자인 김학동은 이 시가 처음 발표될 때의 제목은 '동백닙에 빗나는 마음'이었으나, 『영랑시선』(1949)에서 표기된 제목을 따랐다고 밝혔다. 이처럼 김영랑의 초기 시편 중에서 원제가 '마음'이란 어휘를 포함했던 경우가 종종 있다. ('내 마음 고요히 고흔 봄길 우에' → 「돌담에 소색이는 햇발」, '누이의 마음아 나를 보아라' → 「오-매 단풍 들 것네」) '마음'이란 언표를 강조하고자 했던 김영랑의 의도를 엿볼 수 있는 대목이다. 『영랑시선』에서는 대부분 개제되어 수록되었다.
    참고로 초기 시편만이 수록된 『영랑시집』(1935)은 모든 작품에 제목이 아니라 일련번호와 같은 숫자만을 표기하고 있다. 한 연구는 이에 대해 김영랑의 시가 음악적인 것으로 취급되고 있으며, 표제음악이 아니라 개념적으로 변별되기를 거부하는 '절대음악'을 지향하고 있다고 분석하였다.(홍승진, 「김영랑 시의 음수율과 시학적 의미」, 『한국문예비평

위의 시에서도 끝없이 '흐르'는 '강물'과 '은결'이 느슨한 흐름의 이미지를 담당하고 있으며, "내 마음의 어딘듯"이란 말로 보아 이러한 흐름의 풍경은 곧 '내 마음'의 풍경인 것 같다. 서정시는 풍경을 내면화하며 서정 주체의 마음은 내면화가 일어나는 처소가 된다. 즉 서정시의 본질은 세계를 자아화하고 동일화하는 것[12]이다. 긴장이 온전히 풀려 있는 '액화된 풍경'은 유동적 이미지를 통해 외부 세계와 내면 사이의 경계를 분명 지우고 있다.

그러나 본고에서는 시적 풍경에 두루 깔린 흐름의 이미지가 '풍경의 액화'만으로는 설명될 수 없다는 문제의식에서 출발하여, '액화' 대신 '유선화(流線化)'를 김영랑 시편의 이미지 조형 방식으로 이해해보고자 한다. 보통 '유선형'이란 단어에 쓰이는 '유선(流線)'[13]은 한자를 직역하면 '흐르는 실' 정도로 일컬어지는데, 흐름의 동작을 보이는 '강물, 은결, 물결, 실비단 하날, 은실, 길, 꿈길, 아즈랑이' 등의 사물(혹은 사물화된 추상적 관념)이 길고 가느다란 '실'과 같은 형상으로 자주 나타나기 때문에 이러한 김영랑 시 특유의 이미지를 지칭하기 위하여 고안하였다. 수많은 '유선' 가닥들은 시각뿐만 아니라 청각, 후각, 촉각 등을 공감각적으로 건드리면서 항상 시적 화자의 주위를 흐르고 있다. 예컨대 「가늘한 내음」[14]에서는 후각적 심상인 '내음'이

연구』 47호, 한국현대문예비평학회, 2015.) 다만 『정지용시집』과 더불어 『영랑시집』에는 편집자인 박용철의 의도가 강하게 개입된 것으로 추측되므로, 이러한 제목의 부재를 온전히 김영랑의 의도로 돌리기는 어렵다.

12 김준오, 『시론』, 삼지원, 1982, 41면.

13 '유선'은 정지용이 1935년 구인회 기관지인 『시와 소설』에 발표한 실험적인 시 「유선애상(流線哀傷)」에서 착안한 명칭이다. 이 시에서 '유선'이 어떤 의미인지 많은 논쟁이 존재해 왔으며, 반드시 한 가지 의미로 단정 지을 수는 없다. 그러나 「유선애상」도 '아스팔트, 철로판, 행렬, 길, 휘달리고나, 날러오는' 등 '흐름'의 수평적 움직임과 연계된 시어들로 점철되어 있다는 점에서, 김영랑의 초기 경향과 유사한 측면이 있다. '유선' 이미지가 곧 악기, 그중에서도 현악기의 이미지로 변용된다는 점 또한 동일하다. 다만 「유선애상」의 '유선'들이 좀 더 도시적이고 속도감 있는 동작을 보여주고 있다.

'가늘한 선'으로 유선화되어 나타난다.

　그리고 가장 높은 빈도로 출현하는 '마음' 역시 유선화의 상상력으로 변용되고 있어 주목된다.

> 내 **마음** 고요히 고흔봄 길우에
> 오날하로 하날을 우러르고십다.
> 　　　　　　　　　　　　　― 「돌담에 소색이는 햇발」15　일부

> 은실을 즈르르 모라서
> 꿈밭에 **봄마음** 가고가고 또간다
> 　　　　　　　　　　　　　― 「꿈밭에 봄마음」16　일부

> 허리띄 매는 시악시 **마음실**가치
> 꽃가지에 으는한 그늘이 지면
> 힌날의 내가슴 아즈랑이 낀다
> 힌날의 내가슴 아즈랑이 낀다
> 　　　　　― 「四行小曲―'허리띄 매는 시악시 마음실가치'」17　전문

　첫 번째와 두 번째 작품에서 '마음'은 '고흔봄 길'이나 '은실' 등 흐름의 율동을 가진 소재들과 인접해 있거나 동일시된다. 특히 「꿈밭에 봄마음」에서는 '즈르르'와 같은 음성상징어를 통해 '마음'의 흐름을 강조하고 있으며, 이때 '마음'은 나의 마음이 아니라 '봄마음'이라는 조어로 나타난다. 정형시의 시형을 시도한 '사행소곡' 연작 중 하나인 세 번째 작품에서는 더욱 독특한

---

14 『시문학』 2호, 1930.5.
15 『시문학』 2호, 1930.5.
16 『시문학』 2호, 1930.5.
17 『시문학』 2호, 1930.5.

조어법의 소산인 '마음실'[18] 에 주목할 필요가 있다. 유선화된 김영랑 시의 '마음' 이미지는 직접 시어로서 등장한 '마음실'이라는 말로 대표될 만하다. 이 "시악시 마음실"은 은은한 꽃그늘의 이미지와 연결되며, 부드럽고 몽롱한 시적 분위기 속에서 유동하고 있다. 앞서 다룬 「끗업는 강물이 흐르네」와 「가늘한 내음」에서도 '마음'은 항상 '흐르는' 상태에 놓여 있었다.

김영랑 시에서 이렇게 유선화된 풍경과 사물은 일반적으로 '자연과 자아의 합일'[19] 에 이르는 서정성의 극치를 보여주는 것으로 해석되어왔다.[20] 그리고 '마음'은 합일이 일어나는 내면의 처소로서, 철저히 '나'라는 서정적 자아의 주관에 결부된다는 것이다. 그러나 몇몇 시편에서 묘사되는 '마음실'의 성격은 이러한 해석을 거부하면서 양가성을 드러낸다. 초기 시편의 지배적인 정서인 비애감이 어떻게 발생하고 있는지도 이를 통해 엿볼 수 있다.

> 쓸쓸한 뫼아페 후젓이 안즈면
> **마음**은 갈안즌 양금줄 가치
>
> ─「쓸쓸한 뫼아페」[21] 일부

> 떠날러가는 **마음**의 포렴한 길을
> 꿈이런가 눈감고 헤아리려니
>
> ─「四行小曲─'떠날러가는 마음의 포렴한 길을'」[22] 일부

---

18 김학동 역시 이 시어에 "마음을 가늘게 선형화하여 보이게끔 하고 있다"는 주석을 달고 있다.

19 나희덕, 「1930년대 시의 '자연'과 '감각'─김영랑과 정지용을 중심으로」, 『현대문학의 연구』 25호, 한국문학연구학회, 2005, 5면.

20 예컨대 김준오는 서정시의 장르적 특징을 '자아와 세계의 동일성'으로 설명하고 있다. 김준오, 앞의 책, 34면.

21 『시문학』 1호, 1930.3.

22 『영랑시집』, 1935.

님두시고 가는길의 애끈한 **마음**이여
한숨쉬면 꺼질듯한 조매로운 꿈길이여
　　　—「四行小曲－'님두시고 가는길의 애끈한 마음이여'」23 일부

「쓸쓸한 뫼아페」는 흔히 김영랑이 어린 시절 겪은 아내의 죽음과 관련된 시로 알려져 있다. 여기서 '마음'은 "갈안즌 양금줄"로 사물화되어 있는데, '양금(洋琴)'은 조선 영조 때 아라비아에서 청나라를 거쳐 우리나라에 들어온 전통 악기이거나 피아노를 의미한다. 어느 쪽이든 '마음'을 악기에 달린 줄(실)인 '현(絃)'에 비유하는 표현으로, 이러한 비유는 중후기 시편에서 '거문고', '가야금' 따위의 비유로 이어진다. "갈안즌 양금줄", 즉 가라앉은 양금줄은 현이 제대로 소리를 내지 못할 만큼 무기력하게 늘어진 상태를 가리킨다. 두 번째와 세 번째 '사행소곡' 연작에서는 '마음'이 '꿈길'과 연결되면서 이별 상황의 애상적 분위기를 조성하고 있다. 이렇듯 세 시편에서 '양금줄'이나 '길'처럼 선형화된 '마음'은 자연과의 평화로운 합일 상태보다는 시적 화자의 짙은 비애감 속에서 나타난다.

다만 이 비애감은 단순하지 않으며, '마음'도 반드시 그러한 감정을 직접 지시하고 있지는 않다. 세 번째 작품에서 "애끈한 마음"과 "조매로운 꿈길"의 병치는 매우 중요하다. 여기서 '마음'과 '꿈길'이란 명사가 서로 호응하며, '애끈한'과 '조매로운'이란 수사가 서로 호응한다. 그중 '애끈한'은 '애처로운, 애달픈, 애끓는' 따위의 의미를 더 강조하는 표현24이며, '조매로운'은 '조마조마한'을 김영랑이 남도 방언식으로 쓴 표현이다. 이들의 호응은 결국 김영랑 시에서 '애끈한' 비애의 감정은 바로 '조마조마함'을 요체로 삼는다는 것

---

23 『시문학』 1호, 1930.3.
24 이숭원, 『영랑을 만나다: 김영랑 시 전편 해설』, 태학사, 2009, 49면.

을 의미한다. '한숨 쉬면 꺼질까 조마조마한 마음'은 김영랑 시에서 빈번히 등장하는 정서인 것이다. 엄밀히는 중후기에 속하는 시편이긴 하지만, '조매롭다'란 시어는 「연 1」에서 더욱 특징적으로 출현한다.

> 내 어린날!
> 아슬한 하날에 뜬 연같이
> 바람에 깜박이는 연실같이
> 내 어린날! 아슴풀 하다
>
> 하날은 파—랗고 끝없고
> 평평한 연실은 조매롭고
> 오! 힌연 그새에 높이
> 아실아실 떠놀다 내 어린날!
>
> 바람이러 끊어 갔더면
> 엄마압바 날 어찌 찾어
> 히끗히끗한 실낫 믿고
> 어린 압바 피리를 불다
>
> 오! 내 어린날 하얀옷 입고
> 외로히 자랐다 하안넋 담고
> 조마조마 길가에 붉은 발자욱
> 자욱마다 눈물이 고이였었다
>
> — 「연 1」[25] 전문

「연 1」은 연을 날리며 놀던 어린 시절을 회상하고 있다. 다만 시적 화자의 회상은 철저히 '팽팽해서 끊어질까봐 조마조마한 연실'에 초점이 맞추어져

___

25 『여성』 4권 5호, 1939.5.

있으며, 아름다운 자연 풍경이나 "눈물이 고이였었다"와 같은 상투적인 비애감은 오히려 주변적인 것으로 밀려나 있다. 이 '조마조마함'은 뒤에서 살펴볼 「가야금」에서도 '실오라기' 이미지와 연결되고 있다. "바람에 깜박이는 연실" 역시 '연실'의 유약한 성질을 환기한다. '조매로운'26 "평평한 연실"은 김영랑 시에서 줄곧 이완되어 있던 '실' 이미지가 팽팽하게 긴장되는 다른 국면을 보여준다. 이렇듯 「연 1」의 회상은 사실상 위태로운 상태에 놓인 '연실'에 대한 연민과 불안으로 점철되어 있다.

요컨대 김영랑에게 '실' 이미지는 그것이 시적 배경으로 널리 퍼져 있을 때는 '유선'으로서 느슨하고 부드러운 감각적 이미지를 형성하지만, 시의 전면으로 대두되면 위태롭고 연약한 '실오라기'로서 불안감을 촉발하기도 한다. 이러한 양가성은 '마음'에도 그대로 적용되고 있다. '마음'은 "하루사리 나래"(「四行小曲―'푸른향물 흘러버린 어덕우에'」27)처럼 금방이라도 목숨이 끊어질 듯 연약하며, "뵈지도 안는 입김의 가는 실마리"(「四行小曲―'뵈지도 안는 입김의 가는 실마리'」28)처럼 존재 자체가 자취를 감출지도 모르는 것이다. "시악시 마음실"에서의 '마음실'이 김영랑 문학의 이른바 '심미적'인 면모29를 강화하고 있다면, '연실'처럼 언제 끊어질지 모르는 불안한 '마음

---

26 '조매롭다'가 환기하는 분위기는 뒤에서 "조마조마 길가에 붉은 발자옥"과 같이 시의 배경으로도 전이되어 나타난다. 권영민은 '조매롭다'와 '조마조마'를 뿌리가 같은 말로 보고 있으며, 이 시는 '아슬한, 아슨풀 하다, 아실 아실' 등도 유사한 의미를 공유하면서 어원이 비슷한 말들을 함께 활용한다고 보았다. 이들은 모두 조마조마하고 위태로운 상황을 가리키는 수식어라는 공통점이 있다.
　권영민, 「김영랑의 「연 1」을 읽으면서: <조매롭다>와 <조마조마>」, 『새국어생활』 10권 4호, 국립국어연구원, 2000, 126~127면.
27 『시문학』 1호, 1930.3.
28 『시문학』 1호, 1930.3.
29 임수만, 「김영랑론―'심미적인 것'의 구조와 의미」, 『한국문화』 39권, 서울대학교 규장각

실'은 서정적 분위기에 긴장감을 덧씌우는 기능을 수행한다고 볼 수 있다.

이처럼 초기 시편의 '마음'이 김영랑에게 양가적인 '마음실'의 이미지로 나타난다는 결론에 도달했을 때, 이전의 논의대로 김영랑이 단순히 서정 주체의 내면이나 주관적 영역을 가리키기 위해 '마음'을 쓰고 있다고 말하기 어려워진다. 이완과 긴장의 운동을 반복하는 '마음실'의 이미지는 오히려 주관적 영역의 소관으로부터 멀어져 있기 때문이다. 김영랑의 '마음'이 "전일적이고 추상적인 미분성의 대상으로 이해된다"[30]는 한 연구의 지적과 달리, '마음실'은 서정 주체가 목격하는 구체적인 사물로서 형상화된다. 이는 철저히 주관적인 내면과 정서의 차원에서 '마음'을 언표하는 서정시의 전형과는 차이가 있는 것이다. 물론 '쓸쓸한, 그립고야, 애닯다' 등 시적 화자의 정서를 직접적으로 노출하는 시어들이 나타날 때가 있지만, 적어도 시어 '마음'이 시적 화자의 주관에 이끌리거나 포섭되지 않는다는 것은 분명하다. 이는 감정이나 정서의 구속으로부터 벗어나 성립[31] 되며 "묶임과 풀림, 되어감(becoming)과 되어가지 못함(un-becoming)"[32] 등의 운동을 끊임없이 보여주는 (감정이라기보다는) 차라리 '힘(force)'에 가까운 '정동(精動, affect)'적 움직임과 유사한 양상이다. 김영랑 시에서 오늘날 말하는 정동의 흔적이 곧바로 보인다고 말하기는 어렵겠으나, 서정 주체의 소관에서 이탈하여 위태롭

---

30 홍용희, 「마음의 미의식과 허무 의지-김영랑 론」, 『국어국문학』 150호, 국어국문학회, 2008, 486면.

31 박현선, 「정동의 이론적 갈래들과 미적 기능에 대하여」, 『문화과학』 86호, 문화과학사, 2016, 71~72면.
    이 논문에서는 특히 브라이언 마수미의 정동 이론에 주목한다.

32 멜리사 그레그·그레고리 J. 시그워스, 「미명의 목록[창안]」, 멜리사 그레그·그레고리 J. 시그워스 편저, 『정동 이론』, 최성희·김지영·박혜정 역, 갈무리, 2015, 16면.

고 불안한 '정동적' 마음실 이미지에 대한 이차적 반응이 김영랑 시 특유의 서정성을 산출한다고 볼 수 있다. 자연 풍경을 자신의 내면으로 소화하여 자기 정서에 침잠하는 '나르시즘적'[33] 인 서정성보다는 기실 서정 주체와 '마음실' 사이에 형성되는 묘한 긴장이 초기 시편을 추동한다.

김영랑의 서정시가 『시문학』에서 배태되었음을 상기한다면, 내면 침잠의 논리에서 벗어나 있는 '마음실' 이미지의 탄생 역시 『시문학』을 빼놓고 생각하기 어렵다. 순수서정의 기치를 내건 것으로 알려진 『시문학』과 해당 동인의 이론적 기수였던 박용철(朴龍喆, 1904~1938)의 최초 기획에 이미 '마음실' 이미지와 같은 변별 요소가 잠재되어 있었으리라 짐작할 수 있다. 감각·감정·육체의 구도를 재편[34] 한다는 박용철의 시적 포부는 전통적인 의미에서의 '서정성' 개념에서 종종 멀어지는 모습을 보이는데,[35] 그런 점에서 "우리는 시를 살로 새기고 피로 쓰듯 쓰고야 만다"는 『시문학』의 선언도 의외로 전위적인 언술로서 내세워졌을 가능성이 크다. 그러한 선언 아래 시문학파 중 초기 정지용이 "예민한 감각의 촉수들을 내뻗"어 "사물적 윤곽이 정조(情調)에 의해 풀려 녹아있"[36] 는 풍경을 묘사하고 있었다면, 김영랑은 그 반

---

33 나희덕, 앞의 글, 8면.

34 박용철은 「을해시단총평」에서 새로운 시를 쓴다는 시인의 사명은 '전생리(全生理)'에 근거해야 한다고 역설했으며, 이때 '전생리'란 "육체, 지성, 감정, 감각 기타의 총합을 의미"한다고 부연하기도 했다.
   박용철, 「을해시단총평」, 『동아일보』, 1935.12.24.~28.
   (『박용철전집 2』에서 재인용.)

35 박용철은 시를 '존재'로 본다는 점, 그리고 서정 주체의 동일화 과정을 특정 장면에 대한 화자의 감응이 아니라 주체와 객체가 전도되어 세계의 본연적 진리를 추구하는 과정으로서 본다는 점에서 '주관성'이란 협소한 범주를 넘어서는 것으로 평가된다.
   김민지, 「박용철의 시론과 '서정성'의 탈경계 국면」, 『전남대학교 한국어문학연구소 학술지 어문논총』, 전남대학교 한국어문학연구소, 2014, 47~49면.

36 신범순, 『한국 현대시의 퇴폐와 작은주체』, 신구문화사, 1998, 60면.

대편에서 정조를 사물화하여 '정동'의 '마음실'을 직조하고 있었다.

김영랑과 박용철과의 첫 만남은 그보다 전인 동경 아오야마학원[靑山學院] 유학 시절로 거슬러 올라간다. 두 사람은 아오야마학원의 조선인 동기였을 뿐만 아니라, 같은 전라남도 출신이라는 점 덕분에 매우 빠르게 친해질 수 있었다. 다만 3·1 운동에 가담한 전력이 있는 김영랑답게 그가 아오야마학원 시절 한집에 살기도 할 만큼 가장 먼저 친밀한 관계로 발전한 인물은 혈기왕성한 독립운동가이자 아나키스트였던 박열(朴烈, 1902~1974)이었다. 그러나 3·1 운동의 전력이 있는 김영랑에게 요시찰 인물인 박열과 함께 살면서 일본 학교에 다닌다는 것은 상당히 위험한 일이었다. 박용철은 이와 같은 사정을 알고 김영랑을 자신의 하숙으로 불러들였다. 이때 박열과의 동거를 그만두고 박용철과의 동거를 시작한 것은 이후 김영랑의 삶으로 미루어 볼 때 결정적인 사건이었다. 즉 당시 김영랑에게는 '박열이냐 박용철이냐'의 문제가 가로놓여 있었다. 이는 단순히 사적인 관계를 선택하는 문제가 아니었으며, '혁명가의 삶이냐 문학가의 삶이냐'를 결정짓는 문제였을 것이다. 그만큼 박열과 박용철은 너무도 다른 인물이기 때문이다. 결국 김영랑은 박용철을 선택하게 된다.

이후 그는 『시문학』을 필두로 하여, 자신의 사명이 문학에 있으며 물리적인 투쟁보다 문학을 통한 문화적 혁명이 더욱 근본적인 것이라고 여겼던 듯하다. 『영랑시집』에 실린 한 시편에서는 박열과 같은 삶을 선택할 뻔했던 지난날에 대한 반성이 엿보이기도 한다.

생각하면 붓그러운 일이여라
석가나 예수가치 큰일을 할니라고
내 가슴에 불덩이가 타오르든 때

학생이란 피로싸인 붓그려운 때
　　　─「四行小曲─'생각하면 붓그려운 일이여라'」37 전문

"학생이란 피로싸인 붓그려운 때"는 고향인 강진에서 만세운동을 주도했
던 휘문의숙 재학 시절 혹은 지하운동을 도모하던 박열과 어울리던 청산학
원 재학 시절을 가리킬 것이다. 김영랑은 이 시기를 '부끄럽다'고 술회한다.38
이후 그는 박용철과 더불어 정지용(鄭芝溶, 1902~1950)과도 『시문학』 동인
으로서 친교를 쌓는다. 이 시기까지가 김영랑 시의 초기에 해당한다.

3. 상실된 '마음실'의 긴장과 그 후일담

그러나 '신경의 변혁'을 목놓아 제창하던 동인의 연대는 오래가지 못하는
데, 1938년 동인의 이론적 기수 역할을 하던 박용철이 지병으로 요절하게 된
것이다. 박용철의 죽음은 김영랑에게 큰 충격이었던 것으로 보인다. 초기와
중기 사이의 공백기는 박용철의 죽음 전후로 4년여 동안 계속되는데, 이렇다
할 새 작품을 발표하지 못했던 때였다.39 1935년 11월 『영랑시집』 발간 이

---

37 『영랑시집』, 1935.
38 그러나 이는 독립운동을 했다는 사실 자체를 후회한다기보다, 암울한 식민지 현실에 대
　 응하는 다양한 방식을 숙고하지 않고 반드시 물리적 투쟁의 방식을 고집했던 태도를 반
　 성하는 것이라고 보아야 한다. 해방 직전과 해방기 이후 김영랑이 현실 정치에 활발히 참
　 여했던 행적을 고려하면, 김영랑이 현실을 외면하는 태도로 완전히 전향했다고 보기는
　 어렵기 때문이다.
39 물론 이때의 공백기가 오롯이 박용철의 죽음에서 비롯되었다고 말할 수는 없다. 공백기
　 에 해당하는 1936년은 아직 박용철의 건강이 좋지 않다는 연락을 받기 전이었으며, 연기
　 된 이유는 알려지지 않았지만 때늦은 『영랑시집』 출판기념회를 가진다거나 고향에서 야
　 학을 기획하는 등 여러모로 바쁘게 지낸 해였으므로 창작에 매진하기 어려웠을 것이다.
　 다만 1937년은 확실히 병약해진 박용철의 용태를 확인한 해였고, 1938년 박용철의 죽음

후 무려 4년여의 침묵 끝에야 「거문고」 등을 발표하며 문단에 돌아온다.[40]

이러한 시간을 거친 성과로서 중기의 김영랑은 별다른 의심 없이 "저항의 지만으로 충만된 시기"[41]로 명명된다. 「독을 차고」을 비롯한 중기 시편에서 읽히는, 초기 시편과는 구분되는 사뭇 비장한 어조는 식민지 현실에 대한 응전의 맥락에서 다루어진다. 그러나 의외로 중기 시편은 초기의 중요한 모티프와 이미지를 이어받으며 연속성을 드러내고 있는데, 비록 배경화된 '유선' 가닥들이 산출해내는 몽롱한 분위기는 소거되었으나 특유의 '실' 이미지와 위태롭고 불안한 '마음'에 대한 애착은 오히려 더 강하게 결합하는 경향을 보인다.

> 검은 벽에 기대선채로
> 해가 수무번 박귀었는듸
> 내 麒麟은 영영 울지를 못한다
>
> (…중략…)
>
> 밖앝은 거친들 이리떼만 몰려다니고
> 사람인양 꾸민 잣나비떼들 쏘다다니여
> 내 麒麟은 맘둘곳 몸둘곳 없어지다
>
> ― 「거문고」[42] 일부

이후에는 이듬해 발간되기 전까지 『박용철전집』을 위해 유고를 정리하는 등 벗을 잃은 혼란 가운데 분주하게 추모 작업을 준비하는 데에 주력했다.

40 정확히는 1938년 9월에 먼저 「감나무에 단풍드는 전남의 9월」과 「가을」을 잇따라 발표하며 문단에 복귀한 것이 먼저다. 그러나 전자는 수필이고 후자는 기발표 시인 「오―매 단풍 들것네」를 개제한 것에 불과하므로, 중기 시편의 본격적인 출발은 1939년으로 보는 것이 마땅하다.

41 김종, 「영랑시의 저항문학적 위상」, 『식민지시대의 시인연구』, 시인사, 1986.(『김영랑』, 217면에서 재인용)

앞서고 뒤서고
어지럴리 없으나
간열픈 실오랙이
네 목숨이 조매로아

—「가야금」[43] 일부

　「거문고」와 「가야금」의 중심 소재인 두 전통 현악기 거문고와 가야금은
현실에 대한 시인의 지조 있는 태도 내지는 민족적 상징을 가리키는 것으로
이해되어왔다.[44] 그러나 초기 시편에서 '실' 이미지가 김영랑 시에서 매우
지배적이었다는 사실을 환기하면, 거문고와 가야금의 기원이 바로 「쓸쓸한
뫼아페」의 한 구절 "마음은 갈안즌 양금줄 가치"에 있다는 것을 알 수 있다.
김영랑은 한때 음악학교 진학을 희망한 적 있었고 음악회 감상을 자주 즐길
만큼 음악에 관심과 조예가 깊었다. '양금, 거문고, 가야금' 등으로 계보를 잇
는 현악기 모티프는 이러한 개인적인 관심에 초기의 '마음실' 이미지가 혼합
된 것이다. 그렇다면 거문고와 가야금은 지조나 민족 따위를 지시하기 이전
에, 우선 김영랑이 초기 시편부터 꾸준히 등장시켰던 '마음'의 연장선에 있는
기호다.

　한편 '마음'이란 시어는 중기 시편에서 유독 '독하다'라는 수사와 엮이는
경향이 있다. '독(毒)' 혹은 '독하다'도 앞의 '거문고, 가야금'과 마찬가지로 지
조, 절개, 저항정신[45] 등으로 치부되는 것이 일반적 해석이다.

---

42 『조광』 5권 1호, 1939.1.

43 『조광』 5권 1호, 1939.1

44 "기린은 또한 詩題인 '거문고'의 비유이며 나아가 '거문고'는 동시에 시인 자신이거나 우
　리 민족 전체를 상징하고 있다."
　허형만, 앞의 논문, 44면.

45 "'독(毒)'은 분명히 저항(抵抗)의 결의다. <모란이 피기까지>, <가늘한 내음>, <내 마음

아! 내 세상에 태어났음을 원망않고 보낸
어느 하루가 있었던가, 「虛無한듸!」 허나
앞뒤로 덤비는 이리 승냥이 바야흐로 내 **마음**을 노리매
내 산체 짐승의 밥이 되어 찢기우고 할퀴우라 내맡긴 신세임을

나는 毒을 품고 선선히 가리라,
마금날 내 깨끗한 **마음** 건지기 위하야.

— 「毒을 차고」[46] 일부

큰칼 쓰고 獄에 든 春香이는
제 **마음**이 그리도 독했든가 놀래었다

(…중략…)

원통코 독한 **마음** 잠과 꿈을 이뤘으랴

— 「春香」[47] 일부

「독을 차고」는 김영랑이 초기의 순수서정에서 탈피해 참여적·저항적인 시로 이행해갔다는 설명을 하는 데에 **빠**짐없이 인용되는 작품이다. '마음'을 향한 침잠으로부터 바깥의 현실로 눈을 돌렸다는 것이다. 그러나 「독을 차고」는 여전히 '마음'의 주제에 머물러 있는데, "이리 승냥이" 등의 존재가 위협하는 대상이 다름 아닌 내 '마음'이기 때문이다. 김영랑은 '마음'을 지켜내는 문제에 골몰해 있으며, 이를 위해 갖추는 방어 수단이 바로 '독'이다. 「가

을 아실이> 등의 작품에서는 볼 수 없는, 독기(毒氣)가 서려 있는 이러한 작품은 영랑(永郞)의 또 다른 일면이라고 할 수 있다. 과격하고 전투적이며 저항적인 경향을 전적으로 외면하고, 그를 유미적(唯美的)의 우수 시인으로만 처리할 수는 없을 것이다."
문덕수, 앞의 논문, 73면.
46 『문장』 1권 10호, 1939.11.
47 『문장』 2권 9호, 1940.9.

야금」의 마지막 구절인 "간열픈 실오랙이 / 네 목숨이 조매로아"로 미루어 보아, 김영랑에게 여전히 '마음'은 금방 끊어질 실처럼 가냘프고 연약한 상태에 놓여 있다. '독한 마음'이라는 굳센 어조의 표현은 역설적으로 '마음'에 대한 김영랑의 불안한 인식이 강화되었음을 의미한다. "이리떼", "잣나비떼"에게 억눌린 "기린", 즉 '거문고'가 한없이 무기력한 모습을 띠고 있는 것처럼 "이리 승냥이"가 노리는 '마음'은 그 어느 때보다 위태로운 모습이다. "독을 품고 선선히 가리라"와 같은 선언은 이러한 '마음'의 상태와의 연관에서 비롯되고 있다.

초기 시편과 중기 시편 사이의 차이는 긴장의 부재로 인한 시적 화자의 태도 변화에 있다고 볼 수 있다. 살펴보았듯 중기로 이행해오면서 김영랑은 유선화된 풍경 속에서 '마음'을 목격하는 대신에 '마음'을 지켜내야 한다는 열망을 강력하게 표출하는 것으로 선회하게 된다. 즉 '불안'은 더 이상 '마음'의 정동적 움직임으로 존재하는 것이 아니라, 그러한 '마음'에 대한 거리두기 없이 직접적인 감정으로서 분출된다. 중기 시편이 초기보다 일견 선명해 보이는 까닭은 현실 감각의 취득이라기보다 이와 같은 거리의 '상실'에 있는 것이다. 요컨대 중기 시편은 여전히 초기 시편에서 선보였던 '위태로움의 정동'으로서의 '마음'을 인식하고 있으나, 그것이 더 이상 정동 자체로 존재하지 않고 시적 화자의 허망함과 회상으로 처리되고 있다는 점에서 초기의 '마음실' 이미지가 지니고 있던 긴장을 상실한 데 대한 후일담이다. 앞서 논의하였던 「연 1」이 대표적이다. "평평한 연실은 조매롭고"란 진술은 위태로움의 정동을 가장 잘 표현한 것이지만, 그것이 어린 시절의 추억으로 지나치게 구체화되면서 후일담 그 이상의 의미를 지니지는 못하게 된다.

고전 텍스트를 시적으로 활용하고 있는 「춘향」에서 '춘향'이 자각하는 '독한 마음'도 「독을 차고」의 주제를 환기한다. 이 작품도 춘향의 절개가 사육신 중 한 명인 박팽년, 일본군 장수를 데리고 투신한 논개 등 역사적 인물들에 비유된다는 점에서 김영랑의 대표적인 저항시로 여겨졌다. 그런데 「춘향」은 춘향이 이몽룡에 의해 구원받아 행복한 결말에 이르는 원본과는 달리, 옥중에서 비극적으로 죽음을 맞이한다는 것이 주목된다. 이몽룡은 구원자로서의 지위를 상실하고 "내 卞苛보다 殘忍無智하여 春香을 죽였구나"라는 오열을 통해 오히려 춘향을 죽게 한 당사자로 전락하고 만다. 즉 김영랑은 춘향에 옥중에서 고난과 역경을 견디는 '통과 제의' 이후에 희망적 결말로 이어지는 원본 텍스트를, '통과 제의' 이후에 그대로 하강하는 비극적 구조로 변용[48] 하고 있는 것이다. 이는 그나마 선언으로 마무리 짓는 「독을 차고」보다 절망적인 구조로, 「춘향」을 마냥 저항적인 시로 독해할 수 없게 하는 요소다. 대신 이러한 비극적 결말 역시 '마음실'을 상실한 자신의 시적 변모를 돌아보는 후일담인 것이다. 김영랑이 지켜내고자 했던 것은 '독한 마음'이며, '춘향'의 죽음은 곧 '독한 마음'의 죽음이다. 비극을 바라보는 김영랑의 시선에서 '유선화'의 상상력이 포기된 것은 물론이거니와, 정동의 이완과 긴장 운동으로부터 독특한 미학을 생성해 내고 있지도 않다. 즉 중기 시편에서 형상화하고 있는 것은 현실에 대한 응전이 아니라 김영랑 자신의 시적 전환을 자각하는 과정이며 이에 따른 고립감이다.

당시 김영랑이 내비쳤던 고립감은 박용철의 죽음 직후 1938~1940년에 이르기까지 김영랑과 같은 시문학파인 정지용이 꾸준히 발표했던 추모적 성격의 글들에서 드러나는 차이로도 엿볼 수 있다. 김영랑은 살면서 그리 많지

---

48 노현종, 「현대시에서 나타난 '춘향' 모티프의 수용 양상 연구-옥중(獄中)장면을 중심으로」, 아주대학교 국어교육과 석사학위 논문, 2007, 22면.

않은 산문을 남겼는데, 그중 박용철을 추모하는 성격의 글은 무려 네 편이나 되었다.(『박용철전집』1권 후기와 2권 후기, 「인간 박용철」, 「문학이 부업이라던 박용철 형」) 그러나 애석하게도 정지용의 추모는 김영랑의 경우보다 훨씬 생산적이고 높은 수준을 보여주었다. 정지용은 박용철의 유명한 평론인 「시적 변용에 대해서」(1938)를 계승[49]한 「시와 발표」(1939)를 비롯하여 김영랑과 달리 다수의 시론을 발표하기 시작해 박용철 못지않은 비평적 문장을 구사하게 된 것이다. 이는 김영랑이 도달할 수 없었던 성취였다.[50] 본래 박용철의 막역지우는 김영랑이었으나, 도리어 박용철은 말년에 정지용과 더욱 가까이 지냈으며 무엇보다 정지용이 성공적인 추모를 통해 박용철과의 문학적 교류의 결과물들을 소화해냄으로써 이들 사이에 관계의 기울기는 역전된다. 김영랑은 이러한 상황이 못내 씁쓸했을 것이며, 상실감과 고립감이 줄곧 해소되지 않았던 것으로 보인다. 「독을 차고」에서 당장 김영랑의 '마음'을 위협하던 존재는 "이리 승냥이"가 아니라 얼른 그 무서운 독을 그만 흩어버리라고 회유하는 "벗"이었으며, 「춘향」에서도 '춘향'을 죽음에 몰아넣은 인물은 악역인 '변학도'가 아니라 조력자 '이몽룡'인 것처럼 표현된다. 이처럼 시에서 벗이나 조력자에 대한 불신이 암시되는 것은 당시 김영랑이 느

---

49 "그 중 「시와 발표」는 그 주제와 수사법이 「시적 변용에 대해서」와 가장 유사한 글이라 할 수 있다. 말하자면 시론을 통해 일 년 전 죽은 걸출한 비평가의 존재를 환기하는 '추모적 창작', 혹은 '문학적 추모'였다."
강민호, 「정지용 문학에 나타난 '내면공간'의 시학—시론과 불 이미지를 중심으로—」, 서울대학교 국어국문학과 석사학위 논문, 2020, 51면.

50 후에 스스로 "나는 평론이니 비평이니 그리 좋아하지 않는 편"이라 밝히기도 한바, 실제로 김영랑이 남긴 글 중에는 평론적 성격의 산문은 전무하다. 말년에 남긴 「출판문화 육성의 구상」과 「열망의 독립과 냉철한 현실」은 문학 평론이 아닌 사회와 정세에 대한 칼럼에 가깝고, 「신인에 대하여」마저 평론이라기보다는 기성 문인의 입장에서 쓰인 '당부의 말' 정도로 보아야 한다.

끼고 있던 고립감의 투영을 의미하기도 한다.

이렇듯 '마음실'의 상실에 대한 비애감과 안쓰러움의 후일담에 머물렀던 중기와 달리, 1946년부터 재개되는 김영랑의 후기 시편에서는 '겨레, 나라, 죽음' 등 현실 인식을 과도하게 노출하는 시어들이 출몰하며 '마음'의 긴장으로부터 완전히 멀어진다. 1949년에 발표된 「연 2」는 소재가 비슷한 전작인 「연 1」과 비교하여 살펴볼 만하다.

> 좀평나무 높은 가지 끝에 얽힌 다 해진 흰 실낱을 남은 몰라도
> 보름 전에 산을 넘어 멀리 가버린 내 연의 한알 남긴 설움의 첫씨 태어
> 난 뒤 처음 높이 띄운 보람 맛본 보람
> 안 끊어졌드면 그럴 수 없지
> 찬바람 쐬며 코ㅅ물 흘리며 그 겨울내 그 실낱 치어다보러 다녔으리.
> 내 인생이란 그 때버텀 벌써 시든 상 싶어
> 철든 어른을 뽐내다가도 그 흰 실낱같은 病의 실마리
> 마음 어느 한구석에 도사리고 있어 얼씬거리면
> 아이고! 모르지
> 불다 자는 바람
> 타다 꺼진 불똥
> 아! 인생도 겨레도 다 멀어지는구나.
>
> ― 「연 2」[51] 전문

「연 1」에서는 연실이 끊어질까봐 조마조마해 하는 어린 화자의 마음이 주로 그려지고 있다면, 「연 2」에서는 그 연실이 끊어진 이후의 상황을 회상하고 있다. 김영랑이 회상하기를, 연실이 끊어져버린 어린 날의 체험은 "실낱같은 병의 실마리"가 되어 "마음 어느 한구석에 도사리고 있"다. "설움의 첫

---

51 『백민』 17호, 1949.1.

씨"와 같은 표현을 통해 자신이 현재 느끼는 서러운 감정의 기원이 그러한 체험에 있다고 강조하기도 한다. 이러한 비관적인 인식은 연약한 '실'에 대한 김영랑의 애착과 불안이 얼마나 중요한 시적 모티프였는지를 반영한다. 초기의 '마음실' 이미지에서 시작하여 중기의 '거문고, 가야금' 등의 현악기와 「연 1」, 그리고 후기의 「연 2」에서까지 김영랑 문학의 모든 국면에 드리워져 있기 때문이다.

그러나 「연 2」는 그만큼 「연 1」과의 낙차를 뚜렷이 보여주기도 한다. 이 시에 나타난 '실'의 이미지에는 이미 초기의 정동적인 긴장이 퇴색되어 있으며, 과도하게 격정적인 어조는 '실'의 이미지조차 "인생도 겨레도 다 멀어지는구나"와 같은 현실참여적인 탄식으로 성급하게 넘어간다. 이때 김영랑은 서울에 정착하여 공보처 출판국장으로 취임하는 등 사회에서 요직을 담당하고 있었다. 그밖에도 여러 정치적 열망과 고뇌에 둘러싸인 상태였던 그가 격정적인 문장을 써 내려가며 다소 작위적으로 현실 인식을 끼워 넣었던 것이 후기 시편의 주된 특징을 이루고 있다.

이때 김영랑은 박용철을 잃은 후의 상실감과 고립감을 나름대로 해소하고자 노력했던 것 같다. 후기의 대표작인 「북」[52]에서 "자네소리 하세 내 북을 치제"와 같은 연대의 주제를 노래한 것처럼, 그는 서정주(徐廷柱, 1915~2000)라는 또 다른 시우(詩友)를 찾게 된다. 서정주는 직접 김영랑의 부탁을 받아 『영랑시선』을 편집하고 그 발사(跋詞)를 쓸 정도로 말년의 김영랑과 남다른 선후배 관계를 형성한 것으로 알려져 있다. 서정주는 산문 「영랑의 일」에서 다음과 같은 재미있는 일화를 회고하기도 했다.

---

52 『동아일보』, 1946.12.10.

"오모(吳某. 오장환을 가리키는 것으로 보임―인용자) 보구 지금도 우
리나라 시왕(詩王)이라고들 한당가?"

"모르겠오."

나는, 이때 오모를 시왕이라고 생각하고 있지 않던터라, 이렇게 밖엔
대답할 나위가 없었다.

그랬더니, 그는 한참 말이 없다가, 뜻밖에 그 독특한 유년체(幼年體)의
음향으로 무에 재미나는지 재미나라고 깔깔거리면서

"왕관은 니가 써라. 내가 줄테니……." 하였다.

― 서정주, 「영랑의 일」[53] 일부

김영랑이 '시왕(詩王)'의 칭호를 서정주에게 주겠다고 사석에서 농담을 주
고받았다는 내용의 일화다. 단지 김영랑의 호쾌한 성격과 두 문인의 우의를
보여주는 가벼운 일화로 보이지만, 사실 김영랑은 '시왕'이란 표현을 처음 쓴
것이 아니었다. 그는 『박용철전집』 1권 후기에서, 박용철을 가리켜 "벗이 이
제 시왕(詩王)이 아니시니 또 누가 "훈공(勳功)에 의하여 너를 원로로 봉(封)
하리"요."라 쓴 바 있다. 즉 김영랑에게 '시왕'은 바로 박용철을 가리키는 호
칭이었다. 이러한 호칭이 서정주에게 수여된다는 농담은, 그가 박용철과 쌓
던 두터운 교분이나 그를 향한 문학적 동경을 서정주로 돌리고 있음을 암시
적으로 가리키는 것이다. 안타깝게도 한국전쟁이 발발하여 유탄의 파편을
맞고 사망하는 불의의 사고로, 김영랑은 서정주와의 관계도 그리 길게 유지
할 수는 없게 되었다.

다만 서정주와의 친교는 박용철의 빈자리를 대리 보충하는 관계였을 뿐,
박용철의 생존 시 김영랑이 보여주었던 예민한 감각과 이미지가 회복된다는
것을 의미하지는 않았다. 그러기에는 너무 많은 시간이 흘렀던 것이다. 김영

53 『현대문학』, 1962.12.(『김영랑』, 15~16면에서 재인용)

랑이 중후기에 이르러 이전과 같은 선명한 서정성의 변혁을 선보이지 못한 것은 이러한 선언으로부터 점점 멀어졌기 때문이며, 이는 정지용이 두 번째 시집『백록담』을 통해 나름의 활로를 찾은 것과 대비된다고 할 수 있다.

이렇듯 김영랑이 현실 인식을 획득하게 되는 과정은 초기의 서정성에 대한 '극복'의 서사가 될 수 없다. 현실 인식의 획득이 곧 서정성의 약화를 의미하는 것이 아니라, 오히려 현실 정치를 반영하는 표현들이 이전보다 더욱 격정적인 어조를 동반하며 나타나기 때문이다. 앞서 초기 시편에서 '마음실'이 지녔던 이완과 긴장의 움직임은 서정 주체의 전통적인 '감정'의 구속에서 벗어난다고 하였는데, 후기에 이를수록 정동의 자율적인 움직임은 사라지고 비관적인 현실을 내면화하려는 서정 주체의 욕망이 두드러지고 있다. 즉 김영랑 시편에서 '내면에의 침잠'이 엿보인다면, 그것은 기존 논의에서처럼 초기 시편이 아니라 후기 시편에서 나타나는 것이다.

박용철은 김영랑의 초기 시편을 가리켜 "세계의 정치경제를 변혁하려는 류의 야심은 추호도 없"지만, 대신 "우리의 신경(神經)을 변혁시키려는 야심"이 있다고 평하였다.[54] 이와 같은 평가는 김영랑 시를 모종의 '폐쇄적인 내면성'의 서정시로 가두는 관점에 대한 근거로 작용하기도 했지만, 달리 해석하면 김영랑 시의 선구적인 측면이 바로 '신경의 변혁'에 존재한다는 의미이기도 하다. 서정시를 쓰면서도 '마음'에 대한 주도권을 서정 주체에게 온전히 쥐여주지 않는 것, 외부 현실을 내면으로 소화하고 조직하여 '감정'을 지배하는 것이 아니라 자율적으로 운동하는 '마음실'을 통해 서정시

---

54 박용철, 「병자시단의 일년성과」,『동아일보』, 1936.12.(『박용철전집 2』(깊은샘, 2004)에서 재인용.)

를 지나친 격정에 빠지지 않게 하는 것이 '신경의 변혁'에 상응할 만한 김영랑 시의 특질이자 성과이다.

4. 나오며

본고는 그동안 충분히 포착되지 못했던 김영랑 시의 '마음실' 이미지에 주목하면서, 그러한 이미지에 유려하면서도 불안한 이율배반적인 정서를 동시에 투입하고자 했던 '서정 시인' 김영랑의 시적 실험을 환기하고자 했다. 또한, 그의 시에서 '마음실'이 화자의 주관적인 영역에만 있는 것이 아니라 객관적인 대상으로서 목격되고 존재한다는 사실도 확인할 수 있었다. 이는 김영랑 시의 본령(혹은 한계)을 철저한 내면세계로의 침잠과 이후 그로부터의 탈피라는 서사에서 찾았던 기존 관점은 재고해볼 여지가 생긴다. 시적 자아의 관심은 분명 내면세계에서 출발하고 있지만, 초기 시편부터 부단하게 등장했던 '마음실' 이미지는 정동적인 움직임을 보이면서 주관—객관의 이분법을 흔들고 있었기 때문이다. 「거문고」 등으로 대표되는 중기 시편에서는 여전히 '마음실' 이미지가 나타나긴 하지만 초기 시편에서의 불온한 긴장을 상실했다는 것을 서정 주체가 인식하고 이에 대한 후일담이 전개되었으며, 후기 시편은 작위적인 현실 인식이 개입하면서 격정적인 감정의 분출이 엿보인다. 이렇게 보았을 때, 긴장과 절제 없이 감정에 깊이 침윤되는 모습은 후기 시편에서 두드러지며 오히려 '마음실'의 긴장이 유지되던 초기 시편이 가장 정제된 서정 주체의 목소리를 내고 있다. '마음실'의 유동성은 특정 정조를 자아내기 위한 수사적 장치에 그치지 않고 마음이라는 영역을 구체적인 감각으로 체감하고 직시할 수 있게 한다.

물론 산발적으로 언급했듯 김영랑 시가 지닌 의외의 불온한 면모는 개인적인 실험이라기보다 시문학파라는 단체 차원에서 새롭게 의미화될 필요가 있다. 시문학파는 너무 오랫동안 카프의 대타항으로서 '순수 서정문학 그룹'이라는 명명에 가려진 채, 김영랑·박용철·정지용 세 핵심 인물이 전개해 나갔던 실험적인 시도들이 밝혀지지 못했다. 그러한 시문학파의 선언들로부터 출발하여 그들의 개별적인 작품들에서 선언의 내용이 어떻게 작동되는지 점검하는 작업은 본고가 지향하는 바이자 추후 과제로 남겨둔 것이기도 하다.

식민 자본주의 시대, 비물질노동으로서의 예술*
한국 모더니즘 문학비평의 특수성에 대하여

/

김예리

1. 식민 자본주의 시대, 상품으로서의 작가

한국문학연구에서 1920년대는 동인지 문학을 중심으로 본격적인 근대 문학 운동이 벌어진 시기로 이해되며, 전문적인 문학 영역과 그것의 내적 원리를 이념화한 미적 자율성의 문학관을 구성한 시대로 평가된다. 그리고 이러한 문학사적 흐름의 중심에 서 있는 이는 김동인이다. 김동인의 예술관이라고도 할 수 있는 예술의 자율성은 예술이 정치적 이념이나 사회적인 이해관계는 물론이고, 윤리나 도덕과 같은 선의 세계와도 분리되어 있음을 주장하는 개념이다. 조선 유학생 회관의 망년회에 참석한 김동인이 서춘으로부터 독립선언서를 요청받았지만, "정치운동은 그 방면 사람에게 맡기고 우리는 문학으로"[1] 라는 쪽에 섰다고 술회했다는 일화는 김동인에게 예술이 '민족의 안위'와 같은 중차대한 문제보다도 더 상위에 있는 문제였음을 암시한다. 이러한 점에 대해 추상적인 예술이라는 목적을 위해 현실의 모든 것을 무시하

---

* 이 논문은 『한국현대문학연구』 59 (2019. 12)에 수록되었음.
1 김동인, 「문단30년사」, 『김동인전집』 6, 삼중당, 1976, 9면.

고 식민지 조선의 현실로부터 도피하는 것이라는 비판적 견해2를 제시할 수
도 있고, 가치중립성으로서의 근대성과 이를 이념화한 예술성을 추구한 근
대인의 태도라는 관점3으로도 이해해볼 수 있겠다.

그러나 예술에 대한 이러한 관점이 놓치는 것은 정치나 윤리·도덕으로부
터 떨어져 나온 자율적 예술이 갖는 위반적인 속성이다. 예술이 도덕과 윤리
및 종교의 세계로부터 떨어져 나와 예술만의 독자적이고 자율적인 세계를
구축하면서 선의 법칙을 위반하고 부정하는 행위를 가능하게 만들었고, 이
러한 예술의 부정성은 예술에 자율성이라는 특권을 부여한 근대적 질서 체
계 자체를 위협한다. 그런 점에서 자율성에서 비롯된 예술의 위반과 부정성
은 단순히 정치적 이념이나 도덕 윤리의 가치를 무시하고 고려하지 않는 것
이 아니라 이념이나 가치체계에 대한 저항은 물론이고 예술 그 자체의 죽음
충동적이고 자살적인 움직임이라 할 수 있다.4 김동인을 비롯한 유미주의적
이고 데카당한 문학예술들이 보여주는 파괴적이고 파국적인 상상력과 이러
한 상상력을 가능하게 하는 데카당한 몰락의 정념은 정치적 이념이나 윤리
도덕의 정언 명령이 수행하지 못하는 위반이라는 파괴의 에너지를 예술이
내포하고 있음을 보여준다. 이러한 예술의 특수성(혹은 절대성)이 예술의 자
율성을 가능하게 하고, '민족의 안위'라는 최선의 문제조차 김동인이 무시할
수 있었던 근원적 힘이었다고 할 수 있다. 다시 말해 이런 근원적인 힘을 가
진 존재라는 자의식으로부터 김동인은 '민족'보다 '예술'을 상위에 둘 수 있
게 하는 예술가로서의 오만함과 자신감을 가질 수 있었던 것이다.

---

2 김재용 외, 『한국근대민족문학사』, 한길사, 1993.
3 김윤식·정호웅, 『한국소설사』, 문학동네, 2000.
4 김예리, 「1930년대 한국 모더니즘 문학·예술 개념의 탈경계적 사유와 그 가능성」, 『개념
   과 소통』 12, 한림대학교 한림과학원, 2013.

한국문학사에 있어서 김동인만큼이나 자신감 넘치게 예술가라는 자의식을 강조한 문인이 있다면 30년대 후반 일본에서 한국문단으로 진출한 김문집을 생각해볼 수 있겠다. 1909년 대구에서 태어나 1920년 일본으로 건너간 김문집은 요코미츠 리이치 등의 신감각파 문학에 영향을 받으며 문학적 감수성을 키워나갔다. 그 뒤 35년 말 그는 조선으로 귀국하여 신감각파의 감수성을 바탕으로 '예술로서의 비평'을 주장한다. 특히 그는 37년 12월 15일 『동아일보』가 주최한 한 좌담에서 박영희, 임화, 이헌구, 최재서 등 조선의 중견 비평가들과 시인을 향해 매우 당돌하게도 "고발이니 리얼이니 공연히 이즘만 찾지말고 먼저 예술 전의 감정을 기르라"고 말한다.5 이 좌담회에서 좌담 주체들은 조선 문학에서 리얼리즘 문학의 가능성을 살펴보고 있는 중이었다. 당대 조선의 중견 문인들에게 보여준 김문집의 이러한 도발은 독립 선언서 대신 예술을 택한 김동인의 오만함을 보여주는 듯도 하다.

그러나 결정적으로 김문집의 예술주의는 일본 문단에의 인정욕망의 발현이라는 점에서 김동인의 예술지상주의와는 결정적 차이를 갖는다. 김문집이 조선으로 귀국하기 전 일본에서 발표한 『아리랑 고개』는 조선 경성의 "철저히 의미 없는 삶, 희망 없는 삶"을 데카당한 스타일로 그려낸 소설집으로, 그의 데카당스 미학은 "식민지 조선의 몰락 혹은 재생 그 자체를 문제화하기 위함이 아니라 오히려 그 자신의 실제적인 욕망, 일본의 예술가로서 명성을 얻고 싶다는 바람에 기댄 것"이었다.6 다시 말해 김문집의 데카당한 문학적 언어와 예술은 그것 자체가 목적인 김동인과 달리 일본 제국의 출판 시장에

---

5 박영희 외, 「좌담회 : 장래할 사조와 경향—특집: 명일의 조선문학」, 『동아일보』, 1938. 1.1.~4.

6 서승희, 「식민지 데카당스의 정치성—김문집의 일본어 글쓰기론」, 『한국문학이론과 비평』 57, 한국문학이론과 비평학회, 2012, 518, 520면.

서 자신의 가치를 책정하기 위한 일종의 화폐였던 셈이다. 예술가적 오만함의 표출에서 출현하는 김문집의 저 당돌함은 어떤 면에서 보자면 제국에 속하고 싶은 식민지 조선인의 열등감의 표출이기도 한 것이다. 똑같이 예술가의 자의식을 내세우고 있으나 오만함과 열등감으로 표현되는 김동인과 김문집의 거리는 이들이 처해있는 사적인 환경이나 개인 각각의 기질적 차이라고 볼 수도 있겠으나, 식민 자본주의가 심화된 시대적 요인을 무시할 수 없다. 작가는 이제 근대출판시장의 상품이자 작품이라는 상품을 생산하는 노동자가 된 것이다.

이러한 점을 보다 잘 현상하는 이는 김문집의 친구이기도 한 장혁주이다. 잘 알려져 있듯이 장혁주는 32년 일본의 『개조』사가 주최한 현상창작공모에 1등 없는 2등으로 입상하여 조선과 일본 양 문단에서 조명을 받은 소설가다. 그러나 무명에 가까운 식민지 조선의 청년이 일본 문단에 혜성처럼 등장했지만, 일본 문단이나 조선 문단 모두에서 장혁주는 다소 부족한 문학성 때문에 발표지면을 확보하기가 쉽지는 않았다. 하지만 장혁주는 조선 문단이 자신을 받아들이지 않는 것을 시기와 질투로 받아들였고, 조선 문단은 조선 문단대로 장혁주가 운 좋게 일본 문단에 진출하여 조선 문단을 백안시한다고 받아들였다. 그런데 장혁주가 현상공모에 입선하여 일본 문단에 진출할 수 있었던 것은 그의 문학성 덕분이 아니라 식민지 조선인이라는 그의 출신이 가져오는 상품성 때문이었다.[7]

아이러니하게도 이러한 점을 조선 문단에 알린 이는 문단이라는 시장에서 매력적인 상품이 되려는 욕망이 가득했던 김문집이었다. 김문집은 「장혁주

---

7 고영란, 「제국 일본의 출판시장 재편과 미디어 이벤트—'장혁주(張赫宙)'를 통해 본 1930년 전후 개조사(改造社)의 전략」, 『사이』 6, 국제한국문학문화학회, 2009.

군에게 보내는 공개장」8에서 "진보적 자유주의자인 야마모토 사장의 약소민족에 대한 연민으로 생긴 의협심과 영리 출판회사 개조사의 상업정책, 다시 말하면 개조사 쩌나리즘이 조선청년 장혁주 군을 대중적으로 상품화"한 것임에도 불구하고 정작 장혁주 자신은 이를 인식하지 못한 채 마치 일본의 중견작가라도 된 것처럼 조선문단을 무시하고 있는 상황이라고 비판한다. 그런데 이렇게 장혁주가 『개조』사의 '상품'에 불과하다는 점을 김문집이 알고 있었다는 점은 그가 어떻게 하면 일본 문단의 '상품'이 될 수 있는지를 누구보다 잘 알고 있었다는 것을 간접적으로 알려주는 것이기도 하다.

　서승희는 김문집의 일본어 소설을 분석하며 그가 보여준 신감각파류의 데카당한 스타일과 식민지 조선을 오리엔탈리즘적인 필치로 추상적인 장소로 묘사한 그의 소설들이 결국에는 일본 출판 시장의 팔리는 상품이 되려고 한 김문집의 욕망의 발현이었음을 분석하고 있다.9 김문집이 주장하는 예술과 소설로 형상화된 그의 예술적 세계가 일본 출판 시장에서 끝내 가치를 획득하지 못한 죽은 화폐였던 셈이다. 김문집의 이러한 내밀한 욕망은 조선문단에 정착하지 못하는 것을 동료의 시기와 질투 때문이라고 생각했던 장혁주가 오히려 순진한 상품이었음을 알려주는 것이다. 나아가 장혁주와 김문집의 이와 같은 사정은 그들이 활동하던 시대가 더 이상 작가가 주체적으로 자신의 생각과 정서를 표현할 수 있는 시대가 아니라는 것을 말해주는 것이기도 하다.

　작가의 예술적 사유가 화폐가 되는 현상은 식민지 조선의 출판 시장 역시

---

8 『조선일보』, 1935.11.3., 5.~10.
9 일본출판 시장에 대한 김문집의 은밀한 욕망을 그의 텍스트를 통해 분석하고 있는 논의로 서승희의 앞의 글을 참조할 것.

크게 다르지 않았다. 상업 저널리즘의 영향 아래서 20년대의 동인지 시대와는 달리 30년대는 글도 하나의 상품이 된다. 그리고 창작 활동은 작가 고유의 권한이 아니라 신문이나 잡지의 편집 방향이라는 큰 틀 속에서 결정된다. 이는 또한 잡지사나 신문사로부터 원고청탁을 받지 못한다면 작가로서의 삶을 유지할 수 없다는 뜻이기도 하다. 특히 카프가 해체되고 난 뒤 조직적인 문학단체가 전무한 시기 문인들의 글쓰기는 오직 이러한 상업 저널리즘에 전적으로 의지할 수밖에 없게 되고, 문인들 간의 사적인 관계도 작가로서의 삶을 유지하기 위한 권력기반이 된다.10

'문단'이라는 것과 문학자들의 상호관계를 상세하게 분석해본다면 이 형해뿐인 개념이 저널리즘을 가운데 두고 그러므로 한 개의 문학본래의 정신이라는 것보다도 출판 자본을 에워싸고 형성된 것이라는 것을 알 수가 있을 것이다. (…) 이 문단이란 수상한 술어는 사실인즉 예술 지상주의자들의 생각과 같이 고상한 순수한 상아탑도 아니고 한번 그 공기에 부딪치면 적지 않게 취기가 코를 찌르는 상업적 시장일지도 알 수 없다. 아닌게 아니라 문단 속에 있어서의 출판자본의 엄연한 세력과 출판기관 당사자들의 이 속에 있어서의 모종의 힘은 이런 것으로밖에 이해할 길이 없다. 평론가와 작가가 타방에 있어서는 문필노동자인 한, 이러한 관계는 이(理)의 당연한 바라 할 수 있으며 이에 대항하는 작가나 평론가의 직업적 기관이 없는 이상 출판에의 문단의 종속도 모면할 수 없는 필연 사일 것이다.11

'문필노동자'라는 김남천의 표현처럼 자본이 지배하는 사회에서 작가는 더 이상 고귀한 어떤 존재가 아니라 시장에서 이리저리 팔려 다니는 상품,

---

10 김윤식, 『김동인 연구』, 민음사, 2000(1987).
11 김남천, 「동인지의 임무와 그 동향」, 『동아일보』, 1937.9.28.

혹은 그런 상품을 생산하는 상품 생산자로서의 노동자에 지나지 않는다. "문단이란 문학 본래의 정신과는 무관한, 출판 자본을 획득하기 위한 '상업적 시장'이며, 문학인 또한 자본에 종속된 '문필노동자' 그 이상이 아니라는 것"[12]이다. 1934년에 벌어진 이상의 「오감도」 연재 취소 스캔들 역시 이 시대가 출판 시장이라는 자본의 힘에 예술가의 창작활동이 규제받는 시대임을 잘 보여주는 사건이라 할 수 있다.

그런데 이렇게 문학이 자본에 종속되는 사태가 문제적인 것은 자본의 위력에 의해 지배되는 근대적 사회의 문법이 구조적으로 작동하지 않을 수 있는 유일한 가능성을 문학예술이 갖고 있기 때문이다. 근대 사회에서 예술이 독자적 자율성을 확보할 수 있는 것 역시 이 가능성에 근거하는 것이었다.[13] 이와 유사한 맥락에서 가라타니 고진은 1990년대 이후 신자유주의화의 국면에서 내부지향성의 나라들이 타인지향성으로 전환하면서 나타나는 현상에 근거하여 '문학의 종언'을 주장한 바 있다. 가라타니 고진에 따르면 문학은 "네이션을 형성하는 것으로서 내부지향성의 형식"이며, "일본 근대문학은 자유민권운동의 좌절 속에서 근대적 자기를 성찰하고 내면성을 지향하면서 나타났다. 입신출세주의가 타인으로부터 인정받으려는 타인지향성임에 반해, 그것에 대한 저항을 함축하는 근대적 자기에 대한 추구가 문학을 통해 출현했다는 것이다."[14] 그러나 "신자유주의와 더불어 전통적 산업자본주의가 붕괴하고 정보에 기반한 신제국주의로 이행하면서, 사회는 타인으로부터의 인정을 받는 것(욕망)에 몰두하는 타인지향형의 자본주의로 전환된다."[15]

---

12 김민정, 『한국근대문학의 유인과 미적 주체의 좌표』, 소명출판, 2004, 89면.
13 이에 대한 자세한 논의는 김예리, 앞의 글(2013) 참조.
14 조정환, 『예술인간의 탄생』, 갈무리, 2015, 123면.
15 위의 책, 122면.

산업자본주의에서 신자유주의에 기반한 신제국주의로의 전환은 문학이 자본에 저항할 힘을 상실하게 만들고, 이러한 사태는 가라타니 고진이 '문학의 종언'을 선언한 배경이 된다.16

가라타니 고진의 '문학의 종언'은 30년대의 식민지 조선의 현실과는 전혀 동떨어진 90년대 이후 신자유주의 체제의 세계를 배경으로 한 주장이지만, 21세기 현재처럼 적나라하게 노골적이지는 않다고 하더라도, '자기에 대한 추구'에서 '타자지향성'으로의 전환이라는 이 변화의 흐름은 적어도 30년대 식민지 조선의 작가들에게 노출된 바로 그 환경의 변화이기도 했다. 시장 자본의 지배 하에서 작가라는 직업의 아우라를 상실한 작가들은, 김문집의 경우처럼 상실한 그 아우라를 가장할 가면들을 스스로 찾아 쓰거나, 아니면 시장 자본이라는 작가적 현실을 부정함으로써 여전히 아우라가 있다고 믿어버리거나, 그것도 아니면 자기 냉소적이고 위악적인 태도로 스스로를 보호해야만 했다.

이렇게 30년대 식민지 조선의 작가들이 21세기의 미래적 상황을 경험하게 된 이유는 그들이 정신노동자이기 때문이다. 일반적인 노동자들의 육체노동은 물질적이고 추상화되어 측정 가능한 노동이지만, 창작을 통해 생산되는 작품이라는 그들의 생산물은 비물질적이고 측정이 불가능한 정신적인 노동이라 할 수 있다. 노동자들의 실제 노동의 양을 노동시간으로 추상화시키고 사용가치를 교환가치로 전환시키는 '가치'의 개념으로 시장의 움직임을 설명하는 체계로는 창작활동이라는 작가의 정신노동을 설명할 수가 없는 것이다. 김남천이 '문필노동자'라는 표현을 썼을 때는 작가의 위상과 공장노동자의 위상이 다를 바가 없다는 맥락이겠지만, 공장노동자과 문필노동자가

---

16 가라타니 고진, 조영일 역, 『근대문학의 종언』, 도서출판 b, 2006.

노동자라는 일반명사로 묶일 수가 없는 것은 그들이 생산하는 생산물의 성격이 다르기 때문이다. 일반 노동자들과 똑같이 시장 자본의 지배하에 있음에도 불구하고 당대의 작가들이 작가의 아우라에 대한 착각에서 쉽게 벗어나올 수 없었던 것은 추상화되어 사회화된 노동이라는 마르크스주의적 노동 개념의 질서 속에 비물질노동이라는 작가 혹은 예술가의 행위를 의미화할 수 있는 자리가 없었기 때문일 것이다. 근대 자본주의 사회 하에서 어느 누구도 자본의 지배로부터 벗어나 천박한 시장의 외부에서 고귀하고 순결하게 존재할 수는 없다는 사실을, 다시 말해 자본의 외부는 없다는 사실을 자꾸만 망각하게 하는 것은 작가라는 특수한 위치이다.

물론 21세기를 살아가는 지금 우리의 현실이 잘 보여주는 것처럼 산업자본 중심에서 인지자본 중심으로 사회의 형태가 변하면서 정신노동자인 예술가와 일반 노동자와의 차이는 거의 없어진다. "전통적으로 언어에 의해 이루어지고 이데올로기적이고 문학예술적인 제도들에 의해 조직되어 왔던 인지적 소통이 역사 속에서 겪는 가장 큰 변화들 중의 하나는 그것이 산업에 포섭된다는 것이다. 그리고 그것의 영향으로 인지적 소통이 단순한 문학 예술적 제도들을 넘어 좀 더 복잡해진 특수한 기술적 체계들에 의해, 즉 지식, 사유, 이미지, 소리, 그리고 언어를 재생산하는 기술체계들에 의해 생산된다." 그 결과 "'작가'는 더 이상 개인적이지 않으며 분업, 투자, 주문 등 산업적으로 조직된 생산과정의 한 마디가 된다. '재생산'은 더 이상 소규모의 과정이 아니라 수익성의 명령에 따라 조직된 대량생산이 된다. 수용자는 이제 소규모의 청중을 넘어 대규모의 소비자/커뮤니케이터가 된다. 이러한 변화들은, 전통적 예술 활동에서 작품으로 나타났던 이데올로기적 생산물을 상품으로 바꾼다."[17]

그러나 산업 자본주의도 제대로 형성되지 않은 식민 자본주의 시대에 예술가가 상품생산자라는 정신노동자로서 정체성을 수용하기는 쉽지 않았을 것이다. 이러한 관점에서 보자면 "현대의 세계를 지배하는 것은 돈"이고 "금융자본이야말로 현대의 주인"[18] 이라고 명시적으로 적고 있는 김기림의 현실에 대한 사태파악은 매우 앞서 있으며, 동시에 사태를 파악하는 그의 태도가 매우 객관적임을 보여준다. 김기림은 시인을 비롯한 지식인 계급은 "자본가 사회에 의해 포육"되고 있는 존재들이라는 점을 분명히 한다. 김기림이 판단하기에 사회 구조적으로 시인 지식인 계급은 잉여적이며, 그 위치가 유동적일 수밖에 없는 불안정한 존재들의 집합이다.

이러한 불안정한 위치에서 배태되는 불안을 견딜 수 없는 문필노동자로서의 작가는 결코 교환가치로 산정될 수 없는 자신만의 신성한 영역, 다시 말해 시장의 외부를 확보하려 하고, 시장의 침범을 결코 받지 않을 수 있을 것 같은 환상적 공간 속에 자신을 안전하게 위치시킴으로써 자신을 보호하려고 한다. '꿈의 리얼리티'를 추구하다 '꿈'의 세계에 침잠해버리고 말았다는 초현실주의자나 "시인의 사회적 기능에 대한 과다한 신망"과 "세기의 여명을 밝히는 봉화"[19] 라는 역할을 스스로 떠맡으려한다는 리얼리스트들은 김기림이 보기에는 작가의 거짓 아우라를 포기하지 못한 자들이며, 자신들이 자본의 지배를 받고 있다는 사실을 능동적으로 망각하는 자들이다.

자본주의 사회에서의 시인의 위치에 대한 김기림의 이러한 진단은 자본의 외부는 없다는 것을 보여주는 것이기도 하다. 그리고 이러한 진단을 통해 김

---

17 조정환, 앞의 책. 166면.
18 김기림, 「인텔리의 장래」, 『김기림 전집』 6, 심설당, 1998, 30면.
19 김기림, 「시인과 시의 개념」, 『김기림 전집』 2, 294면.

기림은 비천한 상품과 숭고한 창조자라는 커다란 격차 사이에서 정체성 혼란을 겪는 예술가 주체들에 대해 과감하게 그들의(혹은, 김기림 자신의) 숭고한 위치를 삭제해버리고 자본과 시장의 한 가운데에 세우고 있는 셈이다. 이렇게 시인의 특수한 사회적 위치를 분명하게 보여줌으로써 시인의 가짜 아우라를 고발하고 시인의 위치를 한없이 끌어내리는 김기림의 태도는, 산업자본주의 체제에서 신자유주의 체제로의 전환 속에서 문학의 정치적 역할을 부정하고 문학의 종언을 선언한 가라타니의 주장과 겹쳐지는 듯하다.

그러나 해방기까지 이어지는 김기림의 문학적 여정이 바로 '돈'이 주인인 자본주의 시대의 시인의 위치에 대한 좌표설정에서 시작되었다는 사실은 김기림이 더 이상 어떤 역할도 할 수 없을 것 같아 보이는 초라한 문학에서 오히려 가라타니와는 정반대로 어떤 가능성을 읽었다는 것을 의미하는 것이기도 하다. 본 연구는 외부에 대한 사유가 불가능한 자본주의 세계를 전제하면서도 예술의 특수성과 가능성을 개진하고 있는 김기림의 문학비평의 독특함을 읽어보는 동시에, 산업자본에서 인지자본으로 자본의 중심이 이동하면서 예술에 발생한 여러 변화들을 탐색하고 있는 최근의 예술에 대한 관점을 문필노동자 혹은 지식인노동자라는 정체성과 그들이 생산하는 비물질노동이 문제가 되기 시작한 30년대 식민지 조선의 문학에 적용해봄으로써 자본의 시대에 자본에 종속될 수밖에 없는 예술과 예술가의 새로운 가능성을 살펴보려고 한다. 이러한 탐색으로 통해 본 연구는 순수문학과 계급문학, 혹은 모더니즘과 리얼리즘이라는 한국문학사를 설명하는 오래된 방법적 질서 대신 자본과 예술의 관계를 탐색함으로써 모더니즘 문학을 읽는 새로운 방법적 시선을 제시할 수 있을 것이라 기대한다.

2. 자본의 욕망과 노예화된 교양주의

헤겔과 마르크스 그리고 아서 단토와 가라타니 고진까지 예술의 죽음은 조금씩 그 주장의 결은 달리하면서도 예술철학의 역사에서 반복되는 주제였다고 할 수 있다. 그런데 예술이 사회에서 특수한 방식으로 역할을 수행했으나 더 이상 그런 능력이 예술에서 사라졌다고 말하며 예술의 죽음을 선언하는 철학적 주장들의 전제는 예술의 특수한 능력이 존재한(했)다는 것이다. 이를테면 "감각적인 것의 표현양식인 예술이 더 이상 절대적인 것이 새로운 이념을 충실히 드러낼 수 없게 됨으로써 진화를 종료하고 이성적인 것의 표현양식인 철학과 미학에 그 자리를 물려준다"[20]는 헤겔의 주장이나, "자본주의는 상품교환 관계의 발전을 필요로 하고 이를 위해서는 생산물이 상품으로서 생산과정으로부터 분리되어야 하는데, 예술생산은 대개 생산물을 생산과정에서 분리시키지 않으며 그래서 교환과정 속으로 들어갈 상품을 내놓지 않기 때문"[21]에 자본주의적 생산양식은 예술을 주변적인 것으로 만들 수밖에 없다는 마르크스의 견해, 앞서 언급한 가라타니의 견해는 예술의 특수한 성격을 전제한다. 그런데 '예술의 죽음'에 대한 선언이 끊임없이 반복되었다는 것은 예술이 끊임없이 죽고 또 다시 새로운 형태로 살아나는 과정의 반복이라고 말할 수 있고, 이렇게 본다면 끊임없이 죽고 되살아나는 과정이야말로 예술의 특수한 성격이라고 생각해볼 수도 있을 것이다. 다시 말해 예술의 죽음이 반복된다는 것은 예술이 변화되는 사회적 환경에 따라 끊임없이 재탄생한다는 의미가 되기도 하는 것이다.

---

20 조정환, 앞의 책, 115면.
21 위의 책, 100면.

한국문학에서 '새로운 문학', '새로운 예술'을 주장하며 개진된 김기림의 문학예술론 역시 일종의 '예술의 죽음'에 대한 선언을 통한 것이었다. 그리고 이 선언의 핵심에는 '자본'이 있었고, 이것의 핵심 내용은 바로 자본주의적인 현대 세계에서 시인은 그 이전의 예술이 담당했던 숭고한 일을 할 수 있는 능력을 상실한다는 것이었다.[22]

세계는 항상 실력있는 자의 것이다. 그 질서를 유지해가며 제도를 운용해 가는 것은 물론 그들이다. 일찍이 종족이 한 개의 전체로서 사유하고 행동하던 시기에 시인은 아무것에도 속하지 않았다. 종족 전체가 종족의 일원에게 부과하는 의무 밖에는 시인을 구속하는 것이 아무것도 없었다. 그러던 것이 조만간 인류가 역사를 가지기 시작하고 역사의 무대에 실력있는 자와 그렇지 못한 자가 분립·공존하면서부터 시인에게 비극적인 일은 그들은 주인을 가지지 아니하면 아니된 일이다.[23] (밑줄 인용자)

현대의 시인을 계급적으로 분석하는 것은 현실성을 띤 금일의 문제로서 생기가 있어보인다. 다시 말하면 우리가 지금 문제삼지 않으면 아니되는 것은, 그리고 문제삼고 싶은 흥미를 느끼는 것은 현금 「부르주아」와 「프롤레타리아」의 첨예하게 대립한 두 계급의 중간에 부유(浮遊)하는 표백된 창백한 계급으로서의 근대시인이다.(…) 시인은 이미 몰락하면서 있고 그것이 그들의 현실적인 그리고 필연한 운명인 것이다. 새로운 「제네레이션」에 의하여 대표될 신시대는 벌써 이러한 의미의 시인을 필요로 하지 않는다. 사실 우리가 아무 생산적 사업에 참여함이 없이 시를 직업으로 쓰는 시인이라는 계급적 무뢰한에게 사회의 특등석을 許與하여 양지바닥에서 눈가물치는 고양이와 같은 인종을 사육하는 것은 확

---

22 이런 점에서 보자면, 김기림의 문학예술론은 '예술의 죽음' 그리고 '시인의 죽음'에서 시작된다고 할 수 있으며, 예술을 부정하고 정치의 영역으로 나아간 가라타니와 달리 김기림은 이전의 예술이 아닌 변화된/될 예술의 가능성을 탐색한다고 하겠다.
23 김기림, 「상아탑의 비극」, 『김기림 전집』 2, 307면.

실히 그것은 <u>사회적 浪費</u>다. 시인이라는 존재는 그리고 그 개념은 벌써 역사상의 고전이다. (…) 그리하여 시는 자본주의 문화의 모든 영역에 팽배한 분해작용과 함께 그것은 최후의 심판에로 맥진하고 있다. (…) 우리는 시를 시라고 하는 선입적 우월한 시각에서 조망하는 낡은 인습에서 탈출하여야 한다. 시를 시에게 적당한 평범한 지점에까지 끌어내려야 하겠다. 이리하여 우리는 착란된 관념을 정정할 수가 있을 것이다. <u>그것은 본질적으로 생산적인 것은 아니다. 최초부터 소비형태에 속한 것이다.</u>[24] (밑줄 인용자)

1930년대 초반, 김기림이 비평가로서 막 목소리를 내기 시작했을 때 발표된 두 편의 글에서 그가 강조하는 것은 세계에서 시인은 자신의 자리를 갖지 못한 유령 같은 존재이며, 매우 잉여적인 존재라는 것이다. 그래서 시인은 스스로가 주인일 수가 없다. 비극적인 것은 세계는 언제나 실력 있는 자의 것이어서, 시인들은 필연적으로 주인을 상정하지 않을 수가 없다는 것이다. 헤겔적인 용어에 기대어 말하자면, 스스로 주인일 수 없다는 이 시인이 서 있는 자리는 주인의 욕구를 충족시키기 위해 존재하는 노예의 자리이다.

정신에 대한 "철학적 교양소설"[25]이라 할 수 있을 헤겔의 『정신현상학』은 우리의 의식이 어떻게 나타나서 어떤 성장의 과정을 거치는지를 보여주며, 나아가 이러한 성장의 과정을 통과하여 최종 목적지인 절대정신의 경지에 마침내 도달하는 정신의 여정을 그리고 있다. 특히 헤겔은 우리 인간이 어떻게 우리의 삶을 창조적으로 변화시키고, 이를 통해 스스로의 삶을 구축해나가는지를 '주인과 노예의 변증법'으로 풀어낸다. 헤겔에 따르면 우리의 의식

---

24 김기림, 「시인과 시의 개념」, 『김기림 전집』 2, 291~296면.
25 김상환, 「헤겔의 '불행한 의식'과 인문적 주체의 역설」, 『철학사상』 36, 서울대학교 철학사상연구소, 2010, 34면.

은 어느 시점이 되면 자립적인 의식과 비자립적인 의식으로 나뉘게 되는데, 이때 각각의 의식은 주인과 노예로 불린다. 주인에게 인정받기 위해서만 존재하는 의식인 노예는 주인을 위해 노동을 함으로써 생명을 부지한다. 주인의 욕망을 실현하기 위한 노동을 하지 않는 노예는 존재 가치가 없으므로 즉시 소멸된다. 이렇게 노예는 죽음의 공포를 견디며 죽지 않기 위해 노동을 하고, 주인은 노예의 노동으로 생산된 것들을 향유하고 즐기고 소비한다.

즉, 헤겔의 문법에서 노예는 노동을 하고 노동을 통해 만들어진 것들을 저축하여 주인에게 바치면 주인은 그것을 소비하고 탕진한다. 그런데 '현대의 주인은 자본(돈)'이라는 김기림의 명제를 헤겔의 변증법에 유비해보면 이 새로운 주인인 자본은 매우 독특한 위상을 갖는다. 자본의 욕망은 소비하고 탕진하는 데 있지 않고 축적하는 데 있기 때문이다. 자본은 잉여를 생산하고 그것을 축적하여 자기의 몸을 불리는 것에 전력을 다한다. 무시무시한 가치축적의 세계로서의 자본은 "소비가 없는 부의 무한정한 축적"[26]을 추구하며, 축적을 위해 노예들을 끝없는 노동의 굴레로 빠져들게 한다.

하지만 애초에 노동이란 사물을 '형성'(Bildung)하는 것으로 나타나고, 이때 형성이란 "대상에 정신의 형상을 부여하는 것"[27]을 의미한다. 다시 말해 비본질적인 의식으로서의 노예는 노동을 통하여 자기 자신을 인식하게 되고, 결국 자기 자신을 형성하게 된다. 노동 행위의 핵심이라 할 수 있는 '형성'이라는 뜻의 독일어 'Bildung'이 '교양'이나 '문화'라는 의미까지 내포하게 된 것은 자기 형성이나 자기완성을 통한 세계의 발전과 성장이라는 인문주

---

26 조르주 바타유, 조한경 역, 『에로티즘의 역사』, 민음사, 1998, 222면.
27 안성찬, 「전인교육으로서의 인문학 – 독일 신인문주의의 "교양(Bildung)" 사상」, 『인문논총』 62, 서울대학교 인문학연구원, 2009, 116면.

의적 의미가 노동이라는 개념의 의미망에 걸려있기 때문이다. 그래서 노동은 노예가 죽음과 소멸에 대한 공포 앞에서 자신의 욕망과 죽음을 유예시키며 형성한 사물을 통해 주인의 욕망을 충족시키는 수단이지만, 노동을 통해 주인의 위치에 올라설 수 있게 되는 중요한 계기이기도 한 것이다. 대립하고 있는 주인과 노예의 관계에 화해의 계기를 마련하는 것은 바로 노동이다.[28]

그러나 소비하고 낭비하는 주인-주체가 아닌 부를 무한정 축적하려고 하는 자본-주인은 노예의 노동이 화해의 계기로 변모하는 이 전환을 막아버린다. 자본의 끝없는 부의 축적에 대한 욕구는 끝내 해소될 수 없는 욕망이고, 그런 까닭에 노예들은 끝내 자본-주인에게 인정을 받지 못하게 되며, 끝없는 죽음의 공포와 이로 인한 불안에서 노예들은 끝내 벗어날 수가 없게 된다. 죽음에 내몰린 노예들은 끝없이 불안하므로, 끝없이 노동을 하게 되고, 자기완성으로 승화되지 못하는 이 무의미한 노동은 정신의 함양과 성장으로 향하는 것이 아니라 정신의 고갈과 소진으로 노예-정신을 주저앉혀버린다. 이러한 사태의 전형을 우리는 신자유주의 체제 이후 우리 사회에 유행처럼 번진 자기계발 담론과 이런 담론 속에서 자기계발의 능동적 주체성으로 내몰린 주체의 피곤한 형상에서 손쉽게 찾아볼 수 있지만,[29] 정도의 차이는 있다고 하더라도 30년대 식민자본주의에서의 조선 문단의 풍경 역시 크게 다르지는 않았다.

1930년대는 '붐'이라는 표현이 가능할 정도로 수필장르의 양적 성장이 이

---

28 교양(Bildung) 개념에 대한 어원적 설명 및 헤겔적 노동과 교양의 상관성에 대한 좀 더 자세한 내용은 안성찬과 김상환의 앞의 글을 참조할 것.
29 서동진, 『자유의 의지, 자기계발의 의지』, 돌베개, 2009; 김예리, 「부정의 윤리와 진정성 너머의 문학 – 종교로서의 자본주의를 향한 장정일의 시적대응」, 『한국현대문학연구』 56, 한국현대문학회, 2018 참조.

루어진 시대라 할 수 있는데, '수필붐'에 대하여 당대 문인들은 새로운 스타일의 출현이라는 점에서 긍정적으로 보기도 했지만, 상업저널리즘에 굴복하여 자신의 글쓰기 스타일을 잃어버리고 느슨해진 글쓰기의 경향에 대해 다수의 문인들이 우려를 표하기도 했다. 이를테면 김기림은 "수필이야말로 소설의 뒤에 올 시대의 총아가 될 문학적 형식"이자 "수필의 독특한 맛은 이 시대의 문학의 미지의 처녀지"[30] 라고 말하며 문학 장르로서의 수필 문학의 가능성을 예견했고, 김기림이 고평하기도 했던 수필가 김진섭은 서양 에세이 개념에 근거하여 수필이 인간적인 면모와 지식적인 면모를 동시에 표현할 수 있는 글쓰기로서 "지성과 감성의 조화로운 융합"[31] 이 가능한 문학 장르라는 의견을 보여주며 『교양의 문학』(1950)이라는 자신의 수필집 제목이 그대로 표현하는 것처럼 교양으로서의 글쓰기라는 수필의 특성을 강조했다.[32] 하지만 이러한 긍정적인 반응과는 달리 임화는 당대수필이 유행하는 현상이 문인들의 자발적인 의사에 근거한 것이 아니라 상업저널리즘의 영향일 뿐이며, 김기림이 말하는 수필의 비판적 기능 역시 큰 의미가 있는 것은 아니라고 말하며 부정적인 의사를 표했다. 최재서 역시 문학이 상업저널리즘에 굴복하여 점점 수필화되고 있음을 지적하며 "이지 고잉한 만필"[33] 이 되어가는 당대의 글쓰기 현상에 우려를 표했다.

김기림의 분석처럼 수필은 소설과 같은 이전의 문학과는 전혀 다른 새로운 스타일의 글쓰기을 보여주었고, 또 김진섭이 말하는 것처럼 수필은 내적

---

30 김기림, 「수필·불안·「카톨릭시즘」」, 『김기림 전집』 3, 110면.
31 김현주, 「1930년대 수필 개념의 구축 과정」, 『한국 근대 산문의 계보학』, 소명출판, 2004, 164면.
32 김진섭, 「수필의 문학적 영역」, 『교양의 문학』, 조선공업문화사출판부, 1950.
33 최재서, 「문학의 수필화」, 『동아일보』, 1939.2.3.

이고 지적인 성장에 근거하고 그런 성장을 지향하는 교양의 글쓰기이기는 하지만, 임화의 지적처럼 30년대에 주목할 만한 양적 성장을 보여준 수필 장르의 부흥이 상업저널리즘이라는 자본의 요구에 대한 문학예술 영역의 응답이었다는 점을 고려하지 않을 수 없다.[34] 특히 소설이나 시 문학처럼 특별한 문학적 형상화를 거치는 것이 아니라 문학가 자신이 지니고 있는 지식과 교양에 기대어 직접적으로 자기를 이야기하는 수필 특유의 글쓰기 형식은 작가 자신을 좀 더 교양이 풍부한 그럴듯한 인간이 되게 하는 추동력으로 작동했을 것이다. 이 추동력이 작가의 자기도야와 자기 발전의 계기가 되었을 것임은 분명한 사실이지만, 수필 장르의 부상이 상업저널리즘의 요구에 대한 응답이었다는 점을 고려해본다면, 이 추동력에 따라 움직이는 작가의 자기도야는 죽음의 공포 앞에서 노동을 할 수밖에 없었던 노예의 사정과 크게 다를 바가 없게 된다.

이와 유사한 맥락에서 경성제대 출신의 엘리트 집단이 보여주는 교양주의의 속물성을 분석하고 있는 윤대석은 식민지 조선에서 교양주의가 주로 "민중과의 차별화를 통해 자신의 지위를 높이려는 상승 욕망, 그러니까 입신출세주의의 또 다른 측면"이며 "열등감(죄의식) 속에서 텅 빈, 따라서 도달할 수 없는 목표를 향해 끝없이 나아가는 무한한 정신행위"[35]로 규정한다. 자기를 수양하고 도야하는 길을 걸으면 걸을수록 열등감과 죄의식이 더욱 더 커지는 역설적 상황은 끝없이 노동을 하면서도 더욱더 큰 불안 속으로 빠져버리는 자본—주인을 섬기는 노예의 노동을 닮아있다. 죄책감이 사라지지 않

---

34 수필장르와 상업저널리즘의 상관관계에 대해 분석한 연구로 장만호, 「식민지말기 수필문학의 양상과 문학장의 변화」, 『비평문학』 36, 한국비평문학회, 2010 참조.

35 윤대석, 「경성제대의 교양주의와 일본어」, 『대동문화연구』 59, 성균관대학교 대동문화연구원, 2007, 131면.

는 이 자본주의 사회에서 노예는 불안을 벗어버리기 위해 끝없이 노동을 하지만, 타자를 통한 자기인정의 계기로 전환되지 못하는 이 노동은 결코 화해의 계기를 마련하지 못한 채 노예를 가두는 감옥이 되고 자본-주인에게 갚아야할, 그러나 끝내 갚지 못할 빚이 된다.[36]

자본-주인이 지배하는 세계에서 자본-주인의 힘이 미치지 않는 외부를 상상하기가 힘든 것은 소비하고 낭비하여 스스로를 소진하는 쪽으로 달려가는 죽음의 충동을 자신의 세계에서 내몰아버렸기 때문이다. 하지만 '모든 생명의 목표는 죽음이다'라는 프로이트의 명제가 말해주는 바, 우리의 삶을 가능하게 하는 것은 바로 이 죽음으로 치닫는 이 위험한 움직임이다.[37] 헤겔은 노동의 본질이 "저지당한 욕구이며, 만류되고 억제당한 소멸"[38] 이라고 말한다. 즉, 노동은 죽음의 끝없는 지연이다. 죽음과 소멸을 향한 근본적인 충동이 없다면 이러한 충동의 억압을 통해 죽음을 지연시키는 노동도 불가능할 것이고, 욕구를 저지당하며 사물을 형성하는 노동도 불가능할 것이기 때문이다. 이 사물을 형성하는 노동이란 자기를 도야하는 것으로 이 노동을 통해 인간은 인간성과 교양을 획득할 수 있게 된다.

즉 인간의 모든 삶충동은 죽음충동을 전제한다. 낭비와 탕진의 세계로 달려가는 인간의 죽음충동을 지워버린 자본-주인이 지배하고 있는 세계에서 인간은 점점 삶의 역동성을 잃어버리고 자기를 상실한 채 죽음도 삶도 없는 좀비 같은 삶-죽음을 살아간다. 이런 삶-죽음의 세계에서 욕망하는 주체

---

36 이러한 사태를 두고 벤야민은 "종교화된 자본주의"라고 불렀고, 종교화된 자본주의 하에서 노동은 언제나 부채로 나타난다.(발터 벤야민, 최성만 역, 「종교로서의 자본주의」, 『발터 벤야민 선집 5』, 길, 2008 참조.)
37 지그문트 프로이트, 박찬부 역, 『쾌락원칙을 넘어서』, 열린책들, 1997.
38 게오르크 빌헬름 프리드리히 헤겔, 임석진 역, 『정신현상학』, 한길사, 2005, 259면.

는 오직 자본-주인밖에 없다. 김문집도, 장혁주도, 경성제대 엘리트 집단도 결국에는 자기의 욕망이 아니라 자본의 욕망을 실행하는 자동인형인 셈이다. 자본의 외부를 상상하기 어려운 이유를 여러 가지 방식으로 설명할 수 있겠지만, 욕망의 관점에서 접근하자면 그것은 자본이 더 이상 죽음과 삶의 역설적인 관계가 만들어내는 우리 인간의 역동적인 힘을 인정하지 않기 때문이다.

김기림이 시인이 가지고 있던 숭고한 지위를 내려놓고 부르조아와 프롤레타리아트 계급 사이에 끼어 있는 잉여적인 존재로 규정하면서 현대라는 세계의 주인은 자본이라는 점을 명시할 때, 그는 세계가 작동하는 방식이 이전과는 달라졌음을 감지하고 있었던 것이다. 그것은 우리의 세계에 죽음이라는 요소가 사라졌다는 것, 그래서 죽음을 통해서만 발현되는 주체적인 삶의 역동성이 자본이라는 새로운 주인이 지배하는 세계에서 내몰려버렸다는 사실이다. 자본주의 사회에서 죽음을 향유하는 위험한 충동은 허락되지 않는다. 자본-주인은 끝없이 축적하려하기 때문이다. 죽음을 향유하는 것이 허락되지 않은 노예들은 이 죽음을 오직 공포의 대상으로 여기고 자신에게 닥쳐 올 죽음을 끝없이 유예하며 자기가 이미 죽은 지도 모른 채 자본의 질서를 마치 자신의 욕망인양 반복한다. 자본주의 사회에서 욕망하는 주체는 오직 자본밖에 없다.

이러한 점을 김기림은 특히 자신의 수필에서 여러 가지 문학적 형상으로 그려낸 바 있는데, 이를테면 겉으로는 매우 화려하고 생동감이 넘쳐흐르지만 사실은 풍요로운 생명력이 상실된 황무지 같은 도시의 풍경과 같은 것은 이러한 주체적인 삶의 역동성이 삭제된 전형적인 자본주의 사회의 한 풍경인 것이다.[39] 『기상도』의 주제이면서 그가 시론에서 반복적으로 강조한 시인으로서의 문명비판적 태도 역시 자본주의에 대한 김기림의 비판적 사유의 맥락 속에 놓여 있다. 「오전의 시론」에서 김기림이 언급하고 있는 근대세계에서의 "인간의 결핍"의 문제 역시 자본화된 근대적 산업 사회에서 능동적인 생의 충동을 잃어버린 존재들과 관련이 있다.

> 그 속에 인간이 참여하는 것을 극도로 배제하는 예술이 있다. 예술 뿐 아니라 근대문명의 모든 영역에서 인간이 쫓겨나고 있는 사실은 누구나 쉽사리 지적할 수 있는 일이다. 인간의 결핍 — 그것은 근대문명 그 자체의 병폐다.
>
> 문학에 있어서 인간을 거부하는 이러한 주장은 일찍이 영국에서는 「T.E. 흄」이 체계를 세워서 나중에는 「T.S. 엘리엇」에 의하여 계승되었다. 문화가 인간적인 것을 세척해 버리고 그 독자의 세계로 증발될 때 그것은 이윽고 진공의 상태에 이를 것이다.
>
> 오늘의 지식계급을 구성하는 사람들은 벌써 어려서부터도 이러한 분위기 속에서 인간을 고려하지 않는 방향에로 지적 훈육을 받아왔다. 문학에 있어서는 이는 고전주의의 체계를 형성함에 이르렀다. <u>「T.E. 흄」은 「빅토리아니즘」의 포화된 인간주의에 대한 비판으로서 이러한 비인간적 고전주의를 생각하였으나 그것은 표면적인 현상이고 오늘에 와서는 이 비인간성이야말로 고도로 발달된 근대문명 그 자체의 본질임이 밝혀졌다.</u> (중략)
>
> 진공의 상태는 사실에 있어서 지극히 순수하고 청결한 상태일 것이다. 그러나 불행한 일은 그러한 너무나 깨끗한 공간에서는 사람은 살 수가 없다는 것이다. 사람의 생존을 위하여는 실로 약간의 탄산「가스」와

---

39 김기림의 수필에 근대 자본주의 세계의 황무지와 같은 허무한 풍경이 나타나고 있다는 점을 선구적으로 분석한 연구로 신범순의 몇 편의 글이 있다. (신범순, 「야생의 식사」, 『바다의 치맛자락』, 문학동네, 2006; 신범순, 「문학과 언어에서의 가면과 축제」, 「종이와 거리의 서판」, 『이상문학연구』, 지식과교양, 2013.) 김기림 수필에서 읽을 수 있는 자본주의와 죽음충동의 맥락에 대한 구체적인 논의는 지면관계상 새로운 논문으로 진행하도록 하고, 이글에서는 본고가 참조한 신범순의 연구를 각주로 제시하는 것으로 대신한다.

「박테리아」를 포함한 다소 불결한 공기가 필요한 것인지도 모른다. 여기에 시에 있어서 인간의 참여를 요하는 근거가 생겨난다.[40] (밑줄 인용자)

　김기림은 "근대문명의 모든 영역에서 인간이 쫓겨나고 있"다고 말하며, "인간의 결핍"이란 "근대문명 그 자체의 병폐"라고 말한다. 그리고 이어지는 문장에서 그는 T.S. 엘리엇의 고전주의를 언급하며 이러한 문학적 사조의 비인간주의를 거론한다. 그러나 여기서 오독하면 안 되는 것은 위에 인용된 부분이 엘리엇의 고전주의를 비판하는 맥락이 아니라는 점이다. 김기림의 언급처럼 엘리엇이나 흄이 비인간성을 표방하며 주장한 고전주의는 "「빅토리아니즘」의 포화된 인간주의에 대한 비판으로" 제출된 문학적 사유이기 때문이다.

　산업혁명의 성공으로 거대한 부를 거머쥐게 된 19세기 영국 빅토리아시대의 중산층들은 이러한 시대적 분위기에 편승하지 못한 공장노동자 등의 사회빈곤계층과 자신을 구별하는 수단으로 교양주의를 추구했다. 이러한 교양주의는 지식과 교양을 획득함으로써 한 인간의 노력에 의해 사회적 한계의 상황을 극복할 수 있다는 점을 보여주는 것 같지만, 교양을 통해 끊임없는 생산되는 계층적 차이는 공간의 거리를 시간을 거리로 바꿈으로써 괴물처럼 세계를 장악하는 자본의 문법을 교양과 지식이 그대로 반복하고 있음을 보여준다. 이와 같이 자본화된 지식과 교양이 영국의 식민주의 담론에 그대로 녹아들었음은 물론이다.[41]

40　김기림, 「오전의 시론―인간의 결핍」, 『김기림 전집』 2, 159~160면.
41　특히 에밀리 브론테의 『폭풍의 언덕』은 부의 가치가 사회를 지배하기 시작한 빅토리아 시대에서 지식과 교양이 부의 가치와 같은 층위에서 신분상승의 기제가 될 수 있었음을 잘 보여주는 작품이다. 이에 대해서는 김경순, 「『폭풍의 언덕』과 『제인에어』에 나타난 빅토리아 시대의 인종차별주의와 식민지 논리」, 『비교문학』 61, 한국비교문학회 2013

그런데 신분상승의 판타지와 긴밀하게 연결되어 있는 이러한 속물적 교양주의는 과학발전 및 산업화의 성공이 가져온 엄청난 사회적 정신적 변화 속에서 기독교와 같은 기존의 종교가 사회의 정신적 기율을 더 이상 수행하지 못하는 사실에 대한 증상적인 현상이기도 했다. 다윈의 진화론과 같은 이론이나 과학적 지식은 인간의 지성사적인 면에서는 엄청난 성취를 이루었다고 할 수 있으나, 다른 한편으로 빅토리아 시대를 살아가는 사람들이 더 이상 종교에서 삶의 안위를 찾지 못하게 하는 원인이 되었다. 이는 결국 정신적인 불안과 동요를 야기시켰고, 사람들은 교양과 같은 인간적 지식을 끊임없이 추구함으로써 정신적 불안을 완화시키려했던 것이다.[42]

그런 점에서 전통을 추구하고 개성을 부정하며 기독교로 회귀한 엘리엇의 고전주의는 "포화된 인간주의"라는 김기림의 표현처럼 인간의 지식이 초래한 비인간성에 대한 비판으로서의 비인간성을 추구한 것이라고 할 수 있다. 김기림이 엘리엇의 "비인간적인 고전주의"는 단지 "표면적인 현상"일 뿐이고, "오늘에 와서 이 비인간성이야말로 고도로 발달된 근대문명 그 자체의 본질임이 밝혀졌다"고 한 것은 오히려 "빅토리아니즘의 포화된 인간주의"를 향한 것이었다고 하겠다. 김기림이 판단컨대 엘리엇의 실수는 "빅토리아니즘의 포화된 인간주의"를 피하려 문학을 "진공의 상태"에 가두어버린 것이다. 이러한 엘리엇의 문학적 지향은 마치 자본주의의 사회를 비판하며 자본제 사회가 생산하는 모든 물질문명들을 거부하고 인간을 피해 어느 깊은 산골짜기로 스스로를 자발적으로 고립시키는 것과 다른 것이 아니다. 그러니

참조.

42 빅토리아 시대의 사회상에 대해서는 리처드 D. 앨틱, 이미애 역, 『빅토리아 시대의 사람들과 사상』, 아카넷, 2011 참조.

까 김기림의 시선에서 엘리엇의 고전주의가 보여주는 비인간성은 "인간의 결핍"을 초래한 근대 세계에 대한 매우 단순한 대응방식에 지나지 않은 것이다.

김기림과 당대 사회를 곤혹스럽게 만드는 것은 "포화된 인간주의"가 역설적으로 초래하는 "인간의 결핍"이다. 이러한 점을 두고 김기림은 「오전의 시론」에서 다음처럼 말하기도 한다. "대체로 「르네상스」는 인간의 발견에 의하여 「휴매니즘」을 부화하였고, 한편으로는 그것을 말살하려는 「카인」인 줄도 모르고 「헬레니즘」에서 「아드리아」의 바닷빛같이 명징한 지성을 배우는 모순을 범하였다."[43] 인간의 지식과 지식에 의해 도야되는 인간의 교양이 인간의 삶을 더욱 풍요롭게 하고 주체적이 되게 하는 것이 아니라 도리어 인간을 배제하고 노예로 만들어 인간을 매마르게 하는 도착적인 사태가 발생했다는 것이다. 이러한 도착적인 사태가 심화된 모습이 바로 지금 21세기 현재 끝없는 자기계발로 내몰리고 있는 우리의 모습이기도 하다. 그러나 이러한 사태 앞에서 김기림은 엘리엇의 비인간성의 방향과는 반대로 "여기에 시에 있어서 인간의 참여를 요하는 근거가 생겨난다"고 자신 있게 말하며 인간이라는 조건을 가능성의 근거로 제시한다.

그렇다면 이것이 어떻게 가능한지에 대한 물음을 묻지 않을 수 없다. 김기림은 자본이 지배하는 세계에 바깥은 없다는 사실을 식민지 조선의 어떤 누구보다도 아주 분명하게 간파하고 있었던 지식인이었다는 점은 더욱더 이런 물음을 묻지 않을 수 없게 한다. 끝없이 인간의 욕망을 탈취해가는 자본의 세계에서, 인간의 지식과 예술적 상상력마저 자본이 삼켜버리는 세계에서,

---

43 김기림, 「오전의 시론─고전주의와 낭만주의」, 『김기림 전집』 2, 164면.

김기림은 어떻게 비인간적인 인간성을 뚫고 인간이라는 조건을 새로운 문학적 예술적 가능성으로 가져올 수 있었는가. 이 물음은 김기림이 추구하고 주장하는 시와 예술이 빈틈없이 꽉 차 있는 자본의 욕망을 뚫고 어떻게 바깥으로서의 타자성을 회복하는가에 대한 물음이기도 하다.

3. 자율적인 예술의 죽음충동과 '몰락하는 시인'

이전의 숭고했던 시인은 더 이상 존재하지 않는다는 의미에서의 '시인의 죽음'을 선언하는 것에서 문학의 시작점을 마련한 김기림은 '예술을 위한 예술'을 주장하는 문학이나 재현담론에 근거하여 문학의 가치를 판단하는 리얼리즘 문학을 '이전의 시'로 배치하며 '이전 문학의 죽음'을 선언한다. 물론 '시인의 죽음'이나 '문학의 죽음'과 같은 김기림의 주장은 시인이라는 존재나 문학이라는 예술이 끝났다는 것을 의미하는 것이 아니라 일종의 역사의 단락이 발생했다는 점을 분명히 하기 위해서이고, 새로운 모습으로서의 시인과 문학을 요청하기 위해서다.

이러한 요청은 현대사회를 자본주의 사회로 규정하는 그의 판단에 근거한다. 세계는 언제나 주인이 있어왔고, 그러한 주인은 끊임없이 바뀌어왔지만, "불란서 혁명 이후 제3계급의 승리에 의하여 새로운 지배계급이 역사의 무대에 등장하였을 때" 새로운 시인의 개념이 출현했다는 것이다. 그것은 "직업시인"[44], 다시 말해 시로 돈을 벌어야 하는 매우 독특한 존재가 출현하게 된 것이다. 이 독특한 존재는 바로 정신노동자로서의 시인이다. 그런데 원래

---

44 김기림, 「시인과 시의 개념」, 『김기림 전집』 2, 291면.

의 개념적 질서를 해체하고 어떤 새로운 개념이 출현했다는 것은 자본주의 사회가 역사적 시간의 흐름에서 어떤 단락을 발생시켰다는 것을 의미한다. 즉, 현대의 시간에 세계사적 전환이 이루어졌다는 것이며, 이러한 세계사적 전환이란 세계가 움직이고 작동되는 방식이 바뀌었다는 것이다. 앞서 살펴본바, 그것은 새롭게 도래한 세계에서 인간의 주체적인 욕망이란 더 이상 불가능하다는 것, 인간이 구축한 지식은 이미 자본의 욕망과 충동대로 순조롭게 작동중이며, 이러한 세계에서 문학예술 및 인간의 모든 지식은 자본의 노예가 되었다는 것, 그런데 이때의 자본—주인은 주인과 노예의 관계에서 화해의 계기로 작동하는 노동의 가능성을 원천적으로 막아버린 주인이라는 것, 그런 까닭에 노예가 아무리 노동을 해도 그 노동은 노예의 근육을 키우는 노동이 아니라 자본의 덩치를 불리는 데 이용되는 노동에 지나지 않게 되었다는 사실 등으로 요약된다.

　　우리가 지금 문제삼지 않으면 아니되는 것은, 그리고 문제삼고 싶은 흥미를 느끼는 것은 현금 「부르조아」와 「프롤레타리아」의 첨예하게 대립한 두 계급의 중간에 부유하는 표백된 창백한 계급으로서의 근대시인이다.
　　이렇게 완전히 공허한 좌석이 계급적 사회의 공소에 설치되었으니 그것이 「부르조아지」가 근대시인에게 최상의 호의로서 증정한 선물인 것이다. 이것은 시인이 「부르조아지」에게 향락의 도구로서의 시를 제공한데 대한 「부르조아지」의 보수인 외에도 제3계급이 귀족과 승려의 손에서 정권을 탈취하기 위하여 투쟁할 때에 시인이 그들에게 제시한 충성에 대한 보수도 포함되어 있을 것이다. 그래서 그 제3계급의 발흥 당시에는 전위적이었고 다분히 혁명성을 띤 시인은 그들이었고, 점유한 지점이 계급적으로 불충실한 여백에 불과한 것이므로 근대 「인텔리겐차」가 전락하고 있는 몰락이 도정을 한가지로 더듬지 않으면 아니되었다. 그 자신의 아무러한 생산적인, 적극적인 생활을 소지하지 못한 시인은 항상「부르조아」의 향락의 방편을 봉헌하는 외에 때때로는「부르조아」의 항구한 승리를 축원하고 그 생활을 예찬하는 부정직한 아첨을 보임으로써「부르조아」의 호위병으로 근무하는 대신에「부르조아」의 팽대(膨大)되는 창고의 일부분으로서 사양(飼養)을 받아왔다. 이러한 인과관계가 상호작용과 반작용을 반복하는 사회에 근대시인은 근대의「인텔리겐차」와 같이 일반적으로 반동성을 띠게 되는 경향이 아주 농후하다.45 (밑줄 인용자)

30년에 발표된「시와 시인의 개념」에서 김기림은 시인이 주인의 자리에 있지 않다는 점을 매우 분명하게 적고 있다. 시인은 부르주아 계급과 프롤레타리아 계급 사이의 '공소에 설치된 완전히 공허한 좌석'에 위치하도록 부르주아지로부터 선물을 받았다는 것이다. 그런데 여기서 김기림은 '선물'이라고 표현하고 있지만 시인에게 이 '선물'의 수령여부에 대한 선택지는 없다. 기존의 시인에게 공허한 좌석으로서의 시인의 자리를 부여한 것이 아니라 어떤 누군가가 시인이 되고 싶다면 이 공허한 좌석에 들어서야 하는 것이기 때문이다. 장사꾼인 부르주아지가 주인이 된 세상이란, 몸속에 흐르는 피가 그의 신분을 결정하는 봉건사회와 달리, 부르주아지가 재산을 잃으면 주인의 자리에서 떨어져나갈 수밖에 없다는 불안정성을 특징으로 한다. 세계의 이 불안정성이 사람들의 마음에 불안을 만들어내고 나락으로 떨어질지 모른다는 죽음의 공포를 느끼게 한다. 이 불안정한 세계의 진정한 주인은 결국 돈이고 자본인 것이다. 그러니까 이러한 세계에서는 식민지 조선에서의 리얼리스트들이 주장하는 것처럼 세계를 조망하고 이를 통해 세계의 모순과 문제를 읽어내며 그러한 문제의 해결 방법까지 사람들에게 제시해줄 수 있

---

45 위의 글, 291면.

는 그런 영웅적인 모습으로 시인은 필연적으로 다시 말해 존재론적으로 존재할 수가 없다. "시인은 이미 몰락하면서 있고 그것이 그들의 현실적인 그리고 필연한 운명"[46] 인 것이다. 시인이 혁명가의 모습이 되는 것도, 부르조아의 아첨꾼이 되는 것도 그것은 시인의 주체적인 선택이 아니라 자본의 선택이며 시인의 운명이다.

그렇다면 자본─주인은 시인의 자리를 하필 왜 계급 사이에 끼어있는 공허한 자리에 마련해두었는가. 그것은 시인이 "그 자신의 아무러한 생산적인, 적극적인 생활을 소지하지 못"하기 때문이다. 이러한 점을 김기림은 프로문학의 관점에서 다음과 같이 말하기도 한다.

> 문제는 「프롤레타리아」 예술은 『어떠한 형태로써 어떤 내용을 필연적으로 가지고 출현하여야 할 것인가』 하는 예술학적 제목은 아니다. 문제는 오직 하나 따로 있다. 어떻게 우리의 시에 전투성을 주입해야 전면적 투쟁에 효과적으로 작용할 수 있게 할까. (중략) 환언하면 시의 전투적 작용이란 미력하다는 말이다. <u>시라는 「연장」에는 「부르」는 아무 고통도 받지 않는다. 그것은 위험성 없는 안전한 「연장」이다. 따라서 무용한 「연장」이다.</u>[47] (밑줄 인용자)

부르주아의 관점에서 봐도, 프롤레타리아의 관점에서 봐도 시인은 무용한 존재이다. 다시 말해 시인은 있으나 없으나 아무런 상관이 없는, 반드시 있어야 하는 것도 또 반드시 없어야 하는 것도 아닌 세상 쓸데없는 그런 무용한 것이다. 프로 시인들이 아무리 자신들을 영웅화하려고 해도 이 사실은 변함이 없다. 시는 미력하기 때문이다. 자본주의 사회가 유지되려면 가치를 끊

---

46 위의 글, 293면.
47 위의 글, 297면.

임없이 축적하려고 하는 자본의 욕망과 충동이 있어야 하고, 이 충동의 힘에 따른 생산과 이러한 생산물의 축적으로 더욱 거센 자본의 충동적 힘을 만들어내는 프롤레타리아의 노동이 필요하다. 현대는 이런 구도로 재편되었고, 이런 세계를 지배하는 법칙은 인간의 품위도 신의 섭리도 아닌 유용성의 법칙이다. 이러한 유용성의 법칙에 따라 시인은 잉여적인 존재로 부르주아지에 기생하여 부르주아지가 던져주는 먹이를 받아먹으며 이 세계에 위치할 수 있게 된 것이다. 플라톤이 자신이 다스리는 공간에서 추방할 정도로 위험하고 숭고했던 시는 현대에 와서는 이렇게 "배설물"같은 그런 존재로 저 밑바닥까지 "몰락하고 있"다.

여기서 강조하자면 시인의 몰락은 '몰락했다'와 같이 과거형으로 표현할 수 있는 그런 완료된 운동이 아니다. 이 세계에 적당한 자리가 없는 시인에게 이 몰락의 정동이 그나마 그가 이 세계에 존재함을 표지하는 것이므로 김기림의 말처럼 시인은 "몰락하며 있"는, 몰락을 자신의 존재형식으로 삼고 있는 그런 존재인 셈이다. 김기림은 이런 "몰락하며 있"는 시인은 "본질적으로 생산적인 것"이 아니라 "최초부터 소비형태에 속한 것"이라고 말한다. 생산에 의한 가치의 축적이 원칙인 이 세계에서 예술은 무용한 것일 수밖에 없다. 그런데 이렇게 생각해보자면 예술은 자본—주인이 지배하는 세계에서 유일하게 생산 없는 소비를 하는 이질적인 것이 된다. 무조건적인 소비와 낭비의 세계를 현현하는 예술은 죽음에의 공포 앞에서 죽음을 끝없이 지연시키며 사물을 생산한 노동이 주인을 위해 마련한 향유와 소모의 세계를 사는 유일한 존재가 되는 셈이다.

이 예술의 세계에서는 노동의 산물인 교양 덕분에 동물과 구분되는 인간적인 삶을 영위하게 된 인간이 노동에 의해 금기시된 에로티즘의 위반의 세계로 들어서는 것이 허용된다.48 향유할 수 있는 에너지를 노동이 쌓아두면 둘수록 "에로티즘의 욕구는 절대적으로 강렬해"진다. 이렇게 "금기는 위반을 낳고, 위반은 금기를 필요로 하"는 "양립불가능한 (그래서 양립할 수밖에 없는) 두 세계가 공존하는 세계에서 인간의 삶은 펼쳐진다."49 자본—주인이 자신의 세계에서 내몰아버린 낭비와 향유의 세계란 인간이 인간적인 삶을 살기 위한 필요조건인 셈이다. 자본—주인이 지배하는 세계에서 인간이 삶을 사는 것이 아니라 삶—죽음을 살 수밖에 없는 사태는 끝없는 생산으로 몰아가는 이 세계가 결코 인간의 조건, 인간 삶의 지평이 될 수 없음을 말해 주는 것이다.

그런데 이렇게 자본이 주인인 세계에서 예술이 몰락을 자신의 존재형식으로 삼을 때, 빈틈없이 꽉차있는 도착적인 구조인 자본주의의 세계에 비로소 빈틈이 열리기 시작한다. 도무지 어디 쓸데가 없는 예술은 이 세계가 유지되지 위해 반드시 필요한 것도 아니고 반드시 필요하지 않은 것도 아니라는 의미에서 잉여적인 존재이다. 부르주아의 삶에 기생해서 살아가는 예술의 이런 잉여성은 예술의 자율적이고 주체적인 선택이 아니라 부르주아들의 호의에 의한 것이라는 점에서 이 세계의 선택이고 산물이다. 자본—주인의 선택인 몰락이라는 삶의 형식을 예술이 자신의 거짓된 숭고함을 과감히 버리고 스스로의 삶의 형식으로 기꺼이 받아들일 때, 다시 말해 생산 없이 소비만 하는 세상 쓸 데 없는 자리를 자신의 것으로 기꺼이 받아들일 때, 마침내 이 세계에는 자본—주인의 욕망과 충동에 어긋나는 방향으로 움직이는 이질적

---

48 조르주 바타유, 조한경 역, 『에로티즘』, 민음사, 1996 참조.
49 황설중, 「헤겔의 『정신현상학』에서 죽음과 의식의 경험—노동과 에로티즘의 관계를 중심으로」, 『헤겔연구』 23, 한국헤겔학회, 2008, 99면.

인 충동이 발생하게 되는 것이다.

모든 것이 분화되고 전문화되는 근대 세계에서 예술도 예외 없이 독자적인 자기만의 영역을 확보했고, 이러한 예술의 자율성은 근대적 예술 개념이 성립하는 데 가장 중요한 조건이라고 할 수 있다. 그런데 김기림의 "몰락하며 있는" 시인의 존재론은 자율성을 획득한 근대 예술 일반의 존재 형식이기도 하다. 예술의 자율성이란 정치나 도덕, 종교의 영역으로부터 예술이 독립되어 있다는 것을 말한다. 예술의 자율성에 근거하여 예술은 정치나 도덕, 종교가 세계를 이해하고 표현하는 만큼의 영역을 이 세계로부터 부여받은 셈이다. 그런데 이러한 예술의 자율성은 예술의 독립성을 말하는 것이기도 하지만 예술이 종교나 도덕과 같은 세계가 추구하는 '선(善)의 가치'로부터 자유로워졌다는 것을 의미하기도 한다. 이는 종교나 도덕적 세계의 가치를 위반할 수 있는 힘을 예술이 가졌다는 것을 의미한다. 예술이 자율성을 획득함으로써 정치나 도덕의 영역으로부터 독립된 세계를 구축할 수 있었으나, 예술의 자율성이라는 예술의 형식 자체가 자기에게 자율성이라는 권능을 부여해 준 체계의 질서를 위협하는 것이 되는 것이다. 그런데 자율적인 예술 개념이 근대적인 분류 체계학에서 비롯된 산물이라면, 예술의 자율성이라는 예술의 형식 자체가 근대적 질서체계에 가하는 위협이란 결국 자기 자신을 공격하는 예술의 자살적인 죽음 충동과 다르지 않은 것이다.[50] 이와 마찬가지로 자본이 주인인 세계에서 "몰락하고 있는" 시인의 존재는 자본-주인의 세계의 산물이지만, 생산은 전혀 하지 못하고 소비와 낭비밖에 할 수 없는 시인이란 존재는 그 자체로 이 세계의 불가능성을 가능하게 만드는 존재가

---

50 '죽음충동으로서의 탈/근대 예술'이라는 논의는 김예리(2013), 앞의 글을 참조.

된다. 결국 "몰락하는 시인"이란 몰락하는 삶의 형식을 통해 자본이 지배하는 세계의 한계를 보여주는 것이다.

그러므로 예술가가 예술의 자율성을 추구한다는 것은 어떤 면에서는 예술의 이 몰락의 운동을 승인하는 매우 마조히즘적인 결단이라고 할 수 있다. 그리고 김기림은 이러한 몰락의 형식을 자신의 시 이론의 핵심으로 가져온다. '「포에시」에 대한 사색의 단편'이라는 부제를 달고 있는 「「피에로」의 독백」은 김기림이 막 비평을 시작할 무렵 발표된 아포리즘 형식의 독특한 글이다. 이 글에서 김기림은 "제2의 의미"와 같은 언어의 파열, "상상−공상이라 함은 현실 위에 떨어지는 감각이 잠간 현실의 구석에서 꿈꾸는 것입니다. 그것은 그 자신조차 모르는 미지의 꽃입니다."와 같은 감각의 파열, "세계에 향하여 다각적으로 움직이는 때 비로소 나는 당신의 혼을 봅니다. 그때에만 당신의 인간은 빛을 뿜어냅니다."와 같은 정체성의 파열을 강조한다.[51] 예술은 근대라는 세계의 구조를 그대로 재현하는 것이 아니라 그 구조를 해체하고 파열한다. 이는 시인이 위대한 영웅이기 때문이 아니라 "피에로"와 같은 조롱받는, 자본주의 사회에 내속된 존재이기 때문에 가능하다.

다시 말해 "몰락하는 시인"이라는 잉여적인 존재형식은 자본주의 사회의 산물이다. 근대라는 보편성은 시인이 그런 존재일 수밖에 없는 구조적 필연성을 해명한다. 그러나 식민지 조선을 살아가는 대부분의 시인들은 자기가 몰락하는 존재일 수밖에 없다는 사실을 제대로 인지하지 못한다. 하지만 이 사실을 운명적으로 받아들일 때 자본주의의 보편 문법, 다시 말해 자본주의의 욕망을 시인은 비로소 인지할 수 있게 된다. 시인 자신이 곧 자본주의 사

---

51 김기림, 「「피에로」의 독백−포에시에 대한 사색의 단편」, 『김기림 전집』 2, 299~303면.

회의 거울이기 때문이다. 이것이 헤겔이 말하는 '구체적 보편성'[52] 이거니와 예술이라는 주관적이고 특수한 세계가 보편적인 세계일 수 있는 하나의 근거가 된다. 이러한 점은 식민지 조선에서 김기림과 더불어 모더니즘 비평이론가로 알려져 있는 김환태의 예술비평론에도 적용된다. 「余는 예술지상주의자—남도 그렇게 부르고 나도 자처한다」[53] 라는 다소 자극적인 그의 비평문의 제목처럼 김환태의 문학비평은 예술비평, 혹은 인상비평으로 불려지고, 김환태 그 스스로도 자신을 예술지상주의자로 규정한다. 이러한 자기규정은 이후의 문학담론이 그를 식민지 조선에서 '순수문학'을 대표하는 비평가로 이해하는 중요한 근거가 되었다. 그러나 문학이 언어를 매체로 표현하는 것인 한 현실적 삶의 입김이 전혀 작동하지 않는 그런 순수한 예술 세계를 사유하는 것이 극히 어려울 뿐 아니라 김환태 스스로도 자신은 그런 존재가 아니라고 말한다.

---

52 특수성의 우연성을 배제하는 추상적 보편성과 달리 구체적 보편성에 대해 지젝은 "자체 내에 보편성이 지각되는 특수하고 우연적인 점으로서의 독자—해석자의 주관적 입장(위치)을 포함하지 않고는 진정한 구체적 보편성일 수 없다"고 말한다. 또한 "현실적 보편성은 특정한 정체성에 대한 부정성의, 자기 자신에게 부적합함의 경험으로 '출현'한다(자신을 실현한다). '구체적 보편성'은 특수한 것과 좀 더 넓은 전체 사이의 관계, 특수한 것이 타인들 및 그것의 맥락과 관련을 맺는 방식이 아니라 오히려 특수한 것이 자신과 관련 맺는 방식, 그것의 특수한 정체성 자체가 내부로부터 분열되는 방식과 관련되어 있다.(…) 간단히 말해 보편성은 오직 좌절된 특수성을 통해 또는 그것의 자리에서만 '대자적으로' 출현한다 보편성은 특수한 정체성 안에 완전히 자신이 될 수 없는 무능력으로 자신을 새겨 넣는다. 즉 나는 특수한 정체성 속에서 나 자신을 실현할 수 없는 한에서 보편적 주체이다."(슬라보예 지젝, 조형준 역, 『헤겔 레스토랑』, 새물결, 2013, 646~650면.) 예술이라는 개념은 예술이 역사나 종교와는 다른 어떤 독자적인 영역이 있다는 사실이 전제되어야 가능한 것이지만, 다른 한편 감정과 감각의 영역으로 분류된 예술의 특수성은 예술이 끊임없이 이탈함으로써 자신의 특수함을 해체한다. 삶과 예술의 경계를 해체하는 아방가르드 예술의 극한은 예술의 소멸이다. 예술 개념의 보편성은 바로 이러한 자신의 특수성을 좌절시킴으로써 가능해진다.

53 김환태, 문학사상자료조사연구실 편, 『김환태 전집』, 문학사상, 1988, 103~105면.

그러나 이렇게 나를 규정함으로써 나의 두상에 일격을 가했다고 생각하는 사람이 있다면 그 사람은 대단한 웃음거리가 될 것이다. 왜? 나는 그들이 생각하는 그런 예술지상주의가 아니기 때문에. 그리고 스스로 예술지상주의자로 자처하고 있기 때문에. 나는 그들이 규정하는 그런 예술지상주의자는 아니다. 그러나 그들과 같이 문학을 정치에 예속시킴으로써, 그곳에서 인생과 문학과의 관계를 맺게 하려는 정치지상주의자도, 한 작품 속에 담긴 사상을 곧 문학으로 아는 그런 내용지상주의자도 아니다. 나는 누구보다도 인생을 사랑하는 사람이다. 그러기 때문에 예술을 또한 무엇보다도 사랑하여, 인생에 대한 사랑과 예술에 대한 사랑을 융합시키고 생활과 실행의 정열을 문학과 결합시키려는 사람이다.(중략)

우리가 한 작품에서 얻는 기쁨이란 그 형식에서도 내용에서도 오는 것이 아니요 형식과 내용으로 분리하지 못할 그것들의 완전한 융합으로서의 작품 그것에서 오기 때문에 우리는 언제나 한 전체로서의 작품 그것에 즉하지 않으면 안된다.

형식과 내용이 따로 있는 것이 아니라 "그것들의 완전한 융합으로서의 작품", "전체로서의 작품"만이 있다는 김환태의 말은 "전체로서의 시"[54] 라는 김기림의 전체시론을 연상시킨다. 물론 김기림이나 김환태가 말하는 각각의 '전체'라는 개념에는 각자의 특수한 문학적 사유가 펼쳐지고 있겠지만 두 사람 모두 문학에서의 형식이라는 요소를 내용과 분리하여 생각할 수 없다는 공통된 주장을 펼치고 있다. 왜냐하면 이들에게 문학적 형식이라는 것은 삶의 내용과 상관없이 이미 존재해 있는 그런 것들이 아니기 때문이다. 그래서 김환태는 비평의 객관성과 보편성은 오직 "주관에 철저함으로써"[55] 가능하다고 말한다. 그리고 그는 "완전한 정신만이 그 완전한 도덕적 규준을 발견할 수 있을 것"[56] 이라고도 말한다. 김환태에게 보편성으로서의 완전한 규준

---

54 김기림, 「오전의 시론—의미와 주제」, 『김기림 전집』 2, 176면.
55 김환태, 「나의 비평의 태도」, 『김환태 전집』, 28면.

은 오직 한 비평가의 철저한 비평적 정신을 통해서만 발견될 수 있는 구체적 보편성이다.

'무의식은 언어처럼 구조화되어 있다'라는 라캉의 유명한 명제가 말해주듯이 말을 내뱉는 순간 우리의 의식이 하려는 말은 이미 정해져있다. 매우 심사숙고한 말도 그런 심사숙고의 방향으로 흘러가게 우리의 무의식이 우리의 의식을 조종한다. 그렇게 때문에 김기림은 시인이 더 이상 이 세계의 문제를 고발하고 비판하는 존재가 될 수 없다고 말한다. 우리가 아는 시인이라는 개념은 직업 시인으로서의 시인이고, 그러한 시인은 자본주의 사회에 내속되어 있는 존재이기 때문이다. 시인이 이 세계의 문제를 고발할 수 있는 유일한 방법은 이 세계의 문법을 승인해버리는 것, 자신이 자본의 자동인형이 되는 것을 기꺼이 받아들이는 것이다. 다시 말해 자신의 특수한 위치를 보편성의 세계와 일치시킴으로써 구체적 보편성의 지위를 부여하는 것이다. 그래서 리얼리스트들처럼 외부의 자리에서, 다시 말해 자본주의 사회에서 몰락하고 있는 자신의 위치를 받아들이지 않은 채 자본주의를 비판하는 것이 아니라 그러한 운명을 그대로 문학의 형식으로 전유하고, 그러한 형식을 통해 현실 너머의 불가능을 상상하고 가능성을 탐색하는 것이다. '무엇을 말하고 있는가'와 같은 질문이 아니라 '어떻게 말하고 있는가'와 같은 형식의 층위로 올라설 때[57] 문학은 비로소 자본의 충동을 비추는 거울이 될 수 있기 때문이다.

이렇게 죽음충동이 사라진 도착적인 자본주의 세계에서 김기림은 자본주의의 문법을 끝까지 밀고 나가는 것으로 출구가 없어 보이는 세계에 구멍을

---

56 위의 글, 29면.
57 김기림, 「관념결별」, 『전집1』, 326면.

낸다. 그것은 식민지 조선의 리얼리스트들이나 빅토리아 시대 시인인 엘리 엇처럼 스스로를 예외적 존재가 됨으로써가 아니라 불안으로 가득한 세계에 철저하게 내속됨으로써, 다시 말해 몰락하는 시인이라는 정체성을 문학적 형식으로 전유하면서 가능했다. 몰락하는 시인의 정체성을 문학적 형식으로 전유한다는 것은 몰락의 파토스로 가득 찬 시인의 내면을 언어로 표현하는 작업을 포기한다는 뜻이기도 하다. 김기림 문학담론에서 '내면성의 부족'[58] 은 김기림 문학의 한계로 종종 지적되어 왔지만, 사실 이는 그의 한계라기보다는 식민지라는 현실, 나아가 자본—주인이 지배하는 세계를 돌파하는 시인에게 그의 문학이 제안하고 있는 (불)가능한 시인의 형상이다. 김기림은 이 형상에 '움직이는 주관'[59] 이라 이름 붙이기도 하고, '각도'[60] 라는 이름을 부여하기도 했다. 이에 대해서는 다음 절에서 조금 더 논의해보겠다.

4. '움직이는 주관'과 문학공동체의 가능성

앞서도 잠깐 언급했듯이 30년대 중후반 식민지 조선에서 수필장르는 자기 인격의 도야라는 차원에서 교양주의 담론과 긴밀하게 얽혀있었다. 그런데 이때 긍정적인 시선이든 부정적인 시선이든 관계없이 수필에 대해 언급한 거의 모든 문인들은 자기의 표현으로서의 고백이라거나 인간 내면의 반성, 지식과 융합되는 삶으로서의 교양의 함양, 사상이 침투된 삶으로서의 윤

---

58 김기림의 문학에는 내면의 깊이와 현실에 대한 반성적 의식이 부족하다는 비판은 송욱 이래로 김기림 문학의 한계로 지속적으로 지적되어 왔다.(송욱, 『시학평전』, 일조각, 1963.)
59 김기림, 「시와 인식」, 『김기림 전집』 2, 77면.
60 김기림, 「오전의 시론 – 각도의 문제」, 『김기림 전집』 2, 169면.

리적 태도의 발현 등과 같은 맥락처럼 한 인간의 내면적 성장에 초점을 맞추었고, 이런 개인의 내면적 성장을 통한 교양 있는 인간 사회로의 발전 등과 같은 내용들을 다루었다.[61] 그러나 김기림은 매우 독특하게도 수필에서 '스타일'과 같은 형식의 문제를 거론한다.

　　수필이 가지는 우월성은 무엇보다도 문장에 있다. 나는 최근에 와서 문장이라는 것에 새로운 흥미를 느끼고 있다. 문학이라는 것은 필경 「언어」로써 되는 것이고 언어의 「콤비네이슌」이 문장이다. (중략) 대상을 어떻게 말하는가. 그것은 「스타일」의 문제가 된다.
　　작가의 개성적인 「스타일」이 가장 명료하게 나타나는 것이 문학의 어느 분야보다도 수필에 있어서다.
　　한편의 수필을 조반 전에 잠깐 두어 줄 쓰는 것처럼 생각하는 것과 같은 잘못은 없다. (중략) 나는 차라리 수필이야말로 소설의 뒤에 올 시대의 총아가 될 문학적 형식이 아닌가 하고 생각한다.
　　문학의 젊은 병사들로부터 새로이 음미되고 있는 「버틀러」의 「육체의 길」이라든지 「로렌스」의 저작은 대부분이 소설로서는 파격의 것이고, 근대문학의 최고봉이라고 하는 「율리시스」나 「올더스·헉슬레」의 소설은 이미 소설이라고 부르는 것이 좋을까 말까 하는 논의조차 있지 않은가.
　　향기 높은 「유머」와 보석과 같이 빛나는 「윗트」와 대리석같이 찬 이성과 아름다운 논리와 문명과 인생에 대한 찌르는 듯한 「아이로니」와 「파라독스」와 그러한 것들이 짜내는 수필의 독특한 맛은 이 시대의 문학의 미지의 처녀지가 아닐까 한다. 앞으로 있을 수필은 이 위에 다분의 근대성을 섭취한 가장 시대적인 예술이 되지나 않을까.[62]

여기서 김기림이 말하는 것은 수필이 부르주아에 의해 시작된 근대의 장

---

61 이에 대한 자세한 내용은 김현주, 앞의 글 참조.
62 김기림, 「수필·불안·「카톨릭시즘」」, 『김기림 전집』 3, 109~110면.

르라 할 소설의 뒤를 잇는 문학적 형식이라는 것이다. 그가 이렇게 판단하는 근거는 수필이 "작가의 개성적인 「스타일」이 가장 명료하게 나타나는" 문학이기 때문이다. 글쓰기의 대상과 글쓰기의 주체가 일치하는 수필의 글쓰기는 형식이 곧 내용이고 내용이 곧 형식인 차원의 글쓰기일 수밖에 없고, 이렇게 본다면 수필은 소설처럼 하나의 보편적 장르 개념이 포괄할 수 있는 그런 문학이 아니라 하나의 작품이 그대로 하나의 형식이 되는 독특한 문학적 형식이라고 할 수 있다. 즉, 한명의 작가가 그대로 하나의 장르가 될 수 있는 문학이 바로 수필이다. 그런 점에서 수필이란 매우 단독적인 것이다.

그런데 수필의 이러한 단독성은 작가가 내면이라는 자신의 아주 내밀하고 은밀한 부분을 용기 있게 고백했기 때문에 획득되는 수필 문학의 특성이 아니다. 그런 점에서 수필 문학에서 핵심은 많은 식민지 조선의 문인들이 지적하는 것처럼 자기의 표현이나 자기도야에 있는 것이 아니다. 사실 근대 문학에서 시인이나 소설가도 결국에는 자기를 말하고 자기를 고백하는 사람이다. 일본의 사소설이 그러하거니와 이광수나 염상섭은 물론이고 김소월이나 정지용도 마찬가지다. 문학이라는 제도가 식민지 조선 수입된 이후의 모든 문학은 예외 없이 자기를 고백하는 자기에 대한 글쓰기일 수밖에 없다.[63] 그럼에도 소설과 구분되는 수필이라는 개념이 필요한 이유는 무엇인가.

사실 두 종류의 글쓰기 모두 자기를 이야기하는 글쓰기라는 점에서 근대의 학문체계에서 소설과 수필을 구분할 수 있는 결정적인 기준은 없다. 그러나 수필의 글쓰기는 언제나 소설이라는 제도에 익숙한 독자의 기대에 모자라거나 넘치는 방식으로 작가나 독자에게 경험된다는 특징을 갖는다. 버틀

---

63 황종연, 「문학이라는 역어」, 『한국어문학연구』 32, 한국어문학회, 1997 참조.

러나 로렌스의 소설, 그리고 제임스 조이스의『율리시스』나 올더스 헉슬리의 작품들을 두고 김기림은 "소설로서는 파격의 것"이고 "이미 소설이라고 부르는 것"이 가능할지 의심이 될 정도로 소설의 경계를 넘어서고 있다고 말한다. 이것은 이들의 작품들이 소설의 형식을 넘어서고 있는 경계의 문학이라는 점을 말하고 있는 것이며, 소설과 같은 장르이론으로 문학 작품들을 규정할 수 없는, 다시 말해 장르라는 체계를 넘어서는 부분이 이 소설들에는 존재한다는 것을 의미한다.64 김기림은 "소설의 뒤에 올 시대의 총아"라는 표현으로 수필을 설명하면서 몰락하는 소설의 세계의 끝자락에서 만나게 될 문학적 형식으로 수필을 규정한다. 그런 점에서 수필은 소설과 같은 층위로 분류될 수 있는 근대적인 장르의 하나가 될 수 없다. 자본주의 세계에서 시인의 위치가 잉여적이듯, 수필 역시 근대적 분류 체계로서의 예술 개념에서 적당한 위치를 부여받기가 애매한 잉여적인 글쓰기인 셈이다. 김기림이 수필 문학을 논의하면서 '스타일'을 가장 먼저 언급한 것은 수필이야말로 근대를 넘어서는 글쓰기라는 점을 더불어 말하고 있는 것이다.

"수필이 가지는 우월성은 무엇보다도 문장에 있다"는 김기림의 말처럼 작가는 수필을 쓰면서 소설가가 소설을 쓸 때 받는 모든 형식적 규제로부터 자유로워진다. 그럼에도 작가가 한편의 글을 완성할 수 있는 것은 글을 쓰면서 자신만의 스타일을 만들기 때문이다. 게다가 수필은 절대적으로 자유로운 글쓰기이므로 한번 만들어진 스타일을 작가가 계속 반복해야 할 의무도 없

---

64 한국문학에서 이러한 모습을 보여주는 전형적인 작가가 이상이다. 한국에서 출판된 여러 버전의『이상문학전집』은 거의 모든 버전이 이상의 문학을 시와 소설 그리고 산문(혹은 수필)로 분류하고 있지만 이는 매우 임의적인 것이며 이상의 작품은 이 체계에서 자꾸만 벗어나려고 한다는 특징을 갖는다. 그래서 그의 산문은 때때로 시나 소설로 분류되고, 그의 소설과 시는 때때로 산문으로 분류된다.

다. 오히려 작가는 수필을 쓰면서 매번 새로운 형식을 만드는 것으로 자신의 스타일을 완성해간다. 다시 말하지만 완성하는 것이 아니라 완성해가는 것이다. 수필의 형식은 끊임없이 새로운 형식으로 대체될 수 있기 때문이다. 여타의 식민지 문인들이 말하는 것처럼 수필이 교양의 신장과 자기도야로서의 문학일 수 있는 것은 바로 이 스타일 덕분이다. 그리고 이 스타일은 자기완성을 향해가지만 영원히 미완의 형식일 수밖에 없다. 그러므로 수필은 자기도야의 글쓰기일 뿐만 아니라 언제나 미완성의 텍스트이다.

인간이 죽음에 이르러야 마침내 삶이 완성되는 동시에 더 이상 삶일 수 없게 되듯이 스타일을 창조하며 글을 쓰는 사람은 영원히 미완의 글쓰기를 하는 사람일 수밖에 없다. 그런 점에서 수필과 같은 자유로운 글쓰기를 하는 사람은 자기를 도야하는 글쓰기를 하는 사람인 동시에 자기도야 자체를 자기 몰락으로 경험하는 사람이다. 글을 쓰는 행위를 통해 작가는 자기가 배울 것, 다시 말해 자기에게 없는 것을 주체적으로 만들어간다. 이것이 자기도야이고 공부(工夫)의 핵심이다. 공부란 어떤 특정한 코스웍을 따라가는 것이 아니라 자기가 모르는 것을 만들어가는 과정이다. 그러므로 내가 공부를 한다는 것은 지금까지의 나를 부정하는 것이다. 이는 나를 끝없이 몰락시키는 것이며, 그런 의미에서 죽음을 매번 새롭게 경험하게 하는 것인 동시에 가장 수준 높은 자기에 대한 사랑이다.

이러한 몰락하는 시인의 정체성을 자신의 문학적 방법론으로 제시하고 있는 것이 바로 정체성의 파열과 재구축을 반복하는 과정으로서의 '움직이는 주관'[65] 이다. 김기림의 이 독특한 주체론은 내면의 형식이 그러한 것처럼 근

---

65 김기림, 「시와 인식」, 『김기림 전집』 2, 77면.

대적 주체의 고정되어 있는 정체성을 끊임없이 파열하고 해체하며 다시 재구축하는 역동적인 과정 그 자체를 지시하고 있는 형상으로 죽음 속에 내속된 삶의 역동성이 다시 되살아난 주체론이라고 할 수 있다. 몰락하는 시인의 정체성을 문학적 형식으로 전유한다는 것은 몰락의 파토스로 가득 찬 시인의 내면을 언어로 표현하는 작업을 포기한다는 뜻이기도 하다. 내면을 표현하기 위해서는 고정되어 있는 단일한 정체성이 전제되어야 하는데 이 정체성을 끝없이 부정하는 그 과정 자체가 김기림에게는 중요하기 때문이다. 이렇게 몰락이라는 형식 자체를 시인의 정체성으로 삼으면서 김기림에게 형식은 곧 내용이 된다.

혼히 김기림의 '전체시론'을 '내용과 형식의 종합', 혹은 '리얼리즘과 모더니즘의 종합'으로 설명하며, 이런 시선의 연장선상에서 해방공간에서의 김기림을 '중간파'로 규정하곤 한다. 그런데 이러한 논의들이 전제하고 있는 것은 문학과 현실, 혹은 문학과 정치의 관계를 서로 구분되는 두 항으로 설정하고 있는 선명한 이분법이다. 하지만 김기림의 '전체시론'은 이런 이분법 자체를 거부하고 있는 주장이다. 김기림에게 문학의 형식이나 기술은 언제나 사회적 현실이나 정치적 현실의 변형과 재배치의 문제와 긴밀하게 연결되어 있는 개념이다. 김기림에게 문학적 형식은 현실을 어떻게 '변형'할 것인가에 초점이 맞추어져 있었고, 이런 변형을 통해 현실 스스로가 현실 권력의 허위를 발설하도록 유도하는 것에 문학의 초점이 맞추어져 있었다. 그런데 여기서 중요한 것은 김기림이 말하고 있는 현실 권력의 허위를 발설하는 자의 위상이다. 앞서 살펴본 것처럼 초기 시론에서 김기림은 시인의 사회적 기능에 대한 과다한 믿음을 경계하며 시인을 철저하게 자본주의 세계에 내속시켰다. 그러므로 시인의 욕망은 자본의 욕망과 다르지 않고, 그가 하는 말은 모두 자본이 하는 말이다. 그렇다면 현실 권력의 허위를 발설하는 자는 누구인가.

몰락하고 있는 존재로 처해있는 비극적인 자신의 운명을 스스로의 존재 형식으로 승인할 때, 다시 말해 '움직이는 주관'이라는 새로운 문학적 주체의 형상을 자기 정체성의 파열과 재구축의 끝없는 과정 그 자체로 정의할 때, 시인의 언어에는 그의 의식뿐만이 아니라 무의식까지 노출될 수밖에 없다. 이를 두고 김기림은 "전연 생각하지 않던 어떤 단어와 단어 사이의 새로운 관계, 이러한 방면에 시인을 기다리는 영역이 처녀림대로 가로누어 있"[66] 다고 했거니와, 이렇게 될 때, 시인들은 '경계의 언어'를 쓰는 존재로 규정된다. 그리고 시는 전혀 새로운 언어로 재구성된 세계이므로 시와 현실 사이에는 건널 수 없는 간극이 놓여진다. 시는 현실이라는 세계를 반영하고 재현하는 것이 아니라 현실의 언어로 번역하지 않으면 알 수 없는 미지의 대상이 되고, 시인의 주관으로부터도 독립하여 시가 "시인의 감정과 의지 위에 입각하는 것으로서 제1인칭 혹은 제2인칭의 것"이 아닌 "사물을 재구성하여 시로서 독자의 객관성을 구비하는 그러한 새로운 가치의 세계"[67] 를 구성한다. 이것이 바로 김기림이 현대시가 나아가야할 방향이라고 제시하는 '객관주의'이다.[68]

시가 "독자의 객관성을 구비하는 그러한 새로운 가치의 세계"가 될 때, 시인이 그 작품을 썼다고 하더라도 시는 더 이상 작가의 소유물이 될 수 없다. 오히려 시인은 자신의 정체성을 파열시킴으로써 자본의 문법에 갇혀 살아가는 독자들이 새로운 가치의 세계를 경험할 수 있게 하는 일종의 매체가 되며

---

66 김기림, 「「피에로」의 독백―「포에시」에 대한 사색의 단편」, 『김기림 전집』 2, 299면.
67 김기림, 「객관세계에 대한 시의 관계」, 『김기림 전집』 2, 118면.
68 김예리, 앞의 글(2013), 93~94면.

시는 작가와 독자를 매개하는 하나의 문학 담론적 공간이 된다. 이러한 공간에서 무수한 말들이 생산되고 전달될 것은 물론이다. 다시 말해 세계의 허위를 발설하는 것은 어떤 작가 개인의 역할이 아니라 작품을 매개로 작가와 독자 사이에서 이루어지는 소통과 전달, 그리고 이러한 전달 행위 속에서 성립되는 문학 담론적 공간 그 자체이다.[69]

> 말이 개인의 목소리에 얽매여 있으면서, 그 문법 체계가 널리 통하는
> 보편성을 가지며, 의미 연합과 성음 조직이 심리적·생리적 제한 안에서
> 도 또한 어떤 일반성을 가지게 되는 것은 개인의 생활이 곧 사회생활에
> 연이어 있고 거기 포섭되어 있고 접해 있는 때문이다. 말의 사회성을 말
> 할 적에 자칫하면 말은 사회의 산물이라는 뜻으로 알기 쉬운데, 그런 의
> 미의 연약한 관련이 있는 게 아니라 <u>말이야말로 사회를 성립시키는 요인
> 의 하나라</u> 하는 게 더 옳겠다.[70](밑줄 인용자)

김기림의 이러한 문학적 사유는, 시가 시인 개인의 주관의 발현이 아니고 시가 사물을 재구성하여 시로서 독자적인 객관성을 구비하는 그러한 새로운 가치의 세계를 의미하는 '객관주의'를 현대시가 나아가야 할 방향으로 설정하고 있는 30년대 시론부터 '시인—시—독자'라는 3자적인 사회적 모델의

---

69 이러한 점은 앞서 잠시 언급한 김환태의 문학비평에도 적용된다. 김환태는 작품과 이를 수용하는 독자의 상호관계를 매우 중요하게 생각했다. 임세진은 이러한 점에 착목하여 김환태의 비평을 수용미학적인 관점으로 접근하기도 한다.(임세진, 「수용미학적 관점에서 본 김환태 비평 연구」, 『인문학논총』 30, 경성대학교 인문과학연구소, 2012.) 본 논문의 최초 목표는 김기림과 김환태의 모더니즘 비평 이론을 통해 자본주의의 세계에서 문학의 존재를 어떻게 이해할 수 있는가를 살피며 식민지 조선의 모더니즘 문학의 특수성을 살펴보는 작업을 수행하는 것이었다. 그러나 분량의 한계로 이번 논문에서 김환태 문학비평에 대한 논의는 각주의 내용으로 간략히 대신하고 다른 논문에서 진행하는 것으로 하겠다.
70 김기림, 『문장론 신강』(『김기림 전집』 4), 23면.

관계를 제시하며 이러한 구도 속에서 이루어지는 시의 경험을 강조하고 있는 『문장론 신강』(1950)이나 『시의 이해』(1950)와 같은 해방 후의 문학론에 이르기까지 일관되게 표출된다.

특히 『문장론 신강』에서 김기림은 유독 문자로 써진 '글'보다는 '말'을 강조하는데, '말'이 '글'보다 우수하기 때문이 아니라 '말'과 달리 '글'은 그것을 쓰는 사람이 유달리 자기 존재를 의식하게 됨으로써 읽는 사람에 대하여 깊은 책임감을 가지지 않고, "글의 전달성이라는 주요한 사회적 기능을 돌보지 않는, 쓰는 사람만의 독선적인 자기 도취에 빠지기 쉽다"[71] 는 이유에서이다. 여기서 나의 말이나 글을 듣거나 읽는 타자의 존재를 의식하지 않는 일이 문제가 되는 이유는 말이나 글은 사회의 산물이 아니라 사회를 성립시키는 요인이기 때문이다. 김기림은 『시의 이해』에서도 이와 유사하게 '시인―시―독자' 사이에 이루어지는 "시의 경험"에 대한 논의들을 강조한다. 이러한 삼자적인 관계구도 속에서 이루어지는 시의 경험은 서정적 세계 속에서 세계와 동일시되는 자아를 향유하는 것이 아니라 시인과 시와 독자의 복합적인 텍스트 구조로 형성된 문학공동체를 구성하고, 이 속에서 향유되는 시, 혹은 예술은 "기록된 가치의 집적"[72] 으로 그 존재가치를 부여받는다. 이 기록된 가치의 집적들이 우리 사회의 방향성을 결정하고 그 방향으로 사회를 추동하는 것은 물론이다.

해방공간에서 김기림에게 정치적 행위만큼이나 문학이 중요한 것은 바로 이 때문이다. 해방공간의 김기림이 '문학가동맹'으로부터 멀어진 것은 물론 표면적으로는 그가 열기 가득한 정치적 공간에서 후퇴하여 차가운 아카데미

---

71 위의 글, 44면.
72 김기림, 『시의 이해』(『김기림 전집』 2), 268면.

공간으로 후퇴한 것이고, 자료 역시 그렇게 말해주고 있지만, 그 자료의 이면에 남아있는 김기림의 내면은 오히려 가장 정직하고 치열한 정치적 행위를 문학을 통해 하고 있었던 것이라 할 수 있다. 이러한 점을 증언하는 것이 바로 1950년 3월에 썼고, 같은 해 5월 『문학』에 발표된 「소설의 파격 ─「카뮈」의 「페스트」에 대하여」[73] 이다.

이 글은 우선 외국문학을 소개하고 비평하는 일반적인 문학 비평처럼 읽힌다. 그러나 카뮈가 이 소설을 쓸 때, 한 도시를 폐허로 만든 페스트라는 전염병이 사실은 카뮈가 제2차 세계대전이라는 전쟁의 알레고리로 가져온 것이라는 점, 그리고 사람들이 죽어 실려나감에도 불구하고 페스트 상황임이 공식적으로 선포되기까지 아무도 그것이 페스트임을 단언하지 못한 채 그 사건을 불신하거나 외면하거나 회피하는 부조리한 상황에의 사실적인 묘사가 이 소설 1부의 내용이라는 점[74]과 김기림이 이 소설에 주목한 시기가 한국전쟁 직전인 50년 3월이라는 사실은 시대의 변화를 객관적으로 보곤 했던 김기림이 이 소설을 무작위로 선택하여 비평을 하고 있는 것은 아니라는 점을 말해준다.

철학적 소설의 다음 종류는 어떤 의미, 이루어진 철학적 명제를 설교하는 게 아니라, 어떤 철학적 과제를 소설 속에 해명하며 증명해 나가는 것이다. 그것은 한 「도그마」로서 제시되는 것이 아니라, 가설로서 제출되는 것이다. 그러한 소설의 흥미는 내건 해답의 논리성에 있는 것이 아니라 가설 자체의 절실성과 아울러 그 작품 속에서 작가가 시험한 운산의 과정에 달려 있는 것 같다. 어느새 독자는 작가와 한몸이 되어 그 작품 속에서 문제의 해결을 향하여 함께 몸부림치고 딩굴게 되는 것이다.

73 김기림, 「소설의 파격 ─「카뮈」의 「페스트」에 대하여」, 『김기림 전집』 3, 184~194면.
74 김화영, 「부정을 통한 긍정」, 알베르 카뮈, 김화영 역, 『페스트』, 책세상, 1991, 417면.

김기림이 이 소설을 통해 가장 먼저 강조하는 것은 앞서 언급한『문장론 강화』나『시의 이해』에 등장한 소통의 관계로서의 문학공동체의 형상이다. 카뮈의 소설은 이념을 강제하거나 설교하는 것이 아니라 제출된 가설에 대한 해답의 논리성을 보여주는 소설이며, 해답을 찾으려는 움직임이 작품을 매개로 작가와 독자가 마치 한 몸처럼 뒤엉켜 서로의 생각과 사유를 전달하고 소통할 수 있게 하는 소설이라는 것이다. 그리고 김기림은 이러한 소통과 토론의 공간을 만들어내는 것이야말로 카뮈 소설의 파격적인 측면이라고 본다. 그런데 중요한 것은 공감과 소통의 연대가 작가와 독자의 관계에서도 구축되지만, 소설이 그려내고 있는 소설적 세계 속의 인물들 간에도 구축됨으로써 페스트라는 절망적 상황을 집단의 공통한 운명으로서 구성원들이 분담하는 모습을 보여주며, 이러한 소설적 장면은 "민족 생활의 새로운 건설"이라는 우리의 민족적 반성의 과제를 던져준다는 데 있다. "최소공배수 안에 모든 개인 개인을 휩쓸어 넣는" 전쟁이나 "좌·우·중간의 갖은 사상의 선풍"으로 혼란을 겪었던 전후 프랑스 사회에 소설에서 카뮈가 보여주는 타자와의 소통의 연대는 한 해결의 서광을 보여주었다는 것이다. 다시 말해 "개산(槪算)에서 늘 부스러 떨어졌던 억울한 조각조각의 문제, 전체의 이름 밑에 말살되기 일쑤이던 부분의 문제, 사회적인 거시적 개괄에서 늘 무시되어오던 심리의 미시적인 음영의 문제"가 이 소설을 통해 다시 떠오른 것이라고 김기림은 평가한다.

"만일 문학이 공동체에 중요한 무언가를 증언한다면, 그것은 나 안에 타율성을 도입하는 이 장치를 통해서 가능하다."[75] 라는 랑시에르의 말처럼 해방

---

75 자크 랑시에르, 양창렬 역,『정치적인 것의 가장자리에서』, 도서출판 길, 2008, 208면.

공간의 김기림이 일관되게 의도했던 것은 분명해 보인다. 그것은 바로 전체화되고 체계화되는 세계 속에 끊임없이 균열을 생산하는 것, 그리고 이러한 생산이야말로 바로 문학이 해야 하는 역할이며 문학이 할 수밖에 없는 임무라는 것이다. 해방공간에서 김기림의 텍스트가 말해주는바, 김기림에게 중요한 것은 어떤 특정한 이념의 선택이 아니라 그러한 이념을 통해 체계화되는 사회가 그것의 지배하에 전체화되는 세계의 방향성에 끊임없이 제동을 걸고, 이를 통해 사회가 전체주의적인 사회로 고착되지 않을 수 있는 방법을 모색하는 것이다. 그것은 전체화되고 동일시되는 사회에 타자의 목소리를 부여하는 것이고, 이를 통해 말의 소통과 전달의 작업 속에 공동체적 연대의 가능성을 끊임없이 탐색하는 것이다. 그리고 이러한 작업은 김기림에게 문학과 예술의 몫이다. 그래서 김기림은 시인의 정신은 현재 속에 안주할 수 없으며 현재와 미래의 그 경계선을 끊임없이 이동하고 움직여야 한다고 강조한다.

> 시인의 정신은 현재 속에조차 안주할 수가 없다. 그것은 차라리 미래 속에 사는 것을 명예로 삼을 것이다. 하물며 과거 속에 살려함이랴. 정확히 말하자면 시인의 정신은 늘 현재와 미래가 나누이는 지점에 위치한다느니보다도 이동하는 것이다. 그것은 현실의 진실한 모양과 의미를 파악함으로써 거기 발생하며 자라나가는 이상의 싹과 요소에 가장 민감하며 또 그것을 북돋아가는 정원일 것이다.[76] (밑줄 인용자)

시인의 정신이 어딘가를 점유하며 '위치'해있는 것이 아니라 '이동'하는 힘이라는 것을 말하고 있는 위 인용문은 김기림이 1946년 개최된 전국문학자

---

76 김기림, 「우리 시의 방향」, 『김기림 전집 2』, 138면.

대회 강연문의 일부분이다. 하지만 시인의 정신의 핵심은 이동에 있다는 이 말은 그가 1930년대 초반 발표된 시론들에도 등장하는 내용이다. 그것은 바로 '움직이는 주관'이라는 김기림의 독특한 주체론이다. 시인은 끊임없이 정신을 이동시켜야 한다는 것에서 이동이라는 공간적 이미지의 언어를 '현재와 미래'라는 시간의 이미지로 전치시키며 타자의 시간으로서의 미래와 나의 시간으로서의 현재를 연결시키는 김기림의 수사는 타자와의 관계 속에서 형성되고 구성되는 현재의 역동성과 유동성을 시인에게 요청하는 것이다. 소통이 이루어지는 문학 담론적 공간의 중요성에 대해 강조하는 김기림의 비평은 현대의 주인은 자본이라는 인식과, 작가라는 존재가 세계의 모순을 파악하고 그것을 해결해나가는 낭만주의적인 영웅의 자리에 있지 않다는 객관적 사태파악에서 출발하는 것이라 할 수 있다. 오히려 김기림은 예술가의 존재를 철저하게 자본이 지배하는 사회에 내속시킴으로써 그러한 예술가 존재를 통해 문학적 소통이 이루어지는 헤테로토피아적인 문학공동체가 나타날 수 있게 하는 지평을 상상하고 이러한 장소에서 수많은 언어들을 쏟아내는 다중 주체로서의 새로운 예술 주체성을 상상한다. 타자와의 역동적 관계성으로 표출되는 김기림의 이러한 새로운 예술 주체성은 점점 더 우리의 욕망을 잠식해가는 자본의 욕망에 대응하여 우리가 선택할 수 있는 하나의 삶의 양식이 될 수 있을 것이다.

5. 결론

지금까지 본고는 산업자본에서 인지자본으로 자본의 중심이 이동하면서 예술에 발생한 여러 변화들을 탐색하고 있는 최근의 예술에 대한 관점을 문필노동자 혹은 지식인노동자라는 정체성과 그들이 생산하는 비물질노동이 문제가 되기 시작한 30년대 식민지 조선의 문학에 적용해봄으로써 자본의 시대에 자본에 종속될 수밖에 없는 예술과 예술가의 새로운 가능성을 살펴보았다. 출판 자본의 확대라는 사회적 변화는 식민지 조선에서의 예술가들의 정체성을 혼란하게 만들었고 자본의 질서에 깊숙하게 속해버린 예술과 예술가들은 상품이라는 자본의 논리 속으로 휘말려 들어갔다.

향유할 수 있는 죽음에 대한 권리를 우리에게서 앗아간 자본은 인간을 자본의 욕망과 충동을 실현하는 자동인형으로 만들었고, 우리의 정신적 사유를 노예의 노동으로 전유하여 세계 전체를 포획하였다. 이렇게 죽음충동이 사라진 도착적인 근대 자본주의 세계에서 김기림은 자본주의의 문법을 끝까지 밀고 나가는 것으로 출구가 없어 보이는 세계에 단락을 만들어 내며 새로운 삶의 가능성을 탐색한다. 그것은 식민지 조선의 리얼리스트들이나 빅토리아 시대 시인인 엘리엇처럼 스스로를 예외적 존재로 위치시킴으로써가 아니라 불안으로 가득한 세계에 철저하게 내속됨으로써 몰락하는 시인이라는 비극적인 시인의 정체성을 문학적 형식으로 전유하면서 가능했다. 이러한 문학적 사유가 가능했던 것은 김기림이 외부를 상상할 수 없는 자본의 상품 질서와 자본의 시대, 이 질서 속에 수용될 수밖에 없는 예술가의 운명을 매우 분명하게 인식한 작가였기 때문이다.

이러한 점은 추상화되고 측정 가능한 물질노동이 구성하는 세계에 대한 재현으로 인식되는 예술이 물질노동과 유사한 비물질노동의 형상으로 세계에 직접 참여하고 있다는 점을 그가 포착했다는 것을 의미한다. 그리고 이러한 포착에서 해방기까지 이르는 그의 문학적 여정은 시작된다. 시인은 현재 몰락하고 있는 존재일 뿐이라는 김기림의 철저한 현실인식은 비슷한 현실

인식 속에서 너무나 빨리 '문학의 죽음'을 선언한 가라타니 고진과는 달리 그의 문학적 사유의 출발점이 되어 마침내 문학공동체라는 담론의 공간에까지 이르게 된 것이다. 특히 '움직이는 주관'이라는 그의 모더니즘 시론은 형식과 내용이 얽혀있는 변증법적인 힘으로 몰락하고 있다는 시인의 사태를 시인의 존재론으로 승화시킨다. 끊임없이 자신의 정체성을 파열하는 이 몰락의 존재론은, 말할 권리를 잃어버린 자본주의 사회에서 노동하는 인간이 말할 수 있는 가능성의 지평을 열어주며, 이런 방식으로 김기림은 공동체의 가능성을 우리에게 보여준다. 말할 권리를 되찾은 세계에서 우리의 교양과 문화가 발전할 것은 물론이다. 해방기 김기림이 개진한 민족 문화와 세계문학에 대한 논의[77]는 그의 모더니즘 문학 이론이 삶의 기율로 녹아들어간 그의 문학적 사유라 할 수 있다.

특히 해방기 보여주는 이러한 김기림의 문학적 사유는 그의 시 「태양의 풍속」에서의 "세계는 나의 학교 여행이라는 과정에서 나는 수 없는 신기로운 일을 배우는 유쾌한 소학생이다"와 같이 스스로를 세계 시민으로 간주하는 태도와 분리하여 생각할 수 없을 것이다. 김기림이나 본문에서 잠깐 언급한 김환태는 모두 영문학이라는 외국문학 전공자이며 일본 유학의 경험을 가지고 있는데, 이러한 점은 이들이 상상의 공동체로서의 민족이라는 추상적 보편성을 넘어서서 세계라는 구체적 보편성을 문학적으로 전유할 수 있게 된 중요한 바탕이었다고 생각된다.[78] 언어의 이동이나 공간의 이동에 대

---

77 김기림의 세계문학론은 김한성, 「김기림 후기시 연구」, 『한국문학연구』 45, 동국대학교 한국문학연구소, 2013 참조.

78 이러한 이동의 방법론은 문학사가 김윤식의 문학사연구방법론으로 전유되기도 했다. 이에 대해서는 김예리, 「방법으로서의 이상 ─김윤식의 이상문학연구에 대하여」, 『구보학보』 22, 구보학회, 2019 참조.

한 경험은 이들이 자율성이라는 근대적인 예술 개념을 예술의 독자성이라는 의미로만 이해하는 것이 아니라 근대의 체계를 파괴하는 죽음충동의 발현이라는 또 다른 예술의 형상으로도 이해할 수 있게 된 계기로 작용했을 것이다.[79]

흔히 김기림의 문학은 시의 기교적이고 기술적인 측면에 집중하는 초기 모더니즘과 시의 사회적 역할을 강조하는 중기 전체시론, 그리고 해방 전후 그가 보여주는 민족공동체에 대한 인식 및 문학가동맹에의 참여 등의 사실에 근거하여 리얼리스트로 그의 문학적 지향점이 전환되고 있다고 정리된다. 김기림의 이와 같은 다층적이고 일견 모순적으로 다가오는 모습들을 작가론과 같은 연구방법으로 정리하려고 할 때, 가장 합리적인 방법은 연구대상이 시간의 흐름에 따라 변화를 보였다는 식으로 정리하는 것이다. 그러나 이런 관점에서 시간의 지평은 김기림이라는 한 인간의 삶과는 상관없이 과거에서 현재를 통과하여 미래로 흐르는 것으로 전제되어 있고, 그러한 지평 위에서 김기림의 시간을 분절하고 있는 것에 지나지 않는다. 그리고 이렇게 추상적인 시간의 지평 위에 한 명의 문학가를 위치시키는 것은 사실 김기림이 벗어나려고 했던 바로 그 근대의 화법이기도 하다. 김기림 시론에서 시간은 우리의 삶에 앞서 흐르는 추상적인 어떤 것이 아니라 삶 속에 내재해있는 것이며 삶 그 자체이기 때문이다. 이 사실을 놓칠 때 김기림의 문학은 매우 모순적으로 다가온다. 중요한 것은 이러한 모순을 지적하는 것이 아니라 변증법적으로 얽혀 있는 그의 문학의 구도를 살피는 것이다. 이러한 문제의식 속에서 본 연구는 식민지 조선의 모더니즘을 읽는 새로운 방법으로 자본의

---

79 이러한 부분은 좀더 보충적인 논의가 필요하다고 생각된다. 이에 대한 논의는 후속 논문의 작업으로 남겨둔다.

욕망을 제시하며, 이를 통해 자본주의 세계를 살아가는 우리의 삶에 문학과 예술이 어떤 가능성을 제시하고 있는지를 살펴보았다.

정지용 시에 나타난 감각의 전환 연구*

청각적 특성을 중심으로

/

김미라

1. 들어가며

　근현대시사에서 가장 처음 '감각적'이란 수식어를 부여받은 시인인 정지용의 시들은 오감을 느낄 수 있는 생생한 이미지로 가득 차 있다고 해도 과언이 아니다. 월탄 박종화는 정지용의 시는 그냥 읽기만 해서는 안 되며 그 시에 나타나는 보고, 듣고, 맛 볼 수 있는 다양한 감각을 느껴야 "비로소 아는 사람"이라 말할 수 있다고 평가했다.[1] 이렇듯 정지용의 시에서 읽히는 '감각'[2] 의 다양성에도 불구하고 오늘날 정지용 시에 드러난 '감각' 연구 대부분

---

* 이 논문은 『한국현대문학연구』 제63집(2021.04.30)에 게재한 것이다.

1 "비로소 나는 지용의 시풍을 확실히 파악할 수 있었다. 그는 가장 날카롭게 말을 고르고 가장 민첩하게 감각을 표현시켜 상글한 몇줄 깨알같은 활자 위에 미꾸라지 같은 발랄한 감각을 함빡 쏟아놓는 것임을 알았다. 지용의 시는 읽기만 해서는 안 된다. 눈으로 활자를 보며 활자 종이 밑으로 나타나는 정경의 그림을 보고 귀로 그 시 속에 나타나는 소리를 듣고 두 코로 날듯날듯한 냄새를 벙싯벙싯하여 맡고 혀끝으로 활자의 박힌 까만 먹의 맛을 단가 쓴가 매운가 신가 한 구 한 자씩 핥아야만 비로소 아는 사람이오 알고 있는 사람이라 할 것이다. 이럼으로써 지용은 신감각파의 시인이다." (박월탄, 「감각의 연주─정지용시집(상)」, 『매일신보』, 1935.12.12., 1면.)

2 감각이란 주로 인간의 오감(五感)과 등가적인 것으로 이해되곤 하지만, 그렇다고 감각이

은 그 시각적 측면에 집중되어 왔다. 1930년대의 주요한 문학 사조인 모더니즘의 가장 분명한 특징이 이미지의 인식을 가능케 하는 '시각성'과 그것을 표현하는 언어에 대한 시인의 분명한 자각[3]에 있음을 고려한다면, 정지용 시의 주된 감각이 시각성으로 파악되고 그 시적 주체 역시 보는 주체로 이해되어온 것은 일견 당연하다 여겨질 수도 있겠다.

정지용의 시편들을 시각성의 문제로 다루고 있는 대표적 연구로는 남기혁[4], 이광호[5], 나희덕[6] 등을 꼽을 수 있다. 이들은 '보는 주체'[7]라는 개념을

오감으로 획득되는 이미지에 국한되는 것은 아니다. 김우창과 신범순은 각각 이광수의 『무정』과 김기림의 수필을 인용하며 당대의 '감각적'이라 일컫는 것이 낯선 풍물과 풍경 속에서 일어나는 체험적 차원의 감정까지 아우르고 있음을 밝힌다. (김우창, 「감각, 이성, 정신」, 『한국문학이란 무엇인가』, 민음사, 1995, 19면; 신범순, 『한국 현대시의 퇴폐와 작은 주체』, 신구문화사, 1998, 59~60면 참조.)

3 김예리, 「정지용의 시적 언어의 특성과 꿈의 미메시스」, 『한국현대문학연구』 36, 한국현대문학회, 2012, 320면.

4 남기혁, 「정지용 초기시의 '보는 주체'와 시선(視線)의 문제―식민지적 근대와 시선의 계보학 (2)」, 『한국현대문학연구』 26, 한국현대문학회, 2008, 161~201면; 「정지용 중후기시에 나타난 풍경과 시선, 재현의 문제―식민지적 근대와 시선의 계보학(4)」, 『국어문학』 47, 2009, 국어문학회, 111~148면.

5 이광호, 「정지용 시에 나타난 시선 주체의 형성과 변이」, 『어문논집』 64, 2011, 민족어문학회, 241~264면.

6 나희덕, 「1930년대 시의 '자연'과 '감각'―김영랑과 정지용을 중심으로」, 『현대문학의 연구』 25, 2005, 한국문학연구학회, 7~37면; 「1930년대 모더니즘 시의 시각성: '보는 주체'의 양상을 중심으로」, 연세대학교 박사학위 논문, 2006.

7 근대적 개인을 구성하는 중요한 특질로서의 시각성은 '눈'을 통해 '보는 사람'을 시각장을 통어하는 주체로 구성한다. (주은우, 『시각과 현대성』, 한나래, 2017, 24면.) 근대의 개인이란 곧 '보는 주체'로 '봄'으로써 '앎'을 확인하고, '앎'이라는 지식적 권능을 통해서 주체성을 획득하게 되는 것이다. (노명우, 「시선과 모더니티」, 『문화와 사회』 3, 한국문화사회학회, 2007, 48~50면 참조.) 이렇듯 근대에서 시각이 지닌 성질은 근대의 개인을 일종의 순환적 구조에 배치한다. 그러나 이는 그 개인이 눈앞에 보이는 풍경인 '시각장'을 통제할 수 없게 되었을 때 필연적으로 주체성의 분열을 불러온다. 이러한 시각적 특성은 고정된 시각을 가진 '보는 주체'라는 관점을 정지용의 시적 세계에 그대로 대입하여 객체화된 대상의 표면적 '가시성'으로만 그 본질로 이해하게 만든다. 동시에 식민지인의 정체성을 지닌 정지용의 시적 화자가 시각장을 완전히 장악하지 못하도록 함으로써 근대에 포섭될 수 없는 실패

통해 정지용 문학의 근대성을 논의한다. 하지만 이단비[8]가 예리하게 지적한 바 있듯이, 이 논의들은 결론적으로 정지용의 시각적 인식과 근대적 주체의 그것이 분명히 다르다는 점을 확인하며 정지용 시의 주체가 근대적 시각 주체로 환원될 수는 없음을 입증한다.[9]

　해당 연구들은 정지용의 시각이 근대성의 틀 안에서 획득될 수 없는 것이 었음을 인식하면서도 역설적으로 그것을 벗어났기에 새로운 근대성을 확립하였다고 주장한다. 이와 같은 관점은 결국 근대성과 비근대성으로 구분 짓는 이분법적 분석에 기여함으로써 정지용 문학에 대한 논의가 근대성 바깥으로 확장되는 것을 저해한다. 더 나아가 이는 정지용 후기시에 나타난 시각 중심적 시의 전개 방식에서의 탈피를 근대성으로부터의 구원으로 작동하는 중기의 '카톨리시즘'과 동양적 사상을 담은 후기의 '산수시'로 이행해나간 것으로 평가하는 논의와 연결된다. 이러한 분석의 흐름 역시 정지용의 시적 세계에 대한 이해를 넓히고 발전시키기보다는 오히려 시적 한계를 분명히 하는 데에 일조한다.

　이상의 맥락에서 청각성은 정지용 문학의 감각을 새롭게 읽어낼 하나의 방법론으로서 주목이 요청된다. 청각이란 기본적으로는 소리에 대한 자극에 반응하는 것을 뜻한다. 낭송되던 시가 읽는 시로 변화한 지점에서 발생한 한

한 주체로 형상화한다.

8　이단비, 「정지용 시에서 '듣는 주체'의 출현과 '들음listening'의 감각」, 연세대학교 석사학위논문, 2016, 3면.

9　먼저, 남기혁은 식민제국의 타자로 시선 권능을 장악할 수 없는 무력한 '보는 주체'였기에 '그리는 주체'로 거듭나고자 했다고 해석한다. 이광호는 정지용이 「백록담」과 같은 시에 이르러 미학적 자기 망각에 도달하여 근대적 시선 주체의 지위를 허물어버림으로써 정지용의 시적 주체가 완전한 근대적 시각성을 지닌 주체로 환원될 수 없다고 판단한다. 나희덕은 정지용 시에 나타난 시각적 이미지가 다른 모더니스트들과 달리 "감정의 철저한 절제를 통해 한국적인 경험과 정서를 새롭게 표현"했다고 본다.

국의 현대시는 대개 음악과 작별한 것, 곧 청각성의 상실 혹은 결핍으로 받아들여져 왔다. 그런데 이는 시의 형식적 측면만을 고려한 것으로 시의 내용적 측면, 즉 시가 가진 행위성을 배제하고 있다. 애초에 한국 현대시의 청각성이란 들리는 리듬에만 국한되어 있지 않았다.10 따라서 한국시가 전근대적 리듬과 작별한 것과 청각성과 결별한 것은 구분되어야 마땅하다. 이러한 측면에서 정지용의 시를 접근할 때, 근대 이후에 상실되었다고 이해되는 한국시의 청각적 특성은 다시금 회복될 가능성을 가진다. 더 나아가서는 정지용을 기점으로 소리, 소음, 침묵의 관계성을 명료하게 하는 특성으로서의 청각성을 통해 한국 현대시에서 나타난 청각성의 계보를 새롭게 제시해볼 수도 있겠다.11

---

10 유종호는 한국시의 중요한 특색으로 그 산문적 성격을 지목하며, 우리나라에서는 외국과 같은 운문과 산문의 개념을 성립할 수 없다고 주장한다. 한국시가 해외에서 수입되어 온 양식을 차용하면서도 영미시의 규칙적 리듬을 따르지는 않고 있기 때문이다. 영미시의 성격은 운율을 기반으로 결정되는 반면, 한국 현대시의 성격은 음수율에서 탈피함으로써 이루어졌다.(유종호, 박숙희 편,『유종호 전집 1: 비순수의 선언』, 민음사, 1995, 25~26면.) 한국시에서 말하는 내재율 역시 기실 지극히 모호한 것이라 보는 유종호의 이와 같은 분석은 결국 한국시에서 운율을 기준만으로 시의 청각성을 논의할 수 없음을 말해준다.

11 정명교도 지적하고 있듯이 전후에 활동한 김수영과 1980년대에 활동한 기형도에게서도 정지용과 유사한 청각적 면모를 분명하게 목격할 수 있다. (정명교,「한국시사에서의 문자적인 것의 기능적 변천−이상으로부터 기형도에 이르는 긴 여정 안에서」,『인문과학』116, 연세대학교 인문과학연구원, 2019, 5면.) 특히 정지용과 마찬가지로 김수영에게서 본고에서 다루고 있는 감각의 전환이 목격되고, 김수영과 기형도 모두에게서 소리로서의 침묵에 대한 지점이 발견된다는 것은 매우 흥미롭다. 이를 다루는 논문들은 다음과 같다.
나희덕,「김수영의 매체의식과 감각적 주체의 전환」,『현대문학의 연구』40, 한국문학연구학회, 2010, 467~496면.
이미순,「김수영의 시론과 '소음'」,『어문연구』91, 어문연구학회, 2017, 185~210면.
장석원,「김수영 시의 소리와 역동성」,『한국근대문학연구』19, 한국근대문학회, 2018, 375~405면.
김미라,「기형도 시에 나타난 '침묵' 모티프」, 서울대학교 석사학위논문, 2020.
김수이,「불완전하게 듣는 자의 윤리−기형도 시에서 '소리'의 위상과 '청자−화자'의 역할」,『한국문화융합학회』41, 한국문화융합학회, 2019, 1251~1288면.

이와 같은 작업을 위해서는 먼저 근대 주체의 감각적 인식을 타파하는 과정이 필요하다. 한국시의 감각 문제를 이해하는 데에는 감각을 그 자체의 존재론적 위상 혹은 그것의 사건성으로 포착하는 고봉준[12] 연구가 유용한 관점을 제시해준다. 고봉준은 한국의 근대시 연구가 "'감각'이라는 사건을 개인 주체의 고유한 경험에 귀속시킴으로써 근대적 주체의 탄생에 기여하는 방향에서 논의"되어 왔다고 진단한다. '감각'을 한 주체적 개인이 객체적 대상과 맺는 관계 내지는 경험으로 전유하여 주체─대상이라는 환원불가능한 구분이 전제되어 버린 것이다. 그러나 '감각'이란 기실 주체와 대상이 명확하게 구분되지 않는 "실재성을 향한 열림의 사건"이다.

위의 내용을 참조점으로 삼으면 오늘날 감각의 인식적 차원이란 기실 감각적 인지를 분리하는 시각보다는 그것을 통합하는 청각에 더 가깝다는 것을 확인할 수 있다. 월터 옹[13]에 따르면 청각성은 청자가 접하는 외부의 감각을 내부로 합치시켜 외부와의 분리가 아닌 내부와의 조화를 유도하기 때문이다. 듣는 행위는 청자에게로 소리가 모여와 그 세계가 그를 에워싸고 존재의 핵심에 위치하도록 함으로써 내외부의 경계를 무너뜨린다. 본고는 정지용 시의 청각성이라는 특질이 시각적 특성으로부터 발생된 시적 화자의 풍경과 내면의 거리감을 축소 및 삭제하여 통합하는 것은 물론, 각 개인을

---

12 고봉준, 「근대시에서 감각의 용법」, 『한국시학연구』 28, 한국시학회, 2010, 7~29면 참조.
13 "시각은 인간에게 한 때에 한 방향으로 밖에는 정지할 수 없게 한다. 즉 방을 본다거나 풍경을 보기 위해서는 눈을 이리저리 움직이지 않으면 안 된다. 그러나 들을 때에는 동시에 그리고 순간에 모든 방향으로 소리가 모여 온다. 즉 우리는 자신의 청각 세계의 중심에 있다. 그 세계는 우리를 에워싸고 우리는 감각과 존재의 핵심에 위치해 있는 것이다. 소리의 이러한 중심화 효과를 하이파이 스테레오는 매우 세련된 방식으로 이용하고 있다. 우리가 듣는 것 속에, 즉 소리 속에 잠길 수는 있으나, 마찬가지 방법으로 시각 속에 잠길 수는 없다." (월터 J. 옹, 『구술문화와 문자문화』, 이기우·임명진 역, 문예출판사, 1995, 114면.)

규격화하고 규범화하는 근대성을 극복하고자 하는 저항적 성격을 내포하고 있다고 본다.

지금까지 정지용 시를 청각성의 관점에서 접근하고 있는 논의는 안상원[14]과 이단비[15]가 있다. 안상원은 후기 시편들에서 드러나는 청각적 이미지와 구체적 생활 세계의 연관성을 읽어 낼 때, 일반적으로 근대성에서 전통성의 이행으로 이해되는 정지용의 시적 세계의 변모과정이 도리어 일관적인 확장성을 가지며, 동시에 시적 주체의 태도에서 적극성을 발견할 수 있게 된다고 주장한다. 이단비는 정지용의 초·중기에서 후기로의 이행은 모더니즘의 실패나 퇴행이 아닌 근대의 '들림'을 받아들이는 것에서 후기의 적극적인 '들음'으로 나아가는 것으로 청각적 감각을 통해 타자의 '들림'을 향하여 '나'를 개방하는 '타자에 대한 열림'의 수행을 보여준다고 분석한다.

다만 안상원의 경우에는 청각적 이미지 분석에 주력하여 이러한 이미지들이 정지용 시편의 전반에 구축하는 청각적 성격을 구체적으로 규정짓지는 않았으며, 이단비의 수동적인 '들음'으로부터 발전된 '듣는' 주체는 '청종' 행위에 기반 한 것으로 종교적 관점에 머물러 근대로부터의 '구원'을 요청하는 기존의 '카톨리시즘'적 성격을 뛰어넘지는 못했다는 아쉬움이 남는다. 본고가 다루고자 하는 통합된 감각으로서 청각성은 능동적 '들음'을 통해 근대적 체계를 극복해나가면서 정지용 시에서 포착되는 청각적 이미지를 더 적극적으로 해석하여 그 행위를 종교적 또는 동양적 사상의 풍경 바깥으로 끌어낸다는 장점을 지닌다.

---

14 안상원, 「정지용 시의 청각 이미지 연구」, 『한국문예창작』 12, 한국문예창작학회, 2013, 9~32면.
15 이단비, 앞의 글.

이러한 장점을 극대화하기 위하여 본고는 정지용의 문학이 지향하던 청각적 특성이 좀 더 본격적으로 드러나기 시작한 중·후기시를 분석 대상으로 삼는다. 정지용의 초기 시들이 기차, 뱃고동 소리, 말 울음 소리 등 근대적 문물과 그 소리가 보다 크고 명확한 대상들에 집중되어 있는 반면, 초기에서 중기로 이행하는 시들은 귀를 기울여야 들을 수 있는 작은 소리들을 포착하려 한다. 그리하여 후기에 이르면 작은 소리를 만드는 대상들과의 거리가 상당히 좁혀지고 시적화자와 외부 세계가 통합하여 조화를 이루는 것을 발견할 수 있다.

2. 근대적 소리의 침입과 신경증

「流線哀傷」을 기점으로 정지용의 시는 이전과 다른 지향점을 보여주게 된다. 그것은 무엇이 '소음'이 아닌 '소리'가 될 수 있는가에 대한 인지의 차이에서 발생한다. 이러한 지점은 신범순이 해당 작품을 "신경증이 최초로 시 텍스트 속에서 문자화되어 표출된 것"[16]이라고 분석한 것과 함께 고려되어야 할 필요가 있는데, 그것은 신경증이 전차, 자동차, 기계 등 근대 도시에 다양한 형태의 소리가 출몰함으로써 발생한 것이기 때문이다.[17] 근대 체계에

---

16 신범순, 「정지용의 시와 기행산문에 대한 연구－혈통의 나무와 德 혹은 존재의 平靜을 향한 여행」, 『한국현대문학연구』9, 한국현대문학회, 2001, 202~203면.

17 현대음악 작곡가인 샤페르(Murray Schafer)는 산업혁명과 전기혁명으로 번성하게 된 새로운 소리 현상이 일방향적이고 인공적인 성격을 지녔다고 본다. 이러한 근현대의 소리들은 사람들을 "개성이나 역동성이 없는 영속적인 기조음에 종속"시키고, 무감각적인 소리들의 영속은 "기계적 행위의 기계적 주체"와 같이 삶에 무감각해지게 만든다. (이찬규, 「가스통 바슐라르의 질료적 상상력에 나타난 청각적 경험과 소리의 풍경」, 『한국프랑스학논집』97, 한국프랑스학회, 2017, 86면.)

속한 육체가 필연적으로 통과해야 하는 정신적이고 신체적인 과정이었던 이 질병은 청각적 자극에 대한 예민한 감응이었다.[18] 정지용은 그러나 신경증적 반응에 침식되는 것이 아니라, 시의 은유와 상징을 통해 "당대 신경이라는 의학적 징후에 반응"[19]하면서 그것을 일종의 시적 전략으로 삼았다.[20] 그러한 예로서 우선 가장 가까이에서 소음이 되는 '시계'의 소리 문제를 다루는 다음의 시를 살펴보자.

> 한밤에 壁時計는 不吉한 啄木鳥!
> 나의 腦髓를 미신바늘처럼 쫏다.
>
> 일어나 쫑알거리는 「時間」을 비틀어 죽이다.
> 殘忍한 손아귀에 감기는 간열핀 목아지여!
>
> 오늘은 열시간 일하엿노라.
> 疲勞한 理智는 그대로 齒車를 돌리다.
>
> 나의 生活은 일절 憤怒를 잊었노라.

---

18 신경증은 또한 당대 조선 사회에서 특히 신문물을 통한 근대화 과정에 누구보다 밀접했던 지식인층에서 왕성하게 발생하던 담론이기도 했다. 다음과 같은 당시의 신문기사에서 이를 발견할 수 있다.
「신경쇠약은 봄철에 심하다―병 되는 원인을 잘 살피고 속히 퇴치해야 한다.」,『동아일보』, 1929.4.5.
안종길,「신경쇠약은 어떤 병인가―특히 청년기에 많은 영적 신경쇠약에 대하여」,『동아일보』 1934.2.26.; 1934.2.28.; 1934.3.4. (해당 글은 3회에 나누어 연재되었다.)
19 김용희,「정지용 시에 나타난 신경쇠약증과 언어적 심미성에 관한 일 고찰」,『한국문학논총』47, 한국문학회, 2007, 234면.
20 신범순 역시 정지용의 데카당스적 우울과 신경증이 부정적인 것만은 아니라고 본다. 이는 오히려 '민감한 감수성의 촉각'으로 다른 사람들이 붙잡아내지 못하는 사물의 미묘한 측면들을 포착함은 물론 "표현하기 힘든 부분들을 표현할 수 있는 능력으로 변모"하기 때문이다. (신범순,『한국 현대시의 퇴폐와 작은 주체』, 신구문화사, 1998, 86면.)

窓琉璃안에 설네는 검은 곰 인양 하품하다.

꿈과 같은 이야기는 꿈에도 아니 하란다.
必要하다면 눈물도 製造할뿐!

어쨌던 定刻에 꼭 睡眠하는 것이
高尙한 無表情이오 한 趣味로 하노라!

明日!(일자日字가 아니어도 좋은 永遠한 婚禮!)
소리업시 옴겨나가는 나의 白金체펠린의 悠悠한 夜間航路여!
— 「時計를 죽임」 전문21

이 시에서 화자는 자신의 집에 걸린 '벽시계'를 자신의 '뇌수'를 쫓는 '탁목
조(딱따구리)'에 비유하고 있다. 딱따구리는 그 이름과 같이 '딱딱'거리는 소
리를 내면서 나무를 쪼아 구멍을 낸다. 마치 이 새처럼 '똑딱'거리는 시계 소
리는 화자의 의지와 상관없이 지속적으로 시간의 진행을 알리면서 다음 할
일을 향해 '나'를 바짝 쫓아 압박과 긴장감을 불러일으킨다. 근대인의 삶이란
정해진 시간에 맞추어 먹고 자고 일하는 정확한 리듬에 따라 이루어져야 하
기 때문이다. 근대의 자본주의적 노동과정은 고도로 정확한 시간 측정과 동
작 관리를 통해 노동의 결과에 대한 생산성과 효율성을 요구했고, 시간 의식
과 시간 리듬은 이를 추구하기 위한 중요한 요소였다.22 근대인의 육체는 이
러한 일련의 과정을 통과하며 일정한 시간적 규율에 맞추어 생활하도록 최
적화되었다.

---

21 『카톨릭青年』 5호, 1933.10, 54면. (정지용, 『정지용 전집 1: 시』, 최동호 엮음, 서정시학,
2015, 160면에서 재인용.)
22 서범석 외, 『근대적 육체와 일상의 발견』, 경희대학교출판국, 2006, 55~56면.

따라서 잠이 오든 오지 않든 간에 "어쨌던 定刻에 꼭 睡眠하는 것"은 필수적인 근대인의 생활조건이었다. 게다가 매번 정확한 시간에 맞추어 일상생활을 영위하는 것은 '시간관념'을 가지는 것으로 가치 있고 의미 있는 삶의 양식이었다.[23] 어떤 감정도 담기지 않은 '무표정'임에도 불구하고 제때에 취침하는 것이 '고상'한 것이자 '취미'가 될 수 있는 것 역시 그러한 이유이다. 시계는 근대적 삶의 최정점에 존재하는 사물[24] 이었다.

마크 스미스는 "시간의 소리가 식민주의의 선봉이었던 것"[25] 이라고 평하기도 하는데[26], 이는 시의 중반부에서 화자가 '열시간'을 일하고 나서 '분노' 조차도 잊고 "窓琉璃안에 설네는 검은 곰 인양 하품"하게 되는 것과도 무관하지 않다. 시계의 소음에 맞춰 움직이는 생활방식에 길든 근대인은 이제 그것에 분노하는 감정조차 잊고 기계적으로 반응하게 된 것이며, 그러한 기계적인 일상의 반복 속에서 사람은 단지 한 명의 일꾼으로서, 마치 팔리기 위해서 상점의 쇼윈도에 보기 좋게 진열된 '곰인형'과 다를 바가 없다.

---

23 『별건곤』16/17호 (1928.12)는 교육/문화계에 종사하는 27명의 명사들에게 하루의 생활을 사용하는 방식을 설문하여 싣고 있다. 이 특집은 독자들에게 하루 일과의 시간적 배분에 대한 관심을 촉구하려는 의도를 가진 것으로, 일종의 문화적 생활표를 작성하려는 당대의 시도를 보여준다. (정근식, 「시간체제와 식민지적 근대성」, 『문화과학』 41, 문화과학사, 2005, 150면.) 이와 같은 글에서 시간을 효율적이고 체계적으로 사용하는 것이 가치 있는 삶의 방식임을 심어주려는 의도를 포착할 수 있다.

24 시계가 1900년대 이후 근대매체에 빈번하게 등장하는 광고물품이었다는 사실은 1900년대 중반 즈음에서는 시계의 사용이 상당히 보급화 되었으리라 추측할 수 있다. 시계 혹은 시간관념의 보편화는 일상에 질서와 통제를 가져오며 이 역시 근대적 권력 체계의 부산물이었다. (서범석 외 6인, 위의 책, 55~56면.)

25 마크 스미스, 김상훈 역, 『감각의 역사』, 성균관대학교 출판부, 2010, 109면.

26 스미스는 16세기의 유럽인들이 시계의 종소리와 같이 "잘 다듬어진 소리 기술"과 자본주의적 가치를 수출하여 그들이 정복한 식민지 원주민들의 육체를 길들였다고 쓰고 있다. 이러한 방식으로 유럽인들은 원주민들의 노동력을 착취하는 한편 식민화된 육체에 자신들의 권한을 인식시켰다. (마크 스미스, 위의 책, 같은 면.)

둔탁해진 감정과 감각은 근대의 규율적 체계에 잠식된 육체의 특징이다. 정지용 시편에 드러나는 신경증적 반응은 근대 의학의 관점에서는 과도한 정신적 반응으로 병적인 특질을 보이는 것으로 고려되기에 문제적이라 여겨질 수 있지만, 아이러니하게도 이러한 지점에서 신경증은 하나의 시적 전략으로 기능할 수 있게 된다. 신경증이야말로 근대성의 침입에 반응하는 신체적 척도이기 때문이다. 신경증은 위에서 설명한 '근대인'의 기준에서 벗어남으로써 '건강함'의 범주에 포함될 수 없고, 한 사람을 정상적 근대인의 기준에 미달하게 만드는 요소이다. 하지만 그러한 이유로 신경증은 도리어 육체성의 소모 여부를 판별케 하는 새로운 기준이 된다. 다음의 산문들에서는 소음에 대한 시인의 좀 더 직접적인 신경증적 반응을 목격할 수 있다.

> 1) 時計가 운다. 울곤 씨그르르...... 울곤 씨그르르...... 텁텁한 소리가 따르는 것은 저건 무슨 故障일가. 짜증이 난다.
> 종이 운다. 이약 鐘으로서 무슨 재차븐하고 의젓지 않은 소리냐. 어쨌든 유치원 이래로 여운을 내보지 못한 소리다.
> ─「비」부분27

> 2) "(...) 아무리 노동꾼이기로 또 노래를 불러야 일이 쉴하고 불고하기로 듣기에 엉ㄹ골이 와락와락 하도록 그런 소리를 할것이야 무엇있읍니까. 그 소리로 무슨 그렇게 신이나서 할 것이 있는지 야비한 얼골짓에 허리아래ㅅ등과 어깨를 으씩으씩 하여가며 하도 꼴이 그다지 愛嬌로 사주기에는 너무도 나의 神經이 가늘고 약한가 봅니다."
> ─「肉體」부분28

---

27 『조선일보』, 1937.11.9. (정지용, 앞의 책, 646면에서 재인용.)
28 『조선일보』, 1937.06.10. (정지용, 앞의 책, 662면에서 재인용.)

첫 번째 산문은 앞선 시와 마찬가지로 시계가 유발하는 소음으로 인한 상황을 그리고 있다. 시의 은유적 표현과 달리 정지용은 이 글에서 시계 소리를 '텁텁함'이라고 수식한다. 더 나아가 이것을 일종의 '고장'이라고 보며, "짜증이 난다"는 감정을 직설적으로 서술한다. 이어서 그는 종소리에도 반응을 보이는데, 그것은 재차 반복되는 종소리가 의젓하지 않기 때문이다. 그것은 "유치원 이래로 여운을 내보지 못한" 소리만을 만들어내며, 시계와는 또 다른 근대적 소리의 문제점인 '깊이'의 결여를 드러낸다. 이는 다음에 이어지는 시 분석에서 자세히 후술할 예정이다.

다음에 이어지는 산문은 외부에서 들려오는 사람들의 소리가 신경을 건드리고 있음을 기록하고 있다. 이 소리는 육체노동을 하는 일꾼들이 부르는 일종의 노동요인 셈인데, 시인은 '육체'가 아닌 '신경'으로 사는 까닭에 "육체노동자로서의 특수한 비평과 풍자"를 읽지 못하는 것일까 라고 말하며, 약간의 반성 또는 자책을 하면서도 여전히 그러한 유의 소리가 자신에게 소음이 된다는 것 자체를 부정하지는 않는다. 근대의 소리가 만들어내는 소음이란 종류나 크기에 따라서만 결정되지 않는 주관적 영역에 포함되기 때문이다.

두 산문의 일부에서 드러나는 것과 같이 근대적 삶이 발생시키는 다수의 소리는 사람들에게 적지 않은 피로감을 초래했다. 이는 특히 두 번째 글에서 보는 것과 같이 휴식을 누려야 하는 생활공간과 일터가 지나치게 가까워진 근대적 도시 공간의 특징에서 비롯되기도 한다. 주변 공간이 변화하면서 소음에 장시간 노출되는 환경이 조성된 것이다. 그러나 공간적 문제 외에도 기계적이고 단조로운 소리가 일정한 간격으로 반복되는 근대적 소리의 특징 또한 무시할 수 없다. 소음에 오랫동안 반복적으로 노출되다 보면 신경증은 자연스레 발동되었다. 이러한 근대의 소음 세계로부터 벗어나고자 하는 이야기가 다름 아닌 「流線哀傷」이다. 본고에서는 특히 「流線哀傷」에서 어떻게 소음으로 인하여 소모된 근대인의 육체성에 대한 문제가 나타나고 있는지를 짚어보려 한다.

주지하다시피 「流線哀傷」이 다루고 있는 시적 대상에 대해서는 그간 많은 논란이 있었다. 오리부터 자동차, 악기, 자전거, 담배 파이프, 안경, 축음기 등 지금까지 주로 유선형의 모습이나 움직임을 가진 사물들이 그 대상으로서 논의되어 왔다.[29] 그러나 이 시의 시적 대상에 대한 규정 불가능성 혹은 불필요성[30], 즉 해당 시의 시적 대상에 대한 복원 욕구를 배제하는 것은 시의 정황을 좀 더 명징하게 파악하게 하는 이점을 가진다. 이 시의 해석을 불명확하게 만드는 '꿈'이나 '은유적 세계'에 가깝게 그려내는 시의 이미지를 유리된 재현을 의미하는 것이 아닌 근대 문명에 대한 비판으로서 '새로운 현실'을 구성하는 것[31]으로 읽어낼 수 있기 때문이다. 그 현실을 작동하는 중심축에는 '소리'의 문제가 자리한다.

특히 해당 시에서 나타나는 소리 묘사는 이 시를 분석하는 선행 연구들의 시적 대상 탐구에도 주요한 실마리를 제기하였는데, 이러한 서술은 다만 시적 대상에 대한 일종의 추론 근거로서만 작용하는 것이 아니라 이 대상이 지

---

29 소래섭, 「정지용의 시 「유선애상」의 소재와 의미」, 『한국현대문학연구』 20, 한국현대문학회, 2006, 264~266면.

30 신범순은 처음에 이 작품의 대상을 거리에 버려진 현악기라고 보았으나, 이후 이것을 하나로 확정하려 함으로써 발생하는 오류를 지적하며 이 시가 여러 이미지가 중첩되는 '꿈의 텍스트'라고 보았다. (신범순, 「1930년대 시에서 니체주의적 사상 탐색의 한 장면 (1)」, 『인문논총』 72, 서울대학교 인문학연구원, 2015, 44면.) 김예리 역시 시인이 "논리적 범주를 횡단하며 창조해낸 새로운 은유적 세계"를 논리적 언어로 다시 환원시켜 시적 대상을 복원시키고자 하는 연구의 시선이 오히려 시의 다의성을 놓치게 한다고 지적했다. (김예리, 앞의 글, 315~345면.)

31 김예리, 위의 글, 318면.

닌 특질을 직접적으로 드러내는 표현이다. 이 시적 대상의 '소리'에 집중하여 독해할 때, 이 시가 주로 근대적 문물로 특정 지어지는 구체적인 사물이 아니라 근대적 세계 전반에 대한 비판을 다루고 있는 것임을 확인할 수 있다. 본고는 「流線哀傷」이 근대 문물이 만들어내는 소음과 그로 인하여 소모된 육체의 소리를 깨닫는 사건을 다룬 텍스트라고 본다. 신경증을 유발하는 소리가 될 수 없는 소음은 육체를 소모시키고 그 육체 역시 소음과 같이 제대로 된 소리를 내지 못하게 되는 것이다.

> 생김생김이 피아노보담 낫다.
> 얼마나 뛰어난 燕尾服맵시냐.
>
> 산뜻한 이紳士를 아스팔트우로 꼰돌라인 듯
> 몰고들다니길래 하도 딱하길래 하로 청해왔다.
>
> 손에 맞는 품이 길이 아조 들었다.
> 열고보니 허술히도 쭈흡키ㅡ가 하나 남었더라.
>
> 줄창 練習을 시켜도 이건 철로판에서 밴 소리로구나.
> 舞臺로 내보낼 생각은 아예 아니했다.
>
> 애초 달랑거리는 버릇때문에 궂인날 막잡어부렸다.
> 함초롬 젖어 새초롬하기는새레 회회떨어 다듬고 나선다.
>
> 대체 슬퍼하는 때는 언제길래
> 아장아장 팩팩거리기가 위주냐.
>
> 허리가 모조리 가느러지도록 슬픈行列에 끼여
> 아조 천연스레 굴든게 옆으로 솔처나쟈ㅡ

春川三百里 벼루ㅅ길을 냅다 뽑는데
그런 喪章을 두른 表情은 그만하겠다고 꽥─ 꽥─

몇킬로 휘달리고나 거북처럼 興奮한다.
징징거리는 神經방석우에 소스듬 이대로 견딜 밖에.

쌍쌍이 날러오는 風景들을 뺨으로 헤치며
내처 살풋 어린 꿈을 깨여 진저리를 쳤다.

어늬 花園으로 꾀어내어 바늘로 찔렀더니만
그만 蝴蝶같이 죽드라.

─「流線哀傷」 전문[32]

정지용은 먼저 "생김생김이 피아노보담 낫다.// 얼마나 뛰어난 연미복 맵시냐", "산뜻한 이 紳士"라고 말하며 이 시에 등장하는 시적 대상의 훌륭한 외양을 상찬한다. '피아노', '연미복' 등의 물건을 빌어 묘사하는 모양은 이 대상이 마치 서양에서 들어온 어떤 근사한 근대 문물이라고 추측케 한다. 그럼에도 불구하고 이 대상이 아무리 연습을 시켜도 '무대'에 내보낼 수는 없는 상태인 것은 그것이 이미 "철로판에서 밴 소리"를 습득하여 아무리 연습을 시켜도 그것을 지워낼 수 없기 때문이다. 빠른 속도의 이동이라는 기능을 목적으로 하는 '아스팔트'와 '철로'는 '근대적 패션'인 '규율의 길'[33] 이며, 이미 근대적 규율과 리듬에 길든 육체의 소리를 상징한다.

이것은 앞서 「時計를 죽임」에서 '열 시간'씩 "疲勞한 理智는 그대로 齒車를 돌"린 것의 연장선에서 읽어낼 필요가 있다. 근대적 시간과 노동 체계에

---

32 정지용, 『白鹿潭』, 문장사, 1941, 56~58면. (정지용, 앞의 책, 181~182면에서 재인용.)
33 신범순, 앞의 글, 43~44면.

서 닳고 닳아 어떤 감정도 느끼지 못하도록 소모된 육체는 돌이킬 수 없게 된다. 말하자면 이 시의 시적 대상 역시 근대의 소음에 길들여져 길거리에 놓인 '곰인형'과 크게 다르지 않은 것이다. 시적 화자의 손에도 '길이' 든 이 대상을 열고 보니 제대로 된 하나의 '음'이 아니라 단지 허술한 '반음' 키만이 어디에도 맞추어지지 못한 채로 남아 있는 것은 이러한 정황에서 비롯된다. 어쩌면 시적 대상이 무대에 올릴 만한 '음'을 내지 못하는 것은 당연한 일일 지도 모르겠다.

이 시적 대상이 이 "슬퍼하는 때"를 알지 못한다는 사실 역시 위의 상황과 연결된다. 외양에 어울리지 않는 시적 대상의 소리는 근대의 규율 속에서 이미 육체성이 소모되어 감각은 물론 감정마저 무뎌져 육체적 생명력이 저하되었음에 대한 비유이기 때문이다. 이로 인하여 이 대상은 삶의 주요한 감정 중 하나인 '슬픔'을 감지하기 힘들어진다. 그래서 "슬픈行列에 끼여"서는 제법 천역덕스럽게 굴던 시의 대상은 옆으로 비껴나자 "喪章을 두른 表情", 즉 슬퍼 보이는 얼굴은 거부하겠다고 '꽉 – 꽉 –'대는 소리를 내는 것이다.

이는 정지용의 다른 작품인 「말」 연작에서 드러나는 감상과 매우 대조적이다. 조은주[34]는 유독 의성어와 감탄사가 많이 사용되며 언어의 음악성이 강조되는 해당 시의 표현이 말이 지닌 생명력과 조형력[35]을 직접적으로 형상한다고 분석한다. 그럼에도 불구하고 "너는 웨그리 슬퍼 뵈니?"[36], "말아,

---

34 조은주, 「구인회의 니체주의 – 김기림, 이상, 정지용 시인이 보여준 '고통'과 '비극'의 의미」, 『구보학보』16, 구보학회, 2017, 103면.
35 "조형력이란 스스로 고유한 방식으로 성장하고, 과거의 것과 낯선 것을 변형시켜 자신의 것으로 만들며, 상처를 치유하고 상실한 것을 대체하고 부서진 형식을 스스로 복제할 수 있는 힘을 말한다" (프리드리히 니체, 『반시대적 고찰』, 이진우 역, 책세상, 2005, 293면.)
36 『鄭芝溶詩集』, 詩文學社, 1935. (정지용, 앞의 책, 523면에서 재인용.)

누가 났나? 늬를, 늬는 몰라"[37] 등과 같은 구절은 "말이 태생적으로 깊은 슬픔을 지니고 있는 대상"임을 알게 해준다. 개별적 존재를 넘어선 공동체적 슬픔이기도 한 '말'의 슬픔은 "인간이 지닌 슬픔과" 크게 다르지 않다. 여기서 '말'이 자기 자신을 스스로 발전시키는 힘인 조형력은 비극이 되는 '슬픔'을 바탕으로 하면서도 또한 그것을 초월해 나가는 동력인 것이다. 따라서 '슬픔'에 대한 이해는 정지용의 시적 세계를 파악하는 데에 있어서 매우 중요한 요소이다.

생의 숙명적인 고난과 비애를 이해하고 그로부터 더 나아가서 그러한 현실의 비극성을 이를 너머로 나아가고자 하는 것은 정지용이 초기부터 주력해 온 시적 발상이다. 정지용의 초기시에서 중요한 위치를 점하는 「琉璃窓1」에서는 시적 자아가 유리창을 닦는 행위를 통해 "무의미한 인간의 삶과 비애를 긍정하고자 하는 고통스런 노력이자 생의 의미 없음을 극복하고 승화시키고자 하는 노력"[38] 을 보여준다. 닦고 닦아도 유리창에는 다시 먼지가 쌓이고 더러워지며, 그 본래의 투명함은 영구히 유지되지 않는다. 유리창을 닦는 행위는 그럼에도 불구하고 그러한 인생의 숙명을 지속적으로 마주함으로써, 그것을 넘어서는 일이다.

그런데 「流線哀傷」에 등장하는 화려한 외양의 시적 대상과는 이러한 인간 생의 고통과 비애를 기반으로 한 '슬픔'의 감정을 더 이상 공유하지 못한다. '슬픔'을 알지도 못하고, 또 공유하려고도 하지 않는 이 대상은 당연히 비극을 넘어설 힘을 가지지 못하며, 따라서 제대로 된 소리를 내거나 음악을

---

37 『鄭芝溶詩集』, 詩文學社, 1935. (정지용, 앞의 책, 550면에서 재인용.)
38 김정수, 「초기시에서 중기시로 나아가는 정지용 시세계의 변모과정 고찰 – 유리창 이미지를 중심으로」, 『어문학』 24, 한국어문학회, 2018, 239면.

연주하는 일은 더더욱 없다. 그렇기에 화자는 다만 "징징거리는 神經방석우에 소스듬 이대로 견딜" 수밖에는 없다. 그러나 또한 이 대상은 풍부한 감정을 표현하거나 연주할 만한 깊이가 없어졌기에 단지 '바늘'로 찌르기만 해도 "蝴蝶같이 죽"는다.

시인에게 이것은 '비극'에 다름 아니다. 그러나 또한 비극은 감각을 몰수하는 근대성에 매몰되지 않기 위해서는 필연적이다. 후기로 이행하며 드러나는 정지용의 시의 청각적 특질은 기실 이러한 근대적 소리, 즉 소음이 되는 것들로 확장되는 비극 속에서 잠식되지 않기 위한 움직임으로부터 시작된다. 소음으로 인한 육체성의 소모와 소음과 소리의 구분은 후기로 나아가 어떻게 진정한 소리를 들을 것인가 라는 질문에 대답하기 위한 예비적 작업이다. 다가오는 비극은 개인의 의지로 막을 수 없으며, 그것은 오직 귀 기울여 듣는 소리로서만 감지되고, 또 그것을 바탕으로 극복해 나갈 수 있다.

3. '가리어 듣는 귀'의 발견과 청각력의 확장

2장에서 살펴본 바와 같이 개인의 의지와 상관없이 때를 가리지 않고 들려오는 근대 문명의 소리는 소음으로 전환되어 시적 화자 혹은 대상을 마모시킨다. 가스통 바슐라르 역시 이러한 시적 정황과 유사하게 파리에서 발생하는 야간의 교통 소음으로 고통받았다. 그러나 그는 역설적으로 '메타포'(은유)를 개입시켜 이 소리들을 순치시키는 방법을 통해 이를 해결하고자 했다.[39] 밤에 들려오는 기계적 소음이 문학이미지[40]를 영위하는 시간을 방해

---

39 "철학자들의 병인 불면증이 도시의 소음으로 인한 신경질로 심해질 때, 모베르광장에서 밤늦게 자동차들이 붕붕댈 때, 트럭들의 굉음이 나로 하여금 도시인의 운명을 저주토록

하는 것에도 불구하고, '메타포'적으로 발현한 문학이미지를 활용하여 도리어 그 소음의 '공격성'을 다스리는 것이다. 바슐라르는 또한 『공기와 꿈』에서 '문학이미지'란 "태어나는 상태의 의미"로 "새로운 몽상onirisme nouveau으로써 풍요로워져야 한다"고 말한 바[41] 있는데, 이 문학이미지의 발동을 위해 '투사적 청각'이 강조된다.

> 문학이미지는, 좀 은유적인 방식으로 말해 보자면 쓰인 명향성이라고 불러야 할 그런 명향성을 선언한다. 무언의 목소리를 파악할 수 있는 일종의 추상적인 귀가 [시를] 써 내려가면서 깨어나서, 그 귀는 문학 장르를 결정짓는 규준을 부과한다. 사랑을 담아 쓰인 언어에 의해 **전혀 수동적이지 않은 일종의 투사적 청각이 준비된다.** 듣는 '자연'Natura audiens이 들리는 '자연'Natura Audia을 뛰어넘는 것이다.[42] (강조-인용자)

'투사적 청각'이란 들리는 소리를 넘어서 글로 쓰여 실제로 들리지 않는 소리까지 듣고자 함이다.[43] '투사적 청각'의 발현을 위해서는 침묵이 필수적이다. 소음을 가라앉히는 바슐라르의 문학이미지 활용은 실상 침묵 속으로 침잠하는 것, 혹은 시간을 유영하며 침묵을 발견하는 것으로서 가능해지기 때

할 때, 나는 대양의 메타포들을 체험함으로써 마음을 가라앉히는 것이다."(가스통 바슐라르, 『공간의 시학』, 곽광수 역, 동문선, 2003. 109면.)

40 바슐라르는 '문학이미지'란 "우리의 정서에 희망을 주고, 진정한 (의식 있는) 인격체가 되고자 하는 우리의 결단에 특별한 활력을 부여하며, 우리의 신체적 삶에까지도 활성을 북돋우어" 주는 것이라고 표현한다. (가스통 바슐라르, 정영란 역, 『공기와 꿈: 운동에 관한 상상력 연구』, 이학사, 2001, 12면.)

41 가스통 바슐라르, 위의 책, 497면.

42 위의 책, 498면.

43 『공기와 꿈: 운동에 관한 상상력 연구』의 구판에서 역자는 해당 개념에 대해 낭독된 시에 대한 청력이 수동적이라면 적혀진 시에 대한 들음은 투시적이며 능동적이라고 덧붙인 바 있다. 실제적으로 귀에 직접 와 닿지 않는 자극을 듣고자 하는 것에서 바슐라르가 말한 문학이미지는 새롭게 탄생하게 된다.

문이다. 일반적으로 침묵이란 조용한 상태를 전제해야만 하는 것으로 이해된다. 하지만 "시간의 무음(無音)은 시간 속에 있는 침묵으로부터" 온다는 막스 피카르트[44]의 말처럼, 침묵은 원현상으로서 소리에 선제한다. 침묵이란 한 사람이 보내고 있는 시간에서 발생하는 모든 소리를 소거하는 능력을 지니는 것이다. 한때 그 시간을 점령한 소리는 침묵 아래에 더 이상 들리지 않게 되며, 시간은 또한 침묵으로서 연장된다. 이러한 경로로 바슐라르가 말한 것과 같이 침묵 속에서 시간을 가득 메운 소음을 멈추고 도리어 문학적 상상력을 펼치는 것이 가능해진다.

바슐라르는 이것을 '몽상가적 해결 방식'이라고 칭한다. 이제 이 침묵 속에서 비로소 '투사적 청각'을 활용하는 '섬세한 귀'가 열리고, 그것은 바슐라르가 말하고 있는 것과 같이 아주 작은 불꽃이 타오르며 만들어내는 "내밀한 소동의 모든 메아리"를 듣도록 허락한다. '투사적 청각'은 자연이 머금고 있는 '무언의 속삭임들'에서 물, 불, 공기, 흙과 같은 '질료의 목소리'까지 듣는 과정을 경유한다.

> 불꽃은 스스로를 다시 타오르게 해야 하고, 어떤 거친 물질에 맞서, 제 빛의 지배권을 유지해야 한다. **만약 우리가 좀 더 섬세한 귀를 갖는다면, 그 내밀한 소동의 모든 메아리를 들을 수 있을 것이다.** 시각은 값싼 통일을 제공한다. 그러나 불꽃이 내는 미미한 소리들은 요약이 어렵다.[45] (강조−인용자)

모든 시인이 기실 몽상가라는 사실을 환기한다면, 정지용이 시적 언어의

---

44 막스 피카르트, 최승자 역, 『침묵의 세계』, 까치, 2010, 21면.
45 가스통 바슐라르, 김병욱 역, 『촛불』, 마음의 숲, 2017, 57면.

은유를 통해 소리가 아닌 소음으로만 작용하는 근대의 소리를 극복하고자
한 것 역시 이와 크게 다르지 않음을 이해할 수 있다. 안상원[46]은 『鄭芝溶詩
集』의 시편들에서 나타난 소리가 대체로 "부재를 인식하는 방식이자 이를
대체하는 도구"로 기능한다는 시각을 제출한 바 있다. 가령 중기에 발표된
「臨終」, 「悲劇」 등의 여러 시 구절에서 소리는 무언가 존재하지 않는 '부재'
의 상태에서 등장한다. 이 부재는 다름 아닌 침묵으로, 안상원은 이를 "소리
를 듣기 위한 준비작업"이라 말한다. 이는 '투사적 청각'의 발현 과정과 맞닿
는다. 소음이 되지 않는 '미미한' 소리, 또는 직접적으로 귀에 들리지 않는 소
리는 침묵 속에서만 밝혀지는 것이다. 이러한 지점에서 침묵은 더 깊이 있는
채움으로 나아가기 위한 능동적인 '부재'이자 '결여'로 인식된다.[47] 정지용
시편의 청각성은 점차 침묵의 틈새에 깃든 소리를 향해 나아간다. 다음의 시
에서 침묵 속에서의 '귀'의 발견과 이를 통한 청각적 감각의 확장을 확인할
수 있다.

> 「悲劇」의 흰얼골을 뵈인 적이 있느냐?
> 그 손님의 얼굴은 실로 美하니라.
> 검은 옷에 가리워 오는 이 高貴한 尋房에
> 사람들은 부질없이 唐慌한다.
> 실상 그가 남기고 간 자최가 얼마나 좁그럽기에 오랜 後日에야 平和
> 와 슬픔과 사랑의 선물을 두고 간 줄을 알았다.

---

46 안상원, 앞의 글, 18~19면.
47 이는 또한 근대적 관점에서 침묵이 '말하지 못함' 혹은 '말할 수 없음'으로 '가치 없는' 것
   혹은 '비생산적'인 것과 같이 부정적으로 인식됨과 상반된다. 막스 피카르트는 '무목적'적
   인 침묵이 도리어 "사물들 속에 들어 있는 만질 수 없는 어떤 것을 강력하게 만들어 주"는
   힘을 가지며, 그것에서 "더 많은 도움과 치유력이 나온다"고 말한다. (막스 피카르트, 앞
   의 책, 같은 면.)

그의 발옴김이 또한 표범의 뒤를 따르듯 조심스럽기에
가리어 듣는 귀가 오직 그의 노크를 안다.
墨이 말러 시가 써지지 아니하는 이 밤에도
나는 마지할 예비가 있다.
일즉이 나의 딸하나와 아들하나를 드린 일이 있기에
혹은 이밤에 그가 禮儀를 갖추지 않고 오량이면
문밖에서 가벼히 사양하겠다!

— 「悲劇」 전문48

이 시에서 정지용은 '비극'을 인격화하여 표현하는데, 시인이 그려내는 비극의 외양은 사람들을 슬픔과 비참에 빠뜨리는 비극에 대한 일반적인 인식이나 상상과는 거리가 멀다. '비극'의 얼굴은 희고 아름다워 검은 옷에 가려진 그 모습이 드러났을 때 사람들을 당황케 만든다. 그뿐만 아니라 시인은 여기서 '비극'이 지닌 '향기'를 언급하며 그것을 매우 감각적으로 그려낸다. 그런데 그 '향그러움'에도 불구하고 오랜 시간이 지나고서야 화자가 "平和와 슬픔과 사랑의 선물을 두고 간 줄" 알았다는 뒤의 표현은 그것이 반어적 표현임을 알려준다. 그러나 동시에 그것은 2장의 마지막 부분에서 언급한 비극의 특징과 연결된다. 비극이 초래하는 '고난과 비애'를 바탕으로 삼아 한 사람은 초월할 의지와 가능성을 갖게 되기 때문이다. 그것이 커다란 슬픔이면서도 여전히 슬픔과 사랑의 선물이 될 수 있는 것은 그러한 이유이다.

물론 '비극'이란 여전히 화자의 "딸하나와 아들하나를 드린 일"이 있는 것과 같은 참담한 사건을 초래하는 대상이기에 반가이 맞이할 손님이 아니다. 따라서 화자는 "禮儀를 갖추지 않고 오량"인 '비극'은 사양하겠다고 밝힌다. 여기서 주목할 점은 이 '비극'이 다가오는 것을 소리로 알 수 있다는 사실이

---

48 정지용, 앞의 책, 173면.

다. 화자는 극도로 조심스러운 '비극'의 '발음김'을 "표범의 뒤를 따르"는 것에 비유하며 "가리어 듣는 귀가 오직 그의 노크를 안다"라고 말함으로써, 청각적 감각을 통해서만 '비극'의 방문 여부를 알 수 있음을 암시한다.

바슐라르가 말한 바 있는 '섬세한 귀'는 위의 시에서 정지용이 묘사한 '가리어 듣는 귀'와 다르지 않다. 이들이 말하는 '귀'는 언뜻 청각적 영역에 포괄되지 않는 듯한 사물의 미세한 움직임에서도 그 소리를 포착한다. 이러한 '귀'의 활동성은 바슐라르가 말한 '투사적 청각'에 의해서 발동되고, '가리어 듣는 귀'를 열어 '투사적 청각'을 활용함으로써 '비극'의 '발음김'을 듣고자 하는 태도를 통해 시의 화자는 들리는 소리를 무조건 수용하는 것이 아닌 소음과 소리를 변별해낼 수 있게 된다.

이상의 논의가 종합적으로 제시되고 있는 시가 바로 「슬픈 偶像」이다. 이 시는 침묵 속에서 들리지 않는 것을 듣고 있는 '우상'의 자태와 그를 바라보며 이야기하는 시의 화자를 그리고 있다. 「流線哀傷」이 소리와 소음을 확실하게 구분하고 그로부터 마모되는 육체와 그 비애를 노래하고 있다면, 「슬픈 偶像」은 그러한 구분을 가능케 하는 '가리어 듣는 귀'를 습득해 나아가는 과정이다. 「슬픈 偶像」은 '그대'의 안위를 물으면서 '그대'의 이목구비를 찬찬히 묘사하는 것으로 시작한다. 이 시에서 화자는 특히 '그대'의 귀에 집중한다.

> 敬虔히도 조심조심히 그대의 이마를 우러르고 다시 뺨을 지나 그대의 黑檀빛 머리에 겨우겨우 숨으신 그대의 귀에 이르겠나이다.// 希臘에도 이오니아 바닷가에서 본적도한 조개껍질, **항시 듣기 위한 姿勢이었으나 무엇을 들음인지 알리 없는것이었나이다.**// 기름같이 잠잠한 바다, 아조 푸른 하늘, 갈메기가 앉아도 알수없이 흰모래 거기 **아모것도 들릴것을**

찾지 못한 저에 조개껍질은 한 갈로 듣는 귀를 잠착히 열고 있기에 나는 그때부터 아조 외로운 나그내인것을 깨달았나이다.// 마침내 **이세게는 비인 껍질에 지나지 아니한것**이, 하늘이 쓰이우고 바다가 돌고 하기로소니 그것은 결국 딴세게의 껍질에 지나지 아니하였읍니다.// 조개껍질이 잠착히 듣는것이 실로 다른 세계의것이었음에 틀림없었거니와 내가 어찌 서럽게 돌아스지 아니할 수 있었겠읍니까.// 바람소리도 아모 뜻을 이루지 못하고 그저 겨우 어룰한 소리로 떠돌아다닐 뿐이었읍니다.// 그대의 귀에 가까이 내가 彷徨할때 나는 그저 외로히 사라질 나그내에 지나지 아니하옵니다.// **그대의 귀는 이밤에도 다만 듣기 위한 맵시로만 열리어 계시기에!**// 이 소란한 세상에서도 그대의 귀기슭을 둘러 다만 주검같이 고요한 이오니아바다를 보았음이로소이다. (강조―인용자)

　　　　　　　　　　　　　　　　　　　　―「슬픈 偶像」 부분49

　여기서 우상의 '귀'는 바다의 소리를 가만히 듣고 있는 '조개껍질'에 비유된다. 희랍의 이오니아 바닷가에서 본 적도 있는 듯한 '조개껍질'을 닮은 '귀'는 무엇을 듣는 지는 알 수 없으나 항상 '듣기 위한 姿勢'를 취하고 있다. '듣기 위한 姿勢'라 함은 실상 일반적으로 인식되는 '귀'라는 신체기관의 역할이다. 그러나 사실 소리가 없는 진공상태나 시간이란 대개 존재하지 않기에, 사람은 언제나 무언가를 듣고 있지만 그것을 매순간 깨닫지 못한다. 듣고 있되 듣지 못하는 것과 다르지 않은 것이다. 즉, 모든 귀가 언제나 '듣기 위한 姿勢'를 취하고 있는 것은 아니며, 우상과 화자의 차이는 이로부터 출발한다.

　'가리어 듣는 귀'를 가진 '우상'과 달리 시적 화자인 '나'는 '바다'와 '푸른 하늘'과 '흰 모래'가 만들어내는 아름다운 풍경에서조차 화자는 "아모것도 들릴것을" 찾을 수 없다. 이는 '소리'가 난다 하더라도 소음이 아닌 '소리'가 될 만한 것을 인지하지 못하는 것이거나, 또는 화자의 청각이 그 '소리'를 들을

---

49 『朝光』 29호, 1938.3, 206~211면. (정지용, 앞의 책, 192면에서 재인용.)

수 없는 수준에 있기 때문이다. 다음 연에서 "조개껍질이 잠착히 듣는 것이 실로 다른 세계의것이었"다는 화자의 말은 이 두 가지 가능성이 모두 해당됨을 알려준다. '우상'이 듣는 것은 소음이 아닌 '소리'가 있는 '다른 세계'의 것, 달리 말하자면 비극의 '발옴김'을 들을 수 있고 그럼으로써 정녕 비극이 무엇인지 인지하는 세계로, '나'의 그것과는 구분된다.

현재 '내'가 '우상'의 갈 수 없는 세계로 이행할 수 없는 것은 여전히 근대적 일상의 틀에서 벗어나지 못한 채 소모되고 있는 화자의 상태에서 기인한다. 소음으로 가득 찬 세계에서 '투사적 청각'은 계속해서 축소되고, 소음이 아닌 소리를 듣는 것은 어려워진다. 그러한 이유로 화자는 자신이 '외로운 나그내'이며 '이 세계'가 정녕 "비인 껍질에 지나지 아니한것"을 알게 되고, 그리하여 "하늘이 쓰이우고 바다가 돌고 하기로소니 그것은 결국 딴 세계의 껍질"에 지나지 아니하였다고 고백하는 것이다. "나"는 이제 '우상'의 '귀'가 듣는 것이 근대적 풍경을 넘어서는 세계임을 알게 되지만, '나' 혹은 '나'의 청각력은 여전히 그 '다른 세계'를 들을 줄 모르니 당장은 "서럽게 돌아서지 아니할 수"밖에 없다. 그러므로 '나'는 '소란한 세상'임에도 '주검과 같이 고요한' 바다를 볼 뿐이다.

하지만 '들림'을 단지 기다리고 있는 세계에서 '들음'은 영영 가능하지 않다. 시의 마지막에 화자가 마지막으로 '우상'을 꽃으로 장식하여 주고는 '이오니아 바닷가'를 떠나는 것 역시 '우상'을 우러러보는 것에 머물지 않고, '우상'이 실재하는 세계로 자신도 나아가기 위함이다. 이렇듯 「슬픈 偶像」은 '가리어 듣는 귀'를 발견한 이후에 '우상'이라는 존재를 자신에게 비추어 보며, '투사적 청각'을 발동시키기 위한 청력을 확장하고자 하는 화자의 태도와 그에 따른 능동적 행위성이 잘 드러나는 시이다.

이 시의 제목이 '슬픈' 우상인 것은 앞서 「流線哀傷」을 분석하며 제출하였듯이 '우상'과 같은 청력을 통해 '듣는' 행위가 기본적으로 다른 이의 '슬픔'을 공유하는 것에 있기 때문이다. '들림'은 '받아들임'이고 '들음'은 능동적인 '선택함'인 것 역시 이러한 이유이다. 기본적으로 타인의 '슬픔'에 공감하는 것은 능동적 행위, 즉 자발적인 마음 씀에 있으며, '들음' 또한 그러한 마음으로 움직이는 것과 다르지 않다. 정지용은 「슬픈 偶像」에서 무엇을 듣고 있는지 알아차리지 못한 채 무작위적으로 들리는 것만을 그저 수동적으로 받아들이는 삶의 태도를 비판하고, '우상'이란 존재를 통해 나아가야 할 방향을 제시하는 것이다. 시인은 그 방향성을 한라산에서 찾아냈다.

4. '들음'이라는 사건

지금까지 정지용 시가 후기로 이행하는 과정에서 시에서 다루는 소리의 형태와 양상이 달라지고 있음을 살펴보았다. 비록 본고에서 다루지는 않았지만, 이는 특히 시작 초창기와 비교하면 소리의 크기 역시 상당히 축소된 것으로, 초기 소리 이미지와의 간극을 확인할 수 있다. 앞서 한 차례 지적하였듯이 크고 분명한 소리에서 귀를 기울여야만 들을 수 있는 미미한 소리로 변모하는 것이다.[50] 이는 누구에게나 들려오고 또한 누구나 들을 수 있는 소리가 아니라 '가리어 듣는 귀'를 통해 청자가 스스로 내면으로 파고들어 듣고

---

50 안상원은 본고와 달리 정지용 시의 서로 다른 소리를 시인의 시작(詩作)이 이루어지는 시간적 흐름의 차원에서 포착하고 있지는 않지만, 본고와 유사하게 초기 시편들 '날카로운 금속음의 대상'과 중기 이후의 '작은 소리'를 구분하여 다루고 있다. (안상원, 앞의 글, 9~32면.) 중기 이후의 시편들, 특히 「流線哀傷」이후의 시편들에서는 크고 분명한 소리보다는 '부드럽고 연약한' 소리들, 귀를 기울이지 않으면 듣기 힘든 소리들이 주로 포착된다.

자 해야 겨우 들을 수 있는 것이다. 이러한 '들음'의 절차는 외부에서 들려오는 소리를 내부로 통합시키는 면모가 본격적으로 드러나는 후기시의 바탕이 된다. 이 양상은 「白鹿潭」을 기점으로 좀 더 명징하게 나타난다.

1

絶頂에 가까울수록 뻑꾹채 꽃키가 점점 消耗된다, 한마루 올으면 허리가 슬어지고 다시 한마루 우에서 모가지가 없고 나종에는 얼골만 갸옷 내다본다. 花紋처럼 版박힌다. 바람이 차기가 咸鏡道끝과 맞서는 데서 뻑꾹채 키는 아조 없어지고도 八月한철엔 흩어진 星辰처럼 爛漫한다. 산 그림자 어둑어둑하면 그러지 않어도 뻑국채 꽃밭에서 별들이 켜든다. 제 자리에서 별이 옴긴다. 나는 여긔서 기진했다.

(중략)

7

風蘭이 풍기는 香氣, 꾀꼬리 서로 불으는 소리, 濟州회파람새 회파람 부는소리, 돌에 물이 따로 굴으는소리, 먼 데서 바다가 구길 때 솨―솨― 솔소리, 물푸레 동백 떡갈나무속에서 나는 길을 잘못 들었다가 다시 즉 넌출 긔여간 흰돌박이 고부랑길로 나섰다. 문득 마조친 아롱점 말이 避하지 않는다.

8

고비 고사리 더덕순 도라지꽃 취 삭갓나물 대풀 石茸 별과 같은 방울을 달은 高山植物을 색이며 醉하며 자며한다. 白鹿潭 조찰한 물을 그리여 山脈우에서 짓는 行列이 구름보다 壯嚴하다. 소나기 노낫 맞으며 무지개에 말리우며 궁둥이에 꽃물 익여 부진채로 살이 붓는다.

9

가재도 긔지 않는 白鹿潭 푸른 무레 하눌이 돈다. 不具에 가깝도록 고

단한 나의 다리를 돌아 소가 갔다. 쫓겨온 실구름 一抹에도 白鹿潭은 흐리운다. 나의 얼골에 한나잘 포긴 백록담은 쓸쓸하다. 나는 깨다 졸다 祈禱조차 잊었더니라.

—「白鹿潭」 부분51

한라산을 등반하는 과정을 그리고 있는 「白鹿潭」에서는 시의 화자가 산 정상으로 이동할수록 청각성이 더욱 강화되고 있음을 눈여겨볼 필요가 있다. 물론 이 시에서 가장 먼저 포착되는 감각은 시각이다. 이 시의 1연에서는 한라산의 여러 식물과 동물들의 모습이 등반하는 이의 시선을 따라 차례로 묘사된다. 그러나 해당 연이 "나는 여긔서 기진했다"라는 표현으로 끝나고 있음에 주목해야 할 것인데, 이후 이 시의 주된 감각으로서의 시각이 약화되면서 점차 오감의 다른 감각으로 이동하고 있음이 포착되기 때문이다.

시각성의로부터의 탈피는 1연의 주된 묘사를 차지하는 '뻑꾹채 꽃키'가 "점점 消耗된다"는 상징적 표현에서도 읽어낼 수 있다. 화자가 산을 등정하는 시각에 따라 산의 비교적 아래쪽에 자리한 '뻑꾹채'가 점차 보이지 않게 되는 것은 어찌 보면 당연한 일일 수도 있겠지만, 시인은 그것에 '소모'라는 행위성을 부여한다. 이는 2장에서 지적한 바 있듯 근대 문물의 피로로 인해 신체적 감각이 소모되는 것과도 일치하는 바가 있다. 시의 화자가 '기진'한 이후 근대 문물과는 거리가 먼 자연, 즉 "巖古蘭, 丸藥같이 어여쁜 열매로 목을 축이고" 다시 일어서는 것 역시 이러한 시각 중심성에서의 변화를 암시한다. 특히, 자연의 다른 생물들과 동등한 시선52을 획득하게 되는 과정인 6연

---

51 『文章』 3호, 1939.4, 112~115면. (정지용, 앞의 책, 207~209면에서 재인용.)
52 정지용 시적 화자의 시선은 김예리가 1930년대의 시각성을 '자기관찰적 시선'으로 대상을 파악하는 권력적 관계가 아니라, 대상을 살펴보고 주의 깊게 바라보고, 또 듣는 상호공

에서부터 시의 청각성이 가장 도드라진 감각으로 나타나고 있다는 점에 주목해야 한다.

시의 7연에 이르면 화자는 다양한 새소리, 물 흐르는 소리, 먼 바다의 소리 등 자연의 여러 가지 소리를 듣는다. 이러한 소리들을 감각하며 오르는 산길에서 "문득 마조친 아롱점박이 말"은 더 이상 화자를 피하지 않는다. 그것은 단지 자연과 화자가 일치하게 되는 상징적 장면으로 작용함을 넘어 화자가 특정 감각에 치우쳐지지 않고 본래 인간에게 가능했던 자연의 감각을 되찾았기에 가능한 일이다. "不具에 가깝도록 고단한 나의 다리를 돌아 소가" 지나가고, '나'의 얼굴에 백록담이 포개지는 것 역시 화자인 '나'와 '나'의 육체가 자연이 느끼는 것과 다르지 않게 인지할 수 있게 되었기 때문이다.

메를로-퐁티[53] 와 들뢰즈[54] 는 모두 감각이 주체에 의해서 인지되거나 경

속적 관계를 지향하는 '탈은폐적 시선'의 주체라고 보는 것이 적합하다. 정지용 시의 화자는 주체의 관점에서 객체인 대상을 일방향적으로 파악하지 않고 하나의 사건으로서 대상을 감각하기 때문이다. 이러한 '주체성'의 지점은 '투사적인 청각'을 통해 듣고 그로써 하나의 사건으로 '들음'을 '감각'하는 본고의 시적 화자의 태도와도 상통하는 지점이 있다. (김예리, 「1930년대 한국 모더니즘 문학에 나타난 시각 체계의 다원성 ─ 새로운 '풍경' 개념 정립을 위한 시론(試論)」, 『상허학보』 34, 상허학회, 2012, 55~97면.)

53 "감각하는 자와 감각적인 것은 두 개의 외항으로서 대면하지 않으며, 감각은 감각적인 것이 감각하는 자로 침투함이 아니다. 색의 기초가 되는 것은 나의 시선이고 대상의 형태의 기초가 되는 것은 나의 손 운동이다. 더 정확히 말하면, 나의 시선은 색과 한 쌍을 이루고 나의 손은 단단함과 부드러움과 한 쌍을 이루며, 감각의 주체와 감각적인 것 사이의 이러한 교환에서 우리는 하나는 능동, 다른 하나는 수동적이라고, 하나가 다른 하나에 의미를 부여한다고 말할 수 없다." (모리스 메를로-퐁티, 류의근 역, 『지각의 현상학』, 문학과지성사, 2002, 327면.)

54 "감각은 주체로 향한 면이 있고(신경 시스템, 생명의 움직임, <본능>, <기질> 등 자연주의와 세잔 사이의 공통적인 어휘처럼>), 대상으로 향 한 면도 있다(<사실>, 장소, 사건). 차라리 감각은 전혀 어느 쪽도 아니 거나 불가분하게 둘 다이다. 감각은 현상학자들이 말하듯이 세상에 있음이다. 나는 감각 속에서 되어지고 동시에 무엇인가가 감각 속에서 일어난다. 하나가 다른 것에 의하여, 하나가 다른 것 속에서 일어난다. 결국 동일한 신체가 감각을 주고 다시 그 감각을 받는다. 이 신체는 동시에 대상이고 주체이다. 관객으로

험되는 것이 아닌 "주체의 보편성과 개별적인 인격성이 미리 전제되어 있지 않은 그 이전의 상태에서 발생"[55] 한 것이라 지적한 바 있다. 메를로-퐁티와 질 들뢰즈는 각각 "감각하는 자와 감각적인 것은 두 개의 외항으로서 대면하지 않"는다, "감각은 주체로 향한 면이 있고 대상으로 향한 면도 있다"라고 서술함으로써 감각이 일방향적으로 발동될 수 없음을 설명한다. 특히, 메를로-퐁티는 감각의 주체와 감각하는 대상 사이의 '교환'이 "하나는 능동, 다른 하나는 수동적이라고, 하나가 다른 하나에 의미를 부여한다고 말할 수 없다"라고 쓰고 있어 감각 자체가 주체와 대상이 아니라, 다만 감각하는 자와 감각적인 것 사이에서 벌어지는 하나의 사건임을 강조한다. 더 나아가 들뢰즈는 "나는 감각 속에서 되어지고 동시에 무엇인가가 감각 속에서 일어난다"라고 말함으로써 이 사건성이 단지 일회적인 것에 그치지 않고, 쌍방향적이고 상호교환적이며 또한 지속적일 수 있음을 밝힌다.

이와 같은 지점을 고려할 때, 「白鹿潭」의 화자가 보여주는 등정의 경험은 단순히 산 풍경에 대한 것이라기보다는 산이라는 생물성 그 자체에 대한 체험에 가깝다. 이로 인하여 화자는 산을 보고 듣고 느끼는 것에서 나아가 산을 받아들일 수 있는 모든 감각 속으로 침잠하게 되는 것이다. 완전한 침잠은 화자인 '내'가 스스로 자신이 한라산과 다르지 않을 뿐 아니라, 산의 일부이자, 또한 더 나아가 산 그 자체가 될 수 있음을 깨닫도록 허락한다.

이는 다수의 연구가 지적해온 것과 같이 장자의 '물아일체'적 면모로 읽히기도 한다. 그러나 자연적 공간성을 바탕으로 동양적 노장사상을 도출해내

서의 나, 나는 그림 안에 들어감으로써만 감각을 느낀다. 그럼으로써 느끼는 자와 느껴지는 자의 통일성에 접근한다." (질 들뢰즈, 하태환 역, 『감각의 논리』, 민음사, 1995, 63면.)
55 고봉준, 앞의 글, 13면.

는 것은 정지용의 시적 면모를 평면적 층위에 제한한다는 점에서 문제적이다. 정지용의 산문 및 다른 글들을 종합적으로 검토해 보았을 때 정지용 문학은 이 시점에서도 "여전히 도시의 어떤 부분들이나 근대적 시선의 섬세한 그물들을 하나의 지속적인 주제로 다루고"[56] 있기 때문이다. 정지용의 시적 세계가 가진 전체 맥락을 고려한다면, 이를 단지 동양 사상으로의 이행에 의한 것으로 이해하기에는 무리가 따른다.

본고가 이 글에서 이루고자 하는 작업은 서술한 바와 같은 일련의 '그물망' 속에서 정지용의 감각적 특성과 그것이 가진 신경증적 면모, 그리고 도리어 그로 인해 발생하는 저항성의 측면을 입체적으로 살펴보고자 함에 있다. 또한 그것이 근대성으로 인한 회피나 탈주에서 비롯된 동양 사상으로의 회복이나 복귀가 아니라, 근대성과 그로 인한 규율의 강요와 육체성의 소모로 발생하는 비극을 바로 마주하고 초월코자 하는 과정에서 비롯된 것임을 명료하게 하고자 한다. 「白鹿潭」 후에 발표된 다음의 두 시편을 살펴보면 특히 이러한 감각으로서의 '사건'은 더욱 뚜렷하게 다가온다.

> 1) 그날밤 그대의 밤을 지키든 삽사리 괴임즉도 하이 짙은울 가시사립 굳이 닫치었거니 덧문이오 미닫이오 안회 또 촉불 고요히 돌아 환히 새 우었거니 눈이 치로 쌓인 고삿길 인기척도 않이 하였거니 **무엇에 후젓허든 맘 못뇌히길래 그리 짖었드라니 어름알로 잔돌사이 뚫로라 죄죄대든 개울물소리 긔여 들세라** 큰봉을 돌아 둥그레 둥긋이 넘쳐오든 이윽달도 선뜻 나려 슬세라 (강조—인용자)
>
> —「삽사리」 부분[57]

56 신범순, 『한국 현대시의 퇴폐와 작은 주체』, 신구문화사, 1998, 75~76면.
57 『三千里文學』 2호, 1938.4, 36면. (정지용, 앞의 책, 197면에서 재인용.)

2) 그대 함끠 한나잘 벗어나온 그머흔 골작이 이제 바람이 차지하는
다 앞남긔 곱은 가지에 걸리어 파람 부는가 하니 창을 바로치놋다 밤 이
윽쟈 화로ㅅ불 아쉽어 지고 촉불도 치위타는양 눈썹 아사리느니 나의 눈
동자 한밤에 푸르러 누은 나를 지키는다 **푼푼한 그대 모습 훈훈한 그대
말씨 나를 이내 잠들이고 옴기셨는다** (중략) 한양 더운물 어둠속에 홀로
지적거리고 성긴눈이 별도 없는 거리에 날리어라. (강조－인용자)

—「온정」부분58

　본고에서 두 시를 분석함에 있어 특히 주목하는 것은 조용한 소리에 대한
묘사가 각 시의 정서를 파악하는 데에 주요한 기제로 자리하고 있다는 점이
다. '삽사리'가 굳게 닫힌 문에 인기척이 없음에도 불구하고 허공을 향해 짖
으며 "죄죄대든 개울물소리"와 같이 잔잔한 소리가 끼어드는 것을 걱정하는
것이나, '그대'가 "훈훈한 그대 말씨"로 나를 잠재워주는 것 등에는 각 시의
화자를 생각하고 아끼는 마음이 담겨 있기 때문이다. 두 시에 나타난 소리,
즉 얕은 개울물소리와 상대를 재워주기 위해 속삭이는 목소리의 공통된 특
징은 근접해 있지 않으면 듣기 힘들다는 점이다. 또 때로는 가까이 있다 하
더라도 애써 마음을 담아 귀를 기울이지 않으면 쉽사리 포착하기 어려울지
도 모르는 소리이기도 하다. 이를 듣기 위해서는 3장에서 살펴본 것과 같이
'가리어 듣는 귀'를 통해 침묵 속에서 '투사적 청각'을 발휘해야만 한다.
　이렇듯 능동적 '들음'은 감각이라는 '사건'에 조금 더 행위성을 부여하고
있는 방향으로 나아가게끔 만든다. 이들 사이에서는 '그대'라는 동일한 시어
가 등장하는데, 각각에서 '지켜져야 할 대상'과 ('나'를) 지켜주는 듯한 대상
으로 나타난다는 점이 다르다는 것59을 눈여겨보아야 한다. '들음'은 단지

---

58 『三天里文學』 2호, 1938.4, 36면. (정지용, 앞의 책, 198면에서 재인용.)
59 강민호, 「정지용 문학에 나타난 '내면공간'의 시학」, 서울대학교 석사학위논문, 2020,

듣는 일 그 자체에 그치지 않으며, 그것이 상대를 '지킨다'는 더욱 구체적인 '사건'이 된다.

앞서 들뢰즈의 언어를 통해 감각하는 자가 감각 속에서 되어지고 또 동시에 무엇인가가 일어나며 '감각'을 통한 사건의 연속성을 가지는 것임을 언급한 바 있다. 소리와 소음을 '가리어 듣는 귀'의 획득과 이를 바탕으로 이루어진 청각력의 확장은 시의 화자가 능동적으로 듣고자 하는 행위를 단지 청각적으로 감각하는 것에 그치지 않고 '지킴'이라는 하나의 '사건'으로 발전시킨다. 이러한 기반 위에서 정지용 문학의 청각성은 저항하고 탈주하는 능동적인 운동성을 가진 감각적 특질로 자리매김한다.

5. 나가며

지금까지 정지용의 중·후기시에 나타난 소리 이미지를 중심으로 정지용의 시적 세계의 감각적 전환을 추적했다. 시인은 신경증을 유발하는 근대 문물의 소리 문제를 날카롭게 감지하여 소음이 된 소리에 기계적으로 반응하는 방관자로 남지 않고자 했으며, 또한 그로써 육체성을 소모시키는 근대적 방식의 길들임을 거부했다.

이는 바슐라르가 제시하는 '몽상가적 방식'으로 침묵 속으로 침잠하여 소음에 묻혀버린 소리를 듣는 '투사적 청각'을 발휘함으로써 이루어진다. 정지용 시의 화자는 청각이라는 감각을 하나의 '사건'으로 인지하며, 외부 세계와 쌍방향적으로 소통하고 감각적 '사건'에 행위성을 부여한다. 이로써 정지용

107~108면.

문학의 청각성은 표면적인 감각에 머무르지 않고 근대 세계에 대한 저항성과 그로부터 발생하는 탈근대성이라는 특질을 획득할 수 있게 된다.

정지용 시에 나타난 청각성의 탐색은 시인의 시적 세계가 그려내는 내외부의 풍경에 대한 이해를 넓혀준다. 이를 바탕으로 기존의 다소 분절적이라 여겨지던 정지용의 시기별 시적 감각에 일종의 통일성을 마련해볼 수 있을 것이다. 또한 한국 시사에서 다소 소외되어 온 청각적 감각과 그 특성에 입체성을 부여하여 지용의 문학적 세계를 확장하고, 한 발 더 나아가서는 한국 시사가 접근할 수 있는 문학적 세계에 대한 접근을 새로이 여는 일이 될 수도 있으리라 기대한다.

본고에서는 지면상의 제약으로 부득이 분석의 범주를 정지용 시편들의 청각성이 확정되어 완성된 형태를 보이는 후기 시편들로 제한하여 분석하였다. 이러한 청각성에 대한 징후로서 초·중기 시편들에 대한 분석은 다음을 기약한다. 앞으로 정지용 시에 드러나는 다양한 감각에 대한 연구가 더욱 활발해지기를 바란다.

이상의 성천 수필에 나타난 감각 정동과 그 의미*

/

김보경

1. 들어가며

191935년 음력 8월 성천행1 , 1936년 10월 말의 동경행과 다음 해 4월 17일 동경제대 부속병원에서의 죽음. 이와 같은 요약은 1935년 8월부터 1937년 4월까지 약 2년이 안 되는 기간 동안 이상의 주요 행적으로 알려진 바다. 특기할만한 사실은 1930년 발표한 장편 「12월 12일」을 기점으로 이상이 본격적인 작품 활동을 한 기간을 약 7년이라고 본다면, 35~6년을 즈음하여 죽기 전까지의 약 2년 간 창작한 작품들은 후기 작품으로 분류해도 될 만큼 그 이전의 작품들과 구분되는 형식·내용상의 차이가 드러난다는 사실이다. 먼

---

* 이 글은 『한국현대문학연구』 제 63집(2021.4.30.)에 발표되었다.

1 원용석의 회고에 따르면 이상은 1935년 폐결핵 치료차 평남 성천으로 요양을 갔다. 여기서 머문 기간은 약 한달 정도로 보인다. (원용석, 「내가 마지막 본 이상」, 『문학사상』, 1980.11. 224~225면) 경의선 열차를 타고 성천으로 떠나는 여정이 그려진 유고 원고 「첫 번째 방랑」에는 "下弦 달"이 뜬 "八月 下旬" 때 성천에 간 것으로 나와 있다. 김주현은 이를 음력으로 보았을 때 그 시기가 일치한다고 보았고, 「산촌여정」에 제시된 현실적 시간인 "그믐 漆夜"(양력 9월 27일)로 보았을 때 9월 17일경 성천에 도착한 후 성천에서 「산촌여정」을 쓴 것으로 추정된다고 밝혔다. (김주현, 「이상 문학에 있어서 성천 체험의 의미」, 『한국근대문학연구』 2−1, 한국근대문학회, 2001, 83~84면)

저 그 이유로는 장르적 차이로서 1935년 전까지의 창작 활동이 주로 시를 중심으로 이루어졌던 것에 비해 36년과 37년 두 해에 걸쳐 소설과 수필 등 산문의 창작이 두드러진다는 데 있다. 한편 이 후기 작품에 반영된 주요한 특징은 그의 신변의 변화라는 전기적 사실과 관련된다. 1935년 즈음 이상은 폐결핵이 심화되는 등 건강상의 문제를 비롯해 창작 활동의 근거지가 되기도 했던 제비다방이 파산하고 경제적으로도 곤궁에 처하고 가족 간의 갈등이 심해지는 등 폐색 상태에 빠진다. 이러한 상황에서 그는 말 그대로 살길을 찾아 성천 혹은 동경으로 떠났고, 당시 쓰인 수필이나 편지에는 그러한 사정이 잘 반영되어 있다.[2]

이때 이상 문학 연구에 있어서 동경은 이상의 후기 문학 활동을 정리하고 의미화 하는 데 주요한 서사적 고리가 되어 왔다.[3] "그(이상 자신—인용자)를 이해하지 못하는 식민지 수도 서울을 떠나/그를 모르는 제국의 수도 토오꾜오에 가서 죽었다."[4] 라는 고은의 논평이나 "이상에 있어 동경이 종착역이라는 사실은 아무리 강조되어도 지나침이 없다"[5] 는 김윤식의 논평이 보여주듯 동경은 이상의 생애이자 문학 활동을 마감하는 종착지로 여겨져 왔다. 구

2　김주현은 이와 같은 산문으로의 장르적 변화에 있어서 성천 기행의 경험이 중요한 영향을 끼쳤다고 본다. 요컨대 성천 기행은 이상이 "병든 육체에 따른 자의식과 '내면'으로의 응시를 가능"하게 했으며, 그 은유의 수사학이 이상의 문학 세계를 본격 소설 세계로 진입하도록 했다는 것이다. (위의 글, 99면.) 본고는 성천행이 후기 작품에 끼친 영향력에 대한 김주현의 분석에 부분적으로 동의하지만, 성천 수필에 대한 분석은 다른 관점을 바탕으로 진행해보고자 한다.
3　이상이 처음 경성을 떠났다고 알려진 것은 1933년 황해도 백천 온천 기행으로, 여기서 금홍을 만난 것으로 알려져 있다. 「날개」나 「봉별기」와 같이 금홍과의 관계가 바탕이 되었다는 소설은 있지만 백천이라는 지역이 주요하게 다뤄진 것은 거의 없다는 판단 하에 백천은 논의 대상에서 제외한다.
4　고은, 「만인보 한국시인전」, 『창작과비평』, 1999 가을, 181~182면.
5　김윤식, 『이상연구』, 문학사상사, 1987, 269면.

체적으로 이상 문학을 현해탄 콤플렉스로 설명해온 연구는 동경을 중심적인 좌표로 삼아 이상의 생애 및 문학의 궤적을 서사화 한 경우에 해당한다.6 이러한 연구는 이상의 문학적 지향이 좌절되고 삶이 마감되는 과정을 동경으로 상징되는 근대성에 대한 지향과 좌절의 과정과 겹쳐보도록 만들었고, 그렇게 이상 문학에서 동경이 중요한 표상으로 자리매김할 수 있었다.

그런데 이상이 "미래의 진보를 믿는 20세기 인간이라기보다는 현재의 폐허성을 체현하는 마조히스트 주체"였고 "이상이 궁극적으로 지향하고자 했던 것은 보편적 질서라는 가상의 껍데기를 파괴하려는 것이었으며, 그 질서 자체를 무화시키려는 것이었다. '현해탄 콤플렉스'가 간과한 것은 이 질서를 벗어나기 위한 모험을 감행하는 이상의 욕망"7 이었다는 김예리의 비판이 보여주듯 이상의 동경행을 식민지 지식인의 보편성을 향한 열망으로 보는 해석은 식민지─보편(제국)의 이분법적 질서를 벗어나고자 한 그의 궁극적 지향과 반진보주의적 감각을 설명해주지 못한다는 점에서 그 한계가 지적되어 왔다. 그렇다면 이상의 동경행에서 동경에 대한 지향을 읽어내기보다는 자신이 있는 곳에서 더 이상 문학적 활로를 찾을 수 없다는 절망과 좌절 그리고 이로부터 벗어나고자 하는 몸부림을 우선 읽어내는 것이 더 합당하다는 소결로서 이상 문학에서 동경이 점해온 중요성을 어느 정도 상대화해볼 필요가 있을 것이다.

한편 성천 또한 이상 연구에서 중요한 공간으로 여겨져 왔으며, 가령 김주현은 성천 체험을 이상 문학에 있어서의 또 다른 "원점"이라 말할 정도로 성

---

6 위의 책, 269~296면.
7 김예리, 「이상의 전위성, 현해탄 건너기의 의미」, 『이상리뷰』 8, 이상문학회, 2010, 224~
  225면.

천 체험에 주목한다.[8] 성천 체험을 다룬 연구는 이상이 살아있을 때 발표된 「산촌여정」이나 「권태」를 중심으로 당시 이상의 심리를 재구하는 식의 연구가 주를 이루어왔다. 그런데 김수경의 지적대로 「산촌여정」과 「권태」에서 드러나는 성천에 대한 상이한 묘사 방식은 그 자체로 충분히 해석되기보다는 「권태」에 나타난 이상의 절망과 죽음을 강조하기 위한 자료로서 활용되는 경우가 많았다.[9] 이는 「권태」가 이상이 동경에서 죽기 전에 쓰였다는 사실에 주목한 결과로, 성천 수필 전반에 대한 해석이 동경(행)과의 연관성을 드러내기 위한 목적에 의해 특정한 방식으로 제한되어왔다는 사실을 보여준다. 이에 김수경은 이러한 편중을 해소하고자 「산촌여정」을 주된 분석대상으로 삼으며 「산촌여정」에 나타난 도시−산촌의 대비적 이미지가 조화롭게 결합되어 있다고 보며 이 조화가 성천의 자연 풍경에 대한 동경에서 비롯한다고 분석한다.[10] 이러한 연구는 공통적으로 동경행에 대한 의미 부여가 성천 수필의 해석을 제한했다는 점을 교정하는 한편 성천 수필에 나타난 서술 방식을 주 분석 대상으로 삼고 있다는 점에서 의의가 크다.

그런데 위와 같은 계열의 연구들은 그 의의에도 불구하고 성천과 경성·동경을 시골(자연)과 도시(문명) 공간으로 이분화 하는 전제에 기초해 있다. 예

---

8 김주현, 앞의 글, 98면.
9 김수경, 「<산촌여정>에 나타난 '도시'/'산촌'공간의 비유 양상과 그 의미」, 『문학과환경』 17−3, 문학과환경학회, 2018, 32면. 김수경에 따르면 성천 수필에 대한 기존의 선행 연구들은 주로 「권태」에 의미의 방점이 찍혀 있다. 위에서 언급한 김윤식의 책을 비롯하여 김주현, 「이상 문학에 있어서 성천 체험의 의미」(『한국근대문학연구』 2−1, 한국근대문학회, 2001); 조해옥, 「성천 재현의 상이성 연구」(『이상 산문 연구』, 서정시학, 2009); 김명인, 「근대도시의 바깥을 사유한다는 것」(『한국학연구』 21, 인하대학교 한국학연구소, 2009); 방민호, 「돌아갈 수 없는 방랑의 근거와 논리」(『이상리뷰』 8, 이상문학회, 2010)의 연구 등이 그 사례로 언급된다.
10 김수경, 위의 글.

컨대「산촌여정」에서 퇴폐적 도시 — 건강한 산촌의 대비적 서술이 간접적으로 도시의 문명을 비판한다는 결과로 해석될 때, 성천은 문명화된 도시 외부로서의 자연으로 못 박히고 만다. 문화와 자연을 불연속적인 것으로 사고하는 이러한 전제는 기실「산촌여정」에 대해 그 방법론이 유클리드 기하학에 근거한 "도시/시골의 단순 이분법"[11] 에 있다는 해석과 동일한 전제를 공유하는 것처럼 읽힌다. 그런데 이러한 전제는 다음의 두 가지 이유에서 그 한계를 드러낸다. 먼저 이는 문화와 자연을 분리하는 관점에 기반을 둔 해석으로서, 이는 문화와 자연이 그 경계를 설정하기 어렵게 연속적이라는 사실과 그 경계를 허무는 상호작용을 파악하지 못하도록 한다. 이러한 이분법은 기실 자연을 문화에 의해 침입 당하기만 하는 수동적인 대상으로 보는 관점과 연속적인데, 자연을 문화적 힘이 침투하지 않는 유토피아적인 공간으로 보는 관점 또한 자연을 수동적인 대상으로 보는 관점의 뒤집어진 판본에 해당한다.[12] 둘째로 이러한 전제는 공간을 등질적이거나 그 속성이 고정된 것으로 생각하는 데서 기인한다. 이 때문에 이상이 수필에 남긴 성천이나 경성에서의 여러 경험들은 각각 자연 혹은 도시 공간에서의 경험으로 양분되어 해석되어 온 경향이 있어 왔다.

따라서 본고는 위와 같은 문제를 해소하며 성천 수필을 해석하기 위해 다

---

11 김윤식,『이상문학텍스트연구』, 서울대학교출판부, 1998, 99면.
12 본고는 자연의 개념에 대해 샌딜랜즈의 논의를 일정 부분 참조하는데, 샌딜랜즈는 자연을 안정적이고 평화로운 곳으로 여기는 본질주의적인 이해 방식이나 이를 완전히 사회문화적인 구성물로 보는 이해 방식과 달리 자연을 인간의 언어로 환원되지 않는 변화무쌍하고 역동적인 실체로 이해할 것을 제안한다. 이때 황주영은 이러한 샌딜랜즈의 자연 개념이 그 의의에도 불구하고 재현불가능성에 기울 때 자연을 재차 수동적인 위치로 놓을 수 있다는 위험성을 짚는다. (황주영,「샌딜랜즈: 급진민주주의 정치학으로서의 에코페미니즘」,『여/성이론』 34, 도서출판여이연, 2016.)

음과 같은 관점을 취하고자 한다. 먼저 첫 번째 문제점에 있어서는 '신체'에 주목하는 접근법이 필요한데, 성천 수필에서 신체는 수동적인 물질이 아니라 문화와 자연이 상호작용하는 장으로 나타나기 때문이다. 나아가 본고는 신체를 인간의 신체에만 국한하지 않고 여러 신체들 간의 횡단적 상호작용에 주목하고자 한다.13 이러한 관점은 성천 수필에 나타난 이상의 '몸'을 도시인으로서의 정체성에 국한하는 시각에서 벗어나도록 해주며 자연과의 상호작용이나 그 유동성에 초점을 둘 수 있도록 해준다. 이어 두 번째 문제점을 해결하기 위해 공간을 정동적 체험을 통해 변이하는 공간이라 본 들뢰즈의 공간론을 참조하고자 한다. 들뢰즈는 공간을 선험적인 형식이나 빈 용기(容器)와 같이 폐쇄적인 것으로 보는 관점을 비판하며 신체들의 결합과 변용을 통해 창출되는 것으로 보았다.14 이상의 수필에서 성천이나 경성은 그 속성이 단일하게 나타나지 않으며, 신체들 간의 마주침과 변용을 의미하는 정동적 체험을 통해 변이하는 공간이라는 관점에서 볼 때 성천이나 경성에 대한 상이한 묘사 방식들을 이해할 수 있다. 이때 중심적인 분석의 대상이 되는 것은 다양한 감각 정동(sense affect)으로, 이 개념을 통해 감각을 통해 이

---

13 스테이시 앨러이모는 이러한 맞물림을 "횡단─신체성trans-corporeality"라고 부르며 인간 신체, 비인간 생명체, 생태계, 화학 작용물 등이 예측 불가능한 작용들을 통해 연결되는 접촉 지대를 강조한다. 이러한 신체 개념은 신체의 물질성을 과소평가하는 구성주의적 입장에 대한 비판을 수행하며 반인간중심적이고 생태적인 인식론의 기초가 된다. (스테이시 앨러이모, 윤준·김종갑 역, 『말, 삶, 흙: 페미니즘과 환경정의』, 그린비, 2018, 16~73면.)

14 들뢰즈는 이와 같이 공간의 변이하는 특성을 "매끈한 공간"과 "홈 패인 공간"이 혼합하는 양상으로 설명하는데, "홈 패인 공간"이 경계가 닫혀 있고 구획된 공간이라면 "매끈한 공간"은 이질적인 신체들 간의 차이 생성 작용을 통해 생산된다. (질 들뢰즈·펠릭스 가타리, 김재인 역, 『천 개의 고원』, 새물결, 2001.) 들뢰즈의 공간론에 대한 해설은 다음의 논문을 참조. 김은주, 「들뢰즈의 생성의 공간 ─ 변이하는 공간과 공간 생성을 중심으로」, 『시대와 철학』 27−2, 한국철학사상연구회, 2016.

루어지는 여러 신체들 간의 정동적 작용에 주목할 것이다.[15] 감각 정동을 중심으로 성천이나 경성에 대한 수필들을 살펴볼 때 시골/도시, 자연/문명 등의 이분법에서 벗어나 성천 수필의 의미를 살펴보는 한편 경성으로 돌아온 후 쓰인 수필들과의 연속선상에서 그 주제의식을 도출해볼 수 있을 것이라 기대된다.

2. 미각의 정동적 작용과 식사의 정치경제

후기 작품들 중 성천 기행이 바탕이 된 수필로는 35년에 연재된 「산촌여정」과 37년에 연재된 「권태」 외에도 여러 미발표 원고들이 있다.[16] 본고는 편의상 성천 기행이 바탕이 된 수필들을 성천 수필이라 부르고자 한다. 먼저 성천 수필에 나타나는 특징 중 하나는 자연물이 인간의 신체에 빗대어 그려지는 경우가 많으며 이를 통해 인간과 자연의 연결됨이 표현되고 있다는 점

---

15 본고는 이상의 수필에서 감각이 정동적인 공명과 함께 이루어진다는 판단 하에 '감각 정동'이라는 표현을 사용한다. 감각 정동은 벤 하이모어의 「뒷맛이 씁쓸한 ― 정동과 음식, 그리고 사회 미학」(멜리사 그레그·그레고리 시그워스 편, 최성희 외 역, 『정동이론』, 갈무리, 2016.)이라는 글의 감각 정동(sense affects)으로 이라는 표현에서 따왔으며, 그에 따르면 이는 감각과 정동이 서로에게 흘러드는 교차 양상을 설명하기 위한 개념이다(209면). 본고에서 감각이 아닌 감각 정동이라는 개념을 사용하고자 한 것은 감각을 인간의 주관적 경험으로 수렴시키지 않고 비인간을 포함한 행위자들 간의 관계적 양상을 강조하기 위함이다.

16 성천 수필에는 「산촌여정」(『매일신보』, 1935.9.27.―10.11.), 「권태」(『조선일보』, 1937. 5.4.―11.) 외에 조연현이 발굴한 미발표 원고들 중 성천 수필로 묶을 수 있는 작품들로 「이 아해(兒孩)들에게 장난감을 주라」(김수영 역, 『현대문학』, 1960.12), 「어리석은 석반(夕飯)」(김수영 역, 『현대문학』, 1961.1), 「모색(暮色)」(김수영 역, 『현대문학』, 1960.12), 「첫 번째 방랑(放浪)」(유정 역, 『문학사상』, 1976.7), 「무제―초추」(김수영 역, 『현대문학』, 1960.12), 「야색(夜色)」(최상남 역, 『문학사상』, 1986.10) 등이 있다. 이하 본문에 작품 인용 시 작품명만 병기한다. 인용은 김주현 전집본(김주현 편, 『증보 정본 이상문학전집』 3, 소명출판, 2009.)을 따랐다.

이다. 이상의 시에서 동물이나 사물 등 비인간 신체가 인간의 신체와 결합한 이미지를 확인하는 것은 어렵지 않은데[17], 성천 수필에서는 이들 간의 상호작용이 드러나고 있다는 점에서 그 연결의 양상을 구체적으로 살펴볼 수 있다. 특히 물은 「권태」, 「첫 번째 방랑」, 「무제ー초추」 등의 작품에서 아래와 같이 그려진다.

1) 나는 개울가로간다. 가믈로하야 너무나 貧弱한물이 소리업시 흐른다. 뼈처럼앙상한 물줄기가 왜 소리를 치지안나?

―「권태」부분

2ー1) 벼밭에서 벼밭으로 아래로 아래로 맑은 물은 흐르고 있는 것이다. 논두렁을 잘라 물길을 낸 곳에 샴페인을 터뜨리는 그런 물소리가 끊일 새 없다.

피가ー지칠 줄 모르는 피가 이렇게 내뿜고 있는 大自然은 千古에도 결코 늙어 보이는 법이 없다.

2ー2) 삶을 지닌 모든 것은 모두 피를 말려 쓰러질 것이다. 이제 바야흐로.

아카시아 이파리엔 흰 티끌이 덧쌓이고, 시냇물은 靜脈처럼 가늘게 부어올라 거무죽죽하다.

2ー3) 그리하여 피는 이어져 있다. 메마른 공기 깊숙이.

나는 물을 마셨다. 시원한 밤이 五臟으로 흘러들었다.

―「첫 번째 방랑」부분

3) 한낮, 茫漠한 遠景은 이 些小한 맑은 물 소리로써 計算되고 있는 것만 같다. 健康한 靜謐이여. 明澄한 脈搏이여.

---

17 이상 문학에서 총이나 나비와 결합된 신체(「오감도 시 제9호 총구」, 「오감도 시 제10호 나비」), 거리와 결합된 신체(「가와가전」 등) 이미지 등과 같이 여러 신체 이미지들의 특징을 가리켜 신범순은 "변신술적 글쓰기"라 명명한 바 있다. (신범순, 『이상문학연구: 불과 홍수의 달』, 지식과교양, 2013, 151~158면)

아침은, 나는 식어들기 일수였다. 萬事는 나에게 더욱 冷膽한 思念이
되어 간다.

神을 掩襲하는 가을의 思索, 그럴 때마다 느끼는 生存의 寂寞과 欝苦에
견뎌낼 수 없다. 나의 前方에 鮮明한 文字처럼 展開하는 自殺에의 誘惑

그러나—

나의 冷却한 피는 이 鏧쇠처럼 꽃다운 脈搏 속에서 抱擁처럼 따뜻해지
는 것이었다.

―「무제―초추」부분

뼈 혹은 피로 물길이 비유되는 가운데, 이는 단지 자연을 의인화하는 기법
이 구사되었다는 이유에서만이 아니라 '나'의 신체가 물과 관계 맺는 양상을
보여준다는 점에서 주목을 요한다. 「권태」에서 이상의 빈약해진 신체는 뼈
만 남아 앙상해진 물줄기와 호응하며, 「첫 번째 방랑」에서 메마른 강물은 거
무죽죽한 정맥에 빗대어진다. 그런데 이와 함께 그는 지칠 줄 모르는 피를
내뿜는 듯한 물길에 감응하며, 이러한 장면은 2−3)에서 "피는 이어져 있"다
는 인식과 "물을 마"시는 행위로서 비인간 신체인 물이 화자의 신체로 흘러
드는 장면으로 이어지게 된다. 이러한 연결은 「무제―초추」의 3)과 같은 묘
사에서 물소리의 생기와 활력으로부터 자살에의 유혹을 물리치며 자신의 맥
박이 뛰어오르는 것을 느끼게 되는 것으로 나타나게 된다. 이처럼 '나'의 신
체가 자연과 감응하는 정도에 따라 물이라는 자연물은 상이하게 그려진다.

이와 같은 신체 묘사의 상이함에 있어서 인간의 신체가 언제나 활력으로
충전되어 있지 않은 것은 도시 생활에서 기인한 것으로 보인다. 예컨대 「산
촌여정」에 묘사된 "새벽『아스팔트』를구르는 蒼白한工場少女들의回蟲과갓
흔 손까락을聯想하야봅니다. 그온갓階級의都會女人들軟弱한皮膚우에는 그
네들의 貧富를뭇지안코 온갖육중한指紋을늣기지안습닛가."와 같은 구절에

서처럼 여성 노동자들을 비롯하여 도시에 사는 여성들에게 가해진 착취나 억압이 드러나는 것 역시 이 신체를 통해서이다. 여기서의 신체는 사회적·경제적인 환경에 의해 변화되는 관계적인 물질성을 드러낸다. 마찬가지로 아래(2)와 같이 이상은 경성을 떠나온 자신의 몸을 "도회의 육향"이 풍기는, "연필가치 수척하야가는 이몸"이라 서술하며, 성천으로 와서 "살이 오르는 것" 같다고 쓰고 있다. 그의 몸이 수척해졌다는 표현에서는 이상의 병력이나 경성에서의 곤궁하고 피폐했던 생활이 암시되고, 그런 그가 성천에 와서 생기를 회복하려 하고 있음을 알 수 있다. 그런데 자신의 몸에 대한 서술이 "수척"함 혹은 "살이 오르는 것"으로 달라지는 데는 아래와 같이 "이 몸"이 여주라는 자연물과 맺는 관계가 어떤 감각이 중심이 되어 맺어지느냐에 따라 달라지는 데서 비롯한다는 점에서 좀 더 면밀한 분석이 요청된다.

> 1) 수수깡울타리에 『어렌지』 빗여주가열렷습니다. 당콩넝쿨과어우러저서 『세피아』 빗을背景으로하는一幅의屛風입니다. 이섯흐로는호박넝쿨 그素朴하면서도大膽한 호박곳에 『스파르타』式 쑬벌이 한마리안자 잇슴니다. 濃黃色에反映되여 『세실·B·데밀』의 映畵처럼 華麗하며 黃金色으로侈奢함니다. 귀를기우리면 『르넷산스』應接室에서들니는扇風機소리가남니다.

> 2) 유자가익으면 껍질이 벌어지면서 속이비저나온담니다. 하나를따서 실슷헤매여서 房에다가걸어둠니다. 물방울저썰어지는 豊艶한味覺밋헤서 鉛筆가치 瘦瘠하야가는 이몸에 조곰式 조곰式 살이오르는것갓슴니다. 그러나 이野菜도 果實도 아닌 『유모러스』한 容積에 香氣가업슴니다. 다만 세수비누에 한겹식〈 解消되는 내都會의肉香이 房안에 徘徊할쑨입니다.

> — 「산촌여정」 부분

우선 2)에 나오는 유자는 그 묘사로 보았을 때 열매 유자(柚子)를 가리키는 것이 아니라 맥락상 앞 장면 1)에 나온 여주를 가리키는 것으로 보인다. 실제로 북한에서는 여주를 유자라 쓰기도 하기 때문에 이 혼용이 해석상의 큰 차이를 낳는다고 보기 어렵겠지만, 1)과 2)에서 같은 여주라도 묘사가 달라진다는 사실에 주목해볼 수 있다. 1)에서 오렌지 빛 여주는 강낭콩넝쿨, 호박넝쿨, 호박꽃 꿀벌과 어우러지며 "화려"한 빛을 발하는데, 그가 동원하는 비유적 표현에서 보이듯 여기서는 세실 데밀의 영화나 르네상스 응접실과 같이 성천에서는 찾기 어려운 도시적인 사물들이 동원되어 그 풍경이 그려진다. 그런데 2)를 살펴보면 방에 걸어둔 여주가 익어 그 사이로 떨어지는 과즙을 보게 되자 화자는 미각이 자극됨을 느낀다. 유자와 화자 사이에 발생하는 이러한 감각적 동요는 과즙에 부여한 "풍염한 미각"이라는 은유로 나타난다. 그리고 이상은 여주로부터 미각이 자극됨에 따라 자신의 신체에도 살이 붙는 것 같다고 느낀다.

　여주에 대한 위와 같은 묘사 차이는 우선 첫 번째로 1)과 2)에서 여주를 그릴 때 전면화 되는 감각이 각각 시각과 미각으로 서로 다르다는 사실, 두 번째로 시각을 통해 묘사할 때 도시적인 사물이 동원되는 한편 미각의 경우 그렇지 않다는 점, 세 번째로 미각을 통한 묘사에서 화자의 신체의 변화가 나타난다는 점 등으로 구체화된다. 이러한 시각과 미각의 대비적 서술의 의미에 대해서는 미각이 흔히 이성이나 논리의 영역과는 거리가 먼 감각으로 작동한다는 논의를 참조해볼 수 있다.[18] 「산촌여정」에서 이상이 "나의 동글납

18　벤 하이모어는 이러한 다른 감각과 다른 미각의 특성을 다음과 같이 설명한다. "감각(인지 감각과 신체 감각 모두)을 분류하는 양상은 보는 것과 듣는 것이 관념적인 인지와 관련된 문제에 언급되는 방식인 반면("내가 보기에", "듣자 하니"), '맛'은 이성주의적 규칙에 영향을 받지 않는 감각적인 영역을 불러오고 있다."(벤 하이모어, 앞의 책, 215면.)

작한 머리가 그대로 『카메라』가 되어" 풍경을 촬영하듯 쓴다고 했던 것과 같이 기본적으로 성천에 대한 묘사는 시각이 중심적인 감각으로 활용된다. 그런데 앞의 특징들을 종합해 정리해보건대 「산촌여정」에서 시각이 1)과 같이 도시적인 감각의 연장선상에서 도시적 사물들의 비유를 동원함으로써 자연을 화려한 풍경으로 이상화하여 묘사하는 기제로 작동한다면, 미각적인 경험은 2)에서와 같이 음식이라는 물질이 화자의 신체를 변화시키는 행위자로 작용하는 사건으로 나타난다는 점에서 그 차이가 있다.19

그런데 위의 인용문 2)에서 결국 이 여주가 야채도 과실도 아니고 "향기" 없는 것이라 조소하게 되는 데에는 "도회의 육향"만을 풍기는 그 자신의 신체를 자각하게 되면서이다. 여주를 그리는 이러한 장면에는 자연과 얽혀드는 활기로부터 생명력을 충전하려는 욕망과 이것이 중단되게 하는 도회인으로서의 자기 정체성에 대한 인식이 복합되어 있다. 여기서 강조되어야할 것은 성천 수필에서 성천을 그려낼 때 주로 동원되는 시각이라는 감각뿐만 아니라 미각이라는 감각이 작동하는 방식이다. 후자를 통해서는 성천의 자연과의 활력적인 상호 작용을 통한 '나'의 신체의 변화가 그려진다는 점에서 자연을 대상화하는 거리에 기반을 둔 시각의 작용과는 차이를 보인다. 성천 수필에 나타난 이상의 '몸'을 순전히 도회적인 것으로 보아 자연의 외부로 놓는 관점에서는 자연과의 복합적인 관계성을 보여주는 이러한 장면들을 놓치게

---

19 식사를 탈인간중심적인 사건으로 해석하기 위해 제인 베넷은 음식을 인간이라는 물질을 변화시키는 강력한 행위자로 주목한다. 인간이 음식을 먹는 것은 "내가 가장 결정적인 작용자라 말할 수 없는 배치 안으로 진입하는 것과 같다"(118면)는 사실을 핵심으로 하는데, 베넷에 따르면 이러한 식사의 과정은 인간의 신체와 비인간 신체들이 서로에게 반응하고 상호 변형되며 배치를 형성해가는 양방향의 과정이다. (제인 베넷, 『생동하는 물질』, 현실문화, 2020.)

되기 쉽다.

이러한 '몸'의 복합성과 함께, 성천이라는 공간이 낙후된 시골이라거나 도시와 대비되는 아름다운 자연 공간이기만 한 것이 아니라는 사실 역시 주의를 요한다.[20] 성천은 자연과의 감응을 가능하도록 하는 공간이지만, 성천 수필에는 성천의 자연환경 및 산업구조의 변화에 영향을 미쳐 온 정치경제적 권력이 암시되어 있기도 하다. 가령 성천까지 파고든 일제의 자본주의적 통치 권력은 금융조합의 주관으로 개최된 식민통치 선전 영화 상영회와 조합 이사의 통역부 연설 장면(「산촌여정」), 금융조합 사내와 조우하여 대화하는 장면(「첫 번째 방랑」), 성천 지역의 조세장려표항 및 전매특허에 대한 언급 (「모색」) 등에서 나타난다. 여기서 반복해서 언급되는 금융조합 사업은 1907년 일제에 의해 지방 금융 조합 규칙이 공포된 후 농촌 지역에 상품화폐 경제체제를 정착시키기 위해 실시된 농민 조직화 사업을 가리킨다. 이러한 금융 조합은 하층민의 금융 활동을 개선한다는 목적으로 조직되었으나 실제로는 계의 자치적 성격을 제거하고 농민과 자연을 수탈하는 역할을 해왔다.[21] 특히 성천은 명주를 비롯한 직물, 연초, 밤 등의 생산이 발달한 곳으로, 성천의 수공업 생산품 중심의 농민 경제는 일제의 공업자본에 종속되며 구조적으로 취약한 상태에 놓이게 되었다.

그런데 이렇게 변화된 성천의 모습을 잘 보여주는 것은 다름 아닌 성천 사

---

20 한편 이 이중성을 해소하기 위해 성천의 자연이 아름답게 묘사된 「산촌여정」과 달리 이상이 동경에서 느낀 권태가 「권태」에서의 권태로운 성천 묘사에 투사되었다는 해석이 있기도 한데, 이는 이상 수필 해석에 있어서 어느 정도 일반적으로 공유된 것처럼 보인다. 이러한 해석에 기본적으로 동의를 하면서도, 본고는 황폐해진 성천에 대한 묘사의 이유가 이상이 느낀 권태로만 환원되기 어렵다고 본다.

21 이경란, 「일제하 금융조합의 농촌침투와 산업조합」, 『역사와실학』 19 · 20, 역사실학회, 2001.

람들의 식사와 입맛이다. 「어리석은 석반」은 "만복의 상태는 거의 고통에 가깝다."는 구절로 시작하며, 성천 수필 중에서 미각과 식사의 문제를 가장 주된 주제로 삼고 있는 작품이다. 이상은 만복의 고통을 야기한 성천에서의 식사에 대해 다음과 같이 쓴다. "나는 마늘과 닭고기를 먹었다. 또 어디까지나 사람을 무시하는 후꾸진스께와 지우게 고무같은 두부와 고추 가루가 들어 있지 않는 뎃도마수같은 배추 조린 것과 짜다는 것 이외 아무 미각도 느낄 수 없는 숙란을 먹었다. 모든 반찬이 짜기만 하다. 이것은 이미 여러 가지 외형을 한 소금의 유족에 지나지 않는다." 먹을 것이 풍족하지 않아 음식을 오래 보관하기 위해 소금을 많이 쳐 오로지 짠 맛만 나는 이 식사는 생존만이 목적이 된 식사다. 한편 「모색」에서는 덜 익은 과실을 시장에 내다 팔기 위해 나온 촌사람들에 대해 언급하며, 이상은 "그들의 혀"가 "超人間的으로 健康한데에 혀를 차지 않을 수 없었다."며 이들의 둔감해진 미각에 대해 반어적으로 표현한다. 생계유지를 위해 과실이 충분히 익지 않았음에도 내다 팔러 온 이 과실에서는 "덜익은 맛"이 날 뿐이지만, 대부분의 촌사람들은 이에 개의치 않고 먹기에 급급하다. 이러한 묘사는 경제적인 궁핍함에 짠 맛이 강하거나 덜 익은 음식에 익숙해져 변화되는 신체의 감각을 통해 미각에는 사람들의 사회적인 환경과 정체성이 스며들어있다는 사실을 드러낸다.

이상은 성천 사람들의 위와 같은 식사를 "어리석은" 식사라 표현하면서, 자신의 미각을 성천 사람들의 둔감한 미각과 대비되는 것으로 그린다. 그는 "머루와 다래의 덜익은 맛을 좋아 않는다"고, "나는 그것들을 조금씩 먹어보곤 깜짝 놀랐다. 大體로 내 혓바닥은 弱하다. 내 혀는 금새 盲目이 될 상하다."고 쓴다. 이 약함이란 "초인간적으로 건강"한 촌사람들의 혀와 마찬가지로 반어적인 표현으로 이해된다. 맛을 향유하기보다는 당장의 생존을 위해,

혹은 과실을 팔기 위해 식사를 하는 성천 사람들의 입맛이 건강하다고 표현한 것은 맛을 섬세하게 구분하거나 가리지 않고 맹목적으로 섭취하고 있기 때문이다. 이와 달리 이상이 자신의 혀를 약하다고 표현할 때의 이 약함은 예민하다는 의미로 이해된다. 이들과 자신을 둔감한/예민한 미각으로 구분 짓는 이러한 모습에서는 앞서 드러난 이상의 도회인으로서의 자기 인식이 발현된 것으로 읽힌다.

「모색」에서 이러한 자의식이 성천 사람들의 입맛과 자신의 것을 구분 짓는 시선과 연관되어 있다면, 마찬가지로 「야색」에서 "음침한 토막집"에서 "별빛에 의지해 식사를 하고 있는 가난한 농사꾼 일가"에 대한 타자화된 시선이 드러나는 것은 그들은 자신과 달리 자살에 대해 생각해본 적 없을 것이라 판단하는 자의식 때문이다. 「야색」은 공포와 불안, 권태 등 자신을 자살로 몰아가는 감정이 전면적으로 토로된 작품으로서, 성천 사람들은 자살에 대해 생각해 본 적이 없는 "행복한 사람들"인 반면 자신은 자살에 대해 생각하며 끝없는 불쾌와 고통을 느낀다. 「권태」에서 "農民은참不幸하도다. 그럼—이 凶惡한倦怠를自覺할줄아는 나는 얼마나 幸福된가"와 같은 구절 역시도 표면적으로는 「야색」의 앞 내용을 전도한 것처럼 보이지만 성천 사람들에 대한 타자화와 자신의 자의식이 동반된다는 점에서는 사실상 동일하게 읽힌다. 그리고 「야색」에서 이러한 시선은 「모색」에서 성천 사람들의 식사를 어리석은 것이라 칭한 것처럼 자연에 대해서 "우매한 자연"이라 일컬으며 이에 대해 "나는 언제까지나 털끝만한 친밀감도 발견할 수 없다"는 인식에서처럼 자연과의 거리감으로 연장된다.

하지만 성천 수필에는 위와 같이 성천 사람들이나 자연이 타자화 되는 장면과 대비되는 식사의 장면들이 다음과 같이 그려지기도 한다는 점에서 주의를 요한다. 가령 「어리석은 석반」에서 "이 촌락은 평화하다. 나는 마늘 냄새 풍기는 게 트림을 하였다. 마늘—이 토지의 향기를 빨아 올린 귀중한 것이다. 나는 이 권태 바로 그것인 토지를 사랑하는 동시, 백면들을 제외한 그들 촌 사람의 행복을 축복하고 싶다. 이제 나는 움직일 수 없는 태산처럼 만족 상태이기 때문이다."와 같은 구절에서 식사를 통한 만족 상태는 첫 장면에서의 '고통의 만복' 상태와 뚜렷이 대비된다. 또한 「모색」에서는 다른 성천 사람들과 대조되는 '며느리'의 식사가 "며느리는 다시 복숭아와 머루를 그 시원스런 汁을 입속 가득히 스며들도록 넣으면서 音響効果도 신명지게 씹고 있다."와 같이 그려지는데, 여기서는 생존에 대한 걱정에 매몰되지 않고 과일의 맛을 향유하는 감각적인 식사의 장면을 확인할 수 있다. 이러한 감각적인 식사의 장면에서는 앞서 살펴본 자연이나 성천 사람들에 대한 거리감이 드러나지 않는다. 마늘을 먹음으로써 이상은 "토지의 향기" 즉 사회경제적 착취에 의해 훼손되지 않은 자연을 감각하며 토지에 대한 "사랑"을 느끼는 한편으로 "촌 사람의 행복을 축복"하고 싶다는 것으로 변화된 인식을 나타내기 때문이다. 이러한 장면에서 성천 사람들과 자신을 구분 짓는 자의식이 느슨해진 것은 신체에 활력을 주는 음식의 행위성이 작용한 결과로 읽을 수 있다. 음식이 야기한 "만족 상태"는 이상이 도시인으로서의 정체성에서 벗어나 황폐해진 성천의 토지에 대한 "사랑"을 느끼고 성천 사람들의 "행복을 축복"하게 되는 긍정적인 변용의 과정을 보여준다.

그리고 이러한 변화는 성천 사람들의 식사 소리와 개의 식사 소리를 같다고 느끼고 생리 현상에 있어서 인간과 동물이 서로 다르지 않다는 점을 인식하는 다음의 장면에서도 나타난다. "人間이 食事하는 것을, 보이지 않는 곳에 숨어서 들을 때, 개의 그것과 똑 같다는 것을 發見함은 一大快事라 하겠다. 나는 그 반찬들을 想像해 본다. 나의 食事와 조금도 다르지 않는 것들일 것이니 말이다."라는 구절에서 드러나듯 이상은 식욕에 있어서는 동물이나 성천 사람들과 자신이 다른 존재가 아님을 깨닫는다. 이는 앞서 「야색」에서 식사를 하는 농사꾼 일가를 바라보며 이들로부터 이질감을 느끼는 장면과 대조되며, 식사를 통해 자신과 성천 사람들이나 동물과의 경계가 무화되는 것을 느끼는 구체적인 장면에 해당한다. 물론 「어리석은 석반」 전반적으로 화자의 감정은 만족과 불쾌 사이를 오고간다. 이 글에서 성천의 낙후된 환경은 개들은 먹을 것이 없어 아무 것도 없는 땅바닥의 냄새를 맡는 장면에서 재차 인식되며 이상은 "메마른 풀" 같이 활력이 소진된 자신의 모습을 마주한다. 그럼에도 성천이 어떻게 인간 및 비인간 신체들 간의 긍정적인 관계성이 창출되는 공간으로 그려지고 있는지에 대해서 짚어두며, 다음 장에서 논의를 이어가도록 하겠다.

3. 과거를 매개하는 감각과 '과일'의 의미

이 장에서는 성천 수필에서 미각을 비롯한 여러 감각의 작용이 과거를 환기하는 양상으로 나타나는 장면과 함께 상이한 시간의 결합을 체현하는 이미지로서 '과일'에 주목하고자 한다. 먼저 여러 기존 연구들은 성천 수필의 대표적인 두 작품인 「산촌여정」과 「권태」에서 나타난 성천의 서로 다른 재현 방식에 대한 분석을 한 바 있다. 그 중 두 작품에 나타난 시간 경험의 차이는 두 작품 간의 차이를 설명하는 중요한 특징 중 하나에 해당한다. 「산촌여정」이 늦여름에서 초가을로 이어지는 시기의 계절을 배경으로 한다면 「권태」는 늦여름의 무더위를 강조한다는 것, 「산촌여정」의 시간 서술이 하루를 쪼개 밤, 아침, 낮, 저녁, 밤으로의 세분화된 시간 단위를 대상으로 한다면, 「권태」는 그러한 세분화가 희미하며 하루가 동일하게 반복된다는 반복성을 특징지어진다는 것[22] 등이 그 주요 내용에 해당한다. 위와 같은 시간 경험의 특징은 「산촌여정」의 다채로운 풍경 묘사와 「권태」의 단조로운 풍경 묘사에서처럼 공간을 묘사하는 방식에서도 나타나며, 이는 시간 경험의 차이가 성천에 대한 전반적인 서술 방식에 영향을 주고 있다는 사실을 보여준다.

성천 수필의 주된 주제 중 하나가 권태라는 사실은 새삼스럽지 않다. 이때 「권태」에서 권태라는 감정은 위와 같은 시간 경험과 관련된 것으로 나타난다. "來日. 來日도 오늘하든繼續의일을해야지 이 끗업는倦怠의來日은 왜이러케 끗업시잇"다거나 "그러컷만 來日이라는것이잇다 다시는 날이새이지안흔 것갓기도한밤 저쪽에 또來日이라는놈이한個 버티고서잇다마치凶猛한刑使처럼─ 나는 그 刑使를避할수업다 오늘이되어버린來日속에서또나는 窒息할만치심심해레야 되고기막힐만치답답해해야 된다."와 같이 권태는 미래가 달라질 것이라 기대되지 않고 등질적으로 반복될 것이라 여겨지는 데서 비롯한다. 그 어원상 "변화없는 상태가 지속되는 것"을 의미하는 권태는 "주체가 기억하는 시간의 속성이 늘 단조롭고 무의미한 반복으로 특징"지워진다.[23] 시간을 양화하며 차이 없는 반복성으로 특징지어지는 근대적 시간 경험에 대한 부정적인 인식은 「어리석은 夕飯」에서 시계를 보며 "그건 참으로

---

22 김수경, 「<산촌여정>과 <권태>의 서술방식 비교 ─ 묘사와 설명을 중심으로」, 『리터러시연구』 10─3, 한국리터러시학회, 2019.

23 김길웅, 「시간과 멜랑콜리: 1930년대의 근대도시 베를린과 경성에서의 산책 모티프를 중심으로」, 『독일언어문학』 36, 한국독일언어문학회, 2007, 254~255면. 한편 최창근은 이상의 권태가 선형성으로 특징지어지는 근대적 시간성과 관련되어 있다는 점을 풀이한다. (최창근, 「권태의 근대성과 놀이 ─ 이상의 텍스트를 중심으로」, 『비평문학』 33, 한국비평문학회, 2009.)

바보같고 愚劣한 낯짝이 아닌가. 저렇게 바보같고 어리석은 時計의 印象을 일찍이 한번도 經驗한 일이 없다."며 시계의 어리석음을 탓하는 구절에서도 엿보인다.

그런데 권태의 시간성과 달리 「산촌여정」 등에서 주목되는 것은 비교적 시간의 흐름의 세밀한 차이가 경험된다는 것뿐만 아니라 미각이나 후각 등의 감각을 통해 과거에 대한 기억이 환기되고 있다는 점이다.[24] 먼저 「산촌여정」은 "향기로운 MJB(커피의 일종-인용자)의 미각을 잊어버린지도 이십여일이나 됩니다."라며 후각과 미각이라는 감각으로 글의 첫머리를 연다. 떠나온 경성에 대한 기억이 미각으로 표현되는 것은 성천 수필의 또 다른 작품인 「어리석은 석반」의 다음과 같은 구절에서도 유사하게 변주된다. "이 지방에 온 후, 아직 한번도 담배를 피우지 않았다. 장지(長指)의, 저 로서아 빵의 등어리 같은 기름진 반문(班紋)은 벌써 사라져 자취도 없다." 여기서 경성을 떠나왔다는 것을 인지하게 되는 것은 경성에서 즐겨 피우던 담배의 맛이 희미해졌음을 깨닫게 되기 때문이다. 희미해진 담배의 맛은 빵의 어둡게 패인 윗면처럼 손에 묻은 자국이 희미해졌다는 시각적 이미지로도 그려진

---

24 이 기억은 의식적 기억이 아니라 감각의 자극으로 인해 불현듯 환기되는 기억이라는 점에서 무의지적 기억에 해당한다. 마수미의 정동론을 해석하는 김민지에 따르면 감정과 달리 정동은 무의식적인 기억까지 현재로 환기하는데 이때 정동을 동반하는 기억의 작용은 과거-현재-미래의 경계를 무너뜨린다. (김민지, 「정동의 잉여적 사유들 - 브라이언 마수미 논의를 중심으로」, 『동서철학연구』 96, 한국동서철학회, 2020.) 감각 중 미각이 기억과 관련되어 있다는 점은 『잃어버린 시간을 찾아서』에서의 마들렌의 맛을 통해 유년기의 기억이 환기되는 유명한 장면을 비롯해 한국의 근대시에서는 주요한, 정지용, 이육사, 백석 등의 시에서도 잘 나타나 있다고 연구된 바 있다. (김주언, 「한국 음식시의 맥락과 가능성 - 한국 음식문학의 맥락과 가능성」, 『우리어문연구』 58, 우리어문학회, 2017.) 김주언은 이상의 작품에서 음식이 시적 표현을 얻는 데까지는 나아가지 못했다고 판단하지만 그 단초를 언급하고 있으며, 주요한, 정지용, 백석 등의 시에서 음식이 유년의 고향을 환기하는 대상으로 등장하는 시들을 통칭해 음식시라는 명명을 제안한다.

다. 이러한 기억의 흔적이 잊혔다거나 사라졌다는 표현에서 성천행의 동기 중 하나가 경성에서의 습관과 생활로부터 벗어나고자 한 것이었음이 드러나는데, 동시에 이런 감각들은 경성에서의 경험이 신체화된 기억으로 남아 있음을 방증한다.

이때 환기되는 기억 중 주목되는 것은 "소년시대의꿈"으로, 이는 이상이 잊어버리고자 했던 기억과 달리 그에게 삶의 의욕을 불러일으킨다. 먼저 「산촌여정」에서의 "客主ㅅ집房에는石油燈盞을켜놋습니다. 그 都會地의夕刊과갓흔그윽한내음새가 少年時代의꿈을불음니다."라는 구절과 「첫 번째 방랑」에서의 "글자는 午睡처럼 겨드랑이 밑에 간지럽다. 이미지는 멀리 바다를 건너 간다. 벌써 바닷소리마저 들려온다./이렇게 말하는 幻像 속에 나오는 나, 影像은 아주 반지르르한 루바시카를 입은 몹시 頹廢的인 모습이다. 少年 같은 창백한 털복숭이 風貌를 하고 있다. 그리곤 언제나 어느 나라인지도 모를 거리의 十字路에 멈춰 서있곤 한다. (중략) 멀리 少年의 날, 린시이드油의 냄새에 魅惑되면서 한 사람의 畵人은, 곧잘 흰 시이트 위에 黃疸色 피를 토하곤 했었다."를 살펴보면, 이 두 장면은 서술상의 약간의 차이가 있지만 모두 이상이 어린 시절 화가를 꿈꾸며 미술부에서 그림을 그리던 때의 모습이 유화를 그릴 때 쓰이는 린시이드유의 냄새를 통해 환기된다는 점에서 공통된다. 이때 이 장면 이후 비망록에 글을 쓰는 장면이 이어지는 것(「산촌여정」)은 이렇게 환기된 기억이 그의 예술적 열정을 다시금 일깨우고 있음을 보여준다. 또한 "유달는기억에다는군데군데『언더라인』을하야" 놓는 듯 소리를 내는 「산촌여정」의 벼쩡이는 「첫 번째 방랑」에서 귀뚜리로 변주되어 등장하는데, 분신과도 같은 귀뚜리에게 화자는 죽지 말고 서울로 돌아가 "삶의 새로운 意義와 光明을 발견하"라 말한다. 활로를 찾아 성천으로 떠나왔지만 거듭 자살 충동과 싸우던 그가 삶의 의의와 광명을 말하게 되는 데는 "소년시대의 꿈"과 같은 "유달른기억"의 힘 때문이다.

나아가 「산촌여정」이나 「첫 번째 방랑」에서 환기되는 과거의 의미는 비단 개인적인 기억에만 국한된 것은 아니며, 이상의 반진보주의적 역사의식과도 관련되는 것으로 보인다. 「첫 번째 방랑」에서 소환되는 "古代"라는 시간은 이에 대한 적절한 예시가 될 것이다. 성천으로 향하는 길에서 이상은 "나는 나의 記憶을 소중히 하지 않으면 안된다. 나의 精神에선 이상한 香氣가 나기 시작했으니 말이다."라며 불현듯 기억의 가치를 깨달으며 "古代스러운 꽃"을 피울 것이라 쓴다. 고현혜에 따르면 「첫 번째 방랑」에서 이상은 조선의 민족과 국토에 대한 인식을 심화하며 일제에 대한 저항과 함께 인류애적인 "地球" 공동체에 대한 염원을 드러내게 되는데("식어가는 地球 위에 밤낮 없이 따스하니 서로 껴안지 않으면 안 될 것이다"), 이러한 염원은 "古代스러운 꽃"이라는 상징으로 표현된다. 여기서 이상은 성천에서 파탄 난 농촌과 식민지의 현실을 목격하면서도 "조화로운 총체성의 세계"의 상징으로서의 "고대"[25]에 대한 희망을 잃지 않았다는 것이다. 이러한 "古代스러운 꽃"은 미래에 대한 낙관을 바탕으로 하는 진보적 역사관을 따르지 않으면서도 미래에 대한 희망을 담지하는 이미지로 기능한다.

그리고 이와 같이 성천 수필에서 감각을 통해 과거가 환기되는 장면들을 고려하면서, 2장에서 살펴본 과일 이미지가 「산촌여정」과 「첫 번째 방랑」의 후반부에 다시 등장하고 있다는 점에 주의를 기울일 필요가 있다.

---

25 고현혜, 「「첫번째 放浪」 - "삶의 새로운 의의와 광명" 찾기」, 『이상리뷰』 8, 이상문학회, 2010, 178면.

담배가가 겻房안에는 오늘黃昏을미리가저다노앗습니다 침々한몃『가론』의 空氣속에생々한 針葉樹가 鬱蒼합니다 黃昏에만 사는移民갓흔 異國草木에는 純白의 갸름한 열매가 無數히 열렷습니다 고치一歸化한 『마리아』들이 最新智慧의 果實을 端麗한 맵시로 싸고 잇습니다. 그아 들의 不幸한最後를 슯허하며『그리스마스츄리』를 헐어드러가는『피에 다』畵幅全圖입니다.

　　　　　　　　　　　　　　　　　　　　　　　　　－「산촌여정」일부

　　夜陰을 타서 마을 아가씨들은 무서움도 잊고, 승냥이보다도 사납게 조밭과 콩밭을 짓밟았다. 그리고는 밭 저쪽 단 한 그루의 뽕나무를 물고 늘어졌다.

　　그래도 누에는 눈 깜박할 새에 뽕잎을 먹어치웠다. 그리곤 아이들보 다도 살찌면서 커갔다. 넘칠 것만 같은 健康一풍성한 安心이라고도 할만 한 것은 거기에밖엔 없었다. 처녀들은 죽음보다도 누에를 사랑했다.

　　그리곤 낮동안은 높은 나무 가지 위로 기어올라갔다. 부끄러움을 무 릅쓰고. 그 하얀 세피어 빛 과일을 해는 태워 버릴 것만 같이 쪼이고 있 었다.

　　　　　　　　　　　　　　　　　　　　　　　　　－「첫번째 방랑」일부

　　위의 두 장면은 각각 「산촌여정」과 「첫번째 방랑」의 장면으로, 여기에는 공통적으로 성천의 여성들이 누에를 치고 뽕잎을 따러 가는 장면이 조금씩 다르게 변주되어 있다. 여기서 뽕나무의 열매가 각각 "순백의 갸름한 열매", "최신지혜의 과실"이나 "하얀 세피어 빛 과일"이라며 하얀 빛의 과일로 표현 되고 있다는 점은 해석을 요한다. 이는 앞에서도 인용한 바 있는 구절 "유자 가익으면 껍질이 벌어지면서 속이비저나온담니다. 하나를짜서 실끗헤매여 서 房에다가걸어둡니다. 물방울저썰어지는 豐艶한味覺밋헤서 鉛筆가치 瘦 瘠하야가는 이몸에 조곰式 조곰式 살이오르는것갓습니다."에 제시된, 미각 을 자극하며 신체에 활기를 돋우는 과실 이미지와 연속성을 만들며 이러한

264　/　한국 근대시의 사상

과실 이미지가 「산촌여정」을 주도하는 중심 이미지로 자리 잡도록 한다.

그런데 정황상 이 장면은 누에의 먹이가 될 뽕잎을 따러 장면일 텐데, 왜 뽕나무의 열매를 따는 것처럼 그려놓았거나 이 열매를 왜 순백색 혹은 하얀 빛의 과일로 묘사했는지에 대해서는 주목된 바가 거의 없었다. 물론 이를 단순히 작가의 착오로 볼 수도 있겠지만, 맥락상 의도적인 변형의 산물로 보는 것이 적절해 보인다. 그 이유로는 위에서 인용한 첫 번째 장면(「산촌여정」)에서 본래 활엽수로 분류되는 뽕나무가 "침엽수"인 "그리스마스츄리"와 겹쳐지고 이 누에들을 "성스러운 귀족가축"이라 부르고 뽕잎을 따는 여성들을 "마리아"에 빗대는 등 현실의 뽕나무에 성서적인 맥락에서 새로운 이미지가 덧대지고 부풀려지고 있다는 사실 때문이다. 그렇게 변용된 뽕나무 열매의 이미지는 다른 해석의 가능성을 허용하게 된다.

우선 이를 신화적 상징으로 읽는 것도 가능할 것이다.[26] 그렇지만 본고는 이를 「산촌여정」을 비롯한 다른 작품에 나타난 과일 이미지와 시간 이미지의 연장선상에서 독해할 필요가 있다고 본다. 다시 위의 구절로 돌아가면, 뽕나무의 열매는 검은 빛을 띠기에 흰 빛의 열매는 이러한 사실에 적합하지 않다. 사실의 층위에서 위 장면에서 흰 색에 해당하는 것은 누에나 누에고치, 혹은 누에로부터 실을 뽑아 만들어진 명주의 색뿐이다. 그렇다면 여기서 순백색의 열매 혹은 하얀 세피어빛 과일이라는 표현은 특정한 열매나 과일

---

26 조은주는 이 장면에서 성서적 맥락에 주목하며 성천의 여인들을 구원자적인 "마리아"로, 순백색의 열매를 "예수 자체를 대유하는 상징물"로 보며, 열매를 수확하는 과정을 "예수의 탄생을 축하하는 크리스마스 추리가 '헐어들어가는' 과정"으로 해석한다. (조은주, 「이상 문학의 낭만성 연구」, 서울대학교 석사학위논문, 2006, 69~70면.) 한편 김보경, 「이상 문학에 나타난 생성적 주체와 시간성 연구」(서울대학교 석사학위논문, 2019)에서는 이 순백색의 열매를 '생성'의 시간성을 구현한 이미지로 보았는데, 이 글에서는 이를 참조하되 이를 과거를 환기하는 감각 이미지의 맥락에서 재배치하고 의미화 하고자 했다.

을 지시하는 것이 아니라 여러 빛이 혼합된 색으로서의 흰 빛을 암시하는 것으로 볼 수 있다. 즉 이 흰 빛은 본디 검은 빛의 뽕나무의 열매, 뽕나무 잎을 먹고 자라는 누에와 그 누에가 입게 될 흰 고치, 그리고 누에치는 여성들의 노동과 그 노동을 통해 만들어진 명주의 색깔인 백색을 혼합하고 압축하는 빛에 해당하는 것이다. 그렇게 뽕나무 열매를 둘러싼 여러 신체들의 물질성이 환기되면서 이 과일 이미지에는 누에가 뽕잎을 먹고 성천의 여성들이 누에를 치고 뽕나무에 열매가 열리는 시간, 성천의 여성들이 이 명주를 수건이나 아이 옷으로 만들며 "시집사리서름을시처주고 쏘쏨과 쑴을 抹消하는 씨레배씨"로 쓰는 시간의 과정 역시 함축된다. 그렇게 이 과일 이미지는 뽕잎을 먹어치우며 살찌는 누에들, 누에를 치는 성천의 여성들, 명주실을 뽑아내는 기계("편발處女가 맨발로機械를건드리고잇습니다. 그러면 機械는 허리를 스치는 가느다란 실이간즈럽다는듯이 쌀쌀쌀쌀 大笑하는 것입니다.")의 활기 넘치는 상호작용을 드러내 보인다.

관련해서 바슐라르는 릴케 시에 나타난 과일27 을 해석하며 하나의 과일을 성숙하게 하는 데 참여한 시간과 무수한 존재자들이 그 과일을 과일 이상의 것으로 만들어준다고 설명한 바 있다.28 「산촌여정」과 「첫 번째 방랑」에서 뽕나무 열매인 오디가 흰 빛의 과실로 표현된 이유가 성천의 여성들이 뽕

---

27 "너희들이 무엇을 사과라 부르는지 과감히 말해보라./이 달콤함 — 우선 응축되고,/맛볼 때 조용히 회복되어,//맑고, 생생하고 투명하게 된다,/중의적이고, 햇빛이 들며, 대지적인, 이곳의 것이 —./오호라 경험, 느낌, 기쁨이여—, 거대하구나!, 오렌지를 춤추어라. 보다 따뜻한 풍경/그것을 당신 밖으로 내던져라,/잘 익은 오렌지가 자기 고향의 대기 속에서/빛나도록…! 그 모습을 드러내도록" (라이너 마리아 릴케, 조두환 역, 『오르페우스에게 바치는 소네트』, 건국대학교출판부, 2008, 순서대로 61면, 69면. 번역은 이 단행본을 바탕으로 원문을 참고하여 다소 수정했음.)
28 가스통 바슐라르, 김웅권 역, 『몽상의 시학』, 동문선, 2007, 119면.

나무를 가꾸고 잎을 따서 누에를 치고 명주를 만들어내고 그것을 사용하는 과정이 압축되어 있기 때문이라면, 이 흰 빛의 과실도 마찬가지로 이 과실을 둘러싼 관계망의 역사가 이 과실을 과실 이상의 것으로 만들고 있다고 할 수 있을 것이다. 바슐라르의 표현을 빌리자면 이와 같은 사물들의 "머나먼 과거"에 대한 몽상은 사물들을 유용성을 기준으로 대상화하거나 수동적인 물질성에 가두지 않고 사물들의 힘을 느끼도록 해준다.[29] 물론 바슐라르는 과일로부터 환기되는 감정을 신화적이고 원초적인 고향에 대한 향수로 설명하기도 하지만, 이를 반드시 현실에 존재하지 않는 비-장소(u-topia)에 대한 향수나 동경으로 해석할 필요는 없다. 이 과일은 여러 신체들이 감응하여 활성화되는 활력과 생기를 체현한 이미지로 이상이 성천에서 발견했던 희망의 모습이 구체적으로 무엇이었는지 알려준다.

4. 자연/도시를 가로지르는 정동적 공간의 창출

성천에서의 기행을 마치고 돌아온 이상은 다수의 소설과 시, 수필을 창작하고 구인회 동인지 『시와 소설』 발간에 참여하는 등 활발한 활동을 이어간다. 특히 이 시기 창작된 수필 중 경성에 대해 쓴 「추등잡필」(『매일신보』, 1936. 10.14.-28.)과 「조춘점묘」(『조선일보』, 1936.3.3.-26.)은 주목에 값한다. 이 수필들은 경성을 주된 제재로 삼고 있다는 이유에서 성천 수필과는 별개로 분석 대상이 되어온 경향이 있지만, 성천 수필과의 연속선상에서 검토될 필요가 있다. 성천 수필의 창작이 「산촌여정」 이후부터 동경에서 생을

---

29 위의 책, 50면.

마감하기 전까지 지속되어왔다는 점을 고려해보면 그 창작 시기가 겹칠 뿐더러, 자연/도시의 구분선을 유보하고 본다면 이들 수필에서 그려진 성천이나 경성에서의 경험들 중 일부가 의외의 유사성을 드러내고 있음을 알 수 있기 때문이다. 이에 기초해 이상이 성천에서 탐색한 희망이 경성에 돌아온 후 어떠한 방식으로 이어졌는지에 대해서도 파악할 수 있다.

먼저 「추등잡필」(『매일신보』, 1936.10.14.−28.)은 각각의 회차에서 경성의 특정한 장소들을 다룬 연작 형식의 수필로 1,2회에는 공동묘지, 3회에는 형무소, 4회에는 끽다점(다방), 5회에는 병원, 6,7회에는 본정(충무로) 거리에서의 경험이 그려진다. 먼저 이상의 "삼촌"(김연필)이 묻혀있다고 된 공동묘지는 이상이 "미아리행 버스"를 타고 방문했다고 하는 것으로 보아 1912년 조선총독부에 의해 발표된 묘지 화장장 매장 급 화장 취체 규칙(墓地火葬場埋葬及火葬取締規則)에 따라 미아리에 신설된 공동묘지를 가리키는 것으로 보인다. 이 규칙으로 묘지신설은 개인이 아니라 지방자치단체의 관리 하에 맡겨지게 되었다. 그 다음 공간은 형무소로, 이상이 건축기사시절 견학차 방문했던 곳이라 서술되어 있다. 이 회에서 1910년 강점 이후 조선총독부 산하의 경성감옥의 직속 공장으로 개편되어 운영되었다는 "마포 벽돌공장"을 언급하고 있어 이 형무소는 서대문형무소를 가리키는 것으로 보인다. 5회의 경우 그가 방문한 곳은 "어떤 학부 부속병원"이라 되어 있는데, 당시 경성에 있는 학교부속병원으로는 경성제대 의학부 부속의원과 경성의학전문학교 부속의원 두 곳이 있었고 이 병원은 이상이 입원했던 경험이 있는 전자일 가능성이 높다. 마지막으로 6,7회에는 본정 즉 충무로 거리에서의 경험이 서술되어 있다. 본정 일대는 청계천을 경계로 남쪽에 해당하는 남촌에 해당하는 곳이다.

특징적인 점은 형무소나 병원, 백인들이 인력거를 타고 다니는 본정 거리에 대한 묘사에서 일관되게 시선의 권력에 대한 문제의식이 드러난다는 사실이다. 가령 이상은 견학을 목적으로 간 형무소에서 죄수들의 생활과 자태를 볼 수 있을 것이라 기대하지만 죄수들을 구경하러 간 곳에서 그는 죄수들이 던지는 "증악(憎惡)"과 "불쾌(不快)"의 시선을 돌려받으며 오히려 자신은 시선을 거두게 된다. 또한 치료차 방문한 병원에서 자신이 임상강의실습의 대상이 된 경험을 서술한 데에서도 근대 의학 발달이라는 명분으로 자신이 구경거리이자 치료 대상이 된 데서 비롯하는 불쾌감이 서술된다. 이상은 이 글에서 형무소나 병원과 같은 시설의 사회적 순기능을 어느 정도 인정하는 듯 쓰고 있지만(물론 이것이 총독부 기관지인 『매일신보』에 연재된 것이라는 점에서 위장(僞裝)일 가능성을 배제할 수 없다), 중심적으로 다뤄지는 것은 피수감자나 환자들을 향한 시선에 작동되는 권력이 야기하는 불쾌함이다. 그리고 본정 거리에서 인력거를 타고 가는 백인 부부를 보며 문명화된 사람들이라 자처하는 백인들이 동양인들을 "동물원구경"하듯이 대하며 얼마나 무례하고 폭력적인 태도로 대하는지 꼬집으며 불쾌함을 토로하는 데서는 이 시선 권력에 식민주의적이고 인종주의적인 맥락이 부가된다.

위와 같은 장소에서 이상은 그러한 일방적인 시선을 던지거나 그 대상이 되기도 하면서 죄수-감시자, 환자-의사, 동양인-백인 간의 권력이 신체를 규율하고 감시하는 방식으로 행사된다는 사실을 경험한다. 그런데 「추등잡필」 4회에 다뤄진 끽다점은 4회에 붙여진 '예의(禮儀)'라는 제목에서부터 알 수 있듯 앞서 백인들이 보여준 "무례"함과 대비되는 '예의'가 수행되는 공간으로 강조된다. 끽다점 안에서는 거리의 잡음으로부터 벗어나 음악을 향유함으로써 영혼을 위안하고 혈관을 덥히며 "다가티 心情의懷柔를 祈願하는 티엄는『사람』의 하나가되는 것" 같다고 느낄 수 있기 때문이다. 이러한 정동적인 분위기는 사람들이 계급이나 지위고하를 막론하고 모두 동등한 존재가 된다는 것을 감각할 수 있도록 만든다("그가 製鐵工場의職人이건, 그가 外科醫室의執刀人이건, 그가 交通整理警官이건, 그가 法廷의論告人이건, 그가하잘것업는 日傭雇人이건, 그가 千萬長者의외獨子이건, 뭇지안는다"). 즉 여기서 타자에 대한 존중이나 평등, 예의와 같은 가치가 끽다점에서의 분위기 안에서 "혈관"이 덥혀지는 정동적 체험을 통해 감각되는 것으로 그려지고 있다는 점을 알 수 있다.

이는 "일련의 도덕 원리들이 실제로 실행되기 위해서는 그에 걸맞은 분위기나 정동의 풍경이 갖춰져 있어야 한다"[30]는 베넷의 주장과 공명하며, 다른 사람들과 함께 음악을 듣고 차를 마시는 분위기가 끽다점을 평등이나 서로에 대한 예의라는 가치를 체험하고 훈련하도록 하는 공간으로 만들고 있다는 사실을 보여준다. 물론 이 회의 후반부에서 끽다점에 취객들이 들어오며 이러한 분위기는 금세 깨지고 마는 장면이 이어지긴 하지만, 끽다점에 대한 앞서와 같은 묘사는 끽다점을 경성 내의 다른 장소들과 다른 방식으로 이해하도록 만든다. 형무소나 병원, 본정 거리에서 타자에 대한 일방적인 응시가 발생시키는 "불쾌"와 같은 부정적인 정동이 포착된다면 끽다점과 같은 공간에서는 모두 "하나가 되"는 듯한 긍정적인 변용이 발생하고 있기 때문이다.[31] 요컨대 전자의 공간이 피억압자에 대한 일방적인 지배 구조로 특징지

---

30 제인 베넷, 앞의 책, 16면.

31 본고가 불쾌를 감정이 아닌 정동으로 보고자 하는 것은 불쾌를 한 개체(특히 인간)의 확고한 경계를 전제하고 그 개체의 주관적인 영역으로서의 감정으로 귀속시키지 않고 여러 신체들의 배치와 상호 작용을 통해 발생하는 현상으로 보고자 하기 때문이다. 한편 여기서 긍정/부정적인 변용의 기준은 스피노자에 따르면 "신체가 결합 관계에 의해 변화할 수

어지는 "홈 패인 공간"의 특징을 보여준다면 끽다점에서의 경험은 이러한 홈 패인 공간들로 이루어진 경성에서 위계적 구조를 허무는 "매끈한 공간"으로서 손님들과 음악, 차 등과 같이 여러 신체들 간의 결합을 통해 어떻게 평등한 관계가 창출될 수 있는지를 보여준다.[32]

이와 함께 「조춘점묘」(『조선일보』, 1936.3.3.−26.)에서도 이상은 이러한 경성 내의 이질적인 공간에 대한 탐색을 이어나간다. 경성 내의 장소들을 다루는 「추등잡필」과는 달리 각 회마다의 일관된 주제의식이 선명하지는 않지만, 우선 '차생윤회(此生輪廻)'장에서는 「추등잡필」에서의 지배적 권력 공간에 대한 문제의식과 유사한 문제의식을 확인할 수 있다. 이 회에서 이상은 파시즘적 권력이 우생학과 결합하며 사회의 부적응자들을 난치병자나 범죄자, 광인, 빈민 등으로 낙인찍고 사회적으로 격리하게 된 현상을 다루며, "살아잇지안아도 조흘人間들"이 차라리 이 세상에 없는 것이 낫지 않겠느냐는 도스토에프스키적 질문을 제기한다. 그런데 그는 종로 거리에서 이루어지는 자선 행위를 보며 오히려 그렇게 소수 집단의 사람들을 유지하고 보호함으로써 한 사회의 지배 계급의 생활의 "원동력"이 비롯한다는 것을 깨닫는다. 지배 계급의 사람들은 사회로부터 소외된 자들과 스스로를 구분하고 이들을 배제함으로써 자신의 허영심을 만족시킬 수 있게 되기 때문이다. 이러한 판단은 곧 자신도 "점잖은 분"에게 생활의 원동력을 주는 "거지적 존재"나 다름없다는 깨달음으로 이어지며 결국 특정한 집단의 사람들을 인종화하고 배제하는 위계적인 구조 자체를 상대화 하고 비판하는 인식적 단초를 보여준다.

있는 능력이 증가하는가 감소하는가"에 따른다. (김은주, 『여성−되기: 들뢰즈의 행동학과 페미니즘』, 에디투스, 2019, 46면.)
32 질 들뢰즈·펠릭스 가타리, 앞의 책; 김은주, 앞의 글.

한편 이어지는 「조춘점묘」의 '空地에서'라는 회는 앞서 확인한 바와 같이 식민주의적이고 자본주의적인 권력으로 짜인 경성에서 이질적인 공간의 가능성을 탐색한다는 점에서 주목을 요한다. 그 탐색은 경성에 '공지' 즉 소유권이 없는 땅이 없다는 사실에 대한 문제의식에 기초해 경성 내에서 '공지'를 찾고자 하는 시도로 구체화된다. 먼저 이 회에서 이상이 방문하는 곳은 덕수궁으로, 알려져 있다시피 덕수궁은 1920년 일제에 의해 선원전과 중명전 일대가 매각되어 규모가 축소되었으며 1933년에는 경성도시계획의 일환으로 여러 전각이 철거되고 공원으로 조성되며 민간에 공개되었다. 그렇게 변한 덕수궁에 가게 된 이상은 덕수궁 내 유일한 공지처럼 보이는 연못을 발견하게 된다. 공지가 남아 있다는 사실에 경이를 느끼는 가운데, 이 연못 위에서 스케이트를 타는 사람들을 보며 이상은 다음과 같이 쓴다.

> "金鯉어들은 다 어듸로 쫓겨갓슬가? 魚族은 冷血動物이라니 물이얼어도 밋바닥까지만얼지안으면 그 어름장 밋 冷水속에서 足히 살어갈수 잇다는것인가. (중략) 손바닥만한연못이 깁흐면 얼마나깁흘가─바탕까지 다 꽉쌍 얼엇다면 魚族은 一擧에 殄死하얏슬것이고 어름장밋혜 물이 흘으고잇다면 이 싸닭몰을 騷擾에 얼마나 魚族들이골치를알가?이 新奇한空地를 즐기기爲하야는 勿論 그들은 魚族의頭痛갓흔것은加算하지 안앗슬것이다."

민간에 개방되어 여가를 즐길 수 있는 문화적 공간이 된 덕수궁의 연못에서 이상이 인식하는 것은 이러한 공원화가 "어족의 두통"을 고려하지 않고 금리어(금잉어) 떼들의 삶의 터전을 강탈하는 결과로 이어졌다는 사실이다. 땅에 대한 권리를 인간중심적 관점에서 벗어나 사고하는 이 대목에서 읽어낼 수 있는 것은 일제의 국권침탈에 대한 문제의식만이 아니라 경성의 도시

정책이 어떻게 생물종에 대한 파괴를 동반하고 이를 비가시화 하는지에 대한 문제의식이다. 그리고 이어지는 '공지에서'의 마지막 장면에서 이상은 방안에 한 되도 안 되는 작은 화분에 싹이 트는 것을 보고 맑은 물을 주며 "天下에쏲地라곤 요 盆안에노힌쌍 한군데밧게는업다고조와하얏다 그러나 두다리를쌧고누어서담배를피우기에는 이 동글납작한쏲地는 너무줍다."고 쓴다. 여기에는 대부분의 땅들이 개인이나 보험회사, 국가 등에 의해 소유되고 이윤창출의 대상으로 전락한 현실에서 다리 뻗고 누울 곳이 없다는 비애가 드러나 있다.

그런데 동시에 이 구절에서 읽히는 것은 연못을 발견했을 때와 마찬가지로 싹이 트는 화분을 보며 느껴지는 경이의 감정이다. 그리고 이상은 이 화분에 물을 주며 식물의 싹이 자라나도록 기르지만 이 "동글납작한 공지"를 "소유"의 대상으로 삼지 않음으로써 자본주의적 소유의 논리에서 벗어나는 공간으로 그려낸다. 공지(쏲地)란 일반적으로 개인이 소유하지 않은 땅을 의미하는데, 여기서는 그저 나서서 찾아내기만 하면 발견되는 공간도, 유토피아적으로만 존재하는 상상 속의 공간이 아니라는 점은 중요하다. 세상에 남은 공지가 이 화분 하나뿐인 것은 이 공지가 식물과 자신 사이의 자라남과 길러냄의 상호작용을 통해 창출되는 공간이기 때문이다. 성천에서 (비)인간 신체들 간의 긍정적인 변용의 장면들은 이렇게 매우 축소된 형태로나마 경성에서의 '공지'에서 나타나고 있다.

이렇듯 이상은 경성에서 지배적인 권력 구조에 저항하며 다른 신체들과의 마주침을 통해 생산되는 대안적인 공간들의 가능성을 끽다점이나 공지를 통해 그려놓고 있다. 성천이 그저 낙후된 시골이거나 동경의 장소이기만 한 것도 아니며 모종의 희망을 경험하고 발견할 수 있는 공간이었듯 이상에게 경성 역시 그러했을 것이다. 성천 수필에서 확인할 수 있었던 바와 같이 인간 및 비인간 신체들 간의 긍정적인 연합의 가능성에서 희망이 존재했다면, 경성 내에서도 그러한 희망은 작은 가능성으로나마 이어지고 있었기 때문이다. 물론 그가 "두 다리를 뻗고 누워서 담배를 피우"기에 이 공지가 "너무 좁다"는 것, 이 사실은 경성에 더 이상 있지 못하고 떠나야 했던 1936년 말의 이상의 심경이자 척박한 식민지 현실을 되비춘다. 그리고 알려진 바와 같이 그는 결국 동경에서 커다란 실망을 맞닥뜨리며 죽음에 이른다. 그렇지만 이 사실이 그의 문학적 생애를 절망으로 정리할 충분한 이유는 되지 못할 것이다.

5. 나가며

본고는 자연(시골)—문명(도시)의 이분법이 성천 수필에 대한 다층적인 해석의 가능성을 제한하고 있다는 판단 하에 성천 수필에 나타난 감각 정동을 중심으로 이에 대한 재해석을 시도해보았다. 먼저 2장에서는 미각을 통한 인간 및 비인간 신체들 간의 긍정적인 변용의 장면에 주목했다. 성천을 그리는 주된 감각인 시각과 다르게 미각은 자연과 인간 신체의 활력적인 상호 작용을 가능케 하는 감각으로 그려진다. 그리고 성천 사람들의 미각이나 식사 장면은 성천의 궁핍한 농촌경제를 드러내주는 한편 식사를 통해 성천 사람들과 자신을 구분 짓는 이상의 도시인으로서의 자의식이 느슨해지는 장면들은 긍정적인 변용을 가능케 하는 음식의 행위성을 보여준다. 이를 통해 이상이 성천에서 어떻게 자연이나 성천 사람들 간의 긍정적인 관계성을 만들어낼 수 있었는지 확인해볼 수 있었다.

3장에서는 성천 수필에서 미각이나 후각을 비롯한 여러 감각이 과거를 환기하는 작용을 한다는 점에 주목하며 이상이 성천에서 발견한 희망이 드러나는 구체적인 이미지를 검토했다. 감각의 작용을 통해 환기되는 과거 이미지는 소년 시절의 꿈이나 자연과 조화롭게 관계 맺었던 '고대'에 대한 희망의 상징으로 나타난다. 이러한 시간의 이미지는 그가 과거에 고착화되도록 하는 것이 아니라 삶에의 의욕을 돋우는 동력이 되며 차이 없는 반복으로 특징지어지는 권태의 시간성과 대비되는 시간성을 구현한다. 이러한 맥락에서 「산촌여정」이나 「첫 번째 방랑」에 나타난 과일 이미지에 대한 해석을 시도해보았는데, 이 과일 이미지가 흰 빛으로 표현된 이유는 뽕잎을 먹어치우며 살찌는 누에들, 누에를 치는 성천의 여성들, 명주실을 뽑아내는 기계 등의 여러 신체들이 상호작용하는 시간의 과정을 체현하기 때문이다.

　이어 4장에서는 경성으로 돌아와 쓰인 「추등잡필」이나 「조춘점묘」에서 재현된 경성의 내부 공간들을 주된 분석 대상으로 삼아 성천 수필에 나타난 주제 의식을 연장시켜 해석을 시도했다. 이 작품들에서 끽다점이나 공지와 같은 공간은 경성의 여러 식민주의적 권력 공간과는 달리 계급적 구별이나 인간/비인간의 위계를 허무는 긍정적인 정동적 체험을 가능케 하는 공간으로 그려진다. 이상이 성천의 낙후되고 열악한 환경을 포착하는 한편으로 그곳에서 이루어지는 긍정적인 변용의 가능성을 그려내고 있듯, 경성 역시 단일한 표상으로 해석되기 어려운 까닭은 이 때문이다. 이와 같이 자연/도시의 경계로만 설명되지 않는 여러 정동적 체험에 주목함으로써 이상이 성천과 경성의 여러 공간들을 통과하며 어떻게 살만 한 곳에 대한 희망을 이어나갔는지 살펴볼 수 있다.

백석 시에 나타난 나라의 맛*

/

소래섭

1. '나라 찾기'에서 '나라 만들기'로

한국의 근대 문학사를 설명하는 도식 중에 널리 회자되는 것이 몇 있다. 그 중의 하나는 이런 것이다. "해방공간이 '나라 찾기'에서 '나라 만들기'에로의 전환과정이라 할 때, 그것은 한반도라는 특수성에 관련되는 것이지만, 다른 시신에서 보면 양극체제라는 세계사적 과제와 관련된 것이기도 하다."[1] 대부분의 도식이 현실을 폭력적으로 재단하거나 일반화하는 위험을 피할 수 없는데도 '나라 찾기'에서 '나라 만들기'로의 전환이라는 도식이 승인되었던 것은, '나라 만들기'라는 규정이 해방공간에 나타난 문학과 비평의 성격을 간명하게 드러내기에 유효했기 때문이다. 또 '나라 찾기'와 '나라 만들기'의 대조는 해방을 경계로 이루어진 문학사의 전환을 선명하게 부각할 수 있다는 장점이 있다. 그러나 '나라 만들기'라는 해석의 유효성을 인정하더라도, 그것

---

* 소래섭, 「1930년대 문학에 나타난 '나라'의 의미—백석의 경우」, 『현대문학의연구』49집, 2013. 일부 수정
1 김윤식, 「해방공간 비평의 유형학」, 『한국현대문학비평사론』, 서울대 출판부, 2000, 99면.

이 해방 이전의 문학을 '나라 찾기'로 포괄하는 것까지 정당화할 수 있는지는 의문이다. 물론 저 도식은 해방 이전보다는 해방공간의 성격을 규명하는 데 방점이 찍혀 있다. 그렇더라도 '나라 찾기'의 의미가 명료하게 규정되지 않는 다면 저 도식은 해방공간의 성격을 해명하는 데 그칠 뿐, 해방을 경계로 나타난 문학사의 전환을 설명하기에는 모자란 것이 되고 만다.

'나라 찾기'에서 '나라 만들기'로의 전환이라는 도식은 한국사의 전개 과정에 비추어 볼 때 너무나 당연하고 상식적인 것으로 보인다. 그러나 이 도식의 유효성에 대한 의심 역시 이 도식이 너무나 상식적인 인식을 전제로 하고 있다는 사실에서 비롯된다. 그 전제란 바로 이 도식에서 말하는 '나라'가 서양적 개념의 '근대국가'를 의미한다는 것이다. 근대국가란 영토, 주권, 국민의 3대 요소로 이루어진 국가를 말한다.[2] 근대 이전의 국가 역시 영토와 통치조직을 갖추고 있었지만 모든 국가가 주권을 소유했던 것은 아니며 자유롭고 평등한 '국민'으로 구성된 것도 아니었다는 점에서 근대국가와 구별된다. 해방공간의 갈등은 대한민국이라는 근대국가의 탄생을 위한 진통이었으므로 해방공간의 성격을 '나라 만들기', 곧 '근대국가 만들기'로 규정하는 것은 무리가 없다. 그러나 해방 이전 문학의 성격을 '나라 찾기', 곧 '근대국가 찾기'로 규정하는 것은 그와 다르다. '근대국가 찾기'라는 말은 근대국가가 이미 있었다는 사실을 전제로 하는데, 대한민국이 건국되기 전까지 한반도에는 온전한 의미의 근대국가가 수립된 적이 없기 때문이다.

근대에 들어 해방 이전까지 이 땅에 성립한 국가로는 대한제국, 일본, 대한민국 임시정부 등을 들 수 있다. 그러나 대한제국은 전제군주제였다는 점

---

2 김성배, 「한국의 근대국가 개념 형성사 연구」, 『國際政治論叢』 52집 2호, 2012, 8면.

에서 근대국가에는 못 미치는 것이고, 임시정부 역시 영토를 점유하지 못했으므로 온전한 근대국가로 보기 어렵다. 그렇다고 근대국가 일본이 '나라 찾기'의 대상이 될 수 없음은 더 말할 것도 없다. 충성을 바쳐야 할 정점에 '천황'이 있는 국가란 한민족에게 낯선 것이었고, 그런 국가에 대해 동포애 내지 조국애를 바칠 수 없을 때 그 국가는 단지 하나의 텅 빈 인공물일 뿐이다.3 19세기 말부터 서양과 일본을 통해 근대국가 개념이 전파되었음에도 불구하고 해방 이전까지 한반도에서는 온전한 의미의 근대국가를 경험할 수 없었으며, 이로 인해 근대국가 개념 또한 명확하게 인식된 상태가 아니었다. 따라서 앞서 언급한 도식에서 '나라'를 근대국가로 규정할 경우 해방 이전의 문학을 포괄해 '나라 찾기'라고 규정하는 것은 설득력을 얻기 어렵다.

그런데도 '나라 찾기'에서 '나라 만들기'로의 전환이라는 도식이 별 저항 없이 승인되었던 것은 '나라'의 의미가 이중적이기 때문이다. '나라'라는 말은 고대국가 시대에 일본으로 전파되어 일본 나라[奈良] 지역의 호칭으로 사용되었을 정도로 오래된 개념이다.4 한국의 전통적 국가 개념인 '나라' 관념은 영토, 인구(백성), 정부(조정)를 포괄하는 말로서, 이에 해당하는 한자어가 '국'(國) 또는 '방'(邦)이었다. 그러나 한국의 전통적 국가 관념은 중국 중심의 '천하(天下)' 개념과 유리될 수 없었으며 근대국가의 경우처럼 '안'과 '밖'의 엄격한 구분을 전제하는 것은 아니었다. 정치공동체로서 나라 관념과 함께 천하질서 속의 왕조국가라는 관념이 지배했던 것이다. 따라서 한국의 전통적 국가 개념은 비록 영토국가적 속성은 어느 정도 내포하고 있었으나, 주권국가이자 국민국가라는 속성을 지니고 있는 근대국가 개념과는 다른 것이었

---

3 한승연, 「일제시대 근대 '국가' 개념 형성과정 연구」, 『한국행정학보』 44권 4호, 2010, 22면.
4 김성배, 앞의 글, 8면.

다. 이러한 한국의 전통적 국가 개념은 19세기 중후반 이후 서양제국과 조우하는 과정에서 서양의 근대국가 개념으로 전환된다. 대체로 1870년대까지는 전통적 국가 개념과 서양의 주권국가 개념이 혼재했으며, 1880년대 이후로는 문명개화파에 의해 서양의 주권국가, 국민국가 개념이 수용되었다. 20세기 이후로는 국가유기체설 등 독일 국가학의 영향을 받아 실체적 국가 개념이 추가되었으며 근대국가를 지칭하는 말로서 '국가(國家)'라는 용어가 정착하게 된다.5

그러나 '국가'라는 말이 정착한 이후 현재에 이르기까지 '나라'라는 개념은 여전히 살아 있다. 근대 이전의 국가를 의미했던 '국'(國)과 '방'(邦)의 번역어도 '나라'였고, 근대국가를 지칭할 경우에도 사람들은 여전히 '국가' 대신에 '나라'라는 말을 더 자주 사용한다. '국가'라는 개념어가 정착했지만 전통적 '나라' 관념을 완전히 대체하지 못하고 그것과 병존하게 되었던 것이다. 다만 '국가' 개념의 형성에도 불구하고 살아남은 '나라' 개념이 흔히 정치공동체 전체를 의미하는 경우가 많았다면, '국가' 개념은 주로 정부나 공적 영역과 관련된 의미로 사용되었다.6 그래서 보통 한국인들은 '나라'라는 말에서는 영토나 역사의 이미지를 떠올리는 반면에 '국가'라는 말에서는 정부나 주권의 이미지를 떠올리는 경향이 있다. 결국 '국가'라는 말의 정착 이후 '나라'라는 말은 두 가지 의미를 갖게 되었다고 볼 수 있다. 그 하나는 한반도를 중심으로 하는 일정한 지역에서 왕조의 교체와 상관없이 지속되어온 역사공동체

---

5 중국의 고전에서도 '국가'라는 말의 용례를 발견할 수는 있으나 근대국가를 지칭하는 오늘날의 개념과는 상이한 뜻으로 쓰였다. '국가'가 근대국가를 가리키는 말로 정착된 것은 19세기 후반 일본에서 근대국가를 표상하는 말로서 '국가'를 선택하면서부터였다. '국가(國家)'라는 개념의 정착 과정에 대해서는 김성배의 앞 논문에서 요약한 것이다.
6 한승연, 앞의 글, 32면.

이자 정치공동체를 가리키는 말이고, 나머지 하나는 근대국가를 가리키는 '국가'의 순 우리말이다.

그러므로 '나라 찾기'에서 '나라 만들기'로의 전환이라는 도식이 성립하기 위해서는 '나라 찾기'의 '나라'와 '나라 만들기'의 '나라'가 같지 않다고 보아야 한다. 즉 앞의 '나라'는 정치공동체를 가리키는 말로 보아야 하고, 뒤의 '나라'는 '근대국가'를 가리키는 말로 이해해야 한다. 해방 이전의 문학은 공동체로서의 '나라'를 찾기 위한 시도와 관련되어 있고, 해방 공간의 문학은 근대국가로서의 '나라'를 수립하기 위한 노력으로 본다면 저 도식은 더 설득력을 얻을 수 있다. 물론 이러한 방식으로 이해하는 것은 용어의 통일성을 깨뜨린다는 점에서 도식의 정합성을 훼손한다. 또 이 도식의 바탕에 깔려 있는, 보편적인 근대성을 기반으로 문학사를 서술하려는 발상과도 어울리지 않는다.

'나라 찾기'에서 '나라 만들기'로의 전환이라는 도식이 은폐하고 있는 또 하나의 문제는 과연 해방 이전의 문학이 '나라 찾기'로 포괄될 수 있는가 하는 것이다. 경술국치 이후 정치공동체로서의 '나라 찾기'가 시도되었지만 문학과 비평에 나타난 나라의 상은 다양하다. 나라가 근대국가를 넘어서 정치공동체라는 폭넓은 의미로 통용될 때, 나라라는 개념은 다양한 형태의 정치체제를 포괄하게 된다. 나라를 찾으려는 노력이라는 점에서는 동일했지만 그것이 어떤 형태의 나라인가에 대해서는 입장이 제각각이었던 것이다. 민족주의자, 아나키스트, 사회주의자 등은 각기 서로 다른 나라를 설계하고 있었다. 그러므로 해방 이전까지의 '나라 찾기'는 '나라 만들기'와 동시에 이루어질 수밖에 없었다. 나라를 찾는 일은 지향해야 할 나라를 만드는 일, 곧 나라를 설계하고 구상하는 일과 같은 것이었다. 또 식민지배로 인해 나라가 존재하지 않는 상황에서 한국 사회를 유지시키고 통합시키는 담론의 주제가 국민이 아니라 민족이었다는 사실을 감안하면,[7] 해방 이전의 문학은 '민족 만들기'와 '나라 만들기'가 중첩된 것으로 이해하는 것이 오히려 더 적절할 수 있다.

이 글은 위와 같은 문제의식을 바탕으로 백석 시에 나타난 '나라'의 의미를 고찰해봄으로써 그의 시를 '나라 만들기'의 유형 중 하나로 이해해보고자 한다. 백석 시에는 나라라는 말은 물론 고대국가를 가리키는 명칭도 빈번히 등장한다. 기존의 연구에서는 나라에 대한 백석의 언급을 낭만적 의식에서 비롯된 유토피아 지향으로 설명해왔다.[8] 이러한 해석들은 나라를 역사공동체나 정치공동체로 보지 않고 그저 어떤 공간을 가리키는 개념으로만 간주한다. 예컨대 백석의 나라를 신석정이 「그 먼 나라를 알으십니까」에서 말한 나라와 동일한 것으로 본다. 그러나 신석정의 나라가 '먼 나라'이고 '아무도 살지 않는 나라'라는 점에서 유토피아의 개념에 가까운 반면,[9] 백석의 나라는 실제로 존재했던 나라를 가리키는 경우가 많고 현실 속에서 인식될 수 있는 것으로 나타난다. 식민지 시기 유토피아에 대한 지향을 '나라 만들기'의 유형 중 하나로 포함시킬 수는 있지만, 백석의 시에 나타난 '나라'에는 유토피아 지향만으로 해석할 수 없는 부분이 존재한다.

---

7 김동택, 「근대 국민과 국가개념의 수용에 관한 연구」, 『대동문화연구』 41, 2002, 381면.
8 다음과 같은 연구들이 있다. 박성현, 「'유년 체험'에 투영된 유토피아 의식의 양면성」, 『겨레어문학』 32집, 2004/ 김재혁, 「문학 속의 유토피아: 릴케와 백석과 윤동주」, 『헤세연구』 26집, 2011/ 손미영, 「백석 시의 유토피아 의식 연구」, 『한민족문화연구』 40집, 2012.
9 유토피아(utopia)의 머리글자 'U'는 그리스어에서 '없다(ou)'는 뜻과 '좋다(eu)'는 뜻을 지니며, topia는 장소를 뜻한다. 따라서 유토피아는 '이 세상에 없는 곳'과 '좋은 곳'의 뜻을 동시에 지니며 실제 지리학적으로는 존재하지 않는 장소이다.(주강현, 『유토피아의 탄생』, 돌베개, 2012, 27면.)

이와 관련해 신범순 교수는 백석의 '나라'에 관해 새로운 해석을 제시한 바 있다.[10] 그는 백석의 유랑이 민족의 과거 역사에 대한 탐색이었다는 점을 구체적 자료를 통해 입증하면서 백석 시에 나타난 '나라'를 '국가'와 구분한다. 국가라는 것이 인위적인 무력과 율법체계를 통해 작동하는 근대적인 조직체계를 가리키는 개념인 반면, 나라는 권력과 법으로 포섭되지 않는 자연물과 생명체는 물론 그러한 것들의 정신적인 활동 영역까지 포괄한 개념이다. 따라서 나라는 생태계의 다양한 주민들과 그들의 독자적인 생태를 인정하며 사람들도 그러한 종들의 일부로 다룬다. 신범순 교수가 '나라'라는 개념을 제시한 까닭은 백석이 추구했던 가치가 근대적인 국가나 민족 개념으로 결코 완전하게 환원될 수 없다고 보기 때문이다. 실제로 백석은 한 번도 근대적인 국가나 민족에 대해 말한 적이 없다. 그는 언제나 오래 전의 나라들에 대해 이야기했고, 그 나라에서는 인간과 다른 생명체들이 서로 동등하게 어울려 있다.[11] 그런데도 기존의 연구에서 그러한 양상을 모두 근대적인 민족이나 국가, 혹은 유토피아에 대한 지향으로 해석해온 것은, 근대적인 민족이나 국가 외의 나라 개념은 상상할 수 없었기 때문이다. 이 글은 신범순 교수의 견해를 따르면서, 백석 시에 나타난 '나라 만들기'의 양상을 그의 작품에 특히 자주 등장하는 미각의 특성과 관련시켜 설명해보고자 한다.

2. '장소의 맛'에 대한 사유

백석 시에 나타난 '나라 만들기'의 양상을 미각의 특성과 관련지어 설명하

---

10 신범순, 『노래의 상상계』, 서울대 출판부, 2011, 264면.
11 이러한 모습을 가장 단적으로 보여주는 작품이 「북방에서」이다.

려는 까닭은 백석 시에서 미각 혹은 맛이 어떤 장소와 관련되어 있기 때문이다. 그리고 그 장소는 백석이 최종적으로 지향했던 '나라'의 일부로서 나타난다. 미각과 장소의 관계를 살펴보기 위채 참조할 만한 것은 '테루아(terroir)'라는 개념이다. 테루아는 프랑스에서 와인의 맛을 평가할 때 쓰이는 용어이다. 이 말은 번역하기가 까다롭다. 사전에서는 '산지 특유의 맛' 정도로 옮기고 있지만 충분한 설명이라고 보기 어렵다. 테루아는 와인의 맛을 결정하는 다양한 요소를 통틀어 일컫는 개념이다. 즉 기후(온도, 습도, 강우량, 일조량, 일조시간), 토양(포도밭의 경사도, 지형, 흙의 성분과 물리적·화학적 성격), 재배자의 정성과 양조기술 등 와인맛과 관련된 모든 요소가 테루아에 포함된다. 그 모든 요소가 마치 DNA의 이중나선처럼 꼬여서 이루어진 것이 테루아라는 개념이다.

테루아라는 개념이 정립된 것은 19세기이다. 1855년 파리에서 열린 와인 박람회에서 보르도 와인이 산지에 따라 와인의 등급을 매기기 시작하면서 19세기 후반에는 재배 지역이 와인의 질을 평가하는 가장 중요한 기준이 되었다. 특히 20세기 초부터는 와인과 치즈 생산업자뿐만 아니라 저널리스트, 요리책 작가, 요리사 등 음식의 유행을 선도하는 사람들도 생산지와 맛을 관련시키기 시작했다. 그들은 음식의 맛을 평가하는 새로운 기준으로 테루아를 언급하기 시작했고, 이에 따라 테루아는 와인뿐만 아니라 모든 음식료의 질을 평가하는 중요한 기준이 되었다.[12] 이후 테루아는 AOC 제도의 구축으로 이어져 지역 농업을 보호하고 프랑스 와인의 명성을 높이는 데 기여했다.[13]

---

12 Amy B. Trubek, *The Taste of Place-a cultural journey into terroir*, University of California Press, 2008, pp.20~24.

13 AOC(Appellation d'Origine Contrôlée))는 '원산지 명칭의 통제' 제도로 포도재배장소의 위치와 명칭을 관리하는 제도이다. 이 제도는 고급 와인의 명성을 보호하고 그 품질을 유지

테루아라는 개념에서 알 수 있는 것은 맛이 특정한 장소와 관련을 맺고 있다는 것, 즉 맛에는 '장소성'이 있다는 사실이다. 근대 과학에서는 맛을 혀의 미뢰에 있는 미세포의 작용으로 환원시킨다. 혀에는 혀유두라 불리는 수많은 점막 돌기가 있는데, 그 돌기 속에 약 1만 개에 달하는 미뢰가 존재하고, 미뢰 속의 미세포에 의해 맛을 느낀다는 것이 과학적 설명이다.[14] 그래서 근대과학으로는 단맛, 신맛, 쓴맛, 짠맛의 네 가지 맛밖에 설명하지 못한다. 그러나 맛에 대한 경험은 육체적인 경험에 한정되지 않는다. 맛보는 것도 혀이고 맛에 대해 말하는 것도 혀이며, 맛은 결국 언어를 통해 표현된다. 그리고 맛에 대한 말들에는 항상 그 맛의 기원에 대한 말들이 포함되어 있다. 그것이 어디에서 난 것이고, 누구에 의해 재배되거나 요리된 것인지, 또는 그것을 어디에서 먹는지가 맛의 평가에 영향을 미친다. 맛을 결정하는 요소는 그 외에도 더 많지만, '장소의 맛'이 존재하며 맛을 통해 어떤 장소를 떠올릴 수 있다는 사실은 분명하다. 테루아라는 개념이 함축하고 있듯이 맛은 자연적인 동시에 문화적이다. 또 맛은 육체적인 동시에 정신적이며, 주관적인 동시에 객관적이다.

테루아에서 알 수 있는 맛의 두 번째 속성은 맛이 개인이나 집단의 정체성과 관련된다는 사실이다. 테루아는 어떤 사람의 뿌리, 즉 어떤 장소와 결부된 개인의 역사와 연관되어 있다. 그래서 테루아는 경험을 기억해내거나 추억을 떠올리는 등 자신의 정체성을 표현하고자 할 때 요긴하게 이용된다.[15]

하기 위해 제정되었다. 유명한 포도밭의 포도를 사용하지 않으면서 그 지명을 도용하는 행위나, 반대로 유명한 포도원이 다른 곳에서 포도를 구입하여 와인을 제조하는 행위를 통제하여, 정직한 업자를 보호하고 소비자에게 올바른 와인을 선택할 수 있는 기회를 제공하는 데 그 목적이 있다.

14 아니 위베르·클레르 부알로, 변지현 옮김, 『미식』, 창해, 2000, 46~47면.

또한 그것은 독특한 지역성을 부각시킴으로써 개인을 넘어 집단적 정체성을 형성하는 데도 기여한다. 프랑스인들에게 음식을 먹는 순간은 지역에 얽힌 기억과 정체성을 확인하는 순간이기도 하다. 음식을 먹는 경험이 과거의 기억을 떠올리거나 정체성을 확인하는 데 기여하는 것은 미각이나 후각에 의한 기억의 특수한 성격 때문이다. 미각이나 후각에 의한 기억은 '일화기억'[16]과 관련되고 '공감각적'이기 때문에, 음식은 '전체성' 혹은 '총체성'에 대한 은유가 될 수 있다.[17] 과거에 맛보았던 어떤 음식을 먹는 것은 자신이 속해 있던 '총체적'인 세계를 회복하는 계기가 된다. 고향이나 고국을 떠난 사람들이 과거 그곳에서 먹었던 음식을 다시 맛보려는 것도 그러한 이유 때문이다. 자신이 총체적인 세계로부터 분리되어 있다고 느끼는 사람은 과거의 음식을 맛봄으로써 잠시나마 그 총체성을 회복한다. 맛과 냄새는 부지불식간에 과거의 경험을 온전한 상태로 인식하게 함으로써 총체성을 회복시키는 데 기여하고, 그래서 맛은 개인이나 집단의 정체성을 구성하는 주요 요소로 작용한다.

테루아에서 알 수 있는 맛의 세 번째 속성은 '장소의 맛'으로 인해 음식이

---

15 Amy B. Trubek, 앞의 책, p.51.

16 인간의 기억은 감각기억, 단기기억, 장기기억 등 3가지로 구성되어 있는 것으로 알려져 있다. 장기기억에는 '일화기억(episodic memory)'과 '의미기억(semantic memory)'이 있다. 일화기억은 개인의 경험, 즉 자전적 사건에 관한 기억으로서 사건이 일어난 시간·장소·상황 등의 맥락을 함께 포함한다. 과거에 일어난 사건들을 기억 속에서 복구할 수 있는 것은 일화기억 때문이다. 일화기억에 의해 우리는 인생의 많은 부분을 포함하는 여러 사건을 기억할 수 있다. 의미기억은 대상간의 관계 또는 단어 의미들 간의 관계에 관한 지식으로서 과거에 경험한 특정한 사건과 관련되어 있지 않다. 의미기억을 통해 우리는 현상이나 대상을 인식해서 언어로 표현할 수 있다.(한국실험심리학회 편, 『인지심리학』, 학지사, 2003, 170면.)

17 David E. Sutton, *Remembrance of Repass-An Anthropology of Food and Memory*, Berg, 2001, pp.101~102.

다른 상품과 구별된다는 사실이다. 요즘에는 원산지 표기제가 비교적 충실하게 시행되고 있어서 모든 상품에 '장소성'이 있다고 볼 수 있다. 그러나 원산지 표기가 되어 있다고 해서 모두 생산지 특유의 색채가 묻어나는 것은 아니다. 예컨대 대구나 중국에서 생산된 전자제품에서 대구나 중국의 '장소성'을 느끼기는 어렵다. '장소성'이 크게 의미가 없는 상품이 공산품이라면, 음식은 지역 특유의 자연과 문화가 담겨 있는 특산품이다. 제아무리 사소한 물건이라도 특산품은 교환가치 이상의 의미를 포함하고 있다. 프랑스에서 특별히 자국의 지역 농업을 보호하기 위해 국가적 노력을 기울이는 데에도 그러한 까닭이 있다.

테루아에는 프랑스 특유의 음식관이 반영되어 있지만, '장소의 맛'이라는 개념이 프랑스에만 있는 것은 물론 아니다. 맛과 장소의 관계는 매우 보편적인 것이므로 시공을 막론하고 어디에서나 '장소의 맛'에 대한 사유를 발견할 수 있다. 우리의 경우에도 마찬가지다. 일찍이 허균은 「도문대작(屠門大嚼)」이라는 글에서 전국 각지의 독특한 음식을 소개한 바 있다. 그러나 그는 "참외는 의주에서 나는 것이 좋다. 작으면서도 씨가 작은데 매우 달다."라는 식으로 지역의 특산품을 나열하고 있을 뿐 '장소의 맛'에 대한 깊은 사유로까지 나아가지는 못했다. 이후 근대문학에서 '장소의 맛'에 대해 가장 깊은 사유를 보여준 것은 백석이다. 그가 1937년에 발표한 작품 중에 「북관(北關)」이라는 시가 있다.

> 明太 창난젓에 고추무거리에 막칼질한 무이를 뷔벼 익힌 것을
> 이 투박한 北關을 한없이 끼밀고 있노라면
> 쓸쓸하니 무릎은 꿇어진다

시큼한 배척한 쿼쿼한 이 내음새 속에
나는 가느슥히 女眞의 살내음새를 맡는다

얼근한 비릿한 구릿한 이 맛 속에선
까마득히 新羅 백성의 鄕愁도 맛본다

—「北關」 전문18

이 작품에서 백석이 이야기하고 있는 음식은 '창난젓깍두기'인 듯하다. 창난젓깍두기는 지금도 강원도 지방에서 담가먹는 김치의 일종으로 원래는 함경도 지역의 음식이라고 한다. 이 작품의 제목이기도 한 '북관'은 함경도를 가리키는 명칭이다. 그런데 이 작품에서 백석은 북관 특유의 음식인 창난젓깍두기에서 "여진의 살내음새"를 맡고 "신라 백석의 향수"를 맛본다. 그는 창난젓깍두기의 테루아로 북관이나 함경도 대신에 신라와 여진을 지목하고 있는 셈이다. 참으로 독특한 생각이 아닐 수 없다. 도대체 그는 왜 그랬던 것일까?

3. 맛을 통한 정체성 탐색

「북관」에서 보다시피 그의 시에서 음식은 어떤 장소와 관련된다. 음식에 관한 그의 이야기는 어떤 장소에 관한 이야기이고, 어떤 장소의 맛에 관한 이야기이다. 백석의 초기 시들이 수록된 시집『사슴』은 유년 시절의 경험을 담고 있다. 백석 당대의 시인 오장환은『사슴』에 관해 "백석 씨의 회상시는 갖은 사투리와 옛이야기, 연중행사의 묵은 기억 등을 그것도 질서도 없이 그

---

18 이하 백석의 작품은 고형진이 엮은『정본 백석 시집』(문학동네, 2007)에서 인용한다.

저 곳간에 볏섬 쌓듯이 그저 구겨 넣은 데에 지나지 않는다."라고 혹평했다.[19] 오장환의 견해와는 달리 긍정적인 평가도 많지만『사슴』이 과거의 시간을 다루고 있다는 평가는 공통적이다. 그러나 자세히 살펴보면『사슴』에서 중요한 것은 과거라는 시간이 아니라 백석이 어린 시절 경험했던 장소이다.[20] 유년 화자의 시선이 담겨 있기 때문에 과거라는 시간이 부각되는 듯하지만 사실『사슴』에 담긴 풍경의 시간을 확정할 수는 없다. 그것은 백석의 어린 시절인 20세기 초의 풍경일 수도 있고, 19세기나 18세기, 혹은 그보다 더 먼 과거의 풍경일 수도 있다.[21]

『사슴』속의 시간은 근대화되기 이전이라는 의미에서 과거일 뿐 특정한 어떤 시기를 가리키지 않는다. 그가「목구」라는 시에서 노래했듯이 그것은 "할아버지와 할아버지의 할아버지와 할아버지의 할아버지의 할아버지"가 살아왔던 어떤 장소와, 그 장소에서 변함없이 지속적으로 펼쳐지고 있는 삶에 관한 이야기이다. 백석이 사투리에 특히 관심을 보인 것도 그가 시간보다는 장소에 더 관심이 있었다는 사실을 증명한다. 사투리는 시간이 아니라 특정한 장소를 부각한다. 또한 전설과 같은 옛 이야기, 연중행사 때마다 되풀이되는 독특한 풍속 역시 시간보다는 장소의 특수성을 더 분명하게 드러낸다.

『사슴』이후의 시편들도 마찬가지다. 그는 고향인 평안도는 물론 경상도

---

19 오장환,「白石論」,『풍림』, 1937. 4.

20 『사슴』에는 장소 이름이 제목인 시들이 많다. 예컨대 정주성, 주막, 통영, 가즈랑집, 고방, 성외, 광원, 시기의 바다, 창의문외, 정문촌, 여우난골, 삼방 등이 이에 속한다. 제목이 장소를 가리키지 않는 시들도 풍경을 담고 있는 시들이 대부분이라 어떤 장소들과 관련되어 있다.

21 이에 대해 일찍이 신범순은『사슴』에서 "고향의 풍요로움에 대한 발견은 주로 동화적 세계와 신화적 세계에 의해 이루어지고 있다."고 말한 바 있다.(신범순,「백석의 공동체적 신화와 유랑의 의미」,『한국 현대시사의 매듭과 혼』, 민지사, 1992, 187면.)

와 함경도 등을 수차례 여행하면서 여러 편의 기행시를 남겼다. 그리고 그때마다 그 지역만의 색깔을 시에 담기 위해 애썼다. 특히 그의 기행시에서 두드러지는 것은 지역 특유의 음식들이다. 그의 기행시에는 빠짐없이 음식이 등장하고, 음식은 그 지역 특유의 '장소의 맛'을 드러낸다. 1940년 이후 해방 전까지 일제의 강압을 피해 만주에서 생활할 때도 음식과 장소에 대한 그의 집착은 여전했다. 이 시기 그는 만주에서 민족의 터전이었던 장소를 탐색하기도 하고, 음식을 통해 고향이라는 장소에 대한 그리움을 피력하기도 했다. 이렇듯 그의 모든 시들은 대부분 어떤 시간이 아니라 어떤 장소에 관한 이야기이며 음식은 그 장소의 성격을 이야기하기 위한 핵심적인 매개이다. 그는 자신이 음식과 장소에 관해 깊이 고민하고 있다는 사실을 「나와 지렁이」라는 작품을 통해 분명하게 드러내기도 했다.

> 내 지렁이는
> 커서 구렁이가 되었습니다
> 천 년 동안만 밤마다 흙에 물을 주면 그 흙이 지렁이가 되었습니다
> 장마 지면 비와 같이 하늘에서 나려왔습니다.
> 뒤에 붕어와 농다리의 미끼가 되었습니다
> 내 이과책에서는 암컷과 수컷이 있어서 새끼를 낳았습니다
> 지렁이의 눈이 보고 싶습니다
> 지렁이의 밥과 집이 부럽습니다
>
> ─ 「나와 지렝이」 전문

이 작품은 시집 『사슴』을 출간하기 전에 발표한 작품으로 백석의 초기작에 속한다. 이 작품에는 반복과 병렬 등 백석 특유의 기법이 고스란히 담겨 있다. 또 시집 『사슴』에 자주 등장하는 설화와 전설의 세계가 담겨 있다는

점에서 백석 시의 이후 향방과도 무관하지 않은 작품이라고 할 수 있다. 실제로 이 작품은 마치 백석 자신의 자화상처럼 보인다. 컴컴한 땅 속에서 살아가는 지렁이에게는 시각과 청각이 불필요하다. 지렁이의 감각기관은 입과 피부뿐이다. 그래서 지렁이는 맛이나 냄새에 민감한 것으로 알려져 있다. 맛과 냄새에 민감한 지렁이의 모습은 미각에 유별난 집착을 보였던 백석의 모습을 떠올리게 한다. 그는 마치 미각만이 존재하는 지렁이처럼 과거와 현재, 인간과 세계를 미각을 중심으로 인식했다.

이 작품에서 지렁이에게 의미가 있는 것은 '흙'이다. 세계의 수많은 신화에서 신이 흙을 빚어 인간을 창조했다고 말하는 것처럼 백석은 그의 지렁이 역시 흙으로 창조된 것이라고 말한다. 그런데 백석의 지렁이에게 흙은 그 이상의 의미가 있다. 흙은 지렁이의 '밥'인 동시에 '집'이다. 흙은 지렁이에게 어떤 맛을 내는 음식이면서 생명을 영위하는 삶의 터전이기도 하다. 흙에 대한 백석의 사유는 테루아를 떠올리게 한다. 테루아가 맛과 장소가 결합된 개념인 것처럼 백석은 지렁이와 흙의 관계를 통해 '밥'과 '집'이라는 개념을 통합한다. 밥에는 집이라는 장소의 맛이 담겨 있다. 그러므로 '밥'으로 대표되는 음식에 대한 추구는 곧 '집'이 상징하는 장소에 대한 집착과 같은 것이다.[22]

벨(Bell)과 발렌타인(Valentine)이라는 학자는 음식과 장소의 관련성을 다

---

22 신범순 교수는 여러 지역에서 오랫동안 전승된 민요 「성주푸리」가 집을 짓는 노래이며, 이 집은 단지 한 개인의 집이 아니라 하나의 나라와 같은 것이라고 본다. "모든 집의 성주신은 하나의 성주신이라는 명제는 결국 이 신이 한 국가 전체의 신이라는 것을 가리킨다. 다시 말하면 '나라' 전체는 하나의 정신에 귀일하며, 그 뿌리로부터 정신적 자양을 공급받는다. 아무리 제각기 집들이 지어져도 이 근원적 정신의 계보는 그물처럼 엮여있으며, 유기적으로 연결되어 있다. 이러한 정신적 그물이 찢어지고, 계보가 붕괴될 때 집의 정신 역시 붕괴된다. 이것이 붕괴되었을 때 각 개인이 거주하는 집의 평화와 행복 역시 붕괴된다고 할 수 있다."(신범순, 『노래의 상상계』, 743~744면.)

양한 각도에서 분석한 바 있다. 그들은 브리야 사바랭의 고전적 명제인 '당신은 당신이 먹은 음식이다(You are what you eat)'를 '우리는 우리가 먹은 곳이다.(We are where we eat)'로 비틀면서 음식이 신체, 가정, 공동체, 도시, 지역, 국가, 세계 등 다양한 장소와 관계된다고 말한다.[23] 백석 시의 음식 역시 다양한 장소와 관계되어 있다. 먼저 '신체'라는 장소와 맛이 관련되어 있는 모습은 「절간의 소 이야기」라는 작품에서 확인할 수 있다.

> 병이 들면 풀밭으로 가서 풀을 뜯는 소는 인간보다 靈해서 열 걸음 안
> 에 제 병을 낫게 할 약이 있는 줄을 안다고
>
> 首陽山의 어느 오래된 절에서 칠십이 넘은 노장은 이런 이야기를 하
> 며 치맛자락의 산나물을 추었다
>
> —「절간의 소 이야기」 전문

「절간의 소 이야기」는 산 속 깊은 절에서 중을 만난 사연과 그 중이 들려준 이야기로 구성된 짤막한 작품이다. 백석은 그 중을 '수양산'에서 만났다고 말한다. 여기서 수양산의 의미는 중의적이다. 그것은 황해도 해주에 있는 산을 가리키는 이름인 동시에 백이·숙제가 은거했던 산의 이름이기도 하다. 수양산이라는 지명과 산나물을 캐는 모습으로 인해 '노장'의 이미지는 백이·숙제의 이미지와 중첩된다. 그들은 모두 사사로운 이익에 연연하는 세속과 절연하고 고고한 정신적 가치를 추구한다는 점에서 공통적이다. 화자를 만난 노장은 절간의 소 이야기를 들려준다. 그 소는 영험해서 자신의 병을 치료할 약을 금세 찾아낸다는 것이다. 자신에게 약이 될 풀을 찾는 소의 모습

---

23 David Bell and Gill Valentine, *Consuming geographies: We are where we eat*, London & New York: Routledge, 1997.

은 다시 노장의 모습과 겹친다. 소도 노장도 모두 자신을 치유하기 위해서, 고고한 정신을 지키기 위해서 풀을 뜯는다. 소와 노장과 백이·숙제의 이미지가 겹치면서 약이 되는 풀은 정신과 육체 모두를 다스리는 음식이 된다. 결국 그가 수양산의 산나물에서 발견한 맛은 소와 노장과 백이·숙제라는 고고한 존재들의 맛이다. 그 맛은 한 개인의 정신과 육체가 통합된 어떤 '장소'와 관련된다.

'가정'이라는 장소의 맛에 관한 이야기는 「여우난골족」처럼 명절 풍경을 담고 있는 작품들에 흔히 나타난다. 이런 시들에서 백석은 명절을 맞아 한데 모인 가족·친지들의 면모를 묘사하는 동시에 수많은 명절음식을 나열한다. 가족들의 면모와 맛깔스런 음식들이 병렬적으로 나열되면서 음식은 모든 구성원들이 조화롭게 어울려 있는 가정이라는 장소의 맛을 환기한다.

'공동체'라는 장소의 맛이 드러나 있는 대표적인 작품은 「국수」이다.

> 아, 이 반가운 것은 무엇인가
> 이 히수무레하고 부드럽고 수수하고 슴슴한 것은 무엇인가
> 겨울밤 쩡하니 닉은 동티미국을 좋아하고 얼얼한 댕추가루를 좋아하
> 고 싱싱한 산꿩의 고기를 좋아하고
> 그리고 담배 내음새 탄수 내음새 또 수육을 삶는 육수국 내음새 자욱
> 한 더북한 삿방 쩔쩔 끓는 아르궅을 좋아하는 이것은 무엇인가
>
> 이 조용한 마을과 이 마을의 으젓한 사람들과 살틀하니 친한 것은 무
> 엇인가
> 이 그지없이 枯淡하고 素朴한 것은 무엇인가
>
> ─「국수」 부분

이 작품에서 국수를 먹는 일은 마을이란 공동체의 의식이다. 국수를 기다

리는 것은 화자 개인만의 바람이 아니다. 국수를 만들기 위해 동치미 국물을 떠 오고 분틀을 돌려 면을 만드는 일로 마을 전체는 "구수한 즐거움"에 쌓인다. 이 작품에서 제시되고 있는 모든 감각적 경험, 이를테면 "부드럽고 수수하고 슴슴한" 느낌, "담배 내음새, 탄수 내음새, 육수국 내음새"와 같은 것들은 온 마을 사람의 공유물이다. 그래서 백석은 국수가 "마을의 의젓한 사람들과 살뜰하니 친하다"라고 말한다. 국수에서는 마을 사람들을 닮은 "고담하고 소박한" 맛이 난다. 국수에는 그의 정체성 중 일부인 마을이라는 장소의 맛이 담겨 있다.

다음으로 살펴볼 것은 '도시'라는 장소의 맛인데, 백석 시에서는 도시를 발견하기 어렵다. 일본 유학을 다녀왔고 경성에서 기자 생활도 오래 했지만 그는 도시에 관한 시는 남기지 않았다. 그는 도시로 대변되는 문명에 호의적이지 않았으므로 거기에서는 어떤 맛도 발견하지 못했던 듯하다. 테루아라는 개념 속에 농경문화와 전원생활에 대한 프랑스인들의 향수가 담겨 있는 것처럼 백석이 발견한 '장소의 맛' 역시 마찬가지였다. 「나와 지렁이」에서 확인한 바와 같이 그는 흙으로 만들어진 삶을 동경했다. 근대 도시 문명의 황무지 같은 삶 대신에 인간과 자연이 한데 뒤엉켜 있던 오래된 삶들에 눈길을 보냈다. 도시에 관해서는 언급하지 않았던 그가 기행시를 통해 도시가 아닌 '지역'의 맛에 관한 이야기만은 빼놓지 않았던 것도 그러한 까닭일 것이다.

이렇듯 백석이 다양한 '장소의 맛'을 언급하고 있는 것은 '장소의 맛'이 정체성과 결부되어 있기 때문이다. 그는 과거의 시간이 아니라 그가 소중하게 생각하는 장소들에서 자신과 자신이 소속된 집단의 정체성을 발견했다. 세속과 절연한 채 고고한 정신을 지켜가는 인물, 명절을 맞아 하나로 통합된 가정, 고담하고 소박한 풍속을 이어가는 마을, 넉넉하지 않은 생활 속에서도 삶의 온기를 잃지 않는 지역, 그 모든 것이 백석에게는 자신의 정체성을 규정하는 소중한 장소들이었다. '장소의 맛'을 통해 자신과 집단의 정체성을 사유했던 백석과 달리 이 시기 음식에 관한 일반적인 인식은 철저하게 서양의 영양주의적 관점에 치우쳐 있었다.[24] 예컨대 앞서 언급한 「북관」이라는 시에서 백석이 창난젓깍두기를 통해 신라와 여진이라는 장소의 맛에 대해 생각하고 있을 때, 『조선일보』는 「영양적으로 만점인 창난젓―현대과학이 증명한다」라는 제목의 기사를 실었다.[25] 똑같은 음식을 두고 『조선일보』가 '현대'라는 시간과 영양성분을 발견하고 있었던 반면, 백석은 맛과 장소를 발견하며 자신의 정체성을 고민하고 있었다.

4. 맛으로 찾아낸 나라, 나라의 맛

벨과 발렌타인이 음식과 관련된 장소로 지목한 것 중에 백석 시에 나타나지 않는 것은 도시 외에도 더 있다. 바로 '국가(nation)'와 '세계(global)'이다. 여기서 '국가'란 근대국가를 말한다. 백석은 근대인이었지만 근대국가를 온전히 경험하지 못했다. 1912년에 태어난 백석이 해방 전까지 경험했던 근대국가는 '일본제국'이 전부였다. 그러니 백석으로서는 자신의 정체성을 규정할 장소로 근대국가를 상상할 수 없었을 것이다. 'nation'을 '민족'으로 해석

---

24 음식에 대한 관점은 대략 세 가지로 구분할 수 있다. 쾌락주의, 영양주의, 영성주의가 그 것이다. 쾌락주의에서는 음식을 통해 얻는 감각적 쾌락을 가장 중요한 가치로 보는 반면, 영양주의에서는 음식의 가치를 판단할 때 건강과 영양 가치를 중시한다. 이와 달리 영성주의는 음식에 담긴 도덕이나 형이상학적 가치를 지향한다.(Leon Rappoport, 김용환 옮김, 『음식의 심리학』, 인북스, 2006, 121면.)
25 『조선일보』 1938. 1. 27.

해도 사정은 마찬가지이다. 앞서 「북관」이라는 시에서 보았던 것처럼, 그는 현재 우리 민족으로 규정되고 있는 '신라'와 그렇지 않은 '여진'에 동등한 가치를 부여하고 있다. 이는 백석 시에 "민족적 삶 또는 민중적 삶의 원형"이 담겨 있다는 그간의 해석들이 과잉된 것일 수도 있음을 의미한다.[26] 또 식민지인으로서 1930년대에 주로 작품을 발표했던 백석에게 '세계(global)'라는 개념은 떠올리기 어려운 것이었다.

그렇다면 백석에게 신체, 가정, 공동체, 지역을 아우를 만한 더 큰 장소 개념은 무엇이었을까? 그것은 바로 '나라'이다. 백석의 '나라'가 어떤 개념인지를 알기 위해서는 「조당(澡塘)에서」란 작품을 살펴볼 필요가 있다.

> 나는 支那 나라 사람들과 같이 목욕을 한다
> 무슨 殷이며 商이며 越이며 하는 나라 사람들의 후손들과 같이
> 한물통 안에 들어 목욕을 한다
> 서로 나라가 다른 사람인데
> 다들 쪽 발가벗고 같이 물에 몸을 녹히고 있는 것은
> 대대로 조상도 서로 모르고 말도 제가끔 틀리고 먹고 입는 것도 모도
> 다른데
> 이렇게 발가들 벗고 한물에 몸을 씻는 것은
> 생각하면 쓸쓸한 일이다
> 이 딴 나라 사람들이 모두 니마들이 번번하니 넓고 눈은 컴컴하니 흐
> 리고
> 그리고 길줏한 다리에 모두 민숭민숭 하니 다리털이 없는 것이
> 이것이 나는 왜 자꼬 슬퍼지는 것일까
> 그런데 저기 나무판장에 반쯤 나가누워서

---

26 백석 시를 '민족'이나 '민중'과 같은 근대적 개념들로 분석할 때 생기는 문제점들에 대해서는 이미 지적한 바 있다.(졸고, 「백석 시에 나타난 음식의 의미 연구」, 서울대 박사학위 논문, 2008. 2., 4~5면.)

나주볕을 한없이 바라보며 혼자 무엇을 즐기는 듯한 목이 긴 사람은

陶然明은 저러한 사람이었을 것이고

또 여기 더운물에 뛰어들며

무슨 물새처럼 악악 소리를 지르는 삐삐 파리한 사람은

楊子라는 사람은 아모래도 이와 같았을 것만 같다

나는 시방 녯날 晉이라는 나라나 衛라는 나라에 와서

내가 좋아하는 사람들을 만나는 것만 같다

이리하야 어쩐지 내 마음은 갑자기 반가워지나

그러나 나는 조금 무서웁고 외로워진다

그런데 참으로 그 殷이며 商이며 越이며 衛며 晉이며 하는 나라 사람
들의 이 후손들은

얼마나 마음이 한가하고 게으른가

더운물에 몸을 불키거나 때를 밀거나 하는 것도 잊어버리고

제 배꼽을 들여다보거나 남의 낯을 처다보거나 하는 것인데

이러면서 그 무슨 제비의 춤이라는 燕巢湯이 맛도 있는 것과

또 어늬바루 새악시가 곱기도 한 것 같은 것을 생각하는 것일 것인데

나는 이렇게 한가하고 게으르고 그러면서 목숨이라든가 人生이라든
가 하는 것을 정말 사랑할 줄 아는

그 오래고 깊은 마음들이 참으로 좋고 우러러진다

그러나 나라가 서로 다른 사람들이

글쎄 어린 아이들도 아닌데 쪽 발가벗고 있는 것은

어쩐지 조금 우수웁기도 하다

— 「澡塘에서」 전문

이 작품은 백석이 만주에 체류할 때 발표되었다. '조당'이란 공중목욕탕을 가리키는 말로, 이 작품은 공중목욕탕에서 겪은 체험을 담담하게 이야기하고 있다. 중국인들과 함께 목욕탕에 들어선 화자는 처음에는 그들이 모두 "나라가 다른" 사람이라고 여긴다. 여기서 '나라'라는 말은 한국이나 중국과 같은 근대 국가를 의미하지 않는다. 목욕탕에서 화자가 만난 사람들은 모두

'중국'이라는 근대 국가의 국민들이지만, 화자는 그들의 나라가 은(殷), 상(商), 월(越)과 같은 고대 국가라고 말한다. 백석에게 집단적 정체성의 경계는 근대적 국민 국가가 아니라 고대 국가인 셈이다. 백석에게 그들은 항상 어떤 '나라'의 후손으로 존재한다. 이는 온전하게 근대 국가를 경험할 수 없었던 당대의 상황 때문이라고 해석할 수도 있겠지만, 그보다는 그가 오랜 시간을 이어온 것들을 더 중시하고 있기 때문이라고 보는 것이 더 적절한 해석일 것이다. 그렇게 긴 시간 속에서 보면 근대 국가의 경계라는 것은 그다지 의미가 없다고 그는 생각했을 것이다.

나라가 다르다는 사실로 경험한 이질감은 '딴 나라' 사람들의 신체를 보면서 더욱 확대된다. 그러나 곧 백석은 현재를 떠나 먼 과거에서 그들을 만나고 그들의 마음을 헤아리게 되면서 그들과 친밀감을 느낀다. 그들은 겉모습은 중요한 것이 아니라는 듯 "몸을 불키거나 때를 밀거나 하는 것도 잊어버리고" 게으르고 한가한 생각에 열중한다. 백석은 그들의 그런 모습에서 '오래고 깊은 마음'을 발견한다. 그리고 그런 마음들로 인해 백석과 그들 사이의 거리는 좁혀진다. 뜨거운 열기가 만들어내는 즐겁고 편안함 속에서 국적 같은 인위적 경계는 아무런 의미도 갖지 못한다. 그들은 각각 다른 나라의 사람들이 아니라 즐겁고 편안한 세계의 마음을 간직하고 있는 같은 '나라' 사람들이다. 따라서 이 작품에 나타난 '나라'는 민족, 국가, 세계와 다르면서도 그 모두를 아우르는 독특한 개념이라고 할 수 있다. 백석의 '나라'는 배타적인 인위적 경계 대신에 서로 넘나들 수 있는 자연적 경계로 이루어져 있다. 또 「북방에서」와 같은 작품을 보면 백석의 '나라'는 보편적 인류애보다 더 확장된 범생명주의를 통해 구성된다. '나라'가 백석이 지향하는 최종적인 장소였다는 사실은 「허준(許俊)」이라는 작품에서도 확인할 수 있다.

그 맑고 거룩한 눈물의 나라에서 온 사람이여
그 따사하고 살틀한 볕살의 나라에서 온 사람이여

눈물의 또 볕살의 나라에서 당신은
이 세상에 나들이를 온 것이다
쓸쓸한 나들이를 단기려 온 것이다

(…중략…)

높은 산도 높은 꼭다기에 있는 듯한
아니면 깊은 물도 깊은 밑바닥에 있는 듯한 당신네 나라의
하늘은 얼마나 맑고 높을 것인가
바람은 얼마나 따사하고 향기로울 것인가
그리고 이 하늘 아래 바람결 속에 퍼진
그 풍속은 인정은 그리고 그 말은 얼마나 좋고 아름다울 것인가

다만 한 사람 목이 긴 시인은 안다
'도스토이엡흐스키'며 '죠이쓰'며 누구보다도 잘 알고 일등가는 소설
도 쓰지만
아모것도 모르는 듯이 어드근한 방안에 굴어 게으르는 것을 좋아하는
그 풍속을
사랑하는 어린것에게 엿 한 가락을 아끼고 위하는 안해에겐 해진 옷
을 입히면서도
마음이 가난한 낯설은 사람에게 수백냥 돈을 거저 주는 그 인정을 그
리고 또 그 말을
사람은 모든 것을 다 잃어버리고 넋 하나를 얻는다는 크나큰 그 말을

그 멀은 눈물의 또 볕살의 나라에서
이 세상에 나들이를 온 사람이여
이 목이 긴 시인이 또 게사니처럼 떠곤다고
당신은 쓸쓸히 웃으며 바독판을 당기는구려
　　　　　　　　　　　　　　　　　　　—「허준」 부분

「조당에서」와 마찬가지로 백석은 그의 절친한 친구를 어떤 '나라'에서 온 사람이라고 호명한다. 현실의 세계는 싸움과 흥정, 가난과 탐욕으로 넘치지만, 그 나라는 맑고 높고 따스하고 향기롭다. 풍속과 인정과 말이 좋고 아름다운 그 나라는 백석이 그토록 찾아 헤매던 나라일 것이다. 그러나 백석과 그의 친구는 그러한 나라에서 너무나 멀리 떠나와 버렸다. 비루한 현실 속에서 그러한 나라는 바람결처럼 홀연히 나타났다 사라진다. 그 나라는 지도에서 사라져 버렸지만, 백석은 그 나라의 흔적들이 여전히 끈질기게 살아 있다는 사실을 알고 있다. 그래서 백석은 여러 음식을 통해 그 나라를 채웠던 '장소의 맛'을 탐색한다.

이제 다시 최초의 질문으로 돌아가 보자. 왜 백석은 「북관」이라는 시에서 창난젓깍두기의 테루아로 함경도가 아닌 신라와 여진을 지목하고 있는가? 그 음식에서 그가 '나라의 맛'을 발견했기 때문이다. 그가 찾고자 했던 것은 단지 함경도라는 지역의 맛에 국한되지 않는다. 그가 수많은 '장소의 맛'을 탐색한 것은 결국 그가 최종적으로 도달하고자 했던 '나라의 맛'을 찾기 위한 것이었다. 함경도가 한때는 여진의 땅이었고, 또 한때는 신라의 땅이었다는 사실은 그에게 그리 중요하지 않다. 그가 찾아 헤맸던 '나라'의 차원에서 생각해보면 신라와 여진이 다르지 않다. 신라와 여진은 모두 그 '나라'의 일부로서 존재했던 장소이기 때문이다.

그렇다면 도대체 백석이 그토록 찾아 헤맸던 그 '나라의 맛'이란 어떤 것인가? 그는 여러 편의 시를 통해 '밝고, 거룩하고, 그윽하고, 깊고, 맑고, 무겁고, 높은' 것들이 있다고 말한다. 그것은 바로 그 '나라'를 가득 채웠던 '마음'이다. 백석 시는 그 마음이 어디에 어떻게 존재하는가, 그 마음을 어떻게 인식할 수 있는가에 관해 이야기하려 하는 것이다. 모든 존재가 평화롭게 어울려 살아가던 나라는 지도에서 지워졌지만, 그는 오랜 탐색 끝에 그러한 나라의 혼적이 마음을 통해 끈질긴 생명력을 이어오고 있다는 사실을 깨닫는다. 그리고 백석이 그 마음을 가장 선명하게 감지해내는 것은 바로 음식에서이다. 「탕약」이라는 시에서 백석은 이렇게 노래했다. "그리고 다 달인 약을 하이얀 약사발에 밭어놓은 것은/ 아득하니 깜하야 만년 녯적이 들은 듯한데/ 나는 두 손으로 고이 약그릇을 들고 이 약을 내인 녯사람들을 생각하노라면/ 내 마음은 끝없이 고요하고 또 맑어진다" 만년 옛적의 마음, 혹은 만년이 지나도록 여전한 옛적의 마음, 바로 그것이 백석이 찾고자 했던 '나라의 맛'이었다.

『시연구』(1956) 동인의 윤동주 추도와 시의식의 형성*

/

허윤

1. '작은 문학' 『시연구』의 문학사적 위치

내용－형식, 참여－순수라는 문학사의 해묵은 평행구도가 형식논리의 차원을 넘어 문학의 '중정(中正)'에 대한 조율의 밑바탕이 되는 때가 있었다. 대립의 요소들을 하나의 지점으로 조율하려는 태도에 대하여 본고에서는 '중정(中正)'이라는 개념을 사용하고자 한다. '중정(中正)'이란 천진(天眞)과 인간적 사고의 균형을 추구한 실학자·유학자로 이덕무를 재정위하려 한 논의에서 차용한 용어로, 본고에서는 작품과 현실 간의 거리 조정의 문제, 구체적으로는 시－시인 사이에 근거리 관계를 설정하려는 태도를 '중정'이라 일컫고자 한다.[1] '중정'이라는 태도에 대한 본고의 문제의식은 멀리로는 아리스토텔레스의 『시학』에 암시된 진실과 형식의 합일 문제에서부터[2] 한국 현

---

* 이 글은 『한국현대문학연구』 57집(2019.4)에 발표한 논문을 수정한 것이다.

1 이화형, 「형암 이덕무의 문학론－중정의식을 중심으로－」, 『어문연구』 20, 한국어문교육연구회, 1992, 58~61면.

2 김종길, 「우리에게 시란 무엇인가－시의 진실과 형식」, 『진실과 언어』, 일지사, 1974, 35~47면.

대시의 '좌우가 서로 만나는 지점'에 대한 모색인 김기림의 전체시론과, 리얼리즘적 사고의 도입을 시의 과제로 삼은 전후 모더니즘 시론,[3] 가까이로는 시인 윤동주로부터 '순수참여시'라는 형용모순적 가능성을 포착한 김종길과 권오만의 문제의식에 맞닿아 있다.[4] 내용—형식, 참여—순수라는 의미지평의 긴장을 유지하려 한 이들의 문제의식이 단순한 타협점의 모색이 아니었음은 분명한 사실일 것이다.

중정의 태도에 대한 문제의식을 한국의 전후 시단 위에 펼쳐놓을 때, 시지 『시연구』의 결성 경위와 편집위원 출신 시인들의 시의식은 주목을 요한다. 『시연구』는, 후기의 아포리즘적 일행시(一行詩)를 통해 시[작품]—시인[현실]의 근거리 관계를 설정함으로써 중정의 원리를 집중적으로 구현한 시인 윤동주를 추도한 개별 시인들을 중심으로 결성된 시그룹으로, 동인의 해소 이후에도 '중도파'라는 문학적 외연을 갖는 내부순환적 호명 관계와 윤동주에 대한 탐구의 측면에서 결속력을 보였다. 그러나 시지 『시연구』와 그 동인들은 당시 청록파 계열과 모더니즘 계열의 양분 구도로 인식되었던 전후 시단[5] 의 주변부에서 김춘수와의 공동기획자 고석규의 요절로 조기 해소된 까

---

3 윤정룡, 「전후 모더니즘 시론의 새로운 양상」, 한계전·홍정선·윤여탁·신범순 외, 『한국 현대시론사 연구』, 문학과지성사, 1998, 254면.

4 김종길은 한용운, 이육사, 윤동주를 "우리 現代詩史에 있어 代表的인 參與詩人이면서 또한 훌륭한 純粹詩人이기도 하다"고 평가하고 있다. 김종길, 「주체성의 회복」, 앞의 책, 11면. 한편, 윤동주의 후기시에 대하여 권오만은 기법적 차원과 참여시로서의 성격을 두루 갖춘 "시대인식이 스며든 자제의 시"로 평가하고, 윤동주 시의 참여시적 성격과 작품성의 조화를 계승한 시인으로 황동규를 지목한 바 있다. 권오만, 『윤동주 시 깊이 읽기』, 소명출판, 2009, 238~239면.

5 김춘수는 『한국전후문제시집』(신구문화사, 1961)에서 전후 한국시를 청록파 대 후반기 구도로 대별한 바 있다. 김양희, 「전후 신진시인들의 언어의식과 '새로운 시'의 가능성—『한국 전후문제시집』(1961) 수록 산문을 중심으로—」, 『인문연구』 72, 영남대학교 인문과학연구소, 2014, 70~71면.

닭에 시사에서 중요하게 조명될 기회를 갖지 못하였다.

본고는 윤동주의 시에 나타난 중정의 태도가 시인과 시 사이의 거리좁히기라는 방법에 바탕해 있다고 보고(3장), 윤동주 시작 원리의 연장선에서 전후 시지 『시연구』의 결성 배경과 해소 이후를 살피고자 한다(1~2장 및 4장). 이는 『시연구』에 관한 연구이면서 전후세대에 의한 식민지시기 시인론과 윤동주의 후행 계보6에 대한 연구를 바라본다.7 주로 이상 비평을 중심으로 한 전후세대의 식민지시기 시인론 연구의 중요한 성과 중 하나는 식민지시기 시인을 거울 삼아 전후 시단을 비춰내는 방식이 전후세대의 다양성을 아우르는 중요한 연구방법론이 될 수 있음을 시사한 것에 있다.8 이러한 연구방법론은 한국 현대시사에서 특정한 이념이나 경향을 노출하지 않고 계보 의식을 토대로 시인으로서의 자기를 형성해 나간 시인들을 연구하는 데에도 유효한 관점이 될 수 있을 것이다.

『시연구』 편집위원 출신으로서 1950년대 중후반 이후 시인·시론가로 활발히 활동한 김춘수, 김종길, 김현승은 한국 현대시사에서 특정한 유파 혹은 경향으로 쉬이 분류되지 않으면서도, 시인으로서의 형성 과정에서 계보 의식을 공유하고 시—시인 사이의 원근 관계를 탐구해 나가며 언어 사용에 핍

---

6 유성호는 윤동주가 창작과정에서 선행 시인들로부터 많은 영향을 받은 것에 비하여 윤동주로부터의 후행 계보는 드물다는 점을 언급한 바 있다. 유성호, 「기형도와 윤동주」, <기형도 시인 30주기 추모 심포지엄>, 연세대학교인문학연구원·문학과지성사, 2019.3.7., 20~21면.

7 『시연구』는, 전후세대에 의하여 본격적으로 갖추어진 식민지시기 시인론이 『시연구』의 '형'이었던 윤동주를 포함하여 동인지의 수준에서 이루어진 시인론을 포괄하는 범주로 확장될 수 있는 가능성을 보여준다.

8 대표적인 것이 전후세대의 이상 비평에 관한 연구이다. 방민호, 『한국 전후문학과 세대 : 이어령·장용학·손창섭』, 향연, 2003, 41~68면; 조해옥, 『이상 산문 연구』, 서정시학, 2016, 251~272면 등.

진성을 기하려 한 공통점이 있다. 세 시인의 시의식이 전개되어가는 과정을 고려할 때, 그 기원에 놓이는 윤동주 추도문과 『시연구』는 개별 시인 연구의 차원에서도 중요성을 갖는다.

『시연구』는 부산대학교 사제관계의 김춘수와 고석규가 동숙하며 공동기획하고 고석규가 출자한 시지로, 1956년 5월 산해당(山海堂)을 출판사로 마산 남선협동인쇄소에서 제1집을 인쇄·간행하였다.9 편집위원은 김현승, 김춘수, 김윤성, 김성욱, 김종길이었다.10 김춘수와 통영문화협회 동인이던 전혁림의 그림을 표지화로 삼았으며, 전체 약 120면의 분량 중 창작시가 가장 많은 비중을 차지하였다. 「편집후기」에서는, 인쇄난으로 인해 간행이 예정보다 늦어진 것과 제1집에 채 싣지 못한 원고들이 있음을 밝히고 있다. 창작과 비평이 아닌 글로는 유치환의 발문 「회오(悔悟)의 신」과 윤일주의 「형 윤동주의 추억」이 「창간사」 다음의 순서로 배치되었다. 『시연구』 제1집에 인물사진이 함께 수록된 시인은 작고시인 윤동주와 유치환이었다. 시지의 이같은 체재는 윤동주와 유치환이 『시연구』 동인의 외부이면서도 이들과 매우 가까운 거리에서 시의 나아가야 할 과거로 존재하고 있었음을 말해 준다.

요컨대 『시연구』는 긴 절필기간을 거쳐 곧바로 중년이 되어버렸다고 고백한11 과거의 청년 김현승(1913년생)과, 30대의 김춘수(1922년생), 김윤성(1925년생), 김종길(1926년생)을 시인 편집위원으로, 유치환(1908년생)의 발문과 작고시인 윤동주(1917년생)에 관한 추억을 제1집의 서두에 내세운 시단의 중진과 신진, 작고시인과 생존시인으로 이루어진 그룹이었다.12 이

---

9 김춘수, 「고석규와 동인지 「시연구」」, 『예술가의 삶』 1, 혜화당, 1993, 46~48면; 『시연구』, 산해당, 1956.5.
10 등단순을 따른 것으로 추정된다.
11 김현승, 「겨울의 예지」, 『고독과 시』, 지식산업사, 1977, 8면.

들 동인은 「전망에서 반성으로」라는 창간사의 제목에 알맞게 '시의 사적(史的) 이념'을 통한 '새로운 전통의 수립'을 과제로 설정하고 있었다.

> 一九三〇年代에 들어서자 「詩文學」을 中心으로 몇몇 詩人이 韓國詩에 대하여 비로소 反省을 해 본 것 같다. (…) 韓國詩는 새로운 反省期에 들어섰다 할 것이다. 詩의 보다 根源을 헤쳐 보려는 熱情으로 다시 한번 韓國詩의 過去를 廣範하게 反省해 보고, 앞으로의 展望을 꾀해야 할 것이 아닌가? 하여, 詩誌 「詩研究」는 每號마다 <問題>를 내걸고, 이것을 汎詩壇的(되도록이면 學界의 힘까지 빌려)으로 檢討해 감으로써 詩의 眞摯한 硏究誌가 되는 同時에 韓國詩의 可能한 새로운 展望을 찾으려는 것이다.[13] (강조-인용자)

'오직 새로운 시'[14]를 모색하던 당대 시단의 시대감각과는 다르게 반성을 통하여 앞으로의 전망을 꾀한다고 하였다. 『시연구』가 모더니즘이나 전래적 서정시류와 변별되는 지점은 반성을 통한 전망이라는 이 같은 양방향으로의 모색에 있었던 것으로 보인다. 『시연구』의 기획을 주도한 고석규와 김춘수가 1950년대 중후반 아카데미즘에 기반을 둔 기성세대 문학 연구의 흐

---

12 편집위원 김성욱(金聖旭)에 관해서는 문학사에 자세히 알려진 바가 없다. 프랑스 현대시단의 동향에 밝았고, 1950~1954년에 『문예』에 간헐적으로 비평문을 발표하였다는 사실 정도가 확인된다. 『문예』에 발표된 김성욱의 비평 목록이다.
「봐레리 斷稿」, 『문예』 2-1, 1950.1.
「자라가는 神」, 『문예』 2-4, 1950.4.
「戰爭과 靈魂」, 『문예』 3-1, 1952.1.
「하늘과 人間의 位置(新世代의 思惟)」, 『문예』 4-1, 1953.2.
「精神性의 沒落」, 『문예』 4-3, 1953.9.
「金春洙의 「隣人」論」, 『문예』 5-1, 1954.1.
위의 목록에서 보듯 『시연구』 편집위원으로 참여하기 이전에 김성욱이 『문예』에 마지막으로 발표한 비평문은 김춘수의 시집 『인인(隣人)』론이었다.
13 「전망에서 반성으로」, 『시연구』, 1956.5, 5면.
14 윤정룡, 앞의 글, 255면.

름 속에서 신시 연구와 식민지시기 시인의 정신사적 해명에 주력하며 '한국 시의 본질적 성과'15를 밝히려 한 일련의 작업들은 『시연구』창간사로 드러 나는 반성의식을 뒷받침하는 근거가 된다.

또, 그 문투로 미루어 김춘수가 작성한 것으로 보이는 「창간사」에서16 『시연구』는 1930년대의 시문학파를 시의 반성을 도모하였던 그룹으로 긍정 하며 그 반성의식을 계승한다고 하였다. 해방 이후 전남문단에 자리 잡은 김 현승이 『시연구』를 전후한 시기에 식민지시기의 『시문학』의 전통을 잇고자 창간된 『신문학』에 주간으로 몸담으며 자신을 영랑과 용아를 잇는 전남 출 신의 시인으로 의식적으로 정체화하였다면,17 김춘수와 고석규는 『시연구』 의 기획을 통해 시문학파를 시의 반성이라는 측면에서 모범이 되는 전통으 로 인식하고 있었던 것이다. 이는 전후 시단에서 『시연구』가 1930년대 시문 학파 등에 대한 계보 의식을 함께하는 시인들의 외곽적 연대에 의하여 조직 된 그룹이었음을 말해준다.

해방 15년 시단의 재편 과정에서 주류는 청록파와 모더니즘이었다. 이러 한 구도로 편입되지 않으면서 '동인의 외곽'18으로 존재한 『시연구』의 특성 은 비주류성이라는 말로 설명될 수 있을 것이다. 『시연구』의 비주류성은 첫 째로 지역에서 간행된 동인지 규모와 형태라는 간행매체의 특성에 기인한

---

15 앞의 글, 261면.

16 김춘수는 한국 신시의 '이상한 현상 하나'로 소월 시의 형태에 대해 논한 곳에서 "소월에 와서 한국의 신시는 한 반성기에 들어섰다고 할 것이다"라고 쓰고 있다(김춘수, 『한국 현 대시 형태론』, 해동문화사, 1959, 『김춘수 시론전집』 1, 현대문학, 2004, 68면). 이는 『시 연구』의 창간사와 일치하는 문투이다.

17 평양과 광주가 고향인 시인이 "필자가 전남 출신임은 아마도 틀림없는 사실일 것 같다"고 진술한 것은 그 단적인 예에 해당한다. 김현승, 「전남문단의 전망」, 『신문화』, 1956.7, 박 형철 편, 앞의 책, 60면에서 재인용.

18 '동인의 외곽'이라는 표현은 신범순 선생님으로부터 배움이 있었음을 밝혀둔다.

다.19 둘째로 그것은『시연구』편집위원의 대부분이 전후 문단에서 주도권을 잡은 '대문자' 잡지『문예』로부터 지면을 얻어 활동한 이력이 있음에도 횡적으로는 고석규를 위시한 학생 시인들과의 연대를 보이고 종적으로는 시문학파-윤동주-유치환으로부터 자신들을 계보화하는 특수한 자기정위의 태도를 보인 것에 기인한다. 셋째로는 1955년 윤동주 10주기에 개인 단위로 경향 각지에 추도문을 발표한 시인들로 점조직된 형태를 띠고 있다는 것에 이들의 비주류적인 특이성이 있다.

이러한 비주류성을『문예』의 필진 일부가『시연구』의 시인 편집위원으로 분리되어 가는 흐름 속에서 종합적으로 살펴본다면,『시연구』는 1950년 문예사가 모윤숙과 김동리를 진행자로 작고시인들에 대한 회고담과 시낭독행사를 진행하면서 대규모로 거행한 <작고시인추도회>20 로부터 시인 윤동주에 대한 추도의 마음을 개별 추도문을 통해 사적으로 재배치하고 다시 이같은 개별성을 바탕으로 결집한 '작은 문학(eine kleine Literatur)'21 이었다고 말할 수 있을 것이다.『시연구』가 종적으로 계보화하거나 횡적으로 연대한 문인에『문예』의 흔적은 거의 남아 있지 않다.22 작은 문학의 개념은 한국의

---

19 부산지역 동인지 시문학의 관점에서『시연구』를 언급한 선행연구로는 이순욱,「정전협정 이후 부산 지역 동인지 시문학 연구」,『한국문학논총』69, 한국문학회, 2015, 19면.

20 1950년 4월 20일 밤 미국문화연구소에서 개최되었다.『문예』, 1950년 4월호 광고 참조. 프로그램에 따르면 추도 대상 작고시인은 총 14명으로, 윤동주에 대해서는 당숙 윤영춘이 회고담을 발표할 예정이었다. 한편,『문예』같은 호에는 작고시인특집란이 꾸며졌으나 여기에 윤동주의 시는 실리지 않았다. 위의 프로그램에 따르면 당월호 특집란에 수록된 시를 낭독할 예정이라 하였으므로 윤동주를 위하여 마련된 추도 프로그램에 시 낭독은 포함되어 있지 않았음을 알 수 있다.

21 진은영은 카프카가 1911년 12월 25일 일기에서 쓴 표현인 '작은 문학'의 의미를 "기성의 배치를 위반하는 흐름을 만들어 내면서 자율성의 공간을 즉각적으로 형성하려"는 시도로 바라봄으로써 '작은 문학'의 정치성을 발견하고 있다. 진은영,「문학의 아나크로니즘: 작은 문학과 소수 문학」,『문학의 아토포스』, 그린비, 2014, 244~262면.

문단 질서가 재배치되는 해방 후 15년 시단에서 중심부 동인의 외곽에 위치한 『시연구』와 같이 새로운 시의 전통과 계보를 탐색한 일군의 동인집단을 설명하는 관점이 될 수 있다.

『시연구』는 해소된 이후로도 주류 시단의 질서 속으로 회귀한 것이 아니라 축소된 형태로 그 관계를 유지해나간 것으로 보인다. 김현승과 김춘수는 제주지역에서 부정기적으로 간행되던 『시작업』을 통해 고인이 된 고석규의 유고를 발표하는 등 작은 동인의 형태를 유지하였다.[23] 고석규의 운명(殞命)으로 『시연구』 동인은 해소되었지만 『시작업』 제1집에는 호라티우스의 시학을 비판적인 관점에서 독해한 김춘수의 시론과 김현승의 청년시절 문학 회고기가 고석규의 유고와 함께 실렸다.[24] 이는 『시연구』에 김현승이 시단의 중진으로서 참여하고 동인들이 작고시인 윤동주를 추억하던 것과 매우 유사한 구도이다. 김현승과 김춘수가 『시작업』 제1집에 작품을 발표한 시기는 이들 각자가 1956년 헝가리 자유 혁명의 배경인 '부다페스트'를 제재로 시를 쓰게 되는 1959년~1960년과 시간상으로 겹치기도 하였던 바,[25] 『시

---

22 『시연구』에서 『문예』의 흔적이라고 말할 수 있는 것으로는 조지훈의 평문 「현대시의 문제」가 있지만, <모던이즘 비판 특집>란에 실린 이 글은 독립성을 갖기보다 『시연구』의 전체 기획 속에서 읽히는 효과가 있다.

23 1959년 5월 제주에서 창간된 시지 『시작업』은 『시연구』를 다른 형태로 계승하는 양상을 보여준다. 양순필 주간, 김종원·이치근 편집, 고순하를 발행인으로 제주 우생출판사에서 부정기간행물로 간행된 이 잡지는 20대 중심의 시지를 표방하고 시의 민주주의를 주장하며 시단의 중앙집권성을 비판한 것이 특징이다. 『시작업』, 우생출판사, 1959.5, 편집후기 및 간기 참고.

24 김춘수, 「ARS POETICA에 대한 태도의 전개」
김현승, 「20대의 나의 시작」
고석규, 「현대시의 형이상성(유고)」

25 김현승은 김춘수의 「부다페스트에서의 소녀의 죽음」 이듬해에 부다페스트 혁명을 제재로 한 「신성과 자유를」을 발표하였다. 이후 김현승은 『부다페스트에서의 소녀의 죽음』(1959)에 개작 수록되기 이전 형태의 『꽃의 소묘』(1959) 수록분 「부다페스트에서의 소녀

연구』에 후행하는 『시작업』과 부다페스트 시편은 『시연구』 동인 관계의 지속성을 보여줄 뿐 아니라 1960년대 문예지 『시문학』에서 신인 공동 추천위원으로 재회하는 김현승과 김춘수의 관계에 대한 전사가 된다.

이상으로 전후 시지 『시연구』의 문학사적 위치를 시의 반성과 계보 의식·작은 문학·동인관계의 지속성이라는 키워드를 중심으로 살펴보았다. 이를 바탕으로 본고의 2장에서는 『시연구』 결성의 배경이 되는 윤동주 10주기 추도문의 성격을 고석규, 김춘수, 김종길, 김윤성의 글을 중심으로 살펴보고자 한다. 이는 윤동주 10주기 추도문과 『시연구』 결성 사이의 계기적인 연결고리를 살펴보고, 추도문이 그 성격에 따라 시인 윤동주의 발견과 윤동주를 모델로 하는 시인의 전형의 발견이라는 두 유형으로 나뉘면서 특히 후자의 경우 시─시인의 근거리 관계의 설정이라는 시의식의 형성으로 연결되는 지점에 주목하기 위함이다.

김종길과 김윤성이 윤동주론을 쓰면서 발견하게 되는 시[작품]─시인[현실]의 근거리 관계는 일찍이 현실의 구체적인 상황이나 선행하는 텍스트를 시에 맥락화하는 방식으로 윤동주가 선취한 원리였다. 『시연구』가 윤동주를 통해 발견한 시─시인의 근거리 관계의 설정이라는 중정의 원리를 윤동주 시와의 관련 속에서 살피기 위하여 3장에서는 윤동주 후기시의 특징이 일행시임과 그것이 시─시인의 근거리 관계에 기반하여 창작되는 양상을 살펴보고자 한다.

끝으로 4장에서는 윤동주에 대한 추도의 감각을 바탕으로 작은 문학 위에

의 죽음」을 전문 인용한 해설을 쓰기도 하였다. 김현승, 『한국현대시해설』, 관동출판사, 1972, 252~257면. 이는 동인의 해소 이후로도 김현승이 김춘수의 시를 최초 발표되거나 수록된 것과 매우 가까운 형태로 접하며 읽어나갔을 가능성을 말해준다.

교차된 김종길, 김현승, 김춘수가 시─시인의 원근관계에 대한 서로 다른 입장을 보이며 분기해 나가는 양상을 살펴보고자 한다.

2. 윤동주 10주기 추도와 시인론에 바탕한 시의식 형성

『시연구』제1집의 「편집후기」에는 시지의 간행이 예정보다 늦어지면서 앞서 받아둔 표지화가 바래버린 것에 대해 표지화 작가에게 사과하는 내용이 포함되어 있다. 『시연구』(1956.5)의 당초 간행 일정은 윤동주의 10주기 (1955.2.16.)와 보다 가까운 시점이었던 것이다.

『시연구』가 윤동주의 10주기와 가까운 시점에 기획되었다는 추정이 가능하다면, 동인들이 윤동주의 아우 일주로부터 「형 윤동주의 추억」의 원고를 얻은 경위는 선명해진다. 앞서 밝힌 바와 같이 『시연구』의 시인 편집위원들은 1955년 윤동주 10주기에 경향 각지에 추도문을 발표한 이력을 공유하고 있었다. 아우의 입장에서 형의 추모객들이 중심이 되어 10주기를 즈음하여 결성된 『시연구』는 형을 추억하기에 가장 알맞은 장소였을 것이다.

각자의 이유로 윤동주를 추도하였던 개인 단위의 여러 우연들이 교차하며 시지를 공동 편집하기에 이르고, 「형 윤동주의 추억」을 발문 바로 다음 순서로 기획하였다는 것은 '형 윤동주'가 윤일주의 형이면서 『시연구』의 상징적인 형이었음을 말해준다.

김춘수, 「불멸의 순정─윤동주 형 10주기를 맞이하여」, 『부산일보』, 1955.2.14.
고석규, 「다시 '하늘과 바람과 별과 시'」, 『국제신보』, 1955.2.16.
김윤성, 「고 윤동주의 시」, 『경향신문』, 1955.4.30.

김종길, 「시인이라는 것—고 윤 동주씨를 생각하며」, 『대구매일신문』,
1955(김종길, 『시론』, 탐구당, 1965)[26]

이는 모두 윤동주의 10주기인 1955년 경향 각지에 발표된 추도문이다. 이
가운데 10주기에 윤일주에 의해 증보 간행된 시집 『하늘과 바람과 별과 시』
에 대해 언급하고 있는 것은 김윤성과 김종길의 글이다. 그런데, 김윤성은
증보판 시집의 출간을 계기로 1947년 『경향신문』에 「쉽게 씌어진 시」가 유
고작으로 발표되었던 시점을 회고하는 글쓰기 방식을 취하고 있으며, 김종
길은 윤일주의 증보판 시집 출간 사실을 언급하면서도 이전부터 윤동주를
읽었던 독서 경험에 대해 이야기하고 있다. 이는 김윤성과 김종길이 윤동주
의 시를 접한 경험이 1955년 이전으로 거슬러 올라가는 것임을 말해준다.

윤동주의 10주기 이전에 위의 동인들 중 가장 먼저 윤동주론을 발표한 것
은 고석규였다. 윤동주에 대한 고석규의 정신사적 해명의 노력은 전후세대
의 식민지시기 시인론의 범주에 드는 것이면서 『시연구』 동인들 가운데 윤
동주론을 선취한 작업으로 평가될 수 있다.

> 나는 단숨에 적어버린 나의 소모가 더욱 충실한 앞날에 이르기를 몇
> 번이나 생각하며 이 장의 끝을 내린다.[27]

『초극』을 집필하던 당시 윤동주에 관하여 후고를 기약한 고석규는 윤동
주 10주기 추도문 「윤동주 조사 — 다시 『하늘과 바람과 별과 시』」(『국제신

---

26 김수복 편저, 『별의 노래 : 윤동주의 삶과 詩』, 한림원, 1995, 260면에 소개된 추도문 목록
    을 토대로 날짜의 오기를 바로잡고 김종길의 글을 새롭게 추가하였다.
27 고석규, 「윤동주의 정신적 소묘」, 『초극』, 1953.9.16., 고석규, 남송우 편, 『고석규 문학전
    집』 2, 마을, 2012, 168면.

문』, 1955.2.16)에서는 윤동주의 시가 "우리들의 절대한 명맥을 감당"한다고 보았으며, 「시인의 역설」(1957.6.25)에서는 윤동주를 가장 윤리적인 단계에 위치한 시인으로 평가하였다.

윤동주를 '우리들의 절대한 명맥'에 위치시키는 고석규의 관점은 김춘수에게서도 유사하게 나타난다.

윤동주의 10주기를 앞두고 발표한 서간체의 추도문 「불멸의 순정」에서 김춘수는 생전에 만난 적 없는 윤동주를 "형"으로 호명하고, 전란의 "내면적 극복"에 대한 다짐을 '형 윤동주'에게 고백한다. 김춘수는 그 같은 다짐을 윤동주에게서 "나"에게 주어진, 나아가 "우리들"에게 주어진 "불멸의 순정"이라고 표현한다.

> 이렇게 兄의 靈前에 아뢰고 있는 <u>내 自身으로부터 一片의 純情을 느낍니다. 이것은 내 自身의 것인 同時에 내 自身의 것이라고만 생각할 수는 없습니다. 이것은 『우리들』의 一片의 純情일 것입니다.</u> 잿더미 속에서의 삶, 넋 잃은, 혹은 두려움을 모르는 듯한 사람들의 生活 속, 그 어느 곳에 『우리들』의 一片의 純情이 兄의 뒤를 이을 젊은 世代 속에서도 그들도 모르게 이것은 자라가고 있는지도 모릅니다. <u>詩人이었기 때문에 卑劣하게 죽을 수 없었던 兄! 卑劣하게 죽을 수 없었기 때문에 참의 詩人이었던 東柱兄!</u>[28] (강조-인용자)

김춘수는 또한 윤동주를 시인이었기 때문에 비열하게 죽을 수 없었고 비열하게 죽을 수 없었기 때문에 '참의 시인'이 된다는 순환구도 속에 위치시키며 '참의 시인'이 되는 조건은 비열하게 죽지 않을 수 있는 의지에 있음을 암시하고 있다.

---

28 김춘수, 「불멸의 순정 ― 윤동주형 십주기를 맞이하여」, 『부산일보』, 1955.2.14.

시인에 의한 시인 윤동주의 발견은, 해방기에 "才操도 蕩盡(…) 勇氣도 傷失(…) 不當하게도 늙어"[29] 가던 정지용이 『경향신문』 재직 동료 강처중으로부터 윤동주 유고의 일부를 건네받아 발표하고 초판 『하늘과 바람과 별과 시』의 서문을 쓴 것에 기원을 두고 있다.[30] 김춘수의 추도문은 정지용의 서문과 마찬가지로 시인으로서의 윤동주를 부각한 것에 가깝다. 시인으로서의 자기 반성과 더불어 시인 윤동주를 만시성(晚時性) 속에서 발견한 정지용은 "살아 있다고 하면"[31] 이라는 말로 시인의 단절되지 않은 삶을 가정해보았으며, 마찬가지로 김춘수는 윤동주가 자기 자신에게 남긴 '불멸의 순정'을 이야기함으로써 윤동주라는 시인의 삶을 마주보았다.

김종길은 "살아서 **시를 썼다면**"(강조 − 인용자)[32] 이라는 시학적인 물음으로 나아간다. 김종길의 윤동주 10주기 추도문은 시인 윤동주라는 구체적인 인간을 발견한 것에서 나아가 그를 모델로 보편적으로 바람직한 시인의 상을 상정하고, 시−시인의 투명한 관계에 대한 인식에 도달하는 특징을 보인다. 이는 정지용이나 김춘수가 시인 윤동주의 모습을 가깝고도 구체적인 한 인간의 모습으로 포착하고 있는 것과는 다른 온도의 것이기도 하다.

> 一九四一·五·三一이라는 日字가 붙어 있는 尹 東柱氏의 詩의 이 句節이 같은 무렵에 英國 詩壇의 새 主人이 된 딜런·토머스의 詩와 흡사한 데가 있는 우연의 暗示나 이 詩 가운데의 氣溫이나 햇빛이 어제 오늘의

---

29 정지용, 「序」, 윤동주, 『하늘과 바람과 별과 시』, 정음사, 1948; 정지용, 『산문』, 동지사, 1949, 248면.
30 정지용이 윤동주의 유고시를 소개하게 된 경위는 송우혜, 『윤동주 평전』, 열음사, 1992, 366~377면.
31 정지용, 앞의 글, 257면.
32 김종길, 「주체성의 발견」, 『진실과 언어』, 일지사, 1974.

氣溫과 햇빛이라고 해서 문득 그의 詩가 생각나고 그의 詩를 이야기해보
고 싶은 衝動을 느낀 것이 이 短文을 쓰게 된 動機는 아니다.

　올해가 (…) 그의 十週忌요 … 「하늘과 바람과 별과 詩」라는 제목 아
래 세상에 내어 놓은 그의 사랑하던 아우가 필자의 존경하는 十年之友라
는 사정도 있긴 하지마는 이 기회에 「詩人」이라는 것에 대한 본질적인
反省을 가져 보고 싶은 것이다. 그의 詩를 다시 읽고 그의 짧은 生涯를 다
시 생각해볼 때 그야말로 詩人이었다는 느낌을 새삼스럽게 느꼈고 그 느
낌은 현재의 우리 詩壇의 風土와 대조해 볼 때 더욱 절실했기 때문이
다.[33] (강조―인용자)

　김종길의 추도문에는 추도문을 쓰게 된 세 가지의 직간접적인 동기가 드
러나 있다. 윤동주의 10주기에 증보시집을 간행한 윤일주와 십년지우라는
이유 외에 김종길이 추도문을 쓰게 된 근본적인 이유는 윤동주의 시를 통하
여 시인에 대하여 본질적인 반성을 하기 위함에 있었다. 시인 딜런 토마스와
윤동주를 견주고 윤동주의 「십자가」의 '햇빛'을 오늘의 그것으로 느꼈던 그
간에 누적된 독서의 경험 또한 김종길이 10주기에 추도문을 쓰게 되기까지
시인에게 윤동주의 현재성을 촉발하는 요인이었음을 알 수 있다.

　　윤동주씨의 시를 대하면 먼저 그 사람의 불타는 가슴이 강렬하게 느
껴온다. 읽는 독자로 하여금 저도 모르는 사이 어떤 힘과 용기를 갖게 한
다. 즉 그의 시는 시 자체와 그 사람이 따로 따로 있는 그러한 시가 아니
란 말이다. 요즘 작자와 시와의 사이에 아무런 생명도 혈맥도 통하지 않
고 있는 예가 허다한 가운데 이는 희귀한 존재가 아닐 수 없다. 작자의
혈맥이 통해있지 않은 시란 결국 거짓일 수밖에 없는 것이다. 그러므로
우리는 윤 동주씨의 시의 그 언어적 의미만을 지나치게 추구하지 않아도

33　김종길, 「시인이라는 것 ― 고 윤 동주씨를 생각하며」, 『대구매일신문』(1955년 봄. 날짜
　未詳), 김종길, 『시론』, 탐구당, 1965, 65~66면.

충분히 이 시인의 순수한 맥박을 들을 수 있음을 자랑삼아야 하겠다.[34]
(강조-인용자)

윤동주의 시를 통하여 시인의 존재론이라는 보편적인 문제를 사유하고자 하는 김종길의 관점은 또 다른 『시연구』의 편집위원 김윤성에게서도 유사하게 나타난다. 윤동주 추도문에서 김윤성은 시를 쓴다고 모두 시인은 아니며, 시와 시인이 따로가 아니라는 것, 그리고 시인이 시와 "혈맥"이 통해있지 않은 시는 결국 "거짓"으로 귀결된다고 말한다. 김종길-김윤성의 추도문이 정지용-김춘수의 추도문과 차이를 보이는 지점은, 구체적인 한 인간으로서의 시인 윤동주의 발견한 것과는 다른 견지에서 윤동주를 모델로 삼는 방식을 통해 바람직한 시인의 전형을 입상하고 시-시인 사이의 근거리의 미학을 말하게 된 것에 있다고 할 것이다.

　　詩人은 첫째 「選手」라야 할 것은 물론이나 그 人間과 生活이 그의 기록에 보다 더 깊게 관련되는 選手라는 것을 말하고 싶을 따름이다.
　　(…) 詩人이 되기도 詩를 쓰는 것만큼이나 참담한 人間修業이라는 것을 再强調하고 싶은 충동에서 다시금 尹東柱씨의 詩人으로서의 生涯와 그의 詩에서 보는 人間的인 體臭가 아깝고 그리워지는 것이다.[35] (강조-인용자)

김종길은 프랑스의 시인 비용(F. Villon)은 절도와 살인을 저질렀으므로 시인이라는 '고귀한 사회적인 인간형'을 가질 수 없다고 단언한다. 그렇게 말하는 이유는 시인은 그의 "인간과 생활이 그의 기록에 보다 더 깊게 관련되는"

34　김윤성, 「고 윤 동주의 시」, 『경향신문』, 1955.4.30.
35　김종길, 앞의 책, 66~67면.

존재이기 때문이다. 김종길은 시인의 생활의 투영으로서의 시, 시인의 삶과 시 사이의 근거리의 미학에 대한 입장을 시론가, 비평가로서 1970년대 초반까지 견지하게 되며, 삶과 시 사이의 간격을 줄여나가는 중정의 방법을 현실에 대한 언어의 밀착력에서 구해나가게 된다.

김종길—김윤성의 관점은『시연구』의 또 다른 편집위원 김현승에게서도 마찬가지로 시와 시인의 삶이 불가분리성의 관계에 있다고 보는 인식으로 나타난다.[36] 시인의 삶과 작품으로서의 시가 분리될 수 없으며, 따라서 시인과 작품 사이에 '허구'는 개재될 수 없다고 보았던 김윤성과 김종길, 그리고 김현승의 관점은『도리언 그레이의 초상』에서 헨리 워튼 경의 입을 빌어 예술 작품은 예술가의 도덕성과 분리되어야 한다고 주장한 오스카 와일드의 예술론[37]과 대립되는 것으로서 철저하게 반(反) 오스카 와일드적인 것이다. 그리고 이는 윤동주 추도를 계기로『시연구』동인으로 가세하였음에도 시인은 삶을 문학에 반영하는 모럴리스트가 되는 것에 그치는 것이 아니라 심미의식으로 나아가야 한다고 보고 이를 위하여서는 '허구'의 개재도 긍정할 수 있었던 김춘수의 태도와 선명하게 대비된다. 김윤성, 김종길, 김현승 계열의 시는 김춘수가 자신의 시론에서 '창작문학'의 반대 개념이라 설명하였던 '토의문학'에 대응된다.

---

36 가령 다음과 같은 고백은 시—시인의 불가분리성을 자각한 데 따른 불가능한 분리의 욕망이라는 역설을 보여준다 : "한개의 인간으로서는 죄 많고 결점 투성이인 나이지만, 나의 시에만은 죄의 티끌 하나 어리지 않게 하고 싶은 것이다" 김현승, 「나는 이렇게 시를 쓴다」,『자유문학』, 1961. 8, 다형김현승시인기념사업회 편,『다형 김현승의 삶과 문학』, 다형김현승시인기념사업회, 2015, 13~17면.

37 로버트 미갤, 「서문」, 오스카 와일드, 김진석 역,『도리언 그레이의 초상』, 펭귄, 2008, 33면 참조. 오히려 이들의 예술관은 도리언 그레이의 초상을 그린 화가 바질 홀워드의 것에 가까워 보인다.

윤동주의 10주기 추도문을 발표했던 시인들과 달리 김현승이 직접적으로 윤동주를 추억한 흔적은 찾아보기 어렵다. 다만 김현승은 '금요일 이듬날 회관에서 열린 시인의 추도식'에 관한 시 「인생송가」(1954)를 통해 1937년 5월 15일에 열린 이상과 김유정의 합동 추도식[38]을 암시하면서 시인의 영원한 삶을 칭송하고, 추도시를 낭송한 무명시인 이성범 외에도 이상을 추도한 복수의 시인들을 '무명시인들'이라는 표현 속에 포괄하는 관점을 보여주었다. 윤동주의 일행시(一行詩) 「못 자는 밤」(1941)이 주목되는 것은 이 지점이다. 이성범의 「이상애도」는 이상의 「가정」을 패러디한 것이고,[39] 윤동주의 시 「못 자는 밤」은 「가정」과 나란히 발표되었으며 윤동주의 장서 『을해명시선집』에 「가정」과 나란히 수록된 「아침」의 한 행을 그대로 옮긴 것이기 때문이다.[40] 즉, 이성범의 「이상애도」와 윤동주의 「못 자는 밤」은 이상의 사후에 쓰인 이상의 「가정」과 「아침」의 변주인 것이다. 김현승의 「인생송가」를 시인 이상의 추도식에 관한 시로 읽는 것이 가능하다면, 이 시는 작고 시인 이상의 시를 무명시인 이성범과 윤동주의 시가 감싸고 있고, 이러한 중층관계를 김현승이 포착함으로써 윤동주와 김현승이 간접화된 방식으로 연결되는 하나의 장면으로 읽힌다.[41]

---

38 「김유정 이상 양 씨 추도회 래 십오일 거행」, 『조선일보』, 1937.5.11, 석형락, 「1930년대 후반 작고 작가 애도문의 서술 양상과 그 의미 ― 김유정과 이상의 죽음에 제출된 애도문을 중심으로 ― 」, 『현대소설연구』 71, 한국현대소설학회, 2018, 190면. 1937년 5월 15일은 금요일의 이듬날인 토요일이었다.

39 이성범의 「이상애도」를 비롯한 이상 추도시의 전모는 신범순 원전주해, 『이상 시 전집: 꽃 속에 꽃을 피우다』 1(나녹, 2017)를 참조.

40 권오만은 윤동주의 「못자는 밤」이 이상의 「아침」의 '밤을 지샌 상황'과 시구의 어느 한 부분을 그대로 옮긴 것임을 밝혔다. 권오만, 『윤동주 시 깊이 읽기』, 소명출판, 2009, 177면.

41 생전에 만난 적이 없는 김현승과 윤동주의 운명의 거리는 가까웠던 것 같다. 김현승과 윤동주 사이의 간접화된 결합의 양상은 해방기에 이들의 작품이 정지용이 주간으로 재직하던 시절

시는 시인의 삶의 반영이므로 기교의 측면이 아닌 시인의 인간으로서의 모럴을 가장 최후의 것으로 강조하는, 즉 시인을 모럴리스트로 바라보는 김종길이나 김윤성과 유사한 관점은 자신의 시론을 통해 '참의 시는 마침내 시가 아니어도 좋다'고 선언한 바 있고 『시연구』의 제1집 발문에서 인간의 양심을 강조한 유치환에게서도 확인된다. 『시연구』의 발문 「회오의 신」에서 유치환은 인간으로 하여금 속죄하지 않을 수 없게 하는 이른바 '회오의 신'이 작용한 결과인 인간의 '양심'을 설명하기 위하여 발자크의 소설 「마을신부」의 죽음을 목전에 둔 주인공이 '청죄승(聽罪僧)'에게 비공개적으로 죄를 고백하는 것이 아니라 광장의 시민들 앞에서 공개적으로 죄를 고백하는 장면을 제시한다.[42] 『시연구』 동인의 해소 이후 김춘수는 시론가로서의 김종길과 시인 유치환을 톨스토이즘적인 비예술적 예술이라는 지점에서 비판하게 되는데, 이는 김종길─유치환과 김춘수의 시의식이 분기되었음을 후행적으로 보여주는 장면이 되기도 한다.[43]

동인의 해소 이후 김춘수는 시론을 집필하는 과정에서 '중도파'라는 문학

에 『경향신문』의 문학 지면을 통해 교차되듯 실린 것에서도 확인된다. 김현승, 「창」, 『경향신문』, 1946.5.; 윤동주, 「쉽게 씌어진 시」, 『경향신문』, 1947.2.; 김현승, 「자화상」, 『경향신문』, 1947.6.

또, 김현승의 회고에 따르면 기독교 사립학교령에 따라 채플 수업이 금지되었던 식민지 시기에도 평양 숭실전문학교는 채플을 교과목으로 유지하고 있었던 것으로 보인다. 김현승은 로버트 브라우닝의 장시 "피파 노래한다"의 신과 자연만물의 조화를 다룬 장면을 채플 시간에 이효석으로 추정되는 "소설가인 영어교사"를 통해 배웠다고 회고한다. 평양 숭실중학에서도 채플과 기독교적인 시구에 대한 교육이 이루어졌다면, 비록 평양 숭실중학에서의 수학기는 짧은 윤동주라고 하더라도 비슷한 교육적인 분위기를 접했을 가능성을 추정해볼 수 있다. 김현승의 회고는 김현승, 「가을의 사색」, 『가을을 찾습니다』, 열음사, 1987, 79~81면.

42 유치환, 「회오의 신」, 『시연구』 제1집, 1956.5, 8~13면.

43 본고의 역량 상의 한계로 인하여 톨스토이즘에 관한 김춘수의 입장과 이에 따른 김종길/유치환과의 분기에 관한 연구는 후일의 과제로 기약한다.

적인 외연을 갖는 새로운 명칭으로써 김현승과 김종길을 전후 시단의 한 계열로 범주화한다. 이는 중정에 대한 의식을 바탕으로『시연구』에 대한 역사적인 의미화를 시도한 장면으로 해석될 수 있다. 김춘수의 문맥에서 중도파라는 명칭은 정치적 중도를 나타내는 용례를 따른 것이 아니라 특정한 유파로 귀속되지 않으며 실험의식과 작품의식 사이에서 중정을 추구한 시인들을 설명하기 위한 것으로 사용된다. 김춘수가『시연구』동인이던 김현승과 김종길을 각각 중도파 시인과 중도파 비평가로 지목하고 있는 것은『시연구』에 대한 역사적 평가를 시도한 것으로도 독해되기에 흥미로운 지점이다.44 김춘수의『시론』중 '한국의 현대시'의 한 부분은 김종길 시 비평과의 대화 관계 속에서 해방 이후 시단에서 "좀 색다른 빛깔"45 로 존재한 이들 중도파 시인들에 대한 분석에 할애되어 있다.

　김춘수가 중도파라는 명칭으로 과거의 동인들을 범주화한 이 작업은 형태사와 정신사의 종합이라는 온전한 시론에의 꿈을 목표로『한국 현대시 형태론』으로부터 시도해온 사적(史的) 시론의 도정 위에서 이루어진 것이다. 1950년대 중후반 잡지 연재분이 초고가 된 김춘수의『한국 현대시 형태론』(1959)은 전후 당대의 시를 자유시와의 연속선상에서 신시 제3기로서 인식하는 관점과 함께, 형태사(본론)와 정신사(보론)의 구성을 취하고 있었다. 『한국 현대시 형태론』에 관한 기존 연구의 초점은 '형태'의 측면에 집중되면서 김춘수의 산문시 창작의 내인을 밝히기 위한 논의로 깊게 발전하였으나,46 시론서의 생산 과정을 고려해볼 때에, 김춘수가『한국 현대시 형태론』

44　김춘수,『시론 – 시의 이해』, 송원문화사, 1971; 김춘수,『김춘수 시론 전집』1, 현대문학, 2004, 458~465면.
45　김춘수,『김춘수 시론 전집』1, 현대문학, 2004, 465면.

을 통해 보여준 형태와 정신에 대한 종합적 의식, 시의 역사화에 대한 욕망은 『시연구』가 「창간사」를 통해 내비친 사적 이념에 대한 철저함이나 식민지시기 시인에 대한 계보 인식과 무관하지 않다고 본다.

『시연구』 해소 이후, 이처럼 중도파라는 명칭으로 호명하고 호명되는 관계에 놓인 세 시인의 시의식은 시와 시인 사이의 거리를 조정하는 방식에서 분기한다. 김춘수는 시[작품]—시인[현실]의 원거리 관계를 강조하고, 김현승과 김종길은 작품과 현실 사이에 거리의 소멸에 가까운 근거리 관계를 강조하게 되는 것이다.

김현승과 김종길의 이 같은 시—시인 사이의 근거리 관계의 설정은 윤동주의 경우와 매우 유사한 언어운용관에서 비롯한 것이기도 하다. 윤동주, 그리고 김종길과 김현승이 현실에 대한 언어의 밀착력을 중시하고, 언어를 운용하는 두 가지 원리에 대한 유사한 인식체계를 보였던 것에 주목할 필요가 있다. 그것은 소극적 원리와 적극적 원리에 따른 언어의 사용으로 설명될 수 있는 것으로, 이들은 이 가운데 소극적 원리를 따를 때 언어 사용에 핍진성을 기할 수 있다고 보는 최소주의적 언어운용관에 입각해 있었다.[47] 세 시인의 이 같은 인식은 전후 모더니즘 시론에서 언어기능의 확장을 주장한 것과 대비되는 지점이기도 하다.[48]

---

46 최석화, 「김춘수의 산문시 인식 연구 : 『한국 현대시 형태론』을 중심으로」, 『한국시학연구』 34, 한국시학회, 2012.

47 김현승 시의 주요 키워드인 '모국어'는 바로 이와 같은 소극적이고도 겸허한 언어의 운용 방식을 뜻하는 것이다.

48 본고의 역량 상의 한계로 인하여 김현승, 김종길, 윤동주의 언어운용 원리의 유사성에 따른 비교 연구는 후일의 과제로 기약하고자 한다.

3. 윤동주 일행시의 중정의식과 순수·참여의 형용모순적 가능성

1960~1970년대 순수참여논쟁의 변증법적 극복을 당대적 과제로 인식하면서 이를 '변증법적인 갈망'이라고까지 표현한 김종길에게 윤동주는 순수참여시라는 형용모순의 가능성을 발견하게 하는 시인이었다. 영문학자인 김종길은 윤동주, 이육사, 한용운에게서 시와 현실이 하나의 지점으로 조율되는 중정의 모델을 구한 바 있다.[49]

이 같은 중정의 원리를 윤동주의 후기시[50][51]를 통해 살펴볼 수 있다. 윤동주의 시가 후기에 와서 뚜렷이 보여주는 변화는 '한 줄', '몇 줄', '줄이자'와 같은 시어의 출현이라고 할 수 있다. '한 줄', '줄이자', '몇 줄'과 같은 표현이 표면화된 작품은 시「자화상」, 「쉽게 씌어진 시」와 산문「화원에 꽃이 핀다」이며, 그 결과로 한 행 또는 그것의 반복으로 이루어진 아포리즘적인 '일행시(一行詩)'가 쓰이고 있다는 것에 주목할 필요가 있다. '한 줄로 줄여쓴' 일행시는 말을 최소화하는 언어 운용 방식에 의해 뒷받침되고 있다. 줄여쓰기의 감각이 '일행시(一行詩)'로 귀결된다는 점에 주목하여, 그러한 줄여쓰기의 방법, 태도, 주제, 효과를 강조할 때에 '수사(修辭)'를 변형한 '절사(節辭)'라는 용어를 사용하고자 한다.[52]

---

49 김종길, 「주체성의 발견」, 『진실과 언어』, 일지사, 1974, 8~12면.
　　　, 「한국시에 있어서의 비극적 황홀」, 같은 책, 194~208면.
50 앞서 살펴본 『시연구』 동인 김종길, 김윤성의 윤동주 추도문과 김현승의 시에서 직·간접적으로 다루어진 윤동주의 시는 후기시인 「십자가」, 「쉽게 씌어진 시」, 「못 자는 밤」이었다. 이에 따라 본고에서도 윤동주의 후기시를 주요 분석 대상으로 삼는다.
51 본고는 윤동주의 시세계를 수학 과정에 따라 4기로 구분한 권오만의 시기 구분법을 느슨하게 따라, 제3기에 해당하는 연희전문학교 시절과 제4기인 일본유학시절의 작품을 후기시로 바라보고자 한다.
52 한 행 배치에 주목한 선행연구로는 「십자가」에서 별도의 행으로 분리된 '처럼'과 「팔복」

앞에서 김현승에 의해 '무명시인의 추도시'의 하나로 포착되었을 것으로 가정한 「못 자는 밤」(1941.6. 추정)은[53] 「팔복」(1940), 「화원에 꽃이 핀다」(1939 추정)와 함께 시의 원리로서의 '절사'를 보여주는 텍스트가 된다. 선행하는 텍스트의 '한 줄'을 시로 재맥락화하는 「못 자는 밤」의 기법은 「팔복」에서는 '한 줄'을 여러 번 반복하는 방식으로 변주된다.[54] 산문 「화원에 꽃이 핀다」에서는 마태복음과 같은 경(經)의 차원인 『周易』의 괘 '이상이견빙지(履霜而堅氷至)'를 그대로 옮기고 있다.

윤동주가 이상(李箱), 마태복음, 주역의 원텍스트를 재맥락화하고 있는 작품들은 '한 줄'을 자신의 시에서 아포리즘적으로 압축하는 방식이 이즈음 윤동주에게 하나의 기법으로 나타나고 있는 지점을 보여준다. 1939년을 기점으로 이전까지 동시 창작에 몰두하고 있던 윤동주가 선행 텍스트로부터 '한 줄'을 아포리즘적인 일행시로 압축하는 방식으로의 전환을 보인 것은 뚜렷한 변화라고 할 수 있다.

선행 텍스트의 재맥락화를 통한 일행시 쓰기라는 기법상의 변화에 더하여 이러한 변화가 시작되는 1939년부터는 거울주제를 통하여 '나'와 '사나이'가 마주보게 되고(「자화상」), 거울을 닦는 일이 참회록을 줄여쓰는 행위와 연동

의 반복 기법에 주목하거나, 「서시」의 문장 구조에 주목한 경우가 있다. 김응교, 『처럼』, 문학동네, 2016; 류양선, 「「서시」의 의미 연구」, 『한국시학연구』 31, 한국시학회, 2011. 선행연구에서 언급한 「십자가」 「팔복」 「서시」 모두 1939년도 이후의 작품이다. 본고는 윤동주의 일행시 구성의 원리는 후기시에 집중되어 있으며, 이러한 원리는 연전시절 문우 A군과의 교유를 통해 체득한 '줄여쓰기'의 감각이 반영된 결과라고 본다.

53 권오만은 「못 자는 밤」의 "하나, 둘, 셋, 네/ ……/ 밤은/ 많기도 하다."(「못 자는 밤」의 全文)의 마지막 2행이 "캄캄한공기를마시면폐에해롭다. 폐벽에끄름이앉는다. 밤새도록나는음살을알른다. 밤은참많기도하드라."(이상, 「아츰」의 부분)의 표현을 패러디한 것임을 밝힌 바 있다. 권오만, 앞의 책, 175~178면.

54 "마태복음 5장 3절부터 12절까지"가 부제인 「팔복」은 "슬퍼하는 자는 복이 있나니"라는 동일한 구절을 여덟 번 반복한 것이다.

되는 장면을 볼 수 있다(「참회록」). 거울과 참회록 쓰기라는 모티프의 동시성을 고려할 때 '나'와 거울 속의 '사나이'의 관계는 '쓰는 자'와 '쓰이는 글'의 관계에 대응될 수 있다.

> 산모퉁이를 돌아 논가 외딴 우물을 홀로 찾아가선 가만히 들여다봅니다.// 우물 속에는 달이 밝고 구름이 흐르고 하늘이 펼치고 파아란 바람이 불고 가을이 있습니다.// 그리고 한 사나이가 있습니다./ 어쩐지 그 사나이가 미워져 돌아갑니다. (⋯)[55] (강조 – 인용자)

거울주제가 처음 나타난 시인 「자화상」(1939.9.)이다. 화자가 우물에 비친 자신의 모습에 "그리고 한 사나이"라는 원거리의 3인칭을 부여함으로써 '나'와 '사나이'가 분리되고,

> (⋯⋯) 나는 나의 참회의 글을 한 줄에 줄이자./ — 만 이십사 년 일 개월을/ 무슨 기쁨을 바라 살아왔던가// 내일이나 모레나 그 어느 즐거운 날에/ 나는 또 한 줄의 참회록을 써야 한다./ 그때 그 젊은 나이에/ 왜 그런 부끄런 고백을 했던가.// 밤이면 밤마다 나의 거울을/ 손바닥으로 발바닥으로 닦아보자. (⋯⋯)[56]

「참회록」(1942.1.)에서는 거울을 닦는 행위가 참회의 내용을 한 줄로 줄여써야 한다고 다짐하는 쓰는 자의 태도와 연동된다.

『도리언 그레이의 초상』에서 그레이의 초상이 인물의 선악을 그대로 되

---

55 윤동주, 「자화상」(1939.9.) 이하 윤동주 시 인용은 『(사진판) 윤동주 자필 시고 전집』(민음사, 1999)을 저본으로 한 윤동주, 홍장학 편, 『정본 윤동주 전집』(문학과지성사, 2004)에 따르며, 제목, 창작연월, 인용면수만 밝힌다.
56 윤동주, 「참회록」(1942.1.24), 124면.

비추는 거울이었듯, 윤동주의 시에서는 시[작품]－시인[현실] 사이의 투명한 연결관계에 대한 인식이 드러난다. 김종길과 김윤성이 윤동주를 통해 발견한 시－시인 사이의 근거리의 미학이 바로 이것이다.

또한, 거울의 얼룩을 지우는 것과 나란히 자신을 '한 줄'의 참회록으로 줄여 나가야 한다고 말하는 시인의 자각적인 고백은, 자신이 쓰고 있는 글은 바로 자기 자신을 비추는 거울이라는 시－시인 사이의 불가분리성에 대한 깨달음에서 비롯된 것이다. 이러한 견지에서 다른 시들을 살펴볼 때,「간」에서의 "너는 살지고/ 나는 여위어야지"에 드러나는 여윔에 대한 의지와「또 다른 고향」의 '나'와 분리되어 있는 백골의 이미지는 줄여 나가기에 대한 은유로 독해될 수 있다.57

「참회록」에 나타난 줄여쓰기의 태도는「화원에 꽃이 핀다」(1939 추정)에 기원을 둔다. 연희전문학교 문우회 시절의 산문인 이 글에서 윤동주는 화원의 사계(四季)라는 긴 시간 속에서 글쓰기가 이루어지는 과정을 서정적으로 묘사하는 가운데 전운(戰雲)을 예감하는 대학생의 예민한 감각과 화원 속 벗들에 대한 애정어린 동일시의 감정을 드러내고 있다.

> 한 해 동안을 내 두뇌로써가 아니라 몸으로써 일일이 헤아려 세포 사이마다 간직해두어서야 겨우 몇 줄의 글이 이루어집니다. 그리하여 나에게 있어 글을 쓴다는 것이 그리 즐거운 일일 수는 없습니다. (……) 이 몇 줄

---

57 선행연구에서「또 다른 고향」의 '백골'은 세속적 가치를 따르는 자아로 해석되기도 한다(류양선,「윤동주 시의 중층구조 －「또 다른 고향」분석」,『어문연구』38, 한국어문교육연구회, 2010). 그러나 후기시의 하나인「간」과 함께「또 다른 고향」의 백골이 가지는 여윔의 이미지를 '줄여쓰기'의 태도와 나란히 살펴볼 때 그것은 윤동주가 애독한 정지용의 시「백록담」에서의 '촉루(髑髏)가 되기까지 사는 백화(白樺)'처럼 스스로 여위어가는 감각에 가까운 것으로 해석되기도 한다.

의 글과 나의 화원과 함께 나의 일 년은 이루어집니다.[58] (강조 – 인용자)

글쓰기의 과정에 관한 위의 고백은 일견 시의 탄생까지의 과정을 회임에 비유하였던 박용철이나 정지용의 시론을 연상시키는 것이지만, 보다 본질적으로는 절사(節辭)로 설명될 수 있는 윤동주의 언어의식에 기반을 두고 있는 것으로 보인다. 윤동주와 연전시절을 동숙자이자 문우로서 함께한 강처중과 정병욱의 회고는 윤동주의 언어의식을 짐작할 수 있게 한다.

> 조용히 열흘이고 한 달이고 두 달이고 곰곰이 생각하여서 한 편 시를 탄생시킨다. 그 때까지는 누구에게도 그 시를 보이지를 않는다.[59]

> 한 편의 시가 이루어지기까지는 몇 달 몇 주일 동안을 마음속에서 소용돌이치다가 한 번 종이 위에 적혀지면 그것으로 완성되는 것이었다 (...) 또 한 마디의 시어 때문에 몇 달씩 고민하는 모습을 보여주기도 했었던 언어의 예술가이기도 했다.[60]

뿐만 아니라 시인이므로 새로운 시어를 조탁할 수 있다고 독려하는 정병욱에게 윤동주는 이미 있는 말로 시어를 만들어야 한다는 입장을 내비치기도 하였다.[61] 요컨대 시인으로서 윤동주가 취한 언어운용의 원리는 일상에서 사용하는 언어에 바탕을 두고, 해야 할 말만을 가지고 '몇 줄'의 글을 이루는 방식이었다. 윤동주는 원고지에 적히는 순간 시가 될 수 있도록 여러 말을 '몇 줄'에 줄이는 과정을 거쳤다. '화원의 일 년'이라는 긴 시간에 대한 '몇

58 「화원에 꽃이 핀다」(1939), 153~154면.
59 강처중, 「발문」, 윤동주, 『하늘과 바람과 별과 시』, 정음사, 1948, 송우혜, 앞의 책, 376면 재인용.
60 권오만, 앞의 책, 351~352면.
61 김수복, 앞의 책 참조.

줄' 글이라는 도저한 비대칭성은, 거울을 깨끗하게 함으로써 거울 속의 '사나이'만은 보전하는 감각, 「간」의 '독수리'는 살지고 '나'는 여위는 관계와 동궤의 것이다.

윤동주의 '한 줄'은 단어가 아니기에 『윤동주 시어 사전』에는 등재되어 있지 않지만, '몇 줄' '줄이자'와 같은 표현의 외연을 거느리며 후기시에 집중되어 있는 대표 시어이며 일행시로 결과되는 기법과 태도로서의 줄여쓰기의 은유라고 할 수 있다.

나아가, 윤동주의 후기시에 집중된 이 줄여쓰기의 감각이 연희전문학교 시절의 문우 강처중[62] 으로 추정되는 「화원에 꽃이 핀다」의 'A군'의 줄여쓰기의 감각과 공명하는 지점에 주목할 필요가 있다. 「화원에 꽃이 핀다」에서 화원의 사계라는 긴 시간과 함께하는 화자의 글쓰기의 속도와 분량은, 집으로 보내는 학비 청구 편지를 어렵게 쓰는 'A'군의 그것과 조응한다. 다음은, 윤동주가 화원 속에서의 자신의 고독을 이야기한 데 이어 화원 속 문우들과 그들에 대한 자신의 감정을 드러내는 대목이다.

> 고독, 정적도 확실히 아름다운 것임에 틀림이 없으나, 여기에 또 서로 마음을 주는 동무가 있는 것도 다행한 일이 아닐 수 없습니다. <u>우리 화원 속에 모인 동무들 중에, 집에 학비를 청구하는 편지를 쓰는 날 저녁이면 생각하고 생각하던 끝 겨우 몇 줄 써 보낸다는 A군, (…) 나는 이 여러 동무들의 갸륵한 심정을 내 것인 것처럼 이해할 수 있습니다.</u> 서로 너그러운 마음으로 대할 수 있습니다.[63] (강조 - 인용자)

---

62 윤동주는 연희전문시절 문우회 소속이었으며, 문우회의 회장이자 『문우』의 편집인 겸 발행인은 강처중이었다. 송우혜, 앞의 책, 237면.
63 윤동주, 「화원에 꽃이 핀다」(1939년 추정), 154면.

집으로 학비를 청구하면서 A군이 "생각하고 생각하던 끝"에 "겨우 몇 줄"로 적히는 편지는 말하자면 '어렵게 쓰이는 편지'이다. 이 '어렵게 쓰이는 편지'는 이로부터 3년 뒤, 윤동주가 강처중에게 보내고 훗날 강의 소개로 정지용이 『경향신문』에 싣게 되는 윤동주의 유고작 「쉽게 씌어진 시」와 마주보게 된다. 'A군'의 가난과 그로 인하여 어렵게 쓰이는 편지는 「쉽게 씌어진 시」의 모티프가 되었을 뿐 아니라 시인으로 하여금 "시가 이렇게 쉽게 씌어지는 것"에 대하여 부끄러움을 느끼게 하는 기제가 된 것이다.

> 창밖에 밤비가 속살거려/ 육첩방은 남의 나라.// 시인이란 슬픈 천명인 줄 알면서도/ 한 줄 시를 적어 볼까.// 땀내와 사랑 내 포근히 품긴/ 보내 주신 학비 봉투를 받아// 대학 노ー트를 끼고/ 늙은 교수의 강의 들으러 간다.// 생각해보면 어린 때 동무들/ 하나, 둘, 죄다 잃어버리고// 나는 무얼 바라/ 나는 다만, 홀로 침전하는 것일까?// 인생은 살기 어렵다는데/ 시가 이렇게 쉽게 씌어지는 것은/ 부끄러운 일이다.// 육첩방은 남의 나라./ 창밖에 밤비가 속살거리는데,// 등불을 밝혀 어둠을 조금 내몰고,/ 시대처럼 올 아침을 기다리는 최후의 나,// 나는 나에게 작은 손을 내밀어/ 눈물과 위안으로 잡는 최초의 악수.[64]

일본 동경의 릿쿄대학 편지지에 작성하고 연희전문학교 시절의 문우 강처중에게 편지와 함께 보낸 이 시는 시인이 신촌의 기차역을 그리워하던 시절의 것이다.[65] 텍스트의 생산과 유통 과정을 고려하면서 「화원에 꽃이 핀다」, 「사랑스런 추억」, 「쉽게 씌어진 시」를 하나의 흐름 속에서 유기적으로 읽어

---

64 윤동주, 「쉽게 씌어진 시」(1942.6.3.), 128~129면.
65 김응교는 「쉽게 씌어진 시」의 바로 전에 창작된 것으로 보이는 「사랑스런 추억」의 '정거장'은 신촌역일 가능성이 크며, 이 시의 그리워하는 마음을 극대화하여 표현한 것이 「쉽게 씌어진 시」라고 보았다. 김응교, 앞의 책, 412~413면.

나갈 때, 「쉽게 씌어진 시」에서 "최후의 나"는 자아의 경계에 임박해 있는 자신을 가리키는 것이고, '나와 나의 최초의 악수'를 통해 비로소, 쉽게 시를 썼던 '나'는 '나' 바깥의 나, 곧 '인생은 살기 어렵다'는 이야기의 근원지인 어렵게 편지를 쓰는 현실의 'A군'과 이어진다. 이는 후기 윤동주 시의 '나'가 자아의 경계를 넘어서 현실과 접속되는 지점을 보여주는 장면이다. 윤동주의 연전시절의 문우였던 강처중이 「쉽게 씌어진 시」를 포함한 윤동주의 다섯 편의 시에 대한 수신인이었다는 사실은[66] 「화원에 꽃이 핀다」를 「쉽게 씌어진 시」에 대한 서브텍스트로 읽는 관점을 강화한다.[67]

이상에서 보듯이 1939년을 기점으로 윤동주는 문우 강처중으로 추정되는 현실로부터 발견한 '줄여쓰기'의 감각을 자신의 시에 새기는 과정 속에서 일행시의 기법을 이루며, 「쉽게 씌어진 시」는 '줄여쓰기' 자체가 시의 모티프가 된 작품이라고 할 수 있다.

앞서 살펴본 문우 A군과 화자의 줄여쓰기의 감각이 '강처중[현실1]→작품'의 관계를 보여주었다면, 다음으로 살펴볼 새로운 전(傳)의 제시는 '작품→기존 전(傳)의 해체와 새로운 전(傳)의 제시[현실2]'의 관계를 보여준다. 이는 윤동주에게서 시[작품]와 시인이 놓인 현실이 매우 밀접한 관계 속에서

---

66 송우혜, 앞의 책, 377~378면.

67 「적색 여간첩 金壽任과 그 일당 죄상─제1회 군법회의 기소문 요지, 李康國의 월북을 방조, 탈옥한 李重業도 구호, 남북 좌익계열 중간 연락 담당」, 『자유신문』, 1950.6.16에 따르면 모윤숙의 기숙사 룸메이트였던 김수임이 국방경비법 제33조를 위반한 혐의 가운데에는 월북한 남로당계 인사 강처중을 은닉하여준 일이 포함되어 있었다. 윤동주 시의 수신인이자 전신인이었던 강처중─정지용의 흔적은 이와 같은 좌우익의 대립 속에서 지워지기 시작한 것이다. 강과 정의 발문과 서문이 삭제된 채 증보간행된 『하늘과 바람과 별과 시』를 그러한 망각의 기점으로 바라본 역사학자 송우혜의 지적은 매우 정확한 것으로 정지용과 윤동주 연구에서 진지하게 음미될 필요가 있다(송우혜, 위의 책, 385면). 줄여쓰기의 감각을 매개로 강처중과 윤동주의 관계를 복원하고자 한 본고의 작은 시도는 그와 같은 역사의 망각에 대립해있다.

넘나들며 더 이상 구별되지 않게 되는 지점을 보여준다.

봄이 가고, 여름이 가고, 가을, 코스모스가 홀홀히 떨어지는 날 우주의 마지막은 아닙니다. 단풍의 세계가 있고, ─ 이상이견빙지(履霜而堅氷 至) ─ 서리를 밟거든 얼음이 굳어질 것을 각오하라 ─ 가 아니라 우리는 서릿발에 끼친 낙엽을 밟으면서 멀리 봄이 올 것을 믿습니다. 노변에서 많은 일이 이루어질 것입니다.[68] (강조─인용자)

『周易』의 '이상이견빙지(履霜而堅氷至)'가 '서리를 밟으면 단단한 얼음이 곧 올 것'[69]으로 해석된다면, 윤동주는 부활의 시간관이라고도 할 '서리 다음에 봄'이라는 괘에 대한 새로운 해석을 제시함으로써 기존의 전(傳)을 해체한다. 이로써 「화원에 꽃이 핀다」의 아포리즘 '이상견빙지(履霜而堅氷至)'는 「못 자는 밤」이나 「팔복」과 동일한 원리를 보여주는 것일 뿐 아니라 윤동주와 마찬가지로 『周易』의 동일한 괘를 소설의 결말부 아포리즘으로 활용한 이태준의 「패강랭」[70]에서의 '현'을 위로하는 효과를 거두는 서브텍스트가 된다.[71]

---

68 윤동주, 「화원에 꽃이 핀다」(1939), 155면.
69 "初六은 履霜하면 堅氷至하나니라. 초육은 서리를 밟으면 단단한 얼음이 곧 올 것이니라. 초육(初六)은 차가운 겨울이 곧 다가올 것이라는 것을 말하는 것으로, 앞으로 다가올 시세(時勢)를 미리 예측할 것을 말하고 있다. 곤괘(坤卦)는 12벽괘 중에서 10월에 해당하는 것으로 그 중 초육은 아직 본격적인 추위가 오기 전에 서리가 내리는 때에 해당한다. 처음에 내린 서리는 해가 나오면 금방 사라지지만 나중에 큰 추위가 왔을 때 단단하게 굳은 얼음은 결코 쉽게 부술 수 없게 된다. 이 때문에 서리가 내린 것을 알면 미리 단단한 얼음이 곧 내리게 될 것을 앞서 예측하여야 한다." 정병석 역주, 『주역』 상권, 을유문화사, 2014, 96~97면.
70 「패강랭」, 『삼천리문학』, 1938.1.
71 윤동주는 『문장』을 구독하고 있었으므로(홍장학, 앞의 책, 연보 참조) 이태준의 소설을 큰 시차 없이 읽어나갔을 가능성이 있다. 윤동주가 결말부에 '이상견빙지'를 아포리즘처럼 활용한 것은 「패강랭」과 동일한 결말 처리의 방식으로, 이는 우정에 관한 텍스트이기

윤동주가 '한 줄'을 가지고 구현해낸 이 같은 효과는, 진리는 텍스트와 삶의 상호작용 안에서 현재의 경험에 의해 텍스트가 해석되는 것이 아니라 텍스트가 현재의 경험을 조명할 때 경험되는 것이라고 보았던 신해석학의 신학적 언어론에서 말하는 언어—사건의 순간을 보여주는 것이기도 하다.[72]

중정이 작품과 현실의 조율을 통한 거리좁히기에 관한 것이라고 할 때, 시와 시인의 불가분리성을 인정하는 후기 윤동주의 시의식에 더하여 절사(節辭)로 요약되는 시쓰기의 태도는 현실과 문학의 거리좁히기에 도달할 수 있게 하는 중정의 원리를 보여준 것이라고 할 수 있다.

4. 시—시인의 거리 설정에 따른 '시연구' 시의식의 분기

『시연구』는 조기에 해소된 까닭에 공통된 문제의식을 동일 지면의 차원에서 지속적으로 드러냈다고 보기는 어렵다. 그러나, 김현승과 김춘수를 작은 그룹으로 하는 『시작업』과 부다페스트 시편의 존재, 그리고 김춘수에 의

도 한 「화원에 꽃이 핀다」가, 마찬가지로 친구들을 만나는 이야기를 다룬 「패강랭」을 의식하며 창작되었을 가능성을 암시하기도 한다. 필자는 해방 이후 정지용과 전후 『시연구』 동인의 윤동주 추도의 태도가 보이는 상동성에 대하여 다룬 박사학위 논문의 일부를 준비하면서, 일찍이 김우창이 윤동주의 「화원에 꽃이 핀다」의 의미를 이태준의 「패강랭」에 비추어 해석한 바 있음을 확인하게 되어 김우창의 선행 연구에 대한 서지사항을 보충하였다(졸고, 「한국현대시사 전환기 정지용의 감정공동체 연구」, 서울대학교 대학원 박사학위논문, 2020, 73면). 본고의 관점은 『문장』의 구독 사실이나 전(傳)의 해체라는 의미, 동시기 다른 시편들과의 창작 원리상의 유사성 등 다양한 정황을 동원한 것이나, '이상이견빙지'라는 『주역』에 근거한 공통의 참조점에 대한 언급은 김우창의 글에서 앞서 이루어진 것임을 밝혀둔다. 김우창, 『김우창전집 Ⅰ : 궁핍한 시대의 시인』, 민음사, 2판 (초판: 1977), 2015, 256~257면.

72 신해석학파의 신학적 해석론과 언어—사건에 대해서는 소기천, 『훅스&에벨링』, 살림, 2006 참조.

해 김현승과 김종길이 중도파라는 명칭으로 호명되는 관계는『시연구』동인의 단속적인 결속 관계를 말해주는 것이기도 하다. 김종길이『시론』(1965)과『진실과 언어』(1974)에 이르기까지 윤동주를 시론의 전개 과정에서 지속적으로 참조하고, 김현승이 1973년 크리스천문학협회장으로서『크리스천문학』을 윤동주 특집호로 꾸민 것에서도『시연구』에 기원을 두는 윤동주로부터의 계보 의식이 동인들 사이에서 지속되는 양상을 살펴볼 수 있다.[73] 이처럼 시문학사 이면에서 지속되는『시연구』동인의 관계의 지속성에 따라 시지의 이름임에 분명한 '시연구'는 동인 해소 이후 개별 시인들을 가리키는 느슨하고도 비가시적인 유파의 이름이 된다.[74]

김종길은 윤동주를 통해 시—시인의 근거리 관계의 미학을 발견하였다. 윤동주를 통해 발견한 이 같은 가치는 김종길이 훗날『시연구』가 또 하나 정신적 고지로 삼았던 유치환론을 집필하면서 발견하게 되는 것이기도 하다.[75] 유치환의 사후에 애도시를 쓰거나 1950년대부터 지속적으로 유치환론을 쓴 것은 김종길에게서뿐 아니라 김춘수에게서 나란히 보이는 특징이기도 하다.[76] 이는 시의식의 분기 속에서도 윤동주와 유치환을 정신적 고지로

---

73 이는『문학사상』,『나라사랑』,『심상』등에서 윤동주를 특집으로 다룬 것으로부터 한 달, 길게는 3년 앞서 있는 것이다.

74 책명이 인명이 되는 구도는『청록집』─청록파의 구도에 빗댈 수 있다.

75 가령, 김종길의 다음과 같은 견해는 시인으로의 자기 형성 과정 속에서 그가 윤동주와 유치환으로부터 시—시인의 근거리 관계라는 모델을 발견하고 있었음을 보여준다 : "그(유치환─인용자)에게 있어서는 시집과 수상록은 본질적으로 구별되는 것이 아니다. 그의 시는 그대로 수상이오 그의 수상은 그대로 시라고 볼 수 있기 때문이다." "청마의 시가 형식적으로 주로 진술에 의지하고 있는 것은 그것이 사유의 기록이기 때문이다." 김종길, 「비정의 철학 ─ 청마시의 세계」,『세대』, 1964.10; 김종길,『진실과 언어』, 일지사, 1974, 56~58면.

76 이는 앞 세대 시인의 존재가 시의 방향을 가늠하게 하는 바로미터의 역할을 수행하고 있었음을 말해주는 것이기도 하다.『시연구』동인들의 시인 연구로부터, 다름 아닌 '시인'이

삼은『시연구』의 계보 의식은 지속적으로 공명하는 것이었음을 말해준다.

또한, 김종길은『시연구』의 해소 이후 두 권의 시론서『시론』(1965)과 『진실과 언어』(1974)를 통해 시─시인의 근거리 관계의 필연성이라는 가치를 견지해 나간다. 가령 "시와 시인과는 결코 무관한 것이 아니며 시적 진실과 시인의 진실은 어느 모로든지 밀접히 관련되어 있"다고 한다거나, 순수시와 참여시의 대립 상태의 극복을 모색하는 자리에서 윤동주를 육사, 만해와 더불어 "시의 진실과 시인의 진실 사이의 괴리가 없는 시인"이었다고 평가한 것에서 이는 확인된다.[77] 김종길의 중정의식은 단지 상반된 가치들 사이의 균형을 이루는 차원을 넘어 시인은 생활과 언어에 대하여 진실하여야 한다는 방법론을 제시하는 것으로 나아간다. 김종길은 시론서에서 윤동주를 지속적으로 호명하였을 뿐 아니라, 윤일주의 유고시집을 간행하는 과정에서는 윤일주와 윤동주의 시를 형제시의 관점에서 비교하는 방식으로 윤동주에 대한 탐구를 말년까지도 지속해 나갔다.[78]

시인으로서 김종길은 과작(寡作)의 경향을 띠는 가운데에 30세에 쓴 두 편의 「성탄제」를 비롯하여 친구와 제자 등의 죽음을 다룬 추도시 「생량(生凉)」, 「채점」 등을 남긴 자전시 시인으로서의 특징을 보였다. 본고의 관점에 따라 윤동주에 대한 추도의 정서와 윤동주─유치환을 정신적 고지로 삼는 태도를 공유한『시연구』의 계보 의식을 김종길 시와 시론 형성에 있어서 중요한 시작점으로 설정할 수 있다면, 시─시인의 근거리 관계 설정이라는 문제의식으로부터 김종길 시의 자전적 요소에 대한 해석의 근거를 확보하는 것

어떤 이론에도 선행하며 시의 비평 단위가 되는 지점을 보게 된다.

77 김종길, 「주체성의 발견」, 앞의 책, 8~13면.

78 김종길, 「동심이 그리는 그림」, 윤일주, 『동화 : 윤일주 시집』, 솔, 2004, 86~98면.

이 가능해진다.

한편, 김현승의 제2시집『옹호자의 노래』(1963)와 김현승의 시 비평을 함께 수록한 산문집『고독과 시』(1977)에는 김현승이 시문학파의 후예로 스스로를 정체화하며 지역시단의 발전을 기한 동시에 윤동주와의 상징적인 동류관계 속에서 위성적으로『시연구』에 참여하면서 언어의식과 역사의식의 종합[79]이라는 균형감각을 창작과 비평의 가늠자로 삼았음을 보여준다.

해방기에 광주에 정착하면서 문단에 복귀한 김현승은 작품생산자를 비(非) 창작자인 문학자와 뚜렷이 구분하는 태도와 함께,[80] 순수문학 작가의 견지에서 '전쟁'을 취재의 대상으로 삼을 수 있어야 함을 주장하면서 순수와 현실 간의 이원적인 분리가 아닌 '일원적 리얼리티'를 제안한 바 있다.[81] 김현승은 이와 같은 중정의식을 장소 인식의 차원에서도 드러냈다. 그에게 광주는 "진실한 집단적 의미에서의 문단"을 가능하게 했던 공간이었던 동시에, 까마귀 울음소리가 들리는 "파릇파릇한 보리밭 우"[82]에서 아리스토텔레스의『시학』을 읽으며 시를 쓰는 공간통합적인 장소였던 것이다.[83] 동일한

---

79 김현승의 제자인 이성부는 이러한 중정의식을 지상과 천상의 종합에 빗대며 해방신학의 관점에서 김현승의 시를 해석하였다(이성부,「해설」, 김현승,『고독과 시』, 지식산업사, 1977, 360면).

80 「전남문단의 전망」,『신문화』, 1956.7; 박형철 편, 앞의 책 참조.

81 『신문학』제1집(1951.6.) 좌담회 내용 참고. 위의 책 참조.

82 "나는 이러한 소리로 나의 중년의 시를 한 때 나의 고향에서 썼다. 파릇파릇한 고향의 보리밭 길을 밟고 먼 하늘의 까마귀들을 바라보며 나의 시를 썼다." (김현승,「겨울의 예지」, 『고독과 시』, 지식산업사, 1977, 8면)

83 김현승 시세계 전반에 대한 의미해명을 시도하면서 김현승 시의 드라마를 시적 영혼의 갈망에 기초한 타자 지향적인 태도와 현실을 이상향과 이원적으로 구분하는 태도 사이의 길항관계로 파악하고, 타자 태도를 견지한『견고한 고독』과 사후시집『마지막 지상에서』의 의미를 긍정적으로 부각한 지향적인 초기 비평으로 신범순,「갈망과 고독의 비극적 형식 - 김현승의 <고독 시편>들에 대한 의미해명시론」,『현대시학』, 1984.10, 109~118면.

것에 대한 이 같은 분열을 평양에서 배태된 '신학적 구심점'과 광주에서 체험한 '원심력으로서의 삶'에 대한 은유라고도 말할 수 있을 것이다. 『시연구』와 『시작업』을 비롯한 김현승의 전후 시단에서의 활동은 이 같은 신학적 구심점과 원심력으로서의 삶이라는 공간통합적인 인식과 일원적 리얼리티라는 문학관을 형성해 나가는 과정 속에서 조명될 필요가 있다.

이후 1960년대 시단에서 김현승은 이른바 순수시인의 견지를 벗어나지 않으면서도 김수영과 박두진의 작품 중에서 사회의식과 언어의식의 균형적인 조화를 이룬 것에 대해서만은 명편으로 꼽는 태도를 보였다. 김현승 연구에 있어 '고독의 시인', '가을의 시인'이라는 후반기 중심의 관점 외에 이 같은 시의식과 비평적 관점을 형성한 계기로서의 해방기 이후 김현승의 전반기 삶의 경험에 대한 고려가 필요해지는 지점이다. 김현승 문학의 전반기에 해당하는 전남문단에서의 활동과 『시연구』 동인들과의 관계에 대한 연구를 진척시킴으로써 김현승의 시의식을 영원성의 추구와 실존적 유한성의 자각이라는 양면성으로 설명하는 관점에 대한 해석의 근거를 확인해나갈 필요가 있다.[84]

김춘수의 중정의식은 이들과는 다소 다른 층위에서 나타났다. 하나는 『시연구』 기획과 동시기에 연재한 『한국 현대시 형태론』에서 형태론과 정신사의 종합을 시론의 꿈으로 남겨둔 것에서 확인된다. 『한국 현대시 형태론』은 형태사에 이어 김소월, 이상, 유치환에 대한 정신사적 해명인 '시인론을 위한 각서'를 부록으로 두는 구조였다. 이는 "형태상의 배려가 역사고찰에의 정열

---

84 이러한 시의식의 양면성에 대한 선행연구로는 김기중, 「김현승 시세계의 내면구조 연구―양면적 시의식의 양상과 아이러니적 효과를 중심으로―」, 『한국문예비평연구』 28, 한국현대문예비평학회, 2009.

을 필요로 한다"[85]는 문제의식 속에 김춘수가 형태사와 정신사의 종합을 시론의 완성태로 생각하고 있었던 결과이다. 창작의 차원에서 김춘수는 시인의 삶이 시와 일치되는 모럴의 차원에서 나아가 그것에 심미의식이 가미되어야 함을 주장하였다.[86] 김춘수의 중정의식은 다분히 시가 예술임을 의식한 경우이다.

김종길과 김현승의 경우를 놓고 살펴볼 때, 시인이 처한 현실과 시 사이의 경계가 모호해지며 두 의미지평이 교차하고 넘나드는 시의식의 극단적인 형태는 『시연구』의 또 다른 정신적 고지였던 유치환이 '참의 시는 마침내 시가 아니어도 좋다'고 말했던 그러한 비예술적 예술의 경지라고 말할 수 있을 것이다.[87] 이처럼 시—시인의 경계가 무화되는 지점은 김종길과 김현승식으로 말하자면 순수와 참여가 '하나의 점'에 도달하는 일원적 리얼리티의 세계라고 할 수 있다. 이는 시—시인의 관계를 근거리로 설정한 결과이며, 거리 좁히기의 원리는 작품의 예술성을 부정하는 것에 있었다기보다 시의 바깥으로부터 밀려오는 압도적인 현실을 어디까지나 핍진한 언어로 다루어야 한다는 시인의 사명감이 예술로서의 시와 맞닿는 지점, 윤동주식으로 말하자면 '나와 나의 악수'가 이루어지는 지점이었을 것이다.

이후 시사의 전개과정 속에서 김종길과 김현승의 이 같은 입장은 시론서와 시평을 통하여 새로운 시론을 생산하거나 현장비평에 참여하게 되는

---

85 김춘수, 『한국 현대시 형태론』, 해동문화사, 1959; 김춘수, 『김춘수 시론 전집』1, 현대문학, 2004, 139면.
86 위의 책, 299면.
87 이는 비시적 언어의 사용이라는 김종길이나 김현승 시의 특징을 시—시인의 근거리 관계 설정이라는 관점에서 살펴볼 수 있는 가능성을 시사한다. 김현승 시어의 특징을 '비시적 언어'로 바라본 관점은 권영진, 「김현승 시와 기독교적 상상력」, 숭실어문학회 편, 『다형 김현승 연구』, 보고사, 1996, 11~44면.

1970년대까지도 뚜렷이 견지되었다. 이는 시문학파—유치환—윤동주에 대한 계보 의식을 보인 『시연구』 동인들 중에서도 김종길과 김현승이 유치환/윤동주의 시의식과 가장 비근한 계보를 형성하는 동인이었음을 말해준다.[88] 그리고, 이들이 시[작품]—시인[현실]의 근거리 관계 설정이라는 중정의식을 각자의 지평 위에서 재생시킨 바로 그 지점에서 한국 현대시사에는 윤동주로 대표되는 순수·참여의 형용모순적 가능성이 다시 시작될 수 있는 작은 기반이 형성된 것이라고 할 수 있다.

---

88 1장에서 언급한 바와 같이 『시연구』의 시인 편집위원들은 '시문학—유치환—윤동주'로 이어지는 계보를 자신들의 전통으로 의식하고 있었다. 그러나 본고에서 시문학파와 유치환에 관한 논의는 『시연구』의 「창간사」와 「발문」, 그리고 김춘수의 시론서와 인적 관계망에만 의존한 것으로 한계점이 뚜렷하다. 『시연구』 시인들을 거울로 삼아 이들이 계보로 설정하였던 여타의 식민지시기 시인론에 대한 보완을 후일의 과제로 기약해 본다.

타락한 육체의 시와 빛나는 육체의 시

오장환과 서정주의 초기 시편을 중심으로

/

최희진

1. 동질성의 논의를 위한 차이의 서술:『시인부락』과 시사(詩史) 서술에 대하여

시사(詩史) 서술에 있어 서정주와 오장환은 생명파라는 이름 아래 자연스럽게 묶여 왔다.『시인부락』이라는 하나의 동인지를 이끈 두 주축이었다는 사실로 인해 이들의 친연성은 부각되었다. 사조와 동인지를 중심으로 서술되는 시사(詩史) 속에서 이들의 친연성과 동질성이 부각되어 온 것은 필연적인 귀결이었다. 실제로, 그리고 본고에서도 최종적으로는 동의하고자 하는 바, 서정주의 친일을 기점으로 갈라서기 전까지 이들의 정신적 갈급은 궁극적으로 같은 방향을 향하고 있었다.

그러나 이들을『시인부락』이라는 하나의 이름으로 묶어 서술하는 시사는 혹, 이들 각각의 시적 세계를 면밀하게 검토하기 이전에,『시인부락』이라는 동인지 그 자체의 존재에 지나치게 기대고 있었던 것은 아닌가? 두 시인의 동질성은 하나의 동인지에 뜻을 모았다는 외적 사실로부터 연역되어서만은 안되며, 이들 각각의 문학 세계 자체에 대한 검토로부터 귀납되는 과정 역시 거쳐야 하는 것은 아닌가? 본고의 논의는 이와 같은 의문에서 출발한다. 이들의 1930년대 시편이 육체성을 중심으로 상당히 다른 시적 발상을 취하고 있다는 점이 그와 같은 의문의 단초가 되었다.

『시인부락』 시기 서정주와 오장환은 서로를 정신적 형제로 칭한다. 기성세대 및 사회 질서에 대한 전복적 사유, 니체적 영향의 시인(是認), 고독과 절망의 반향과 같은 특성을 공유함에도 불구하고, 1930~40년대의 두 시인은 꽤나 상이한 서술 방식과 이미지를 차용한다. 그렇기에 실제로 두 시인의 친연성을 부각하는 작업 자체에는 큰 무리가 없을 수 있다. 그러나 『시인부락』이라는 동인지의 존재에 기대어 이들의 공통점을 도출하는 작업과, 두 시인 각각이 보여주는 문학적 발상을 분석함으로써 두 시인의 공통적 지향을 도출하는 작업은, 동일한 결론으로 귀결될지언정 판이한 논의의 밀도를 지닌다.

이에 본고는 두 시인을 서로의 '정신적 형제'로 성립하게 만드는 사유의 공통된 지점을 파악하기 위해, 두 시인의 작품에 나타나는 상이한 경향을 우선적으로 포착한다. 이어 그 이미지와 발상의 차이에도 불구하고 두 시인이 궁극적으로는 유사한 정신적 방향을 추구하고 있었음을 논의한다. 그러므로 이 글의 최종적인 결론은 기존 시사(詩史) 서술의 전복보다는 보완에 가까울 것이다. 다만 시사 서술의 보완을 위해서는 사조와 동인지 중심의 서술을 넘어, 개별 작가에 대한 정치한 이해가 항상 뒷받침되어야 하리라는 사소한 문제의식에서 본고는 출발할 따름이다. 그럼에도 불구하고, 같은 결론으로 귀결될지언정 그와 같은 문제의식은, 시사 이전에 시인과 시가 있어야 한다는 기본적인 전제를 다시금 되새기고 보강하는 작업의 밑바탕이 될 것이다.

2. 암면(暗面)의 육체성과 절망의 공명: 오장환의 경우

유희는 오장환 시의 특성 중 하나로 위악성(僞惡性)을 제시한다.[1] 위악성의 문제를 시인의 특징으로 지적할 때 해명되어야 할 점은 다음의 두 가지이다. 첫째, 무엇을 위하여 시인은 악을 표방하는가? 둘째, 악의 표방이 거짓이라면 진실은 무엇인가? 「제칠의 고독」과 같은 수필에서 대표적으로 나타나는바 이 중 전자는 고독의 자처, 선구자적 시인의 자처를 위함이다. 오장환의 위악은 고답적인 사회 현실에 대한 위악과, 어머니로 표상되는 고향에 대한 그리움 즉 향수(鄕愁)의 심정에 대한 위악을 이중적으로 함축한다.

어딘가 잘못된 것처럼 보이는 세계를 비판하고 초극하기 위해 시인은 현실의 이단아를 자처한다. 그리고 현실을 전복하는 이단아를 자처하기 위해서는 자신을 약하게 만드는, 자신을 현실에 안주하고 싶게 만드는 일체의 것으로부터 눈을 돌려야 함을 시인은 안다. 그렇기에 시인은 어머니와 고향을 배반하는 탕아를 의식적으로 자처한다.

그러나 위악은 또한 자신이 진정한 악일 수 없음을 방증하기도 한다. 차라투스트라가 이야기하듯 시대를 전복하는 초인적 존재가 되기 위해서는 이세계로부터 진정한 악이 되어야 함을 시인은 알지만, 그럼에도 불구하고 "생래 오장에 흐르는 애상"은 오장환으로 하여금 철저한 악의 시인이 되지 못하도록 만든다.

> 그(니체 – 인용자)는 孤獨의 荒涼한 曠野에 잇스면서도 能히 貴族的인
> 怜悧를 일지 안헛스나 급기야는 그 孤獨속에서 헤여나지 못한채 미처버

---

1 유희, 「오장환 시의 위악성(僞惡性) 연구―해방 이전 작품을 중심으로」, 『문예시학』 15, 문예시학회, 2004, 123~144면.

린것이 아닌가.

나는勿論『니―체』와가치 살을 에여내는듯한 孤獨에 堪耐한다든가 또는 孤高의 精神을 自請할만한 勇氣를 가지지는 못하나 生來 五臟에 흐르는 哀傷으로 因하여 적이 孤獨의香내를 마트려한다. (……)

果然 어느世代에 잇서서나 그 世代에가장 敏感하다는 또 敏感해야만 되는 詩人들로서 책상아페가벼운 哀傷과 孤獨을 招待해노코 흔히 이제는 記憶조차 흐미―한追憶속에서 슬픔과 孤獨만을노래함은 올흔 일일까. (……)

문득 나는 내自身의 노래를 도리켜볼때, 내또한눈물과 墓地와 碑石과 더나가서는 荒蕪地以外의 아무것도 차질수업는데 愕然치 안홀수업다.

― 오장환, 「제칠의 고독」 부분[2]

그러므로 오장환이 표방하는 악은 시인의 내면에 체화되지 못한 악, 짐짓 꾸며진 악(僞惡)에 머문다. 육체(성)의 문제를 둘러싼 오장환의 시편들은 오장환이 표방하는 탕자의 자의식, 악의 표방이 진정한 악이 아니라 꾸며진 것에 불과함을 확인케 한다. 첫 시집『성벽』의 서두를 장식하는 시편인 「월향구천곡」이 그 대표적인 예시이다.

오랑주 껍질을벗기면,
손을 적신다.
좁내가난다.

점잔흔 사람 여러히 보히인中에 여럿은 웃고 떠드나
妓女는 호을로,
옛 사나히와 흡사한모습을 찾고있엇다

점잔흔 손들의 傳하여 오는 風習엔

---

2 오장환, 「第七의 孤獨―深夜의 感傷(上)」, 『조선일보』, 1939.11.2.

게집의 손목을 만저주는것,
妓女는 푸른 얼골 근심이 가득하도다.
하—야케 훈기는 냄새,
粉 내음새를 진이엇도다.

죄—그만 올뱀이처름, 밤눈을 잘뜨는게집, 사람이 많이보인 孤獨가
운대,
남들이 즐거이노는 孤寂가운대,
너는 사슴처름 차듸찬 슬품을진이엿고나.

한 나절 太極扇부치며,
슬푼 노래, 너는 부른다.
좁은 보선맵시, 단정히 앉어 무던이도 총총한 하로 하로,
옛記憶의 열븐입술엔 葡萄ㅅ물이 저저잇고나.

물고기와 같은 입하고
슬푼노래, 너는 조용히 웃도다.
화려한 옷깃 흐로도,
쓸쓸한 마음은 가릴수없어
스란 초마 따에 끄을며 조심조심 춤을추도다.

純白하다는 少女의 날이여!
그러치만
너는 맵은 회차리, 허긔찬 禁食의날
오— 끌리어왓다 당기꼬리와함께—

슬푼 敎育, 외로운 虛榮心이여!
첫사람의 모습을 모듭속에 찾으려 헤매는것은
벌—서 첫사람은 아니라,
잃어진옛날에의 조각진 꿈길이엿으니,
밧삭 말른 종아리로

시드른 花心에 너는 香料를 着色하도다.

슬픈사람의 슬픈 옛일이여!
갑친 패물로도,
구차한 제마음에 復讐는 할바이없고
다―먹은 果일처럼 이틈에끼여
꺼치거리는 옛 사랑
오―放蕩한 貴公子!
妓女는 조심조심 노래 하도다. 춤을 추도다.

졸리운 양, 춤추는 女子야!
世上은
몸에 이육하지도않고
加味를 모르는 漢藥처럼, 쓰고 틉틉하도다.
— 오장환, 「월향구천곡―슬픈 이야기」 전문[3]

「월향구천곡」은 『성벽』에 수록된 시편들 중에서 다소 이질적인 경향을 보이는 작품이다. 현실 비판적인 경향의 시편도, 고향을 떠난 탕자 혹은 방랑자의 심정을 노래한 시편도 아니라는 점에서 그러하다. 더군다나 비교적 생경하게 드러나는 심리의 표현으로 인해 이 시는 비교적 완성도가 떨어지는 작품으로 간과되는 경향이 있었다. 이 시편이 연구자들에게 비교적 주목을 덜 받고 있었다면 그 원인의 일단은 이 점에 있을 것이다.

그러나 그와 같은 시적 기교의 한계를 인정하더라도 간과되어서는 안되는 부분이 「월향구천곡」에는 존재한다. 계집의 화려한 모습 뒤에 감추어진 "사슴처럼 차듸찬 슬픔"의 간파가 그것이다. 슬픔의 간파는 시의 화자로 하여금

---

3 오장환, 「月香九天曲―슬픈이야기」, 『성벽』, 풍림사, 1937. 오장환의 『성벽』과 서정주의 『화사집』은 초판본에 면수가 기입되어 있지 않음을 밝힌다.

이 시의 계집을 더이상 놀이의 익명화된 상대로 간주할 수 없게 만든다. 화려한 외견의 이면에서 쓸쓸함을 간파하는 감수성은 말해지지 않은 계집의 과거를 상상하게까지 만든다.

상대에게 과거가 있음을, 말할 수 없는 옛 사랑이 있음을, 미처 다 헤아려지지 못하는 슬픔이 있음을 포착하는 일은, 곧 그 상대를 대상이 아닌 하나의 인격적 상대로 승인하는 일이기도 하다. 웃고 떠드는 놀이의 속에서 손목을 잡히며 노래하고 춤추는 기녀의 모습을 놀이와 쾌락을 제공하는 대상이 아닌, 삶의 슬픔을 걸머진 하나의 인간으로 이해하는 태도가 주목을 요하는 이유는 여기에 있다. 그리고 바로 그러한 태도가 있기에 '대상'과 '상대'가 교차하는 매음의 세계는, 존재의 공허와 슬픔을 더욱 깊게 드러내는 세계로 시인에게 이해된다.

> 푸른입술 어리운한숨 陰濕한房안엔 술잔만 훤—하엿다. 질척척한 풀섶과같은 房안이다. 顯花植物과같은게집은 알수없는우슴으로 제마음도 속이여온다. 港口, 港口, 들리며 술과게집을 찾어단이는 싯거문 얼골— 淪落된보헤미안의 絶望的인心火— 頹廢한饗宴속. 모두다 오줌싸개만양 비척어리며 얄게떨었다. 괴로운憤怒를 숨기여가며. 젓가슴이임의싸느란 賣淫女는 爬蟲類처름 葡匐한다.
>
> — 오장환, 「매음부」 전문[4]

여성의 육체를 매매하는 남성 주체가 스스로의 "윤락된보헤미안의 절망적인심화"에만 침잠할 때, "항구, 항구, 들리며 술과게집을 찾어단이는" 남성 주체의 탕자적 행진은 '윤락한 보헤미안'의 자의식을 위해 매음의 상대를

---

4 오장환, 「賣淫婦」, 『성벽』, 풍림사, 1937.

이용하게 된다. 이때 매음의 행위와 매음부의 존재는 남성 주체의 파괴적인 자의식을 구성하는 데에 이용된다. 그러나 남성 주체의 시선이 자신의 탕아적 자의식 혹은 자기 자신만의 내면에 침잠하지 않을 때, 다시 말해 그의 시선이 자신의 외부를 향할 때, 그와 같은 구성의 기제에는 균열이 가해진다.

자신만큼이나 그녀("현화식물과같은게집") 역시 "절망적인심화"에 침전되어 "퇴폐한향연속"에 자포적으로 가라앉아가는 존재임을 「매음부」의 남성 주체는 포착한다. 그렇기에 「매음부」에서 '싸늘한' 것은 남성 주체 혼자만이 아니다. 대상화의 기제가 상대방과의 심리적인 거리 두기 혹은 외부자적 시선에서 연원하는 반면, 화자가 포착한 "괴로운분노"를 숨기고 있는 "젓가슴이임의싸느란 매음녀"의 '떨림'은 화자 자신의 "윤락한보헤미안의 절망적인 심화"와 공명한다.

'비척어리며 얇게 떠는' 싸늘한 육체는 공허하고 싸늘한 존재의 상태를 외면화한다. 그렇기에 오장환의 시편에 나타나는 '싸늘한' 육체들은 시적 주체의 슬픔을 불러일으킨다. "하반신이 썩어가는 기녀"들에 대한 「고전」의 표현은 시인의 의도 아래 연민이나 슬픔의 심정을 절제하고 있지만,[5] "싸느랗게 언 체온계를 겨드랑 속에" 지닌 '나'의 육체와 "하많은 청춘의 날을 가랑잎처럼 날려"보낸 '너'의 심정은 「호수」의 "차듸찬 슬픔"의 세계 속에서 분명하게 공명한다.[6][7]

---

5 오장환, 「古典」, 『성벽』, 풍림사, 1937.

6 오장환, 「湖水」, 『여성』, 1936.12.

7 무감각의 향락이 반어적, 혹은 역설적으로 슬픔과 절망의 표현일 수 있다는 양소영의 논의가 해당 부분의 착안점을 제공하였음을 밝힌다. 양소영, 「오장환 시에 나타난 환상성 연구」, 『언택트 시대, 소통의 인문학: 중앙어문학회 제44회 온라인 학술발표대회 자료집』, 중앙어문학회, 2021, 96면.

시인이 포착한 현실 속에서 육체의 교접은 '병든' 존재 간의 허무와 절망의 표현이거나, 서로의 절망에 공명할지언정 그 절망을 해소하지는 못하는 덧없는 행위로 이해된다. 시인이 꿈꾸는 육체의 세계는 생의 모든 국면을 아름답게 번창시키는 「화원」의 세계이지만, 현실 속에서 세계는 병든 자들이 서로를 더욱 병들게만 하는 「독초」의 세계에 가깝다.

꽃밭은번창하였다. 날로 날로 거믜집들은 술막처름번지여젓다. 꽃밭을 허황하게만드는 문명, 거믜줄을 새여나가는 향그러운 바람결. 바람결은 머리카락처름 간즈러워, 붓그럼을 갓배운 시악시는 젓퉁이가 능금처름 닉는다. 줄기채 긁어먹는뭉툭한버러지, 류행치마가음처름 어른거리는 나븨나래. 가벼히 꽃포기속에뭉히는 참불이, 참불이들. 닝닝거리는 울음. 꽃밭에서는 끈힐 사이없는 교통사고가 생기여낫다.
— 오장환, 「화원」 전문[8]

썩어문드러진나무뿌리에서는 버섯들이 생기여낫다. 썩는 나무뿌리의 내음새는, 훗훗한 땅속에뭉히여 붉은흙을 검어케 살지워놋는다. 버섯은 밤내여 異常한 빗갈을내엿다. 어두은밤을 毒한色彩는 星座를向하야 쏘아오른다. 홀란한삿갓을 뒤집어쓴 가냘핀버섯은 한자리에 茂盛이 소사올라서 思念을모르는 들쥐의食慾을 쏘을게한다. 진한病菌에 毒氣를 빨어들이여 자주(紫)빛, 빳빳하게싸느래지는 小動物들의燐光! 밤내여, 밤내여, 안개가끼이고 찬이슬 나려올때면, 毒한풀에서는 妖氣의 光彩가 피직, 피직, 다ー타버리랴는 기름불처름 튀여나오고. 어두움속에 屍身만이경충서잇는 썩은나무는 異常한내음새를 몹시는풍기며, 딱짝구리는, 딱딱구리는, 不吉한 가마귀처름 밤눈을 밝혀가지고, 病든나무의 腦수를 쪼웃고있다. 쪼우고잇다.
— 오장환, 「독초」 전문[9]

---

8 오장환, 「花園」, 『성벽』, 풍림사, 1937.
9 오장환, 「毒草」, 『성벽』, 풍림사, 1937.

「화원」과 「독초」는 문면상의 내용으로만 이해할 때에는 감각적 이미지의 향연 이상으로 독해되지 않지만, 성적인 알레고리로 독해할 경우에는 서로의 짝을 이루는 시편으로 이해된다. 「화원」이 화려하게 '번창'하는 존재(육체)들의 난만한 '교통사고'를 노래함으로써 관능의 번창과 존재의 꽃핌을 노래한다면, 「독초」는 썩어 문드러진 존재들이 병든 욕망 속에서 서로의 존재를 침식해가는 존재의 부패를 다룬다.

고양된 존재의 상태를 암시하는 「화원」과 달리 「독초」는 기괴한 빛깔과 독(毒)의 이미지, 어둠과 부패와 싸늘함의 이미지를 통해 존재의 저락을 암시한다. '이상한 내음새'를 풍기는 '썩은 나무'가 "하반신이 썩어가는 기녀"(「고전」)의 또다른 표현이라면, "불길한 가마귀처럼 밤눈을 밝혀가지고 병든 나무의 뇌수를" 쪼는 '따따구리'는 "윤락된보헤미안의 절망적인심화" 속에서 "현화식물과같은게집"의 몸을 탐하는(「매음부」) 남성 주체의 다른 표현이다. 그렇기에 "향그러운 바람ㅅ결"을 풍기며 존재계를 번영시켜가는 「화원」의 교접과 달리 「독초」의 교접은 "진한 병균의 독기"와 싸늘한 "요기의 광채"만을 남길 뿐이다.

그리고 「매음부」나 「월향구천곡」과 같은 시편들을 통해 짐작할 수 있듯, 오장환이라는 시인이 바라보는 성적 교합의 현실은 「화원」보다 「독초」의 세계에 가깝다. 「화원」이 꿈꾸어진 존재적 교접의 양태라면, 「독초」는 그러한 꿈에 가닿을 수 없는 절망적인 현실의 알레고리이다. 그러므로 오장환에게 있어 존재의 교접은 '불길'하다.

'나'(남성 주체)도 '너'(여성 주체)도 모두 슬프고 절망적일 수밖에 없는 성적 교접의 세계, 모두가 슬픔 속에서 허우적대는 「월향구천곡」과 「매음부」의 세계로부터 시인은 빠져나가고 싶어한다. 그러나 「화원」을 통해 꿈꾸어지는 난만한 교접의 세계는 오직 환상으로만 남는다. 타락한 교접의 현실과 꿈꾸는 교접의 환상이 중첩될 때, 교접의 환상은 다음과 같이 괴기스러운 빛깔을 띠게 된다.

　나요. 吳章煥이요. 나의곁을 스치는것은, 그대가 안이요. 검은 먹구렁이요. 당신이요.
　외양조차 날 닮엇드면 얼마나 깃브고 또한 信用하리요.
　이야기를 들리요. 이야길 들리요.
　悲鳴조차 숨기는이는 그대요. 그대의 同族뿐이요.
　그대의 피는 검어타지요. 붉지를 않고 검어타지요.
　음부 마리아모양, 집시의 게집에모양,

　당신이요. 충충한 아구리에 까만 열매를물고 이브의뒤를 따른것은 그대사탄이요.
　차듸찬몸으로 친친이 날 감어주시요. 나요. 카인의末裔요. 病든詩人이요. 罰이요. 아버지도 어머니도 능금을 따먹고 날 낳었오.

　寄生蟲이요. 追憶이요. 毒한버섯들이요.
　다릿—한 꿈이요. 번뇌요. 아름다운 뉘우침이요.
　손 발 조차 가는몸에 숨기고, 내뒤를 쫓는것은 그대안이요. 두엄자리에半死한 占星師, 나의豫感이요. 당신이요.

　견딜수 없는것은 낼룽대는 헛바닥이요. 서릿발같은 面刀ㅅ날이요.
　괴로움이요. 괴로움이요. 피흐르는詩人에게 理智의 푸리즘은 眩氣로웁소
　어른거리는 무지개속에, 손꾸락을 보시요. 주먹을 보시요.
　남ㅅ빗이요— 빨갱이요. 잿빗이요. 잿빗이요. 빨갱이요.
　　　　　　　　　　　　　　　　　　　— 오장환, 「불길한 노래」 전문[10]

---

10 오장환, 「不吉한 노래」, 『헌사』, 남만서방, 1939, 46~48면.

이 시에 나타나는 관능은 단순히 육체적 쾌락의 갈구만으로 이해되지 않는다. '나'를 잡아먹는 사탄적인 존재로 '그대'를 인식하면서도 그에게 몸을 내맡기는 희생양적인 모티프가 있기에 그러하다. '나'가 '그대'에게 자신의 몸을 온전히 내어맡길 수 있는 것은, '검은 먹구렁이'와 같이 저락한 존재의 밑바닥을 기고 있는 '그대'가 절망적인 "비명"을 숨기고 있는 존재임을 '나'가 간파하였기 때문이다. "비명조차 숨기"고 '나'의 몸을 감싸는 「불길한 노래」의 '그대'는, '알 수 없는 웃음'으로 자신의 마음을 숨기며 '괴로운 분노'를 감추는 「매음부」의 '매음녀'와 중첩되는 존재이다. 육체의 원죄를 짊어지고 사탄과도 같이 '나'의 몸을 감는 '당신'에게 '나'의 몸을 내맡김으로써, '나'와 '당신'은 견딜 수 없는 존재의 괴로움에 함께 침잠한다. 알 수 없는 꿈과 번뇌와 뉘우침의 세계 속에 그들은 '동족'으로서 함께 가라앉아간다.

「독초」와 같은 육체의 결합이 궁극적으로 존재의 구원이 될 수 없음을 시인은 안다. 그럼에도 불구하고 「불길한 노래」의 시적 주체는 그 속에 자신의 몸을 내맡긴다. 그것은 「화원」과 같은 시편에 나타나는 존재의 번영을 향해, 단 한 순간이라도 손을 뻗을 수 있기를 바라는 시인의 갈망에서 비롯된 것은 아닌가. "잠재울 수 없는 환락"과 "병든 관능"(「선부의 노래 · 2」),[11] 저락한 육체성의 세계 속에서 그가 바라보는 "어른거리는 무지개"(「불길한 노래」)는, 도달할 수 없는 존재의 낙원은 아니었는가. 그와 같은 추측을 가능케 하는 것은 「불길한 노래」의 마지막을 수놓는 환상의 빛깔, 그리고 「독초」의 반대편에 놓인 「화원」의 상상력이다.

매음부로 표상되는 타락한 육체의 세계 속에서 시인은 그들을 비판하거나

---

11 오장환, 「船夫의 노래 2」, 『자오선』, 1937.11.

관조하면서 육체의 회복을 노래하지 않는다. 대신 시인은 그들의 세계 속에 자신의 절망한 몸을 던져가며 존재의 회복을 절규한다. 서로 공명할 수 있는 존재이지만 또한 서로 밑바닥에 가라앉은 존재이기도 한 그들 간의 결합은, 존재의 동반적인 고양을 환상하게 하는 동시에 존재의 동반적인 저락을 예감하게 하기도 한다. 그렇다면「불길한 노래」의 착종된 환상 속에서 시인은 길을 발견할 수 있을 것인가. 저락한 육체의 세계 속에서 존재는 어디로 갈 수 있으며 어디로 가야 하는가. 그 질문의 답변에 대한 하나의 추론을 가능하게 하는 것은, 똑같이 육체의 문제에 천착했으나 전혀 다른 시적 이미지를 구사하고 있었던『화사집』시기의 서정주의 작품들이다.

3. 빛나는 육체와 이상(理想)의 갈망: 서정주의 경우

서정주 그 자신이 니체로부터의 영향을 직접적으로 시인했다는 점은 감안할 때,[12] 생명과 의지와 육신을 강조하는 니체적 발상은 실제로 서정주 초기 시편의 형성에 많은 영향을 미친 것으로 보인다. 그런데 무엇이 인간 존재로 하여금 생명과 의지와 육신을 강조하게 만드는가? 니체로 하여금 생에의 의지를 강조하게 한 것은 그 스스로가 한때 빠져들었으며 생을 이어나가기 위해서는 극복해야만 했던, 생에 대한 철저한 허무였다는 점을 되새겨볼 필요가 있다.

그렇다면 서정주라는 시인으로 하여금 "100미터 경주와 같은 생명의 기록"으로서의『화사집』을[13] 남기게 한 것 역시 어쩌면, 그와 같이 타오르는

---

12 서정주, 「나의 시인 생활 약전」, 『미당 서정주 전집 11: 산문』, 은행나무, 2017, 25~26면;
　서정주, 「나의 문학 인생 7장」, 『미당 서정주 전집 11: 산문』, 은행나무, 2017, 74면.

생명의 기록을 갈구할 수밖에 없었던, 어떠한 생의 허무나 절망인 것은 아닌 가. 『화사집』을 관통하는 작열하는 생명의 이미지와 생명에의 열광은 혹, 그 러한 생명의 세계를 갈구할 수밖에 없게 만들었던, 짙은 허무 혹은 절망의 소산은 아닌가. 그렇다면 오장환의 시편이 보여주는 싸늘한 육체의 이미지 와, 서정주의 초기 시편이 보여주는 작열하는 육체의 이미지는, 실은 동일한 형태의 절망으로부터 연원하는 것은 아닌가. 그와 같은 의문과 추론에 힘을 보태는 것은 다음과 같은 시인의 산문이다.

> 절밥을 먹고 지낸 걸 생각하면 미안한 일이지만, 이때의 나는 일테면 그리스신화 속의 아폴로 신 같은 거나 구약의 솔로몬의 노래 속의 사내 비슷한 무엇 그런 데 가까우려는 것이 하나 되어 있었다. 그런데 그것도 불교에서 무명(無明)이라 하는 혼돈과 암흑과 또 식민지 조선인의 역경 의 시름 그것을 잔뜩 짊어지고 말이다. 그러나 역시 나는 무엇보다도 육 체부터 먼저 싱싱히 회복되어야겠다고 생각했다. 18, 9세 때 읽은 니체 의 『짜라투스트라』가 많이 마음속에 다시 얼씬거렸다. 비극의 조무래기 들을 극복하고 강력한 의지로 태양과 가지런히 회생하고 싶었던 것이다.
> — 서정주, 「해인사」 부분[14]

절망 속에 깎여나가고 있는 인간 존재의 구제를 위해 시인은 육체의 회복 을 필요로 했다. "비극의 조무래기들을 극복하고 강력한 의지로 태양과 가지 런히 회생"[15]하고자 하는 열망을 탄생시킨 것은 생의 비극 그 자체였던 셈이 다. 그렇다면 다음과 같은 두 가지 가설의 수립이 가능하다. 하나, 음습한 이 미지를 주조로 하는 오장환의 초기 시편과, 밝고 강렬한 육체의 이미지를 내

---

13 서정주, 「나의 시인 생활 약전」, 『미당 서정주 전집 11: 산문』, 은행나무, 2017, 25~26면.
14 서정주, 「해인사」, 『미당 서정주 전집 7: 문학적 자서전』, 은행나무, 2016, 44면.
15 위의 글, 같은 면.

세우는 서정주의 초기 시편은 기실 동일한 정신적 뿌리를 지니고 있을 수 있다. 둘, 서정주의 초기 시편에 나타나는 충만한 육체의 이미지와 존재의 '웃음'은, 달성된 것 이전에 꿈꾸어지는 것으로서 형상화된다.

이러한 가설을 수용할 때, 자신의 초기 시편에 나타나는 육체성의 이미지가 상당 부분 상상에 근거한다는 시인의 회고는[16] 더이상 자기변호나 사생활의 보호만으로 독해되지 않는다. 시인에게 있어 건강한 육체성과 건강한 존재의 세계는, 현실 속에서 달성된 것이 아니라 시를 통해 꿈꾸어지는 것으로서 존재하고 있었던 셈이다. 그리고 역설적으로 이때, 그와 같은 존재의 '웃음'을 노래하고 꿈꾸게 하는 것은, 현실 속에서의 존재의 지독한 '울음'이다.

> 해와 하늘 빛이
> 문둥이는 서러워
>
> 보리밭에 달 뜨면
> 애기 하나 먹고
>
> 꽃처럼 붉은 우름을 밤새 우렀다
>   — 서정주, 「문둥이」 전문[17]

시인은 「문둥이」를 "지독한 문둥이와 같은 격리감 속에 그 질투와 사랑의 맡은 숙제를 풀지 못해 헤매고" 다니며 쓴 시로 회고하는바,[18] 시인에게 있

---

16 "여자에 대해서는 나는 여전한 숙맥이었다. (……) 그러니 만치 내 시 속에 여자 냄새는 꽤 많이 나는 편이지만 그것은 거의 내 생각 속만의 것이다." 위의 글, 46면.

17 서정주, 「문둥이」, 『화사집』, 남만서고, 1941.

18 서정주, 「해인사」, 『미당 서정주 전집 7: 문학적 자서전』, 은행나무, 2016, 40면.

어 존재의 비애는 사랑의 문제 및 육체의 문제와 깊이 결부되어 있었다. 그리고 다음과 같은 언급에서 확인할 수 있듯, 시인에게 있어 사랑과 육체의 문제는 인간 존재의 근원과 직접적으로 맞닿아 있었다. "어디로 가든지 畢竟 우리는 人間이다. 五官과 情과 慾을 가진…"19

그렇다면 인간이 근본적으로 복된 존재인지 슬픈 존재인지를 판가르는 것은, '오관과 정과 욕'이 인간 존재에게 있어 환희의 근원인지 비애의 근원인지에 대한 물음이다. 그리고 이에 대한 시인의 답변은 후자에서부터 출발한다. "오관과 정과 욕"을 가진, 사랑과 육욕을 가진 인간 존재의 의식이 그로 하여금 "크다란 슬픔으로 태여"난(「화사」) "병든 숫개"(「자화상」)의 자의식을 갖게 만들기 때문이다.20

사랑과 육체에 번민하는 자, '인간'일 수밖에 없는 자로서 시인은 존재의 '울음'을 극복하기 위해 고뇌한다. 어떻게 하면 존재의 비애를 초극할 것인지를 고민하는 과정에서 시인은 니체적 사유를 참조하게 된다. 「해인사」와 같은 산문에서 드러나는, 육체의 회복을 통해 존재의 비극을 극복하여 절망으로부터 회생하고자 하는 의지는 그와 같은 참조의 과정에서 도출된다. 육체를 벗어날 수 없는 것이 인간의 숙명이라면, 그 육체 자체를 비애의 씨앗이 아닌 생명과 환희의 근원으로 전환시켜보자는 것이 시인의 발상이었다.

> 黃土 담 넘어 돌개울이 타
> 罪 있을듯 보리 누른 더위—
> 날카론 왜낫(鎌) 시렁우에 거러노코
> 오매는 몰래 어듸로 갔나

19 서정주, 「續畢波羅樹抄」, 『동아일보』, 1935.11.5.
20 서정주, 「自畵像」, 『화사집』, 남만서고, 1941; 서정주, 「花蛇」, 같은 책.

바윗속 山되야지 식 식 어리며
피 흘리고 간 뚜럭길 두럭길에
붉은옷 닙은 문둥이가 우러

땅에 누어서 배암같은 게집은
땀흘려 땀흘려
어지러운 나ー르 업드리었다.

— 서정주, 「맥하」전문21

가시내두 가시내두 가시내두 가시내두
콩밭 속으로만 작구 다라나고
울타리는 막우 자빠트려 노코
오라고 오라고 오라고만 그러면

사랑 사랑의 石榴꽃 낭기 낭기
하누바람 이랑 별이 모다 웃습네요
풋풋한 山노루떼 언덕마다 한마릿식
개고리는 개고리와 머구리는 머구리와

구비 江물은 西天으로 흘러 나려……

땅에 긴 긴 입마춤은 오오 몸서리친
쑥니풀 지근지근 니빨이 히허여케
즘생스런 우슴은 달드라 달드라 우름가치
달드라.

— 서정주, 「입마춤」전문22

---

21 서정주, 「麥夏」, 『화사집』, 남만서고, 1941.
22 서정주, 「입마춤」, 『화사집』, 남만서고, 1941.

타락한 육체의 시와 빛나는 육체의 시 / 최희진 / 355

「맥하」에서 열에 들뜬, 숨가쁜 존재의 삶은 "오매" 없는 막막함과 "죄 있을 듯 보리 누른 더위"로 표상된다. 그 속에서 우는 "붉은옷 닙은 문둥이"의 '울음'은 숨 막히는 근원적인 비애감을 지시한다. 인간 존재인 이상 영원히 끊일 수 없을 것 같은 '울음'의 세계에 균열을 가하는 것은 제3연의 '배암같은 계집'과 그녀의 몸짓이다.

존재의 현기 속에서 육체의 교접이 어떤 역할을 할 수 있는지, 그것이 존재의 비애를 구원하는지 아니면 심화시키는지의 질문은 「맥하」라는 작품 내부에서 더 이상 답변되지 않는다. 다만 같은 시집에 나란히 수록된 「입마춤」을 통해 시인은, 육체의 환희를 통해 존재의 울음이 "우슴"으로 전환될 수 있음을 암시한다.

「입마춤」에서 육체의 교합은 숨바꼭질과 같은 유희의 양상으로 표현된다. 이 시편에서 육체의 만남은 오장환의 매음부 시편에 나타난 것과 같은 싸늘하고 허망한 육체의 유희가 아닌, "사랑의 석류꽃"을 피어나게 하는 달콤한 육체의 유희이다. 다음과 같은 시편에서 시인이 직접적으로, 비애의 극복을 위한 육체성의 회복이라는 주제를 다루게 되는 근간은 여기에 있다.

> 보지마라 너 눈물어린 눈으로는……
> 소란한 哄笑의 正午 天心에
> 다붙은 내입설의 피문은 입마춤과
> 無限 慾望의 그윽한 이 戰慄을……
>
> 아―어찌 참을것이냐!
> 슬픈이는 모다 巴蜀으로 갔어도,
> 윙윙그리는 불벌의 떼를
> 꿀과함께 나는 가슴으로 먹었노라.

시약시야 나는 아름답구나

내 살결은 樹皮의 검은빛
黃金 太陽을 머리에 달고

沒藥 麝香의 薰薰한 이꽃자리
내 숫사슴의 춤추며 뛰여 가자

우슴웃는 짐생, 짐생 속으로.

— 서정주, 「정오의 언덕에서」 전문[23]

「정오의 언덕에서」는 시인이 제주 남단의 지귀도에서 "심신의 상흔을 말리우며" 쓴 네 편의 시 중 하나로 알려져 있다.[24] '오관과 정과 욕을 가진' 인간 존재로서 시인이 가질 수밖에 없었던 고뇌와 비애가 제1연과 제2연에 나타난다면, 그 고뇌와 비애를 살아있음의 증표로 이해하고 온 가슴에 삼킬 때 인간 존재는 '아름다운' 존재가 된다고 제3연의 시인은 이야기한다. 존재의 비애를 초극하기 위해 시인은 육체와 욕망을 고뇌의 근원으로 지시하지 않을 것을 스스로에게 주문한다. 그것을 '춤'과 '웃음'으로 표현되는, 생의 환희의 근간으로 전환시켜 이해하기를 시인은 스스로 원한다.

춤추고 웃음 웃는 짐승을 꿈꾸는 시적 주체의 내면 풍경에서는 생의 회복을 향한 강렬한 열망이 발견된다. 그러나 서정주의 초기 시편에 편만하는 욕망에는 환희로만 설명되지 않는 슬픔이 분명하게 동반된다. 생의 회복을 위한 시인의 갈망은 존재의 근원적인 비애와 절망에 근간을 두고 있기 때문이다. 그렇기에 위와 같은 시편이 보여주는 존재의 갱신에 대한 열망은 육체적

---

23 서정주, 「正午의언덕에서」, 『화사집』, 남만서고, 1941.
24 서정주, 『화사집』, 남만서고, 1941.

욕망의 현시만으로 독해되지 않는다.

「문둥이」와 「정오의 언덕에서」에서 암시되는 존재의 절망과 슬픔을 함께 독해할 때, 서정주의 육체성이 갖는 밝음과 환희의 이미지의 의도는 더욱 분명해진다. 한마디로 시인은 존재의 절망에 빠져 있었기에 존재의 회복을 희구하였으며, 존재적인 절망에 빠져 있었던 만큼 존재의 회복을 희구할 수 있었다. 육체가 회복된 존재의 상태를 '시로 쓰는' 일이 바로, 육체의 회복이 이루어진 존재의 상태를 시인이 꿈꾸는 방식이었던 것이다.

생명의 갱신에 대한 서정주의 열망은 그만큼 깊은 존재적 절망을 배면에 깐 상태로부터 발현된다. 이와 같이 이해할 때, 상당히 다른 시적 이미지를 취하고 있던 오장환과 서정주가 다음과 같이 유사한 발화를 할 수 있었던 이유 역시 해명되기 시작한다. 서로 다른 시적 이미지의 옷을 입고 있었음에도 불구하고, 인간 존재의 근원적 비애라는 문제를 함께 고민하고 있었기에, 그들은 서로를 정신적인 형제로 이해할 수 있었다. 그 고뇌를 공유하고 있었기에 그들은 정신적인 방황과 절망까지도 공유하였다.

해가 西山에 꼽박저물드록까지, 술장사예편네가 차근차근 짐짝을 챙기드록까지, 그들이 던지는 이러한 對話를 나는 무슨 땅속의 音樂이나 『요카나앙』의豫言처럼 듯고안저서, 자꾸만연거퍼 술을마시고안저서, 손님이라곤 마지막 나혼자남도록까지 오래―오래 이러날줄을모른다. 事實인즉, 이러한때 나는 혼이 소얼찬히먼곳에서 들리어오는 한 줄기의 피릿소리를 듯고잇는것이다. 沈봉사와가치 깨끗이두눈이 먼장님이 불고 오는 나에게는 至極히 象徵的인 그외마디 피릿소리를……그러나 이건 또 어쩌면 아니確實히 나의幻覺인지도 모른다.
술幕을나오면 周圍는 完全히 파장판이다. 眼前의생철집웅에는 마지막 비취던 노을마저 사라지고 여기저기 아직도남은 장돌백이들이 銀錢을세는소리. 나에겐 역시 귀에익은 절라도말로 세는소리.

아— 나는 끗끗내 酒酊을해야하는것이다! 세상사람들의 말에依하면
『절반미친놈』이 되어야하는것이다!

아리라— ㅇ 아—리랑 아—라—리—요
아리랑 고—개로 너—ㅁ어간다——
이, 똥만ㅅ도 못한놈들아!

— 서정주,「석모사」부분25

무엔지모르게 자기가 미웁고 심지어는 사람이미워진다. 뭐냐 이눔아!
이런때누가 겨테서뿌시시 일어난다면 너댓업시 정강이를 발길로 질러
버리리라. 나는 불현듯이 생각해낸다. 그러구나 이놈이구나! 바로 이놈
이구나 나의靑春期를 말끔이 개싸대듯 차대개 만드는놈이. 그래서 해마
다 東京이오 神戶요. 하고떠돌게하며 도모지 安定을주지안허 다달이故
鄕이다. 白川이다 하고 뛰어나려가게 하는놈 이놈이 이무서운停止로구
나. 하고 외우치게한다. 슬프다. 이것이 指向업는 사람의 原病이아니고
生活하지 안는사람의 原罪가아니냐. (……)
야짓잔타. 正當한 理由업시 自己를 虐待하거나 疑心하는짓은 그리 조
흔일이 못되나 하도 어처구니업는 自身에 기가맥히여 卑屈한 心情으로
헝크른머리를 쥐여뜯는다.
차저야한다. 무슨일이 잇든지 반드시 차저내야만 한다.
向背를 일허버린 나의方向은 어디에잇는가. 나의理念이여! 조금만 조
금만맑어지거라. 나의 生存의 意義란 어디에잇느냐.

— 오장환,「팔등잡문」부분26

"결의형제가치 의좋게 (……) 지귀천년의 정오를"27 함께 울고 싶어 했던
그들의 바람은 '향배 잃은' 존재의 비애, '절반 미친 놈'이 되어버릴 것만 같은

---

25 서정주,「夕暮詞(中)」,『조선일보』, 1940.3.5.
26 오장환,「八等雜文(完)」,『조선일보』, 1940.7.25.
27 서정주,「雄鷄(上)」,『화사집』, 남만서고, 1941.

절망적인 비애의 공유 속에서 발아하였다. 오장환의 시편이 미쳐버릴 것 같은 존재의 절망을 음습한 그대로의 이미지로 구현했다면, 서정주의 시편은 의도적으로 자신의 절망을 양지의 방향으로 이끌고 가 구원하고 싶어했을 뿐이다. 시적 형상화의 문제를 걷어내고 두 시인 각각의 내면을 들여다보았을 때, 안정을 찾지 못한 그들의 존재적인 방황은 같은 결을 띠고 있었다. 시적 이미지의 외양을 걷어낸 두 시인의 산문이 유사한 문제의식과 절망감을 공유할 수 있었던 근거는 여기에 있다.

서로 다른 시적 경향과 스탠스를 만들어냈을지언정 그들의 고뇌는 같은 뿌리를 향하고 있었다. 그리고 바로 그렇기에 그들은 『시인부락』이라는 하나의 동인지에 뜻을 모을 수 있었으며 친일의 문제로 갈라서기 이전까지 함께 할 수 있었다. 이들을 『시인부락』이라는 하나의 동인지 아래 묶게 하는 시사(詩史)의 서술은 이와 같은 과정의 연후에 가능할 수 있었다.

결국 이 글은 서정주와 오장환의 동질성을 상당 부분 인정하는 결론으로 귀착된다. 그러나 회의되지 않은 신앙이 진정성을 의심받기 쉽듯, 두 시인의 동질성에 대한 의문과 시적 차이에의 주목은 동질성의 재확인을 가능케 한다. 음습하고 싸늘한 육체의 이미지와 고양된 육체의 이미지는 궁극적으로 존재의 이상을 향한 갈망 속에서 고안되었다. 그리고 이상을 향한 갈망은 비애와 절망 속에서, 비애의 초극을 향한 의지 속에서 산출될 수 있었다. 두 시인의 '정신적 형제애'는 위와 같은 논리 속에서 가능하였다. 후일 틀어졌을지언정 1940년 전후의 그들은 각자와 함께의 방식으로 존재의 절망을 헤쳐 나아가고 있었다.

4. <테 아투아>의 열대와 <우리는 어디에서 왔고, 우리는 무엇이며, 우리는 어디로 가는가>의 절규 사이: 고갱의 참조와 "결의형제"의 존재적 공명

『시인부락』동인들은 창간호의 표지로 고갱의 <테 아투아>(1893~1894)를 선택한다.[28] 후기 인상파의 대표주자로 알려진 고갱의 작품 세계는 열대의 강렬한 색채를 담아낸 것으로 잘 알려져 있다. 『시인부락』동인들이 궁극적으로 꿈꾸었던 것이 "사람의 기본 자격"의 회복이었다는 서정주의 회고를 수용한다면,[29] 이들이 창간호의 표지로 고갱의 작품을 선택한 것은 어떤 의미에서 지극히 자연스러운 것이었는지 모른다.

고갱의 강렬하고 원시적인 작품 세계는 서정주가 자신의 작품 세계를 통해 구현했던, 강력한 생명력으로 충만한 존재의 상태를 명징하게 보여준다. 그런데 『시인부락』동인의 정신적 지향을 고갱의 작품 세계와 비교해보는 작업은 또 하나의 흥미로운 지점을 남긴다. 고갱의 최후의 작품인 <우리는 어디에서 왔고, 우리는 무엇이며, 우리는 어디로 가는가>(1897)의 존재로 인해 그러하다.

이 작품은 절망과 실의에 빠진 화가의 마지막 작품으로 알려져 있다. 그와 같은 의미화의 배면에는 고갱의 생애 및 고갱의 작품 세계에 대한 한 가지 서사가 작동하고 있다. 타히티의 원시적 자연 속에서 강렬한 생명력을 추구하던 시인이, 일련의 생애사를 통해 절망에 빠진 끝에, <우리는 어디에서 왔

---

28 신범순, 「≪시인부락≫파의 "해바라기"와 동물 기호에 대한 연구―니체 사상과의 관련을 중심으로」, 『관악어문연구』 37, 서울대학교 국어국문학과, 2012, 277~314면.

29 서정주, 「단발령」, 『미당 서정주 전집 7: 문학적 자서전』, 은행나무, 2016, 33면.

고, 우리는 무엇이며, 우리는 어디로 가는가>와 같은 어두운 색채의 작품을 말년에 완성했다는 것이 그것이다. 이와 같은 서사는 강렬한 색채와 생명력을 선보이는 작품 세계와, 절망 속에 침잠하여 인간 존재의 방향과 생의 의미를 묻는 작품 세계를 일견 단절적인 것으로 바라보는 관점을 전제함으로써 형성된다. 그러나 그 둘은 정말로 단절적인가? 강렬한 색채와 원시적인 생명력으로 넘치는 고갱의 작품 세계와, 암담한 색채 속에서 존재의 절망에 침잠해가는 고갱의 작품 세계는 정말로 '다른' 두 개의 작품 세계인가?

바꾸어 말해, 생에의 절망과 생명력의 갈구는 정말로 별개의 것인가? 애초에 고갱으로 하여금 파리를 떠나게 한 것, 그로 하여금 타히티의 세계로 들어가 타히티를 그리게 한 것부터가 생에의 절망은 아니었는가? 말하자면 처음부터 그들은 서로의 반면이 아니었는가? 타락한 존재의 현실과 고양된 존재의 환상, 그것들은 서로를 반면 삼아서만 온전히 성립하는 것은 아닌가? 이 지점에서 고갱의 작품 세계는 다시금 『시인부락』의 두 시인과 결부된다.

온 존재가 생명력으로 작열하는 존재의 이상을 꿈꿀 때, 한 시인은 그러한 이상이 부재한 현실을 절망적으로 그려낸다. 반면 다른 시인은 그러한 이상이 현현하는 환상을 꿈꾸며 절박하게 질주한다. 이상의 갈망은 현실의 결핍과 부재로부터 비롯되며, 현실의 결핍 속에서 이상은 탄생한다. 진정한 사랑을 꿈꾸는 것은 진정한 사랑을 이 세계에서 찾지 못한 자이며, 존재의 춤과 웃음을 갈망하는 자는 존재의 울음 속에서 절망적으로 배회했던 자이다.

> 赤途해바래기 열두송이 꽃心地,
> 횃불켜든우에 물결치는銀河의 밤.
> 자는 닭을 나는 어떻게해 사랑했든가

모래속에서 이러난목아지로
새벽에 우리, 기쁨에鳴咽하니
새로자라난 齒가 모다떨려.

감물듸린빛으로 지터만가는
내裸體의 샷샷이……
수슬 수슬 날개털디리우고, 닭이 우스면

結義兄弟가치 誼좋게 우리는
하눌하눌 國旗만양 머리에 달고
地歸千年의 正午를 울자.
— 서정주, 「웅계(상)」 전문[30]

굴팜나무로 엮은 十字架, 이런게 그리웠었다
일상 성내인 내마음의 시꺼믄 뻘
쓸물은 나날이 쓸어버린다
깊은 山ㅅ발에서 새벽녘에 들리오는 쇠북소리나
개굴창에 떠나려온 찔레꽃, 물에 배인 꽃향기.

젊은이는 어데로갔나, 城隍堂옆에……찔레꽃욱어진 넌출밑에 뱀이
잠자는 洞口안 사내들은 노상 진한 密酒에 울고
어찌나, 이곳은 동무의 고향
밤그늘의 조금따라 돗단 漁船들은 떠나갔느니

가차운 바다건너 적은 섬들은
먼— 祖上이 귀양가서 오지않은곳
하눌을 바라보다 돌아오면서
해바라기 덜미에 꽂고
내 번듯이 웃음웃는 머리위에 後光을보라

---

30 서정주, 「雄鷄(上)」, 『화사집』, 남만서고, 1941.

木手여! 사공이어! 미장이어! 열두兄弟는 노—란 꽃닢팔

　해를 쫓는 두터운 花心에 피는 잎이니 피맺힌 발바닥으로 무연한 뻘

지나서오라.

— 오장환, 「歸鄕의 노래」 전문[31]

　그러므로 모든 존재가 "노상 진한 밀주"에 취해 우는 시적 세계, "조상이

귀양가서 오지않은" 듯 절망적으로 버려진 세계 속에서도 (정확히는, 오히려

그렇기에) 시인은 웃을 수 있기를 원한다. "일상 성내인 내마음의 시꺼믄 뻘"

을 피맺힌 발바닥으로 걸어가며 다시금 웃는 일, 그것이 존재의 비애를 극복

케 하고 존재의 머리 위에 후광을 드리울 것임을 시인은 안다. 존재의 울음

이 만연한 세계 속에서 다시금 웃음을 웃고 육체를 복원함으로써 생을 사랑

하고자 분투하는 일, 그것은 "스러지는 구름 속에 / 天使들의 발자최를 그리"

는 존재의 내적 분투이자[32] 이 생을 사랑하기 위해 고통받았던 존재의 절규

였다.[33] 또한 그리고 바로 그 절망의 공유가 있었기에 『시인부락』의 두 시인

은 정신적인 형제로 묶일 수 있었다.

　"결의형제"를 노래하는 서정주의 「웅계(상)」과 "열두형제"를 노래하는 오

장환의 「귀향의 노래」는 성경적 맥락뿐만 아니라, 이상과 같은 맥락까지를

공유한 상태로 형성된 것이었다. 절망하는 존재들끼리 함께 생명의 회복을

고민하면서, "사람의 기본 자격"의 회복을 고민하면서 존재의 "후광"을 득할

수 있으리라고 그들은 함께 믿었었다. 그리고 그 후광은 존재의 현시나 영광

을 위한 것이 아니었다. 다만 존재의 근원적인 절망과 비애를 극복할 수 있

31　오장환, 「歸鄕의 노래」, 『춘추』, 1941.10.

32　오장환, 「詠唱」, 『춘추』, 1941.10.

33　서정주, 「呪文(上)」, 『조선일보』, 1940.3.2.

기를, 그래서 그 자신의 인간된 존재를 스스로 구원할 수 있기를 그들은 갈망했었다. 존재에게 드리우는 후광은 그 모든 절망과 비애를 극복한 뒤에, 그 모든 고통에도 불구하고 생을 사랑할 수 있게 된 존재에게 선사되는 표식이었다.

『질마재 神話』에 나타난 샤머니즘 양상 연구*

/

양소영

1. 서론

미당 서정주는 1936년에 등단해서 2000년 작고하기까지 다양한 시 작품을 남겼을 뿐만 아니라[1] 그 안에서 다채로운 시 세계를 펼쳤다. 이런 까닭에 그의 문학 세계에 대한 연구 또한 활발히 이루어졌다. 그의 문학 세계에 대한 연구는 불교나, 현실과 관련 양상을 살피거나, 그를 외국시와 비교한 것들이 있는데, 철학적이고 정신 분석학적인 다양한 방법을 취하고 있다.[2]

---

* 이 글은『겨레어문학』51호, 겨레어문학회(2013. 12, 31)에 수록된 논문을 수정, 보완했다.

1 『花蛇集』(1941),『歸蜀道』(1948),『徐廷柱詩選』(1955),『新羅抄』(1960),『冬天』(1968),『질마재神話』(1975),『떠돌이의 詩』(1976),『西으로 가는 달처럼...』(1980),『鶴이 울고 간 날들의 시』(1982),『안 잊히는 일들』(1983),『노래』(1984),『팔할이 바람』(1988),『山詩』(1991),『늙은 떠돌이의 시』(1993),『80소년 떠돌이의 시』(1997),『서정주 문학전집』(1972),『서정주 전집』(1983),『미당 시전집』(1994),『미당 자서전』(1994)

2 배영애,「현대시에 나타난 불교 의식 연구 — 한용운, 서정주, 조지훈 시를 중심으로」, 숙명여자대학교 박사학위, 1999.
나희덕,「서정주『질마재 신화』연구— 서술시적 특성을 중심으로」, 연세대학교 석사학위, 1999.
최현식,『서정주 시의 근대와 반근대』, 소명출판, 2003.
김열규,「속신과 신화의 서정주론」,『미당연구』, 민음사, 1994.

특히 이 논문에서 관심 갖고 검토하고자 하는 서정주 시와 무속의 관련 양상에 관해서는 이미 여러 연구자들이 적지 않은 성과를 내었다. 하지만 무속에 대한 기존의 논의는 대체로 한국 무속에 나타난 사고를 바탕으로 서정주시 세계가 내포하고 있는 정신세계의 의미를 도출하는 데 기울어져 있다. 이상오는 무속의 세계관이 한국의 정신세계를 형성하고 있다고 주장하며, 한국의 무속적 사유인 '신명'을 미당 시에 적용하였다. 그에 따르면, 시인은 『질마재 신화』에 나타난 대립을 '신명'을 통해 조화와 통일로 이끌어 간다고 했다.3 하지만 그는 무속의 개념을 명확하게 규정하지 않은 채, 이를 서정주시에 무리하게 연결시킨 결과 무속의 의미를 더욱 모호하게 만들어 버렸다. 이와 비슷하게 이영광은 『서정주 시선』과 『신라초』의 작품들을 무속과 연결시켰다. 특히 그는 이 두 작품집 사이에 존재하는 연속성의 근거를 한국무속의 독특한 정신 현상과 사유 방식에서 찾으려 하였다.4 그의 연구는 미당의 시를 무속의 맥락 속에서 좀 더 체계적으로 이해했으나, 논의 과정에서 서정주 시를 다소 환상적으로 해석한 점이 없지 않아 보다 본질적인 해석이 없어 아쉬움을 남긴다. 한편 이몽희는 기존 논의들이 서정주의 초기시를 서구의 영향의 결과로 본 것을 비판하며 우리 민족의 정신, 곧 무속에서 그 원

남진우, 「남녀 양성의 신화」, 『미당연구』, 민음사, 1994.
육근웅, 「서정주 시 연구」, 한양대학교 박사학위, 1991
권희철, 「서정주 시의 에로티시즘 연구」, 서울대학교 석사학위, 2004.
김학동, 「서정주 초기시에 미친 영향」, 『어문학』 16, 1967, 5.
박철희, 「한국 현대시와 그 서구적 잔상」, 『한국현대시사』, 일조각, 1982.
송 욱, 「서정주론」, 『미당연구』, 민음사, 1994.
황현산, 「서정주, 농경사회의 모더니즘」, 『미당연구』, 민음사, 1994.
이수정, 「서정주 시에 있어서 영원성 추구의 시학」, 서울대학교 박사학위, 2006.
3 이상오, 「서정주 시의 무속적 상상력 연구」, 『인문연구』 51호, 2006. 12. 224~225면.
4 이영광, 「『서정주 시선』과 『신라초』의 비교 분석」, 『비교문화연구』 25호, 2012. 3. 322~347면.

류를 찾아야 한다고 주장했다. 그가 보기에 초기시의 무속은 중기시의 '신라 탐구'와 '연원주의'까지 연결된다고 평가했다.[5] 그러나 그는 『화사집』에 나타난 무속적 성격을 체계적으로 분석하고자 시도했음에도 불구하고, 소재주의 측면에서 이를 지적하는 데서 더 나아가지 못했다. 오태환은 서정주 시의 사상적 배후를 신라 정신의 주류인 풍류도와 무속적 사유로 보고 미당의 시를 체계적으로 해석했다.[6]

그런데 문제는 서정주의 시를 무속과 관련지은 기존의 연구들이 대체로 한국 무속에 나타난 사유를 가지고, 서정주 시에 내재된 정신세계의 의미를 도출하는 데 치우쳐 있다는 점이다. 이러한 관점이 서정주 시를 더 잘 이해하는 데 적지 않은 도움이 되긴 하지만, '무속'을 한국적인, 민속적인 부분을 넘어선 다양한 차원에서 이해하는 데 일정한 한계를 지님으로써 시 작품의 의미를 풍부하게 해석하는 데 오히려 방해가 될 수도 있다는 것이다. 이 논문은 서정주의 시집 가운데 『질마재 신화』를 그리기 위해서 특히 엘리아데의 샤머니즘을 분석틀로 『질마재 신화』를 살펴보면 무속을, 한국인의 종교적인 차원을 넘어서 문화생활 전반, 우주적 질서의 차원으로까지 확장해서 이해할 수 있을 것이다. 물론 엘리아데의 논의를 통한 『질마재 신화』 연구가 없었던 것은 아니다. 기존의 논의는 『질마재 신화』에 나타난 몸을 성과 연결시켜 설명하는데, 이런 성의 자유로운 표현은 무한한 생명을 보장한다고 그는 말했다. 그러면서 그는 엘리아데의 망아의 경지인 엑스터스의 경험과 『질마재 신화』에 나타난 자유로운 몸과 연결시키며 생의 연속체의 의미

---

5 이몽희, 「한국근대시와 무속적 구조 연구 ― 김소월, 이상화, 이육사, 서정주를 중심으로」, 동아대학교 박사학위, 1988. 113~120면.
6 오태환, 「서정주 시의 무속적 상상력 연구」, 고려대학교 박사학위, 2006. 152면.

를 이끌어냈다.7 그의 연구가『질마재 신화』에 나타난 여러 소재들과 엘리아데의 논의와 연결시키며 서정주 문학을 새로운 시각으로 바라보았으나,『질마재 신화』에 나타난 여러 소재와 엘리아데 논의를 좀 더 구체적으로 살펴보지 않아 아쉬움을 남겼다. 본고는『질마재 신화』에 나타난 여러 소재들 중에서 특히 샤머니즘적 요소를 찾고, 이를 엘리아데의 논의와 연결시켜 서정주 시를 더 깊게 이해하고 풍부하게 해석하고자 한다.

사실 미당의 거의 모든 시집들이 그렇지만,『질마재 신화』는 "가장 원초적"이며 "가장 한국적인 예의 전통"을 보여준다는 평가를 받는다.8 즉, 가장 원초적인 극치란 샤머니즘과 관련된 것이고,『질마재 신화』는 '인간과 혼령, 죽음과 삶, 인간과 자연, 성과 속이 기이하게 혼융된 이야기'9 등 샤머니즘적 요소가 다양하게 내재되어 있다고 볼 수 있다.『질마재 신화』에 대한 연구10

---

7 조연정,「서정주 시에 나타난 몸의 시학 연구」, 서울대학교 석사학위, 2002. 29~61면.
8 김윤식,「문학에 있어 전통계승의 문제」,『세대』, 1973. 3. 220면.
9 김용희,「미적 근대성의 해방적 가치와 새로운 타자성의 의미」,『상허학보』17호, 2006. 315면.
10 『질마재 神話』에 관한 기존의 연구들은 영원성의 문제와 신화적 요소를 다루고 있다. 김예리는 특히『질마재 神話』에 나타난 동물성이 상징의 차원을 넘어서 영원성의 세계를 발견하는 근원으로 간주될 수 있다고 보았다. (김예리,「『질마재 神話』의 '영원성' 고찰」,『한국현대문학연구』15호, 2004, 304~305면) 이는 기존의 연구들이 신라정신에 국한시킨 영원성의 문제를 새로운 차원으로 해석한 결과라 할 수 있다. 김용희는 김예리의 연구 성과 위에서『질마재 신화』의 영원성의 문제를 심미적 차원으로 해석했다. 즉,『질마재 신화』가 민간 전승의 집단 기억을 모순과 대립의 역설적 통합을 시도하는 근대적 미의식의 한 축을 형성했다는 것이다. (김용희,「미적 근대성의 해방적 가치와 새로운 타자성의 의미」,『상허학보』17호, 2006, 320면.) 한편『질마재 신화』에 나타난 영원성의 문제는 공간과 연결될 수도 있다. 이 시집에 나오는 '툇마루', '마당방', '똥간' 등의 소재는 하늘의 공간이라는 의미를 담으면서 무한한 의미의 공간으로 창조된다고 볼 수 있다 (박선영,「『질마재 神話』의 공간 메타포 연구」,『한국문학논총』48호, 2008.) 다시 말하면, 이는 성속의 경계를 해체하는 비속한 공간이 결국 영원한 생명을 추구하는 의미의 공간으로 재탄생된다는 것을 의미한다. 특히, '질마재 신화'라는 제목은 고향 '질마재'에서 전해 내려오는 이야기가 단순한 화젯거리에 머물고 마는 것이 아님을 나타낸다. 물론 미당이 설화를 시 형

는 적지 않지만, 그럼에도 샤머니즘에 관한 것과 관련해서 단편적인 언급 밖에 없다. 서정주는『질마재 신화』에서 민족의 원형, 원시성을 드러내면서 소박한 민중의 모습을 담아내고자 했다. 특히, 그전 시집에서 불교와 신라정신을 추구했다면,『질마재 신화』에 와서는 토속적, 민속적인 샤머니즘 세계를 추구하였다. 결국, 민족의 원형과 원시성, 토속성과 관련 있는 미당의『질마재 신화』는 질마재 마을에 나타난 대립적 요소를 샤머니즘을 통해서 조화와 통일을 추구한다고 볼 수 있다.『질마재 신화』에 나타난 샤머니즘이란 사물과 자연이 하나가 되어 질마재 마을에 나타난 이분법적 세계를 초월하는 것을 의미한다. 본고는 샤먼적 아이, 샤먼의 주술과 거울이란 개념을 중심으로,『질마재 신화』에 나타난 여러 소재가 샤머니즘과 긴밀하게 연결되어 있는 양상을 규명하는 데 목적이 있다. 이는 결국『질마재 신화』가 샤머니즘의 사유의 체계로 구성되어 있음을 밝히는 것이기도 하다.

샤머니즘은 무교와 무속에 해당되는 의미를 포괄하며, 선사시대로부터 현

식으로 서술했으면서 여전히 '신화'라고 이름붙인 것은 그의 새로운 시형식을 내보이는 중요한 의미를 지닌 것으로 이해할 수 있다. (송영순,「『질마재 神話』의 신화성과 카니발리즘」,『한국문예비평연구』20호, 2006, 71~72면.) 김혜영은『질마재 神話』에 나타난 신화적 의미를 자연과 비천하게 놓인 자아를 통해 밝혀내려 했다 (김혜영,「『질마재 神話』에 나타난 신화성의 수사학」,『한국문학언어』55호, 2005, 357면.) 또한 '질마재 마을'에선 논리적인 법 질서 체계가 없고, 하찮은 주인공들이 신으로 떠받들어지는 일이 있다. 이런 점을 이해운은 신화적 요소가 일정 부분 체계적으로 갖추었다고 평가했다. (이해운,「「알묏집 개피떡」으로 살핀『질마재 神話』」,『한국문학과 예술』7호, 2011, 229면.) 특히『질마재 神話』에 나타난 배설을 용서와 화해, 재생과 순환의 특성으로 신화적 상상력으로 살펴본 연구(정끝별,「『질마재 神話』에 나타난 비천함의 상상력」,『한국시학연구』15호, 2006.)와 마을 사람들의 성을, 내면 형성을 이해하는 태도로 볼 수 있거나, 마을의 건강성, 생명력의 근원으로 본 연구도 있다. (김명철,「『질마재 神話』에 나타난 '마을'사람들의 성의식」,『비평문학』34호, 2009. ; 송희복,「서정주 시 세계, 객담의 시학과 섹슈얼리티 -『질마재 신화』를 중심으로」,『새국어교육』72호, 2006.) 정리하자면, 시집『질마재 神話』는 시인의 여러 기억과 사건들이 환상과 상상으로 이루어졌고, 이런 점은 더 나아가 샤머니즘적으로 승화되어 이해될 수 있다.

재에 이르기까지 각양각색으로 나타났던 종교 현상 전체에 대한 총칭으로 사용한다.[11] 게다가 샤머니즘은 시베리아적인 문화를 넘어 보편적인 문화의 양식, 범세계적인 현상으로 이해할 수 있었고 특히, 샤머니즘은 인간과 영적인 세계를 매개하는 샤먼을 통해 삼라만상이 깃들어 있는 초자연적 존재들과 교통을 이루고 있는 인간이 거주하는 지상을 포함한 우주의 원형 질서를 회복·유지하는 것이다.[12] 그리고 샤머니즘의 특징 중에서 샤먼이 행하는 주술은 독특한 면을 보여준다. 즉, 그들은 여러 단어가 반복되거나 긴 문장을 쓰면서 마치 수수께끼 같은 언어로 말하는 것으로 이는 인간의 조건을 뛰어넘으며 접신체험의 상태로 들어가게 되고 게다가 샤머니즘의 특징 중에서 아이의 존재는 특별한 의미를 부여할 수 있다. 아이가 가지고 있는 순수성과 천진난만으로 환상을 자주 볼 수 있을 거라 생각해서 샤먼들은 아주 나이 어린 아이들 중에서 후보자를 선택해서 입문의례의 은혜를 베푼다.[13] 결국 미래의 샤먼들은 자기 육신으로부터 영혼을 이끌어내어 우주공간과 깊은 바다를 통해 기나긴 접신의 체험을 할 수 있게 된다.[14] 마지막으로 샤머니즘의 특징 중에서 샤먼이 제의할 때 가지고 있는 거울은 샤먼으로 하여금 세상을 보게 하는 역할을 하는데 즉, 샤먼의 거울은 신비스런 빛을 내며 샤먼 자신으로 하여금 하늘로 떠오르는 듯한 느낌을 맛보며 비상체험을 하게 된다.[15] 이런 비상 체험은 개인적인 조건을 뛰어넘으려는 의지, 초월적인 전망을 획득하려는 욕망을 내포하기도 한다.

---

11 김인회 외, 『한국무속의 종합적 고찰』, 고대민족문화연구소, 1982, 130면.
12 양민종, 『샤먼이야기』, 정신세계사, 2003. 43면.
13 엘리아데, 이윤기 역, 『샤머니즘』, 까치, 1992, 73면.
14 위의 책, 75면.
15 위의 책, 75면.

『질마재 신화』에 대한 연구사 검토 중에 무속과 관련된 논의가 이전에 없었던 것은 아니다. 하지만 엘리아데의 샤머니즘을 분석틀로 체계적으로 서정주 시를 분석하는 경우는 드물다.16 예컨대 그 전까지『질마재 신화』에 나타난 앉은뱅이 '재곤이'라는 인물은 단지 신성한 존재로 해석되었지만, 엘리아데의 샤머니즘으로 '재곤이'는 샤먼적 아이로 새롭게 이해될 수 있다. 또한 이뿐만 아니라 대표적으로『질마재 신화』에 나타난 오줌똥항아리는 '샤먼적 거울'로, 샤머니즘의 틀에 의해 다채롭게 해석될 수 있다. 본고는『질마재 신화』에 나타난 여러 소재들이 샤머니즘의 특성과 연결될 수 있음을 규명하고, 이를 통해 샤머니즘이『질마재 신화』를 이해하는 핵심적인 개념이 될 것이라고 생각한다. 결국 엘리아데의 샤머니즘은 서정주 시를 더욱 깊게 이해하고 풍요로운 의미를 찾을 수 있는 통로가 된다.

2. 구술체 형식에 나타난 주술성

『질마재 신화』에 실린 총 45편의 시 가운데 33편이 구술체의 형식을 띠고 있다. 이 같은 구술체에 대해 "언어의 긴장감이 덜해졌다"17 라고 하거나 "전통에 대한 맹목적"18 인 수용이라고 비판할 수 있다. 그러나 "사라진 역사적,

---

16 이영광은 자신의 논문에서 무속과 샤머니즘을 혼재해서 사용하고 있었다. 그의 논문에서 보면 서정주 시에 나타난 무속의 의미를 연구하면서, 한국적 종교로서의 무속의 의미를 바탕으로 엘리아데 샤머니즘과 같이 사용하고 있다. (이영광, 『미당 시의 무속적 연구』, 서정시학, 2012. 31~43면.) 그러나 엘리아데의 샤머니즘을 틀을 가지고 서정주 시를 좀 더 집중적인 탐구를 하지 않은 점이 아쉽다. 구체적으로 엘리아데의 샤머니즘 분석틀로 서정주 시를 분석하면 좀 더 풍부하고 다양한 해석이 나올 수 있다.

17 황동규, 「두 시인의 시선」, 『문학과 지성』, 1975, 겨울호. 949면.

18 김윤식, 앞의 글, 223면.

문화적 존재 형태들과 접촉함과 아울러 그것을 현재화하려는 욕망"19으로 보며 그것에 일정한 의미를 부여하려는 평가도 있다. 이처럼 『질마재 신화』의 구술체 형식은 일반적인 시의 형식에서 벗어나는 것이어서 이에 대한 평가가 엇갈릴 수는 있다. 하지만 미당의 실험적인, 어떤 점에서는 무모하기까지 한 문체가 무언가를 새롭게 추구하고자 하는 좀 더 특별한 욕구에서 비롯된 것으로 이해한다면 거기에 새로운 의미와 가치를 부여할 여지도 충분하리라 생각한다.

> 바닷물이 넘쳐서 개울을 타고 올라와 삼대 울타리 틈으로 새어 옥수수밭 속을 지나서 마당에 홍건히 고이는 날이 우리 외할머니네 집에는 있었읍니다. 이런 날 나는 **(ㄱ)망둥이 새우 새끼를 거기서 찾노라고 이빨 속까지 너무나 기쁜 종달새 새끼 소리가 다 되어 알발로 낄낄거리며 쫓아다녔읍니다만, 항시 누에가 실을 뽑듯이 나만 보면 옛날이야기만 무진장 하시던 외할머니는,** 이때에는 웬일인지 한 마디도 말을 않고 벌써 많이 늙은 얼굴이 엷은 노을빛처럼 불그레해져 바다쪽만 멍하니 넘어다 보고 서 있었읍니다.
>
> 그때에는 왜 그러시는지 나는 아직 미처 몰랐읍니다만, 그분이 돌아가신 인제는 그 이유를 간신히 알긴 알 것 같습니다. **우리 외할아버지는 배를 타고 먼 바다로 고기잡이 다니시던 漁夫로, 내가 생겨나기 전 어느 해 겨울의 모진 바람에 어느 바다에 선지 휘말려 빠져 버리곤 영영 돌아오지** 못한 채로 있는 것이라 하니, 아마 외할머니는 그 남편의 바닷물이 자기집 마당에 몰려 들어오는 것을 보고 그렇게 말도 못 하고 얼굴만 붉어져 있었던 것이겠지요
>
> — <海溢>

<해일>은 배를 타고 먼 바다로 나갔다가 돌아오지 않는 남편을 그리워

---

19 최현식, 앞의 책, 250면.

하는 외할머니의 내용을 담은 시이다. 위의 시는 죽은 할아버지를 그리워하는 슬픈 정서가 가득하다. 그런데 미당은 외할머니의 슬픈 이야기를 구술체 형식으로 전개시킴으로써, 슬픔의 정서를 잊게 하고 이야기 내용에 집중하게 만든다. 목소리로 된 말은 소리라는 물리적인 상태로 인간의 내부에서 생겨나서 의식을 가진 내면, 즉 인격을 인간 상호간에 표명하는데, 목소리로 된 말은 사람들을 굳게 결속하는 집단을 형성하게 만든다.[20] 즉, 목소리로 된 말이란 구술체 양식을 의미하고 구술체 양식은 친밀하고 공동체적인 특성을 지닌다고 볼 수 있다. <해일>에서 하나의 문장이 4~5줄로 이루어졌고, 이런 긴 문장은 체계적이 않고 즉흥적에서 나온 것으로 장황하고 다양한 진술을 드러낸다. 이런 점은 미당 시의 구술체 양식의 한 방법으로 볼 수 있다. 장황스런 말투는 구술체 양식에서의 사고와 말하기의 특징이라는 점에서, 그러한 말투는 빈틈없이 조리 정연한 것보다 어떤 깊은 의미에서 한층 자연스러운 사고와 말하기가 되는 셈이다.[21]

결국, 미당 시의 구술체 양식은 사고의 풍부함을 드러내는 것으로 공동체와 연결되어 친밀한 정서를 만들어내고, 이런 점은 그가 표현하고자 하는 대상에 좀 더 진솔하게 전달하고자 하는 의미를 부여한다. 하지만 여기서 좀 더 확장해서 생각해보면, 『질마재 신화』에 나타난 구술체 양식은 샤먼의 주술과 상통한 면이 있다. 샤먼의 언어는 신화적 언어처럼 인간의 언어적 사고 혹은 언어에 의한 표현과 관련 없는, 혹은 그것을 넘어서는 것을 나타낸 것으로 샤먼의 언어는 성스러움을 지향하는 상징성을 띠기도 하고 시와 유사하게 비유적일 수도 있으며 그것이 사용되는 사회에 근원적인 은유와 지배

---

20 월터 J. 옹 지음, 이기우·임명진 역, 『구술문화와 문자문화』, 문예출판사, 1995, 122면.
21 월터 J. 옹, 앞의 책, 67면.

적인 이미지를 공급할 수도 있다.[22] 샤먼의 언어는 일반적인 언어와는 달리, 명료하지 않지만 독특한 모습을 지닌다. 즉, 그의 언어는 어떤 초월적 의의를 지닌 것으로 이런 초월성은 단어의 불안정한 특성을 가진다. 하지만 이런 단어야말로 그 안에 내재된 의미는 신비스럽고, 성스럽다. 서정주의 『질마재 신화』 텍스트를 이루고 있는 구술체 형식은 바로 이러한 불안정하고, 어렴풋하며, 신비스러운 언어 형식을 드러낸다. <해일>의 인용한 시의 (ㄱ)을 보면, 하나의 긴 문장 속에 꼬리에 꼬리를 무는 식으로 앞의 말과 뒤의 말이 끊어질 듯하다가 다시 이어지면서 진술이 연속적으로 진행됨을 알 수 있다. 이와 같은 진술 속에는 속도감이 나타나는데, 이는 어떤 사건에 대해 매우 흥분한 모습이 드러난다. 즉, 문장이 끝나지 않는 점에서 오는 속도감에서 오는 강렬한 인상은 일반적인 구술체 양식을 넘어 샤먼의 주술과 상통한다. 샤머니즘에서 주술이라는 것은 때론 "불"과 "열기"의 역할을 하기도 한다. 불의 다스림, 열기의 정복, 요컨대 극단적인 저온과, 불타는 숯덩이 같은 극단의 고온에도 견딜 수 있게 하는 "신비스러운 열기"는 일종의 주술로 가능할 수 있다.[23] 샤머니즘에서 주술이란 어떤 보이지 않는 초월적인 힘, 이때 힘은 신비스런 열기에 해당된다.[24] 특히 샤먼은 이런 열기를 인간의 편으로 유도함으로써 편안한 안정을 취하게끔 만든다. 즉, <해일>에서 끊어질 듯 끊어질 듯하다가 연이어 이어지는 문체는 속도감을 일으키며 흥분에 사로잡

---

22 오은엽, 「이청준 소설의 공간 연구」, 이화여자대학교 박사학위, 2010. 255면.

23 엘리아데, 『샤머니즘』, 303면.

24 샤먼은 '신비스런 열기'로 영신들을 부른다. 영신들이 도착하면 샤먼은 일어서서 춤을 추기 시작한다. 이때 샤먼의 주술과 춤사위는 어렵고도 독특하다. 샤먼은 여전히 어려운 주술을 행하고 계속 춤을 춘다. 이런 주술 속에서 샤먼이 영신들과 나누는 대화의 내용이 들어 있다. 그들과 극적인 대화가 끝나면 샤먼의 주술은 더욱 열기를 띈다. (위의 책, 215면.)

힌다. 이런 점은 샤먼의 '신비스런 열기'[25]를 나타내는 주술문과 상통하며, 자연과 하나를 만드는 샤머니즘적 사유를 드러낸다.

『질마재 신화』에 나타난 구술체 양식은 이런 샤머니즘적 사유를 내포하고 있고, 이런 점은 성스러움이란 특별한 곳에 있는 것이 아니라 민중의 실제 생활 속에서도 실현 가능하다는 것을 의미한다. 결국, 『질마재 신화』에 나타난 구술체 양식이 지닌 내면화된 힘은 어떤 성스러움과 특수한 방식으로 결부되어 나타나고 있는 것이다. 다시 말하면, 시 <해일>의 긴 문장에 나타난 장황하고 유장한 달변은 속도감을 띠며 누군가 매우 흥분한 상태로 이야기하는 것과 같다. 그러면서 청자도 점차 그 이야기에 몰입하게 되며 화자와 청자의 경계가 무너지게 된다.[26] 즉, 미당의 구술체 양식은 자연과 인간의 관계를 초월하게 만들며, 이는 인간과 자연의 소통의 중요성을 의미한다. 결국 자연과 인간의 소통의 근원은 샤먼의 주술성과 깊은 관련이 있다. 소통을 통해 모든 경계를 초월하는 구술체 양식은『질마재 신화』에서 시인이 추구하는 시 세계의 본질이다.

陰 七月 七夕 무렵의 밤이면, 하늘의 銀河와 北斗七星이 우리의 살에 직접 잘 베어들게 **왼 食口 모두 나와 딩굴며 노루잠도 살풋이 부치기도 하는 이 마당 土房**, 봄부터 여름 가을 여기서 말리는 山과 들의 **풋나무와 풀 향기**는 여기 저리고, 보리 타작 콩타작 때 연거푸 연거푸 두들리고 메

---

25 신비스런 열기는 어지러움의 역전과도 동일하다. 이런 점은 샤머니즘적인 접신의 강한 개성적 표현이다. 의식의 흐름으로 오히려 '보는 이'가 되고, '어지러움'으로 피안을 통치하는 자가 되는 사람, 그가 곧 샤먼이다. 물리적인 세계, 의식의 영역에 눈감음으로써 그는 초월적인 세계에 눈뜬다. 한 영역의 흐름이며, 어지러움이 다른 영역의 밝음이다. (김열규, 『동북아시아 샤머니즘과 신화론』, 아카넷, 2003. 339면.)
26 한 사람의 화자가 청중에게 말을 할 때, 청중 사이에, 그리고 화자와 청중 사이에도 일체가 형성된다. (월터 J. 옹, 앞의 책, 122면.)

어 부친 도리깨질은 또 여기를 꽤나 매끄럽겐 잘도 다져서, 그렇지 廣寒
樓의 石鏡 속의 春香이 낯바닥 못지않게 반드랍고 향기로운 **이 마당 土**
房. 왜 아니야. 우리가 일년 내내 먹고 마시는 飮食들 중에서도 제일 맛
좋은 풋고추 넣은 칼국수 같은 것은 으레 여기 모여 앉아 먹기 망정인 **이**
하늘 온전히 두루 잘 비치는 房.

— <마당房> 부분

<마당방>은 일반적인 마당방과 다르다. "왼 食□ 모두 나와 딩굴며 노루
잠도 살풋이 부치기도 하는 이 마당"이라는 표현에서 알 수 있듯이, 질마재
의 마당은 인간과 자연이 모두 하나가 되는 장소를 의미한다. 게다가 "이 하
늘 온전히 두루 잘 비치는" 마당방은 하늘의 기운을 받고 있는 신성한 방으
로 의미가 변한다. 이때 방은 가장 기본적인 '거룩한 것의 드러남'과도 상통
한다. 즉, 이런 점은 어떤 대상이 그 주변의 우주적 세계로부터 근본적, 존재
론적으로 분리되는 현상을 의미하는데 어떤 장소는 그것이 거룩함을 드러낸
다는 바로 그 사실로 인하여 다른 모든 것들로부터 존재론적으로 구별되고
다른 것들과는 전혀 다른 초자연적인 평면을 유지하게 된다.[27] 다시 말하면
미당의 '마당방'은 하늘의 기운을 받으며 초자연적인 모습을 보이며 성스러
운 힘을 드러낸다. 결국 이런 신성한 의미를 간직한 방은 구술체의 형식을
빌어 좀 더 신비로운 장소로 승화된다. <마당방>의 구술체 형식을 풀어서
설명해보면, 우선 "이 마당 土房", "하늘 온전히 두루 잘 비치는 방" 이라는
표현을 보아 "방"이 자꾸 반복되는 점과 "풋나무와 풀 향기는 여기 저리고,
보리 타작 콩타작 때 연거푸 연거푸 두들리고 메어 부친 도리깨질은 또 여기
를 꽤나 매끄럽겐 잘도 다져서"란 표현을 볼 때 사물들이 계속해서 나열되고

---

27 엘리아데, 『샤머니즘』, 48면.

있다. 서정주의 시에 사용되는 구어체 양식 중에 같은 단어를 반복하거나, 단순한 사물의 나열은 마치 읊조림처럼 나타나는 것으로, 노래인지, 대화인지 무언가 대상이 분명하지 않다. 그렇다고 무질서한 소리도 아니다. 오히려 이것은 내면의 무의식에 더 가까이 있는 것이고, 어떤 신비스런 힘을 불러 일으키기에 적당하다. 이런 점을 샤머니즘의 주술과 연결시켜 생각해 보면, 샤먼의 주술에서도 단순한 사물을 나열하면서 무언가 중얼거리면서 노래를 부르며 읊조린다. 샤먼이 사물을 나열하면서 부르는 노래는 자신들의 신비 체험에 도달하는데 훨씬 더 효과적이다.

더 나아가 그들이 온 자연과 함께 노래할 때 샤먼들은 삼라만상과 미묘한 조화를 이루어 신들의 영역에 보다 가깝게 접근할 수 있다고 생각한다. 즉, <마당방>에 나타난 단어의 반복과 사물들의 나열은 자연스럽게 노래부르 듯 읊조린다. 이는 샤먼의 주술문처럼 그의 리듬과 호흡은 삶에 대한 긍정의 정신을 느끼게 만들며, 만물과 하나 되는 샤머니즘적 사유를 드러낸다. 게다가 샤먼의 주술은 절망 때문에, 공포와 혐오감 때문에, 또 보답 없는 사랑과 무기력한 증오감 때문에, 마을 주민들의 사기가 떨어진 상황에서, 마을 주민들로 하여금 그들의 가장 중요한 과업을 신뢰감을 가지고 수행할 수 있도록 해주며 마음의 평정과 정신적인 안정을 유지할 수 있게끔 해준다.[28] 결국, 미당의 마당방은 구술성에 바탕이 된 주술적 힘에 의해 우주의 신비스러운 힘을 받으며 성스러운 장소로 승화된다. 즉, <마당방>에 나타난 단어의 반복과 사물의 나열은 샤먼의 주술적인 환기를 떠올리며 말 자체의 영적인 힘을 가지게 된다. 미당의 구술체 형식은 주술적 종교적인 힘을 띠며, 질마재

---

28 말리노프스키, 서영재 역, 『원시신화론』, 민속원, 1996. 79면.

마을에 천상적인 거룩한 중심을 만들어 내는 것이다.

　　姦通事件이 질마재 마을에 생기는 일은 물론 꿈에 떡 얻어먹기같이 드물었지만 이것이 어쩌다 走馬痰 터지듯이 터지는 날은 먼저 하늘은 아파야만 **하였습니다.** 한정없는 땡삐떼에 쏘이는 것처럼 하늘은 웨――하니 쏘여 몸써리가 나야만 했던 건 **사실입니다.** 「누구네 마누라허고 누구네 男丁네허고 붙었다네!」 소문만 나는 날은 맨먼저 동네 나팔이란 나팔은 있는 대로 다 나와서 <뚜왈랄랄 뚜왈랄랄> 막 불어자치고, 꾕과리도, 징도, 小鼓도, 북도 모조리 그대로 가만 있지 못하고, 퉁기쳐 나와 법석을 떨고, 男女老少, 심지어는 강아지 닭들까지 풍겨져 나와 외치고 달리고, 하늘도 아플 밖에는 별 수가 없었습니다.

　　　　　　　　　　　　　　　　　　　　　 － <姦通事件과 우물> 부분

　<姦通事件과 우물>은 질마재 마을에서 일어난 간통사건을 다루고 있다. 그들의 간통사건은 하늘이 먼저 아파하고, 특히 간통사건의 소문이 나면 인간, 동물, 자연 모두가 나와 난리 법석을 떤다. 말하자면 간통사건을 통해 인간계와 자연계가 하나로 이어지는 셈인데, 이와 같은 사회는 원시 공동체 사회인 샤머니즘 세계와 의미가 통한다. 이를 미당의 구술체 형식과 연결시켜 생각해 보면 샤머니즘의 정서가 강화, 확장된 것으로 이해할 수 있다. <姦通事件과 우물>에서 보면 한 문장이 길다는 점과 긴 한 문장 속에 여러 문장과 단어가 쉼 없이 나열되어 있고, "하였습니다." 와 "사실입니다" 등 과거 시제와 현재 시제의 혼용 사용, 간통사건으로 '하늘이 아파하고, 동물들이 나와 외치'는 부분은 다소 과장되고 해학적으로 이해될 수 있다.29 반복, 나열, 여러 시제의 혼용, 과장과 해학적인 면은 마치 샤먼이 주술하면서 접신상태에

---

29 정끝별, 앞의 글, 56면.

이르는 무가적인 성향이 강함을 의미하는데 다시 말하면, 샤먼이 주술을 행하며 망아의 경지에 들면 어떤 육체적, 정신적 이상과 함께 어휘 구사력도 정상인과 다르게 된다.[30] 주술이란 원시 사회의 샤먼과 역사상에 나타난 종교의 신비신학에서 볼 수 있는 '비밀의 언어'이다. 이 '비밀의 언어'는 일상 언어를 중개로 하지만, 전달이 불가능한 체험에 대한 표현이자, 상징의 감추어진 의미에 대한 은밀한 전달이다.[31]

<姦通事件과 우물>에서 한 문장이 길다는 점, 시제의 혼용, 다소 과장스럽고 해학스런 표현은 보통 사람은 알 수 없는 샤먼의 비밀 언어와 상통하다. 이런 샤먼의 주술을 통해 샤먼이 속의 사회와 다른 입장에 서있다는 점을 의미하며, 성과 보다 밀접한 관계에 있다는 것을 의미한다.[32] 즉, 긴 한 문장, 시제의 혼용, 다소 과장스럽게 해학적인 표현 등은 샤먼의 주술문과 상통하며 이런 점은 만물과 하나가 되는 샤머니즘적 세계관을 드러내며 질마재 마을을 더욱 성스럽게 만든다. 결국, 미당의 구술체 양식은 자연과 인간의 관계가 이원구조가 아니라 상호 연속선상에 있는 것을 보여주며, 독자로 하여금 샤머니즘 세계로 쉽게 몰입하게 하는 동인이 되어 원시성의 힘을 지니게 된다.

3. 질마재 마을에 나타난 샤먼적 아이

『질마재 신화』에 나타나는 인물들은 표면적으로 저마다의 아픈 사연과

---

30 엘리아데, 『샤머니즘』, 47면.
31 엘리아데, 이재실 역, 『대장장이와 연금술사』, 문학동네, 1999, 171면.
32 엘리아데, 『샤머니즘』, 48면.

신체적 결함으로 살아가는 인물들로 이루어졌다. 예를 들어, 첫날밤에 달아
나버린 신랑을 기다리다 재가 되어 버린 신부(<新婦>), 몸을 제대로 가눌
수 없어 앉은뱅이로 살아가는 재곤이(<神仙 在坤이>), 아이를 낳지 못해 남
편에게 소실댁을 얻어 주고 떠난 한물댁 (<石女 한물宅의 한숨>)등 질마재
마을 사람들은 지상에서 소외되고 보잘 것 없는 인물로 그려졌다. 하지만 그
들은 자신의 처지에 슬픔을 느끼기보단 오히려 자신의 처지를 승화시켜 마
을을 축제적인 환경으로 만든다. 특히, 질마재 마을에 나타난 아이는 정상인
보다 다른 모습을 보여주며 질마재 마을을 풍요롭게 만든다.

세상에서도 제일로 싸디싼 아이가 세상에서도 제일로 천한 巫堂네 집
꼬마둥이 머슴이 되었습니다. 단골 巫堂네 집 노란 똥개는 이 아이보단
그래도 값이 비싸서, 끼니마다 얻어먹는 물누렁지 찌그레기도 개보단 먼
저 차례도 오지는 안 했읍니다. 단골 巫堂네 長鼓와 小鼓, 북, 징과 징채
를 늘 항상 맡아 가지고 메고 들고, 단골 巫堂 뒤를 졸래졸래 뒤따라 다
니는 게 이 아이의 職業이었는데, 그러자니 사람마다 職業에 따라 이쿠
는 눈웃음 ── 그 눈웃음을 이 아이도 따로 하나 만들어 지니게되었
읍니다. 「그 아이 웃음 속엔 벌써 **영감이 아흔 아홉 명은 들어앉았더라**」
고 마을 사람들은 말하더니만 「저 아이 웃음을 보니 오늘은 싸락눈이라
도 한 줄금 잘 내리실라는가 보다」고 하는 데까지 가게 되었읍니다. 『이
놈의 새끼야. 이 개만도 못한 놈의 새끼야. **네 놈 웃는 쌍판이 그리 재수
가 없으니 이 달은 푸닥거리 하자는 데도 이리 줄어 들고 만 것이라...**」
단골 巫堂네까지도 마침내는 이 아이의 웃음에 요렇게꿈 말려 들게 되었
습니다. 그리하여 **이 아이는 어느 사이** 제가 이 **마을의 그 敎主가 되었다
는 것**을 알았는지 몰랐는지, 어언간에 그 쓰는 말투가 홰딱 달라져 버렸
습니다. (중략)
　　그렇게꿈 되면서부터 이 아이의 長鼓, 小鼓, 북, 징과 징채를 메고 다
니는 걸음걸이는 점 점 점 더 점잖해졌고, 그의 낮의 웃음을 보고서 마을

사람들이 占치는 가지數도 또 차차로히 늘어났읍니다.
— <단골 巫堂네 머슴 아이> 부분

<단골 巫堂네 머슴 아이>는 개만도 못한 무당네 머슴 아이가 '눈웃음'으로 점차 마을 사람들에게 인정받는 내용을 그린 시이다. 즉, 이 시는 질마재 마을의 무당이 데리고 있는 아이를 중심으로 이야기가 펼쳐진다. 특히, 그 아이란 "세상에서도 제일로 싸디싼" 이라는 표현과 "세상에서도 제일로 천한 무당네 집 꼬마둥이 머슴이 되었"다는 표현을 통해서 비천하고 버림받은 존재라고 짐작할 수 있다. 하지만 그 아이의 눈웃음은 마을 사람들은 물론 주인인 무당까지도 웃게 만들고 마을을 행복한 공간으로까지 만들어 버린다. 또한 특별한 의미를 지닌 아이의 눈웃음은 비천함도 오히려 반어적으로 작용하게 되고, 아이는 마을에서 신비스런 존재로 남게 된다. 즉, 그 아이가 가지고 있는 눈웃음으로 마을의 "영감이 아흔 아홉 명은 들어앉았더라"란 표현이나 "네 놈 웃는 쌍판이 그리 재수가 없으니 이 달은 푸닥거리 하자는 데도 이리 줄어 들고 만 것이라… 단골 무당네까지도 마침내는 이 아이의 웃음에 요렇게쯤 말려 들게"되었다란 표현을 보면 그 아이는 신비스런 아이로 남으며 마을의 공동체 생활을 방향잡이 노릇뿐만 아니라 영혼을 수호하는 일까지 담당하게 된다. 샤머니즘에서 샤먼은 특히 어린 아이를 통해 다음 세대를 위해서 현존하는 최고의 권능을 보존하려고 한다.[33] 특히, 아이의 '눈웃음'은 일반적인 웃음을 의미하는 것이 아니라 신비한 주술적 능력으로 죽은 자와 소통한다. 그의 단순한 행위는 기본적인 인간 질서를 벗어난, 주술적 행위를 의미하며, 이는 그가 마을 사람들뿐만 아니라 주인 무당까지 영혼

---

33 엘리아데, 『샤머니즘』, 73면.

을 이끌어내어 서로 속의 경계를 넘어 초월하려는, 영원히 사는 인물임을 보여 준다. 특히 "이 아이는 어느 사이" "이 마을의 그 교주가 되었"다란 표현을 보면 아이는 이 마을의 샤먼으로 자리 잡게 되었음을 알 수 있다. 게다가 아이가 가지고 다니는 여러 소품을 통해서 샤먼의 입지를 다진다. 즉, "그렇게쯤 되면서부터 이 아이의 장고, 소고, 북, 징과 징채를 메고 다니는 걸음걸이는 점 점 점 더 점잖해졌"다란 표현을 보면 샤먼의 무업을 행하기 위해 '장고, 소고, 북, 징'을 들고 다닌다. 이런 소품들은 샤먼을 "세계의 중심"으로 데리고 가기도 하고 하늘을 날아가게 하기도 하고 영신들을 불러 "잡아"두게 하기도 하고 샤먼으로 하여금 정신통일을 가능케 하고 샤먼의 의도에 따라 영적인 세계와 접촉을 가능케 하기도 한다.[34] 즉, 샤먼의 소품들은 자신의 무업을 수행하기 위해선 가장 중요한 역할을 하며 주술 여행 체험을 가능케 한다.

그러면서 샤먼인 아이는 점점 초인적인의 의지를 발휘하게 되어 "걸음걸이가 점 점 점 더 점잖아지"며 새롭고 성스러운 삶을 시작하게 된다. '질마재'라는 공간에서 살고 있는 인물 중에서 아이는 산 자와 죽은 자를 연결시켜 주는 매개체이다. 아이라는 것은 미숙한 상태이지만 무한한 상상력을 지닌 존재이며, 게다가 모든 영역을 초월한 순수한 영역의 존재자이다.[35] 이런 아이가 샤먼이 되는 것은 '질마재'라는 공간을 더욱 신비스럽게 만든다. 결국, '질마재' 공간에 살고 있는 아이는 샤먼으로 자리 잡으며, 천상계와 지하계의 매개자로 거듭나게 되며, 질마재 마을에 나타난 인간과 자연, 인간과 우주의

---

34 위의 책, 164면.
35 양소영, 「1930년대 시에 나타난 아이와 유년기의 의미 연구」, 서울대학교 박사학위, 2012. 115면.

불연속성을 지워버리게 하는 존재로 자리 잡게 된다.

> 땅 위에 살 자격이 있다는 뜻으로 <在坤>이라는 이름을 가진 앉은뱅이 사내가 있었습니다. 성한 두 손으로 멍석도 절고 광주리도 절었지마는, 그것만으론 제 입 하나도 먹이지 못해, **질마재 마을 사람들은 할 수 없이 그에게 마을을 앉아 돌며 밥을 빌어먹고 살 권리 하나를 특별히 주었었읍니다.**
>
> **「在坤이가 만일에 제 목숨대로 다 살지를 못하게 된다면 우리 마을 人情은 바닥난 것이니, 하늘의 罰을 면치 못할 것이다」** 마을 사람들의 생각은 두루 이러하여서, 그의 세 끼니의 밥과 추위를 견딜 옷과 불을 늘 뒤대어 돌보아 주어 오고 있었읍니다.
>
> ....(중략)...어느 아침 끼니부터는 在坤이의 모양은 땅에서도 하눌에서도 一切 보이지 않게 되고, 한 거북이가 기어다니듯 하던 살았을 때의 그 무겁디 무거운 모습만이 산 채로 마을 사람들의 마음 속마다 남았읍니다. 그래서 마을 사람들은 하늘이 줄 天罰을 걱정하고 있었읍니다. 그러나, 해가 거듭 바뀌어도 天罰은 이 마을에 내리지 않고 農事도 딴 마을만큼은 제대로 되어, 神仙道에도 약간 알음이 있다는 좋은 흰수염의 趙先達 영감님은 말씀하셨읍니다. **在坤이는 생긴 게 꼭 거북이같이 안 생겼던가. 거북이도 鶴이나 마찬가지로 목숨이 千年은 된다고 하네. 그러니, 그 긴 목숨을 여기서 다 견디기는 너무나 답답하여서 날개 돋아나 하늘로 神仙살이를 하러 간 거여...」**
>
> ― <神仙 在坤이> 부분

'신선 재곤이'는 온전한 몸을 가지지 못한 앉은뱅이 사나이로, 비천한 모습을 지니며 질마재 마을에 존재한다. 중요한 것은 앉은뱅이 사나이가 어른의 상태가 아니라 주의의 도움이 꼭 필요한 아이와 같은 상태를 말한다. 그래서 "질마재 마을 사람들은" 몸이 불편한 재곤이에게 "밥을 빌어먹고 살 권리 하나를 특별히"준다. 게다가 그들은 "재곤이가 만일에 제 목숨대로 다 살지를 못하게 된다면 우리 마을 인정은 바닥난 것"이라며 마치 그를 어린 아이 돌 보듯 대한다. 그러다 어느 날 재곤이가 사라졌을 때 재곤이의 모양이 거북이 같이 생겼다며, 목숨이 천년이 되면 하늘로 신선살이를 하러 갈 거라며, 사 람들은 그의 사라짐을 아쉬워했다. 여기에서 주목할 점은 재곤이의 모습이 거북이에 비유되거나 하늘로 神仙을 살러 갈 수 있는 존재로 묘사된다는 대 목이다. 샤머니즘에서 보조영신이 존재하는데 이들은 샤먼을 돕는 신적인 존재이며 보조영신들은 동물의 모습을 하기도 한다.36 즉, 재곤이의 모습을 거북이로 비유하거나, 하늘로 신선살이를 하러 갔다는 표현을 볼 때 재곤이 는 샤먼과 같이 존재하는 보조영신으로 해석될 수 있다. 게다가 이들 동물의 모습으로 나타나는 이들은 접신적인 여행에서 중요한 역할을 한다.37 즉, 거 북이 모양을 하고 있는 재곤이는 보조영신이자 동시에 샤먼의 상태를 의미 한다.

다시 말하면 재곤이가 거북이가 되고 신이 될 수 있는 것은 그가 인간 조 건을 뛰어넘을 수 있다고 마을 사람들은 생각했기 때문이다. 즉, 아득한 옛 날부터 인간은 모든 동물을, 죽은 사람의 영혼 혹은 죽은 사람의 환생으로 생각해왔다.38 이러한 샤머니즘적 사유의 연속성 속에서 마을 사람들은 재 곤이야말로 인간과 동물 사이의 신비스러운 연대관계를 매개할 적임자라고 생각한 것인지도 모른다. 왜냐하면 거북이의 외모가 흡사한 재곤이야말로 인간과 동물의 경계에 서 있는 존재이기 때문이다.39 엘리아데의 샤머니즘

---

36 엘리아데, 『샤머니즘』, 100면.
37 위의 책, 103면.
38 엘리아데, 『샤머니즘』, 104면.
39 재곤이가 거북이가 되는 것은 인간과 자연의 하나 됨을 의미하며 이것은 나카자와 신이치 가 말한 대칭적 사고와도 상통한다. 그는 우리의 일상적 장면에서 인간이라는 종과 야생

에서 동물이나 식물 가운데서 성현의 의미를 찾는다. 일반적인 사물이 아니라 성스러운 것, 전혀 다른 어떤 것을 나타내기 때문이고, 성스러움이 현현할 때 이 사물은 우주적인 환경 세계까지도 관여한다.[40] 즉, 일반적인 거북이는 여전히 한 개의 사물이다. 겉으로 볼 때는 그 사물은 다른 일반적인 동물과 구별할 수 있는 것은 아무것도 없다. 그러나 <신선 재곤이>에 나타난 '재곤이가 거북이되는 것'은 성스러운 것으로서 계시되는 마을 사람들에게, 눈앞의 현실이 초자연적 실재로 변하며, 인간과 우주 또는 자연의 경계를 지우는 역할을 한다. 이런 점은 마을 사람들의 마음 속에 인간과 자연이 분리되지 않았던 원시공동체 세계인, 샤머니즘의 세계에 대한 열망이 담겨 있는 것으로 이해될 수 있다. 결국, <신선 재곤이>에서 '신선 재곤이'는 온전한 몸이 아닌 앉은뱅이 사나이로, 중요한 것은 앉은뱅이가 주는 신체적 불구는 온전한 성인의 상태가 아니라 타인의 도움이 필요한 아이와 같은 상태이다. 아이들의 꿈꾸는 세계는 자연과 위계적이지 않고 자연의 지배가 아니라 그들과 동등하고 조화로운 관계를 추구하는 세계이다.[41] 자연스럽고 가치관의 질서가 사로잡히지 않는 '아이'의 세계는 미당의 '아이'를 거북이로 변형시켜, 신성함을 보여준다. 미당은 이런 상상력을 통해 질마재 마을이란 공간을 우주와 유기적 관계를 맺음으로써 시간적, 공간적으로 초월된 상태를 표현하고자 했다.

이라는 종은 엄격하게 구분되어 존재한다고 한다. 예를 들어 수렵은 전쟁과 동일한 것으로 여겨졌으므로, 수렵이 행해질 때 인간과 야생 염소는 서로 적으로 대치하게 된다. 이런 점을 비대칭성이라고 그는 말한다. 하지만 신화적인 세계에서는 이런 비대칭성에서 대칭적인 사고로 전환된다. 즉, 신화에서는 종종 인간과 동물의 경계가 명확하지 않다는 것이다. (나카자와 신이치, 김옥희 역, 『대칭성의 인류학』, 동아시아, 2005, 33면.)
40 엘리아데, 이은봉 역, 『성과 속』, 한길, 1998, 49면.
41 양소영, 앞의 논문, 121면.

4.『질마재 신화』에 나타난 샤먼의 거울

샤머니즘 세계란 삶과 죽음의 하나의 연속체로서 융합되면서 신들과 언제까지나 함께 공존하기를 원하는 것뿐만 아니라, 더 나아가 인간과 우주와의 연속성을 드러낼 수 있는 세계를 의미한다.[42] 그러므로 질마재 마을 사람들이 그리워하는 세계는 인간과 자연의 합일된 세계뿐만 아니라 인간과 우주와 하나가 되는 그런 세계를 열망한다. 결국, 질마재 사람들은 무한한 세계 속에 고립되는 것이 아니라 세계와 하나가 된 상태를 추구하고자 한다.

> 외할머니네 집 뒤안에는 장판지 두 장만큼만 먹오딧빛 툇마루가 깔려 있습니다. 이 툇마루는 외할머니의 손때와 그네 딸들의 손때로 날이 날마다 칠해져 온 것이라 하니 내 어머니의 처녀 때의 손때도 꽤나 많이는 묻어 있을 것입니다마는, 그러나 그것은 **(ㄱ) 하도나 많이 문질러서 인제는 이미 때가 아니라, 한 개의 거울로 번질번질 닦이어져 어린 내 얼굴을 들이비칩니다. 그래, (ㄴ)나는 어머니한테 꾸지람을 되게 들어 따로 어디 갈 곳이 없이 된 날은, 이 외할머니네 때거울 툇마루를 찾아와, 외할머니가 장독대 옆 뽕나무에서 따다 주는 (ㄷ)오디 열매를 약으로 먹어 숨을 바로 합니다. 외할머니의 얼굴과 내 얼굴이 나란히 비치어 있는 이 툇마루에까지는 어머니도 그네 꾸지람을 가지고 올 수 없기 때문입니다.**
>
> ― <외할머니의 뒤안 툇마루>

<외할머니의 뒤안 툇마루>에서 시적 화자는 외할머니집 툇마루에 관한 여러 가지 기억들을 상기하고 있다. 특이한 것은 외할머니의 툇마루가 일반 툇마루와는 그 기능이 전혀 다르다는 점이다. 예를 들어, 툇마루는 거울의

---

42 양소영, 앞의 논문, 126면.

기능도 하고(ㄱ), 시적 화자에게는 툇마루는 자신을 보호해주는 구실을 하기도 하며(ㄴ), 삶을 재생시키는 공간(ㄷ)이 되기도 한다. 특히, 툇마루에 나타난 거울의 기능을 샤머니즘과 연결시켜 생각해볼 수 있다. 예를 들어 툇마루를 "하도나 많이 문질러서 인제는 이미 때가 아니라, 한 개의 거울로 번질번질 닦이어져 어린 내 얼굴을 들이비친"다는 표현을 볼 때, 표면적으로 툇마루는 하나의 거울의 역할을 한다. 하지만 이때 거울은 단순히 사물을 비춰주는 역할을 넘어서서 샤먼의 거울로 작용한다. 즉, 샤먼의 경우, 거울은 세상을 보게 하는, 신들의 거처 노릇도 하고 인류의 욕구를 투사시키는 기능도 한다.[43] 그래서 "외할머니의 얼굴과 내 얼굴이 나란히 비치어 있는 이 툇마루에까지는 어머니도 그네 꾸지람을 가지고 올 수 없기 때문입니다."란 표현을 보면 이 툇마루는 영혼의 거울을 의미하며 어머니의 꾸지람을 대신할 기능을 상실해버리고 신비스런 샤먼의 거울로 역할을 하게 된다.

아무리 집안이 가난하고 또 천덕구러기드래도, 조용하게 호젓이 앉아, 우리 가진 마지막껏 _____ 똥하고 오줌을 누어 두는 소망항아리만은 그래도 서너 개씩은 가져야지. 上監녀석은 宮의 각장 장판房에서 白磁의 梅花틀을 타고 누지만, 에잇, 이것까지 그게 그 까진 程度여서애 쓰겠나. **집 안에서도 가장 하늘의 해와 달이 별이 잘 비치는 외따른 곳에 큼직하고 단단한 옹기 항아리** 서너 개 포근하게 땅에 잘 묻어 놓고, 이 마지막 이거라도 실천 오붓하게 自由로이 누고 지내야지. 이것에다가는 지붕도 休紙도 두지 않는 것이 좋네. 여름 暴注하는 햇빛에 日射病이 몇 千 개 들어 있거나 말거나, 내리는 쏘내기에 벼락이 몇 萬 개 들어 있거나 말거나, 비 오면 머리에 삿갓 하나로 응뎅이 드러내고 앉아 하는, 休紙 대신으로 손에 닿는 곳의 興夫 박잎사귀나 밑 닦아 간추리는 －－－

43 엘리아데, 『샤머니즘』, 155면.

—— 이 韓國 <소망>의 이 마지막 用便 달갑지 않나? 「하늘에 별과 달은 소망에도 비친답네」

— <소망(똥간)> 부분

질마재 **上歌手의 노랫소리는** 답답하면 열두 발 상무를 젓고, 따분하면 어깨에 고깔 쓴 중을 세우고, 또 喪興면 喪興머리에 뙤약볕 같은 놋쇠요령 흔들며, **이승과 저승에 뻗쳤읍니다.** 그렇지만, **그 소리를 안 하는 어느 아침에 보니까 上歌手는 뒤깐 똥오줌 항아리에서 똥오줌 거름을 옮겨내고 있었는데요.** 왜 거기, 있지 않아, **하늘의 별과 달도 언제나 잘 비치는 우리네 똥오줌 항아리,** 비가 오나 눈이 오나 지붕도 앗세 작파해 버린 우리네 참 재미있는 **똥오줌 항아리, 거길 明鏡으로 해 망건밑에 염발질을 열심히 하고 서 있었읍니다.** 망건 밑으로 흘러내린 머리털들을 망건 속으로 보기 좋게 밀어 넣어 올리는 쇠뿔 염발질을 점잔하게 하고 있어요. **明鏡도 이만큼은 특별나고 기름져서 이승 저승에 두루 무성하던 그 노랫소리는 나온 것 아닐까요?**

— <上歌手의 소리>

<소망(똥간)>이라는 시는 질마재 마을에 있는 똥, 오줌을 누어 두는 항아리에 대한 이야기이다. 그런데 질마재 마을에 있는 이 항아리는 일반적인 항아리와는 다른 특성을 지닌다. 즉, "집안에서도 가장 하늘의 해와 달이 별이 잘 비치는", "큼직하고 단단한 옹기 항아리"란 표현을 보면 집에서 해와 달을 모두 비칠 수 있는 것은 집 안의 중심을 의미하며, 그 중심에 이 항아리가 존재한다. 그러므로 이 항아리는 샤머니즘적 측면에서 보면 천상계와의 직접 교통[44] 하는 것으로, 말하자면 질마재 마을에 있는 항아리는 "하늘에 별과 달은 소망에도 비친답네"라는 표현을 보듯이 '세계의 중심을 향해 열려 있

---

44 엘리아데, 『샤머니즘』, 246면.

고, 모든 차원 돌파구이자 천상으로의 상승을 가능케 하는 매개물'[45] 인 샤먼의 거울이 된다. <上歌手의 소리>에서도 <소망(똥깐)>처럼 똥오줌항아리가 나오는데, 이 항아리가 샤먼의 거울의 역할을 하며 의미가 확장, 강화된다. 예를 들어, "하늘의 별과 달도 언제나 잘 비치는 우리네 똥오줌 항아리"란 표현처럼 똥오줌항아리는 일반적인 그릇이라는 의미를 초월해서 하늘의 기운을 담는 성스러운 거울[46] 로 승화된다. 또한 "상가수의 노랫소리"는 "이승과 저승에 뻗쳤읍니다."란 표현을 보면 상가수는 천상과 지상을 연결하는 샤먼의 역할을 한다. "똥오줌 항아리, 거길 명경으로 해 망건밑에 염발질을 열심히 하고 서 있었읍니다."란 표현을 보면 샤먼인 상가수는 항아리를 거울 삼아 머리 손질하고 있는 모습을 볼 수 있다. 샤먼은 자신이 가지고 있는 거울을 통해 존재의 중심인 동시에 새로운 우주의 모습인 신화적 존재를 실감하는 상태, 우주적 생명과의 교통이 가능한 상태인 행복감을 체험하게 된다.[47] 게다가 "명경도 이만큼은 특별나고 기름겨서 이승 저승에 두루 무성하던 그 노랫소리는 나온 것 아닐까요?"란 표현을 보면 특별하고 기름진 명경은 신비스런 빛을 가지고 있고, 샤먼인 상가수는 노래를 부르며 이 빛을 체험한 순간, '이승과 저승에 두루 무성한 노래', 즉, 삶과 죽음의 경계를 초월한 천계상승, 비상의 체험을 하게 된다. 다시 말하면, '똥오줌 항아리'는 샤먼에게 천계상승을 도와주는 역할을 하는 거울이며, 이 "특별하고 기름진" 항

---

45 위의 책, 246면.
46 이 성스러운 거울은 신비스러운 빛을 낸다. 이 빛의 체험은 모든 성스러운 체험의 특징이며, 초개인적인 변형의 진행경로에 속한다. 사물들까지도 스스로 빛을 내는 것처럼 보이기 때문에 빛이 어디서 오는지 알 수 없게 만든다. 마치 빛은 온 사방으로 뻗치고 모든 사물의 속에까지 빛이 스며드는 것 같다. (홀거 칼바이트, 오세종 역, 『세계의 무당』, 문원, 1994, 234면.)
47 엘리아데, 『샤머니즘』, 397면.

아리는 천상계와 지상계의 경계를 허물며 인간과 우주가 하나가 되는 원시적 낙원인 샤머니즘 세계의 속성을 지니게 된다. 즉, 신비한 빛을 지닌 항아리, 샤먼의 '거울'은 세계의 중심을 향하여 가는 엑스터시의 여행과 같고, 이 여행은 존재론적 지평에서의 돌파의 의미가 있고, 하나의 존재 양식에서 다른 존재 양식으로의 이행을 갖으면서 다시 말하면, 샤머니즘의 거울은 마음대로 움직일 수 있는 자유, 영의 조건 그 자체의 획득을 상징하며, 속계를 초월한 인간과 자연의 분화되지 않았던 가장 '순수한 영역'을 의미한다.[48] 즉, 이런 순수하고 원초적인 세계 속에서 간통사건도 사람뿐만 아니라 동물, 하늘 모두 하나가 되는 축제의 분위기(<姦通事件과 우물>)로 승화될 수 있다. 그러므로 샤머니즘 세계로 가득찬 질마재 마을에선 이삼만이라는 석 자를 받아다가 집 안에 놓으면 뱀이 올라오지 못하는, 이성적으로 도저히 이해되지 못하는 현상 (<李三晚이라는 神>)도 일어나는데 이러한 현상은 태초의, 즉 신화시대의 인간이 동물과 평화롭게 공존함을 의미한다. 동물의 언어를 해독하고 그들을 이해했다는 것은 아득한 "낙원적" 상황, 이 작품이 샤머니즘 세계를 재현하고 있다는 점을 뜻한다.[49] 결국, 미당 시에 나타난 샤먼의 거울은 인간과 자연, 자아와 세계가 하나가 된 원시적 세계의 모습을 보여준다. 이는 미당의 시적 상상력이 성스럽고 신비스러운 모습을 보여주며, 그 결과 더욱 더 질마재 마을은 초월적이며 신성한 장소로 승화된 상태를 보여준다.

---

48 엘리아데,『성과 속』, 69면.
49 엘리아데,『샤머니즘』, 108면.

5. 결론

『질마재 神話』는 '원초적'이며 '한국적인 예의 전통'을 보여준다는 평가를 받는다. 이때, 원초적인 극치란 『질마재 신화』에 '인간과 혼령, 죽음과 삶, 인간과 자연, 성과 속' 등의 초자연적인 이야기가 나타나는 것으로, 바로 이런 점을 샤머니즘과 연관시켜 생각해 볼 수 있다. 결국, 미당은 『질마재 신화』에서 민족의 원형, 원시성을 드러내면서, 불교와 신라정신을 추구했던 전 시집과 달리 샤머니즘 세계를 보여주었다. 원초적 극치를 보여준 미당의 『질마재 신화』는 질마재 마을에 나타난 자연과 인간의 이원적 세계관을 샤머니즘을 통해 허물어버린다. 특히, 『질마재 신화』에 나타난 여러 소재 중에서 구술체 형식, 아이, 거울 등은 샤머니즘 세계를 나타나는 요소를 지녔으며, 이런 샤머니즘적 요소가 미당의 시 세계를 더욱 풍부하고 깊게 이해할 수 있는 통로가 된다. 초기시에서 중기시에 이르는 동안 서정주 시는 혼란과 본능에서 성스러움으로 변모 되어왔다. 그리고 성스러움은 신라정신과 불교를 통해서 확대 된다. 특히, 시집 『질마재 신화』에 이르러서는 성스러움이 절정에 다다른다. 우선 제목이 암시하고 있듯이 신성한 것, 원시적인 것을 대상으로 하였다는 점에서 샤머니즘적 요소가 많이 나타난다. 그리고 여기서 나타난 샤머니즘적 요소는 그의 산문에 나타난 영통, 혼교라는 단어를 통해서 신성스러움의 범주가 확대된다. 결국 이런 샤머니즘적 요소들은 그의 시 세계에서 중요한 역할을 하고 있다고 볼 수 있다. 『질마재 신화』에 나타난 구술체 형식은 단어의 끝없는 나열과 끝없이 이어지는 연결어미, 긴 한 문장에서 샤먼이 말하는 주술문과 상통한다. 즉, 미당의 구술체 양식은 자연과 인간의 관계가 통합시키며, 이는 인간과 자연의 소통의 중요성을 의미한다.

결국 자연과 인간 연결하는 바탕은 주술성이 연결되어 있음을 알 수 있다.

<단골 무당네 머슴 아이>의 아이는 표면적으로 개만도 못한 무당네 머슴 아이로 정상인과 다른 처지를 보여준다. 하지만 그 아이의 눈웃음은 마을 사람들, 주인 무당까지 모두 행복하게 만들 수 있는 초인적인 힘을 낸다. 결국 아이는 마을 속에 신성한 존재인 샤먼으로 자리 잡으며 마을의 영혼을 수호하는 일까지 담당하게 된다.『질마재 神話』에 나타난 '툇마루'(<외할머니의 뒤안 툇마루>)와 '똥오줌항아리'(<上歌手의 소리>)는 샤먼의 거울로 세계의 중심을 향해 열리며 인간과 우주의 연속성을 가능하게 한다. 결국, 이런 샤먼의 거울로 질마재 마을은 삶과 죽음의 경계 허물고 인간과 자연, 세계가 하나가 된 원시적 낙원인 샤머니즘 세계의 특징을 잘 드러내게 되었다.

정리하자면,『질마재 신화』에 대한 연구사 검토 중에 무속과 관련된 연구가 없었던 것은 아니지만 체계적으로 엘리아데의 샤머니즘을 분석틀로 서정주의『질마재 신화』를 분석한 연구는 드물다.『질마재 신화』에 나타난 구술체 양식을 주술성으로 분석한다든지, 앉은뱅이 '재곤이'라는 인물은 단지 신성한 존재로 해석되었지만, 엘리아데의 샤머니즘으로 '재곤이'는 샤먼적 아이로 새롭게 이해될 수 있다. 또한 이뿐만 아니라 대표적으로『질마재 신화』에 나타난 오줌똥항아리는 '샤먼적 거울'로, 샤머니즘의 틀에 의해 다채롭게 해석될 수 있다.

서정주의 김소월론에 관한 몇 가지 주석*

/

이유미

1. 들어가며

미당 서정주(1915~2000)는 『시인부락』을 주관하며 본격적인 문학 활동을 시작했다. 그는 시 창작뿐 아니라 많은 양의 산문을 집필했으며, 그 중 시론은 시에 비해 조명받지 못했다. 그의 시론은 시적 세계의 보충물로 간주되거나[1] 단편적으로 자신의 문학과 생활을 함께 거론함으로써 본격적인 틀을 갖추지 못한 것[2] 으로 평가되어왔기 때문이다. 하지만 서정주는 해방기를 기점으로 『시창작법』(1949)[3] 을 위시하여 『시창작교실』(1956), 『시문학개론』(1959), 『시문학원론』(1969)[4] 및 많은 산문을 통해서 시에 대한 관점을 구명

---

* 이 글은 『한국현대문학연구』47집(2015.12)에 발표한 논문의 일부를 수정한 것이다.
1 허윤회, 「서정주의 시사적 위상」, 『반교어문연구』12, 반교어문학회, 2000, 178면.
2 신범순, 「서정주에 있어서 '침묵'과 '풍류'의 시학」, 『현대문학연구』2, 한국현대문학회, 1993, 363면.
3 『시창작법』은 서정주, 박목월, 조지훈이 함께 쓴 책이다. 이 중 2부를 서정주가 맡았다. 2부는 「시의 감각과 정서와 예지」, 「한글 시문학론 서장」, 「시와 시평을 위한 노트」, 「서사시의 문제」, 「시와 사상」, 「시의 운율」, 「일종의 자작시 해설:「부활」에 대하여」, 「시작 과정:졸작 「국화 옆에서」를 하나의 예로」, 「김소월 시론」, 「박두진 시집 『해』에 대하여」로 구성되어 있다.

하고자 했다. 이러한 일련의 작업은 자신의 시 창작 원리를 설명하기 위한 것에서 점차 시사(詩史)론적인 맥락으로 확대되는 경향을 보인다.

이러한 과정에서 서정주는 시론 곳곳에 김소월을 논하며, 여러 편의 김소월론을 발표한다.5 시론에서 서정주의 시적 인식과 김소월에 대한 이해는 뒤엉켜 개진되기도 하지만, 소월에 관한 관심과 평가가 비중 있게 다뤄진 것은 사실이다. 물론 해방기 김소월 혹은 소월 시에 관한 관심은 서정주에게만 해당하는 것은 아니었다. 1936년 『시인부락』 동인으로 함께 활동했던 오장환과 김동리도 해방기에 다시 소월론을 집필했기 때문이다. 해방 전 소월에 관한 평가는 스승 김억에 의해 이루어졌기에 객관적 혹은 정당하지 못할 수 있다는 견해가 있다 하더라도6 시인들이 해방기에 다시 김소월 혹은 소월의 시를 다시 호명하는 이유는 무엇이었을까? 소월은 그들에게 어떤 존재였을까?

이러한 물음에 답하기 위해서는 서정주의 시론을 검토하면서 김소월에 대한 논의를 면밀히 살펴보아야 한다. 후술하겠지만 서정주가 자신의 시론을 집필, 수정하는 과정에서 자신의 시적 인식을 분명히 하고자 하는 지점들이 발견되기 때문이다. 물론 서정주가 본격적으로 시론을 처음 발표했던 『시창작법』이 출판사의 요청에 의해 발행된 점7 , 그가 시론을 발표한 매체가 우익

---

4 『시문학원론』은 『시문학개론』의 증보판이다.

5 서정주의 본격적인 김소월 시론의 목록은 다음과 같다. 「김소월 시론」, 『시창작법』, 선문사, 1949; 「소월의 자연과 유계와 종교」, 『신태양』, 1959.5; 「소월시에 있어서의 정한의 처리」, 『현대문학』, 1959.6; 「소월에게 있어서의 육친, 붕우, 스승의 의미」, 『현대문학』, 1960.12.; 소월 시에 나타난 사랑의 의미」, 『예술원 논문집』, 1963.9; 이외에도 「김소월 부자」, 『서정주 문학전집』 5, 일지사, 1972. 이외에도 서정주 시론 및 산문 곳곳에서 김소월에 대한 논의를 발견할 수 있다.

6 송희복, 「북한의 김소월관 연구」, 『김소월 연구』, 태학사, 1994, 153~154면.

7 "여기에 收錄한 것은 내가 쓴 乙酉解放後의 文字中에서 宣文社의 要請인 「詩創作法」에 얼

문단의 권위를 대변한다는 논의[8]는 김소월론을 쓸 수밖에 없는 상황[9]을 정치적 입장과 관련해서 다루고 있다.[10] 하지만 무엇보다 중요한 것은 서정주의 김소월에 대한 이해가 어떤 의미인지, 자신의 시론과 어떻게 연결되어 있는지, 시론에 나타난 개념을 서정주가 어떻게 체계화하는지 살펴봄으로써 그의 시론에 나타난 내적 논리를 세밀히 고찰해야 한다는 것이다. 해방 직후는 서정주의 문학 활동이 가장 불투명해지는 시기이자 시 세계가 구체적으로 나타나는 시기[11]라는 기왕의 평가는 그의 시론을 검토함으로써 그 양면성이 밝혀질 수 있을 것이기 때문이다. 이에 본고는 서정주 시론과 시론에 나타난 김소월 혹은 소월 시가 텍스트에서 발현되는 양상을 살펴보고 그 이면에 담긴 맥락 또한 조명해보고자 한다. 이러한 작업을 통해 서정주 시론과 그로부터 파생되는 시에 대한 관점을 제시할 수 있으리라 기대한다.

2. 소월 혹은 소월 시에 관한 대화: 오장환, 서정주, 김동리의 소월론

서정주는 조선일보에 「시의 표현과 기술: 감각과 정서와 입법의 단계」

마큼씬 關聯이 있을듯한것만 뽑아 모은 것 들이다." 서정주, 「自序」, 『시창작법』, 선문사, 1949, 64면.

8 박연희, 「서정주 시론 연구: 예지, 전통, 신라정신을 중심으로」, 『한국문학이론과 비평』 37, 한국문학이론과 비평학회, 2007, 12.; 송희복, 「북한의 김소월관 연구」, 『김소월 연구』, 태학사, 1994, 153~154면.

9 김윤식, 「소월과의 거리재기: 오장환, 김동리, 서정주의 경우」, 『예술논문집』41, 대한민국 예술원, 2002, 12, 35~87면.

10 박민규, 「해방기의 해방 전 시사 인식과 담론화 양상 연구」, 『우리문학연구』 43, 2014, 434~443면.

11 허윤회, 「해방 직후의 서정주: 1945–1950」, 『민족문학사연구』36, 민족문학사학회, 2008, 236~264면.

(1946)[12] 을 연재함으로써 본격적으로 시에 대한 관점을 드러낸다. 이 글은 표현의 세 가지 층위를 소개하면서 시에 대한 견해를 보여줄 뿐 아니라 마지막 연재에 당대 문인들의 작품 비평을 담고 있다. 이후 이 글은 작품 평이 삭제되고, 시의 제목을 「시의 감각과 정서와 예지」(1947)로 수정해 『시창작법』(1949)에 수록된다.[13]

본격적인 첫 시론으로 볼 수 있는 「시의 감각과 정서와 예지」에서 서정주는 표현을 중심으로 시의 세 가지 단계를 체계화했다. 시의 첫 단계인 '감각'은 "시인이 갖는 최초의 능력"으로 설명되는데, 그는 감각을 대표하는 한국의 시인으로 정지용을 예로 든다. 주지하다시피 그는 시를 쓸 때 자신의 마음에서 우러나오는 꾸밈없는 말인 직정언어(直情言語)를 주장하기 위해 정지용을 비판한 바 있다. 그에게 지용의 시는 "형용 수식적인 시어를 조직함으로써 심미적인 가치"를 드러내기 때문이다[14] 심지어 그는 감각을 중시하는 당대의 문단 경향을 "시인을 일종의 시쟁이"로 만드는 일로 간주한다.

이러한 서정주의 발언은 무엇을 의미하는 것일까. 시에서 표현을 목표로 삼을 때 형용사를 사용한다는 것은 감정의 표현이 아니라 감정의 서술을 의미한다. 이러한 서술은 표현을 돕는 것이 아니라 서술을 일반화함으로써 비표현적인 것이 된다.[15] 따라서, 시에서 형용사를 사용하는 것은 어떠한 사물

---

12 서정주, 「시의 표현과 그 기술: 감각과 정서와 입법의 단계」(1)-(5), 『조선일보』, 1946, 1.20~24.

13 김익균은 선행연구에서 개작 과정을 고려하지 않음을 지적한 바 있다. 「시의 표현과 그 기술」이 월평 형식을 포함했다면, 「시의 감각과 정서와 예지」는 제목과 용어, 월평 형식이 삭제되었다. 따라서 그는 이 두 편의 글을 같은 층위의 시론으로 분류할 수 있는지 의문을 제기하면서 이를 연구자들의 합의가 필요한 지점으로 보았다. 김익균, 「서정주의 시론 연구: 신낭만주의로부터 심학에 이르는 도정」, 『한국문화』83, 서울대 규장각 한국학연구원, 2018, 78~79면.

14 서정주, 「고대 그리이스적 육체성」, 『서정주 문학전집』5, 일지사, 1972, 267면.

이나 감정을 하나의 개념 아래 종속시키거나 분류함으로써 일반화할 위험을 지니고 있음을 내포하는 것이다. 섬세한 차이를 가진 감정을 형용사로 표현한다는 것은 서정주에게 예술가로서의 시인이 아니라 기술자로서의 시인일 뿐이기 때문이다. 서정주가 감각을 시 표현의 기초 단계로 설정한 것은 기술자로서의 시인을 비판함과 동시에 정지용과의 대타의식을 드러내는 것이기도 하다.

이를 위해 서정주는 시의 두 번째 단계로 '정서'를 택한 것일지도 모른다. 그는 '정서'를 대표하는 한국의 시인으로 김소월과 김영랑을 지목했다. 소월과 영랑의 시에 나타난 정서는 "여러 해를 걸"쳐 "오랫동안" 지속함을 그 특징으로 한다. 서정주에게 '감각'이 "순간적"인 특성을 보인다면, '정서'는 "모든 감각이 오랫동안 종합, 축적"된 것이자 "비교적 항구한 정태"로 표현된 것이다. 감각과 정서를 분별하기 위한 작업은 그의 「김소월 시론」[16]을 통해서도 구체적으로 기술된다. 이는 다음과 같다.

感傷이 感覺의 所産이란 것을 말씀드리겠습니다. 朝鮮文人中에 感傷客의 好代表로서 故 春城 盧子泳씨가 있음은 周知의 事實입니다만은, 決코 持續하지도 않고 반드시 變化하기 쉬운─안타까운 가슴을 안고 눈물의 目的 때문에만 눈물을 흘리는 等의 諸表情은 勿論 感傷입니다. 그러나 이것을 猛烈히 反對했던 新鮮한 感覺派의 詩人 金起林氏가 눈물을 拒否하기 爲해서만 이를 악물고 哄笑했던 쩨스추어도 우리는 盧子泳氏와 同質의 感傷을 볼 수가 있는 것입니다. 要컨대 곧 서러워지고, 곧 우슴이 터지고, 곧 미워져서 派를 갈르고, 하는 等의 不安定 狀態가 곧 그대로 感覺現象인 것입니다. 그리고 이 狀態는 밑도 뿌리도 없이 浮動

15 R.G. 콜링우드, 『상상과 표현: 예술의 철학적 원리』, 김혜련 역, 고려원, 1996, 138~139면.
16 서정주, 「김소월시론」, 『시창작법』, 선문사, 1949, 114~133면.

하는 모든 現代人의 狀態—勿論 文化人의 狀態이기도 한 것입니다.(인용
자 강조)[17]

홍미로운 점은 1920년대 감상성을 대변하는 노자영과 1930년대 감각파
시인인 김기림의 표현 모두를 비판한다는 점이다. 서정주는 이들의 시에서
자신이 느끼는 마음의 동요만 있을 뿐 그것의 본성을 모르고 있음을 지적한
다. 그리고 이를 "뿌리도 없이 부동(浮動)하는 모든 현대인의 상태"로 규정한
다. 그의 이러한 언급은 감각 이후 정서의 단계를 설정했던 자신의 시론을
뒷받침하는 것이자 그가 설정한 시의 단계들을 시사(詩史)적 맥락에서 검토
함으로써 소월 시가 갖는 시사적 위상을 가늠해보기 위함으로 보인다.

한편, 서정주가 「김소월 시론」(1947.4)을 발표하기 전 오장환이 「조선 시
에 있어서의 상징」(1947.1)[18]을 발표한 점을 간과할 수 없다.[19] 이러한 공통
성은 서정주와 오장환의 소월론이 두 시인의 대화적 관계로 이루어졌음을
추정하게 한다.[20] 이들은 비슷한 시기에 시사적 맥락에서 김소월 혹은 소월
의 시를 논함으로써 자신의 시관(詩觀)을 적극적으로 개진하려고 시도하기
때문이다. 서정주가 1920년대와 30년대 감상성을 비판하고 소월 시에 나타
난 정서를 강조했다면, 오장환은 소월의 시 「초혼」에 나타난 상징을 독자의
공감(共感)과 연결한다. 시인은 자신을 표현하는 것을 들은 사람이 자신의

---

17 서정주, 위의 글, 118면.
18 오장환, 「조선 시에 있어서의 상징: 소월 시의 「초혼」을 중심으로」, 『신천지』, 1947.1.
   (김학동 편, 『오장환 전집』, 2003, 511~523면 재인용.)
19 오장환은 총 세 편의 소월론을 발표하는데, 위의 글 외에도 「소월 시의 특성」(『조선춘추』,
   1947.12) 및 「자아의 형벌」.(『신천지』, 1948.1)이 있다.
20 허윤회 또한 서정주의 김소월론이 오장환의 김소월론과 대화적 관계로 진행되었다고 보
   았다. 허윤회, 앞의 글, 247면.

말을 이해할 때만 독자를 갖게 되며[21], 여기서 공감이 발생하기 때문이다. 그는 소월 시에 나타난 공감을 "숨길 수 없는 피압박민족의 운명감"이자 "피치 못할 현실"에서 출발함을 지적함으로써 그가 직면한 현실과 관계에서 해석하고자 했다.

오장환은 서구 상징주의 수용을 식민지 조선의 상황으로 인한 필연적 결과로 상정한다. 다만 그는 외래 사조와의 관련성보다 식민지적 질곡에서 정당한 권리를 요구하기 위해 상징성을 중시할 수밖에 없음에 방점을 두었다.[22] 이에 서정주는 당대 문단이 "외래조류의 잡음 속"에 있었다고 진단하면서 그 원인을 "고향에 기대여 설 만한 한 개의 입상도 없었"던 것에서 연유한다고 보았다. 그는 당대의 중압적인 상황 속에서도 "고향이 부르는 소리"를 "홀로 알아들은 자"로 김소월을 평가한다. 이는 서정주가 김소월을 조선에서 하나의 입상을 세우기 위해 탐색했던 존재로 그려내려는 의도로 볼 수 있다. 특히 소월이 입상을 세우려던 정서가 과거의 것으로부터 이어진 것이라는 그의 발언은 소월 시에 나타난 정서를 조선의 정서로까지 확장하고 있으며, 소월 시에서 '공감'을 주창했던 오장환의 입장과 맥을 같이 한다.

이처럼 오장환과 서정주는 해방기라는 새로운 문학 이념과 주체가 절실하게 요구되는 상황[23]에서 김소월을 통해 자신을 탐색하고자 했던 것으로 보인다. 특히 서구 문예사조의 수용으로 인해 혼란스러운 문단의 흐름과 시대

---

21 R.G. 콜링우드, 앞의 책, 145면.

22 "시인들이 처음으로 문학에 있어서의 상징성을 중대시하고 한 방편으로 쓰게까지 된 것은 외래의 사조와는 아무런 관련도 없이 이땅 식민지적인 질곡(桎梏)에서 그들이 조그만치나마라도 우리들의 정당한 권리를 요구 내지는 주장하기 위하여서만이었다." 오장환, 「조선시에 있어서의 상징: 소월시의 「초혼」을 중심으로」, 『오장환 전집』, 국학자료원, 2003, 518~519면.

23 박연희, 앞의 글, 120~122면.

의 중압 속에서 두 시인에게 김소월은 한 개의 입상을 세우지 못했지만, 민족적인 양심만은 지킨 자로 평가된다.

여전히 풀리지 않는 의문은 서정주가 자신의 시론에서 두 번째 단계로 설정한 '정서'와 김소월의 관계이다. 일례로, 소월 시에 나타난 사랑은 현실과의 관계 속에서 설명되는 정서이기 때문이다. 이는 서정주의 예술작품(시)에 관한 이해로도 볼 수 있다.

> **現實을 正當하게 指摘한다는 것,** ─그것은 容易한 일은 아닙니다. **槪念이 아닌 사랑의 所有者**─그렇기 때문에 **必然的으로 가장 妥當한 理解者**─일테면 金素月과 같은 사람이 아니면 **靑山과 離別과 기대림과 相思等의 諸現實**을 指摘할 能力은 없는 것입니다. 그리고, 素月의 이러한 現實은 사람의 가장 基本的인 現實입니다. 그럼으로 **이 現實은 絶對로 消滅하는 일이없이 綿綿히 흘러서,** (중략) 百濟시절의 井邑의 한 行商人의 안해로 하여금 (중략), 장에간 男便을 기대리게 하는─기대리되 期待리는 한 槪念이 아니라, 어서 보고 싶은 主體의心情이 드듸어는 對象만을 사랑하게쯤 넓어저서 그가 길을 찾아오게 달보고 밝으라고 付託하며 진흙을 밟을것까지를 걱정하는─ **사랑 때문에 온 無我의 현실 바로 그것이** 기도 한 것입니다.
>
> 이러한 諸般現實은, 늘 朝鮮의 中心部를 흘러내려오며, 이것을 綜合한 위에 한 개의 充分히 自由한 理念이 形成되고, 그것의 立像으로서의 民族의 各個가 成立되기만을 그의 密語로서 소곤거리고 있는 **民族情緒의 大洋 그것인** 것입니다. [24]

인용을 읽어보면, 김소월만이 지닌 능력이 무엇인지 되묻게 된다. 이를 위해 서정주는 1) 현실을 정당히 지적하는 자 2) 개념이 아닌 사랑의 소유자, 그럼으로써 3) 타당한 이해를 할 수 있는 자로서의 소월과 소월의 시를 설명한

---

24 서정주, 「김소월 시론」, 『시창작법』, 선문사, 1949, 127~129면.

다. 그는 소월 시에 표현된 이별, 기다림, 상사 등을 하나의 현실로 제시하는데, 이러한 현실의 특성은 소멸하지 않는다는 점에 있다. 허윤회는 서정주가 말하는 현실을 정서적 현실로 간주한 바 있다. 그리고 정서적 현실의 표현을 시인의 몫으로 설정함으로써 어떠한 개념적 현실도 서정주에게는 비현실적인 것으로 해석했다.[25] 이러한 해석은 현실과 비현실의 구분을 다시금 묻게 한다.

무엇보다 중요한 것은 정서를 현실과 관련하려는 이유를 파악해야 한다는 것이다. 서정주는 현실을 리얼리즘적인 면모로 사용하고 있지 않기 때문이다.[26] 서정주에게 시에서의 현실은 "쉼 없이 혁명하여 그 가치인상을 해야 견디는 것"[27]이자 "표현 전달력"[28]을 통해 드러날 수 있다. 신범순 또한 서정주의 현실 개념이 이미 주어진 것으로서 일반적 현실을 반영하는 문제가 아님을 지적한다. 그는 서정주에게 현실은 여러 현실의 영역 중 시에 의해 구성되는 것이 무엇인지, 어떠한 언어에 의해 높은 가치로 구성되는지의 문제를 제기한 것으로 보았다.[29]

그렇다면 서정주가 김소월의 시론을 통해 자신의 시적 인식을 어떻게 전개하는지 살펴볼 필요가 있다. 앞서 서정주는 소월을 "현실을 정당히 지적하는 자"이자 "개념이 아닌 사랑의 소유자"로 규정했다. 김소월이 현실을 지적하는 것과 사랑을 소유하는 것은 같은 의미 선상에 있는데, 이를 그의 시론에 나타난 '정서'로 어떻게 설명할 수 있을까. 사랑의 감정 중 기다림을 예로

---

25 허윤회, 앞의 글, 248면.
26 서정주, 「문학 작품에서 현실이란 것」, 『서정주 문학전집』2, 일지사, 1972, 286~288면.
27 서정주, 「시의 현실」, 『시문학원론』(중판), 정음사, 1975, 144면.
28 서정주, 앞의 책, 288면.
29 신범순, 앞의 글, 353면.

들면, 김소월은 이 기다림을 자신의 것으로 개별화하는 것에 심혈을 기울이는 사람으로 볼 수 있다. 서정주는 이를 통해 김소월을 "현실을 지적하는 자"로 명명한다. 그에게 현실은 자신의 개별적 정서를 구체적으로 드러냄으로써 나타나기 때문이다. 사랑을 개념으로 아는 사람은 독자에게 개별적 감정이 아닌 사랑에 대한 어떤 종류의 감정을 산출하려 하지만, 사랑을 소유한 사람은 이를 개별적 감정으로 획득해 표현한다. 그리고 그가 바로 김소월이다. 이때 비로소 시인(김소월)과 독자의 구별 또한 사라질 수 있다. 김소월만의 정서를 느낀 독자는 시를 통해 소월의 개별적이고 특별한 정서를 이해하게 되며, 그러한 정서를 자신의 마음에 담게 되기 때문이다.

이처럼 서정주가 김소월의 위상을 높일 수 있는 이유는 여기에 있다. 소월은 시를 통해 자기 안에 있는 사랑의 감정들을 발견하고 독자가 그 발견을 목격하게 함으로써 그와 비슷한 발견을 할 수 있게 만들기 때문이다. 이로써 감정은 광범위해진다. 김소월은 사랑의 여러 감정 중 구체적으로 무엇에 관한 것인지 스스로 독자에게 분명히 밝힐 수 있는 능력을 지닌 자이며, 서정주는 이를 고평한 것으로 볼 수 있다. 즉, 서정주가 김소월의 시에서 말하는 현실은 문자 그대로의 의미, 추상적 개념이 아니라 상대를 사랑함으로써 이해하고 이러한 체험을 통해 자신의 정서를 더욱 가다듬는 행위이기도 하다.

특히 김소월 시에서 사랑의 현실은 님을 향한 주체적 심정이 더욱 확장되어 "무아(無我)의 현실"로 드러남을 말한다. 님을 향한 마음이 화자를 둘러싼 모든 것으로 확장되기에 '님'은 개별적인 것을 포함하면서도 보편적인 것이어야 한다. 이로 인해 소월 시에 나타난 '님' 또한 "민족을 위한" 것으로 지평이 확대된다. 나를 둘러싼 모든 것으로 광범위해지는 소월의 정서는 과거를 현재 속에서 탐색하는 작업이자, 현재 속에서 과거를 찾아 나가는 것이었다.[30] 그리고 이러한 정서는 일제의 중압뿐 아니라 과거로부터 이어져 형성되는 것이기에 개인적 차원을 넘어설 수 있었다.[31]

이처럼 서정주의 시론에서 소월은 감각 이후의 단계인 정서의 단계를 대변하는 시인이자, 오랜 기간에 걸쳐 지속, 축적된 정서를 보여주는 시인으로 자리한다. 서정주는 소월의 정서가 단순히 개인의 감정에 머무르지 않고, 민족 정서로 확장됨을 그 특징으로 보았다. 즉, 해방기 서정주의 소월론은 개인의 정서뿐 아니라 조선의 정서를 대변하는 시인으로서 소월의 위치를 설정하는데 주안점이 있다. 그럼에도 소월은 조선적 입상을 세우지 못한, 한 개의 법을 세우지 못한 시인으로 평가된다. 이는 서정주의 시론 속에서 감각, 정서, 다음인 시의 고차원적 단계인 '예지'에 이르지 못했기 때문이다.

서정주가 비평한 소월 시의 정서가 민족 정서로 확장되듯이 오장환도 소월 시에 나타난 '공감'을 민족적인 차원에서 논의되어야 함을 앞에서 살펴보았다. 특히 오장환은 「조선 시에 있어서의 상징」에서 조선의 상징주의를 '백조'파의 기분상징과 이상화(李相和)가 표현한 관념상징으로 대별한다. 기분상징이 단순한 감정 토로에 있다면, 관념상징은 기분, 감정보다 높은 차원에 자리한다. 오장환은 이상화의 작품에 나타난 관념상징을 고평하는데, 이는 "민족적인 운명감과 바른 현실"을 드러내려는 노력을 엿볼 수 있기 때문이다. 상화의 시가 "경향적 색채"와 "자기의 테두리"를 벗어나 더 넓게 세상을

---

30 서정주는 운율적인 측면에서 정읍사의 부분을 다시금 인용하며 "고요체(古謠體)를 그 타성(惰性)으로서가 아니라 현실로서 재생시키려 노력했던 시인으로 김소월"을 평가했다. 그리고 김소월을 "古體에의 歸化"로 평가했다. 서정주, 「시의 운율」, 『시창작법』, 선문사, 1949, 97면.

31 서정주는 여담으로 "정서란 언제나 찰나의 물건이 아니라 인생의 온갖 마찰을 통하야 긴 세월 속에서 이루어지는 것"으로 정의한다.

바라볼 수 있었다는 오장환의 발언은 개인의 감정에서 민족적인 공감을 이끌어야 하는 자신의 시관과도 상통한다. 오장환이 상징을 두 가치 차원으로 분류하는 것은 마치 서정주가 시의 표현을 세 가지 단계로 나눈 것과도 유사하다. 다만 서정주가 감각을 비판한 후 김소월을 정서를 대변하는 시인으로 놓았다면, 오장환은 상징주의의 전개과정을 감정과 이념의 대립 구도로 설정하고 시에서 실천적 측면을 강조한다. 더불어 오장환의 현실이 문자 그대로 식민지 질곡을 경험한, 지금 여기의 현실이었다면, 서정주의 현실은 객관적 세계를 진술하는 것보다 개별적이고 특수한 경험과 과거로부터 이어져 온 정서적 의미를 전달함에 중점을 두고 있다.

한편, 오장환은 소월론을 개진할수록 소월에 대한 평가와 그의 시관을 적극적으로 드러낸다. 첫 번째 시론에서 소월은 "정신의 자기 세계를 파악하지 못한 박행(薄倖)한 시인"이었다. 시에서 상징성이 뛰어나더라도 그는 행동하지 않는 시인이었기 때문이다. 두 번째 시론인 「소월시의 특성」에서 그는 소월의 시에 자의식이 전혀 드러나지 않음을 비판한다. 이는 아래 인용에서도 보듯이 "자각한 자아의식"의 존재여부가 오장환에게 시를 보는 중요한 요소임을 알 수 있다.

> 소월의 작품세계는 아마추어의 정신에 차 있음을 느끼게 한다. 다감한 청년기에—야심은 있으나—공리를 떠나서 잠시 끄적인 시편들, 이것은 **자각한 자아의식**을 갖고 정서와 의사를 구사하는 문학이 아니다. 그러므로 이곳에 특색은 **전달은 있으나, 주장이 없는 것이다.** 이것은 소월뿐이 아니다. 대부분의 조선시인들이 이 범주를 벗어나지 못한다. 그것은 이 땅 시인들의 제작과정이 대체로는 무구(無垢)한 청년기의 자연발생적인 유로(流露)에 글이 있기 때문이다.[32]

오장환은 조선 시인의 대부분이 자신의 감정을 표현, 전달하고 있으며 소월도 이에 속한다고 보았다. 그가 소월을 비판한 이유는 "자각한 자아의식"을 갖지 못했음에서 연유한다. 그에게 주장, 혹은 이념을 드러내지 못한 소월의 시는 아마추어적인 것일 뿐이다. 이를 통해 오장환과 서정주 모두 자아의 표현 여부를 시의 비평의 기준으로 삼고 있음을 알 수 있다. 서정주가 소월 시에 나타난 사랑의 감정을 자아가 없어짐으로써 그 영역이 확장되는 것으로 간주했다면, 오장환은 소월을 에세닌과 같이 자아를 형벌한 시인으로 보고, "받아들이는 감성(感性)밖에 없는 사람이 몸부림"[33] 치는 자로서 소월을 평가한다. 오장환이 소월을 이러한 방식으로 평가한 것은 현실과 연관된다. 조선 문학가 동맹의 일원으로서 좌익문단을 대표하는 오장환에게 소월은 시를 통해 자신의 감정을 전달한다 하더라도 "소지주 출신"이자 "자기를 노래"하지 못했기에 한계를 지닐 수밖에 없다. 따라서 오장환은 민족적 양심은 있지만 이를 적극적 행동으로 드러내지 않는 소월을 비판할 수밖에 없었다.[34]

---

32 오장환, 「소월 시의 특성:시집 『진달래꽃』의 연구」, 『오장환 전집』, 국학자료원, 2003, 534면.

33 김윤식은 오장환이 감성만을 지닌 시인으로 소월을 대표적인 존재로 설정하고, 그 대척점에 지성을 지닌 시인을 두었다. 그는 오장환의 이러한 이분법적 사고를 일깨워준 것이 "이차대전으로 말미암아 승리한 위대한 민주주의"였음을 지적하며, 해방 이데올로기로 인해 소월과의 거리가 확정되었음을 고찰했다. 김윤식, 앞의 글, 59~61면.

34 박민규는 오장환의 소월론의 변모를 당대 현실과의 관계 속에서 파악하였다. 그는 오장환의 소월론을 오장환의 문학적 행보와 연결짓는다. 1947년 중반에 2차 미소공위가 결렬되자마자 미군정과 우익은 좌익세력에 대한 대대적 총검거에 나선다. 해방 2주년 기념행사를 앞두고 8월 12일부터 9월 하순까지 계속된 총검거로 인해 좌익 측은 상당수가 체포되거나, 잠적, 월북하는 등 커다란 인적 손실을 입었다. 오장환의 「소월시의 특성」은 이 과정을 거친 직후 10월에 집필되었으며 「자아의 형벌」을 마지막으로 그는 월북을 감행했다. 박민규, 앞의 글, 441~442면.

한편, 시인부락 동인이었던 김동리는 오장환, 서정주보다 1년 후에 소월론 「청산과의 거리」[35] 를 발표했다. 김동리는 소월 시에 나타난 '님'을 본질적으로 찾고 구해야 하며, 이는 대상의 문제라기보다 "그 자신의 감정"의 문제였음을 지적했다. 이 점에서 서정주와 김동리 모두 시적 화자의 감정을 중심으로 소월의 시를 파악한다. 서정주가 소월 시에 나타난 "사랑"을 "몰각된 무아"로 표현함으로써 대상과의 거리가 소멸함을 보여주었다면, 김동리는 소월 시에 나타난 "주체적 감정"이 저만치라 부를 수 있는 거리를 통해 기적적 완벽성을 보여줄 수 있다고 평가한다. 자연의 섭리와 '나'와의 거리를 설정함으로써 주체성은 확보[36] 되지만 이러한 거리는 영원히 메꾸어질 수 없다. 따라서 김동리는 소월 시의 화자와 자연의 거리를 확보함으로써 좁혀질 수 없는 주체적 심정을 보여주고자 한 것이다.

그렇다면 시인부락 동인이었던 서정주, 오장환, 김동리가 해방기에 소월론을 집필한 이유는 무엇일까. 그들에게 소월은 자신의 문학관을 드러내는 매개이자 정서 혹은 감정을 대변하는 시인으로 자리하는 공통점을 지닌다. 다만 서정주, 오장환, 김동리의 소월론이 분기하는 지점은 소월 시를 자아의 측면에서 바라본다는 점에 있다. 서정주에게 소월의 시는 과도한 주체적 심정으로 대상과의 거리를 확보하지 못한 것이었다면, 김동리에게 소월의 시는 절대적인 것과의 거리 설정으로 인해 주체를 확보함에 있었고, 오장환에게 소월 시는 주장을 피력하지 못해 주체의 없음으로 드러나기 때문이다.

오장환에게 소월의 정서가 이념과의 대립으로 설정되었다면 김동리에게

---

35 김동리, 「청산과의 거리」, 『야담』, 1948. 4.
36 김윤식, 「정신주의에 대한 비판: 소월시와 김동리 문학」, 『서정시학』2, 서정시학, 1992, 82면.

소월의 정서는 신 혹은 자연이라는 절대적인 것과의 대립항으로 나타난다. 서정주 또한 시론의 연장 선상에서 감각의 다음 단계로서 정서를 설정하고 소월 시에 나타난 사랑을 무아로 표현함으로써 개별적 정서의 지평이 확대됨을 보여준다. 이들에게 소월은 한국 시사에서 높은 위상을 보여주는 존재이면서 동시에 한 개의 입법도 세우지 못하거나(서정주), 자아의 표현이 전무하거나(오장환), 산유화 한 편만 탁월하게 창작한 시인(김동리)으로 평가절하되기도 한다. 특히 해방기 서정주 시론에서 김소월은 정서를 대변하는 시인으로 존재하는 한편, 자신의 문학관을 뒷받침하기 위함에 주안점이 있다.

3. '情操'와 '叡智'의 종합: 릴케─김소월─니체

서정주가 해방기에 시의 단계를 감각, 정서, 예지의 단계로 설정했음을 상기한다면, 1959년『시문학개론』에서 발견되는 시의 세분화에 대해 주목할 필요가 있다. 주정적(主情的)인 시, 주지적(主知的)인 시, 주의적(主意的)인 시가 이에 해당한다. 주정적(主情的)인 시는 다시금 감각(感覺), 정서(情緒), 정조(情操)의 단계로, 주지적(主知的)인 시는 기지(機智), 지혜(知慧), 예지(叡智)의 시로 분류된다. 이처럼 서정주는 시론을 개진하면서 끊임없이 시의 단계를 설정한다. 중요한 것은 이전 시론에서 최고의 단계였던 '예지(叡智)'가 주지시의 최상의 단계에 위치하고, 주정시의 최상의 단계로 '정조(情操)'가 새롭게 등장한다는 점이다. 무엇보다 이러한 분류의 상위 제목은 '시의 내용'에 있다. 서정주가 내용의 차원에서 시를 논한다는 것은 "마음(정신)"의 차원을 의미하는바, 한국 시의 정신사적 탐구를 통해 그가 말하려는 것은 무엇이었을까.

우선, 서정주는 '정조(情操)'를 "변하지 않는 감정 내용, 즉 항정(恒情)"으로 정의한다.[37] 감각, 정서가 가변성을 지닌 것에 비해 정조의 특성은 불변성에 있다. 서정주는 이러한 정조를 감정의 훈련결과를 통해 "이상(理想)"적인 것으로 상정한다. 이는 「시의 감각과 정서와 예지」에서 '예지(叡智)'가 항구적인 정서를 취사선택함으로써 발현된다고 언급한 부분과 상통한다. 서정주의 논리를 따르면, 원래 정조와 예지는 정서를 항구적인 것으로 만듦으로써 성립하는 것이기 때문이다. 그렇다면 그가 시의 내용을 주정, 주지, 주의로 세분화함으로써 영원성을 주창했던 자신의 시 세계를 어떻게 뒷받침하는지 고찰할 필요가 있다.

특기할 점은 서정주 시론에서 정서의 단계에 해당했던 김소월의 시가 '정조(情操)'의 단계에서 재등장한다는 점이다. 그는 정조적 '전통'이 유교, 도교에서만 드러나는 것이 아니라 개화 후 새로운 시인의 일부에게도 전승되어 온 것으로 보고, 이를 대표한 시인으로 김소월을 거론한다.[38] 김소월의 시 「초혼」에 드러난 사랑의 불변성과 유계의 확장은 주정시의 고차원적 단계인 정조의 예로 설명됨으로써 김소월의 시사적 위상 또한 한층 높아지는 계기가 된다. 서정주는 자신의 이전 시론을 의식한 듯 「초혼」에 드러난 사랑이 "이성적인 요량"과 더불어서 "항정"을 줌으로써만 파악할 수 있는 것으로 제시한다. 이전 시론에서 정서가 지속하는 감정이지만 가변성을 지닌 것이었다면, 여기서는 정조를 통해 불변성을 강조하는 한편, 지성을 정서와 병존하

---

37 허혜정은 서정주의 '정조'개념이 엘리어트의 영향 속에서 이루어졌음을 고찰했다. 엘리어트는 「전통과 개인의 재능」에서 '감정'과 '느낌'을 예술적 정서로 승화시킬 것을 강조한다. 서정주 또한 소월의 시에서 개인적인 차원을 넘어선 예술적 정서를 주목해 이를 정조라는 말로 파악하고자 했다. 허혜정, 앞의 글, 323~324면.
38 서정주, 「시의 내용」, 『시문학개론』, 정음사, 1959, 78면.

는 것으로 간주한다. 이는 다시 말해 주정(정조)과 주지(예지)로 나눈 자신의 시론을 김소월을 통해 증명하는 것이기도 하다.

> 이야기를 하나 할까. 옛날 어떤 남아(男兒)가 결혼을 하는데, 첫날 밤에 신랑이 빨리 뒷간에를 가다가 옷자락이 돌쩌귀에 걸렸다고 한다. 그것을 신랑은 신부가 음탕(淫蕩)하여 뒤에서 옷자락을 잡아당기는 것으로 오해(誤解)하여 그 길로 나가서는 30년인가 40년인가를 돌아오지 않았다고 한다. 그러다가 이 긴 세월이 지나간 어떤 날 우연히 이 집의 옆을 지나가게 되어 신방문(新房門)을 열고 들어가보니 신부는 녹의홍상에 첫날밤 그대로 고스란히 앉아있어 손을 들어 매만지니 비로소 폭삭 하나 바탕의 재가 되어버리더라는 이야기다.[39]

  '정조'를 대표하는 시인으로 김소월과 그의 시 「초혼」을 언급했던 서정주는 정조의 구체적인 예로 위와 같은 언급을 했다. 그런데 이를 자세히 살펴보면 서정주 자신의 시 「신부(新婦)」[40] 를 서술했음을 알 수 있다. 서정주는 주정시(主情詩)의 최고 단계로 정조를 설정하고, 정조의 구체적인 예로 자신의 시의 원형이 되는 이야기를 배치함으로써 김소월에 대한 자기 이해를 보

---

39 서정주, 위의 책, 76~77면.
40 서정주 시의 신부는 다음과 같다. 신부는 초록 저고리 다홍치마로 겨우 귀밑머리만 풀린 채/ 신랑하고 첫날밤을 아직 앉았 있었는데/신랑이 그만 오줌이 급해져서 냉큼 일어나 달려가는 바람에 옷자락이 문 돌쩌귀에 걸렸습니다/그것을 신랑은 생각이 또 급해서 제 신부가 음탕해서 그 새를 못참아서 뒤에서 손으로 잡아당기는 거라고 그렇게만 알고 뒤도 안 돌아보고 나가버렸습니다/문 돌쩌귀에 걸린 옷자락이 찢어진 채로/오줌을 누고 못 쓰겠다며 달아나버렸습니다/그리고 40년인가 50년이 지나간 뒤에 뜻밖에 딴 볼일이 생겨/ 이 신부네집 옆을 지나가다가 그래도 잠시 궁금해서 신부 방문을 열고 들여다보니 신부는 귀밑머리만 풀린 첫날밤 모양 그대로 초록저고리 다홍치마로 아직도 고스란히 앉아 있었는데/안쓰러운 생각이 들어 그 어깨를 가서 어루만지니 그때서야 매운 재가 되어 폭삭 내려앉아 버렸습니다/초록 재와 다홍재로 내려앉아버렸습니다. 서정주, 「신부」, 『현대문학』 1972.3. 22~23면.

여주고자 한 것이다. 그에게 자기 이해란 하나의 해석이며, 자기에 대한 해석이 더욱이 특권적인 매개를 찾는 것이 바로 이런 이야기 속[41] 이기 때문이다. 서정주가 자신의 시의 원형을 배치한 이면에는 한국 시사에서 정조의 계보를 잇는 시인으로서 자신을 정위하려는 그의 기획을 볼 수 있다. 서정주는 김소월의 시가 갖는 전통성을 '정조'로 파악하고, 자신을 그 계승자로 놓음으로써 한국 시사(詩史)에서 자신의 위상을 뚜렷이 입안하고자 한 것이다. 그가 정조를 단순히 주정시의 가장 상위 단계일 뿐만 아니라 한국 시의 전통요소의 하나로 내세우고 있음은 이를 증명한다.

한편, '예지(叡智)'가 주지시의 최상의 단계임을 고려할 때, 예지는 지성(知性)과 관련과 관련된다. 서정주는 학문적으로 사용하는 지성의 개념과 시에서 지성의 개념을 구분하는데, 전자가 두뇌로 선택하고 결합하는 작용을 하는 것에 비해, 후자는 가슴의 감동을 거쳐 독자에게 감동을 줄 수 있는 것을 말한다.[42] 이는 구체적으로 "이해"와 동시에 "느끼는 것"이자 독자에게 "알리는 것"이 아니라 "알려깨우치는 힘"을 전달함으로써 "감동"하는 것으로 설명된다.[43] 이로써 그가 사용하는 '지성'이 서정주 특유의 개념임을 알 수 있다. 그에게 '지성'은 철학이나 학문에서 사용하는 개념이 아니라 감성과 유기적 관련을 지니는 것[44] 이기 때문이다. 이러한 발언은 해방 후 주지적인 시

---

41 윤성우, 『폴리쾨르의 철학』, 철학과 현실사, 2004, 212면.

42 서정주, 「머리로 하는 시와 가슴으로 하는 시」, 『한국의 현대시』, 일지사, 1969, 269~279면.

43 서정주, 「시의 지성」, 『시문학원론』, 정음사, 1975(중판), 177면. 서정주는 "주지시의 경우에도 그것이 시이려면 우리는 앎과 동시에 또 느껴(이것은 철학의 인식이 앎으로써만 되는 것과는 다르다), 그것에 像들을 주어 그 像의 알맹이를 通해서 讀者에게 想像의 感動을 줄 밖에 딴 길은 없는 것이다"라고 언급하면서 위의 발언을 여러 차례 재강조한다. 서정주, 「시의 想像과 感動」, 같은 책, 165면에서도 반복된다.

44 詩의 知性이라는 것은 詩文學의 有史 以來 哲學이나 他 學門의 知性과는 달리, 感性과 有

들을 비판하며 그 원인을 감성과의 대립에서 기인[45] 하는 자신의 견해를 피력하는 것이기도 하다.

서정주에게 주지시의 '지성'은 독자에게 감동을 전달할 수 있어야 하며, 이는 구체적으로 "감동된 지각의 체험"을 상상(想像)하게 만들어야 한다고 보았다. 여기서 '체험'을 강조하는 서정주의 논리를 짚고 넘어갈 필요가 있다. 서정주는 "시는 감정이 아니라 체험"이라는 릴케의 언급에 공명하기 때문이다. 서정주는 릴케를 주지적 상징주의에 귀속시킬 뿐만 아니라 동양정신에 가까운 이해를 보이는 시인으로 평가하는 한편,[46] 주지 시의 하위 개념인 지혜(知慧)의 시를 대변하는 자로서 지목했다. 『말테의 수기』를 예로 들면서 지혜의 의미를 보여주는 글은 다음과 같다.

> 어떠한 莊園에 富裕한 두 夫婦와 한 딸이 있었는데, 점심이 끝나면 두 夫婦는 사립문으로 통하는 어떤 정자에 쉬면서, 딸이 그곳으로 그 집의 개를 뒤에 데리고 날라오는 그날의 郵便物들을 받아서 읽는 것이 習慣이었다. 그런데 그 딸은 어느날 不幸히도 이승을 뜨고, 그 후엔 어느 점심 뒤의 休息時間에도 그 정자를 通해 郵便物을 날라오지 않게 되었다. 다만 개만이 남아, 전에 그 집 딸이 점심 뒤에 그 사립문을 들어올 時間이 되면 그 사립문 가에 나타나 딸이 걸어오던 空間을 에워싸고 亂舞하였다. 그러나 이 前後事情을 잘 아는 主人 夫婦밖에는, 아무도 이 時間의 사립문 근처의 개의 亂舞를 아는 사람은 없다. 오직 늘 딸을 사랑하고 理解

機的 關聯을 가짐으로써만 成立해 온 것을 記憶해 주기 바란다. 위의 글, 162~163면.

45 서정주, 위의 글, 175~176면.

46 주지적 상징주의의 또 다른 대표는 릴케(R.M.Rilke, 1875~1926)이다. 그러나 그가 이룩한 知性上의 開拓의 面은, 발레리와는 좀 달라, 東洋的인 知性의 움직임에 가까운 理解에 屬한다. 시집 『시도집』『Das Stundenbuch, 1906년 刊)이나, 그의 산문 『말테의 手記』(Die Aufzeichnungen des Malte Laurids Brigge, 1909년간) 등에서 보는 것은, 마치 할아버지나 할머니가 孫子 孫女를 돌보아 알 듯한 東洋精神에 가까운 理解다. 서정주, 「제 8장 현대시」, 위의 책, 105~106면.

함으로써 지내왔던 두 夫婦만이 이 개의 亂舞의 事情을 理解할 수가 있다. —릴케의 『말테의 수기』에서 47

서정주가 인용한 『말테의 수기』는 말테의 어머니가 생애의 마지막 시간을 병상에 누워있으면서, 죽은 딸 잉에보르크에 관한 이야기를 해주는 부분이다. 잉에보르크가 죽은 뒤 얼마 되지 않은 일화를 서정주는 위와 같이 적어두었다.48 인용을 잘 이해하기 위해 원내용을 첨언하자면, 가족들이 식사 준비로 바빠 우편물을 가지고 오는 일은 항상 잉에보르크의 몫이었다. 잉에보르크가 죽을병에 걸려 아플 때, 가족들은 그녀가 아파서 우편물을 가져오지 못할 것을 받아들이는 것에 익숙해졌고, 그녀가 죽은 이후엔 당연히 그녀가 올 수 없으리라는 것을 알고 있었다. 그럼에도 말테의 어머니는 잉에보르크가 아주 가끔은 올 것이라 기대하기도 했으며, 아직도 그녀가 존재하는 것 같이 느껴지기도 했다. 물론 그녀는 망상중이 있긴 했지만 말이다. 어느 날은 어머니 자신도 모르게 잉에보르크가 어디갔냐고 말하려고 할 때, 가족들이 키우던 개가 쏜살같이 잉에보르크를 맞이하러 달려갔다. 그리고 개는 그 주위를 빙글빙글 돌면서 마치 잉에보르크가 개의 눈앞에 있는 듯 그녀를 핥으려고 자세를 곧추서고, 기뻐서 끙끙거리는 소리까지 낸다. 어머니는 이를 매우 오싹한 체험으로 기억한다. 하지만 개를 싫어했던 아버지 또한 개가 있는 데로 가서 그 위로 몸을 숙이는 행위까지49 한다. 어머니는 자신의 체험을 말테에게 전달하면서 그것이 자신의 개별적 체험이자 동시에

---

47 위의 책, 73면.

48 당시 서정주가 접한 『말테의 수기』의 내용과 번역의 차이는 있지만 내용은 크게 다르지 않다. 서정주의 원문에서 딸이 바로 잉에보르크다.

49 라이너 마리아 릴케, 『말테의 수기』, 안문영 역, 열린책들, 2013, 97~99면.

가족 모두의 체험이었음을 설명한다.

그렇다면 서정주가 이러한 내용을 인용한 이유는 어디에 있을까. 말테의 어머니는 자신만의 독특한 체험을 말하면서 그것이 주는 공포만을 설명하진 않는다. 잉에보르크의 일화는 죽음 이후의 세계를 보여주는 것인 동시에 어머니의 체험에서 확대되어 가족의 삶을 아는 자만이 공감할 수 있는 부분을 보여주기 때문이다. 우리는 개인의 특별한 체험은 말로 전달, 이해하기 어렵다고 생각하지만 서정주는 이를 다르게 바라본다. 그가 인용 끝에 릴케의 "인생에 대한 이해"가 동양사람의 지성에 매우 가까운 것으로, 인간 생활에 대한 가족적인 이해가 동양인의 현실의 도처에서 볼 수 있는 것으로 평가[50]하는 이유가 여기에 있다.

그렇다 하더라도 서정주는 릴케를 왜 동양적인 지성으로 호명하는 것일까. 기왕의 논자들은 그의 시 세계가 서양에서 동양으로 전환하는 지점에 릴케를 둔다. 다만 보들레르와 랭보에 대한 유보와 비판이 개진되는 시점(1938년)[51], 혹은 백자에의 예지를 그린 작품이 창작될 무렵(1943년) 귀신과 현실의 교합 이야기에 심취한 서정주의 경험에서 촉발된 시기[52]를 전환 시점으로 설정함으로써 논의는 분분하다. 이처럼 서정주 시 세계에 나타난 서양에서 동양으로의 전회를 그의 문학적 행보와 연결하는 논의들도 있지만, 시론에서 살펴본 동양은 우리 삶을 둘러싼 일들과 더 긴밀하게 연관된다. 서정주는 주지시 중 '지혜'의 단계를 설명하면서 시골에 가면 마음 좋은 할머니가 유난히 남 사정을 이해해준다거나, 산이나 바다에 가서 제일 좋은 산나물과

---

50 서정주, 『시문학원론』, 정음사, 1975(중판), 73~74면.
51 최현식, 「'사실의 세기'를 건너는 방법」, 『한국문학연구』46, 동국대학교 한국문학연구소, 2014, 139면.
52 김익균, 「서정주의 신라정신과 남한문학장」, 동국대박사논문, 2013, 49~52면.

산꽃, 제일 좋은 조개가 묻힌 곳을 잘 아는 반가운 사람들의 만남에 주목한다. 이때의 감동은 그에게 시적 이해와 인식이 주는 감동과 일치한다고 말하기 때문이다.[53] 서정주에게 동양적 지성은 체험과 삶의 지혜를 가진 사람들을 통해 얻게 되는 감동을 설명하기 위함으로 보인다. 이 지점에서 일상의 체험이 시적 인식과 맞물리면서 서정주 특유의 시에서의 지성개념이 생성된다. 이는 김소월의 시론에서도 발견된다.

> 요컨대 문제는 그의 사랑입니다. 그의 **知慧로운 사랑**이 枯渴하지 않는 限, 그는, 그의 배반한 애인이 간 터전에 홀로 남아 있어도 좋습니다. 그의 완전히 爐過된 사랑의 샘물을 인제는 蒼天과 자연과 人間世를 향해 쏟으면 좋습니다. 그러므로서 드디어 그는 **그의 사랑 때문에 아는 사람이 될 것**입니다. 산에 피는 草花의 의미도, 거기 사는 적은 새의 기쁨도 적은 새의 고독도, **자기 한 사람뿐만 아니라 그의 동류전체를 위하여서 바로 아는 사람**이 될 것입니다.[54]

서정주가 주지시 중 '지혜'의 단계를 설명하기 위해 『말테의 수기』를 인용했다면, 김소월의 「진달래꽃」에서는 님에 대한 사랑을 통해 "이해"할 수 있는 사람으로 성숙해지는 화자를 언급한다. 사랑이라는 감정이 체험을 통해 상대를 이해하게 된다는 점에서 두 작품은 공통적이다. 특히 상대의 부재(죽음)로 인해 알게 되는 것(이해)이 개인의 체험을 떠나 가족적인 것 혹은 동류전체를 위한 것으로 확장됨이 흥미롭다. 서정주에게 이해는 공동체적 혹은 연대를 향했을 때 드러나기 때문이다. 서정주는 개별적 체험의 특수성을 어떻게 언어로 전달할지 고뇌하면서, 이러한 체험을 감정과 이해를 포함한 '지

---

53 서정주, 위의 글, 69~70면.
54 서정주, 「김소월 시론」, 『시창작법』, 선문사, 1949, 125면.

혜'라는 개념으로 연결한다. 이러한 지혜는 "감정의 좋은 배필로서 언제나 감정 옆에 늘 깨어 있어야 할 것"으로 정의된다. 다시 지혜의 상위 단계인 예지로 돌아가 보자.

서정주는 신라 향가인 「혜성가」를 통해 예지 개념을 설명하는데, 여기서 예지 개념은 영원성을 내포한다.[55] 그리고 예지는 신라인의 예지로 전유된다. 서정주는 비슷한 시기 「신라인의 지성」이라는 글을 집필하며,[56] 선덕여왕을 신라인의 지성을 보여주는 예로 제시한 바 있다. 그는 "선덕여왕이 도리천에 자신을 묻어달라"는 언급을 예지의 예라고 설명한다. 이러한 도리천 설화는 생전의 일 뿐만 아니라 죽음의 시기, 사후의 일도 알아내는 여왕의 신통력을 증명하기 때문이다.[57] 이때, 예지는 삶과 죽음의 세계 모두를 꿰뚫어 볼 수 있는 통찰력으로서의 의미를 지닌다. 선덕여왕으로 대표되는 예지는 "오늘날의 지성"과 다르다. 이를 설명하기 위해 서정주는 자신의 시론의 개념인 감각, 정서를 다시 거론한다. 양자가 각각 "순간적 말초적"인 특성과 "가변적"인 특성을 지닌 것과 달리 선덕여왕은 "불멸의 영적(靈的)성격"을 보여주기 때문이다. 서정주는 선덕여왕을 통해 죽음의 세계를 꿰뚫어볼 수 있는 능력으로서의 예지뿐만 아니라 영원성을 내포하는 '예지'라는 개념을 창출하고자 했음을 알 수 있다.

마지막으로 예지의 의미망이 하나 더 존재한다. 「시의 표현과 기술」의 수

---

55 공간적인 무한과 시간적인 영원 속에 있어 빛나고 변화 없기는 별들 같은게 이 천지 간에 또 없는 것인데 여기 나오는 사람들은 별들과 한 행렬에 서는 것보다 한층 더 높게 자리 잡고 있다. 이처럼 신라인의 예지는 그들의 사람으로서의 위치를 영원과 무한 속에 빛나는 것으로써 헤아려 가졌던 것이다. 서정주, 「시의 내용」, 『시문학개론』, 1959, 100~101면.
56 서정주, 「신라인의 지성」, 『현대문학』, 1958.1.
57 정연식, 「선덕여왕의 이미지 창조」, 『한국사 연구』 147, 한국사연구회, 2008, 35면.

정판인 「시의 감각과 정서와 예지」를 통해 시의 최상의 단계였던 "입법(묘법)"의 단계가 개작을 통해 "예지"의 단계로 교체되기 때문이다. 개작 전 시론에서 묘법(妙法)은 "불법(佛法)에서 각자(覺者)의 경지를 표현"하기 위해 사용된 용어이다. 불법 용어인 "묘법"은 종교적 의미보다 시로써 "모든 것을 통달"함에 중점을 둔 것이었다. 더욱이 "해방 후 조선 시단에 절실히 요청되는 것은 단숨에 입법(立法)"하는 것이 아니라는 서정주의 언급은 감각, 정서의 단계를 거쳐야만 예지(叡智)가 성립할 수 있음을 보여준다. 서정주는 시론에서 최상 단계인 '묘법'의 경지를 '예지'의 경지로 수정하는데, 이를 위해 "사상(思想)의 재건"[58]이 필요하다고 보았다. 서정주는 '입법(묘법)'과 '예지'라는 용어의 교체보다 이들 용어를 통해 시에서 '사상(思想)'의 중요성을 역설하고자 했기 때문이다. 서정주는 다른 글에서도 사상과 시가 밀접한 관련이 있음을 보여주기 위해 "시적 사상가"[59]라는 용어를 창안한 바 있으며, 서정주에게 시적 사상가는 "니체와 같은 자가류"[60]로 대표된다. 서정주에게 니체는 자신의 세계를 구축한 시적 사상가일 뿐만 아니라 그의 시학에서 영원성에 천착할 수 있는 사상적 토대의 준거이기도 하다. 이처럼 니체의 영원회귀 사유는 서정주 시학의 중요한 원천임은 부인할 수 없다.

서정주는 해방 후에도 니체의 영원회귀 사유에 천착한다.[61] 니체는 생성

---

58 "지금 우리에게는 우리가 가지고 잇는 모든 정서를 통솔할 수 있는 모랄의 재건이 필요하다. 이것을 할 수 있는 능력을 나의 치졸한 표현에 의하면 묘법(妙法)의 경지라고 하여 봣다." (서정주, 「시의 표현과 그 기술」(3), 『조선일보』, 1946, 1.22.)에서 "요컨대 지금 우리에게는 우리가 가지고 있는 모든 정서를 통솔할 수 있는 사상(思想)의 재건이 필요하다. 이것을 할 수 있는 능력을 나의 치졸(稚拙)한 표현에 의하면 예지(叡智)의 경지라고 하여 왔다."(서정주, 「시의 감각과 정서와 예지」, 『시창작법』, 선문사, 1949, 72면)로 수정된다.

59 서정주, 「시와 사상」, 『시창작법』, 정음사, 1949, 93면.

60 서정주, 위의 글, 93면.

61 박연희 또한 서정주의 영원성에 대한 천착이 해방 후에도 이루어지고 있음을 언급했다.

을 통해 영원성을 순간적으로만 파악할 수 있다고 보는데, 이는 모든 순간, 매 순간 최대한 힘이 발휘되고 있음을 의미한다. 즉, 니체의 영원회귀는 힘에의 의지로의 영원회귀이다. 최대한 발휘된 힘은 자신의 본성으로 돌아오며, 이때의 회귀는 생성과정에서 더 깊고 풍부한 가치가 부여되기 때문에 이전과 같지 않다.[62] 이와 관련해 서정주의 김소월론 비평을 재검토할 필요가 있다.

> 평범한 산이여, 평범한 산꽃이여, 평범한 산새인줄 알았더니, 약간의 산의 현실을 정당하게 지적함으로서 이 얼마나 감동할 유기적 생동체가 되는 것입니까. 일년 동안의, 아니 해마다 되풀리하는 청산의 세월을 절대로 지루하지 않은 찬란한 하로와같이 우리는 이 시(詩)를 통하여서 느낄 수 있습니다.[63]

서정주가 김소월의 시론 중 이 부분을 언급한 것은 니체적인 사유방식으로서의 영원성을 보여주기 위함이다. 그가 김소월 시론을 통해 되풀이되는 영원성은 동일한 것의 반복을 의미하지 않는다. 생성의 과정에서 더 많은 가치가 부여될 수 있기 때문이다. 서정주에게 현실이란 개념이 자신의 특별한 정서적 체험을 기반으로 구성되듯이, 김소월의 시에 나타난 자연도 자신만의 감정을 개별화함으로써 새롭게 인식되고 있음을 보여준다. 따라서, 서정주가 처음 발표한 시론에서 '예지'는 통달을 의미함으로써 한국의 어느 시인도 그 위치에 오르지 못했던 반면, 서정주의 시론이 전개될수록 예지는 시적 사상의 경지, 지혜와 감정의 종합, 신라인의 지성으로 대변되는 삶과 죽음의

박연희, 앞의 글, 116~117면.
62 백승영, 「니체 철학 개념 연구 Ⅰ―같은 것의 영원회귀」, 『철학』 63, 한국 철학회, 2000,
63 서정주, 「김소월시론」, 『시창착법』, 선문사, 1949, 127면.

세계를 꿰뚫어보는 통찰력, 영원성 등 다양한 의미망을 형성한다. 그의 시론에 나타난 '예지'는 시의 지성 혹은 주지시의 범주 안에서 감정과 지혜의 결합으로써 드러나며, 해방 후 신라인의 지성과 맞물려 영원성을 강화하는 계기를 마련한다.

이처럼 서정주는 정조와 예지의 종합으로써 김소월 시의 가치를 평가했다. 그에게 정조와 예지의 공통점은 주정시와 주지시의 최상의 단계일 뿐만 아니라 영원성을 내포하고 있다는 사실이다. 즉, 예지는 삶뿐만 아니라 죽음의 세계를 보는 총체적 사유능력으로서 그 기능을 하고 있음을 알 수 있다. 영원성의 시학을 주창하는 서정주에게 정조와 예지는 이를 공고히 하는 계기를 마련한다.

또한, 서정주는 김소월에 대한 이해를 통해 자신의 시적 인식 또한 명확히 하고자 했다. 이는 바로 감성과 지성의 편향적인 측면을 지양하고 둘을 종합하는 것이다.[64] 서정주가 정조와 예지를 동양적인 특성으로 지목한 이유는 시와 삶을 동궤에 둠으로써 동양적 시의 개념인 시심(詩心)을 통해 한국 시사에서 자신의 위상을 점하려는 기획으로 보인다. 그는 정조와 예지의 종합으로서 소월의 시를 상정함으로써 시사(詩史)에서 자신을 소월과 동등한 위치에 자리하고자 했기 때문이다.

4. 소월 시를 통한 유계(幽界)의 확장

서정주가 시의 단계를 설정하고, 각 단계를 통합하려는 면모는 그에게 "종

---

64 서정주, 「한국 시정신의 전통」, 『시문학개론』, 정음사, 1959.

합"의 의미가 무엇보다 중요함을 보여준다. 이러한 종합의 문제는 "지정의 제합의 시"라는 이름으로 다시금 논의된다. 지정의 제합의 시는 시심(詩心)을 통해 시의 정신사적 면모를 강조한다. 서정주는 서구 기독교 성경에 나오는 "영혼"의 문제와 지정의 제합을 통해 이루어진 마음의 문제를 동등한 위치로 설정함으로써[65] 마음의 각 부분을 "포함", "종합"해야 시 정신을 수립할 수 있다고 보았다.

서정주는 시 정신을 수립하기 위해 신라정신에 천착한 50년대 후반에서 60년대에 이르기까지 네 편의 소월론을 발표한다. 「소월의 자연과 유계와 종교」(1959.5), 「소월 시에 있어서의 정한의 처리」(1959.6), 「소월에게 있어서 육친, 붕우, 스승의 의미」(1960.12), 「소월시에 나타난 사랑의 의미」(1963.9)가 이에 해당한다.[66] 이 시기는 자신의 시 세계에서 신라정신에 천착한 시기이기도 하다. 그런 그가 해방기뿐 아니라 1960년대에도 소월론을 개진한다면 그의 텍스트에서 소월의 작품이 어떤 방식으로 발현되는지 검토할 필요가 있다. 그는 정조와 예지의 종합으로써 소월의 시를 해명하는 가운데 자신을 그 계보의 적자(適者)로 내세우고 있기 때문이다.

해방기 시론에서 서정주는 소월의 사랑을 통해 개별적인 정서가 자신을 둘러싼 모든 사물로 확장함으로써 무아의 현실을 드러내는 것으로 보았다. 60년대 소월론에서 그는 소월 시에 나타난 사랑을 무엇보다 강조하는데, 특히 소월의 사랑이 '유계(幽界)'로 확장되고 있음에 주목했다. 그는 유계(幽界)라는 독특한 죽음의 공간을 제시함으로써 소월 시에 등장하는 영혼의 폭넓

---

65 서정주, 「시의 내용」, 『시문학원론』, 정음사, 1975(중판), 80면.
66 이는 종합하여 「김소월과 그의 시」에 수록된다. 이는 『한국의 현대시』(일지사, 1969) 『서정주 문학전집』2, 일지사, 1972에 재수록된다.

은 형식을 담는 공간적 특수성을 보여주고자 했다.[67] 서정주가 정의하는 유계(幽界)는 "개화 이전의 동양인에게 눈앞의 현실 세계 못지않게 산 자가 늘 접촉해야 할 세계"로 정의된다. 개화 이후 저승으로 불리는 유계(幽界)의 세계를 회복하기 위해 그는 유명(幽明)과 유계(幽界)를 구분한다. 그가 '유명'을 밝은 세계와 어둠의 세계로 나눔으로써 삶과 죽음의 공간을 설명했다면, '유계'를 눈에 보이는 현실 세계와 아울러 눈에 안 보이는 현실 세계로 나누는 점이 특이하다. 그에게 사랑 또한 눈에 보이는 것만이 아니라 보이지 않는 것에도 주목했기 때문이다. 심지어 서정주는 유계를 우리의 전통으로 간주함으로써 소월을 개화 후에도 유계를 그려낸 시인으로 평가하고, 우리 시에서 유계적 요소의 회복을 강조했다. 이점에서 서정주는 김소월을 통한 자기 이해뿐만 아니라 그의 시 정신의 중요한 요소로 유계를 반영하려 했음을 알 수 있다. 서정주가 삶과 죽음의 세계를 단절로 보지 않고 죽음 이후의 세계를 다루는 점은 앞에서 논했던 릴케의 『말테의 수기』, 선덕여왕의 예지, 영적 불멸의 특성과 조우하는 지점이다. 이는 자신의 시론을 통해 꾸준히 개진해 온 사유인 동시에, 자신의 시학에서 불멸성 혹은 영원성을 뒷받침하는 근거로 사용된다. 서정주는 김소월 시론을 집필하는 과정에서 '유계'에 집중함으로써 자신의 사유를 확장하고 명확히 하고자 했다.

서정주의 유계에 대한 사유는 김종길과의 논쟁에서 부각된다. 김종길은 서정주 시에 나타난 신비적인 요소가 이성이나 현실감각을 무시한 태도[68] 임을 지적하며 그의 유계 강조를 비판한다. 이에 대해 서정주는 자신의 유계가

---

67 송민호, 「죽음 이후의 세계의 서사적 계보과 상상적 전이」, 『인문학연구』51, 조선대학교 인문학연구소, 2016, 183면.
68 김종길, 「실험과 재능—우리 시의 현황과 문제점」, 『문학춘추』, 1964.6.

현실과 유리된 것이 아니라 현실을 인식하는 데서 비롯된 것이라고 주장했다. 여전히 그는 '현실'과의 관계를 다루며 소월론을 개진하는데, 이 지점에서 그에게 현실은 살아 있는 세계와 죽음 이후의 세계를 모두 포괄한 것임을 알 수 있다. 그리고 이러한 사유를 뒷받침하기 위해 서정주는 소월론을 집필할 수밖에 없었던 것이었다. 김소월의 시에서 삶과 죽음은 단절이 아니라 함께 그려지는 세계다. 이를 포착한 서정주의 유계에 관한 관심은 그가 시에서 주창한 신라정신으로 구체화된다. 그에게 신라정신은 "영통(靈通) 혹은 혼교(魂交)'라는 말로 전해져 오는 것"이자 "불교의 삼세 인연과 윤회전생"으로 표현되기 때문이다.[69] 삶과 죽음을 단절이 아닌 하나의 통로로 제시한다는 것을 보여주기 위해 서정주는 삶과 죽음을 건넬 다리를 놓아주는 사상을 찾고 있었으며[70], 그 해결책으로 신라정신에 천착했다.

서정주가 '영통(혼교)'를 신라정신의 핵심으로 본 이유는 무엇일까. 이는 모두 유계와 연결되기 때문이다. 그에게 영통(靈通)은 "마음 전달의 영원"함이 지속함을 의미하는데, 서정주가 시를 "영혼", "마음"으로써 나타난다고 주장한 것을 상기해 볼 때, 그가 시를 통해 영원성을 그리고자 했음을 알 수 있다. 특히 서정주는 힘 중심들로 가득 찬 세계에서 균형을 이루는 것은 영통을 믿는 사람들의 힘임을 설명한다.[71] 그는 힘을 설명하기 위해 "친구와

69 서정주, 「내 시 정신의 현황 – 김종길씨의 「우리 시의 현황과 그 문제점」에 답하여」, 『문학춘추』, 문학춘추사, 1964.7, 269면.

70 "사람은 어느 자정때건 완전히 깨는 때가 있고, 이렇게 깨면 으레 생뿐만이 아니라 죽음도 생각하게 되고, 그래도 저절로 영원한 일도 쓰리건 애리건 안 생각할 수도 없는 것인데, 죽을 때 섭섭할 것 없이 죽게 하고, 또 뒤에 남는 끝없이 그리운 것들과, 나보다 앞서 죽은 안잊히는 것들 사이에 건넬 다리를 놓아주는 무슨 사상이 옛것에 있었다면 옛것이라 해서 매력을 안느낄 수가 있고, 안 빠지는 재주가 있나?" 서정주, 위의 글, 269면.

71 "막달라 마리아가 본 기독의 부활을 믿는 한 사람의 카토올릭교도였던 고 케네디 미국대통령을 잠간 상기(想起)하시기 바란다. 지금 이대로나마 공산주의의 파괴에서 세계의 마

친구 사이에서도 주인 되려는 의지가 있다"는 니체의 말을 인용한다. 니체에게 힘 중심들의 관계설정은 무한한 시간 속에서 지속하며[72] 이러한 유지 상태는 힘에의 의지에 의해서이다. 니체의 힘에의 의지는 영원회귀 사유를 드러내며, 이는 힘 관계에서 힘의 총량은 유한하고 같기 때문이다. 따라서, 힘들은 영원히 변화하면서 되돌아와야만 하는 것인데[73], 서정주는 이러한 니체의 힘에의 의지의 속성을 "영통"과 결부시킨 것으로 보인다. 그가 영통을 설명하다 케네디를 언급한 이유도, 그가 "부활을 믿는 한 사람"이었기 때문이다. 서정주는 부활, 육체 없는 현신, 사후의 혼의 존재 등을 단순히 종교로 취급할 것이 아니라 고대 이래의 정신 태도로서 바라볼 것을 강조한다.[74]

뿐만 아니라 서정주는 소월 시에 나타난 유계를 통해 소월을 철저한 전통주의자의 위치에 올려놓는다.[75] 이 지점에서 서정주가 소월론을 집필하려는 의도가 명확해진다. 우리는 우리 자신을 다른 사람과 동일시함으로써, 그리고 우리가 그것의 일부라고 생각하는 공동체의 '가치, 규범. 이상, 모델, 영웅'들과 동일시함으로써 자신을 인식하기 때문이다. 서정주 또한 많은 김소월론을 전개하면서 소월 시의 특성을 자신의 시론과 동일시하고 있음을 알 수 있다. 누군가에 대한 동일시의 감각은 "자아를 유지하는" 하나의 형식[76]

지막 균형과 평화를 유지하는 것은 그런 영통도 믿는 케네디같은 류의 일련의 정치가들의 힘에 의해서 아닌가?" 서정주, 위의 글, 270면.

72 백승영, 앞의 글, 227면.

73 백승영, 위의 글, 226~227면.

74 서정주, 앞의 글, 271면.

75 그는 실체험으로 겪는 역사인으로서 자기를 개척해 가지게 되고, 도 저승 그것을 이승과 함께 실제로 겪음으로써 사물을 함축된 것으로 파악해 가질 수 있었다. (중략) 이는 우리의 전통으로부터 선택해 받아들인 것이다. 이점에서도 그는 역시 한 사람의 철저한 전통주의자였음을 본다. 서정주, 『서정주 문학전집』 2, 일지사, 1972, 177면.

76 칼 심스, 『해석의 영혼, 폴 리쾨르』, 김창환 역, 앨피, 2009, 193면.

이기 때문이다. 이처럼 서정주는 김소월론을 집필하며 자신을 소월의 비평가이자 계승자로서 위상을 뚜렷이 하고자 했다. 특히 유계에 대한 천착은 자신을 한국 시사의 맥락에 위치시키기 위한 일환이었다. 그의 유계는 단순히 생과 사의 지속이 아니라 자신의 영원성의 시학, 힘에의 의지의 발현을 내포한 셈이다. 이는 그가 결국 지향하려 했던 지정의 제합의 시이기도 하다.[77] 시심(詩心)을 기반으로 한 지정의 제합의 시는 서정주의 자작시 해설을 통해서도 나타난다.

> (1) 「雲行雨施」라는 말이 周易엔가 어덴가 있습니다. 勿論, 이말은 내가 「復活」을 쓸 무렵에 얻어드른 文字는 아니지만, 요즘 나는 이말이 普通으로 생각되지 않습니다.
> 우리 모두가 죽어서 썩어서 蒸發해서 날아가면 구름이 될 것 아니겠습니까. 魂은 唯物論者들의 말과같이 없는 것인지 있는것인지 모르지만, 그 구름은 많이 모이면 비가 되어서 이땅위에 내릴 것만은 事實입니다 그려 雲行雨施………[78]

> (2) 전 「인체윤회」의 상념이나, 저 「음성원형」의 상념이나, 저 「애인갱생」의 환각등은 —요컨대 이러한 상념과 환각의 거듭 중복된 습성은, 한송이의 국화꽃을 앞에 대할 때, 「이것은 저 많은 솟작새들이 봄부터 가을까지 계속해 운 결과러니」하는 동질(同質)의 시상(詩想)을 능히 불러 이르킬 수가 있기 때문입니다.[79]

서정주는 자신의 자작시인 「부활」과 「국화옆에서」를 직접 해설한다. 그

---

77 서정주는 시의 내용에서 주정시, 주지시, 주의시를 설명하며, 이를 통합한 "지정의 제합의 시"를 짧게나마 언급한 바 있다. 이는 시정신이 더욱 중요함을 보여주기 위함이다.

78 서정주, 『일종의 자작시 해설—「부활」에 대하야』, 『시창작법』, 선문사, 1949, 105면.

79 서정주, 「시작과정—졸작 국화옆에서를 하나의 예로」, 위의 책, 110~111면.

가 많은 시 편들 중 이 작품들을 선택한 이유는 그가 전하려는 의미와 부합되기 때문이다. 인용한 (1)과 (2)의 공통점은 자신의 창작 원리를 설명하는 과정에서 시인으로서 순간적인 상념과 시상(詩想)들을 기술했다는 점에 있다. (1)이 주역의 "운행우시"를 통해 생의 순환 논리를 언급했다면 (2)는「국화 옆에서」를 쓰기 위해 생각했던 상념 중 "인생 윤회" 혹은 "애인 갱생"들을 예로 들고 있다. 시창작 원리를 통해 드러나는 생의 순환 논리는 유계를 환기시킨다. 이러한 점에서 서정주는 소월 시의 유계에 집중함으로써 자신의 시 세계 확장을 기획했던 것으로 보인다. 그는 유계를 하나의 전통 요소로 구성함으로써 소월 시의 전통을 계승하는 자로서 자신을 정립하고자 했다. 즉, 소월 시에 나타난 유계는 서정주의 영원성을 구체화하는 매개이자 자신의 시학을 정초하는 데 중요한 위치를 점한다.

덧붙여 서정주의 김소월론 이후 김동리도 「청산과의 거리」를 개작한 바 있다.[80] 오장환의 「조선 시의 있어서의 상징」이 서정주의 「김소월론」과 대화적 양상을 보여주듯이 김동리 또한 서정주의 김소월론에 대한 응답으로서 시론을 개작한 것은 아니었을까. 김동리에게 소월의 「산유화」는 기적적인 완벽성을 가진 것이었다. 하지만 1970년대 개작한 김소월론은 기적적인 것이 아닌 "우연같은 완벽성"으로 바뀌었다. 김동리는 이러한 우연성을 설명하기 위해 개작에서 전래민요인 「새야새야」를 예로 들고 있다.

> 그러나 아무리 <오랜 세월과 역사 속에서 저절로>라고 하지만, 그것은 반드시 그 누구인가 또는 그 누구들인가, 단수 혹은 복수의 사람에 의

---

80 김윤식은 김동리의 「청산과의 거리」가 개작되었음을 밝혀냈다. 하지만 이 글이 실린 출처『김동리 대표작선집』6, 삼성출판사, 1967는 오식이다. 필자는 개작이 실린 책이『한국삼대작가전집 6』, 삼성출판사, 1970임을 확인했다.

해서 <만들어지고 다듬어진 것>이지 나무나 돌이나 바람이 만들거나 다듬어낸 것은 아니다. 그렇다면 그 <단수 혹은 복수>의 <그 누구>란 누구일까. 우리는 그 <누구>의 이름을 여기서 지적할 수는 없다. 그것은 그 <누구>에 그치는 것이며, 그 <누구>에 그치기 때문에 그것은 또한, 그 <누구>일 수도 있다는 말이 된다. 그리고 그 <누구일 수도 있다>는 의미에서 그 <누구>를 김소월이라고 말해볼 수도 있다는 뜻이 된다. 그 <단수 혹은 복수>의 그 <누구>를 김소월이 아닌 다른 <김소월 또는 김소월들>이라고 생각할 수도 있지 않은가. [81]

김동리는 전래민요가 가사와 작자를 갖지 않고 오랜 세월 속에 저절로 만들어지고 다듬어졌음에 주목한다. 이 점에서 소월의 시 또한 소월만이 갖는 특성이 아니라 우연처럼 "누구나" 소월이 될 수 있음을 강조한다. 그가 개작을 통해 이를 언급한 이유는 무엇일까. 김동리는 소월론 개작을 통해 김소월을 시사적 위상을 지닌 중요한 존재로 그려냄과 동시에 소월의 위치를 누구나 해당할 수 있는 자리로 바꾸었다. 김동리 또한 이 "누구"에 자신을 위치 지으려는 면모는 아니었을까. 그들에게 소월은 전통주의자로서 시사적 위상을 지니기 때문이다. 서정주가 김소월을 중심으로 자신의 시론에서 통합을 주창하며 유계를 강조하듯이, 김동리 또한 김소월을 통해 개인에서 보편으로, 민요조라는 자연스러움을 토대로 자신을 위치 지으려고 한 것임을 추측해 볼 수 있다.

5. 나가며: 김소월을 통한 서정주의 시적 인식

본고는 그동안 시적 세계의 보충물로 평가되어 온 서정주의 시론을 김소

---

81 김동리, 「청산과의 거리－김소월론」, 위의 책, 128~129면.

월론을 중심으로 고찰했다. 해방기를 기점으로 본격적인 시론을 집필했던 서정주는 자신의 시론을 통해 김소월 혹은 소월의 시를 끊임없이 언급하고 있기 때문이다. 이를 위해 그가 시론을 통해 감각, 정서, 예지의 단계를 설정하고 있음을 고찰하고, 시에서 최상 단계인 '정조'와 '예지' 개념을 집중적으로 검토했다. 시론의 개념적 체계 속에서 서정주는 자신의 시관(詩觀)을 논하는 한편, 김소월을 통해 자신의 시사적 위치를 정위하고자 했다.

시인부락 동인이었던 김동리, 오장환, 서정주의 김소월론은 정서를 중심으로 논의되는 공통점을 지닌다. 하지만 오장환에게 정서는 이념과의 대립으로, 김동리에게 정서는 신 혹은 자연이라는 절대적인 것의 대립항으로 표현되었다. 서정주의 정서는 자신의 시론을 보여주는 것이자 감각과의 대립을 통해서 드러난다. 특히 김소월 시에 나타난 사랑의 정서는 대상을 이해함으로써 그 범위가 확장되는 것이며, 이는 개념이 아닌 체험을 통해 획득되는 현실이기도 하다.

3장에서는 시의 최고 단계인 예지를 세분화하는 과정을 살펴보았다. 서정주는 시를 주정시, 주지시, 주의시로 나누고, 주정시의 최고 단계인 정조와 주지시의 최고 단계로 예지를 설정했다. 이 지점에서 김소월은 정서에 해당하는 시인에서 주정시의 최상의 단계인 정조의 단계로 위치가 변모한다. 서정주는 자신의 시의 원형인 이야기이자 설화를 정조의 예로 배치함으로써 소월과 자신을 동등한 위치에 놓는다. 서정주 시론에 나타난 예지 개념은 주지시의 최상의 단계이자 사상으로서의 의미를 지니며, 이는 점차 신라정신과 결부한다. 서정주의 신라정신은 영원성과 궤를 같이하고, 이때의 영원성은 니체의 영원회귀 사유를 의미한다. 따라서, 서정주는 자신의 시론의 개념인 정조와 예지를 통해 영원성을 강화했다. 이는 김소월의 시에 대한 해석에서도 다시금 발견할 수 있었다.

4장에서는 서정주가 영원성을 강조하기 위해 김소월 시에 나타난 유계에 중점을 두고 있음을 살펴보았다. 서정주는 김소월의 시에 나타난 유계의 회복을 강조하는 한편, 이를 자신의 문학관의 핵심인 영통 개념과 결부시킴으로써 현실의 의미지평을 확대하고자 했다. 더불어 서정주는 김소월론을 통해 자기 모색을 하고자 했으며, 김소월에 대한 비평가이자 계승자로서 한국 시사(詩史)에서 자신위 위상을 뚜렷이 하려는 면모를 보인다.

김춘수 시에 나타난 '서양' 이미지 연구*

신화, 예술의 시적 공간으로의 여정

/

엘리아

1. 들어가는 말

김춘수는 한국현대시사에 영향을 미친 대표 시인 중의 하나이다. 그의 작품들은 끊임없는 실험적 성격과 특징을 보여준다. 김춘수는 새로운 시적 표현을 모색하기에 평생 창작하여, 그 과정으로 현실과 역사를 대립하는 새로운 시적 세계를 만들려고 하였다. 이 지속적인 혁신을 이루기 위해서 그는 서양의 예술과 문화, 그리고 전통을 사용하는 것에 대한 의심이 없어, 서양 시인, 작가, 예술가, 음악가 등의 작품에서 영감을 찾는다.

김춘수의 시, 시론과 산문 텍스트에서 확인할 수 있듯이, 그는 서양 문학·문화와 밀접한 관련이 있었다. 그의 시론 텍스트에서 말라르메와 프랑스 상징주의, T. E. 흄과 T. S. 엘리엇의 영미 모더니즘, 그리고 릴케 실존주의적 시의 영향이 분명하게 확인된다. 한편, '서양'이라는 것은 서양 전통이나 지역에 속한다고 할 수 있는 인물, 신화와 공간 언급으로 시 작품에 또한 직접

---

* 본 연구는 2020년 「김춘수 시의 공간 인식과 지명(地名)의 의미 연구」 박사학위 논문에 수록된 "신화와 예술 세계로 역사를 초극하기" 절의 일부를 보완·재구성한 논의에 바탕을 둔다.

으로 나타난다. 그러나 이것은 한국 전통문화에서부터 멀어지는 의미가 아니다. 반면에 김춘수는 기존상태를 초극하려는 새로움을 창조하기 위해서 한국 고유의 문화에 서양 전통을 결합하여 개성적 시적 형식을 만들려는 관심이 있었다는 것이 뚜렷하다. 김춘수는 한국 현대 시의 새로운 가능성을 계속 구하여[1], 유럽 모더니즘과 한국 전통을 합치는 것은 그에게 있어 이데올로기 폭력과 연결되지 않으면 이해 못하는 현실과 역사를 저항하려고 할 초월적인 세계를 자기 시에서 창조하기 위한 목적을 갖고 있다.

김춘수의 문학에서 서양 작가와 예술가의 영향은 간과되지 않는다. 특히 김춘수가 그의 텍스트에서 여러 번 인정했던 릴케의 영향[2] 은 많은 연구자에게서 지적되어 왔다[3] . 또한, 김춘수의 작품에서 확인되는 여러 작가와 예술적 운동의 영향, 즉 영미 모더니즘 시론[4] , 프랑스 상징주의[5] , 하이데거의 실

---

1 권영민,『한국현대문학사2』, 민음사, 1993, 177면.
2 김춘수,「릴케와 나의 시」,『릴케』, 문학과 지성사, 1981, 235면;「거듭되는 회의」,『김춘수 시론전집 I』, 현대문학, 2004, 486면;「두 번의 만남과 한 번의 헤어짐」,『김춘수 시론전집 I』, 497~498면;「릴케와 천사」,『문예』1949. 12, 147~148면;「릴케的인實存 — 詩「香水甁」에對하야」,『문예』, 1952. 1, 33면.
3 김춘수와 릴케의 관계를 다루는 연구는 주로 세 가지로 나눌 수 있다. 첫째는 실존주의의 입장에서 김춘수의 시에 나타난 릴케와 하이데거의 영향을 연구하는 것이다 (배상식,「김춘수의 초기 詩에 내재된 '실존주의'에 관한 연구—M. 하이데거와 R. M. 릴케의 영향관계를 중심으로」,『철학논총』61, 새한철학회, 2010). 둘째는 어떤 기호의 변용이나 시적 변용, 특히 천사 이미지를 연구하는 것이다 (권온,「김춘수의 시와 산문에 출현하는 '천사'의 양상—릴케의 영향론 재고의 관점에서」,『한국시학연구』26, 한국시학회, 2009; 류신,「천사의 변용, 변용의 천사— 김춘수와 릴케」,『비교문학』36, 한국비교문학회, 2005; 김재혁,「시적 변용의 문제: 릴케와 김춘수」,『독일어문학』16, 한국독일어문학회, 2001; 오주리,「김춘수 형이상시의 존재와 진리 연구—천사의 변용을 중심으로」, 서울대학교 박사논문, 2015). 마지막으로 릴케의 영향은 주로 초기 시에 어떤 방식으로 나타나는지 분석하는 것이다 (조강석,「김춘수의 릴케 수용과 문학적 모색」,『한국문학연구』46, 동국대학교 한국문학연구소, 2014; 김은정,「김춘수와 릴케의 비교문학적 연구」,『현대시의 해석과 거리론』, 이회문화사, 2000).
4 구태헌,「김춘수의 시론과 영미 모더니즘 시론의 비교」,『우리문학연구』30, 우리문학회, 2010.

존주의[6], 세잔의 미술 방식[7], 루오의 작품과 관련[8]에 대한 연구도 있다. 게다가 '러시아'라는 것이 제일 많이 언급된 시집인『들림, 도스토예프스키』와 관련된 도스토예프스키 소설의 영향을 주목하는 연구[9]도 있으며, 최근 라틴 문화와 특히 스페인 문화에 속한 작가와 예술가와의 김춘수의 관계도 관심을 끌어들인다.[10]

이러한 연구들은 김춘수 텍스트에서 서양의 영향을 밝힌다는 점에서 그 성과를 인정해야 한다. 그럼에도 불구하고, 이러한 연구들의 목적은 서양 작가와의 김춘수 영향 관계를 밝히는 것이기 때문에 시적 이미지로 김춘수 시에 나타난 '서양'을 분석하지 않는다. 그런 이미지 중에는 특히 중기 시부터 자주 드러난 '서양' 공간의 언급이 뛰어나다. 김춘수 시에서는 이러한 공간의 언급은 그가 '서양'과 관계를 맺기에 중요한 방식이 된다. 왜냐하면, '서양'에 속한다고 할 수 있는 지명을 언급하는 것을 통해 그는 그런 공간이 시적 이

---

5 송승환, 「김춘수 시론과 말라르메 시론의 비교 연구」, 『우리문학연구』 47, 우리문학회, 2015; 오주리, 「이데아로서의 '꽃' 그리고 '책' ―김춘수 시론에서의 말라르메 시론의 전유」, 『우리문학연구』 67, 우리문학회, 2020.

6 배상식, 「김춘수의 초기 시와 하이데거 사유의 연관성 문제」, 『동서철학연구』 38, 한국동서철학회, 2005; 전세진, 「김춘수 초기 시에서 나타난 존재론적 사유의 흔적」, 『한국시학연구』 55, 한국시학회, 2018.

7 송현지, 「김춘수 시의 추상으로의 변모와 세잔의 영향 연구―릴케의 세잔에 관한 편지들을 중심으로」, 『한국시학연구』 58, 한국시학회, 2019.

8 김유중, 「김춘수와 존재의 성화(聖化)― 김춘수와 루오」, 『어문학』 128, 한국어문학회, 2015.

9 대표적 논의는 다음과 같다. 김유중, 「김춘수와 도스토예프스키 (1) ― 시집『들림, 도스토예프스키』에 나타난 대화적 관계의 특성 ―」, 『한중인문학연구』 49, 한중인문학회, 2015; 김유중, 「김춘수와 도스토예프스키(2)―詩作, 그리고 용서의 사상」, 『어문학』, 134, 한국어문학회, 2016; 최라영, 「'도스토예프스키 연작' 연구―김춘수의 '암시된 저자(the implied author)'를 중심으로」, 『김춘수 시 연구』, 푸른사상, 2014.

10 김유중, 「김춘수 문학에 나타난 라틴 문화 체험 연구―스페인 기행을 중심으로」, 『국어교육』 171, 한국어교육학회, 2020.

미지로 변화시키고, 즉 그 공간과 그 공간이 상징하는 의미를 자기 시에서 흡수할 수 있기 때문이다.

사실 지명은 고유명사에 속한 명사로서 보통명사보다 의사소통을 더욱 효과적으로 돕는다고 말할 수 있다. 고유명사는 매우 쉽게 대상을 지시할 뿐만 아니라, 암시하는 의미를 통해 은유로 작동될 수도 있고, 단 한 단어만으로도 수많은 생각을 전달할 수도 있기 때문이다.[11] 같은 맥락으로 롤랑 바르트는 고유명사에 대해 '하이퍼의미성'(hypersémanticité) 현상을 보여준다고 한다. 바르트에 따르면 고유명사는 '의미적 두께'로 가득 찬 기호이며, 보통명사에서 멀어지면서 시적인 낱말과 유사한 것이다.[12] 고유명사는 추억과 관습, 또한 문화에 담을 수 있는 모든 것을 포괄한다[13]. 이러한 지명의 속성으로 인해 김춘수는 '서양'과 관련된 복잡한 역사·문화적 의미망을 오직 한 단어에서 압축할 수 있다. 이런 식으로 그러한 공간들은 원래 지니는 상징적인 의미에다가 시적 문맥으로 얻은 새로운 의미도 갖게 된다. '타자'라는 먼 '서양'의 영향은 시를 창작할 때 상상력을 도와주고 내면세계를 그리기 위해서 작용하는 고유의 소재가 된다. 따라서 김춘수 작품에서 '서양'의 영향을 밝힐 수 있는 것은 어떤 서양의 예술적인 경향을 단순히 모방하든지 받아들이는 것이 아니라, 시적 내면세계를 만들기 위해서 그 경향을 형식적으로 실험하는 것이다. 그렇기 때문에 그의 시 세계는 매우 독창적이다.

본 연구는 시적 이미지로서 '서양'의 공간을 분석하는 것이 김춘수 시를 해

---

11 A. Sophia S. Marmaridou, "Proper Names in Communication", *Journal of Linguistics*, Vol. 25, No. 2, 1989, p.371.

12 롤랑 바르트, 「프루스트와 이름들」, 『글쓰기의 영도』, 김웅권 역, 東文選, 2007, 146면.

13 위의 책, 146면.

석하는 데 새로운 길을 열 수 있다는 추측에서 비롯한다. 구체적으로 김춘수 시에 제일 자주 나타나는 예루살렘, 그리스, 스페인과 러시아에 속하는 공간의 분석을 통해 본 연구는 그의 시 작품으로 전달되는 '서양'에 대한 시인의 생각을 탐구하고자 한다. 이런 식으로 창조와 예술, 역사와 초월과 같은 김춘수 문학의 중요한 주제에 접근하고자 한다.

개념으로서 '서양'이란 뚜렷한 경계를 보여주지 않는 것이다. 일단 '서양'이라는 개념의 기원은 비잔티움 제국과 대립되는 서로마 제국에서 찾게 되는 것이다. 따라서 '서양'이란 역사적이고 지리적 의미에서 서유럽과 동일시되고 그 지역을 가리켜 왔다. 그러나 그러한 의미는 서서히 넓어져 서유럽 문화의 영향 범위에 들어가는 지역과 문화를 포함하게 되었다. 따라서 지리적으로 '서양'에 속하지 않는데도 '서양'에 포함되어 있는 지역이 존재한다. 특히 유대교·크리스티안교 전통과 그리스·로마의 유산과 비슷한 가치를 공동으로 하는 지역이 그것이고 주로 북미·호주와 같은 지역이라고 여겨져 왔다. 서유럽과 많이 닮아 있으면서도 차이점을 크게 보여주는 남아메리카나 러시아와 같은 지역이 '서양'인지 아닌지에 대해 아직도 논쟁이 있다.

뚜렷한 경계가 없어 어떤 곳이 '서양'에 속하는지 아닌지 분명하지 않기 때문에, 본 연구에는 '서양'이라는 개념을 넓은 의미로 이해하고자 한다. 사실, 엄격하게 말하면 예루살렘과 러시아는 '서양'이라고 말하는 것이 어렵다. 지리적으로 예루살렘은 중동 지역에 속하고, 러시아의 대부분 영토는 아시아에 들어가기 때문이다. 그러나 김춘수의 시에 나타난 예루살렘 지역은 항상 예수 인물이나 성서의 에피소드와 관련하여 드러나는 사실도 간과하면 안 된다. 크리스티안교 없이 '서양' 자체가 이해 못 하는 것이 될 만큼 크리스티안교는 '서양' 개념의 바탕에 있기 때문에 김춘수 시의 '예루살렘'은 서양 문화와 분명한 관계가 있어 보인다. 한편, 러시아는 두 대륙 가운데 있는 나라로서 그의 문화적 성격이 복잡하다고 할 수 있다. 대부분 러시아의 영토는 아시아에 배치되어 있지만 대부분 인구는 유럽에 모인다. 러시아는 비잔티움 제국의 영향을 받아 서유럽과 다른 자기만의 고유의 성격을 보여주지만, 동시에 여러 번 서유럽 문화로 접근하는 노력도 보여주었던 나라이다. 그런 이중의 개성은 19세기에 일어났던 슬라브주의 당과 서양주의자 당 사이의 논쟁으로도 확인된다. 그럼에도 불구하고 러시아의 문화가 발레와 클래식 음악에서 문학까지 서양 경향과 더 가까운 관계가 있다고 할 수 있으며, 러시아 정교회가 크리스티안교 전통의 한 분파라고 여겨지므로 러시아는 '서양'의 '외부'에 있는 나라로 이해할 수 있다. 흥미로운 것은 스페인에서도 이러한 '주변'의 속성을 어느 정도 찾을 수 있다는 점이다. 스페인은 분명히 서유럽에 들어가 있는 나라지만, 8세기에서 12세기까지 크리스티안교와 이슬람교 사이의 경계가 되었기 때문에, 또한 그의 지리적 위치로 인해 역사적으로 서유럽의 주변에 있는 느낌을 들게 되었다.

그러므로 김춘수 시에 자주 나타나는 이 공간 이미지들은 두 가지로 나눌 수 있다. 하나는 상징적으로 '서양' 문화의 토대를 형성하는 씨앗이라고 할 수 있는 예루살렘과 그리스이다. 다른 하나는 '서양' 문화와 공통점이 많으면서도 차이점도 보이는 '서양'의 주변에 있는 스페인과 러시아이다. 전자를 통해 김춘수는 신화의 세계와 합리성의 세계 가운데 변증법을 보여준다. 후자를 통해 그는 구원으로서 예술의 공간을 검토하고, 그것으로 대도시로 상징되는 역사와 이데올로기 폭력에 저항하려고 한다.

2. '서양'의 토대에서: 예루살렘과 그리스로 본 신화의 초월과 데카당스

김춘수는 예수 인물과 희랍 신화에 대한 관심을 몇 번 고백한다. 『라틴점묘 기타』의 「시인의 말」에서 그는 오래 전부터 라틴문화권을 동경하고 흠모했다고 하며, 그리스에 대해 "유럽학문의 발상지라는 의미보다는 그들의 신화가 주는 상상과 시적 진실의 쪽이 더한 의미를 나에게 늘 주어왔다"[14] 고 한다. 『하느님의 아들 사람의 아들』이라는 제목으로 예수에 관하여 모은 수필은 김춘수가 예수와 성서에 대한 관심과 견식이 있다는 것을 확인시켜준다.

김춘수 시에서도 이 두 주제에 대해 그의 특별한 관심이 확인된다. 초기 시부터 성서와 희랍 신화와 관계가 있는 인물이 자기 시에 나타난다. 「예배당」과 「부다페스트에서의 소녀의 죽음」에서의 예수, 「막달아·마리아」에서의 마리아, 그리고 「그 이야기를······」에 나타난 "라케다이몬의 형제들" 그 예가 된다. 특히 다른 시보다는 김춘수가 역사로 인한 공포와 폭력을 고백하는 「부다페스트에서의 소녀의 죽음」과 「그 이야기를······」에서 예수("십자가에 못박힌 한 사람")와 스파르타의 신화적인 왕인 "라케다이몬"이 하는 역할은 흥미롭다. 이 두 시에서는 예수와 라케다이몬의 신화적인 이미지를 통해 역사의 무게에 대립적인 신화의 힘으로 저항하고자 하는 의도를 보이기 때문이다.

그러나 초기 시에 성서와 희랍 신화가 나타나는 것은 주로 인물의 언급으로 된다. 그것과 관계가 있는 예루살렘과 그리스 공간은 중기 시까지 거의 드러나지 않는다. 그런데 그 공간 이미지가 후의 발전이 조금 다르다. 김춘

---

14 김춘수, 「시인의 말」, 『김춘수 시전집』, 현대문학사, 2004, 459면.

수는 예루살렘과 성서의 공간에 대한 관심을 계속 보이지만, 그리스 이미지에 대한 언급은 그리스를 방문한 다음에 나온 시집에서 집중된다[15]. 또한 예루살렘은 초기 시에서 예수 이미지로 본 신화의 힘이라는 의미를 지속하게 보여주는 반면, 그리스는 기원에 있었던 신화적 생명력을 잃은 공간으로 나타난다.

이 두 공간이 시적 이미지가 되는 과정에는 원래 지니고 있는 상징적 의미가 매우 중요한 역할을 한다. 유대인 도시인 예루살렘은 예수로 인해 기독교인에게 있어 성시가 되었다면, 고대 그리스는 아테네 없이 상상할 수도 없고, 그리고 아테네도 소크라테스 없이는 상상할 수 없다. 예수가 예루살렘이라면, 소크라테스는 아테네라고 할 수 있다. 이 두 도시는 서양에서 매우 큰 상징적 의미를 지닌다. 예루살렘으로 상징된 크리스티안교와 아테네로 상징된 이성과 과학은 서양문화의 기초를 이룬다. 셰스토프가 서양 철학사에 대한 자기 책에『아테네와 예루살렘』이라는 제목을 붙일 때는 바로 그 기본적인 상징성과 관계된다. 김춘수에게 많은 영향을 미친 셰스토프에게 있어 예루살렘은 신앙이고, 아테네는 합리주의이다. 셰스토프는 아테네가 상징하는 합리주의를 비판하는 것과 같이 김춘수는 예루살렘 이미지를 통해 신화의 초월적인 힘을 보여주는 동시에 이성을 상징하는 그리스 이미지를 통해 신화의 데카당스를 표현한다.

---

15 김춘수 시에 나타난 성서와 관련된 소재를 세기가 쉽지 않다. 예수 인물이나 성서 에피소드와 공간과 직접 관계가 있는 것은 총 34편에 나오는데, '하느님'의 언급이나 간접적으로 된 예수의 언급도 고려한다면 그 수가 늘 수 있다. 그에 비하면 그리스와 관련된 언급은 불과 14편밖에 이르지 않는다. 그 시편들은 대부분 1988년의『라틴점묘 기타』와 1990년의『샤갈의 마을에 내리는 눈』시집에 수록되어 있다, 김춘수는『라틴점묘 기타』에서 1986년에 프랑스, 스페인과 그리스를 방문했다고 한다.

예수가 숨이 끊어질 때
골고다 언덕에는 한동안
천둥이 치고, 느티나무 큰 가지가
부러지고 있었다.
예루살렘이 잠을 들었을 때
그날 밤
올리브숲을 건너 겟세마네 저쪽
언덕 위
새벽까지 밤무지개가 솟아 있었다.
다음날 해질 무렵
생전에 예수가 사랑하고 그렇게도 걷기를 좋아하던
갈릴리호숫가
아만드꽃들이 서쪽을 보며
시들고 있었다.

— 「아만드꽃」, 『남천』, 전문16

이 시에는 예수가 죽는 날에 부활을 예언하는 "천둥이 치고, 느티나무 큰 가지가/부러지고", "새벽까지 밤무지개가 솟아 있었다"라는 구절에 나온 기적적인 현상이 일어나는 가운데 잠을 자는 예루살렘 풍경이 그려진다. 이 시에는 의미심장한 지명 세 가지가 있다. 예루살렘, 골고다 언덕, 갈릴리 호수가 바로 그것들이다.

잠을 자는 예루살렘은 하느님 아들의 고통을 무시하는 도시라고 여겨질 수 있지만, 사실 부활의 의미를 전달하고 있다. "예루살렘이 잠을 들었을 때"라는 행은 "예수가 숨이 끊어질 때"라는 행과 대응하면서 구성되는 행이기 때문에 예수와 예루살렘 사이에 상호 연결이 이루어진다고 할 수 있다. 예수

---

16 김춘수, 『김춘수 시전집』, 앞의 책, 406면.

가 죽는 것처럼 예루살렘이 잠을 자고, 예루살렘이 잠을 자는 것과 같이 예수가 죽는다. 즉, 예수의 죽음은 잠과 유사하니, 다시 눈을 뜰 것이라는 약속을 내포하고 있다. 여기서 예수처럼 예루살렘도 잠깐 자다가 묵시록에 나타난 신성한 하늘의 도시로서 새롭게 깨날 것을 예언하고 있다. 예루살렘은 크르시티안교인뿐만 아니라 유대인에게도 신시라고 여겨지고, 상실감과 회복에 대한 열망으로 비롯된 도시이다.17 따라서 주로 예루살렘 이미지는 유토피아와 인간의 구원 세계와 같은 의미를 내포한다. 신시 예루살렘은 현실과 현재에 있는 도시가 아니라, 부재하는 공간으로서 앞으로 이루어져야 하는 목표이고, 늘 갈망하는 공간이다.

이 목표를 이루기 전에 새로운 시작을 일으킬 세계의 종말이 먼저 도래되어야 한다. 부활과 구원 세계에 이를 수 있도록 고난과 극단적 비애를 치러야만 하는 것은 '골고다 언덕' 이미지로 나타난다. 성서에 따르면 골고다는 예루살렘 주변에 있는 언덕이고, 예수가 십자가에 못 박히는 수난을 겪었던 곳이라고 한다. 그러나 김춘수의 시에서는 골고다 언덕이 예수가 십자가의 고난과 죽음을 겪은 곳일 뿐만 아니라, 유토피아적 세계가 탄생하기 위해 세상의 모든 존재들이 치러야 하는 극단적인 고통과 파멸을 상징하는 곳이기도 하다. "천둥이 치고, 느티나무 큰 가지가/부러지고 있었다"라는 것과 같은 이미지는 「대지진」에서 볼 수 있는 우주적 파국과 다름없는 분위기를 표현하고 있다.18

---

17 Susan Stephens, "The city in the Literature of Antiquity", *The Cambridge Companion to the City in Literature*, Ed. by Kevin R. McNamara, Cambridge University Press, 2014, p.40~41.
18 안지영은 「대지진」의 파국 풍경에서 "거대한 몰락을 통해서만 거대한 비약에 이를 수 있다는 주제의식이 나타난다"고 말하고, "이는 하나의 세계를 탄생시키기 위한 파괴를 그려낸 것이다"라고 해석한다. 안지영, 「한국 현대시에 나타난 허무주의의 계보 연구―김수

골고다 언덕으로 드러난 파괴 이미지에서 예루살렘으로 상징된 유토피아 세계로 통과할 수 있게 하는 것은 '기적' 이미지이다. 이 시에서 '기적'은 갈릴리 호수 이미지로 나타난다. 김춘수에게 있어 예수가 갈릴리 호수의 물을 걸어가는 기적은 그의 상상력에 큰 울림을 준 것 같다. 「눈물」에는 이 기적이 "맨발로 바다를 밟고 간 사람은/새가 되었다고 한다"[19] 라는 구절로 나타난 적이 있다. 「눈물」에서 "맨발로 바다를 밟고 간 사람"이 새로 변신하는 것은 상승과 기적을 통한 현실의 초극을 의미한다. 그러므로 갈릴리 호수 이미지는 예수의 부활 기적과 인간의 구원에 대한 약속의 아날로지처럼 볼 수 있다. 산문에서 김춘수는 "예수가 갈릴리 호수를 맨발로 걸어갔을 때, 또는 성서에는 기록이 안 되고 있지만, 예수가 숨이 끊어질 때, 갈릴리 호숫가의 아만드꽃이란 아만드꽃이 모조리 서쪽을 바라고 시들어갔을 때, 그것은 또 하나의 천지개벽이었다"[20] 라고 한다. 그에게 있어 기적은 인간 능력의 한계라고 하는 물리적인 장벽을 심리적으로 극복하는 방식이다.[21] 여기서는 '심리적인' 것은 바로 '신화적'인 것을 의미한다.[22] 기적은 현실에서 쉽게 받아들일 수 없는 것이지만, 그러면서도 신화 세계 속에 존재하여 인간의 구원에 대한 희망을 내포하기 때문에 동시에 진실인 것이다. 그래서 기적에 대해 "현실에 대한 무한한 하나의 탈출구가 된다. 그것은 그러니까 환상이면서 구원이 된다"[23] 라고 말할 수 있다. 김춘수는 갈릴리 호수에서 인간과 기적의

영과 김춘수를 중심으로―」, 서울대학교 박사논문, 2016, 235면.

19 김춘수, 「눈물」, 『김춘수 시전집』, 앞의 책, 406면.

20 김춘수, 「아만드꽃」, 『왜 나는 시인인가』, 남진우 엮음, 현대문학, 2005, 112면.

21 김춘수, 「발바닥만 젖어 있었다」, 위의 책, 128면.

22 김춘수, 「처녀 회태」, 위의 책, 193면.

23 위의 책, 192면.

연결점을 위치시킨다. 갈릴리 호수가 아직 존재하기 때문에, 그리고 성서에서 예수가 그 호수 위를 걸었다고 하였으므로, 예수의 부활에 대한 희망과 구원의 상징으로서 신시 예루살렘의 새로운 깨어남에 대한 믿음이 아직 살아날 수 있다. 그러나 시인은 이것을 기독교식으로 이해하지 않는다는 점에 주목해야 한다. 기독교신자가 아닌 김춘수는 성서의 공간 이미지나 기적을 통하여 기독교와 관련된 희망을 전하려는 것이 아니라, 역사를 초극할 수 있는 하나의 신화 세계에 대한 희망을 드러내고자 하는 것이다.

김춘수의 중기 시에 나타난 희랍 신화 이미지는 예루살렘 이미지와 매우 다르다. 예루살렘을 통해 구원의 세계를 회복하려는 갈망을 드러낸다면, 김춘수에게 있어 희랍 신화는 현재 생명력을 잃은 데카당스의 이미지이다. 그 차이점의 까닭은 부분적으로 김춘수가 아테네를 방문했을 때 느낀 실망에서부터 비롯한다고 할 수 있다[24].

　　1. 바람

　　바람이 분다.
　　바람은 아킬레스처럼
　　아직도 힘이 세다.
　　여기 저기서 강아지풀들의 목뼈를
　　부러뜨리고 있다.
　　겨울인데
　　에게해로 가는 바람은 그러나
　　춥지가 않다.

---

24 "그리스에서는 아테네에서 아크로폴리스의 유적을 보고 나는 사실이지 실망을 떨쳐버리지 못하고 그리스 방문을 후회하기까지 했다." 김춘수, 「시인의 말」, 『김춘수 시전집』, 앞의 책, 459면.

모과빛 나는 하늘,
저 멀리 옛날의 토로이 해안이
가무스럼 보인다.

2. 살냄새

사천 년 전에 죽은 여자
헬레네의 살냄새는 나지 않는다.
신전의 기둥이
소문보다 너무 가늘다.
알렉산더대왕의 동체 없는 작은 얼굴이
그만 혼자 아직도 너무 젊다.
점잖게
등신대(等身大)로 누운 헤라클레스
그는 남근이 이미 반쯤 삭아
문드러지고 있다.

3. 낮은 언덕

고전고대(古典古代)
헬레니즘시대는 멀리 멀리 가버리고
신전은 아무 데도 벽이 없다.
한줌 유물을
눈요기로 팔아
입에 풀칠하는 사람들,
아크로폴리스 낮은 언덕 위에 내린
모과빛 나는
봄이 먼저 온듯한 하늘
겨울하늘,

어디로 날아갔나? 날개 달린
푸슈케,

— 「아크로폴리스 점경(点景)」, 『라틴점묘 기타』, 전문[25]

이 시에서는 시적 화자가 아테네에 있는 아크로폴리스를 방문하는 세 시점이 제시된다. 첫 번째는 화자가 토로이 해안을 바라보면서 "에게해로 가는 바람"이 부는 것을 느낀다고 한다. 두 번째는 화자가 보는 고고학적인 유적을 묘사하고 세 번째는 아크로폴리스 언덕에서 화자의 생각을 드러낸다. 시의 분위기는 서서히 어두워지면서 시적 화자를 둘러싸는 실망감을 드러낸다. "바람"이란 부제가 붙은 부분에서 에게해로 부는 바람은 "아킬레스처럼/아직도 힘이 세"고 "겨울인데" "춥지가 않다"는 행으로 볼 수 있듯이 아직 신화적인 시대의 힘을 보존하고 있다. 이 순간에 시적 화자는 아크로폴리스에서 부는 바람을 통해 희랍 신화의 상상력과 생명력을 회복할 희망을 보여주고 있는 것 같다. 그러나 "살냄새"라는 부분에서 화자는 헬레네, 알렉산더대왕, 헤라클레스와 같은 위대한 인물에 대해 남아 있는 것이 오직 몇 개의 유적뿐이라는 것을 발견한다. "사천 년 전에 죽은 여자/헬레네의 살냄새는 나지 않는다"와 "등신대로 누운 헤라클레스/그는 남근이 이미 반쯤 삭아/문드러지고 있다"라는 구절에 나타난 이미지로 그 유적은 과거에 있었던 화려함을 회복할 힘을 더 이상 지니지 않는다는 것이 확인된다. 마지막으로 "낮은 언덕"이란 부분에서 화자는 유럽학문 발상지가 될 수 있었던, 화려한 신화를 상상할 수 있었던 그리스의 "푸슈케"가 "어디로 날아갔나?"라고 물어보면서 "고전고대/헬레니즘시대는 멀리 멀리 가버"렸다는 결론에 다다른다.

---

25 김춘수, 『김춘수 시전집』, 앞의 책, 490~491면.

원래 많은 관심이 끌었던 희랍 신화는 갑자기 생명력을 잃게 되는 사실은 김춘수가 아테네를 방문한 다음에 난 실망으로 인해 될 수도 있지만, 또한 다른 이유 때문일 수도 있다. 김춘수에게 있어 예수와 예루살렘 경우와 달리 희랍 신화가 생명력을 잃은 까닭은 아마 김춘수의 머릿속에서 그 신화들이 니체가 말하는 최초의 "이론적 인간의 유형"[26] 인 소크라테스와 연결되어 있기 때문인지도 모른다. 『비극의 탄생』에서 니체는 소크라테스가 디오니소스와 창조적 예술, 그리고 신화의 반대자라고 생각하기 때문에 그를 엄격하게 비판한다. 그리고 그는 "이 모든 것을 현대의 경이로울 정도로 높은 지식의 피라미드와 더불어 머릿속에 떠올려 보는 사람은 누구나 소크라테스에서 이른바 세계사의 한 전환점과 소용돌이를 보지 않을 수 없다"[27] 라고 여긴다. 김춘수는 신화 세계를 통해 존재의 영성을 되찾으려고 하면서 인간이 유일한 진실의 영역으로서 이해한 과학과 이성에 저항한다. 그렇기 때문에 신화 세계는 영적인 영역과 연결되어야만 역사 세계에 저항할 수 있게 된다.

> 아테네 시 서부
> 플라톤 학원으로 가는 긴 골짜기
> 어귀에 저만치 뒤로 나가자빠진 석회질 암석 하나,
> 때마침 석양을 받아
> 군내나는 그의 온 얼굴에서 피어나는
> 마른 버짐,
> 그 위에 지는 겨울 낙엽,
> 낙엽은 자꾸 또 지면서 낙엽은
> 낙엽을 덮어준다.

---

26 프리드리히 니체, 『비극의 탄생』, 박찬국 역, 아카넷, 2007, 189면.
27 위의 책, 192면.

더 추워 보인다.

―민주주의가 나를 죽이지 않았다.
관념론과 귀족주의가 나를 죽이지도 않았다.
크리톤 크리톤아, 아스클레피오스 신에게
빚진 닭 한 마리 갚아 주게나.
　　　―「소크라테스의 변명」,『샤갈의 마을에 내리는 눈』, 전문28

　　이 시의 전반부에는 아테네에 있는 플라톤 학원 주변이 묘사된다. "군내"
와 "겨울 낙엽" 이미지는 "더 추워 보인다"하여, 시 분위기에 데카당스 느낌
을 부여한다. 이 시의 화자는 소크라테스의 목소리를 취하고 "민주주의가 나
를 죽이지 않았다./관념론과 귀족주의가 나를 죽이지도 않았다"고 선언한다.
사실 아테네의 이미지는 민주주의 이념, 합리적 사고와 소크라테스라는 인
물 등과 분리할 수 없는 것이다. 서양 문화에 있어 아테네는 민주주의의 발
상지이자 그 모범이 되는 도시이다. 동시에 플라톤이 이야기했던 소크라테
스의 죽음으로 인해 '죄의 도시'라고 여겨지기도 한다.29 따라서 민주주의는
아테네의 화려함과 동시에 아테네의 데카당스와 연결된다. 니체는 소크라테
스가 신화와 창조적 본능으로부터 멀어지고 이성과 지식에 의존하면서 죽음
에 대한 공포를 상실했다고 한다.30 소크라테스는 귀양을 거부하고 죽는다.
예수와 같이 소크라테스는 고통을 받아들이고 자기 이념 때문에 희생된
다.31 김춘수에게 있어 예수의 죽음은 인간의 한계를 초극한다는 의미를 지

28　김춘수,『김춘수 시전집』, 앞의 책, 527면.
29　Susan Stephens, op. cit., p.34.
30　프리드리히 니체,『비극의 탄생』, 앞의 책, 175~196면.
31　"나는 예수를 두려워하고 소크라테스를 두려워하고 정몽주를 두려워한다. 이념 때문에
　　이승의 생을 버린 사람들을 나는 두려워한다." 김춘수,「베라 피그넬」,『나는 왜 시인인

니지만, 예수와 달리 소크라테스의 죽음은 이성, 즉 이데올로기와 역사가 인간을 이기고 압박한다는 것을 상징한다.

그렇기 때문에 김춘수 시에서는 서양에서 신앙을 상징하는 도시인 예루살렘은 기적과 신화의 초월적 힘과 연결되지만, 이성과 과학을 상징하는 아테네의 신화는 원래 지녔던 생명력을 잃은 모습으로 등장한다.

3. '서양'의 주변에서: 예술과 역사 가운데 있는 스페인과 러시아

김춘수는 서양의 문학과 예술에 매력을 느끼는 것을 부인할 수 없다. 특히 현대 예술과 20세기 모더니즘 경향이 그렇다. 김춘수의 텍스트에 나온 예술가·작가의 언급을 통해 그의 영향이 다양하다고 확인된다. 가령 그의 텍스트에서 말라르메와 엘리엇과 같은 시인, 사르트르와 같은 철학가, 루오, 세잔, 잭슨 폴록과 같은 화가의 언급을 찾을 수 있다. 그 인물들의 출신인 프랑스와 미국이 김춘수 시에도 드러나지만, 김춘수에게 있어 예술과 문학과 밀접한 관계를 보여 다른 지역보다 뛰어난 공간은 두 곳이 있다. 그 두 공간은 바로 스페인과 러시아이다. 전자는 기행시 「라틴점묘」의 대부분을 차지하고, 그 시집의 「시인의 말」에서 김춘수가 스페인에 대해 "가장 친근한 정신적 어머니의 나라가 되어 있었다"고 하며, 고야, 엘 그레꼬, 피카소, 우나무노 등과 같은 화가와 사상가의 이름을 들어 말한다[32]. 후자는 주로 제목부터 러시아 소설가 도스토예프스키와 관련하는 시집 『들림, 도스토예프스키』에 나타난다[33]. 또한 자서전 소설 『꽃과 여우』에서는 "나는 도스토예프스키,

가』, 앞의 책, 334면.
32 김춘수, 「시인의 말」, 『김춘수 시전집』, 앞의 책, 459면.

고골, 고리키, 체호프, 투르게네프 등의 문학을 섭렵했고, 셰스토프, 베르댜예프 등의 사상을 좇아다녔다[34] "라고 한다.

김춘수에게 있어 스페인과 러시아는 공통점을 갖고 있는 것 같다. 스페인과 러시아 출신의 작가와 예술가에 대한 그의 느낀 매력을 넘어, 그 공통점은 아마 그가 이 두 공간을 시적 이미지로 변화시키기 위한 관심의 까닭을 설명할 수 있을지도 모른다.

한편, 스페인과 러시아는 서유럽의 주변에 배치되어 있는 것이 공통적으로 한다. 러시아는 분명히 지리적 물론 문화적으로도 서유럽의 외주에 있는 나라이다. 스페인은 러시아와 달리 지리적으로 서유럽에 속하고 하지만, 역사적으로 북유럽과 차이를 보여준다[35]. 아마 그렇기 때문에 김춘수는 "프랑스와 스페인은/(피레네산맥 탓일까?)/바람이 다르고 햇살의 미립자가 다르다[36] "라고 하면서 「이베리아 탑승」에서 프랑스와 스페인의 차이점을 강조할 수 있다.

게다가 이 두 공간에서 김춘수는 유럽의 합리주의에서 멀어지는 종교와 신비주의로 접근하는 경향을 찾는다. 러시아의 경우에는 김춘수는 『꽃과 여우』에서 셰스토프의 사상이 "점차 신비주의 쪽으로 기울어졌지만, 그것은

---

33 스페인과 러시아에 대한 언급은 『라틴점묘 기타』와 『들림, 도스토예프스키』에서만 나타나지 않지만, 그 시집에 가장 많다.

34 김춘수, 『꽃과 여우』, 앞의 책, 104면.

35 기원을 알 수가 없지만, 스페인에 "유럽은 피레네 산맥에서부터 시작한다"라고 하는 말이 있다. 그 말은 보통 8세기부터 12세기까지의 이슬람교의 영향으로 인해 스페인의 고유성과 엑조티즘을 강조하면서 북유럽 보다 발전되지 않은 것을 경멸적으로 의미한다. 우나무노와 같은 사상가는 그 말을 받아들이면서 원래 의미를 거꾸로 하여, 스페인의 고유성을 전달하며 스페인에서 본 프랑스 영향을 비판하기 위해서 쓴다. Miguel de Unamuno, "Sobre la independencia patria", *España* (Buenos Aires), 1908.05.

36 김춘수, 『김춘수 시전집』, 앞의 책, 468면.

슬라브 식 계시주의라고[37] " 생각한다고 한다. 그리고 스페인의 경우에는 김 춘수 시에 가장 많이 나타나는 스페인 사상가인 우나무노는 유명한 책 『생 의 비극적 의미』에서 자신의 생기론(vitalism) 사상을 제시하면서, 사상과 지 식(이성)이 생명과 대립한다고 주장한다.[38]

따라서 김춘수에게 있어 이 두 공간의 상징적 의미를 고려한다면, 그는 이 두 공간을 선택을 통해 분명히 합리주의에서부터 멀어지는 영적인 예술의 세계로 기우는 것을 전달하고 있다. 그러나 스페인과 러시아 이미지에서 예 술 세계만 찾는 것이 아니다. 그 공간은 대도시 마드리드와 페테르부르크 이 미지로 역사의 세계도 시 속에 포함하게 한다. 여기서 김춘수는 유럽의 속하 면서도 동시에 바깥에 있는 스페인과 러시아의 이중성 속성을 착용하여, 그 나라 수도 이미지를 통해 죄와 이데올로기 소재를 드러낸다. 그 대도시들은 예술적 창조와 자연의 영성으로 순수와 초월을 표현하는 공간과 대비한다. 이런 식으로 예루살렘과 그리스 이미지로 살폈던 대립은 또 다른 모습으로 나타난다.

> 나타샤,
> 죄는
> 피와 살을 소금에 절인
> 그 어떤 것갈이다.
> 7할이 소금이다.
> 페테르부르크는 보들레르의 시처럼 어디를 가도
> 나트륨의 냄새가 난다.

---

37 김춘수, 『꽃과 여우』, 앞의 책, 104면.
38 Miguel de Unamuno, *Del sentimiento trágico de la vida*, Prólogo de P. Félix García, Espasa Calpe, 1985, cap. 2 (Kindle e—book).

나도 한 번
마차 바퀴에 몸을 던져보니 알겠더라.
치통(齒痛)에도 쾌락이 있다.
몸을 팔고도 왜 소냐는
천사가 됐는가,
불빛이 그리워 우리는 지금
밤을 기다린다.

이승에서는 아무것도 한 일이 없는 건달
와르코프스키 공작.
　　　　　— 「나타샤에게」, 『들림, 도스토예프스키』, 전문[39]

마드리드에는 꽃이 없다.
다니엘 벨은
이데올로기는 이제 끝났다고 했지만
유카리나무에 피는
하늘빛 꽃은 바다 건너
예루살렘에 가야 있다.
마드리드의 밤은
어둡고 낯설고
겨울이라 그런지 조금은
모서리가 하얗게 바래지고 있다.
그네가 내미는 손이
작고 차갑다.
　　　　　— 「마드리드의 어린 창부」, 『라틴점묘 기타』, 전문[40]

　「나타샤에게」를 통해 김춘수가 도스토예프스키 소설에 나타난 페테르부

39 김춘수, 『김춘수 시전집』, 앞의 책, 837면.
40 김춘수, 『김춘수 시전집』, 앞의 책, 478쪽.

르크의 퇴폐적 분위기를 사용하여 대도시의 풍경이 죄와 연결하는 것은 확인된다. 『학대받은 사람들』에서 등장하는 "와르코프스키 공작"의 언급과 『지하 생활자의 수기』에서 나온 "치통(齒痛)에도 쾌락이 있다"라는 인용을 통해 페테르부르크 이미지는 부도덕하고 죄로 가득 찬 공간으로 부각된다. 『학대받은 사람들』의 주인공인 나타샤는 와르코프스키 공작의 아들인 알료샤에게 반하고 가족의 의견을 듣지 않으면서 그와 탈출하여 죄를 짓는다. 그러나 진실로 죄짓는 사람은 그녀가 아니라 합리주의와 이기적인 논리를 상징하는 와르코프스키 공작이다. 한편, 『지하 생활자의 수기』에의 주인공 화자는 사람들이 항상 이로운 것만 하고, 해로운 것을 하게 되면 무지(無知) 때문이라고 하는 합리주의자의 주장을 거부하는 부도덕적 반영웅이다. 그는 페테르부르크에 있는 지하실에 살고 있는데, 소설에서는 그가 사는 방의 위치와 그의 도덕 높이와의 관련을 보인다. 이런 식으로 페테르부르크는 타자의 고통에 동정을 못 하는 이 두 인물로 인해 죄와 폭력으로 물든다.

「마드리드의 어린 창부」에는 반대 의미를 지닌 두 도시가 대립된다. 하나는 신화를 상징하는 예루살렘이고, 다른 하나는 역사를 상징하는 대도시인 마드리드이다. 이 시에서 성서에 대한 언급이 없고, 예수도 나타나지 않지만, 예루살렘은 여전히 '성스러운 도시'로서 신화적인 의미를 유지한다. 반면, 이 시에서 마드리드는 이데올로기·폭력·역사[41] 의 도식을 드러내는 대도시 이미지일 뿐이다. "다니엘 벨/이데올로기는 이제 끝났다고 했지만" 시인은 사회적 불평등을 비유하는 어린 창부의 이미지를 통해 어둡고 낯선 마

---

41 김춘수 문학을 이해하려면 매우 중요한 '역사=이데올로기=폭력'이라는 도식은 그가 일본에서 유학 때 세타가야 경찰서의 감방에서 반 년 동안 구금한 체험에서 비롯한다고 한다. 김춘수, 「처용, 그 끝없는 변용」, 『김춘수 시론전집 II』, 현대문학, 2004, 148~150면.

드리드의 밤에는 분명히 이데올로기가 아직 남아 있다고 전한다. 따라서 그 어린 창부가 있는 도시는 이데올로기(역사)로 지배되는 도시라서 "마드리드에는 꽃이 없다"고 한다. 유토피아의 세계는 스페인을 떠나고 "유카리나무에 피는/하늘빛 꽃은 바다 건너/예루살렘에 가야 있다." 이런 식으로 마드리드는 역사의 압박과 폭력을 상징하게 된다.

이 두 수도의 지명은 원시와 자연으로부터 유리된 대도시에의 인간 생활을 연상시키는 기능을 갖기에 시 속에서 죄, 폭력, 이데올로기의 이미지, 즉 김춘수에게 있어 '역사'의 공간을 만들기에 유용하다. 그러나 이 역사의 공간은 자연과의 접촉이나 예술의 창조력을 덕분이고 영성과 신화를 통해 역사를 저항할 수 있는 공간으로 대비된다. 러시아의 경우에는 이 공간은 주로 시베리아 광막한 지역에 배치되며, 샤머니즘 문화를 가진 유목 민족으로 그의 초월적인 의미가 갖게 된다. 스페인의 경우에는 여러 공간이 그 기능을 하는데, 특히 예술의 창조력의 힘으로 신화와의 연결을 회복을 할 수 있게 하는 공간으로서 마요르카 도가 뛰어나다.

> 해거름
> 마당에 평상을 내놓고
> 평상에 걸터앉아 리자 할머니가
> 사모바르에 차 달이는 자기 옆모습을
> 저만치 곁눈질한다.
> 비가 오지 않아
> 티티새 깃이 꺼칠하다
> 아무르 강 건너 고리도 족의 마을은
> 너무도 멀다.
> 그
> 꿈에 본 젊은

델스 우자라.

— 「리자 할머니」, 『들림, 도스토예프스키』, 전문[42]

「처용단장」 제3부-11에 나타난 "호야, 네 숨이 멎던 그날은 시베리아로 가는 티티새의 무리가 하늘을 가맣게 덮고 있었다"[43] 라는 시구를 통해 "호"라는 인물의 영혼과 시베리아로 가는 티티새와의 관계가 암시된다. 그 관계로 인해 이미 「처용단장」에 시베리아는 이승과 저승을 연결하는 초월한 공간으로 드러난다고 할 수 있다.

「처용단장」에서 시베리아의 초월성을 상징하는 같은 "티티새"는 「리자 할머니」에도 나타난다. 「처용단장」에서는 새가 시베리아로 날아가고 있지만, 이 시에서 "아무르 강 건너 고리도 족의 마을은/너무도 멀"기 때문에 티티새는 아직 시베리아에 도달하지 않을 뿐만 아니라 "비가 오지 않아/티티새 깃이 꺼칠하다"라는 것으로 암시되듯 가는 모습도 보여주지 않는다. 아무르 강의 일부는 중국과 러시아의 자연적 경계의 기능을 한다. 김춘수는 그 이미지를 빌려 자기 시에서 아무르강이 시베리아의 경계를 그리기 위해서 사용한다. 「허리가 긴」이라는 시에서 아무르강은 바로 그 역할을 보여주면서 자신의 죄를 씻기 위해서 시베리아로 가야 하는 『죄와 벌』의 주인공인 라스코리니코프와 『카라마조프의 형제』에 등장하는 드미트리가 건너야 하는 자연적 경계가 된다. 「리자 할머니」의 경우에는 아무르강을 건너면 광막한 시베리아 지역에 있는 고리도 족의 마을이 나타난다. 그 마을에서 러시아 탐험가인 블라디미르 아르세니예프(Vladimir Arsenyev)가 묘사한 엽사 데르수 우잘

---

42 김춘수, 『김춘수 시전집』, 앞의 책, 850면.
43 김춘수, 「처용단장」 제3부 『김춘수 시전집』, 위의 책, 567면.

라가 살았다. 블라디미르 아르세니예프는 우수리강 유역으로 탐사 여행하면서 겪었던 모험과 그 지역을 안내하는 유목인 데르수 우잘라와의 우정을 『데르수 우잘라』라고 하는 기행 책에서 기술하였다.[44] 그는 이 책을 통해 자기의 목숨을 여러 번 구한 데르수 우잘라가 보여준 애니미즘 신앙과 자연에 대한 존경, 즉 서양 사상과 매우 먼 데르수의 세계관을 알리고자 한다. 「리자 할머니」 시에서 데르수와 같은 인물이 언급됨으로써 시베리아 지역은 유목 민족의 애니미즘 영성과 연결된다. 이를 통해 시베리아는 자연의 생명력과의 접촉이 가능한 공간, 거의 도달할 수 없는 먼 공간으로 부각된다. 자연의 영성과의 접촉으로 인해 시베리아는 라스코리니코프와 드미트리가 죄를 씻을 수 있는 순수하고 초월적인 공간이 된다.

> 헬렌을 업고 달아난
> 양 치던 왕자 파레스, 그가
> 아직도 살아 있다.
> 나이는 열여덟
> 열일곱?
> 아직도 샌들을 신었다.
> 억센 무릎이 사시나무 떨듯 떨고 있다.
> 태풍이 오고 있나부다. 그러나
> 태풍은 비켜가고
> 태풍이 비켜간 날 밤하늘에는
> 혹진주 같은 검은 별들이
> 검은 은하를 만들었다.
> 후앙 미로가 여기서 태어났다.

---

44 같은 제목으로 아키라 쿠로사와가 감독한 영화도 있다. 블라디미르 아르세니예프의 책과 마찬가지로, 영화에서도 데르수 우잘라의 애니미즘 신앙과 자연에 대한 존경을 잘 볼 수 있다.

그의 그림 한쪽에는 언제나

보일듯 말 듯

귀가 쭈뼛하고 눈이 순한

그의 아내가 동그랗게 앉아 있다.

사람들은 일러

마요르카의 나귀라고 한다.

— 「마요르카 도(島)」, 『라틴점묘 기타』, 전문45

시베리아는 그 지역에서 거주하는 유목 민족의 영성을 통해 초월적 공간이 되며, 「마요르카 도(島)」에서 나온 마요르카는 신화가 계속 살아나고 순수한 공간이 될 수 있는 것은 예술가의 창조력 덕분이다. 이 시의 첫째 행에 나타나는 "헬렌"과 "파레스"라는 인물을 통해 신화의 공간을 분명히 볼 수 있다. 희랍 신화는 그리스와 관련된 시에서 생명력이 사라지는 것으로 묘사되어 있지만, 마요르카 도에서는 "아직도 살아 있다"라고 하는 것이다. 미로의 미술이 아내의 사랑과 결합되어 있기 때문에 이 시에서 신화는 계속 생명력을 지닐 수 있다. 또한 미로의 예술은 아내의 사랑뿐만 아니라, 아이의 상상력과 자연의 조화와도 연결되어 있다. 「꿈꾸는 별, 한 예술가의 초상」 글에서는 김춘수는 미로에 대해 "다만 순수한 어린이"라고 하며, 피카소와 달리 전쟁의 공포를 드러내는 「게르니카」와 같은 작품을 그리지 않는다고 한다.46 또한, "별빛을 검게 칠한 미로의 그림은 그러니까 꿈의 장난이라고도 할 수 있다. 무심하고 즐거운 아이들의 장난 그것이다. (중략) 화가는 별의 말을 알아듣는다. 그런 점에서 그는 그대로 어린이가 되고 있다."47 라고 한다.

---

45 김춘수, 『김춘수 시전집』, 앞의 책, 475면.

46 "그는 전쟁 중에 쫓겨다닌 신세였지만 전쟁이 그의 작품에 소재로 등장한 일은 없다." 김춘수, 「꿈꾸는 별, 한 예술가의 초상」, 『김춘수 전집 3 수필』, 앞의 책, 268면.

47 위의 책, 268면.

이 글에서 김춘수는 미로에 관한 두 작품을 강조한다. 미로의 작품 세계에서 초기에 해당되는 유명한 「농장」(1921—1922)과 검은 별이 등장하는 「별자리」라는 연작이 그것들이다. 이 그림들은 「마요르카 도」에서 살짝 엿볼 수 있는 그림들이다. 「별자리」 연작에 나온 검은 별은 "흑진주 같은 검은 별들이/검은 은하를 만들었다"라는 시구로 암시되며, 「농장」이나 초기의 작품에 '나귀' 이미지가 등장하는데 "사람들은 일러/마요르카의 나귀라고 한다"라는 시구에서 엿볼 수 있다.

「별자리」는 미로가 제2차 세계 대전 때 1939년부터 1941년까지(스페인 내전의 공포를 표현하는 피카소의 「게르니카」는 1937년의 작품이다) 주로 마요르카에서 그렸던 연작의 제목이다. 매우 어려운 시기 때 창작된 「별자리」에 나타나는 검은 별 이미지에서 김춘수는 역사를 초월하여 직접 자연과 우주와 연결될 수 있는 순수 예술의 가능성을 본다. 김춘수에게 있어 진정한 예술가는 "다만 그들(별)의 꿈을 발견한 사람에 지나지 않는다"[48]라고 생각하며, "별의 말"을 알아들을 수 있는 미로는 어린이의 순수함을 지니게 된다. 그러므로 그 '검은 별' 이미지는 예술가를 어린이의 상상력과 연결시킬 뿐만 아니라, 우주의 힘, 즉 자연과 영적 세계의 생명력과 또한 관계를 맺게 한다. 이러한 식으로 이 시에서 '검은 별' 이미지는 역사에 대한 초월과 어린이의 순수한 창조력을 표현하게 된다.

또한, 아내라는 인물과 관계가 있는 "마요르카의 나귀" 이미지는 아내에 대한 애정뿐만 아니라, 예술가와 대지의 관계도 드러낸다.[49] '나귀' 이미지

---

48 김춘수, 「꿈꾸는 별, 한 예술가의 초상」, 『김춘수 전집 3 수필』, 문장사, 1983, 267면.
49 사실 미로는 마요르카 아니라, 바르셀로나에서 태어났지만 어렸을 때부터 마요르카 섬에 있던 외할머니 집에서 여름을 보냈다. 거기서 그는 아내도 만나게 되었다. 그리고 청소년 시절부터 미로의 유명한 그림 「농장」에 나타나는 카탈루냐 지방에 있는 몬트로이그

는 「농장」이나 「당나귀가 있는 정원」(1918)과 같은 초기 작품에 나타난다. 미로는 그 초기 그림을 주로 카탈루냐 지방의 몬트로이그(Mont Roig)에 있는 농장에서 그렸다. 이 작품에 나타나는 농장의 풍경은 환상적인 느낌을 자아내지만, 동물이나 식물이 매우 자세하게 그려져 있다. 미로에게 있어 몬트로이그 농장은 예술가로서 자신이 탄생한 곳으로 여겼던 공간이라, 그는 그 땅에 성장하는 만물을 오랫동안 관찰하고 자세히 그렸다. 미로는 이러한 방식으로 자기 땅에 대한 애착을 표현하려고 했다. 미로가 스페인의 풍토를 사랑한다는 것[50]과 "그는 스페인 민중의 마음을 가장 순수한 상태로 사로잡고 있었다. 그것은 그들의 향수에 연결되고 있다"[51]라는 시인의 말이 암시하듯, 김춘수도 그 애착을 느꼈던 것 같다. 결국, 이 시에서 마요르카 이미지는 예술가가 사랑스런 아내와 함께 지내면서 신화의 세계와 접촉하고 어린이의 상상력으로 창작할 수 있는 유토피아적 공간이 된다고 할 수 있다.

여기까지 스페인과 러시아 이미지를 공통으로 살펴봤는데, 이 두 공간에 또 다른 공통점이 있는 것을 간과할 수 없다. 그것은 바로 그 공간이 김춘수가 존경한 프라하의 시인 릴케와 맺는 관계이다. 김춘수의 시에서 릴케에 대한 이미지는 직간접적으로, 다양한 방식으로 드러나며, 이 두 공간의 이미지로도 드러난다. 릴케 이미지는 『들림, 도스토예프스키』에서 릴케의 『하느님 이야기』에 대한 언급을 통해 직접 나타나고 러시아 공간과의 관계를 맺게 되며, 스페인의 경우에 릴케 이미지는 톨레도 이미지를 통해 간접적으로 드

(Mont Roig)에서도 긴 기간을 지냈다. 이 세 공간은 미로의 작품에 큰 영향을 미쳤다. Elena Juncosa Vecchierini, "'All I did was look.' Mont-roig, the Landscape of Joan Miró", Fundació Joan Miró Barcelona, 2018.
50 김춘수, 「꿈꾸는 별, 한 예술가의 초상」, 『김춘수 전집 3 수필』, 위의 책, 267면.
51 위의 책, 268면.

러난다. 김춘수의 시 창작에 있어 릴케의 영향은 가장 중요한 역할을 하였다고 단언할 수 있다.[52] 김춘수에게 있어 릴케는 영적인 내면세계를 발견하는 진정한 예술가의 이상적인 모범이기 때문이다. 그러므로 진정한 예술가인 릴케 이미지에서는 진정한 예술과 영적 세계가 연결되기 때문에 그 이미지로 스페인과 러시아는 진정한 초월적 의미를 갖게 된다고 할 수 있다.

릴케는 평생 수많은 나라에 다녀가던 방랑자였다. 릴케는 머문 공간의 풍경에서 자기 내면세계를 변용할 수 있는 영감을 찾고 있었다. 그 공간들은 자기 문학과 분리할 수 없는 만큼 릴케의 작품에 영향을 미쳤다.[53] 진실로 그 내면세계의 변화를 이루는 곳 중에는 러시아와 스페인이 뛰어나, 릴케의 문학에 그 두 공간의 영향이 확인된다.

릴케는 루 살로메와 함께 1899년과 1900년에 러시아를 두 번 방문하였다.[54] 릴케가 러시아에서 발견한 풍경과 어디 가든지 볼 수 있는 러시아의 영성, 그리고 톨스토이와 다른 러시아 예술가와의 만남은 그에게 있어 러시아가 자기 정신 조국이라고 할 수 있는 만큼 릴케 마음에 잊을 수 없는 자취를 남게 하였다.[55] 러시아의 체험은 『시도서』 시집의 일부와 『하느님 이야

---

52 김춘수의 수필, 시론, 시에는 빈번하게 릴케의 이름이 나타내고, 릴케의 영향을 여러 글에서 인정하였다. "릴케의 시가 있었기 때문에 나는 시에 눈을 뜨게 되고 시를 쓰게 되었는지도 모른다. 그것은 하나의 우연처럼 나에게로 왔다." 릴케와의 만남은 결국 시 창작을 시작하는 데에 있어 매우 중요한 영감이 된 것이었다. 김춘수, 「릴케와 나의 시」, 『릴케』, 앞의 책, 235면.

53 Pilar Martino, "Introducción", en Rainer Maria Rilke, *Historias del buen Dios; Los apuntes de Malte Laurids Brigge*, Ediciones Cátedra, 2016, p.72

54 Joaquín Rubio Tovar, "Rilke, sin moradas", en Carmona, F. y García, J.M. (eds.). *Libros de viaje y viajeros en la literatura y en la historia: in memoriam del Prof. Pedro Lillo Carpio*, Universidad de Murcia, Museo de la Universidad, 2006, p.288.

55 Ibid, p.289.

기』에 수록되는 이야기의 세 편을 창조하기 위한 영감이 된다.[56]

『꽃과 여우』에서 김춘수는 『하느님 이야기』를 읽은 후 릴케가 왜 살로메를 따라다녔는가를 이해하게 되었다고 하며, 러시아와 슬라브 민족에 대한 호기심이 생겨 러시아 문학과 러시아 사상을 탐색하기 시작했다고 한다.[57] 따라서 김춘수에게 있어 릴케의 『하느님 이야기』는 슬라브 문화에 대한 호기심의 씨앗이기 때문에 『들림, 도스토예프스키』와 같은 시집에서 수록된 시 중에 릴케와 『하느님 이야기』의 언급이 보이는 시를 찾을 수 있는 것은 이상하지 않다. 릴케를 통해 김춘수는 슬라브 문화에서 생명의 의미와 존재와 예술을 위한 영성의 중요함에 대한 자기와 같은 고민을 찾는다.

> 아흔 살 난 마슬로바 할머니가 말합니다.
> 자식을 낳아
> 하나 둘 키워보면
> 불이 얼마나 따뜻한가를 알게 된다고.
> 그런데
> 루바슈카만 걸치고 겨울 밤
> 우스리 강을 건너는 그 분의
> 야윈 그림자를
> 시인 릴케가 보았다고 합니다.
> 승정님,
> 스정님의 넓고 넓은 가슴에
> 씨를 뿌리는 일은
> 겨레의 몫입니다.
> 아시겠지만 이 땅에는
> 교회의 종소리에도 아낙들 물동이에도

---

56 Pilar Martino, op. cit. p.75~76.
57 김춘수, 『꽃과 여우』, 앞의 책, 103면.

식탁보를 젖히면 거기에도
천사가 있습니다. 서열에는 끼지 않은
천사가 있습니다,

슬라브 겨레의 내일을 굳게 믿는
샤토프 올림.
―「치혼 승정님께」, 『들림, 도스토예프스키』, 전문58

이 시에서는 『하느님 이야기』와 관련하여 릴케에 대한 언급이 나타난다.
김춘수는 『하느님 이야기』가 '기행문'으로 묘사하지만, 사실 그 책에서 수록
된 열셋 이야기 중에 세 편밖에 러시아의 배경을 보여주지 않는다 (「왜 배신
이 러시아에 왔는가」, 「티모페이 노인이 죽으며 부른 노래」, 「정의의 노래
」). 그런데도 이 세 편은 릴케가 러시아를 머물 때 체험한 풍습과 들었던 전
통 이야기를 바탕으로 짓는 것은 사실이다.59 릴케에게 있어는 슬라브 민족
이 어디든지 보여주는 영성이 매우 충격적이었다. 러시아에서는 릴케는 하
느님이 자기 업무를 예술가들에게 주었던 것과 같은 느낌이 들고,60 그에게
있어 러시아는 '하느님', '민족'과 '자연'을 결합하는 공간이 된다.61 따라서
이 시에서 김춘수는 "아시겠지만 이 땅에는/교회의 종소리에도 아낙들 물동
이에도/식탁보를 젖히면 거기에도/천사가 있습니다"라고 할 때 러시아에 대
한 릴케의 감각을 받아들이고 있다. 또한, "슬라브 겨레의 내일을 굳게 믿는"
샤토프 인물을 통해 김춘수는 서양의 합리주의를 저항하는 슬라브의 전통
가치를 지지한다. 이 양상을 강조하기 위해서 그는 슬라브의 가치를 러시아

---

58 김춘수, 『김춘수 시전집』, 앞의 책, 836면.
59 Pilar Martino, op. cit., p. 89.
60 Joaquín Rubio Tovar, op. cit., p. 289.
61 Hans Egon Holthusen, *Rainer Maria Rilke*, Ed. Alianza, 1968, p. 64.

의 서부에 배치하는 것이 아니라,[62] 그것을 유목 민족이 거주하는 시베리아에 있는 우수리강 유역으로 옮긴다. 이런 식으로 김춘수는 슬라브 민족의 영적 가치에 대한 상징적인 의미를 동부 러시아에 있는 시베리아에서 집중시킨다. 그러므로 서양과 동양 가운데 있는 곳으로서의 러시아 문화의 이중성은 김춘수 시에서 서부와 동부, 페테르부르크와 시베리아 가운데 확인할 수 있는 상징적인 차이점으로 강조된다. 즉 애니미즘 신앙과 슬라브 전통은 시베리아에 배치되면서 부도덕, 죄와 서양의 합리주의는 대도시 페테르부르크와 연결된다.

『들림, 도스토예프스키』와 달리 직접적인 관계를 보이지는 않지만, 릴케의 영향은 스페인과 관련한 시에도 파고든다. 이와 관련하여 특히 스페인에 있는 고도(古都) 톨레도 이미지에서 릴케의 영향이 강하게 느껴진다. 릴케와 천사의 이미지를 통해 톨레도는 역사에서 벗어나 신화와 예술을 결합한 구원의 세계가 될 수 있는 가능성을 보인다.

> 천사는
> 전신이 눈이라고 한다.
> 철학자 쉐스토프가 한 말이지만
> 토레도 대성당 돔의
> 천정의
> 좁은 뚜껑문을 열고 그때
> 내 육체가 하늘로 가는 것을
> 그네는 보았다.
> 색깔유리로 된

---

62 그러나 릴케는 주로 서부 러시아만 (특히 모스코바, 페테르부르크, 볼가의 지역과 우크라이나) 방문하였고, 그의 이야기가 주로 서부 러시아와 우크라이나에 배치되어 있다.

수많은 작은 창문들이 흔들리고
지상에서 한없이 멀어져 가는
내 육체의 갑작스런 죽음을
천사,
그네는 보았다.

─「토레도 대성당」,『라틴점묘 기타』, 전문63

하늘을 나는 새처럼
들에 피는 꽃처럼
토레도에서 사람들은
내일을 근심하지 않아도 되었다.
하느님은 모든 것을 주신다.
아이를 사타구니 사이
예쁜 남근을 주시고
할머니 머리칼의
은빛을 주시고, 그리고
꼬부라진 좁다란 골목길을 주시고
잡화점 처마 끝에 와서
잠깐 머물다 가는
석양,
저녁의 안식을 주신다.
그렇다. 이젠
누군가의 기억 속에 깊이 깊이 가라앉아 버린
도시,
토레도.

─「토레도 소견」,『라틴점묘 기타』, 전문64

이 시들은 스페인의 고도 톨레도를 배경으로 하고 있다. 톨레도는 이 시들

63 김춘수,『김춘수 시전집』, 앞의 책, 480면.
64 위의 책, 476면.

에서 천사와 하느님을 언급함으로써 신화 세계와 연결된다. 그리고 톨레도가 시인 릴케와 관계로 인해 예술의 도시도 된다고 할 수 있다. 릴케는 1912~1913년 겨울 스페인을 여행하였고 마드리드, 톨레도, 코르도바, 세비야와 론다 등을 방문하였다.[65] 릴케는 특히 톨레도와 론다의 풍경이 이상적이었다고 하였고, 여행하는 동안 느꼈던 감동과 영감을 많은 편지에 담아 전달하였다. 김춘수는 『라틴점묘 기타』의 「시인의 말」에서 톨레도에 대해 "역사를 잃고 중세의 아늑한 침상에 누워"있는 도시라고 한다.[66] 김춘수의 말은 릴케의 톨레도에 대한 인상과 동일하다. 릴케는 톨레도에 대해 "이 도시에는 역사에 대해 고려되지 않다. 전설밖에 없기 때문이다"[67] 라고 말한 바 있고, 그 도시를 다음과 같이 묘사한다.

> "...하늘과 땅의 도시라고 할 수 있습니다. 왜냐하면 이 도시는 사실 그 두 세계 속에 있으니까요. 이 도시는 모든 존재자를 관통하고 있습니다. (중략) 즉 이 도시는 죽은 사람, 살아 있는 사람, 천사들의 눈에 똑같은 정도로 현존하고 있다는 말입니다. …이 비할 데 없는 도시는 그 건조하고 예전보다 못지않은, 굴복을 모르는 풍경을, 그리고 산, 그 순수한 산, 환영의 산을 그 성안에 간직해 두려고 애를 쓰고 있습니다— 땅 덩어리가 그 도시에서 무시무시하게 밖으로 걸어나와서 바로 성문 앞에서 세계, 창조, 산맥, 심연, 창세기로 변하게 되는 것입니다."[68]

릴케의 톨레도 묘사는 이 시들에 나타난 도시의 풍경과 일치한다. 「토레

---

65 Jaime Ferreiro Alemparte, *España en Rilke*, Taurus, 1966, p.13.

66 김춘수, 『김춘수 시전집』, 앞의 책, 459면.

67 R. M. 릴케, Elsa Bruckmann에게, 1912.11.28. 편지. Jaime Ferreiro Alemparte, ibid., p.401, 재인용.

68 R. M. 릴케, 마리에 탁시스에게, 1912.11.13. 편지. H. E. 홀트후젠, 『릴케』, 앞의 책, 1989, 161면 재인용.

도 소견」에는 성스러운 도시 같은 "토레도에서 사람들은" 자연적 존재처럼 "내일을 근심하지 않아도" 된다. 톨레도 사람들은 "하늘을 나는 새처럼" 하늘과 가깝고 영적 공간과 관계가 있으며, "들에 피는 꽃처럼" 자연생태 속에 살아간다. 「토레도 대성당」에서 하늘과 땅의 연계는 톨레도 대성당 이미지와 대성당 천정의 돔을 통한 시적 화자의 상승으로 나타난다. "누군가의 기억 속에 깊이 깊이 가라앉아 버린/도시"라는 시구의 그 "누군가"는 김춘수일 수도 있고 릴케일 수도 있다. 왜냐하면 양자에게 있어 톨레도는 인간이 천사와의 소통 가능한 초월적 공간이기 때문이다. 따라서 톨레도는 하늘과 땅의 결합을 드러내는 이상적인 공간의 상징이 된다. 역사에서 벗어나 살아가고 있는, 신화와 예술이 합일하는 영적 도시이다. 김춘수가 마드리드 이미지는 "스페인의 슬픔"을 보여준다고 한다면, 톨레도의 이미지를 통해 "스페인의 구원"[69]을 드러낸다고 할 수 있다.

4. 나가는 말

김춘수의 문학 세계에서 '서양' 문화는 프랑스 상징주의나 영미 모더니즘을 논의하는 맥락 또는 '서양' 세계에 속한 인물, 신화, 전통을 직접적으로 언급하는 맥락 등 다양한 방식으로 등장한다. 그 방식 중의 하나는 자기 시에서 '서양'에 속한다고 할 수 있는 공간을 언급하는 것이다. '서양'의 지명을 언급하는 것을 통해 그는 그런 공간이 시적 이미지로 변화시키고, 즉 그 공간과 그 공간이 상징하는 의미를 자기의 시에서 흡수할 수 있기 때문이다. 이

---

69 김춘수는 『라틴점묘 기타』의 「시인의 말」에서 "스페인의 슬픔과 스페인의 구원이 대조적으로 내 눈에 비치게 되었다"고 말한 바 있다. 『김춘수 시전집』, 앞의 책, 459면.

런 식으로 그러한 공간들은 원래 지니는 상징적인 의미에다가 시적 문맥으로 얻은 새로운 의미도 갖게 된다.

본 연구에서는 구체적으로 김춘수 시에 제일 자주 나타나는 예루살렘, 그리스, 스페인과 러시아에 속하는 공간의 이미지를 검토하였다. 이 분석을 통해 본 연구는 그의 시 작품으로 전달되는 '서양'에 대한 시인의 생각을 탐구하여, 창조와 예술, 역사와 초월과 같은 김춘수 문학의 중요한 주제에 접근하였다.

한편, 예루살렘과 그리스 이미지를 통해 김춘수는 이성(합리주의)과 신화에 대한 변증법을 검토한다. 신앙과 '영적 세계'를 상징하는 예루살렘은 신화의 생명력으로 풍족하여 구원의 공간이 되는 반면, 이성과 합리주의를 상징하는 그리스(아테네)에서 신화가 생명력을 잃고 데카당스의 공간이 된다. 스페인과 러시아 이미지는 역사와 예술의 대립을 보여준다. 두 공간에 속한 대도시인 마드리드와 페테르부르크 이미지를 통해 김춘수는 죄·폭력·이데올로기와 관련하는 역사의 세계를 보여준다. 그러나 그는 시베리아 지역, 마요르카 도와 톨레도 이미지가 시인 릴케와 연결시켜 그 공간들이 예술적 창조와 영적 세계를 결합할 수 있는 공간으로 변화시킨다.

김춘수는 시를 창작할 때 '서양'의 영향을 통해 상상력을 자극하고 내면세계를 그리기 위해서 착용한다. 따라서 김춘수 작품에서 '서양'의 영향은 어떤 서양의 예술적인 경향을 단순히 모방하는 것이 아니라, 진정으로 독창적인 시 세계를 창조하기 위해서 받아들인 결과라고 단언할 수 있다.

'반(反)재현'의 불가능성과 '무의미시론'의 전략*

/

조연정

1. '재현'의 관점에서 본 순수시의 운명

미국의 저명한 모더니즘 비평가인 클레멘트 그린버그는 1939년 『파르티 잔 리뷰*Partisan Review*』에 발표한 「아방가르드와 키치」라는 글에서 아방가 르드를 "예술의 과정을 모방"하는 것으로 정의한다. 그에 따르면 '예술을 위 한 예술' '순수예술'이라는 기치를 내건 아방가르드가 점차 "추상" 또는 "비 대상"(nonobjective)의 미술과 시에 도달하게 된 것은 '절대적인 것'을 추구하 고자 하는 인간의 의지 때문이다. 아방가르드 예술은 상대적이고 모순적인 가치들이 해소되거나 무시되는 절대적인 어떤 것, 마치 자연이나 신처럼 그 자체로 정당한 어떤 것을 추구하고자 했다. 그러나 이미 상대적인 가치들의 세계 안에 존재하는 인간으로서의 예술가에게는, 절대적인 것을 추구하는 과정에서 가치의 굴절이 생기는 것이 불가피하다. 예술가는 그 자체로 순수 하게 존재하는 자연이나 신이라는 절대의 영역에 인간적인 가치를 덧씌우기

---

* 이 글은 『한국시학연구』 제41호(2014.12.15.)에 발표되었다.

마련인 것이다. 따라서 예술가가 절대적인 것을 추구하려면 "일반 경험이라는 주제로부터 주목을 거둬들여 그것을 자신이 다루는 매체(medium)로"[1] 돌리는 수밖에 없다. 그린버그는 바로 "이것이 "추상"의 연원"이라고 선언한다.

비재현적인 것이나 "추상적인 것"이 미적인 정당성을 지닐 수 있으려면 그것은 임의적이고 우연적이어서는 안 되고, 가치 있는 제약이나 원형에 대한 복종에서 유래해야 한다. 일단 바깥을 향해 있는 일반 경험의 세계가 의절되고 나면, 이 같은 제약은 오로지 미술과 문학이 그러한 세계를 모방할 때 이미 사용했던 바로 그 과정이나 규율들에서만 발견될 수 있다. 이러한 과정이나 규율들 자체가 미술과 문학의 주제가 되는 것이다. 계속 아리스토텔레스를 따라 미술과 문학을 모방이라 본다면, **우리가 여기에서 갖게 되는 것은 모방하는 과정(imitation)의 모방이다.**[2] (강조: 인용자, 이하 동일)

아방가르드 예술이 '모방하는 과정의 모방', 즉 자신의 규율이나 형식을 모방하는 작업에 몰두한 것은 절대에 대한 관심 때문이었던 것이다.[3] 그린버그는 이와 관련하여 몬드리안, 칸딘스키, 세잔 같은 미술가들이 공간, 표면,

---

1 클레멘트 그린버그, 「아방가르드와 키치」, 『예술과 문화』, 조주연 역, 경성대학교출판부, 2004, 17면.
2 위의 글, 17면.
3 물론 예술이 외부 세계와 완벽히 절연된 채 존재하기 위해서는 현실적으로 예술가의 후원을 통한 생존이 전제되어야 한다. 형식적인 차원에서 아방가르드는 자신을 사회로부터 떼어내어 독자적으로 존재할 수 있지만, 현실적으로 사회와 결부된 채로 남아 있어야 한다. "어떠한 문화도 사회적 기반 없이는, 즉 안정된 수입원 없이는 발전할 수 없다. 아방가르드의 경우에 이것은 부르주아 사회의 지배계급 엘리트에 의해 제공되었다. 아방가르드는 부르주아 사회와 연결이 끊어진 체했지만, 항상 아방가르드는 황금의 탯줄로 그 사회와 연결되어 있었다. 이러한 역설은 사실이다."라는 그린버그의 언급을 참조할 수 있다. 위의 글, 19면.

형태, 색채 등의 창안과 배치에 집중하며 자신들이 다루는 매체(medium)에서 주로 영감을 이끌어내고자 한 것, 그리고 말라르메와 발레리는 물론 심지어 릴케 같은 시인들까지도 "시를 짓는 노력과 시적 변환이 일어나는 '순간들' 자체에 중심"을 둔 것 등을 사례로 제시한다. 그린버그도 지적했듯 우리가 여전히 "아리스토텔레스를 따라 미술과 문학을 모방이라 본다면", 아방가르드 이후의 예술은 상대적인 가치와 무관한 절대적 존재를 모방하고자하는 의지 안에서 '추상적인 것'에 매료되고, 그 결과로서 '모방하는 과정' 그자체를 모방하기에 이른 것이라 정리될 수 있다.

이처럼 그린버그가 예술 형식을 매체의 물질성과 형식에 대한 순수 탐구로 이해한 것은, 삶에 대한 예술의 종속을 문제 삼고 삶의 형식과 분리된 예술 형식의 고유성을 주장하기 위해서였다.4 현대의 순수 예술이 다양한 상대적 가치들과 절연하고 '절대'의 영역, 나아가 '추상'의 영역을 그리는 데 골몰하면서 도구적 예술로부터 목적론적 예술로의 진화를 꾀했지만, 이처럼자신의 고유성과 자율성을 증명하려는 과정 자체도 결국 '모방'과 '재현'의프레임 안에서 진행된다는 사실은 의미심장하다. 추상을 표현하기 위해 자신이 활용하는 매체 자체에 집중하는 예술도 역시 무언가를, 즉 "모방하는과정 그 자체"를 '모방'하고 있는 셈이다. 예술의 역사에서 이처럼 모방론의관점이 유독 공고하다는 사실을 인정한다면, 모든 예술은 언제나 '무엇을 그릴 것인가'라는 재현의 대상에 관한 문제에 골몰할 수밖에 없다는 사실 역시중요하게 인식되어야 할 것이다.

그것이 무엇이든 예술이 항상 어떤 대상을 재현할 수밖에 없는 것이라면,

---

4 박기순, 「표면의 탐험가 오귀스트 로댕」, 서동욱 외, 『미술은 철학의 눈이다』, 문학과지성사, 2014, 445면.

현대 예술은 자신의 '순수성'을 지향하기 위해서 대체로 다음의 두 가지 중 하나를 선택해야 한다. '무'에의 재현 불가능성을 인정하고 그 불가능한 시도를 지속해보는 일, 혹은 '추상'에의 재현 가능성을 다양한 방식으로 모색하는 일이 바로 그것이다.5 모방론의 관점을 거절하려는 극단적인 세 번째 길이 있기는 하다. 그것은 작품(work)으로서의 예술이 아니라 행위(action)로서의 예술에 집중하는 것이다. 이때 결과로서의 작품은 과정으로서의 행위와 무관하게 그저 우연의 소산이 될 뿐이고 오로지 '퍼포먼스' 그 자체가 중요해진다. 물론 이때의 퍼포먼스가 다른 대상을 재현하지 않도록 하려면, 그것은 오로지 예술의 형식에 관한 것이어야 한다. 요컨대 예술의 절대 순수성은 오로지 메타—예술의 행위로서만 가까스로 보장받을 수 있는 것인지 모른다. 현대의 예술은 (상업성에 종속된 것이 아니라면) 대체로 무용(無用)함의 가치를 지닌 것으로 이해되곤 하지만, 그럼에도 불구하고 재현의 관점에서 보았을 때 절대 무용한 것, 즉 절대 순수를 성취할 수 있는 예술은 극히 드문 것이다.

예술이 재현, 즉 형상화로부터 완벽히 자유로울 수 없는 이유는 창작과 감상을 포함한 예술의 모든 행위가 인간적 행위, 즉 개개인의 고유한 감성 체계에 반응으로서의 상(像)을 불러오는 행위이기 때문이다.6 칸트 이후, 개념

---

5 예술 행위의 '추상 충동'에 대한 고전적인 견해는 빌헬름 보링거로부터 찾아진다. 그는 "스타일의 심리학에 바침"이라는 부제가 붙은 『추상과 감정이입』이라는 책에서 예술의 두 가지 충동으로 '감정이입의 충동'과 '추상 충동'을 제안한다. 보링거에 따르면 '추상 충동'은 "외계 현상으로 야기되는 인간의 커다란 내적 불안에서 생긴 결과"이다. 이에 대해서는 빌헬름 보링거, 『추상과 감정이입』, 권원순 역, 계명대학교출판부, 1982 참조.

6 랑시에르가 미학(esthétique)을 아름다운 것에 대한 이론이나 예술론으로 이해하지 않고, 그 단어의 기원인 '아이스테시스(aisthesis—어떤 대상, 행위, 표상에 의해 영향을 받는 방식, 감각적인 것을 겪는 방식)'에 주목하여 감성의 분할(le partage du sensible)로 정의하는 것을 참조할 수 있다. 자크 랑시에르, 『미학 안의 불편함』, 주형일 역, 인간사랑, 2008; 『문

적 인식 판단이나 도덕적 가치 판단과 구분되는 미적 판단의 차별성이 발견되며 예술적 체험의 고유성이 밝혀지긴 했지만, 예술이 인간의 행위인 한에서는 예술을 창작하고 감상하는 일은 인간의 형상화 능력과 무관할 수 없다. 아리스토텔레스 이후로 체계화된 예술의 "재현적 체제"와 칸트와 실러 이후 정식화된 "미학적 체제"를 구분해보는 랑시에르 역시, 후자가 '반(反) 재현', 즉 형상화의 종말을 목적하지는 않는다고 강조한다. 이러한 맥락에서 랑시에르는, 예술을 "모방하는 과정의 모방"으로 이해하며 예술의 고유성을 추상성과 반재현성에서 확인하려 했던 그린버그의 기획을 비판한다.[7] "미메시스의 제약"으로부터 예술의 자율성을 추구하고자 했던 회화의 시도를, 랑시에르는 "평평한 표면"이라는 말로 설명해본다. 3차원의 환영을 포기하고 자신의 고유한 공간인 2차원의 평평한 캔버스에 집중하면서 회화는 "미메시스의 제약"으로부터 벗어나기를 추구한다는 것이다. 랑시에르는 그린버그 이후 정식화된 "평평한 표면이라는 패러다임"을 비판하며 "평평한 표면은 늘 말과 이미지가 서로에게로 미끄러져 들어가는 커뮤니케이션의 표면이었다"[8]는 사실을 강조한다. 랑시에르의 말을 좀더 따라가 보자.

> 반—미메시스적 혁명은 결코 유사성의 폐기를 의미했던 적이 없었다. 미메시스는 유사성의 원칙이 아니라 유사성들의 어떤 코드화와 분배의 원칙이었다. (⋯) **반—미메시스적인 미학적 혁명의 원칙은 각 예술을 그 자신의 고유한 매체에 바치는 '각자 자기에게로chacun chez soi'가 아니다. 그와 반대로 그것은 '각자 다른 것에게로chacun chez l'autre'라는 원칙이다.** 시는 더는 회화를 모방하지 않으며, 회화는 더는 시를 모방하지

학의 정치』, 유재홍 역, 인간사랑, 2009를 두루 참조.
7 자크 랑시에르, 『이미지의 운명』, 김상운 역, 현실문화, 2014, 186~194면.
8 위의 책, 189면.

않는다. 이것은 한편에는 말이 있고 다른 한편에는 형태들이 있다는 뜻이 아니다. 이것은 정반대를 뜻한다. 즉, 말의 예술과 형태들의 예술, 시간의 예술들과 공간의 예술들을 분리하면서 각각의 예술의 장소와 수단을 나누었던répartir 원칙이 폐지되었다는 것, 분리된 모방의 영역들을 대신해 교통의 표면이 구성되었다는 것을 뜻한다.[9]

정리하자면 랑시에르가 주장하는 "미학적 체제"의 반(反)미메시스적 혁명은 "재현 체제가 정립해놓은 모든 분할의 폐지"를 목적으로 하며, 결국 이러한 재현 규범의 해체는 "모든 재현 방식에 대한 권리 인정을 그 귀결"[10]로 삼는 것이 된다. 미학적 체제에서는 모든 것이 재현될 수 있는 것이다. 나아가 각각의 예술 장르는 자신의 고유한 매체를 강조하며 고립된 공간 속으로 함몰되지 않고 자신의 고유성을 폐기하여 서로 간 분리의 원칙을 해체하고 이질적 감성들을 생산해내게 된다.[11] 그에 따르면 근대의 반(反)미메시스적 미학은 유사성을 맹종한 예술과의 단절을 시도하는 것이 아니라, "모방이 자율적인 동시에 타율적이었던 예술의 체제와의 단절"[12]을 꾀한다. 이때의 자율성은 그린버그 식으로 "모방하는 과정을 모방"하는, 즉 자신의 고유한 매체에 집중하는 예술의 독자성을 의미하며, 타율성은 예술과 삶을 근본적으로 동일시하는 의미에서의 삶에 대한 예술의 종속성을 의미한다. 요컨대 재현적 체제와의 단절을 꾀하는 미학적 체제의 혁명은 "모방의 실천을 일상생활의 형태들과 오브제들로부터 분리했던 원칙을 폐지"하려는 것이며, 동시에

---

9 위의 책, 189~190면.
10 박기순, 앞의 글, 455면.
11 이러한 이질적 감성들, 즉 감성의 불일치(dissensus)로부터 랑시에르가 예술의 정치성을 발견하고 있다는 점은 잘 알려진 사실이다.
12 자크 랑시에르(2014), 앞의 책, 191면.

"예술의 위계질서를 사회적인 위계질서와 연동시켰던 평행론을 폐지"[13] 하려는 것이다. 재현 체제를 극복한 미학적 체제에서도 예술은 여전히 재현의 활동과 분리되지 않는다. 아니 오히려 "반—재현적 예술"은 "본질적으로 재현 불가능한 것이 없는 예술"이며 "재현의 가능성에는 더는 그 어떤 내재적 한계도 존재하지 않는다"[14] 는 점을 강조하는 예술이다. 이제, "재현 불가능한 것이 있는가"라는 자문에 대한 랑시에르의 답변은 "모든 것은 평등하며, 동등하게 재현 가능하다"[15] 가 된다.

재현 불가능성을 주장하는 사람들은 그게 무엇이든 특정한 대상은 특정한 형식으로만 재현되어야 한다는 공허한 믿음을 갖고 있는 자들이라고 랑시에르는 비판한다. 예외적인 경험을 재현하기 위해 그에 적합한 예술 형식이 요청된다는 이 같은 관념은, 오히려 변증법적으로 이해 가능한 것들을 '사고 불가능'한 것으로 과장하고 결과적으로는 정말로 재현 불가능한 경험들의 권리를 박탈한다고 그는 우려한다. 랑시에르가 주장하는 반재현의 미학적 체제는 결국 '재현 불가능성'의 진정한 권리를 보장하기 위한 것이라고도 할 수 있다.

2. '비(非)참여'와 '반(反)재현'의 의미 — 무의미시론이 놓인 자리

예술은 이처럼 재현 작용과 무관한 것이 될 수 없다. 그린버그가 이해하듯 20세기 초의 모더니즘 예술은 스스로의 자율성을 최대한 보장받기 위해 재

---

13 위의 책, 192면.
14 위의 책, 235면.
15 위의 책, 214면.

현을 포기하고 소리, 형태, 문자 등 자신이 다루는 매체의 고유성에 집중하고자 했지만, 그린버그 자신도 인정했듯 이러한 작업들은 "모방하는 형식의 모방"이라는 점에서 재현의 프레임에서 완벽히 자유롭지는 못했다. 나아가 이러한 방식으로 예술의 순수를 고집하는 일은 예술의 고립을 초래하기도 했다. 예술의 역사적 전개를 통해 확인되는 사실이지만 이처럼 고립된 예술은 곧바로 밖으로 나와 외부와 뒤섞이기 시작했다. '예술을 위한 예술' 혹은 '순수 예술'을 지향하던 아방가르드는 콜라주를 기본 전략으로 하는 키치에 자리를 내어주게 된다. 앞서 살펴보았듯 고립의 방식으로 자신의 고유성을 주장하는 예술의 유아론적 존재론에 맞서, 랑시에르는 예술과 삶이 교섭하는 장면들을 살피며 삶에 대한 예술의 가능성을 확인하고자 한다. 그는 일정한 분리의 원칙을 통해 유지된 예술의 재현적 체제를 극복하며 등장한 반재현적 미학적 체제를 옹호한다. 재현되는 것과 재현하는 방식 사이에, 그리고 각각의 예술 장르 사이에, 나아가 삶과 예술 사이에 형성되는 교통의 양상에 주목하며 예술의 정치성을 증명하고 이를 통해 예술의 고유성을 확인하려는 것이다.

예술의 순수성과 자율성, 그리고 예술의 정치성과 가능성을 이처럼 예술과 삶의 관계를 통해, 나아가 재현의 관점을 통해 읽는 일은 김춘수의 무의미시론의 정치성을 새롭게 인식하는 데 있어 중요한 참조점이 될 수 있다. 한국현대시사에서 김춘수는 60여 년 간의 긴 창작 활동은 물론 방대한 시론의 집필을 통해 문학의 자율성과 독자성을 깊이 있게 성찰한 시인이자 시론가로서 평가된다. 특히 시론집 『의미와 무의미』(문학과지성사, 1976)를 통해 본격적으로 소개된 그의 무의미시론은, 언어로부터 의미를 배제하고 이미지로부터 관념, 역사, 현실, 대상 등 일체의 배후를 삭제하여 언어와 이미지에 자유를 돌려주고 결국 시의 독자적 존재 의의를 확인하고자 한 이론으로 이해되는 것이 일반적이다. 이러한 김춘수의 무의미시론은 창작방법론으로서 발표·소개되기는 했지만, 김춘수 개인의 고유한 창작 원리를 해명하는 이론으로서보다도, 근본적인 차원에서 순수시를 옹호한 시론의 한 사례로 읽힌다.

'순수시론'으로서의 김춘수의 무의미시론에 대한 기존의 문학사적 이해를 재고하기 위해 '순수시'라는 용어가 '참여시'라는 용어와 함께 일종의 짝패로서 이해되어온 맥락을 짚어볼 필요가 있다. 한국 문학사에서 '순수시'라는 개념은 대체로 '참여시'라는 대타항과 함께 논의되면서, 정치 현실과 무관하게 예술지상주의를 고수한 자폐적 문학으로 이해되곤 했다. 문학은 내용적 차원의 진술을 통해서뿐만 아니라 형식적 측면의 고안을 통해서도 현실에 개입할 수 있지만, '순수 대 참여'라는 도식이 성립하는 한에서 전자는 언어 실험이라는 형식적 측면을 강조하는 목적론적 예술로, 후자는 주로 선언이나 고발이라는 내용적 측면을 강조하는 도구적 예술로 이해되는 경향이 강했던 것이다.16 순수문학과 참여문학에 관한 이러한 도식적 이해는 '내용 대 형

---

16 물론 한국 비평사의 논쟁의 장에서 '순수'라는 용어가 언제나 예술지상주의적 자율성의 개념으로 통용되어 온 것만은 아니다. 비평사에서 '순수문학'이라는 용어가 담론의 장에 최초로 제출된 것은 1930년대 중반 이후 유진오, 김환태, 김동리 등을 통해 진행된 신구 세대 논쟁을 통해서이다. 김영민이 지적하는바, 이들의 '세대간 순수논쟁'에서의 '순수'는 예술지상주의적 의미와 무관한 것으로서 바로 전단계의 휴머니즘 논쟁을 이어받아 '인간 성 옹호'라는 테마에 주목하였다. (김영민, 「세대론과 순수문학 이론 논쟁」, 『한국근대문 학비평사』, 소명출판, 1999 참조) 이후 '순수'라는 용어가 '참여'라는 대타항과 더불어 논 쟁의 장에 재등장한 것은 1960년대 초반의 일이다. 1970년대까지 진행된 순수참여 논쟁 은 문학과 현실의 관계, 그리고 문학과 언어의 관계를 사유하며 문학성에 관한 근본적인 질문들을 도출해냈지만, ("문학적 언어관"이라는 테마를 중심으로 순수/참여 논쟁을 검토 한 최근의 논의로는, 백지은, 「1960년대 문학적 언어관의 지형─순수/참여 논쟁의 결과 에 드러난 1960년대적 '문학성'의 양상」, 『국제어문46』, 2009. 8을 참조) 이 논쟁 이후에

식'이라는 고질적 이분화와 관련이 깊다. 참여시가 내용의 차원에서 삶을 향해 선언하는 시로 축소·이해되며 도구화할 때, 순수시는 이러한 좁은 의미의 참여시의 반대편에 서는 것으로서 그 의미가 다소 불분명해지곤 했다. 참여시라는 대타항을 지닌 순수시는, 정치의 도구가 되지 않고자 하는 방식으로 자신의 독자성을 확보하는 한에서 다양한 내용과 형식을 지닌 것으로서 폭넓게 이해되었던 것이다. 내용의 측면에서는 공적인 관심과 무관하게 사적인 정감을 다루거나 자연이나 신을 다루는 시들이 모두 순수시로 불렸고, 나아가 형식의 차원에서는 형식 실험을 꾀하는 대다수의 시들이 순수시로 이해되었다. 현실에의 참여라는 적극성을 띤 용어가 문학의 정치성을 대변하는 대표어가 됨으로써 거절, 저항, 외면, 침묵 등을 통한 소극적 참여는 그 권리를 상실하게 되었던 것이다. 이러한 소박한 도식 안에서라면 미학적 차원의 감행이 정치적 의도를 지닌 것으로 이해되기는 힘들고, 공공의 테마에 관한 적극적 선언을 통해 참여하지 않는 시는 주로 외부 세계에 무심한 도피의 시로 이해되기 십상이었던 것이다. 김수영은 1968년에 "모든 전위문학은 불온하다. 그리고 모든 살아 있는 문화는 본질적으로 불온한 것이다. 그것은 두말할 것도 없이 문화의 분질이 꿈을 추구하는 것이고 불가능을 추구하는

도 '참여'는 주로 편협한 의미로 이해되어온 것이 사실이다. 아마도 이러한 사정은 '참여'가 한국적 현실에 도입되는 맥락과 관련이 있을 것이다. 주지하듯 1950년대 말 이후 문단에서 통용된 '참여'라는 개념은 사르트르에 의해 제안된 '앙가주망engagement'의 개념과 관련이 깊다. 앙가주망은 편협한 의미의 반체제적 불온성을 의미하는 것으로서 한국적 현실에 번역·도입된다. 최근에는 '정치'와 '미학'이라는 용어로서 폭넓고 유연하게 사유되고 있는 문학의 정치성, 혹은 문학과 삶의 관련에 대해 그간의 한국문학사는 '순수/참여'라는 도식을 오랫동안 고수하며 불필요한 오해를 자초해왔다고 할 수 있다. 좁게는 작품을 통해 정치적 발언을 감행하는 것으로, 넓게는 '감성의 재배치'를 시도하는 것으로 문학의 정치성은 다양하게 이해될 수 있다. 문학의 정치성이라는 테마와 관련하여 한국 문학사에서 통용된 '순수'와 '참여'의 개념을 계보학적으로 탐색하기 위해서는 별도의 작업이 요청된다.

것이기 때문이다."[17] 라고 선언하며 전위문학, 즉 참여문학의 의의를 문학의 본질과 관련하여 포괄적으로 이해해보기도 했지만, 197~80년대를 거치며 한국 문학의 외적 사정이 경직되어갈수록 참여문학에 대한 이해 역시 갈수록 편협해졌다고 할 수 있다.

이처럼 1960년대로부터 그 이후의 시사에서도 '비(非)참여=순수'의 도식은 제법 공고했으며, 그 결과 참여시 뿐 아니라 순수시 역시 자신의 가능성을 충분히 드러내지 못했다고 할 수 있다. 적어도 김춘수의 무의미시론이 등장하기 전까지는 이러한 사정이 지속되었다고 해야 할 것이다. 김춘수의 무의미시론과 더불어 한국현대시사에서 순수시에 대한 이해의 폭이 한층 넓어진 것이다. 정치 현실과 무관해 보이는 시작 행위에 대해 긍정과 부정의 판단을 내리기에 앞서 현실에의 거리두기라는 문학 행위 자체의 의미가 음미되기 시작했으며, 순수시가 시도하는 '절대'에의 추구의 의미, 그리고 재현 가능성과 재현 불가능성을 사유하는 언어와 이미지의 존재론에 관해서도 적극 탐색하기에 이르렀다. 물론 당대의 시단에서 김춘수의 무의미시론이 지닌 의미가 충분히 숙고되었다고 볼 수는 없다. 순수시를 이해하는 일이 참여시라는 대타항과 무관하게 진행될 수 없었고, 무의미시론은 언어와 시의 본질에 관한 사유를 촉발하는 시 일반론으로 이해되기보다는 일견 난해해 보이는 김춘수 개인의 시작을 해명하는 창작론으로서만 이해된 측면도 크기 때문이다.[18] 비교적 이론적으로 중무장한 김춘수의 무의미시론 역시 1970년대의 시단에서는 여전히 '비참여문학'이자 '난해문학'으로서의 순수시론으

---

17 김수영, 「실험적인 문학과 정치적 자유」, 『김수영 전집2 산문』, 민음사, 2003, 221면.
18 1970년대에 들어서면서 난해시라는 용어는 순수시의 부정적 요소들, 즉 "기교상의 미숙성, 감성과 지성 사이의 조화로운 통제 결핍, 과장벽 등"을 강조하는 용어로 통용되기에 이른다. 조남현, 「난해시 배경론」, 『문학과 정신사적 자취』, 1984, 이우출판사, 218~219면.

로 이해된 것이다.

이처럼 한국 현대시사에서 '순수 대 참여'라는 도식이 지닌 맥락을 고려하며 이제까지의 연구사가 김춘수의 무의미시론에 접근해온 관점을 두 가지로 나누어 정리해볼 수 있다. 첫째, 앞서 살펴보았듯 '순수 대 참여'의 도식 안에서 '비(非)참여의 순수시'로서 무의미시에 접근하는 방식이다. 이러한 시각은 시로부터 의미(내용)을 삭제하고 결국 '역사로부터의 도피'를 감행하고자 한다는 김춘수 개인의 언급으로부터 근거를 얻어왔다. 그가 시를 통해 관념, 이데올로기, 역사로부터의 거리두기를 감행한 것은 여러 지면을 통해 언급했듯, 일본 유학 시절 헌병대에서 겪었던 끔찍한 육체적 고통의 체험으로부터 기인한다.[19] 이뿐 아니라 역시 그가 시론을 통해 고백한바 "소심한 기교파들의 간담을 서늘케 하는"[20] 김수영에 대한 대타의식도 김춘수의 무의미시를 '참여'의 반대항으로 읽어내는 계기로 작용했다.[21] 이처럼 '비(非)참여

---

19 이에 대해서는, 김춘수, 『자전소설-꽃과 여우』, 민음사, 1997; 김춘수, 『시의 위상』, 둥지출판사, 1991(『김춘수시론전집 II』, 현대문학사, 2004, 319~320면); 김춘수, 「나를 스쳐간 그 3」, 남진우 편, 『김춘수자전에세이-나는 왜 시인인가』, 현대문학, 2005 등 참조.

20 관련되는 부분을 인용하자면 다음과 같다. "이 무렵, 국내 시인으로 나에게 압력을 준 시인이 있다. 고 김수영 씨다. 내가 「타령조」 연작시를 쓰고 있는 동안 그는 만만찮은 일을 벌이고 있었다. 소심한 기교파들의 간담을 서늘케 하는 그런 대담한 일이다.(...) 김씨의 하는 일을 보고 있자니 내가 하고 있는 시험이라고 할까 연습이라고 할까 하는 것이 점점 어색해지고 무의미해지는 것 같은 생각이었다. 나는 한동안 붓을 던지고 생각했다. (…) 여태껏 내가 해온 연습에서 얻은 성과를 소중히 살리면서 이미지 위주의 아주 서술적인 시 세계를 만들어보자는 생각이다. 물론 여기에는 관념에 대한 절망이 밑바닥에 깔려 있다. 현상학적으로 대상을 보는 눈의 훈련을 해야 하겠다는 생각이다. 아주 숨가쁘고 어려운 작업이다. 나는 나대로 이 작업을 현재까지 계속하고 있다."『의미와 무의미』, 문학과지성사, 1976(『김춘수시론전집 I』, 현대문학, 2004, 488면. 이하 이 글에서 김춘수의 텍스트를 인용할 때는 모두 이 전집을 따르도록 한다. 인용 시 해당 텍스트의 제목과 전집의 페이지수만을 각주에 표기하기로 한다.)

21 김춘수와 김수영의 시작을 '순수 대 참여'의 이분법으로 읽는 도식은 이미 많이 극복되었다. 이 둘의 작업은 미적 모더니티를 실현한 두 사례로 읽히거나 주체와 세계가 불화하는

의 순수시'라는 관점을 고수한다면 결과적으로 김춘수의 무의미시론을 시인의 사적 맥락에만 한정시켜 이해하게 될 가능성이 크다.

둘째, 수사학의 관점에서 '반(反)재현의 추상시'로 읽는 관점이다. 이는 무의미시론이 본격적으로 개진되는 「한국 현대시의 계보―이미지의 기능면에서 본」(『의미와 무의미』, 문학과지성사, 1976)가 "이미지의 기능"을 탐구하는 형태로 기술되고 있다는 점에서 타당성을 얻는다. 이 글에서 김춘수는 시의 이미지를 "비유적 이미지metaphorical image"와 "서술적 이미지descriptive image"로 구분하고, 전자를 어떤 관념을 전달하는 "불순한" 이미지로 후자를 오로지 이미지 그 자체가 목적인 "순수한" 이미지로 구분한다. 이어 서술적 이미지를 대상이 있는 이미지와 대상이 없는 이미지로 구분한 뒤 대상이 없는 이미지로 이루어진 시를 "무의미시"로 명명한다. 이론상으로는 대상이 없는 서술적 이미지를 통해 만들어지는 무의미시는 비(非)구상의 추상을 목표로 하는 시를 의미하게 된다. 김춘수는 무의미시를 통해 궁극적으로는 언어와 이미지의 자유를 추구하고자 했으며, 이를 위해 언어와 이미지를 표상(representation)의 기능으로부터 해방시켜 철저히 '반(反)재현'의 시를 창작하려는 전략을 세웠다고 볼 수 있다. 그러나 뒤에서 살펴보겠지만 언어를 통해 '반(反)재현'을 시도하는 일은 여러 한계와 마주할 수밖에 없다. 김춘수의 무의미시론을 이처럼 '반(反)재현의 추상시'로 읽는 논의들은 주로 김춘수의

양식을 각각의 방식으로 시 속에 도입한 사례로 읽히기도 한다. 이에 대해서는 다음과 같은 연구들이 축적돼있다. 김승구, 「시적 자유의 두 가지 양상」, 『한국현대문학연구』 17, 2005; 이광호, 「자유의 시학과 미적 현대성―김수영과 김춘수 시론에 나타난 '무의미'의 문제를 중심으로」, 『한국시학연구』 12, 2005; 조강석, 『비화해적 가상의 두 양태―김수영과 김춘수의 시학 연구』, 소명, 2011; 전병준, 『김수영과 김춘수, 적극적 수동성의 시학』, 서정시학, 2013.

기획에 내장된 한계들을 확인하는 식으로 연구를 진행해왔다.22

　요컨대 이제까지의 논의들은 다음의 두 가지에 주목했다. 첫째, 무의미시론이 삶에 대한 예술의 종속을 어떻게 거절해왔는지에 관해 '비(非)참여'의 관점에서 논했으며, 둘째, 무의미시가 재현의 도구로서의 언어의 존재를 어떻게 극복해왔는지에 관해 '반(反)재현'의 관점에서 증명해왔다. 앞 장에서 살펴본 그린버그와 랑시에르의 논의를 환기하자면 예술은 자신의 고유한 성채 안에서도 '모방'과 '재현'의 작용을 멈출 수 없으며, 결국 예술의 언어가 삶의 언어와 완벽히 분리되는 것은 불가능하다. 결국 '비(非)참여'와 '반(反)재현'의 관점을 취한다면 김춘수의 무의미시론은 한계를 내장한 이론으로 읽힐 수밖에 없으며, 이러한 한계가 시와 언어 그 자체의 존재 방식과 관련된 것임에도 불구하고, 김춘수 개인의 한계로 전가될 가능성이 크다. 따라서 이러한 두 관점에 대해서는 비판적인 검토가 필요하다. 중요한 것은 시의 언어가 재현의 기능으로부터 철저히 분리될 수 없다는 사실과 더불어 김춘수의 시론이 어떤 한계에 직면하고 있는가를 증명하는 일이 아니라, 이와 관련하여 그가 어떤 태도와 전략을 고안하고 있는지를 확인하는 일일 것이다. 이어지는 장들에서는 김춘수의 무의미시론이 '반(反)재현의 불가능성'을 인식하

22　무의미시론이 "'의미론적 무의미'나 '반문장의 무의미'를 혼합시킨 수준에서 벗어나지 못한 까닭에 엄밀히 말하자면 의미의 시에 속한다"(오세영, 「김춘수의 무의미시」, 『한국현대문학연구15』, 2004, 308면)는 신랄한 지적이 있었으며, "현실로부터 도피함으로써 절대순수의 세계를 시적으로 형상화한 것이 아니라 오히려 절대순수의 세계로부터 체계화된 이론으로 도피함으로서 자폐적 세계 속에 스스로를 가두는 실험을 한 것"(김예리, 「김춘수의 '무의미시론' 비판과 시의 타자성」, 『한국현대문학연구』 38, 2012 참조)으로서 무의미시론의 기획을 좀 더 섬세히 독해한 경우도 있다. 한편 무의미시론이 대상이 없는 순수한 이미지를 추구하는 과정을 '추상 충동'이라는 키워드로 설명하며 무의미시론에서 확인된 언어와 시의 존재론적 사유를 검토한 논의(조연정, 「'추상 충동'을 실현하는 시적 실험 - 김춘수의 무의미시론에 나타난 언어의 부자유와 시의 존재론」, 『한국현대문학연구』 42, 2014 참조)도 있다.

는 장면들을 살펴보고, 그 불가능을 극복하기 위해 그가 고안한 시작(詩作)의 전략들이 무엇인지, 그의 시론을 대상으로 검토하도록 한다.

3. '반(反)재현'의 불가능에 대한 인식

1) '대상 – 없음'의 불가능

앞 장에서 간략하게 살펴본 바와 같이 김춘수의 무의미시론은 "한국 형태시의 계보"를 "이미지의 기능면에서" 살펴보는 과정에서 도출된다. 이미지가 어떤 관념을 전달하는 수단이 되지 않고 이미지 그 자체가 되는 경우, 특히 이때 이미지가 "사생적 소박성"마저도 잃고 이미지와 대상 사이의 거리를 무화시킨 경우, 무의미시가 탄생하는 것이다.[23] 김춘수의 설명에 따르면 무의미시에서는 관념이든 형체이든 어떤 대상도 환기되지 않으며 "언어와 이미지의 배열"[24] 만 제시되고 "이미지가 곧 대상"이 된다. 요컨대 김춘수는 이미지를 그 기능에 따라 세 가지로 분리하고 있다. 첫째, 관념을 전달하는 비유적 이미지, 둘째, 대상이 있는 서술적 이미지, 셋째, 대상이 없는 서술적 이미지가 그것이다. 그리고 대상이 없는 서술적 이미지와 관련하여 김춘수는 다음과 같이 말한다. "언어와 이미지는 대상으로부터도 자유로운 것이 된

---

23 관련되는 부분을 인용하면 다음과 같다. "같은 서술적 이미지라 하더라도 사생적 소박성이 유지되고 있을 때는 대상과의 거리를 또한 유지하고 있는 것이 되지만, 그것을 잃었을 때는 이미지와 대상은 거리가 없어진다. 이미지가 곧 대상 그것이 된다. 현대의 무의미 시는 시와 대상과의 거리가 없어진 데서 생긴 현상이다. 현대의 무의미 시는 대상을 놓친 대신에 언어와 이미지를 시의 실체로서 인식하게 되었다고 할 수 있다." 「한국 형태시의 계보」, 512면.

24 위의 글, 515면.

다. 이러한 자유를 얻게 된 언어와 이미지는 시인의 바로 실존 그것이라고 할 수 있다."25 즉 무엇인가를 '재현'하지 않는 이미지는 자유를 얻게 되며, 그 자유가 바로 시인의 실존을 증명한다는 것이다. 이처럼 재현작용을 중심으로 이미지의 기능을 구분하는 김춘수의 시론은 이론 자체로는 명료하다고 할 수 있다. 하지만 이와 관련하여 몇 가지 의문들이 생겨난다. 우선, 언어들의 조합으로 이루어지는 시의 이미지가 재현 작용과 무관하게 절대적 자유를 얻는 일이 과연 가능한 일인가라는 질문이 생겨날 수 있다. 이와 더불어, 시의 자유는 반드시 '재현하지 않음'을 전제로 해야 하는가라는 의문을 품어볼 수도 있다. 이러한 의문들을 다음의 몇 가지 질문으로 정리해보자.26

첫째, 김춘수는 '이미지의 기능'을 이야기할 때 이미지가 시인의 의도의 차원에서 작용하는 것인지 아니면 독자의 반응의 차원에서 작용하는 것인지를 크게 숙고하지 않는다. 그래서 김춘수가 설명하는 '이미지의 기능'은 시인과 시작품, 그리고 독자 사이의 교통에 대해서는 침묵하는 것이 된다. 그가 다양한 시 작품을 사례로 들어 이미지의 구분법을 설명하려 할 때 이 문제는 보다 선명해진다. 정지용이나 서정주, 이상 등의 시를 인용하며 이미지의 기능을 구분해볼 때 그는 자의적인 해석을 시도하는 독자의 입장에 서 있는 듯 보이는 것이다. 둘째, 비유적 이미지가 전달하는 '관념'과 서술적 이미지가 관여하는 '대상'에 대해서 그가 명확한 의미부여를 하지 않는다는 사실, 나아가 일관된 의미로 이 용어들을 사용하지 않는다는 사실이 무의미시론에 대한 이해를 어렵게 하는 결정적 요인이 된다. 김춘수의 용법에 따르면 비유적 이미지와 관련되는 '관념'은 주로 (시인의 의도 하에 통제되거나 독자가 해석

---

25 위의 글, 516면.
26 이에 대한 자세한 논의는, 조연정, 앞의 글의 4장을 참조.

해낼 수 있는) 어떤 인식 차원의 것을, 서술적 이미지와 관련되는 '대상'은 "사생적 소박성"을 지닌 것으로서 어떤 '형상'을 의미하는 것으로 이해된다.[27] 즉 전자는 '말할 수 있는 것'이고 후자는 '볼 수 있는 것'이라고 정리해 볼 수 있을 것이다. 그런데 김춘수는 이미지의 기능과 관련하여 이 둘의 관련에 대해서 별다른 고려를 하지 않는다. 특히 이상의 「꽃나무」를 대상이 없는 서술적 이미지의 대표적인 사례로 읽으면서 그 이유로 "심리적인 어떤 상태"를 유추하고 있기 때문이라는 사실을 제시할 때 이 문제가 더욱 복잡해진다. 이러한 설명법에 의하면 김춘수의 무의미시는 "대상이 없는 것이 아니라 내면세계를 대상으로 한 것"[28]이 될 뿐이다. 그렇다면 인식으로서의 '관념', 형상으로서의 '대상'은 심리적인 내면세계와 또 어떤 관련을 맺게 되는 것일까. 이에 대해서도 김춘수는 충분히 설명하지 않는다.

이러한 의문들을 기억하며 이제 '재현'의 관점에서 김춘수의 이미지 기능론을 좀 더 구체적으로 살펴보자. 이때, 이미지의 배후인 대상을 그가 어떻게 이해하고 있는지 중요하게 살필 필요가 있다. "자유라는 측면에서 바라볼 때, 대상을 놓친 서술적 이미지의 시와 모든 비유적 이미지의 시는 양극"[29]이라고 말하는 그는 '반 재현'이라는 전제로부터 언어와 이미지의 자유, 더불

---

27 서술적 이미지를 "사생적 소박성"과 관련하여 '대상'의 유무에 따라 이분할 때의 대상은 분명 시각적으로 형상화할 수 있는 어떤 것을 의미하는 듯하지만, 때에 따라서 이 '대상'은 "의미"나 "현실·사회" 등의 어휘와 병치되며 더 포괄적인 의미를 얻기도 한다. '대상'이 없는 서술적 이미지의 시를 '무대상시'가 아닌 '무의미시'로 명명하고 있다는 사실도 이와 관련하여 징후적으로 해석될 수 있다. 이에 대한 자세한 논의는, 위의 글, 121~125면.

28 김준오는 김춘수의 무의미시나 이를 계승한 이승훈의 '비대상시'가 "관습적인 것에 대한 회의에서 촉발"된 것으로서 "실상 대상이 없는 것이 아니라 내면세계를 대상으로 한 (⋯) 외부세계를 희석화한 세계상실의 시"이자 "'자기증명'의 시"라고 평가하기도 한다. 김준오, 「순수·참여의 다극화 시대」, 『현대시와 장르 비평』, 문학과지성사, 2009, 44면.

29 「한국 형태시의 계보」, 521면.

어 시의 자유와 시인의 실존을 추출해낸다. 즉 '말할 수 있는 것'(인식으로서의 '관념')이든 '볼 수 있는 것'(형상으로서의 '대상')이든 자신의 배후에 그 무엇도 갖지 않는 이미지는 언어와 시에 자유를 돌려주고 시인의 실존을 확인시켜주는 이미지로 격상될 수 있다고 한다. 요컨대 무의미시는 아무 것도 말하지 않고 아무 것도 그리지 않아야 한다는 것이다. 하지만 김춘수의 논리를 따라가 보면 정작 그가 이미지의 기능을 구분할 때 기준으로 삼는 것은, 이미지의 배후에 '무언가 있는가 혹은 없는가'의 문제가 아니라 '과연 무엇이 있는가'의 문제임을 알 수 있다. 대상의 유무를 따지고 있는 듯 보이지만 실상 그는 대상의 종류에 따라 이미지를 구분해보고 있는 셈이다.

그 대상을 우리는 다음의 세 가지로 정리할 수 있다. 첫째, 인식으로서의 관념, 둘째, 형체를 지닌("사생적 소박성"을 지닌) 대상, 셋째, 형상화되지 않는 '심리적인 상태'가 그것이다. 이 세 가지가 완벽히 분리될 수 있는가의 문제는 논외로 하더라도 이를 통해 우리는 적어도 다음과 같은 사실을 확인할 수는 있다. 김춘수는 '반 재현'이 언어와 이미지에 자유를 돌려준다고 말하고 있지만, 실상 그는 언어를 통해 '반 재현'에 도달하는 것이 절대 불가능하다는 사실을 이미 인식하고 있는 것이다. 다시 말해 김춘수는 언어가 언제나 무엇인가를 재현하게 된다는 사실을, 이미지의 배후에는 그 성격이 다른 대상들이 언제나 존재하고 있다는 사실을 승인하고 있는 것이다. '반 재현'을 통해 이미지의 자유를 성취하는 일이 이처럼 불가능하다면, 언어와 이미지, 그리고 시의 자유는 과연 어떻게 확보되어야 하는 것일까. 이와 관련하여 이제까지의 연구사가 많이 주목하지 않았던 무의미시론의 또 다른 특징들을 지적해보기로 하자.

2) '대상'을 지우는 시

김춘수는 무의미시를 통해 언어와 시에 자유를 돌려주는 과정이 '의식적' 노력의 소산이라는 점을 자주 강조한다. 그가 정의하는 무의미시는 "자유를 얻게 된 언어와 이미지"가 "방심상태"[30]에서 쓰게 되는 것이지만, 그는 "적어도 이러한 상태를 위장이라도 해야 한다"[31]라고 첨언하면서 "방심상태"가 위장된 자유이자 의식적 자유일 수 있음을 환기한다. 그가 30년대 이래 한국 시단에서 유행하게 된 초현실주의의 기법에 관해 지적하는 부분도 주목해볼 필요가 있다. 김춘수는 초현실주의의 자동기술에 대해 "글자 그대로의 자동기술이란 없다"[32]라고 말하며 자동기술을 일종의 '기교'로서 이해해본다. 언어 행위와 관련하여 순수한 자유가 완성될 수 없다는 사실을 그는 은연중 승인하고 있는 것이다. 「한국 형태시의 계보」에 대한 주석으로 쓰인 「대상, 무의미, 자유」는 물론, 자신의 창작 과정과 무의미시 창작의 전략을 구체적으로 소개해보는 「의미에서 무의미까지」에서도 김춘수는 줄곧 무의미시 창작의 난점들을 고백한다. 이러한 텍스들을 읽으며 우리는 김춘수의 무의미시론에 다음과 같은 논점들이 내장되어 있음을 확인하게 된다. 언어 혹은 이미지를 통한 '반 재현'의 불가능성에 대한 인식들, 한 편의 시를 창작하는 과정에서 그 불가능을 돌파하는 전략들, 결국 이러한 전 과정을 통해 확인되는 시의 고유성 및 가능성에 관한 것이 그것이다.

김춘수가 제안하는 '무의미시'에 도달하기 위한 과정, 즉 무의미시의 창작 전략에 대해서는 다음 장에서 구체적으로 살피기로 하고 그 이전에 몇 가지

---

30 「한국 형태시의 계보」, 516면.
31 같은 곳.
32 「대상·무의미·자유—졸고 「한국 현대시의 계보」에 대한 주석」, 526면.

전제들을 미리 검토해보자. 무의미시를 설명하는 과정에서 김춘수가 강조하는 어휘는 "수련" "훈련" "트레이닝" "성실" 등이다. 재현의 기능을 거절한 이미지의 창출이 부자연스러운 노력을 통해 시도되는 불가능에 가까운 것이라는 사실을 김춘수 자신도 알고 있는 것이다. 이와 관련하여 다음의 사실도 중요하게 인식되어야 한다. 무의미시를 이론상으로 정의하거나 시사적으로 고찰할 때의 김춘수는 주로 시의 한 요소라고 할 수 있는 '이미지'에 집중하지만, 창작 방법론으로서의 무의미시를 논할 때의 그는 대체로 '한 편의 시 작품'을 단위로 이에 접근하고 있다는 사실은 의미심장하다. 애초에 김춘수가 목표로 한 것은 말로 구현된 이미지로부터 일체의 '재현' 기능을 삭제하려는 것이다. 이처럼 근본적인 차원에서 언어의 자유를 추구하고자 했지만 역시나 그것이 불가능하다는 사실을 김춘수는 시작(詩作)의 경험을 통해 충분히 인지한 듯하다. 결국 그는 언어의 표상 기능을 인정할 수밖에 없었던 것이며, 차선책으로 '한 편의 시'를 기준으로 그로부터 대상을 제거하는 일에 착수했다고 이해해볼 수 있다.

언어의 표상 기능을 철저히 망각하고 언어의 독자적 존재성을 확인하는 창작 행위로는 소리나 형태라는 언어의 물질성에 집중하는 방법이 있다. 앞서 살펴보았던 그린버그 식의 예술지상주의가 목표로 한 것이 이와 관련된다. 그러나 루소가 「언어 기원에 관한 시론」에서 지적했듯 "형상적 특성을 지닌 문자 역시 말과 달리 대상의 모방에서 출발"한 '그림문자'라는 점을 상기한다면[33] 언어가 재현 행위를 멈추도록 하는 일은 근본적으로 불가능하다. 물론 이처럼 언어의 기원으로부터 살펴본 '반 재현'의 불가능성에 관한

---

33 장 자크 루소, 『언어 기원에 관한 시론』, 주경복·고봉만 역, 책세상, 2008(정항균, 『"typ Emotion"—문자학의 정립을 위하여』, 문학동네, 2012, 20~28면에서 재인용 및 참조).

문제를 차치하더라도, 언어에 자유를 돌려주려는 목표가 그것의 물질성에 집중하는 방식으로 시도된다면, 이는 오히려 언어의 고유성을, 나아가 언어 예술로서의 시의 가능성을 박탈하는 일이 될 수도 있다. 언어를 소리나 형태로 취급하게 되면 언어예술인 시는 음악 혹은 회화와의 차별성을 잃고 되고, 오히려 그러한 장르에 종속될 가능성이 커지게 되기 때문이다. 실제로 『한국 현대시 형태론』(해동문화사, 1959)에서 김춘수는 언어가 아닌 문자의 물질성에 집중한 20세기 초의 "형태주의" 시에 대해 비판적으로 언급한다. "회화와의 공동전선" 아래에서 주로 시각적인 것에 집중한 형태시가, "문자가 언어의 기호에 지나지 않는다는 점"은 물론 "언어는 또 사회적 역사적인 '의미'로서의 존재라는 것"[34] 을 등한시했다고 지적하는 것이다.

김춘수는 도구적 언어를 탈피하는 것을 목표로 삼지만 (창작의 경험 상) 언어 그 자체가 재현 행위를 멈출 수 있는가에 대해서는 물론, 오로지 언어의 물질성을 통해 시의 고유성과 가능성을 확보하는 일이 가능한가에 대해서도 확신할 수 없었던 듯하다. 이러한 이중의 불가능을 감안한 그는 '한 편의 시 작품'으로 범위를 확장해 그로부터 일체의 '대상'을 제거하는 일에 집중하게 된다. 아마도 김춘수는 언어와 이미지로부터 재현의 기능을 일절 삭제함으로써 시의 자유를 확인하려 하기 보다는, 이와 반대로 아무것도 재현하지 않는 시를 창작함으로써 한 편의 시에 자유를 돌려주고 이를 통해 거꾸로 언어와 이미지의 자유를 보장받고자 했는지도 모른다.

'무의미'라고 하는 것은 기호논리이나 의미론에서의 그것과는 전연 다르다. **어휘나 센텐스를 두고 하는 말이 아니라, 한 편의 시작품을 두고**

---

34 김춘수, 『한국 형태시 형태론』, 해동문화사, 1959(89면).

하는 말이다. 한 편의 시작품 속에 논리적 모순이 있는 센텐스가 여러 곳 있기 때문에 무의미하다는 것이 아니다. 그런 데가 한 군데도 없더라도 상관없다(그러나 '무의미 시'에는 실지로 논리적 모순이 있는 센텐스가 더러 끼이고 있다). 그러니까 이 경우에는 '무의미'라는 말의 차원을 전연 다른 데서 찾아야 한다. 다시 말하면, 이 경우에는 반 고흐처럼 무엇인가 의미를 덮어씌울 그런 대상이 없어졌다는 뜻으로 새겨야 한다(…). 대상이 없으니까 그 만큼 구속의 굴레를 벗어난 것이 된다. **연상의 쉬임 없는 파동이 있을 뿐 그것을 통제할 힘은 아무 데도 없다.** 비로소 우리는 현기증 나는 자유와 만나게 된다.[35]

그가 고안한 무의미시는 결국 언어 작용 일체로부터 재현의 기능을 완전히 삭제하려는 목적을 가진 것이기보다는 한 편의 시 작품으로부터 전달할 '대상'을 없애는 일을 시도한 것이라 하겠다. 물론 앞서 확인한 대로 무의미시가 '대상'을 제거한다는 말은 시의 배후를 완전히 '무'로 만드는 것이 아니라 의미화 혹은 형상화할 수 있는 대상을 지워나간다는 말이 된다. "무엇인가 의미를 덮어씌울 그런 대상이 없어졌다는 뜻"이라고 위의 인용에서 그가 강조해 말하듯 말이다. 이런 맥락에서 "연상의 쉬임없는 파동이 있을 뿐 그것을 통제할 힘은 아무데도 없다"라는 언급 역시 의미심장하다. 그는 의미화 혹은 형상화를 저지하는 힘으로써 "연상의 쉬임없는 파동"을 제안한다. 이때 흥미로운 사실은 이러한 연상의 지속이 독자의 감상과는 무관하게 무의미시를 창작하는 시인 자신에게 요청된다는 점이다. 그는 한 편의 무의미시가 창작되기 위해서는 지속되는 연상을 통제할 힘(=의미화 혹은 형상화의 힘)이 전혀 없어야 한다고 말하고 있지만, 사실 시인이 연상을 쉬지 않아야 한다는 점, 다시 말해 무의미시 한 편을 완성하기까지 시인은 연상을 쉬지

---

35 「대상, 무의미, 자유」, 522면.

않도록 의식적으로 통제되어야 한다는 점을 강조하고 있다. 무의미시 창작이 의도적 노력의 소산이 될 수밖에 없는 것은 이로써 당연해진다. 한 편의 시가 완성되기까지 시인은 결코 연상을 멈추어서는 안 된다. 그렇다면 이와 같은 무의미시의 성공 여부는 시인의 '의지'가 전적으로 결정하게 된다고 볼 수 있다.

4. 이미지 재배치와 이미지 덧칠의 전략

언어의 조합으로서의 이미지가 그 자체로 '재현하지 않음'을 실현하는 것은 불가능하지만, 한 편의 시가 그 안에서 작동하는 이미지들을 의도적으로 조작함으로써 관념화의 대상이나 형상화의 대상을 만들지 않고자 할 수는 있다. 무의미시의 기획이 바로 이와 관련된다. 구체적으로 그가 제안하는 방법은 두 가지로 정리된다. 형상화 자체를 파괴하기 위한 해체와 재조립의 방법이 있고, 고정된 이미지를 만들지 않기 위해 이미지를 끊임없이 나열하는 방법이 있다. 전자는 공간적 차원에서 접근하여 이미지를 재배치하는 방식이고, 후자는 시간적 차원에서 접근하여 이미지를 무한히 겹쳐놓는 방식이다.

사생이라고는 하지만, 있는(실재) 풍경을 그대로 그리지는 않는다. 집이면 집, 나무면 나무를 대상으로 좌우의 배경을 취사선택한다. **경우에 따라서는 대상의 어느 부분을 버리고, 다른 어느 부분은 과장한다. 대상과 배경과의 위치를 실지와는 전연 다르게 배치하기도 한다. 말하자면 실지의 풍경과는 전연 다른 풍경을 만들게 된다. 풍경의, 또는 대상의 재구성이다.** 이 과정에서 논리가 끼이게 되고, 자유연상이 끼이게 된다. 논리와 자유연상이 더욱 날카롭게 개입하게 되면 대상의 형태는 부서지고, 마침내 대상마저 소멸한다. 무의미의 시가 이리하여 탄생한다.[36]

첫 번째 방법에 대해 김춘수는 '풍경'을 사생하는 경우를 예로 들어 설명하고 있다. 한 프레임 안에 들어온 장면을 조각조각 해체하고 그 조각들을 취사선택하여 재배치하는 방법이다. 이러한 과정을 통해 만들어진 이미지는 애초에 시인(혹은 화가)의 시야에 포착된 이미지와는 전혀 다른 이미지를 생성해내게 된다. 이를 가리켜 김춘수는 "대상의 재구성"이라고 명명한다. 이러한 재배치 혹은 재구성을 통해 "대상의 형태가 부서지고, 마침내 대상마저 소멸"하게 된다고 그는 말한다. 이러한 방법은 사실 20세기 초반 유행했던 모더니즘 예술의 대표적인 방법론인 몽타주를 그 모델로 한다. 그런데 이처럼 기존의 형상을 해체하고 재배치하거나 혹은 우연적으로 선택된 상들을 자유롭게 이어붙이는 몽타주의 방법론은 회화나 조형 예술과 같은 공간 예술에 적합한 방식이기도 하다. 김춘수의 '무의미시'가 한 편의 시를 대상으로 일체의 관념화나 형상화의 가능성을 중지시키는 것을 목표로 한다는 것을 재차 강조하자면 이러한 몽타주의 방법론이 꽤 적합하다고 할 수 있겠지만, 이러한 방법론이 '이미지'를 통해 시에 도입될 경우 역시 '재현' 작용으로부터 자유롭지 못하게 된다. 언어로 이미지화되기 이전에 머릿속으로 이미 어떤 형상의 해체와 재구성이 완료된 것이라면, 이때의 무의미시는 머릿속으로 이미 상상해본 "실지의 풍경과 전연 다른 풍경"을 언어로 바꾸는 일을 한 것일 뿐이므로, 이러한 과정은 '반 재현' 혹은 '재현의 중지'가 아니라 '부서진 상' 혹은 '다른 상'의 재현이 되는 셈이기 때문이다.

---

36 「의미에서 무의미까지」, 535면.

이처럼 "사생적 소박성"을 해체하고 "당돌한 결합"[37]을 완료한 뒤 그것을 한꺼번에 언어로 재현하는 것이 아니라, 시작의 과정 중에 "당돌한 결합"을 순차적으로 진행하는 경우라 하더라도 각각의 단계에서 재현이 이루어지고 있기는 마찬가지이다. 사실 김춘수의 말을 따라가 보면 그는 "당돌한 결합"을 순차적으로 실행해가는 방법을 더 강조하고 있음을 알 수 있다. 시각적 이미지를 공유한다는 점에서 회화와 친연성이 있기는 하지만 회화와 달리 언어예술로서의 시는 온전히 공간적 예술일 수는 없기 때문에 회화와 똑같은 방법으로 창작될 수는 없다. 김춘수는 이미지가 "응고"되는 것을 막기 위해 계속해서 다른 이미지들이 기존의 이미지에 덧붙여지도록 해야 한다고 말한다. 순차적으로 이미지를 겹쳐놓으면서, 이미지를 통한 관념화와 형상화를 원천봉쇄해야 한다는 것이다. 그는 "이미지의 소멸"의 과정을 "한 이미지가 다른 한 이미지를 뭉개버리는 일"[38]이라고 정의한다. "그러니까 한 이미지를 다른 한 이미지로 하여금 소멸해가게 하는 동시에 그 스스로도 다음의 제3의 그것에 의하여 꺼져가야 한다."[39]는 것이다. "이미지의 소멸"을 위해서는 역설적으로 무한한 이미지의 생성이 필요한 셈이다. 이를 통해 "대상의 소멸"에 이르고 시의 배후에 "무(無)의 소용돌이"[40]만이 남게 될 것이라고 그는 말한다.

나에게 이미지가 없다고 할 때, 나는 그것을 다음과 같이 말할 수 있다. 한 행이나 또는 두 개나 세 개의 행이 어울려 하나의 이미지를 만들

---

37 「한국 현대시의 계보」, 516면.
38 「이미지의 소멸」, 546면.
39 같은 곳.
40 위의 글, 547면.

어가려는 기세를 보이게 되면, 나는 그것을 사정없이 처단하고 전연 다른 활로를 제시한다. 이미지가 되어가려는 과정에서 하나는 또 하나의 과정에서 처단되지만 그것 또는 제3의 그것에 의하여 처단된다. **미완성 이미지들이 서로 이미지가 되고 싶어 피비린내나는 칼싸움을 하는 것이지만, 살아남아 끝내 자기를 완성시키는 일이 없다. 이것이 나의 수사요 나의 기교라면 기교겠지만 그 뿌리는 나의 자아에 있고 나의 의식에 있다.** 서도(書道)나 선(禪)에서와 같이 동기는 고사하고, 그러한 그 행위 자체는 액션 페인팅에서도 볼 수가 있다. **한 행이나 두 행이 어울려 이미지로 웅고되려는 순간, 소리(리듬)로 그것을 처단하는 수도 있다. 소리가 또 이미지로 웅고하려는 순간, 하나의 장면으로 처단되기도 한다. 연작에 있어서는 한 편의 시가 다른 한 편의 시에 대하여 그런 관계에 있다.** 이것이 내가 본 허무의 빛깔이요 내가 만드는 무의미의 시다.41

　「이미지의 소멸」이라는 텍스트를 통해 김춘수는 무의미시 창작의 방법론을 소개하고 있다. 반복해 말하자면 무의미시의 방법론은 첫째, 이미지를 공간적인 것으로 취급하여 그것을 해체, 재배치하는 몽타주의 방법론과 둘째, 이미지의 무한한 생성을 통해 끊임없이 이미지를 삭제해가는 이미지 덧씌우기의 방법론이 있다. 위 인용문은 후자의 방법론에 대해 설명한다. 이미지 덧칠의 방법론은 그 범위가 무한히 확장될 수 있다. 행 단위, 혹은 장면 단위, 나아가 한 편의 시 작품을 단위로 하여, 이미지들은 그 크기와 무관하게 끊임없이 생성됨으로써 서로가 서로를 삭제하는 작업을 지속할 수 있다. 이러한 방법론을 김춘수는 "액션 페인팅"에 비유해본다. 액션 페인팅은 말 그대로 결과로서의 작품보다는 과정으로서의 행위 그 자체를 중시하는 회화의 한 기법이다. 작품만을 놓고 보자면 추상 표현주의 회화와 거의 같은 양상을 띠지만 액션 페인팅에서 중요한 것은 추상이 표현된 결과로서의 작품이 아

---

41 「의미에서 무의미까지」, 538면.

니라 순수한 예술 행위 그 자체와 이를 통해 확인되는 작가로서의 실존이라고 할 수 있다.

위의 인용에서 보듯 김춘수가 자신의 방법론을 "액션 페인팅"에 비유하고 있기는 하지만, 사실 무의미시론은 "사생적 소박성"을 지닌 이미지를 생성해내지 않는 것을 목표로 하고 있기 때문에, 다시 말해 결과로서의 작품에서 "대상"을 제거하는 일을 목표로 하고 있기 때문에, 행위 그 자체를 목적으로 하는 "액션 페인팅"과 의도의 측면에서 정확히 일치된다고 하기는 힘들다. 무의미시 방법론의 "뿌리"가 "나의 자아에 있고 나의 의식에 있다"라는 말을 통해 확인되듯 무의미시론이 독자의 해석과는 무관하게 시인의 의지에만 관계하는 창작방법론으로서의 시론임은 분명하지만, 결과와 무관하게 예술의 행위 그 자체만을 고려하는 시론이라고까지 보기는 어려운 것이다. 김춘수에게는 여전히 결과로서의 작품이 중요하다. 그럼에도 불구하고 무의미시론이 이처럼 작품보다 행위 자체를 중시하는, 즉 '결과로서의 작품'을 무의미한 것으로 전락시킬 수 있는 급진적인 방법론으로까지 육박해있다는 사실은, '재현'의 관점을 벗어나려는 그의 불가능한 시도가 비교적 적절한 방향성을 얻고 있다는 점을 확인시켜준다. 우리가 1장의 논의를 통해 살핀 바 예술 행위가 재현의 프레임을 벗어날 수 있으려면 오로지 예술 행위 그 자체에만 집중해야 하기 때문이다.

요컨대 김춘수의 무의미시론은 언어와 시의 자유가 의미의 전달이라는 도구적 기능을 거절할 때에야 비로소 확보될 수 있다고 믿었다. 이를 위해 무엇인가를 '재현'하지 않는 이미지를 만들기 위해 고투했다. 무의미시론을 읽다보면 김춘수가 언어 자체의 표상 행위를 멈출 수 있다고 확신한 것은 아니라는 사실을 알 수 있다. 오히려 그는 표상 행위를 멈출 수 없는 언어를 통해 시의 자유를 확보하기 위해, 시에서 (의미화의 결과이든 형상화의 결과이든) 어떤 '가상'의 드러남을 억제하고자 했다고 이해된다. 김춘수의 무의미시론은 외부 세계, 즉 "관념·의미·현실·역사감상 등"[42] 으로부터 시의 자유를 쟁취하는 것을 추구한 이론이지만, 그러한 시의 자유를 '반—재현'이라는 한정된 목표 안에서 이루려고 했다는 점에서 필연적으로 한계를 내장한 이론일 수밖에 없다. '이미지 재배치'와 '이미지 덧씌우기'의 방법론을 통해 "대상의 소멸"과 "이미지의 소멸"을 제안하는 무의미시론은 엄밀히 말해 '반—재현'을 성취한 이론이 아니라, '반—재현'의 불가능을 '의미의 결정 불능'으로 돌파하고자 시도한 이론이라고 이해될 수도 있다. 이처럼 언어 예술인 시가 과연 '재현'의 작용을 넘어설 수 있는가라는 불가능한 과제를 해결하는 과정 속에서 무의미시론은 점차 시가 어떤 고유성을 생산해낼 수 있는지에 대해서까지 숙고하게 된다. "어떤 시는 언어의 속성을 전연 바꾸어 놓을 수도 있지 않을까?"[43] 라는 질문이 도출되는 것이다.

> 허무는 자기가 말하고 싶은 대상을 잃게 된다는 것이 된다. 그 대신 그에게는 보다 넓은 시야가 갑자기 펼쳐진다. 이렇게 해서 '무의미 시'는 탄생한다. 그는 바로 허무의 아들이다. 시인이 성실하다면 그는 그 자신 앞에 펼쳐진 허무를 저버리지 못한다. 그러나 기성의 가치관이 모두 편견이 되었으니 그는 그 자신의 힘으로 새로운 뭔가를 찾아가야 한다. 그것이 또 다른 편견이 되더라도 그가 참으로 성실하다면 허무는 언젠가는 초극되어져야 한다. **성실이야말로 허무가 되기도 하고, 허무에 대한 제동이 되기도 한다. 이리하여 새로운 의미(대상), 아니 의미가 새로 소생하고 대상이 새로 소생할 것이다. '도덕적인 긴장'이 진실로 그때 나타난다.**[44]

---

42 위의 글, 539면.
43 「대상·무의미·자유」, 523면.

이제껏 살펴보았듯 무의미시론은 '반—재현'이라는 불가능한 목적을 달성하기 위해 이미지가 어떻게 기능할 수 있는지 그 구체적인 방안을 제시해 보는 이론이다. 재현을 거스르려는 시도는 "성실"한 노력을 필요로 하지만, 이미지의 무화를 추구하는 이러한 작업은 결국 "허무"로 귀결될 수밖에 없다. 성실이 허무가 되는 아이러니한 형국이 아닐 수 없다. 그러나 김춘수는 "허무에 대한 제동"으로서의 "성실"을 지속적으로 요구한다. 왜일까. 위의 인용에서 확인되듯 시인의 "성실"한 노력을 통해 "의미"가 새로 소생하고 "대상"이 새로 소생할 것이라고 믿기 때문이다. 무의미시를 추구하는 과정이 모든 것을 허무로 돌리는 결과를 낳는 것이 아니라, "기성의 가치관"과 새로운 가치관 사이에서 "도덕적 긴장"을 유발하도록 이끄는 장이 되기를 그는 바라고 있다. 그것이 구체적으로 어떻게 가능한지 시론을 통해서는 명확히 제시하지 않지만, 언어예술로서 시가 지닌 고유성은 재현의 규범을 해체하고 재현의 불가피성과 대결하는 과정 속으로 드러난다는 사실을 무의미시론이 적시하고 있음은 분명하다.

5. 결론을 대신하여

이제까지 살펴본 대로 김춘수의 무의미시론은 언어와 시의 자유를 찾는 과정에서 '재현'의 문제와 대결한 시론이라고 할 수 있다. 언어가 표상의 기능으로부터 완벽히 독립할 수 없음을 은연중 인정한 김춘수는 그러한 언어를 매체로 하는 시가 재현으로부터 자유로워지는 방법이 무엇인지 이미지의

---

44 위의 글, 524~525면.

차원에서 고민한 것이다. 바로 앞 장에서 논의되었듯 시의 재현 작용을 무화시키기 위해 그는 한 편의 시 안에서 기능하는 이미지들이 일정한 '상'을 그리지 못하도록 하는 전략을 모색했다. 이 글에서는 그 전략을 '이미지 재배치'와 '이미지 덮쒸우기'의 방법론으로 정리했다. 시가 '재현'으로부터 자유로워지는 길은 한 편의 시 안에서 어떤 관념이든 형상이든 고정된 '상'이 만들어지지 않도록, 언어를 통해 자연스럽게 환기되는 상을 끊임없이 해체하도록 하는 방법뿐인 것이다. 서론에서도 언급했듯 언어 예술로서의 문학이 일체의 외부 세계로부터 진공의 자유를 획득하기 위해서는 오로지 '쓰기'라는 행위 자체에 몰두해야 한다. 무의미시론의 시도가 언어와 시의 자유를 추구하는 노정에 있는 것임은 분명하지만, 그의 이론이 작품으로서의 시보다 행위로서의 쓰기에 방점을 찍고 있다고 보기는 어렵다. 김춘수는 여러 곳에서 "시를 하나의 유희로서 써보려고 한 사람"[45]으로서, 즉 목적 없는 행위로서의 시쓰기를 감행한 이상을 고평하고 있는데, 이때에도 김춘수는 이상의 기교를 형태주의나 자동기술의 그것으로 단순히 이해하고 있지는 않다. 김춘수는 "시형태라고 하는 현상을 밑받침하고 있는 시인의 정신상태"로서의 이상의 "심리적 음영"[46]에 관심을 둔다. 요컨대 김춘수는 결국 작품으로서의 시가 무엇을 어떻게 드러내고 있는지에 대해 무심할 수 없는 시인이었던 셈이다.

앞서 살핀바 그는 한 편의 시를 창작하는 과정을 중시하기는 했지만 쓰는 행위 그 자체가 김춘수 문학의 궁극적인 목적이었다고 볼 만한 근거는 없는 것이다. 왜냐하면 이 글에서도 확인한바 그가 언어의 표상 행위 그 자체를

---

45 「대상·무의미·자유」, 521면.
46 김춘수, 『한국 현대시 형태론』, 96~101면.

완전히 거절한 것은 아니기 때문이다. 그는 언어를 통한 '반―재현'의 시도가 불가능하다는 사실을 인식하고 있다. 김춘수가 시 쓰는 행위를 통해 중시하고자 한 것이 있다면, 재현 작용을 존재근거로 하는 언어를 통해서 어떤 것도 재현하지 않는 시를 만들고자 하는 시도 그 자체라 할 수 있다. 이러한 시도가 실제로 김춘수의 시작을 통해 어느 정도의 성공을 거두었는지에 대해서는 그의 시작 과정을 따라가며 살펴야 할 것이다. 이처럼 김춘수의 무의미시를 재현의 관점으로 읽을 때, 김춘수의 시가 확인하고자 한 이미지의 기능과 언어의 고유성이 새롭게 이해될 것으로 기대된다. 재현의 관점에서 김춘수의 무의미시를 다시 읽는 일은, 랑시에르를 빌려 말하면 '모든 것이 재현될 수 있다'는 사실을 확인하는 과정으로서 의미가 있을 것이며, 나아가 진정으로 재현 불가능한 것이 무엇인가라는 질문을 고민하며 미학의 정치성을 새롭게 인식하는 기회를 마련해주기도 할 것이다. 이 글은 그러한 작업을 수행하기 위한 전제로서 김춘수의 무의미시론에 나타난 '재현'의 문제를 재고하기 위해 쓰인 글이다.

무의식적 참여시를 위하여*
김수영 시론 다시 읽기

/

신형철

1. 들어가며 : '온몸'과 '그림자'의 의미

시는 온몸으로, 바로 온몸을 밀고 나가는 것이다. 그것은 그림자를 의식하지 않는다. 그림자에조차도 의지하지 않는다. 시의 형식은 내용에 의지하지 않고 그 내용은 형식에 의지하지 않는다. 시는 그림자에조차도 의지하지 않는다. 시는 문화를 염두에 두지 않고, 민족을 염두에 두지 않고, 인류를 염두에 두지 않는다. 그러면서도 그것은 문화와 민족과 인류에 공헌하고 평화에 공헌한다. 바로 그처럼 형식은 내용이 되고 내용은 형식이 된다. 시는 온몸으로, 바로 온몸을 밀고 나가는 것이다.

숱하게 인용되는 김수영의 「시여, 침을 뱉어라」(1968)의 후반부다. 생략과 비약이 심해 전반적으로 쉽지 않은 글이고 논쟁의 여지가 다분한 주장도 적지 않지만, 가슴을 벅차오르게 하는 이 찬가 풍의 대미를 함께 읽고 나면

---

*이 글은 「'온몸'에 대한 이견(異見) : 김수영의 「시여, 침을 뱉어라」(1968)를 다시 읽으며」(『시작』, 2013년 겨울호)와 「이상(李箱)의 시와 초현실주의 시론이 김수영의 후기 시론에 미친 영향 : 「참여시의 정리(1967)」를 중심으로」(『한국시학연구』 50호, 2017.5)를 통합하고 수정한 것이다.

다른 것들은 얼마간 사소해지는 마술을 경험하게 된다. 자주 그렇게 읽어왔듯이 앞으로도 이 글을 '시인의 실존적 기투'와 '시의 정치적 참여'를 독려하는 김수영의 선언문으로 읽으면 되는 것일까. 여전히 많은 의문이 남아 있다. 위 단락만 보더라도 '시는 온몸으로 밀고 나가는 것이다'에 못지않게 강조되는 명제는 '시는 그림자를 의식하지 않는다'와 '시는 그림자에 의지하지 않는다'라는 두 명제다. '그림자'란 무엇이고, 그것을 의식하지/의지하지 않는다는 것은 도대체 무엇을 의미하는가? 많은 이들이 칭송해온 글임에도 이 점에 대한 만족스러운 해명을 찾기는 어렵다. 이 '그림자'의 비밀을 풀어야만 '온몸'이 정확히 이해될 수 있다면? 그리고 그때의 '온몸'은 그간 모두가 짐작해왔던 그런 의미의 온몸이 아니라면?[1]

위 물음에 답하기 위해 주목해야 할 것은 '그림자'라는 은유가 최초로 의미

---

1 김수영의 시론을 그의 시를 이해하기 위한 보조 자료 정도로 간주하지 않고 그 자체로 독자적인 이론적 기여로 받아들이기 시작한 것은 2천 년대 이후라고 볼 수 있다. 오문석, 『김수영의 시론 연구』(연세대학교 박사학위논문, 2002)나 박연희, 『김수영 시론 연구─'온몸의 시학'을 중심으로』(동국대학교 석사학위논문, 2003) 등이 그 시점에 제출된 주목할 만한 성과들이다. 이후 다양한 각도에서 김수영의 시론을 조망하는 작업이 이루어졌으며 특히 김수영의 해외 시론 독서 체험이 그의 시론에 끼친 영향에 대한 연구가 눈길을 끌었는데 이를 통해 트릴링(조현일), 하이데거(김유중), 블랑쇼(이미순) 등의 개념과 논리를 김수영이 어떻게 생산적으로 수용했는지를 파악할 수 있게 된 것은 큰 성과다. 이후 2천 년대 후반에서 2010년대로 넘어오는 시점에 평단에서 '시의 정치성'에 대한 논의가 활발해졌을 때 김수영의 시론은 또 다시 활발하게 재론되면서 그 이론적 잠재력을 입증했다. 해당 시기에 발표된 대표적인 글들의 목록은 다음과 같다. 김행숙, 「시적인 것과 정치적인 것 - 김수영의 시론 「시여, 침을 뱉어라」를 중심으로」(국제어문학회 2009년 10월 정기학술대회 발표문, 이후 『에로스와 아우라』, 민음사, 2013에 재수록). 진은영, 「김수영 문학의 미학적 정치성에 대하여」(『현대문학의 연구』 40호, 2010). 강동호, 「'시란 무엇인가'라는 질문은 무엇인가?─김수영의 「시여, 침을 뱉어라」에 부쳐」(『시인수첩』, 2013년 가을호). 최근 논문 중에서 문종필, 「김수영 산문에 언급된 '무의식'이라는 용어와 '순수' 그리고 '사이'」(『한국근대문학연구』(29), 2014.4)는 드물게도 김수영의 '무의식' 개념에 주목한 선행 연구에 해당한다.

심장하게 등장한 것이 「시여, 침을 뱉어라」가 아니라 그보다 몇 달 먼저 쓰인 글 「참여시의 정리」(1967)라는 사실이다. 그러나 이 글은 그동안 독립적으로 면밀히 읽히지 못했다. 우리는 김수영의 시론, 특히 「시여, 침을 뱉어라」를 온전히 이해하기 위해서는 그보다 앞서 발표된 글 「참여시의 정리」를 검토하는 일이 필수적임을 주장할 것이다. 그리고 이 시기 초현실주의에 대한 그의 새삼스러운 관심이 그의 후기시와 시론에 의미 있는 영향을 미쳤다는 것이 우리의 가설이다. 이를 논증하기 위해 이 글은 다음 물음에 차례로 답해나갈 것이다. 첫째, 「참여시의 정리」에서 김수영은 왜 초현실주의와 이상(李箱)에 대해 말하고 있으며 초현실주의에 대한 그의 이해는 어떤 의미를 갖는가? 둘째, 「참여시의 정리」에서 초현실주의에 대한 논의와 참여시에 대한 논의는 어떤 이유와 구조로 서로 연계돼 있으며 이 과정에서 초현실주의에 대한 논의는 참여시에 대한 논의에 어떻게 기여하고 있는가? 셋째, 「시여 침을 뱉어라」는 「참여시의 정리」에서 사용된 개념과 논리를 어떻게 흡수하고 있으며 궁극적으로 무엇을 주장하고 있는가?

2. 「참여시의 정리」에 나타난 초현실주의 재해석

1) 무의식의 시에서 의식의 위상: "증인부재의 도식"에 대하여

「참여시의 정리」는 "4・19를 경계로 해서 그 이전의 10년 동안을 모더니즘의 도량기(跳梁期)라고 볼 때, 그 후의 10년간을 소위 참여시의 그것이라고 볼 수 있을 것 같다."[2] 라는 관점으로 참여시 7년(1960~1967)의 성과를

---

2 김수영, 「참여시의 정리」, 『김수영 전집 2 : 산문』, , 3판, 2018, 488면. (앞으로 이 단행본에

"정리"하는 것을 목표로 쓰인 글이다. 김수영은 그러기 전에 먼저 4·19 이전에 발표된 '참여시 이전의 참여시'와 '50년대 모더니즘 시'에 대한 평가를 먼저 시도하고 이로부터 4·19 이후의 시를 평가할 수 있는 어떤 기준점을 마련하려 했다. 두 부류의 시에 대한 김수영의 평가는 박한 편이다. 단적으로 말해 그것들은 진정한 모더니즘도 진정한 참여시도 아니었다는 것이다. 그런데 이중 후자(50년대 모더니즘 시)를 논하는 와중에 그가 초현실주의에 대한 자기 입장을 개진하면서 이상의 시를 높이 평가하는 대목이 특별히 흥미롭다. 그가 최근(1960년대 이후) '참여시의 정리'를 시도하는 이 글에서 왜 다소 뜬금없이 1930년대 이상의 시를 재론할 수밖에 없었는지를 이해하기 위해 이 글의 논리를 순서대로 따라가 보기로 한다. 먼저 지난 연대의 시를 두 유형으로 나누는 글의 도입부에서 그가 4·19 이전에 발표된 '참여시 이전의 참여시'와 '50년대 모더니즘 시'의 사례로 거론하고 있는 것은 다음 두 작품이다.

그리하여 너희들 마침내 이같이
기갈 들려 미치게 한 자를 찾아
가위 눌려 뒤집히게 한 자를 찾아
손에 손에 그 시퍼런 날들을 들고 게사니같이 덤벼
남나의 어느 모가지든 닥치는 대로 컥 컥 찔러……
— 유치환, 「칼을 갈라」 부분

그러므로 자본가여
새삼스럽게 문명을 말하지 말라
정신과 함께 태양이 도시를 떠난 오늘

서 인용할 경우 본문에 글 제목과 면수만 적는다.)

허물어진 인간의 광장에는
비둘기 떼의 시체가 흩어져 있었다.
                                    ─ 박인환 「자본가여」 부분

　김수영은 유치환의 시가 발표 당시 일종의 '저항시'로 읽힌 것에 대해, 전적으로는 아니더라도 일정 부분 동의할 수 있다는 애매한 태도를 취한다. 김수영의 태도가 애매한 것은 청마의 이 시가 "낡아빠진"데다가 "들지 않는 칼"이라는 점을 부정할 수 없지만 이것이 당시 박인환 등의 모더니즘에 비하면 차라리 낫다고 판단했기 때문이다. 다른 글에 더 자세하지만 이 글에서도 김수영은 박인환에 대한 특유의 염오(厭惡)를 전혀 감추지 않는다. "이런 상식을 결한 비이성적인 그의 시가 청마(靑馬)의 침착한 이성과 논리 앞에 어떻게 맥을 출 수 있었겠는가."(「참여시의 정리」, 486면) 박인환 뿐만 아니라 "당시의 모더니즘을 자처하는 시들"이 다 그랬다는 것이 김수영의 냉정한 평가다. 여기서 김수영이 설정하고 있는 대립 구도는 '청마의 [그나마] 이성적인 시 vs. 박인환의 비이성적인 시'가 된다. '비이성적인 시'라는 말을 그저 '조리 없는 헛소리에 가까운 시'라는 뜻으로 오해하지 않도록 주의해야 하는데, 왜냐하면 김수영은 단지 박인환 개인에 대해서가 아니라 모더니즘 전반의 '이성'에 대한 입장을 문제 삼고 있기 때문이다.

　모더니즘을 비판하는 논리는 여러 가지일 수 있다. 그런데 1차 대전 이후 애초 '인간 이성에 대한 회의'의 분위기 속에서 시작된 모더니즘을 두고 "비이성적"이라고 비판하는 것은 사실 하나마나한 소리가 되는 것이 아닌가? 이런 반문에 대해 김수영은 아마도 '반이성'과 '비이성'은 다르다고, 이성을 극복하려는 모험과 이성에 미달한 미숙을 구별해야 한다고, 그것이 바로 '진정한 모더니즘'과 '사이비 모더니즘'의 차이라고 답할 가능성이 높을 것이다.

그렇다면 이 대립항들 중에서 뒤의 것으로는 박인환의 것이 제시되었으니, 앞의 것, 즉 이성이 결여돼 있는 것이 아니라 이성을 극복한 '진정한 모더니즘'의 사례로는 어떤 것이 있는지를 제시하고 독자를 설득해야 할 책임이 김수영에게는 있다. 그러기 전에 먼저 그는 뜻밖에도 아예 프로이트로까지 거슬러 올라가서 '이성과 시'에 대한 근본적인 성찰을 시도하고 다음과 같은 독특한 논변을 제시한다. 「참여시의 정리」에서 가장 난해할 뿐 아니라 「시여 침을 뱉어라」를 이해하는 데에도 관건이 되는 대목이어서 주목할 필요가 있다.

> 프로이트의 무의식의 시에 있어서는 의식의 증인이 없다. 그러나 무의식의 시가 시로 되어 나올 때는 의식의 그림자가 있어야 한다. 이 의식의 그림자는 몸체인 무의식보다 시의 문으로 먼저 나올 수도 없고 나중 나올 수도 없다. 정확하게 말하면 동시(同時)다. 그러니까 그림자가 있기는 하지만 이 그림자는 그림자를 가진 그 몸체가 볼 수 없는 그림자다. 또 이 그림자는 몸체를 볼 수도 없다. 몸체가 무의식이니까 자기의 그림자는 볼 수 없을 것이고, 의식인 그림자가 몸체를 보았다면 그 몸체는 무의식이 아닌 다른 것일 것이기 때문이다. 따라서 이런 시는 시인 자신이나 시 이외에 다른 증인이 있을 수 없다. 그러나 시인이나 시는 자기의 시의 증인이 될 수 없다. (「참여시의 정리」, 486~7면)

「시여 침을 뱉어라」의 '온몸과 그림자'를 예고하는 '몸체와 그림자'가 처음으로 등장하는 장면이다. 김수영은 "프로이트의 무의식의 시"라는 표현을 사용했는데 엄밀히 말하면 프로이트는 '무의식의 발화'를 연구했고 이를 시작(詩作)의 방법으로 전유하여 '무의식의 시'를 시도한 것은 앙드레 브르통이다. 전자는 자유연상(freie Assoziation, free association), 후자는 자동기술(l'écriture automatique)이라는 별칭을 갖는다. '무의식의 시'가 그 '무의식의 발화'와는 어떻게 다른지를 또 따져봐야 한다. 프로이트의 자유연상은, 위대한 시인의 오성은 창조적으로 샘솟는 생각들을 감시하고 비판하는 데 둔한 함을 지적한 실러에게서 힌트를 얻은 것으로,[3] 프로이트는 "비판 없이 자신을 관찰하는 상태로 들어가기는 전혀 어려운 일이 아니"라고 하면서 실러의 방법을 하나의 기법으로 사용했다.[4] 이를 활용한 브르통의 자동기술은 「초현실주의 선언」(1차)에서 초현실주의 그 자체와 동일시될 정도로 중요한 것이다.[5]

물론 초현실주의의 전부가 자동기술인 것도 아니고(자동기술은 브르통 자신에 의해 훗날 강력한 비판을 받았다) 또 자동기술이 전적으로 자유연상에만 영향을 받은 것도 아니다(자동기술이 탄생하게 된 데에는 브르통이 깊이 연구한 로트레아몽이나 랭보도 영향을 미친 것으로 간주된다). 그러나 이성의 '시험'과 '감시'와 '통제' 등에서 벗어난 말하기/글쓰기에 대한 꿈을 공유한다는 점에서 자유연상과 자동기술 사이에 긴밀한 관련이 있다는 점은 강조하지 않을 수 없다. 그런데 문제는 이것이다. 과연 그 꿈은 실현 가능한가? 프로이트는 자유연상이 전혀 어려운 일이 아니라고 했지만 과연 자동기술에 대해서도 같은 말을 할 수 있을 것인가? '무의식의 발화'가 가능한 것처럼 그

---

3 프로이트, 『꿈의 해석』, 김인순 옮김, 열린책들, 142면.

4 또 다른 문헌으로는 「분석 기술의 전사(前史)에 대하여」(a note on the prehistory of the technique of analysis, 1920)가 있다(이 글은 아직 한국어로 번역되지 않았다). 여기에 언급된 루드비히 뵈르네(Ludwig Börne)는 「3일 만에 독창적인 작가가 되는 법」이라는 글에서 머릿속에 떠오르는 것을 어떠한 위장도 없이 3일 동안 적어내려가기만 하면 작가가 되어 있는 자신을 발견할 수 있을 것이라고 충고했다고 한다. 프로이트에게 그의 견해는 매우 인상적인 것으로 받아들여졌다.

5 "초현실주의 : 남성 명사. 순수 상태의 심리적 자동운동으로, 사고의 실제 작용을, 때로는 구두(口頭)로, 때로는 필기로, 때로는 여타의 모든 수단으로 표현하기를 꾀하는 방법이 된다. 이성이 행사하는 모든 통제가 부재하는 가운데, 미학적이거나 도덕적인 모든 배려에서 벗어난, 사고의 받아쓰기." 브르통, 『초현실주의 선언』, 황현산 옮김, 열린책들, 89~90면.

렇게 '무의식의 시'도 가능한 것인가? 가능하다면(가능하지 않다면) 그것은 의식이 어떤 역할을 했기(혹은 하지 않았기) 때문인가? 이제 우리는 초현실주의에 대한 김수영 특유의 주장에 논평을 가할 수 있는 입지를 어느 정도 확보했다고 말할 수 있을 것이다. 다시 그의 글로 돌아가 보자.

> ⓐ 프로이트의 무의식의 시에 있어서는 의식의 증인이 없다. 그러나 무의식의 시가 시로 되어 나올 때는 의식의 그림자가 있어야 한다.
> ⓑ 이 의식의 그림자는 몸체인 무의식보다 시의 문으로 먼저 나올 수도 없고 나중 나올 수도 없다. 정확하게 말하면 동시(同時)다.
> ⓒ 그러니까 그림자가 있기는 하지만 이 그림자는 그림자를 가진 그 몸체가 볼 수 없는 그림자다. 또 이 그림자는 몸체를 볼 수도 없다. 몸체가 무의식이니까 자기의 그림자는 볼 수 없을 것이고, 의식인 그림자가 몸체를 보았다면 그 몸체는 무의식이 아닌 다른 것일 것이기 때문이다.
> ⓓ 따라서 이런 시는 시인 자신이나 시 이외에 다른 증인이 있을 수 없다. 그러나 시인이나 시는 자기의 시의 증인이 될 수 없다.

ⓐ에서 "무의식의 시에 있어서는 의식의 증인이 없다"라는 말은 자유연상이나 자동기술이 의식의 감시와 통제를 받지 않는 것이어야 한다는 프로이트/브르통의 말과 일단은 유사해 보이지만 그 함의는 다소 달라 보인다. 김수영은 '감독관'이나 '감시자'라고 하지 않고 '증인'이라고 했다.[6] 주지하다시피 '증인(證人)'이란 자신이 경험한 바를 진술하여 어떤 사실을 증명하고

---

6 여기서 주의해야 할 것은 김수영의 "의식의 증인"이나 (이후 논의할) "의식의 그림자"라는 표현에서 '의'를 동격의 조사로 이해하고 이를 '의식이라는 증인'과 '의식이라는 그림자'를 뜻한다고 받아들여야 문맥이 통한다는 점이다. 이 글의 다른 대목 중 "좋은 이상의 시가 가짜의 누명을 쓸 여지를 남겨놓고 있는 반면에"(「참여시의 정리」, 487면)와 같은 경우에도 "가짜의 누명"은 '가짜라는 누명'을 뜻하기 때문이다.

보증하는 사람을 뜻하는 말이다. 그렇다면 ⓐ가 뜻하는 바는 무의식이 쓴 시에서 의식은 그 시의 작의(作意)와 공정(工程)을 경험적으로 인지할 수 없기 때문에 작품의 진품성(authenticity, 진정성)을 보증하는 증인의 역할을 할 수가 없다는 데 있다. 무의식이 하는 일을 의식은 모른다는 정도의 의미가 아니다. 증인은 어떤 가치(유무죄)의 증인인데, 무의식의 시를 대상으로 한 재판정에서는 의식이 증인석에 나와 하는 말은 어떠한 가치 보증의 효력도 발휘하지 못한다는 뜻이다. 그러므로 김수영의 논지를 밀고 나가면 무의식의 시에서는 우리가 흔히 다른 시를 대상으로 하듯 그 시에 담겨있는 정치'의식'이니 역사'의식'이니 하는 것을 감지해 그 시를 평가한다는 것이 원천적으로 불가능한 일이 된다.

의식이 무의식의 증인이 될 수는 없으나, ⓐ의 두 번째 문장을 보건대, 의식이 그 자리에 출석조차 하지 않는 것은 아니다. "무의식의 시가 시로 되어 나올 때는 의식의 그림자가 있어야 한다." 적어도 시가 쓰이는 그 순간에, 의식은 무언가를 한다. 이번에는 의식이 '증인'이 아니라 '그림자'다. "의식의 그림자"라는 표현은 그 뒤에 나오는 "몸체인 무의식"과 짝을 이룬다. 즉 김수영의 독특한 논법을 따르면 '무의식은 몸체이고 의식은 그것의 그림자'라고 말할 수 있다. '몸체와 그림자'라는 은유는 초현실주의적 작시(作詩) 과정에서 무의식과 의식이 결코 분리될 수 없다는 점, 무의식이 가는 곳에 의식이 그림자처럼 동반될 수밖에 없다는 것을 지시한다. 자동기술론의 시각에서 볼 때 김수영의 이 진술은 불경하게 들릴 것이다. 브르통은 자동기술이 무의식의 순수한 받아쓰기라고 믿었으나 김수영은 실제로는 그렇지가 않다고 혹은 그럴 수가 없다고 말하고 있기 때문이다. 그렇다면 김수영은 "무의식의 시가 시로 되어 나올 때", 그러니까 무의식이 문장으로 전환되는 그 순간, 그림자가 몸체를 따라가듯, 의식이 무의식에 달라붙어서 어떤 미학적 수선(修繕)을 시도할 수밖에 없다는 말을 하고 있는 것일까?

'달라붙는다'라는 말 자체가 적절하지 않다. 그림자는 몸체에 달라붙는 것이 아니라 원래 하나인 것이다. 이를 시간의 차원에서 다시 말한다면 무의식과 의식이 "시의 문으로" 나갈 때 둘 사이에는 시간차가 없다는 말이 될 것이다. ⓑ는 바로 이 점을 지적하고 있다. "의식의 그림자는 몸체인 무의식보다 시의 문으로 먼저 나올 수도 없고 나중 나올 수도 없다. 정확하게 말하면 동시(同時)다." 동시에 움직인다는 것은 한 쪽이 다른 한 쪽에게 자기중심적인 영향을 미칠 수 없다는 것이기도 하다. 그래서 김수영은 ⓒ에서 '몸체와 그림자가 서로를 볼 수 없다'라고 분명히 덧붙였다. 서로를 볼 수 없을 때는 당연히 증인이 되어줄 수도 없을 것이다. "따라서 이런 시는 시인 자신이나 시 이외에 다른 증인이 있을 수 없다. 그러나 시인이나 시는 자기의 시의 증인이 될 수 없다."(ⓓ) 여기서 앞부분의 "증인이 있을 수 없다"라는 말은 '가능하지가 않다'라는 뜻으로, 뒷부분의 "증인이 될 수 없다"라는 말은 '그럴 자격이 없다'라는 뜻으로 이해해야 할 것이다. 무의식의 시를 보증해줄 사람은 시 자체 혹은 시인 자신뿐인데 이런 '자가 보증'은 별 의미가 없으니 결국 무의식의 시에는 증인이 있을 수 없다는 결론이 나온다.[7] 스스로 '증인부재의

---

7 이 대목을 상세히 분석한 사례로는 앞서 언급한 문종필의 연구가 있다. (「김수영 산문에 언급된 '무의식'이라는 용어와 '순수' 그리고 '사이'」『한국근대문학연구』(29), 2014.4) 문종필의 분석이 도출한 결론은 다음 구절에 담겨 있다. "김수영은 '무의식'이라는 용어를 '몸체'라고 부르고 있다. 또한 이 '몸체' 속에 '의식'이 함께 공존해야 한다고 언급한다. 즉, 몸과 의식이 함께 어울려 있는 셈이다. '진정한 참여시'를 논하려고 한 이 글에서는 몸과 의식이 따로 분리된 영역에서 논의되는 것이 아니라 함께 마주보며 서있는 것으로 간주된 것이다."(285면) 그리고 이 분석은 논문 전체의 다음과 같은 결론 속으로 통합된다. "시를 쓴다는 것은 훈련된 몸 안에 '의식'이 몸과 만나는 것이라고 할 수 있다. 여기서 중요한 것은 '순수한' 몸을 만들지 않고서는 '몸'속에 각인된 '의식(인식)'은 아무런 효력이 없다고 믿었던

도식'이라 부른 것에 대해 이와 같은 논증을 시도한 이후 김수영은 이상의 시 「절벽」을 인용한다.

2) 이상(李箱)의 초현실주의와 그 영향: 「절벽」을 메타시로 읽기

ⓐ

꽃이보이지안는다. 꽃이香기롭다. 香氣가滿開한다. 나는거기墓穴을판다. 墓穴도보이지않는다. 보이지안는墓穴속에나는들어안는다. 나는눕는다. 또꽃이香기롭다. 꽃은보이지안는다. 香氣가滿開한다. 나는이저버리고再처거기墓穴을판다. 墓穴은보이지안는다. 보이지안는墓穴로나는꽃을깜빡이저버리고들어간다. 나는정말눕는다. 아아. 꽃이또香기롭다. 보이지도안는꽃이 ─ 보이지도안는꽃이.

─『조선일보』(1936.10.6.)에 발표된 원문

ⓑ

꽃이 보이지 않는다. 꽃이 향기롭다. 향기가 만개한다.
나는 거기 묘혈을 판다. 묘혈도 보이지 않는다.
보이지 않는 묘혈 속에 나는 들어앉는다. 나는 눕는다.

또 꽃이 향기롭다. 꽃은 보이지 않는다. 향기가 만개한다.
나는 잊어버리고 재차 거기 묘혈을 판다. 묘혈은 보이지 않는다.
보이지 않는 묘혈로 나는 꽃을 깜빡 잊어버리고 들어간다. 나는 정말

김수영의 입장이다. 이 지점은 윤리를 머물러 있게 해준다. 하지만 김수영은 '의식'의 차원 역시 부정하지 않았다. 그래서 그는 몸체인 무의식과 의식 '사이'에서 서 있었다."(287~8면) 요컨대 김수영이 무의식과 의식의 마주보기, 무의식과 의식의 사이에 머물기 등으로 요약되는 시학을 제안했다는 논증이다. 김수영의 시론과 시작 전체를 대상으로 할 경우라면 동의할 수 있을만한 훌륭한 분석이다. 다만 「참여시의 정리」의 경우 오히려 강조점은, 김수영 스스로 '증인부재의 도식'이라 부른 그대로, 무의식(몸)의 시에서 의식(그림자)은 그 시의 진품성을 보증할 증인 역할을 할 수가 없다는 사실 그 자체의 중요성을 음미하는 데 찍혀 있다고 해야 할 것이다. 그가 이후 이상의 시를 인용하는 것도 그와 같은 맥락에서다.

눕는다.

아아. 꽃이 또 향기롭다. 보이지도 않는 꽃이 ─ 보이지도 않는 꽃이.
(연과 행의 배열 수정은 인용자)

ⓐ를 ⓑ와 같은 형태로 바꿔보면 분명히 드러나거니와 이 시는 다음과 같
은 기본 문장의 반복으로 이루어져 있다. '(보이지 않는) 꽃의 향기가 만개할
때마다, 거기에 (보이지 않는) 묘혈을 파고 들어가 눕는다.' 이 구조가 두 번
반복되고 한 번 더 반복되려는 순간에 시가 끝난다. 이렇게 구조를 분석해
놓고 난 뒤에 묻게 되는 것은 당연히 "꽃"과 "묘혈"의 의미다. 이 둘을 각각
에로스와 타나토스를 표상하는 것으로 본다면 이 시는 양대 충동의 긴장으
로 내적 갈등을 겪을 수밖에 없는 인간의 숙명을 노래하는 시로 읽힐 수 있
고,[8] "꽃" 향기의 만개와 "묘혈" 파기라는 두 상황을 '환상'의 작동과 '욕망'
의 추구를 표상한다고 보면 이 시를 "이미 고장 난 방식으로 밖에 작동되지
않는 환상, 그럼에도 불구하고 대상에 대한 강렬한 욕망을 포기할 수 없는
아이러니한 드라마에서 배태되는 시적 주체의 고통"을 표현한 시로 읽을 수
도 있을 것이다.[9] 이 시의 반복구조에 주목하면 '보이지 않는' 것들로 이루어
진 어떤 폐쇄적인 시스템 속에 갇힌 주체의 난처함과 절망감을,[10] 혹은 "피

---

8 에로스와 타나토스의 길항이라는 측면에서 이 시를 읽은 사례로는 김주현, 「이상 시 「절
  벽」의 기호학적 접근」, 이상문학회 편, 『이상시 작품론』, 역락, 2009 참조.

9 함돈균, 「이상 시의 아이러니에 나타난 환상의 실패와 윤리적 주체의 가능성에 관한 소고」,
  『우리어문연구』 37집, 2010.5, 462면.

10 "「절벽」에서는 안 보이는 세계에서 풍겨오는 안 보이는 꽃향기에 대한 난처함이 드러난
   다. 묘혈을 파고 향기를 맡는 행위를 반복해야 하는, 보이지 않는 세계에서 빠져나오지 못
   하는 절망감이 배어 있는 것이다." 김종훈, 「이상과 김수영 시에 나타난 반복의 상반된 의
   미」, 『한국문학이론과 비평』 제66집(19권 1호), 2015.3, 201면.

하려하면 할수록 오히려 더 원인에 가까이 가게 되는 운동의 역설"[11]을 읽어낼 수도 있겠다. 그런데 김수영은 이 시의 내용에 대해서는 별다른 언급 없이 이런 간결한 논평만을 붙이고 만다. "이상의 이 시에서, 꽃을 무의식으로, 향기를 의식으로, 묘혈을 증인으로 고쳐 놓으면, 내가 지금 말한 증인부재의 도식이 그대로 나타난다."(「참여시의 정리」, 487면) 그러니까 김수영은 이상의 이 시를 초현실주의 시학의 원리를 잘 보여주는 일종의 메타시로 읽자고 제안하고 있다. 「절벽」의 골자를 정리한 것과 이를 김수영이 지시한 대로 고친 것을 나란히 놓아보기로 한다.

ⓐ
꽃은 보이지 않는다
그런데 향기는 존재한다
나는 거기에 묘혈을 파지만 묘혈은 보이지 않는다

ⓑ
무의식은 보이지 않는다
그런데 의식은 존재한다
나는 거기에 증인이 되려고 하지만 증인은 보이지 않는다

김수영의 말대로 앞에서 ⓑ는 '증인부재의 도식'에 대한 적절한 설명이 되는 데 성공했는가? 그의 의도를 추정하여 ⓑ를 풀이해 본다면 다음과 같은 재서술이 가능할 수 있을 것이다. ①초현실주의적인 시에서 무의식의 실체는 보이지 않는다. 그런데 무의식이 '시의 문으로 나올 때' 의식 또한 정확히

11 조강석, 「한국 근대시에서 절망과 기교가 교섭하는 두 가지 방식―이상과 김춘수를 중심으로」, 『한국근대문학연구』 23(2011.4). 333면.

'동시에' 나온다. 꽃이 피면 그 순간 향기가 나는 것과 동일한 원리다. 꽃은 보이지 않는데 향기는 만개한다는 표현이 그래서 가능하다. 이는 무의식의 순수한 받아쓰기라는 초현실주의의 이상은 실현 불가능한 것이라는 뜻이기도 하다. ②더 나아가서 그것이 꼭 필요한 일인지조차 의문이다. 무의식과 의식의 어떤 동시적 결합과 출현이 한 편의 시를 만든다고 해야 옳다.12 그러나 이럴 때 무의식과 의식은 서로를 알아볼 수 없다. 그러므로 하나가 다른 하나를 통제할 수도, 상대방의 증인이 되어줄 수도 없다. ③이렇게 한 편의 '무의식의 시'(좁게는 초현실주의, 넓게는 '이성을 극복하는' 모더니즘 전체)가 쓰인다는 것은 (의식의 계산과 통제가 불가능하다는 점에서) 어떤 '혼돈'과 '기적'의 결과처럼 보인다.13 그래서 이런 시 쓰기에 대해서는 작시의 기교를 확립한다는 것도 또 평가의 기준을 제시한다는 것도 매우 어려운 일일 수밖에 없다. 묘혈을 파도 묘혈은 보이지 않으며 그 일은 무익하게 반복될 따름이다. 이어 김수영이 다음과 같은 질문을 던지는 것은 그런 맥락에서다.

> 그렇다고 증인부재의 설명이 되어 있으니까 이 시는 진짜라고 할 수 있소? 하고 누가 묻는다면, 나는 진짜라고 당장에 자신 있게 답할 수 있을까. 좋은 이상의 시가 이런 가짜의 누명을 쓸 여지를 남겨놓고 있는 반면에, 나쁜 아류(亞流)의 모더니즘의 시가 실격의 집행유예를 받을 수 있는 여지가 또한 생긴다. (「참여시의 정리」, 487면)

---

12 앞서 인용한 문종필의 논문도 바로 이 대목에 특히 주목한 바 있다.
13 김수영 자신이 다른 글에서 "무한대의 혼돈에의 접근"(「시여, 침을 뱉어라」, 397면)이나 "나무아비타불의 기적이고 시의 기적"(같은 글, 400면) 등과 같은 표현을 사용한 바 있기도 하다.

김수영이 초현실주의와 관련하여 하필 이상의 시를 인용한 것은 그가 두 차례에 걸쳐 이상의 일문 유고를 『현대문학』에 게재하기 위한 번역 작업을 의뢰받으면서 이상의 작품을 전반적으로 재고할 기회를 가졌기 때문인 것으로 추정된다.14 어쩌면 그가 '참여시의 정리'를 시도하는 글에서 뜻밖에도 초현실주의 운운한 것부터가 그 때문일지도 모른다. 그렇게 본다면 김수영은 이상에게서 초현실주의를 다시 배운 셈이다. 이상의 시가 초현실주의적인지 아닌지를 판단하는 것은 간단한 일이 아니며 실제로 그 평가는 엇갈린다.15 그러나 설사 이상이 초현실주의자가 아니더라도 김수영의 글이 의미를 잃는 것은 아니다. 중요한 것은 김수영이 이상을 창조적으로 독해(오독)한 결과가 어떤 생산적인 진전을 낳았는가 하는 점이다. 저 "증인부재의 도식"은 김수영에게 어떤 의미를 갖는 발견인가. 초현실주의에 대한 그의 생각은 그의 참여시론에 어떤 영향을 미쳤는가.

3) 초현실주의시론에서 참여시론으로: 진정한 참여시란 무엇인가?

초현실주의 시대의 **무의식과 의식의 관계**는 실존주의 시대에 와서는

---

14 김수영은 『현대문학』 1960년 11월호에서부터 공개되기 시작한 이상의 미발표 유고의 번역을 맡아 「1931년(작품 제1번)」, 「얼마 안 되는 변해(辨解)」 「이 아해들에게 장난감을 주라」 등을 옮겼다. 그리고 5년후 『현대문학』 1966년 7월호에서 이상의 유고가 추가로 공개될 때에도 시인 김윤성과 함께 번역을 맡아 그중 「애야(哀夜)」를 옮겼다. 자세한 사항은 김윤식, 「이상의 일어 육필 원고에 대하여」, 『기하학을 위해 죽은 이상의 글쓰기론』 (역락, 2010)을 참조.

15 대표적으로 김용직은 이상의 시를 다다이즘과 초현실주의의 영향 안에서 읽어야 한다고 보는데 반해(『한국현대시사』 1, 한국문연, 1996), 근래의 황현산은 이상의 시에 '초현실주의적' 외양이 다소 있다고는 하더라도 '초현실적' 내용은 없다고 단언하며 그의 시는 오히려 말의 논리와 계산에 절망적으로 매달린 사례라고 본다(『잘 표현된 불행』, 문예중앙, 2012).

실존과 이성의 관계로 대치되었는데, 오늘날의 우리나라의 참여시라는 것의 형성 과정에서는 이것은 **이념과 참여의식의 관계**로 바꾸어 생각할 수 있다. 우리나라와 같은 기형적인 정차 풍토에서는 참여시에 있어서의 이념과 참여의식의 관계가 더욱 미묘하고 복잡하며, 무의식과 의식의 숨 바꼭질과는 다른 외부적인 터부와 폭력이 개입하게 된다. 그런 의미에서는 우리나라의 오늘의 실정은 진정한 참여시를 용납하지 않는다. 그러니까 나쁘게 말하면 참여시라는 이름의 사이비 참여시가 있고, 좋게 말하면 참여시가 없는 사회에 대항하는 참여시가 있을 뿐이다. (「참여시의 정리」, 389쪽, 강조는 인용자)

그가 때 아닌 초현실주의론을 개진하면서 궁극적으로 말하고자 한 바가 무엇인지, 그가 초현실주의에서 나타나는 증인부재 현상을 강조한 이유가 무엇인지가 비로소 드러나기 시작하는 것은 위 대목에서다. 역시나 그다운 과감한 논리의 도약을 시도하면서 그는 초현실주의 시에서 '무의식과 의식'의 관계는 참여시에서 '이념과 참여의식'의 관계와 같다고 말한다. 여기서 '이념'이란, 흔히 '정치 이념'이라고 할 때 그 말이 뜻하는 것처럼, 논리적이고 자각적인 사상과 신념의 내용물을 가리키는 것으로 보이지 않는다. 그런 뜻으로 그가 사용하는 말은 그 옆에 있는 '참여의식'일 것이기 때문이다. 그가 말하는 '이념'은, 그 스스로 '무의식'에 대응되는 것으로 규정하고 있듯이, '거의 무의식적인' 어떤 것이라는 점에서 특이하다. 그것은 시 혹은 시인이 본능적으로 갖고 있는 자유에 대한 충동과 열망의 수준을 가리키는 것으로 보인다. 그런데 그가 이런 식으로 '이념과 참여의식'을 '무의식과 의식'의 관계에 빗대는 이유는, '무의식과 의식'이 몸체와 그림자의 관계로 뒤엉켜 있는 것과 같이 '이념과 참여의식'도 그렇게 서로 분리불가능하다는 소박한 주장을 하기 위해서가 아니라, 의식이 무의식의 증인이 될 수 없는 것처럼 참여의식도 이념의 증인이 될 수 없다는 결정적인 주장을 하기 위해서다. 그 주장은 아래 대목에서 분명한 표현을 얻는다.

> 그러나 **진정한 참여시**에 있어서는 초현실주의 시에서 의식이 무의식의 증인이 될 수 없듯이, **참여의식이 정치이념의 증인이 될 수 없는** 것이 원칙이다. 그것은 행동주의자들의 시인 것이다. 무의식의 현실적 증인으로서, 실존의 현실적 증인으로서 그들은 행동을 택했고 그들의 무의식과 실존은 바로 그들의 정치 이념인 것이다. 결국 그들이 추구하고 있는 것은 하나의 불가능이며 신앙인데, 이 신앙이 우리의 시의 경우에는 초현실주의 시에도 없었고 오늘의 참여시의 경우에도 없다. 이런 경우에 외부가 허락하지 않기 때문에 없다는 것은 말이 안 된다. 외부와 내부는 똑같은 것이다. 그리고 그것은 죽음에서 합치되는 것이다. (「참여시의 정리」, 488~489면, 강조는 인용자)

밑줄 친 부분의 함의를 더 밀고 나간다면 우리는 한 시인이 '의식'의 수준에서 어떤 생각으로 시를 썼건 그것이 그 시가 진정한 참여의 '이념'을 구현한 시라고 보증할 근거는 될 수 없다는 결론에 도달하게 된다. 이는 참여시에 대한 기존의 상식이나 김수영에 대한 대중적 선입견에 비추어 봐도 파격적인 결론이 아닐 수 없다. 시의 문면에 드러나 있는 현실참여에 대한 의식적 주장은 시가 시 자체를 무의식적으로 밀어붙이면서 산출해내야 할 이념적 효과에 비해 더 중요할 수가 없다는 것이다. 김수영 식으로 말하면 그 '이념'의 수준에서 시의 진품성/진정성을 입증해줄 '의식'이라는 증인이 없는 것은 (초현실주의에서 그렇듯이) 참여시에서도 마찬가지다. 이때 억지로 증인을 세울 수 있는 한 가지 방법은 '행동'으로 이를 입증하는 것이다. 어떤 시인이 자신의 시가 도달한/획득한 '이념'을 입증하기 위해 현실적 행동으로 나서고 또 그 행동으로 제 창작의 진품성/진정성을 증언하려 한다면 그는 "행동주의자"라고 명명돼야 할 것이다. 그것이 "신앙"에 준하는 선택으로 평가받을 만한 것이기는 하되, 그것은 이미 시학의 범위를 넘어서는 일이 되고 만다.

김수영이 앞서 인용한 유치환의 시를 비롯하여 당대의 대다수 참여시인들의 자칭 참여시를 진정한 참여시라고 인정할 수 없었던 이유의 핵심을 이제 이해할 수 있다. 적어도 "진정한 참여시에 있어서는" 참여의식 자체가 그 시의 증인이 될 수 없다는 것이다. 그들이 놓치고 있는 것이 무엇인지를 밝히는 것이 김수영의 취지이기도 하다. 그것은 당연히 무의식이다. 무의식이라는 몸체가 (의식이라는 그림자를 끌고갈 수밖에 없지만 결코 거기에 의지하지는 않는 채로) 자기 자신을 밀고 나가면서 만들어내는 진경이 있으며 그것이 바로 그 시가 도달하는/산출해내는 '이념'이다. 이런 유비를 통해 그는 초현실주의와 참여시 사이의 거리를 과감하게 좁힌다. 모든 진정한 초현실주의는 참여시이고 모든 진정한 참여시는 초현실주의시라고 말하려는 듯이 말이다. 이제 이 글의 서두에 인용한 「시여, 침을 뱉어라」의 마지막 대목으로 다시 가보면 그가 어째서 (온)몸과 그림자를 말하는지 이해할 수 있는 여지가 이제는 생긴다.

> 시는 온몸으로, 바로 온몸을 밀고 나가는 것이다. 그것은 그림자를 의식하지 않는다. 그림자에조차도 의지하지 않는다. 시의 형식은 내용에 의지하지 않고 그 내용은 형식에 의지하지 않는다. 시는 그림자에조차도 의지하지 않는다. 시는 문화를 염두에 두지 않고, 민족을 염두에 두지 않고, 인류를 염두에 두지 않는다. 그러면서도 그것은 문화와 민족과 인류에 공헌하고 평화에 공헌한다. 바로 그처럼 형식은 내용이 되고 내용은 형식이 된다. 시는 온몸으로, 바로 온몸을 밀고 나가는 것이다. (「시여, 침을 뱉어라」, 502~503면)

그는 이제 '진정한 초현실주의 시에서는'이라거나 '진정한 참여시에서는' 과 같은 전제조차 다 지워버리고 그냥 '시는'이라고 적는다. 그리고 시가 온 몸(무의식)으로 밀고 나갈 때 그림자(의식)와의 관계에 연연할 필요가 없다 고까지 말한다. 그 온몸은 무엇도 "의식"하지 않을 뿐 아니라 "의지"하지 않 으며 "염두"에 두지 않는다. 물론 시인 자신은 현대성에 대한 의식적인 무장 을 해야 하되(그렇지 않은 시인들의 무지와 나태를 김수영은 언제나 강한 어 조로 비판했다), 시를 쓰는 과정 중에서만큼은 그와 같은 '의식적' 층위가 아 니라 '무의식적인' 층위가 더 중요하다는 것이다. 모름지기 참여시라면 의식 적인, 그러니까 '문화와 민족과 인류를 염두에 두는' 것이어야 한다는 것이 상식적인 통념인데, 김수영은 지금 그와는 전혀 다른, 어쩌면 반대에 가까운 말을 하고 있는 것이다. 그런 것들을 의식하지 않아야 진정한 시가 가능해진 다는 주장이기 때문이다. 이처럼 '(온)몸과 그 그림자'라는 은유의 의미를 이 해한 다음에 읽는 그의 시론은, 당시는 물론이요 지금까지도 여전히 시의 어 떤 낯선 경지를 가리켜 보이고 있는 것 같다. 그가 "나무아미타불의 기적"과 도 같은 "시의 기적"(「시여, 침을 뱉어라」, 500면)이라는 다소 과도하고 막연 한 표현을 쓸 수밖에 없었던 것은 그 경지가 김수영 자신에게도 하나의 모험 적 이상이었다는 것을 함축한다. 그 '이상'을 이를테면 '무의식적 참여시'라 고 지칭해도 좋을지에 대해서는 「시여, 침을 뱉어라」를 총체적으로 다시 분 석해야만 결론을 얻을 수 있을 것이다.

3. 「시여 침을 뱉어라」에서 행해진 참여시론 재구성

45년 전에 작성된 강연 원고 한 편이 이토록 오랫동안 생명력을 잃지 않고 되풀이 읽히고 있다는 것은 확실히 놀라운 일이다. 김수영의 시론 「시여, 침을 뱉어라」가 그 문제의 텍스트인데, 이렇게 된 데에는 다음과 같은 몇 가지 이유가 있어 보인다. 첫째, 한국시사에서 김수영이라는 시인이 차지하는 위치 자체가 막중한 것이거니와, 이 글이 김수영의 생애 마지막 해에 발표된 것이어서 시에 대한 그의 사유가 도달한 마지막 지점을 보여주고 있을 것으로 기대된다는 점. 둘째, 김수영 특유의 불친절한 논증 스타일이 유독 심하게 나타나는 글이어서 독해 자체가 쉽지 않은 탓에 다양한 해석을 촉발할 수밖에 없다는 점. 셋째, 이 글이 '시와 정치'라는 중요한 주제에 대한 독창적인 입장을 담고 있는 글로 간주돼 왔기 때문에 한국사회에서 '시와 정치'의 관계가 문제될 때마다 이 글이 새삼스러운 관심을 끌 수밖에 없었다는 점. 이상과 같은 이유 때문에 이 글은 한국시 연구자와 비평가들의 지속적인 연구 대상이 돼 왔고, 특히 최근에는 세 번째 이유와 관련하여 몇 편의 뛰어난 글들이 발표된 바 있다.[16]

여기서 다시 확인하고 강조할 필요가 있는 사항은 이 글이 세미나에서 발표할 목적으로 작성된 원고이며 그 세미나의 주제가 "시에 있어서의 형식과 내용의 문제"(497면)였다는 점이다. 그렇다면 이 글은 무엇보다도 바로 그 주제와 관련해 분석되고 평가될 필요가 있을 것이다. 그러나 지금까지 이 글을 대상으로 쓰인 글들 중에서 이와 같은 요청에 부응하는 글은 극히 드물다. 최근에 쓰인 글들 역시도 최근 몇 년 동안 새삼 이슈가 된 '시와 정치'라는 주제와 관련해서 이 글을 읽는다. 모든 독해는 기본적으로 '읽어-내기'이고 그것은 어쩔 수 없이 '읽어-넣기'의 속성을 가질 수밖에 없기는 하지만,

---

16 각주 1 참조.

특히나 이 글에 대한 기왕의 독해들은 연구자와 비평가 자신이 읽고 싶은 것을 읽어 내는/넣는 작업이 된 경우가 많은 것 같다. 그로 인해 발생한 징후적 현상은 바로 이 글의 핵심 어휘처럼 간주되고 있는 '온몸'이라는 은유에 대한 일면적인 (어떤 의미에서는 과도한) 해석이다. 김수영이 쓴 문장들을 순서대로 따라가면서 이 글의 취지를 분석하고 '온몸'에 대한 이견을 적어 보려고 한다.[17]

②그러면 시를 쓴다는 것은 무엇인가. 그리고 시를 논한다는 것은 무엇인가. 그러나 이에 대한 답변을 하기 전에 이 물음이 포괄하고 있는 원주가 바로 우리들의 오늘의 세미나의 논제인, 시에 있어서의 형식과 내용의 문제와 동심원을 이루고 있다는 것을 우리들은 쉽사리 짐작할 수 있는 것이다. 따라서 시를 쓴다는 것—즉, 노래—이 시의 형식으로서의 예술성과 동의어가 되고, 시를 논한다는 것이 시의 내용으로서의 현실성과 동의어가 된다는 것도 쉽사리 짐작할 수 있는 것이다.

'내용과 형식'이라는 주제에 대해서는 지금까지 다양한 관점들 간의 논전이 있어 왔고 논란의 소지는 여전히 남아 있다고 해야 하겠지만, 내용과 형식이 불가분의 관련을 맺는다는 정도의 생각은 이제 예술철학의 범주 바깥에서도 상식적인 것으로 통용되고 있다.[18] 김수영이 이 글에서 하고자 했던

---

17 김수영의 이 글은 총 열 세 단락으로 구성돼 있다. 인용할 때는 단락 번호를 붙여 인용된 부분의 위치를 표시한다.

18 예컨대 이런 설명. "우리는 언제든 시의 전반적 취지에 대해 짧게 요약해서 설명할 수 있다. 그러나 내용과 표현이 (⋯) 밀접하게 결부되는 경우에 산문적 설명[패러프레이즈(paraphrase)-인용자]은 다른 목적에 아무리 유용하더라도 항상 중대한 의미 손실을 동반할 것이다. (⋯) 시적 형식이 때때로 거의 장식적이라는 것을 인정하더라도 모든 시가 동등한 가치를 갖는 것은 아니며 나아가서 시의 부연설명이 어느 정도로 불가능한가가 그 가치를 나타내준다고 주장할 수 있다. 곧 시에서 형식과 내용의 불가분성은 그 질적 수준의 징표인 것이다. 우리는 이러한 규범적 원리를 '설명하기 어려울수록 시는 더 위대하다'

1차적인 작업은 그와 같은 시학적 통념에 반론을 제기하는 일이었다. 먼저 김수영은 자신이 펼칠 논변에서 핵심적인 역할을 할 개념들의 구조를 대강 소개한다. 더 줄일 수도 없을 만큼 김수영 자신이 최대한 간략하게(불친절하게) 설명한 바는 이렇다. 시를 '쓴다'는 것은 시의 '형식'을 창조한다는 것이고 그와 같은 창조의 가장 바람직한 결과물은 시가 '노래'가 되는 것인데 바로 이것이 시의 예술성을 담당한다는 것. 반면에 시를 '논한다'는 것은 시의 '내용'과 관련된 것인데(이 대목은 언뜻 납득하기 어려운데 이에 대해서는 아래에서 다루기로 한다) 이것은 시의 산문적인 요소에 대한 토론과 관계하는 일이며 이것이 바로 시의 현실성을 담당한다는 것. 이 두 측면을 아래와 같이 정리하고 차례로 살피자.

시를 쓴다는 것—형식—노래—예술성
시를 논한다는 것—내용—산문—현실성

1) '형식'에 대하여: 온몸으로 온몸을 밀고 나간다는 것

③ 사실은 나는 20여 년의 시작 생활을 경험하고 나서도 아직도 시를 쓴다는 것이 무엇인지를 잘 모른다. 똑같은 말을 되풀이하는 것이 되지만, 시를 쓴다는 것이 무엇인지를 알면 다음 시를 못 쓰게 된다. 다음 시를 쓰기 위해서는 여태까지의 시에 대한 사변(思辨)을 모조리 파산(破算)을 시켜야 한다. 혹은 파산을 시켰다고 생각해야 한다. 말을 바꾸어 하자면, 시작(詩作)은 '머리'로 하는 것이 아니고 '심장'으로 하는 것도 아니고 '몸'으로 하는 것이다. '온몸'으로 밀고 나가는 것이다. 정확하게 말하자면, 온몸으로 동시에 밀고 나가는 것이다.

라는 슬로건으로 요약할 수 있다." 고든 그레이엄(Gordon Graham), 『예술철학』(1997), 이용대 옮김, 이론과실천, 2000, 204면.

김수영이 '시를 쓴다는 것'에 대해 말할 때 그는 시의 '형식'에 대해 말하고 있다. 한 편의 시는 왜 하필 그 특정한 꼴로 완성되는가 하는 것에 대해서 말이다. 그의 대답은 이렇다. '모른다. 그리고 몰라야 한다.' 바로 이런 맥락에서 그는 시의 형식은 '머리'나 '심장'이 아니라 '몸'의 소관이라고 말한다. 엄밀히 말하면 몸은 머리와 심장을 포괄하는 상위 개념이지만 여기서 몸은 머리와 심장을 제외한 나머지 영역을 가리키는 개념으로 봐야 할 것이다. 머리와 심장이 아닌 것으로서의 몸이란 도대체 무엇인가. 김수영은 이미 단서를 제시했다. 이 단락의 도입부에서 김수영의 논지는 '앎과 모름'이라는 대립 구도 위에서 움직이지 않았던가. 이 문맥을 놓치지 않으면 머리와 심장은 '앎'의 영역이고 몸은 '모름'의 영역이라는 점이 명확해진다. 즉 머리와 심장은 '의식'의 영역을, 몸은 '무의식'의 영역을 가리킨다. (그가 '몸'을 '무의식'을 뜻하는 말로 사용한 사례는 앞서 살펴본 「참여시의 정리」에서 이미 확인되는 터다.) 시의 형식은 이렇게 몸(무의식)이 만드는 것이어서 그는 이 메커니즘에 대해 잘 설명할 수가 없는 것이다. 김수영은 지금 시의 형식은 몸(무의식)이 밀고 나간 결과라고 했다. 그러나 이 문장에는 목적어가 빠져 있다. (온)몸으로 무엇을 밀고 나간다는 말인가?

④ 그러면 온몸으로 동시에 무엇을 밀고 나가는가. 그러나—나의 모호성을 용서해 준다면—'무엇을'의 대답은 '동시에'의 안에 이미 포함되어 있다고 생각된다. 즉, 온몸으로 동시에 온몸을 밀고 나가는 것이 되고, 이 말은 곧 온몸으로 바로 온 몸을 밀고 나가는 것이 된다. 그런데 시의 사변(思辨)에서 볼 때, 이러한 온몸에 의한 온몸의 이행이 사랑이라는 것을 알게 되고, 그것이 바로 시의 형식이라는 것을 알게 된다.

결론부터 말하면, 몸으로 밀고 나가는 대상은 몸 그 자체다. 즉 주체도 몸이고 대상도 몸이다. 이 상황을 조금 어렵게 적으면 김수영의 다음과 같은 문장이 된다. "온몸으로 동시에 온몸을 밀고 나가는 것이 되고, 이 말은 곧 온몸으로 바로 온몸을 밀고 나가는 것이 된다." 보이지 않는 방점은 "동시에"와 "바로"에 찍혀 있다. 이 문장은 전혀 난해하지 않다. 팔과 다리가 없는 장애인이 어떤 의료보조기구의 도움도 없이 전진하는 장면을, 즉 '온몸이 온몸을' 밀고 나가는 상황을 생각해 보라. 온몸이 일단 밀고 나면, 시간이 경과한 후에, 그 결과로 온몸이 앞으로 나아가는 것이 아니다. 밀면서 "동시에" 전진하는 것이다. 행위와 그 결과가 "동시에" 발생한다는 뜻이다. 여기에는 시간적 간극이 존재하지 않는다. 그리고 온몸이 다른 보조기구를 작동시켜서 온몸을 앞으로 미는 것이 아니기 때문에, 어떠한 중간 매개물 없이, 온몸이 "바로" 온몸을 미는 것이다. 요컨대 온몸이 제 온몸을 밀고 나가려면, 필연적으로 온몸이 '동시에' 온몸을 밀고 나가야 하고, 또 온몸이 '바로' 온몸을 밀고 나가야 하는 것이다.

이런 말들이 불필요한 요설로 치부되거나 과장된 해석의 대상이 되는 일을 막으려면 앞서 분석한 「참여시의 정리」로부터 이 글에 이르기까지 그가 (머리와 심장과는 구별되는 것으로서의) '몸'을 다름 아닌 '무의식'의 비유로 사용하고 있다는 점을 놓치지 않으면 된다. 이 글에서 그가 한 걸음 더 나아간 것은 바로 시 쓰기에서 그러한 무의식의 전진이 한 편의 시에 형식을 부여한다는 것, 바로 그것이다. 그리고 한 가지가 더 있다. 김수영은 이렇게 얼마간 '무의식적으로' 시를 만들어내는 과정에서 뭔가 특별한 체험을 했던 것같다. 그 체험을 그는 "사랑"의 체험이라고 적었다. 김수영이 "사랑"이라는 말에 독특한 뉘앙스를 담아 사용한다는 것, 그가 생각하는 사랑의 핵심은 내가 타인이 되는 과정에 있다는 것, 그가 이런 의미로 사랑이라는 말을 여러 글에서 빈번히 사용해왔다는 것을 모르는 독자는 위 대목에서 '사랑'이라는 말의 난데없음에 당황할 것이다.[19] 여기서는 이렇게만 정리하자. 김수영은 시를 쓰고 나면 자신이 조금은 다른 사람이 된 것 같다고 느꼈다. 온몸으로 온몸을 밀고 나가는 무의식적인 시 쓰기였기 때문에 가능했던 일이다.

2) '내용'에 대하여: 모험의 의미를 연습한다는 것

이제 분명히 해둘 필요가 있을 것이다. 김수영의 '온몸'을 시인의 실존적 기투(企投)'의 필요성 혹은 '정치적 참여'의 당위성을 호소하기 위한 은유로 이해하는 것이 용납될 수 없는 일은 아닐지라도, 그 본래 취지는 어디까지나 시의 '형식'이 탄생하는 무의식적 과정을 비유적으로 이해해 보자는 데 있다는 것 말이다. 이제는 이 은유를 실존적·정치적 논변을 위해 인용하기 전에 먼저 시학의 자리로 한번쯤을 되돌려 보내야 할 것이다. 김수영에 따르면 실존적 기투의 필요성 혹은 정치적 참여의 당위성 등이 직접적으로 관련되는 영역은 시의 형식이 아니라 내용이다. 바로 그 이야기가 이어진다.

> ⑤ 그러면 이번에는 시를 논한다는 것이 무엇인가를 생각해 보자. 나는 이미 '시를 쓴다'는 것이 시의 형식을 대표한다고 시사한 것만큼, '시를 논한다'는 것이 시의 내용을 가리키는 것이라는 전제를 한 폭이 된다. 내가 시를 논하게 된 것은 —속칭 '시평'이나 '시론'을 쓰게 된 것은— 극히 최근에 속하는 일이고, 이런 의미의 '시를 논한다'는 것이 시의 내용

---

19 이에 대해서는 다른 곳에서 이야기했으니 반복하지 않는다. 김수영의 '사랑'에 대해서는 졸고 「김수영 시에 나타난 '사랑'과 '죽음'의 의미 연구」(서울대학교 석사학위논문, 2002)에서 상세히 논의했고, 각도를 달리한 글 「이 사랑을 계속 변주해나갈 수 있을까 - 김수영의 '사랑'에 대한 단상」(『몰락의 에티카』, 2008)에서 다시 논의했다. 최근 연구로는 김행숙의 앞의 글 중에서 특히 2장 '타자가 되는 사랑의 작업'을 참조.

으로서 '시를 논한다'는 본질적인 의미에 속할 수 없다는 것을 알면서도, 구태여 그것을 제1의적인 본질적인 의미 속에 포함시켜 생각해 보려고 하는 것은 논지의 진행상의 편의 이상의 어떤 의미가 있을 것 같기 때문이다. 구태여 말하자면 그것은 산문의 의미이고 모험의 의미이다.

확실히 특이한 어법이기는 하지만, 김수영에게는 '시를 쓴다는 것'에 대해 말하는 일이 시의 '형식'에 대해 말하는 일이었던 것과 마찬가지로, '시를 논한다는 것'에 대해 말하는 일은 시의 '내용'에 대해 말하는 일이다. 이것은 왜 선뜻 받아들이기 힘든 특이한 어법인가. 다음 두 개의 층위를 뒤섞고 있기 때문이다. 첫째, 시에 어떤 메시지를 담는 작업. 둘째, 시에 대해 무언가를 말하는 작업. 우리가 시의 내용 운운할 때는 보통 전자의 층위를 가리킨다. 그리고 '시평'과 '시론'을 쓰는 일은 후자의 층위에서 이루어지는 일이다. 이 둘은 전혀 별개의 일이 아닌가. 그리고 일반적인 경우라면 '시를 논한다는 것'은 당연히 후자에(만), 즉 시론과 시평 등의 작업을 가리킬 때 사용해야 할 표현이 아닌가. 그런데 김수영은 시에 어떤 내용을 담는 일과 시에 대해 무언가를 말하는 일 모두에 '시를 논하기'라는 표현을 사용해서 어떤 혼란이 발생하도록 만들었다. 물론 이것은 "어떤 의미가 있을 것 같기" 때문에 만든 의도적인 혼란이다. 김수영의 요점은 우리가 전혀 별개의 일이라고 받아들이는 저 두 작업이 전혀 별개의 일만은 아니라는 데 있기 때문이다.

어째서 그러한가. "구태여 말하자면 그것은 산문의 의미이고 모험의 의미이다." 그러니까 시에 이런저런 메시지를 담는 행위와 시에 대한 이런저런 글을 쓰는 행위, 서로 별개의 일처럼 보이는 이 두 작업이 그에게는 모두 "산문"의 영역에 속하는 일이자 일종의 "모험"이었다는 점에서 사실상 같은 일이었다는 것이다. 첫째, 앞에서 그는 시의 형식을 만드는 것은 거의 무의식적인 작업이며 그것은 '노래'에 속하는 일이라고 했는데, 이에 비하면 시에 어떤 내용을 담을 것인가 하는 문제는 지극히 의식적인 것이고 그것은 '노래'의 세계가 훼손될 것을 각오하고 '산문'을 투입하는 위험한 일, 즉 "모험"이라는 것. 둘째, 그가 시론과 시평을 쓰게 된 것은 당대 한국사회의 현실이 시인에게 요청하는 책무에 동시대 한국시가 얼마나 부응하고 있는가를 점검하고 또 그와 같은 책무를 요청하기 위한 것이었는데, 이 역시 정치적 금기와의 충돌을 각오해야 하는 것이었으므로 위험한 일이었고 그런 의미에서 "모험"인 것은 마찬가지라는 것. 그가 "시를 논한다는 것"이라는 애매한 표현으로 이 두 층위를 포괄해보려 한 것은 이 때문이다.

⑥ 시에 있어서의 모험이란 말은 세계의 개진(開陳), 하이데거가 말한 '대지(大地)의 은폐'의 반대되는 말이다. 엘리엇의 문맥 속에서는 그것은 의미 대 음악으로 되어 있다. 그리고 엘리엇도 그의 온건하고 주밀한 논문 「시의 음악」의 끝머리에서 '시는 언제나 끊임없는 모험 앞에 서 있다'라는 말로 '의미'의 토를 달고 있다. 나의 시론이나 시평이 전부가 모험이라는 말은 아니지만, 나는 그것들을 통해서 상당한 부분에서 모험의 의미를 연습을 해보았다. 이러한 탐구의 결과로 나는 시단의 일부의 사람들로부터 참여시의 옹호자라는 달갑지 않은, 분에 넘치는 호칭을 받고 있다.

이제 김수영은 자신의 "모험"이 어떤 의미를 갖는지를 더 구체화하기 위해 엘리엇의 시론과 하이데거의 예술론을 인용한다. 엘리엇과 관계된 논평은 다음 기회로 미루고[20] 일단 하이데거의 경우만 살피자. 왜 하이데거인가.

---

20 김수영이 인용한 엘리엇의 글 「시의 음악(the music of poetry)」(1942)은 1942년 글라스고우 대학에서 W. P. Ker의 3주기 추모 강연을 하기 위해 작성된 원고다. 이 글은 이듬해 출간된 『시와 시인에 대하여(On Poetry and Poets)』(1943)에 수록됐다. 국역본으로는 이창배, 『이창배 전집 3 – T. S. 엘리엇 문학비평』(동국대학교 출판부, 1999)을 참고. 짚어두

김수영은 자신의 "모험"이 1960년대의 한국사회로부터 촉발된(혹은 강요된) 것이라고 생각하고 있었고, 이것이 일반적인(혹은 정상적인) 상태가 아니라고 생각했다. 형식이 추구하는 예술성과 내용이 추구하는 현실성이 자신의 시에서 불화를 일으키고 있었기 때문이었다. 본래 시인은 노래하는 존재인데 시대가 요구하는 산문(적인 것)이 그것을 방해하고 있다고 여겼다. 불가피한 것이기도 했지만 그렇다고 기꺼운 일도 아니었다. 그런데 이런 그에게, 당신이 처해있는 상태는 이례적인 것이 아니라 시의 본질적인 상태라고, 당신은 잘 하고 있는 것이라고 말해준 사람이 바로 하이데거였다.[21] 하이데거의 글은 '내용과 형식은 본래 불화를 겪을 수밖에 없는 것이고 그것은 바람직한 상태다'라고 말하고 있었기 때문이었다. 그러니까 하이데거는 김수영이 자기 확신을 가질 수 있게 도운 셈이다.

3) 내용과 형식의 투쟁: 하이데거의 '세계'(Welt)와 '대지'(Erde) 개념을 전유하여

김수영이 인용한 하이데거의 개념들은 「예술작품의 근원」(1935~6, 출간

어야 할 사실은 김수영이 엘리엇에게서 가져온 "모험"이라는 말을 엘리엇 자신도 다른 저자의 책에서 가져왔다는 것이다. 김수영이 생략하고 인용한 원래 문장은 이렇다. "시의 앞에는 항상, F. S. 올리버가 정치에 대해서 말한 것과 같은 의미에서, '끊임없는 모험'이 놓여 있는 것입니다."(*On Poetry and Poets*, p.33) 엘리엇이 (출처 없이) 언급한 텍스트는 F. S. 올리버(Frederick Scott Oliver, 1864~1934)의 『끝없는 모험(The Endless Adventure)』 (1930~35)이다. 올리버, 엘리엇, 김수영이 "모험"이라는 말을 사용한 맥락에 대한 정치한 비교도 필요해다.

21 "마지막으로 사들인 하이데카 전집을 그는 두 달 동안 번역도 아니 하고 뽕잎 먹듯이 통독하고 말았다. 하이데카의 시와 언어라든가 그의 예술론 등을 탐독하고는 자기의 시도, 자기의 문학에 대한 소신도 틀림없다고 자신만만하게 흐뭇해했었다." 김현경, 「충실을 깨우쳐 준 시인의 혼」, 『여원』, 1968년 9월호.

은 1952)[22] 이라는 논문에서 가져온 것이다. 앞에서 하이데거가 내용과 형식의 근본적 불화를 말했다고 정리하기는 했지만 편의상 그랬을 뿐, 하이데거 자신은 '내용'이니 '형식'이니 하는 개념을 사용하지 않았다. 내용과 형식에 대한 일반적인 통념을 전복할 필요성을 느꼈기 때문에 그는 그 개념들을 버렸다. 그가 사용한 개념은 '세계'와 '대지'다. 그리고 그는 예술작품의 본질이 세계를 'aufstellen'하고 대지를 'herstellen'하는 데 있다고 규정한다. 이 독일어를 한국어로 '완벽히' 번역하는 것은 불가능하다. 둘 다 일단은 '생산하다'를 뜻하되, 전자에는 '건립하다'의 의미가 담겨 있고 후자에는 '복원하다'의 의미가 담겨 있는데, 이 뉘앙스를 포괄하는 한국어 단어를 찾을 수 없기 때문이다. 그래서 우리는 아쉬운 대로 전자를 '건립하는 생산'으로, 후자를 '복원하는 생산'으로 풀어 옮기려고 한다.[23] 그러니까 예술작품은 '세계를 건립하는 생산'과 '대지를 복원하는 생산'을 동시에 행한다는 것이 하이데거의 요점이다. 하이데거가 그리스 신전의 가치에 대해 설명한 대목이 요긴하다. '세계'와 '대지'의 의미를 알려주는 중요한 대목을 다소 길게 옮겨 본다.

---

22 이 글의 한국어판은 총 세 종이다. ①오병남 · 민형원 옮김, 『예술 작품의 근원』, 예전사, 1996 ②이기상 옮김, 「예술작품의 근원」, F. W. 폰 헤르만, 『하이데거의 예술철학』, 1997, 부록 ③신상희 옮김, 『숲길』, 나남, 2008. 이 글에서는 ①을 인용하고 본문에는 면수만 적는다.

23 한국어판들이 택한 번역어들은, 하이데거의 철학을 전공하지 않은 비전문가로서 감히 말하건대, 어떤 것도 만족스럽지 않다. 두 단어가 갖는 공통점은 보존되되 그 차이를 드러낼 수 있어야 하고 또 한국어 자체로도 어느 정도 직관적인 이해가 가능해야 한다는 기준을 충족시켜주지 못하기 때문이다. ①"세계의 열어 세움과 대지의 불러 세움은 작품의 작품존재가 갖는 두 가지 본질적 성격이다."(오병남 · 민형원 옮김) ②"한 세계의 건립과 그리고 대지의 이쪽으로 세움은 작품의 작품존재에 있어 두 가지 본질특징들이다."(이기상 옮김) ③"세계의 건립(열어 세움)과 대지의 내세움(불러 내세움)은 작품의 작품존재에 속해 있는 두 가지 본질적 특성이다."(신상희 옮김) 이 번역어들의 장단점에 대해서는 상세히 토론할 필요가 있겠으나 여기서는 여의치 않아 다음을 기약한다.

그리스의 신전은 아무런 대상도 모사하고 있지 않다. 그것은 수많은 틈이 떡 벌어져 있는 바위 계곡 가운데 서 있을 뿐이다. 그러나 이 신전은 신의 모습을 숨겨 간직하고 있으며, 그 숨겨진 간직 속에서 열려진 주랑을 통해 그것을 성스러운 영역 가운데로 드러내고 있다. 신전이 거기 있음으로써 신은 신전 가운데 현존한다. 신의 이러한 현존은 그 자체가 성스러운 영역의 확장이자 동시에 경계지움이다. 그러기에 신전과 그것이 일구는 영역은 결코 무규정적인 것 속으로 사라져버리는 일이 없다. 또한 신전은 거기 있음으로써 자기 둘레에 비로소 처음으로 **탄생과 죽음, 저주와 축복, 승리와 굴욕, 존립과 몰락이 운명의 형태로 인간 본질에게 다가오는 모든 길과 관계**를 통일적으로 결합하고 모아 들인다. 이 열려진 관계들의 압도적 진폭이 바로 역사적 민족이 거주하는 **세계**다. 이 역사적 민족은 오직 그 같은 세계로부터만 또 그 가운데서만 비로소 자기 자신에게로 되돌아가 자신에게 주어진 숙명적인 규정을[사명을] 수행한다.(48~49면, 강조는 인용자)

[신전이라는 작품은] 자신을 구성하는 재료를 소멸시키지 않고 오히려 처음으로 그것 자체로, 그것도 작품 세계의 열린 터 가운데서 나타나게 한다. 말하자면 그 열린 터 가운데서 바위는 완강한 버팀과 고요한 머묾으로 비로소 바위가 되고, 금속은 강하게 또는 희미하게 빛나게 되며, 색채는 빛남으로, 소리는 울림으로, 단어는 말함으로 이르게 되는 것이다. 이 모든 것이 그렇게 나타나게 되는 것은 오직 작품이 도구[에서]와는 달리 **돌의 묵직함과 육중함 속으로, 나무의 단단함과 유연함 속으로, 청동의 견고함과 광택 속으로, 색채의 명암 속으로, 소리의 울림과 말의 부르는 힘 속으로** 되돌아감으로써이다[되돌아가기 때문이다]. 작품이 스스로 되돌아가는 곳, 그리고 이 되돌아감 가운데서 작품이 나타나게 해주는 그것을 우리는 대지라고 불렀다. **대지**는 나타남과 동시에 스스로를 감추어 간직하는 것이다.(54~5면, 강조는 인용자)

그리스 신전은 세계를 aufstellen, 즉 건립하면서 생산한다. 여기서 세계란 어떤 구체적이고 물질적인 실체가 아니라 비가시적이고 추상적인 관념이다.

신전 앞에서 그리스인들은, 그 자리에 없으면서 있는 신의 존재를 경험했고, 비로소 그들을 둘러싼 "탄생과 죽음, 저주와 축복, 승리와 굴욕, 존립과 몰락"의 의미를 이해할 수 있었다. 이처럼 어떤 예술작품이 하나의 '세계'를 연다는 것은 그 시대의 사람들에게 삶에 의미를 부여해 주고 가야 할 길을 밝혀준다는 것을 뜻한다.[24] 한편 예술작품은 대지를 herstellen, 즉 복원하면서 생산한다. 여기서 대지란 일차적으로는 예술작품의 재료가 되는 그 무엇인데, 중요한 것은 그 재료에 어떤 일이 벌어지는가 하는 문제다. 도구에서 재료는 소모되어 자신을 잃고 말지만, 작품에서 재료는 비로소 그 자신의 본질로 되돌아갈 수 있게 된다는 것. 예컨대 신전의 재료가 된 대리석은 단지 건축자재이기만 한 것이 아니라 "돌의 묵직함과 육중함 속으로" 되돌아갈 수 있게 되고, 시의 경우 언어라는 재료는 시라는 작품 안에서 비로소 의사소통의 재료의 도구이기를 그치고 "소리의 울림과 말의 부르는 힘"을 회복하게 된다. 이런 의미에서 예술작품은 대지를 '복원하는 생산'이라는 것.

그런데 문제는 예술작품의 두 가지 본질적 요소인 세계와 대지의 관계가 평화롭지 않다는 데 있다. 세계가 자기 자신을 건립하려고 할 때 세계는 작품의 재료를 자신의 목적을 위해 봉사하는 한낱 도구로 만들려는 경향을 갖는다. 그러나 작품 속에서 비로소 제 자신의 본질을 회복한 대지로서의 재료는 세계의 움직임에 저항하면서 자기 자신의 본질 속으로 더욱 침잠해 들어간다.[25] 즉 세계의 '건립하는 생산'은 '건립되면서 자신을 개진하려는 생산'

---

24 어느 하이데거 연구자들은 이를 '예술작품의 초점조절 기능'이라 부른다. 휴버트 드레이퍼스·숀 켈리, 『모든 것은 빛난다』, 김동규 옮김, 사월의책, 2013, 181~185면.

25 세계와 대지의 이와 같은 관계는 하나의 작품에서 밝음과 어두움의 영역을 형성한다고 말할 수도 있다. "세계가 작품 속 개개의 존재자에게 의미의 빛을 던져주는 전체 의미망인 반면, 대지는 의미화되기를 거부하는 작품의 어두운 측면이다." 김동규, 『철학의 모비

이고, 대지의 '복원하는 생산'은 '복원되면서 자신을 은폐하는 생산'이라는 것. (그래서 김수영은 aufstellen과 herstellen을 '세계의 개진'과 '대지의 은폐'라고 옮겼다.) 이처럼 "세계와 대지의 대립은 투쟁을 이룬다."(58쪽) 그러나 이 대립이 부정적인 상황이 아니라는 데 반전이 있다. "투쟁 가운데서만이 각자는 상대를 그들 모두의 한계를 넘어선 곳으로 이끌 수 있다."(59쪽) 요컨대 예술작품이 탁월한 것은 내용과 형식이 조화를 이루어서가 아니라 그 안에서 세계와 대지의 지속적인 투쟁이 벌어지고 있기 때문이라는 것. 김수영은 '세계와 대지의 대립'이라는 하이데거의 논점을 김수영 자신의 '산문(내용)과 노래(형식)의 대립'이라는 구도 속으로 끌어들이면서 박력 있는 다음 단락을 쓸 수 있었다.

> ⑦ 산문이란, 세계의 개진이다. 이 말은 사랑의 유보(留保)로서의 '노래'의 매력만큼 매력적인 말이다. 시에 있어서의 산문의 확대작업은 '노래'의 유보성에 대해서는 침공(侵攻)적이고 의식적이다. 우리들은 시에 있어서의 내용과 형식의 관계를 생각할 때, 내용과 형식의 동일성을 공간적으로 상상해서, 내용이 반, 형식이 반이라는 식으로 도식화해서 생각해서는 아니 된다. '노래'의 유보성, 즉 예술성이 무의식적이고 은성적(隱性的)이기는 하지만 그것은 반이 아니다. 예술성의 편에서는 하나의 시작품은 자기의 전부이고, 산문의 편, 즉 현실성의 편에서도 하나의 작품은 자기의 전부이다. 시의 본질은 이러한 개진과 은폐의, 세계와 대지의 양극의 긴장 위에 서 있는 것이다.

김수영의 말대로 시에서는 "내용이 반, 형식이 반"인 것이 아니다. 물론 이 정도는 상식이 아니냐는 반문이 나올 수도 있을 것이다. 그러나 "내용이 반,

---

딕」, 문학동네, 2013, 198면.

형식이 반"이 아니라면 과연 내용과 형식은 어떤 관련을 맺고 있느냐고 자문했을 때 우리는 '분리할 수 없는 밀접한 관련을 맺고 있다'는 정도의 대답 이상의 무언가를 말할 수 있을까. 김수영은 내용과 형식이라는 개념을 여전히 고수하기는 했으되 하이데거를 참조하여 그 내포적 의미를 바꿔버렸고 그를 통해 (하이데거가 그런 것처럼) 내용과 형식이라는 개념을 거의 폐기해버렸다. 그리고 그는 하이데거의 사유가 갖고 있는 개성의 핵심을 정확히 이해했기 때문에 '세계와 대지의 투쟁'이라는 하이데거의 관점을 다음과 같은 흥미로운 표현으로 다시 서술할 수도 있었다. "예술성의 편에서는 하나의 시작품은 자기의 전부이고, 산문의 편, 즉 현실성의 편에서도 하나의 작품은 자기의 전부이다." 이제 그는 자신의 시에서 산문이 노래를 "침공"하는 사태를 부정적으로 바라보지 않을 수 있게 된다. 시대가 산문(현실성)을 강요한 탓에 노래(예술성)를 포기한 우울한 시인이 아니어도 되었다. 아니, 어쩌면 그는 이제 (적어도 하이데거적인 의미에서는) 가장 본질적인 시인인지도 몰랐다.

4. 결론을 대신하여: 의식적 시인과 무의식적 (참여)시

⑧ 그런데 여기에서 중요한 것은 시의 예술성이 무의식적이라는 것이다. 시인은 자기가 시인이라는 것을 모른다. 자기가 시의 기교에 정통하고 있다는 것을 모른다. 그리고 그것은 시의 기교라는 것이 그것을 의식할 때는 진정한 기교가 못 되기 때문에 그렇게 되는 것이다. 시인이 자기의 시인성을 깨닫지 못하는 것은, 거울이 아닌 자기의 육안으로 사람이 자기의 전신을 바라볼 수 없는 거나 마찬가지이다. 그가 보는 것은 남들이고, 소재이고, 현실이고, 신문이다. 그것이 그의 의식이다. 현대시에 있어서는 이 의식이 더욱더 정예화(精銳化)—때에 따라서는 신경질적으

로까지―되어 있다. 이러한 의식이 없거나 혹은 지극히 우발적이거나 수면(睡眠) 중에 있는 시인이 우리들의 주변에는 허다하게 있지만 이런 사람들을 나는 현대적인 시인이라고 부를 수는 없다.

지금까지의 논의를 요약하면 다음과 같다. 예술성(형식)은 무의식적인 것이다. 시의 형식은 시인의 몸의 리듬을 따라 무의식적으로 만들어진다는 뜻이다. 그가 '시는 온몸으로 밀고 나가는 것'이라고 말한 것은 이런 맥락에서다. 이 방향으로 나아가면 시는 궁극적으로 '음악'이 된다. 그러나 현실성(내용)은 의식적인 것이다. 내용의 층위에서는 주도면밀한 판단을 내리고 용의주도한 발언을 감행해야 한다는 뜻이다. 이러한 의식이 장전돼 있지 않은 시인은 현대적인 시인이 아니라고 김수영은 단언했다. 이 방향으로 나아가면 시는 '산문'에 가까워진다. 문제는 이 둘이 상호 충돌하는 가치라는 데 있다. 음악과 산문은 자기가 시의 전부이기를 원한다. 둘 중 하나를 포기할 수는 없다. 음악만으로는 공허하고 산문만으로는 앙상하기 때문이다. 자신이 놓여 있는 역사적 환경 때문에 김수영은, 본의 아니게, 시에서 산문적인 것을 확대하는 방향으로 나아갔다. 그는 이것을 음악을 향한 산문의 '침공'이라고 표현했다. '현실성-의식-내용-산문'의 침공을 받고서도 '예술성-무의식-형식-음악'은 살아남을 수 있을까? 어려운 일이지만, 그러니까 모험이다. 김수영은 이 모험에 자기 시의 운명 중 하나를 걸었다. 그런데 이것이 김수영의 마지막 말인 것은 아니다.

⑫ 시는 온몸으로, 바로 온몸을 밀고 나가는 것이다. 그것은 그림자를 의식하지 않는다. 그림자에조차도 의지하지 않는다. 시의 형식은 내용에 의지하지 않고 그 내용은 형식에 의지하지 않는다. 시는 그림자에조차도 의지하지 않는다. 시는 문화를 염두에 두지 않고, 민족을 염두에 두지 않

고, 인류를 염두에 두지 않는다. 그러면서도 그것은 문화와 민족과 인류에 공헌하고 평화에 공헌한다. 바로 그처럼 형식은 내용이 되고 내용은 형식이 된다. 시는 온몸으로, 바로 온몸을 밀고 나가는 것이다.

그는 「시여」에서 먼저 시를 쓴다는 것(형식)에 대해 말했고, 그 다음 시를 논한다는 것(내용)에 대해 말했으며, 마지막으로 그 둘의 관계(투쟁)에 대해 말했다. 그는 이제 다시 맨 처음 이슈로 돌아왔다. '시를 쓴다는 것은 어떤 종류의 일인가.' 그는 온몸으로 온몸을 밀고 나가는 일은 무의식적인 것이며 이것이 한 편의 시를 낳는다고 했다. 위 단락에서 김수영은 이 사실을 재확인한다. 온몸(무의식)으로 밀고 나가는 일에 그림자(의식) 따위는 필요 없다. 온몸은 무엇도 "의식"하지 않고 "의지"하지 않으며 "염두"에 두지 않는다. 재차 강조하지만, 시인 자신은 의식적인 무장을 해야 하되, 시를 쓰는 작업 그 자체는 그 의식에 얽매이지 않는 곳에서 벌어지는 무의식적인 기투여야 한다는 것이다. 그러니까 이런 종류의 시는 '문화와 민족과 인류를 염두에 두는' 참여시와는 출발점부터가 다르다. 그런데 여기서 극적인 반전이 일어난다. 바로 그와 같은 온몸의 시야말로, 문화와 민족과 인류와 평화에 공헌하는, 진정한 참여시일 수도 있다는 것. 이제 우리는 이것을 '무의식적 참여시'라고 부르면서, 바로 이곳에서부터 새롭게 시작해야 할지도 모른다.

박인환 시에 나타난 애도와 멜랑콜리*

1930년대 문인들과의 관계를 중심으로

/

안지영

1. 이상 추모의 밤

이상 연구사에서 1950년대는 특기할 만한 시기이다. 1956년 임종국에 의해『이상 전집』[1]이 출간되었을 뿐만 아니라 이상 연구 1세대라 불리는 고석규, 이어령, 임종국 등에 의해 본격적인 이상론이 이 시기에 발표되었다.[2] 1950년대에 일어난 이상 연구 붐에 대해 백철은 전후 세대의 "반항 의식"과 서구적인 것에 대한 지향이 이들을 이상 문학으로 이끌었다고 분석한 바 있

---

* 이 글은 다음 논문을 수정·보완한 것임을 밝혀둔다. 안지영, 「박인환 시에 나타난 애도와 멜랑콜리 ─ 1930년대 문인들과의 관계를 중심으로」, 『인문학연구』33, 인천대학교 인문학연구소, 2020.

1 이상, 『이상 전집』, 임종국 편, 태성사, 1956.

2 이에 대한 연구로는 다음을 참고. 김주현, 「세대론적 감각과 이상 문학 연구」, 이상문학회, 『이상리뷰』, 역락, 2003; 방민호, 「전후 이상 비평의 의미」, 『한국 전후문학과 세대』, 향연, 2003; 임명섭, 「모더니즘의 실천과 실패: 고석규의 이상론」, 이상문학회, 『이상리뷰』, 역락, 2003; 조영복, 「이어령의 이상 읽기: 세대론적 감각과 서구본질주의」, 이상문학회, 『이상리뷰』, 역락, 2003; 조해옥, 「임종국의 '이상전집'와 '이상 연구'에 대한 비판적 고찰」, 이상문학회, 『이상리뷰』, 역락, 2003; 조해옥, 「전후 세대의 이상론 고찰」, 『비평문학』40, 한국비평문학회, 2011 등.

다. "어두운 현실, 실의의 인물, 패배감, 무기력, 피로 실망, 허무의식"이 압도하는 전후의 현실적 조건이 전후 세대로 하여금 이상 문학에 대한 공감과 관심을 갖게 하였다는 것이다.[3] 아울러 주목할 것은 이상 20주기인 1957년을 전후로 이상을 추모하는 열띤 분위기가 일어났다는 것이다. 당시 신문 지상에는 신석주, 고석규, 이어령, 이봉구, 김우종 등이 쓴 이상을 애도하는 글들이 집중적으로 발표되었으며, 이상을 추모하는 행사도 열렸음이 확인된다.[4]

물론 1946년 2월에 열린 전국문학자대회에서 이상을 추모하였다는 기사가 발견되는 등 그 이전에도 이상의 죽음을 추모하는 행사가 없었던 것은 아니다. 하지만 46년의 행사가 해방 후 이상을 비롯해 한인택, 백신애 등 타계한 문학가들을 다 같이 기리는 자리로, 이들 생전에 직접적인 친분이 있는 문학가들에 의해 주도되었을 가능성이 있다는 점을 고려하면,[5] 57년의 이상 추모 행사가 이상만을 대상으로, 더구나 이상을 직접 만난 적조차 없는 후배 문학가들에 의해 주도되었다는 것은 특기할 만하다. 다음은 이상 20주기를 맞아 현대평론가협회에서 개최한 '추도의 밤' 행사에 대한 소개기사이다.

> 이상(李箱)의 이십주기(二十週忌)(십칠일(十七日))을 맞아 현대평론가협회(現代評論家協會)에서는 십칠(十七) 십구(十九) 양일간(兩日間) 하오

---

3 백철, 『백철문학전집2: 비평가의 편력』, 신구문화사, 1958, 498~501면.
4 신석주, 「이상의 생애와 예술 ─ 그의 18주기를 보내며」, 『평화신문』, 1956.3.20; 고석규, 「모더니즘의 교훈 ─ 이상 20주기에 寄함」, 『국제신문』, 1957.4.17; 이봉구, 「이상의 고독과 표정 ─ 그의 20주기를 맞으며」, 『서울신문』, 1957.4.17.; 이어령, 「묘비없는 무덤 앞에서 ─ 추도 이상 20주기」, 『경향신문』, 1957.4.17; 권준, 「이상의 '날개' ─ 그의 20주기를 맞이하며」, 『평화신문』, 1957.4.19.; 이어령, 「이상의 문학 20주기에」, 『연합신문』, 1957.4.18~19; 임종국, 「이상삽화 ─ 그의 21주기를 기념하여」, 『자유신문』, 1958.5.16~18.
5 『동아일보』, 1946.2.10.

536 / 한국 근대시의 사상

육시반(下午六時半)부터 미국공보원(美國公報院) 소극장(小劇場)에서 그
추도(追悼)의 밤을 개최(開催)한다는바 그 순서(順序)는 다음과 같다

십칠일(十七日)=사회(司會) 김용권(金容權) ▲추도사 낭독(追悼辭朗
讀) 전봉건(全鳳健) ▲이상시 낭독(李箱詩朗讀) 송영택(宋永擇) ▲이상
(李箱)의 문체(文體) 정한모(鄭漢模) ▲이상(李箱)의 문학적 위치(文學的
位置) 이어령(李御寧) ▲이상(李箱)과 다다이즘 이철범(李哲範)

십구일(十九日)= 이상 산문 낭독(李箱散文朗讀) 김성욱(金聖旭) ▲시
인(詩人) 이상(李箱)의 정신역학적 연구(精神力學的 硏究) 유석진(柳碩鎭) ▲이상
(李箱)과 현대의식(現代意識) 이교창(李教昌) ▲이상(李箱)의 난해시(難
解性) 이태주(李泰柱)6

이틀에 걸쳐 진행된 이 행사는 추도사를 읊고, 이상의 시와 산문을 낭독하
는 순서와 더불어 이상 연구를 발표하는 제법 규모 있는 자리였다. 발표 주
제도 다양하여 문체, 다다이즘, 정신역학적 측면에 대한 연구 등이 망라되어
있었다. 문단 내에 지속된 이상에 대한 이상스러울 정도의 열기를 우려한 김
춘수는 이것이 한국문학의 불건강성을 증명하는 표지이며, 이상에 대한 문
학가들의 애정이 일종의 "악몽과 같은" 것이라고 비판하기도 하였다.7 이상
을 한낱 '문학병'에 걸려 비극적인 죽음을 맞은 시인 정도로 평가한 김춘수에
게 이상에 대한 추모의 열기는 이해하기 어려운 것이었다.8

---

6 『경향신문』, 1957.4.17.
7 "二·三年來로 부쩍 많아진 李箱硏究니, 李箱文獻이니 하는 것들을 두고 하는 말입니다. 애
정 없이는 이런 것들은 이루어질 수는 없는 것일 것입니다. 그러나 李箱에 대한 우리의 애
정은 악몽과 같은 그것입니다. 李箱의 의식세계를 극복하여 우리가 보다 건강해질 적에 그
의 수난?(나는 그렇게 말할 수가 있을가 합니다만)의 생애는 더욱 우리에게 잊지 못할 것이
될 것이다." 김춘수, 「이상의 죽음」, 『사상계』, 1957.7.
8 김춘수는 "자신 (惑은 時代)의 病을 자신이 진단해 놓고 있으면서 한쪽에서는 그런 책임의
사로서의 자신을 비웃고 있는"데서 발생하는 '의식의 악순환'이 문학병의 원인이라고 본
다. 위의 글, 287면.

그런데 1950년대 이상 추모의 움직임을 이야기하기 위해 빼놓을 수 없는 인물이 바로 박인환이다. 1956년 3월 20일 심장마비로 갑작스럽게 타개한 박인환은 죽기 직전인 3월 17일 이상 추모의 밤 행사에 참석했을 뿐만 아니라, 죽기 사흘 전『동아일보』에「죽은 아폴론—이상 그가 떠난 날에」를 남겼다. 이상의 기일을 3월 17일로 잘못 알고 한 달 앞서 추모모임을 가졌던 것인데, 박인환을 비롯한 후반기 동인들은 이미 53년에도 3월 17일에 이상 추모모임을 거행하기도 했다.9 이들은 "이상의 절망과 현실비판의 문학, 그리고 생전의 이상이 살고 간 고뇌"를 해마다 상기하며 그의 문학을 음미하고자 했는데, 박인환은 이날 다방의 층계에서 굴러 떨어질 정도로 취할 정도로 과음했다고 전해진다.

1956년에 열린 이상 추모의 밤에는 다미아의 샹송 '우울한 일요일 gloomy sunday'과 박인환의 '세월이 가면'을 부르며 "요절한 천재의 운명에 대하여 그 비극적 생애에 대하여 그 치열한 문학정신에 대하여 끝없는 얘기들이 오고" 갔다.10 이들에게 이상을 추모하는 밤은 일종의 연회였다.11 한국 문단 전반에 이상 추모의 열기가 달아오르기 이전에 박인환을 비롯한 후반기 동인들은 이상을 추모하는 조촐한 모임을 갖고 술을 마시며 이상의 삶과 문학에 대해 난상토론을 벌였다. 그중에서도 박인환은 이상을 "정신의 황제"(「죽은 아폴론」)라고 칭하며 연모와 숭앙의 감정을 토로했다. 56년 추모의 밤에

---

9 강계순,『아! 박인환』, 문학예술사, 1983, 95면.

10 위의 책, 177면.

11 이진섭의 회고에 따르면 실제로 이들은 이상 추모의 밤을 '이상 추도연'이라고 불렀다고 한다. "죽기 사흘 전 3월 17일, 소설가 이봉구 씨, 화가 천경자 씨 원계홍 씨, 시나리오 작가 황영빈씨, 불문학자 방곤 씨, 작가 김광□ 씨란「이상 추도연」을 한다고 동방살롱 건너편 술집에서 떠들었다." 이진섭,「25년전의 시인, 박인환」,『경향신문』, 1980.7.2. 기사 가운데 글자가 뭉개져 잘 보이지 않는 부분은 복자 처리하였다.

는 친우 이진섭에게 "인간은 소모품. 그러나, 끝까지 정신의 섭렵을 해야지"라는 글을 써주었다고 전해진다.[12]

1950년대 문인들이 이상에 대한 애도 작업을 대대적으로 진행한 데는 백철이 지적한 것처럼 그들이 '요절한 천재' 이상의 삶에 감정을 이입했기 때문으로 추측된다. 특히 박인환이 이상의 죽음에 과도하게 감정을 이입하는 태도에는 상실된 대상에 대한 애도를 수행하지 못하는 우울증 환자의 모습이 나타난다. 프로이드에 따르면 진정한 애도 mourning란 상실해버린 대상을 타자로 인정하고 그에 대한 애착을 포기하는 것에서부터 시작하는 것이라고 설명한다. 하지만 애도를 수행하지 못한 우울증 환자에게는 대상에서 강제로 철회된 리비도가 다른 대상으로 향하지 않고 자기 자신에게로 향하는 나르시시즘적 단계로의 퇴행이 일어나 "쓸모없고, 무능력하고, 도덕적으로 타락한 자아"라며 "스스로를 비난하고, 스스로에게 욕설을 퍼붓고, 스스로가 이 사회에서 추방되어 처벌받기를 기대"하는 모습이 나타나게 된다.[13]

그런데 한국전쟁 이전에 박인환이 이상을 추모하는 시에는 이러한 우울증자의 모습이 나타나지 않는다. 2장에서 다시 논하겠으나, 박인환이 1948년에 발표한 「나의 생애에 흐르는 시간들」 역시 「죽은 아폴론」과 마찬가지로 이상에게 바치는 추모시이지만, 두 시에서 이상의 죽음을 애도하는 태도에는 미묘한 차이가 나타난다. 「나의 생애에 흐르는 시간들」에는 '죽은 시인'을 회상하며 그에 대한 그리움을 표현하는 장면이 나타나지만, 격정적인 어조로 슬픔을 토로하는 「죽은 아폴론」과 달리 시종 차분한 어조로 진행된다. 아울

---

12 여기서 '정신의 섭렵'이라는 구절은 「죽은 아폴론」에서 랭보와 이상을 동시에 설명하는 표현으로 등장한다. 「죽은 아폴론」은 4장에서 분석하였다.

13 지그문트 프로이트, 「슬픔과 우울증」, 『정신분석학의 근본개념』, 윤희기·박찬부 옮김, 열린책들, 247면.

러 전쟁 이후 발표된 작품들에 나타나는 특유의 감상성(sentimentality)이 죽은 자들에 대한 애도 작업과 결부되어 나타난다는 점도 중요하다. 해방기의 애도 작업이 상실된 대상에 대한 가벼운 슬픔을 표출하는 정도에 그치고 있는 데 반해, 전후의 작품에서는 애도의 실패에 따른 자아의 빈곤화를 겪는 우울증적 주체의 모습이 나타난다. 박인환이 이상을 애도하는 방식에서 이와 같은 차이가 나타나는 이유는 무엇일까? 박인환이 57년의 추모회에서 그토록 격렬한 감정을 분출하게 된 데는 해방기와는 달라진 맥락이 반영된 것이 아닐까.

이러한 점에서 이 글은 박인환 시의 감상주의의 유형을 구분할 것을 제안한다. 박인환의 시를 애도와 우울증의 맥락에서 분석한 연구들은 박인환의 시에 나타난 우울증(melancholy)에 주목하여 이를 모더니티 비판과 연결[14]하거나 센티멘털리즘을 박인환의 문학세계를 구별 짓는 중요한 요소로 재평가[15] 하는 데 그쳐왔다. 아울러 박인환의 시에 나타난 센티멘털리즘을 부정적으로 평가해온 관점을 재고하기 위해 센티멘털리즘의 정치적·미학적 효과를 해명하려는 시도들이 결국 그 원인을 모더니티 비판이나 예술가적 자의식 등으로 일반화해 버리고 만 것은 아닌지에 대해서도 검토가 필요하다. 이와 달리 김승희는 박인환의 시에 죽은 자들을 기념하면서 애도하고자 하는 의도와 이 의도를 배반하고 트라우마적 기억을 고수하려는 자세가 동시

---

14 곽명숙, 「1950년대 모더니즘의 묵시록적 우울—박인환의 시를 중심으로」, 『정신문화연구』116, 한국학중앙연구원, 2009; 김창환, 「1950년대 모더니즘 시의 알레고리적 미의식 연구」, 연세대 박사학위논문, 2010; 전병준, 「박인환 시의 멜랑콜리 연구」, 『한국근대문학연구』20(1), 한국근대문학회, 2019.

15 김용희, 「전후 센티멘털리즘의 전위와 미적 모더니티—박인환의 경우—」, 『우리어문연구』35, 우리어문학회, 2009, 317~318면; 최희진, 「박인환 문학의 센티멘털리즘과 문학적 자의식」, 『겨레어문학』59, 겨레어문학회, 2017.

에 나타난다는 점을 예리하게 포착하고 있다. 박인환의 시에 죽음에 집착하여 죽은 대상을 보내지 않으려고 하는 죽음—애호증이 나타나는 한편으로, "애도의 필연성과 포기할 수 없는 애욕의 동일시 사이에서 방황"하는 모습이 나타난다는 것이다.[16]

애도와 우울증에 대해 프로이트 이후로 논의를 발전시킨 자크 라깡이나 주디스 버틀러의 논의가 공통적으로 헤겔의 안티고네 독법을 비판적으로 전유하는 것은 애도 작업이 사회적 규율 권력과 관련되기 때문이다. 합법적으로 인정받지 못하는 금지된 애도를 수행하는 주체의 행위는 공동체의 운명과 국가의 질서를 해체할 수 있는 파급력을 지닌다.[17] 이승만 정권은 민족정 정통성과 지배 정당성을 입증하기 위해 국가상징물 제정과 활용을 비롯한 다양한 문화적 작업을 수행하였는데, 사자(死者)의 동원과 기념 역시 이러한 차원에서 해석된다. 한국전쟁의 전사자들이 민족과 국가를 위해 목숨을 바친 '호국영령(護國英靈)으로 호명되었고, 이들을 기리는 위령제가 지속적으로 거행되었다.'[18] 이러한 점에서 박인환의 시에 나타난 애도와 멜랑콜리의

---

16 김승희, 「전후 시의 언술 특성: 애도의 언어와 우울증의 언어—박인환·고은의 초기시를 중심으로」, 『한국시학연구』23, 한국시학회, 2008, 132~136면.

17 이명호는 라깡과 버틀러의 안티고네 독법을 비교하며 라깡이 안티고네는 욕망을 포기하지 않는 인물로 읽어내면서 안티고네의 행위를 상징질서로부터의 전면적 단절로 의미화하는 데 비해, 버틀러는 안티고네의 행위가 "크레온의 상징적 법과 절대적으로 대립, 단절되어 있는 '순수의 정치'가 아니라 자신이 저항하고자 하는 바로 그 체계에 어쩔 수 없이 섞여 들여가는 '오염의 정치'"(86)임을 강조한다. 버틀러가 안티고네를 애도적 주체로 읽는 라깡과 달리 애도를 거부하고 우울증적 동일시를 고수하는 우울증적 주체로 읽는 것 역시 이러한 차이에 기인한다. 우울증적 동일시를 통해 "타자를 자기 속으로 합체하는 자아의 개방적 윤리성"을 드러내는 버틀러와 달리, 라깡은 "자아와 동일성의 차원을 넘어서는 실재에 대한 욕망"(81)에 주목한다. 이명호, 『누가 안티고네를 두려워하는가』, 문학동네, 2014, 60~92면.

18 김봉국, 「이승만 정부 초기 애도—원호정치 애도의 독점과 균열 그리고 그 양가성」, 『역사문제연구』35, 역사문제연구소, 2016, 469면.

정치적·사회적 맥락을 읽어낼 수 있다.

해방기와 전후를 거쳐 박인환은 자신이 따르던 작가들의 죽음을 경험하였다. 실제로 박인환이 전쟁기와 전후 발표한 작품 중에는 한국전쟁의 전사자와 죽은 문인들을 추모하는 시가 적지 않다. 하지만 이상의 경우와 같이 애도할 수 있었던 죽음도 있었던 반면, 한국전쟁을 거치며 반공의 분위기 속에서 애도가 금지된 죽음도 있었다. 이처럼 애도 가능성과 불가능성이 교차하는 지점에서 전후 창작된 박인환의 시에는 그 이전 시기에 나타나지 않던 격렬한 감정이 분출되었던 것은 아닌지 검토가 필요하다. 박인환의 전후 시가 안티고네처럼 상징질서를 해체하고 재구성하는 데까지는 나아가지 못했지만, 국가에 의해 애도가 금지된 대상에 대한 해소되지 않는 슬픔을 표출함으로써 애도의 실패가 지니는 정치적 의미를 반사하여 보여주고 있다. 이 글은 이러한 맥락에 주목하면서 1930년대 작가들과의 관계를 중심으로 박인환의 시에 나타난 멜랑콜리를 금지된 애도의 불완전한 수행이라는 측면에서 분석하고자 한다.

2. 해방기의 모더니스트

박인환은 좌우로 양분된 해방기 문단의 지형 속에서 문단 활동을 시작했다. 그는 '새로운 모더니즘'을 주장하는 '신시론' 동인을 결성하였고, 『신시론』(1948)과 『새로운 도시와 시민들의 합창』(1949)을 통해 자신이 지향하는 모더니즘 문학 이념을 드러냈다. 신시론 동인이 주장한 '새로운 모더니즘'의 이념과 실천이 1930년대 모더니즘의 성과에 미치지 못한다는 지적을 받아왔으나, 최근 박인환 문학을 재평가하려는 흐름 속에서 박인환이 해방기에 쓴 산문과 시편들을 근거로 박인환 문학의 '참여적' 성격을 부각하려는 연구가 이뤄지고 있다.[19] 그런데 이 연구들은 해방기 박인환의 정치적 행보에 방점을 두면서 전후의 시는 검토하지 않고 있다. 해방기 박인환의 정치적 행보를 강조할수록 단정수립과 한국전쟁 이후 박인환의 시에 지배적인 절망의식과 허무주의와의 격차가 극심해질 뿐이기 때문이다.

한편 박인환 문학의 미적 모더니티를 새롭게 평가하기 위해 우울이나 센티멘털리즘에 주목한 연구들의 경우에는 박인환 문학을 비정치적, 탈이념적 입장에서 접근함으로써 박인환 문학의 정치성을 소거시켜 버린다. 박인환 문학에 대한 대중적 지지가 오히려 박인환 문학에 대한 문학사적 평가를 박하게 하는 데 일조했으리라는 주장이 제시되고 있기도 하지만,[20] 대중적으로 인기 있는 작가와 작품을 폄하하려는 엘리트주의적 태도와는 별개로 박인환 문학에는 문학사적 평가를 애매하게 만드는 지점이 있다.

박인환을 비롯한 1950년대 모더니즘 문학이 처한 곤경은 1930년대 모더니즘 문학을 어떻게 평가할 것인가라는 문제와 관련된다. 이는 이들의 문학

---

19 엄동섭은 『새로운 도시와 시민들의 합창』에서부터 박인환의 문학적 변모의 전조가 나타난다고 평가하는 데 반해, 박민규는 해방기 모더니즘을 '참여적 모더니즘'과 '기교적 모더니즘'으로 구분하면서 박인환의 내적 동요가 『신시론』에서 이미 시작되었다고 본다. 이와 달리 맹문재, 전병준은 박인환이 끝까지 현실 지향적인 면모를 유지했다는 입장이다. 한편 공현진·이경수는 박인환이 추구한 것이 김병욱과 같이 현실 정치에 바탕을 둔 참여적 모더니즘이 아니라 사회와 역사를 반영한다는 의미에서의 참여적 모더니즘이라고 주장한다. 엄동섭, 『신시론 동인 연구』, 태영출판사, 2007, 117면; 박민규, 「신시론과 후반기 동인의 모더니즘 시 이념 형성과정과 그 성격」, 『어문학』124, 한국어문학회, 2014, 317면; 맹문재, 「신시론의 작품들에 나타난 모더니즘 성격 연구」, 『우리문학연구』35, 우리문학회, 2012, 229면; 전병준, 「신시론 동인의 시와 시론 연구」, 『Journal of Korean Culture』31, 한국어문학국제학술포럼, 2015.11, 187~195면; 공현진·이경수, 「해방기 박인환 시의 모더니즘 특성 연구」, 『우리문학연구』52, 2016, 338면.
20 정영진, 「연구사를 통해 본 문학연구(자)의 정치성─박인환 연구사를 중심으로」, 『상허학보』37, 상허학회, 2013, 136면.

자체에 대한 문제라기보다 오히려 정지용, 김기림, 오장환 등 1930년대 모더니즘을 대표하는 작가들이 해방기에 나타난 갑작스러운 정치적 행보와 관련된 복잡한 맥락을 지닌다. 박인환이 문단 활동을 시작한 해방기는 1930년대 모더니즘 문학을 이끌었던 선배 문인들이 활동을 활발하게 벌이고 있었다. 박인환은 서점 '마리서사'를 통해 문인과의 교류의 장을 마련하고자 했을 뿐만 아니라 김광균의 회상을 통해 알 수 있듯이 직접 선배 문인들을 찾아가 후배 문인으로서 자기의 존재를 인정받으려 하였다.[21] 당시 박인환은 청록파를 위시한 동양적 고전주의의 흐름을 경계하며 '과학'과 '생명'을 지닌 문학의 당위를 설파하였다.[22] 1930년대 모더니즘과의 차별성을 내세우는 제스처에도 불구하고 박인환에게 김기림, 오장환 등은 동경의 대상이었다.[23] 다음은 김규동의 회상이다.

> 인환의 초기 시에는 오장환의 일련의 작품이 가지는 로맨티시즘의 여러 가지가 여실하게 감지된다. 정지용에게가 아니고, 오장환에 끌렸다는 것은 기이한 일이다. 낡은 시의 전통을 부정하고 나온 시점이 바로 자신이 쓰는 시점임을 알았기에, 멸하여 가는 모든 것 앞에서 시인의 운명을 진실로 목놓아 울 수 있었던 격정의 시인에게서 그 음악의 향기와 감성을 감지해 냈다는 것은 특이한 일이다.
> 김광균과 김기림도 한편에 있어서 새로운 시법을 형성하는 박인환의 레토릭한 논리의 세계를 도왔을 것이다.

---

21 강계순, 앞의 책, 33면.

22 "그들은 靑鹿이되여 東洋的 花園에서 꽃과 나비와 함께 놀수는 없었다./그들이 肉體的으로 否定해 왔든 낡은 아름다움이었기에. 거기에 眞正한 科學과 生命이 없기때문에."— 「ESSAY」, 『新詩論』, 산호장, 1948.

23 김차영, 「박인환의 높은 시미학의 위치—이상과 또 다른 모더니즘의 패턴」, 김광균 외, 『세월이 가면』, 근역서재, 1982, 64~81면; 김지선, 「오장환·박인환의 '시선의 미학' 고찰」, 『비평문학』43, 한국비평문학회, 2012.

뭐니 뭐니 해도 역시 인환은 오장환을 통해서 시를 쓰는 기법과 리듬의 화려한 섬광을 발견해낸 듯이 보이며, 그래서 <u>정신의 귀족주의적인 일면</u>도 서로 흡사한 데가 있어 보인다.

<u>허무와 통하는 정신의 귀족주의</u>—그것은 보오들레에르의 댄디 정신이나 악마적 낭만주의와도 서로 맥이 통하는 정신적 요소들이 아닌가 싶다.(강조_인용자)[24]

오장환, 김광균, 김기림은 박인환이 친분을 맺은 선배 문인들로, 김기림을 상세하게 다루면서 김기림의 서구지향적인 개방성에 대한 공감을 드러낸 바 있다.[25] 이들 중에서 박인환이 가장 따르던 선배 문인은 오장환이었다. 박인환이 십 년 연상인 오장환을 따라 다녔다는 목격담[26] 이나 오장환에게 선물받은 빨간 넥타이를 자랑했다는 회고[27] 등을 통해 박인환에게 오장환이 특별한 인물이었음을 알 수 있다. 아울러 마리서사에서 오장환을 처음 만났다는 김광균의 회고도 있거니와,[28] 오장환과 박인환의 인연은 무엇보다 서점을 매개로 한다. 1945년 안국동에 문을 연 박인환의 마리서사는 오장환이 1938년부터 약 2년 동안 관훈동에서 남만서점과 마찬가지로 신간보다 고서를 취급하는 고서점이었다.[29] 경영난에 시달리던 박인환이 고서와 신간을 같이 취급하면서 해방기 좌익 서적 출판의 선두 역할을 한 노농사(勞農社)의

---

24 김규동, 「한 줄기 눈물도 없이」, 김광균 외, 앞의 책, 49면.
25 방민호, 「박인환 산문에 나타난 미국」, 『한국현대문학연구』19, 한국현대문학회, 2006, 437면.
26 신경림, 「젊음과 슬픔과 리듬의 시인 박인환」, 『초등우리교육』82, 1996.12. 231~233면.
27 김성수 기획 채록, 『김규동2004년도 한국 근현대예술사 구술채록연구 시리즈34』, 한국문화예술진흥원, 2005, 76면.
28 김광균, 「마리서사 주변」, 김광균 외, 앞의 책, 137면.
29 이중연은 박인환이 원서동 집에서 경기중학을 다니면서 관훈동에 있던 남만서점을 알고 있었을 것이라고 추측한다. 특히 고서를 모으기 시작한 1939년 무렵 이미 오장환을 만났을 가능성이 있다. 이중연, 『고서점의 문화사』, 혜안, 2007, 174~178면.

총판을 맡게 된 것 역시 오장환의 영향으로 짐작된다.[30]

　김규동이 지적하고 있거니와, 박인환은 오장환 시에 나타나는 격정적인 로맨티시즘에 매료되었다. 박인환이 해방기에 발표한 「인천항」(『신조선』(개제)3호, 1947.4.20.), 「남풍」(『신천지』 1947.7.1.) 등은 해방기에 발표된 오장환의 시편들을 상기시킨다. 김규동은 후일 오장환, 김기림은 다같이 '민족현실을 저버리'지 못한 '모더니스트'였으며, 박인환이 살아 있었다면 그들을 이어받아 "분단 현실을 떠메는/참다운 모더니스트"가 되었을 것이라고 회상하기도 하였는데, 이는 해방기에 '모더니스트'로서의 자의식이 어떤 방식으로 작동했는지를 이해할 수 있는 대목이다.[31] 마리서사가 "좌·우의 구별이 없던, 몽마르뜨 같은 분위기"[32]였다는 김수영의 진술 역시 박인환이 30년대 모더니즘을 이끌었던 선배 문인들과 맺었던 직간접적인 관계를 짐작하게 한다.

　하지만 해방기에 박인환이 모더니스트로서의 자의식을 유지하면서 문학적 실천의 대열에 합류하였다는 사실을 간과해서는 안 된다. 박인환이 해방기에 발표한 산문을 통해 짐작하건대, 그는 보편적 근대와 미적 모더니티에 대한 추구를 더욱 본질적인 목적으로 보고 있었다. 다음은 1949년 간행된 『새로운 도시와 시민들의 합창』 서문이다.

　　불모의 문명 자본과 사상의 불균정한 싸움 속에서 시민 정신에 이반된 언어작용만의 어리석음을 깨달았었다. 자본의 군대가 진주한 시가지는 지금은 증오와 안개 낀 현실이 있을 뿐……더욱 멀리 지난날 노래하

30　위의 책, 196면.
31　김규동, 『김규동시전집』, 창비, 2011, 632~633면.
32　김수영, 「마리서사」, 『김수영 전집 (2)산문』개정판, 민음사, 2008, 74면.

였던 식민지의 애가이며 토속의 노래는 이러한 지구(地區)에 가라앉아
간다.

　그러나 영원의 일요일이 내 가슴속에 찾아든다. 그러할 때에는 사랑
하던 사람과 시의 산책의 발을 옮겼던 교외의 원시림으로 간다. 풍토와
개성과 사고의 자유를 즐겼던 시의 원시림으로 간다.

　아, 거기서 나를 괴롭히는 무수한 장미들의 뜨거운 온도.[33]

　박인환은 "자본의 군대가 진주한 시가지는 지금은 증오와 안개 낀 현실"
과 "영원의 일요일"을 대비시키며 후자를 통해 "시의 원시림"으로 향할 수
있다고 말한다. 시의 본질이 보편성 추구에 있음을 주지하고 있다. 그는 자
신의 시 「정신의 행방을 찾아서」[34]에서도 "오늘의 문명"을 "불모의 지구"에
비유하며 "원시의 평화"를 되찾아야 함을 주장하였다. 이 시에서 "무수한 장
미들의 뜨거운 온도"라고 표현된 대상은 "시의 원시림"에 내재하는 것으로,
시인의 결핍을 상기시킨다. 이것은 그가 더 높은 이상을 추구할 수 있도록
자극한다는 점에서 그를 '괴롭히는' 대상으로 이해된다. 일찍이 『장미촌』의
창간사가 보여주었듯, 근대문학에서 '장미'는 '책'이자 문학언어, 곧 '시'로 이
해되었다.[35] 박인환은 '장미' 기호가 "'고뇌의 장'인 '문학' 그 자체의 세계, 일
종의 '책 우주'에 다름 아니"[36]라는 근대 문학의 선언을 계승하고 있는 셈이
다. 박인환이 마리서사를 경영할 당시 서적을 판매가 아니라 소장이 목적인
양 귀중하게 다뤘다는 사실에서도 드러나는 사실이지만,[37] 그에게 서적은

33 박인환, 『박인환 전집』, 맹문재 편, 실천문학사, 2008, 247면. 추후 같은 책 인용시 『박인
　환 전집』으로 표기하였다.
34 박인환, 「정신의 행방을 찾아서」, 『민성』, 1949.3.26; 『박인환 문학전집』1, 엄동섭 · 염철
　편, 소명출판, 2015, 264~265면. 추후 인용시 『박인환 문학전집』1로 표기하였다.
35 조영복, 「근대 문학의 '도서관 환상'과 '책'의 숭배―박인환의 「서적과 풍경」을 중심으로」,
　『한국시학연구』23, 2008, 346면.
36 위의 글, 347면.

절대적 가치를 지닌 미적 모더니티의 구현물이었다.[38]

위 인용문에서 사용된 용어들 역시 1930년대 모더니즘과 아방가르드 예술의 자장 안에서 이해된다. "시의 원시림"이라는 표현은 '원시적 명랑성'을 강조한 김기림의 시론[39]을 떠올리게 하는 것이거니와 "영원의 일요일"이라는 표현은 아방가르드 예술가들 가운데서도 장 콕토에게서 영감을 받았으리라 추측된다. 송민호는 이상의 「LE URINE」의 '일요일의 비너스'의 상상력이 장 콕토의 시에서 전유된 것임을 밝힌 바 있는데,[40] 박인환 역시 장 콕토의 예술적 상상력에 매료되었음이 여러 문헌을 통해 확인된다.[41] 흥미로운 점은 장 콕토를 비롯해 마리서사에 구비된 서적 및 잡지들이 1930년대의 모더니스트들이 향유하던 목록과 거의 일치한다는 것이다.[42] 1930년대 모더

37 박인환은 1945년 해방이 되자 평양의학전문학교를 중단하고 서울로 와서 그해 12월 마리서사를 개업하였다. 마리서사에는 살바도르 달리의 사진이 걸려 있었고, 책장 안에는 앙드레 브르통, 폴 엘뤼아르, 마리 로랑생, 장 콕토의 시집을 비롯해 『시와 시론(詩と詩論)』이나 『팡테온(パンテオン)』, 『오르페온(オルフェオン)』과 같은 희귀본 시 잡지까지 구비되어 있었다고 한다. 윤석산, 『박인환 평전: 지금 그 사람 이름은 잊었지만』, 도서출판 모시는 사람들, 2003, 60~61면.

38 박인환의 시 「서적과 풍경」의 4연에 등장하는 다음 구절을 통해서도 '장미'와 '서적'의 연관성이 짐작된다. "내가 옛날 위대한 반항을 기도하였을 때/서적은 백주(白晝)의 장미와 같은/창연하고도 아름다운 풍경을/마음속에 그려주었다." 『박인환 문학전집』1, 119면.

39 김기림, 「시론」, 『김기림 전집』2, 심설당, 1988, 86면. 김기림은 신선하고 청신한 감각을 불러일으키는 것은 원시성과 관련지으며 "현대예술의 내부에 원시에의 동경이 눈뜨기 시작"했다고 서술한다. 감상주의에 빠진 퇴폐적 예술에서 벗어나기 위해 원시적 명랑성을 탐구하게 되었다는 것이다.

40 송민호, 「아방가르드 예술의 한국적 수용(1)—이상과 장 콕토」, 『인문논총』, 2014, 102면.

41 장 콕토는 일본에서 번역된 아방가르드 작가 중에서도 가장 인기가 있던 작가로, 박인환은 마리서사에 소장되어 있었다고 하는 일본 시 잡지를 통해 장 콕토를 접하게 된 것이 아닐까 짐작된다. 장 콕토에 대한 박인환의 애정은 전후까지 이어져 1955년 10월 장 콕토가 프랑스 아카데미 회원이 되었다는 소식을 전해 듣고는 자신이 아카데미 회원이나 된 듯 술좌석마다 잔을 높이 들고 '축배, 축배'를 외쳤을 정도였다. 윤석산, 앞의 책, 213면.

42 김기림은 이상과 자신들의 대화 주제가 항상 프랑스 문학, 특히 시에서 시작해 나중에는 르네 클레르의 영화, 달리의 그림에까지 미쳤다고 술회한 바 있다. 김기림 「이상의 모습

니즘과 박인환과의 연관성은 그가 해방기에 쓴 「나의 생애에 흐르는 시간들」을 통해서도 확인된다. 이 시에는 '죽은 시인'을 추모하며 영원성의 세계에 이르기를 소망하는 시적 주체의 슬픔이 그려지는데, 여기서 '죽은 시인'은 이상으로 짐작된다.

나의 생애에 흐르는 시간들
가느다란 일 년의 안젤루스

어두워지면 길목에서 울었다
사랑하는 사람과

숲 속에서 들리는 목소리
그의 얼굴은 죽은 시인이었다

늙은 언덕 밑
피로한 계절과 부서진 악기

모이면 지난날을 이야기한다
누구나 저만이 슬프다고

가난을 등지고 노래도 잃은
안개 속으로 들어간 사람아

이렇게 밝은 밤이면
빛나는 수목(樹木)이 그립다

바람이 찾아와 문은 열리고

과 예술」, 김유중·김주현 편, 『그리운 그 이름 이상』, 지식산업사, 2004, 32~33면.

찬 눈은 가슴에 떨어진다

힘없이 반항 하던 나는
겨울이라 떠나지 못하겠다

밤새우는 가로등
무엇을 기다리나

나도 서 있다
무한한 과실만 먹고

― 「나의 생애에 흐르는 시간들」 전문43

이 시에 등장하는 '피로한 계절', '부서진 악기' 이상의 시 「명경」과 「신경
질적으로 비만한 삼각형(神經質に肥滿した三角形)」에 각각 등장하는 구절
이라는 점에서 이 시에 나타나는 '죽은 시인'은 이상을 연상시킨다.44 다만
시적 주체는 시인의 죽음에 대한 슬픔을 격렬하게 토로하기보다 흘러가 버
린 지난날과 관련지어 "누구나 저만이 슬프다고" 토로하는 일방성을 보여준
다. 시적 주체가 '빛나는 수목'을 그리워하듯 '죽은 시인'에 대한 그리움을 품
고 있음이 막연하게 서술될 따름이다. 시인을 그리워하면서도 선뜻 그가 걸
어간 길을 따르지 못하고 망설이는 모습이 나타난다. 이 시에는 죽은 시인에
대한 그리움보다는, "밤새우는 가로등"처럼 아직 오지 않은 무언가를 기다
리며 떠나지 못한 채 아릿한 슬픔에 젖어 있는 시적 주체의 고민이 더욱 중

---

43 『박인환 문학전집』1, 63면.
44 안지영, 『천사의 허무주의』, 푸른사상, 2017, 132~133면. 한편, 「장미의 온도」에는 "과
    실의 생명은/화폐 모양 권태하고 있다", "나의 찢어진 애욕은/수목이 방탕하는 포도에 질
    주한다"라는 구절이 등장하는데, 이 역시 이상의 「권태」, 「오감도시제1호」 등과 같은 작
    품에서 연상한 것이 아닌가 추측된다.

요한 것으로 부상한다. 선배 문인으로서 뛰어난 문학적 성취를 거두었으나 비극적으로 삶을 마감한 '죽은 시인' 이상에 대한 동경이 두드러지는 것도 이러한 맥락에서 이해된다.

그런데 전후에 발표된 「죽은 아폴론」(『한국일보』, 1956.3.17.)과 이 시에 나타나는 슬픔의 정조는 사뭇 다른 표정을 지니고 있다. 이 시의 차분한 분위기와는 달리 「죽은 아폴론」에는 이상의 죽음을 격렬하게 부정하는 감상적 태도가 나타난다. 「죽은 아폴론」뿐만 아니라 전후 발표된 박인환의 시에는 특유의 과장된 감상성이 나타난다. 이처럼 회복되기 어려운 상실감을 배면에 깔고 있는 전후 시의 특성은 박인환의 전쟁 체험과 관련된 것으로 보인다.

3. '애도의 정치'와 우울증적 주체

1949년 7월 남로당 당원으로 활동했다는 혐의를 받고 국가보안법 위반으로 체포된 박인환은 체포 후 무혐의로 풀려나기는 했으나 1949년 10월 본격적으로 시작된 전향 국면을 벗어나지 못했고, 전향을 증명하기 위해 보도연맹 행사에 동원되는 등 일련의 사건을 겪게 된다.[45] 한국전쟁이 발발하고 개전 사흘 만에 인민군에 의해 서울이 점령되자, 박인환은 서울이 수복될 때까지 세종로 처갓집 지하실이나 어린 시절부터 가깝게 지내던 낙원동 이용구의 집 등을 전전하며 은둔하면서 지내야 했다.[46] 전향을 강요받고 보도연맹

---

45 정우택, 「해방기 박인환 시의 정치적 아우라와 전향의 반향」, 『반교어문연구』32, 반교어
    문학회, 2012, 315~316면.
46 윤석산, 앞의 책, 150~151면.

에 가입까지 한 이력이 있는 박인환으로서는 극도로 조심하지 않을 수 없는 시기였다.[47]

반공주의(반공 이데올로기)가 한국전쟁을 계기로 강력한 지배 이데올로기로 자리매김하게 되었다는 것은 주지의 사실이다. 1950년대 문학에서도 선우휘, 오상원을 비롯한 대부분의 작가들이 반공주의를 승인하는 형태를 보였다. 하지만 1950년대에도 반공주의 내면화 작업이 진행 중이었으며,[48] 작가들 역시 반공주의를 확고하게 승인했다기보다는 이를 어떻게 받아들여야 할지를 고민하는 중이었다.[49] 반공주의가 이성적 판단을 압도할 정도로 좌파사상에 대해 격렬한 적대적 감정을 표출하는 이념적 표현이라 정의할 때,[50] 박인환이 반공주의를 철저히 내면화했다고 보기는 어렵다. 다만 해방기에 발표된 시편들을 상기할 때 박인환은 한국전쟁을 계기로 공산주의에 엄청난 배신감을 느꼈던 듯하다.

전후 발표한 산문에서 박인환은 인민군 치하 당시 서울을 '생지옥'이었다

---

47 한국전쟁 중에도 박인환은 당황하지 않고 침착하게 대응했다. 장만영에 따르면 박인환은 은둔 시절에도 장서(藏書)들을 가지런히 꽂아놓고 먼지 하나 없이 깨끗하게 청소해놓고 있었다고 한다. 중공군 개입 후 가족을 대구로 피난시킨 박인환이 세종로 집 마당에 묻어 두었던 <후반기> 동인의 원고를 꺼내 대구로 가져왔다고 전한다. 위의 책, 151, 157~158면.

48 반공주의에 대한 기존 연구에서는 1950년대 이승만 정권기를 '외양적 반공주의의 확산', 박정희 정권기를 '실재적, 내재적 반공이데올로기의 구축'으로 구분하기도 하지만(윤충로·강정구, 「분단과 지배이데올로기의 형성·내면화」, 『사회과학연구』5, 동국대 사회과학연구원, 1998), 한국 반공주의의 변화 과정을 단절적으로 구분하기는 어렵다. 이에 대해 김준현은 진보당 사건을 분석하며 이승만 정권 아래에서도 반공주의를 내면화하기 위한 담론투쟁이 전개되었음을 지적한 바 있다(김준현, 「1950년대 '진보' 개념의 변화와 반공주의 내면화의 문제」, 『한국학연구』35, 인하대학교 한국학연구소, 2014, 45~66면).

49 김진기, 「반공의 내면화와 정체성의 구축」, 『겨레어문학』41, 겨레어문학회, 2008, 428면.

50 권혁범, 「반공주의 회로판 읽기:한국 반공주의의 의미체계와 정치사회적 기능」, 『통일연구』2-2, 연세대학교 통일연구원, 1998, 10~11면.

고 묘사한다. "그 전까지는 막연한 공산주의에 대한 비판만 해 왔"으나 인권을 유린하고 사유 재산을 몰수하는 인민군의 행태를 보고, "인민의 복리와 자유를 외"치던 것이 허위임을 알게 되었다는 것이다.[51] 1953년에 발표된 「서적과 풍경」에는 "공산주의의 심연에서 구출코자" "세계의 한촌(寒村) 한국에서 죽"음을 맞는 "현대의 이방인 자유의 용사"와 "더글러스 맥아더가 육지에 오"르는 장면이 그려진다. 공산주의의 억압으로부터 자유를 되찾게 해준 유엔군을 칭송하는 전형적 서사구조가 1950년대 발표된 시편들에 나타난다. 이 시기 자유주의는 공산주의와의 대치국면에서 대타적 개념으로 사용되었으며,[52] 박인환 역시 한국전쟁을 '자유'를 되찾기 위한 전쟁이었다고 표현하고 있다. 이에 따라 박인환의 시에서 전사자의 죽음에 대한 애도는 국군과 한국전쟁에 참전한 미군을 비롯한 유엔군 등을 대상으로 제한적으로 이뤄진다.

전쟁으로 인해 죽은 이들을 어떻게 기억할지는 국민국가적 상상력을 작동시키는 데 있어 매우 중요한 문제다. 조지 모스에 따르면, 국가의 이름으로 치러진 전쟁을 정당화하기 위해 전후에 이르러 순교와 부활의 이미지가 투영된 전사자 숭배가 내셔널리즘을 작동시키는 도구로 이용되었다.[53] 베네딕트 앤더슨 역시 "무명용사의 묘와 비만큼이나 민족주의라는 근대 문화를 매혹적으로 상징하는 것은 없다"[54]고 하였거니와, 전쟁이 끝난 후 '죽음의 정치' 혹은 '애도의 정치'는 내셔널리즘을 배양하는 훌륭한 장치로 기능한다. 여기서 중요한 것은 기억과 망각이 동시에 작동한다는 데 있다. 죽음의 정치

51 「암흑과 더불어 3개월」, 『박인환 전집』, 552면.
52 김진기, 「반공에 전유된 자유, 혹은 자유주의」, 『상허학보』15, 상허학회, 2005, 158면.
53 조지 L. 모스, 『전사자 숭배』, 오윤성 옮김, 문학동네, 2015, 13~14면.
54 베네딕트 앤더슨, 『상상된 공동체』, 서지원 옮김, 도서출판 길, 2018, 31면.

는 기억해야 할 죽음의 형태를 정하면서 동시에 침묵해 가는 별개의 이야기를 만들어낸다. 그러므로 "문제는 증언자를 말살하거나 발화를 금지시키는 일이 아니다. 무엇을 기억하고 망각해야 할지를 '대신해서 말하는', 그 이야기의 위치인 것이다."[55] 즉 발화자가 죽은 자를 대신해서 말하는 것이 아니라 죽은 자와 함께 어떤 시간성 속에서 대화해나갈 수 있게 되어야만 국민의 이야기로 회수되지 않는 산 자와 죽은 자의 실천적 관계가 가능해진다.[56]

하지만 전쟁체험자이자 피해자로서 박인환의 시에는 자기중심적인 센티멘털리즘이 나타난다. 이러한 센티멘털리즘의 문제는 눈에 보이는 희생자가 아닌, 전쟁으로 인한 희생자 전반으로 사고가 확대되는 것을 가로막는 데 있다.[57] 이러한 한계는 전후에 발표된 박인환의 시에 그대로 노출된다. 그의 시에는 '청춘'으로 표상되는 시기를 그리워하는 장면들이 빈번히 등장하며, 이 시기로 다시는 되돌아가지 못할 것이라는 비관적 전망으로 시가 마무리된다. '청춘'의 시기가 "서적처럼 불타 버"려 일체의 '애욕'조차 사라져버린 상태에서 "쓰디쓴 기억"을 부여잡으려 하거나(「부드러운 목소리로 이야기할 때」) "섬세한 추억"을 회상하다 이내 "맹목의 시대"를 살아가고 있는 것은 아닌지 자문하기도 한다(「눈을 뜨고도」). 반복되는 것은 죽음을 상상하는 장면이다. 「미스터 모의 생과 사」, 「밤의 미매장」, 「행복」, 「불행한 신」 등 다수의 작품들이 그러하다. 그런데 이내 다가올 자신의 죽음이 "친우와도 같이/다정스러"(「미스터 모의 생과 사」)운 것으로 그려지는 것과 달리, 「눈을 뜨고도」나 「밤의 미매장」, 「태평양에서」에서는 이미 죽은 자들에 대해서는

---

55 도미야마 이치로, 『전장의 기억』, 임성모 옮김, 이산, 2002, 94면.
56 위의 책, 95~96면.
57 이영진, 「전후 일본과 애도의 정치: 전쟁 체험의 의의와 그 한계」, 『일본연구논총』37, 현대일본학회, 2013, 52면.

공포, 혐오, 치욕, 분노, 환멸과 같은 복잡한 감정이 표출되고 있다.

> 비가 줄줄 내리는 새벽
> 바로 그때이다
> 죽어 간 청춘이
> 땅 속에서 솟아 나오는 것이……
> 그러나 나는 뛰어들어
> 서슴없이 어깨를 거느리고
> 악수한 채 피 묻은 손목으로
> 우리는 암담한 일곱 개의 층계를 내려갔다.
>
> 『인간의 조건』의 앙드레 말로
> 『아름다운 지구』의 아라공
> 모두들 나와 허물없던 우인
> 황혼이면 피곤한 육체로
> 우리의 개념이 즐거이 이름 불렀던
> '정신과 관련된 호텔'에서
> 말로는 이 빠진 정부(情婦)와
> 아라공은 절름발이 사상과
> 나는 이들을 응시하면서……
> 이러한 바람의 낮과 애욕의 밤이
> 회상의 사진처럼
> 부질하게 내 눈앞에 오고 간다.
>
> —「일곱 개의 층계」 부분58

「일곱 개의 층계」에서는 이미 죽은 자들이 갑작스럽게 출현하여 그를 공포로 몰고 간다. 그런데 시적 주체는 이들을 외면하지 않고 이들과 함께 "일

---

58 『박인환 문학전집』1, 177~178면.

곱 개의 층계"를 내려간다. 억압되었던 무의식적 기억이 영사기처럼 잊혔던 "회상의 사진"을 재생시킨다. 이는 박인환의 생애에서 해방기의 '마리서사'의 시절을 상기시킨다. 박인환에게 마리서사 시절은 좌우 이데올로기의 구별 없이 "서로 위기의 인식과 우애를 나누었던/아름다운 연대"(「1950년의 만가」)의 시기로 기억된다. 그는 이봉구에게 보내는 서신에서도 "1946년에서 1948년 봄에 이르기까지 우리의 아름다운 지구(地區)는 역시 서울이었습니다. 그리고 서울은 모든 인간에게 불멸의 눈물과 애증을 알려주는 곳입니다."[59]라면서 그 시절을 회상한다. 하지만 이제 그는 자신의 청춘을 애통하게 바라볼 수밖에 없으며, 그 청춘의 기억은 부질없게도 계속 솟아 나와 시적 주체를 괴롭게 한다.

「벽」에도 유사한 상황이 반복된다. 이 시에도 "즐거워하던 예술가"들과 어울렸던 기억 대신 "멸망의 그림자가" 하루종일 자신을 가로막고 있다. 이에 따라 처참하게 "한 점의 피도 없이" 말라 버리는 시인의 모습이 비극적으로 제시된다. 이 시에는 자신을 가로막는 벽을 부술 힘을 지니지 못하고 있다는 점에서 무력한 모습이 강조되어 있다. 자신의 존위가 침해받는 상황임에도 분노를 표출하기보다 상황을 회피하려는 태도가 반복된다. 다음 시에는 자애심의 추락과 자아의 빈곤화에 따라 자기 처벌의 방식으로 자살을 시도하기도 하는 전형적인 우울증자의 모습이 그려진다.[60]

> 전쟁 때문에 나의 재산과 친우가 떠났다
> 인간의 이지를 위한 서적 그것은 잿더미가 되고

---

59 『박인환 전집』, 644면.
60 지그문트 프로이트, 앞의 책, 245~257면.

지난날의 영광도 날아가 버렸다.
그렇게 다정했던 친우도 서로 갈라지고
간혹 이름을 불러도 울림조차 없다.
오늘도 비행기의 폭음이 귀에 잠겨
잠이 오지 않는다.

잠을 이루지 못하는 밤을 위해 시를 읽으면
공백한 종이 위에 그의 부드럽고 원만하던 얼굴이 환상처럼 어린다.
미래에의 기약도 없이 흩어진 친우는
공산주의자에게 납치되었다.
그는 사자(死者)만이 갖는 속도로
고뇌의 세계에서 탈주하였으리라.

정의의 전쟁은 나로 하여금 잠을 깨운다.
오래도록 나는 망각의 피안에서 술을 마셨다.
하루하루가 나에게 있어서는
비참한 축제이었다.
그러나 부단한 자유의 이름으로서
우리의 뜰 앞에서 벌어진 싸움을 통찰할 때
나는 내 출발이 늦은 것을 고한다.

나의 재산…이것은 부스럭지
나의 생명…이것도 부스럭지
아 파멸한다는 것이 얼마나 위대한 일이냐.
　　　　　　　　　　　　　　― 「잠을 이루지 못하는 밤」 부분[61]

「잠을 이루지 못하는 밤」이나 「한줄기 눈물도 없이」[62], 「새로운 결의를

---

61 『박인환 문학전집』1, 177~178면.
62 "존엄한 죽음을 기다리는/용사는 대열을 지어/전선으로 나가는 뜨거운 구두 소리를 듣는
　　다./아 창문을 닫으시오"(위의 책, 196면.)

위하여」63 , 「이 거리는 환영한다—반공 청년에게 주는 노래」64 등에 나타
나는 한국전쟁에 대한 박인환의 회상은 편향되어 있다. 특히 위에 인용한 시
에서 '친우'가 공산주의자에게 납치되었다는 설정과 그가 이내 처형되었으
리라는 암시는 그가 전쟁으로 인한 피해의식에 시달리고 있음을 보여준다.
"공백한 종이 위에 그의 부드럽고 원만하던 얼굴"은 과연 누구의 얼굴일까?
이 시에서 박인환은 한국전쟁을 침략자에 맞서 자유를 위한 "정의의 전쟁"
이었음을 강조하는 한편으로, 이 전쟁이 자신에게 비참함을 일깨운다는 모
순된 사실을 진술한다. '친우'로 호명된 대상에서 강제로 철회된 리비도는 다
른 대상으로 향하지 않고 시적 주체 자신에게로 향함으로써 나르시시즘적
퇴행이 일어난다. 이에 따라 박인환의 시의 우울증적 주체는 자기 자신을 비
하하며 "파멸"에 매혹되어 죽음을 소망하기에 이른다.

4. 금지된 애도와 추모시

버틀러는 슬픔이 신체적 취약성을 경험하는 박탈의 양상으로 이해하면서
"우울증 환자의 나르시스트적 몰입"에서 벗어나 "인간 공통의 취약성"을 헤
아림으로써 애도할만한 죽음과 그렇지 않은 죽음을 선별하는 권력을 문제
삼을 수 있으리라고 본다.65 하지만 박인환의 시에서 애도가 수행되는 방식

---

63 "침략자는 아직도 살아 있고/싸우러 나간 사람은 돌아오지 않고/무거운 공포의 시대는 우
리를 지배한다./이 복종과 다름이 없는 지금의 시간/의의를 잃은 싸움의 보람/나의 분노
와 남아 있는 인간의 설움은 하늘을 찌른다."(위의 책, 206면.)
64 "이 거리에는/채찍도/철조망도/설득 공작도/없다//이 거리에는/독재도/모해도/강제 노동
도/없다" 위의 책, 241면. 그런데 '자유'를 강조하는 이 시의 마지막 연이 "어느 문이나/열
리어 있다/깨끗한 옷에/장미를 꽂고/술을 마셔라"로 끝나는 것은 역설적이다. 마침내 자
유를 누리게 된 청년에게 주어진 선택지가 방탕한 삶을 즐기는 것일 뿐이다.

은 타자와의 동일시(identification)보다는 '정체성(identity)'을 지키는 쪽에 더 가깝다.[66] 3장에서 분석한 바와 같이 박인환의 시에는 타자에 대한 애증의 양가감정이 나타나는데, 그는 금지된 욕망으로서의 타자와 동일시하기를 거부하고 이내 바깥으로 밀어내 버린다. 박인환의 시는 친우들과 다시 만날 수 없게 만든 전쟁에 대한 차가운 분노 대신 개인적인 피해에 대한 억울함, 원한의 정서와 심정적 낭만주의로 인한 감정의 과잉 상태를 넘어서지 못한다. 박인환은 국민의 이야기로 회수될 수 없는 죽은 자들에 대한 발화를 발명하지도, 그렇다고 반공주의를 완전히 내면화하여 죽은 자의 공적을 미화하고 기념하는 자세를 취하지도 않았다. 그는 전쟁의 고통스러운 체험을 체념과 영탄, 그리고 노스탤지어에 빠져 진술한다.

나라가 해방이 되고
하늘에 자유의 깃발이 퍼덕거릴 때
당신들은
오래 고난과 압박의 병균에
몸을 좀먹혀
진실한 이야기도
사랑의 노래도 잊어버리고
옛날의 사람이 되었습니다.

나는 지금 당신들이 죽어서 이 노래를
부르는 것이 아닙니다.
당신들의 호흡이 지금 끊어졌다 해도
거룩한 정신과

---

65 주디스 버틀러, 『불확실한 삶—애도와 폭력의 권력들』, 양효실 옮김, 경성대학교 출판부, 2008, 60~65면.
66 이명호, 앞의 책, 74면.

그 예술의 금자탑은
밑낮으로 나를 가로막고 있으며
내 마음이 서운할 때에
나는 당신들이 만든 문화의 화단 속에서 즐길 수 있기 때문입니다.

당신들은 살아 있는 우리들의
푸른 '시그널'
우리는 그 불빛이 가리키는 방향으로
당신들의 유지를 받들어 가고 있습니다.
　　　　　　　　　　—「옛날의 사람들에게—몰고 작가 추도회의 밤에」
　　　　　　　　　　　　　　　　　　부분(강조_인용자)[67]

　　박인환은 죽은 이들이 살아서는 불행하였으나 지금은 "남아 있는 우리들"
이 당신들을 사랑하고 기억하고 있다고 말한다. 하지만 '당신들'이라고 불리
는 타자들은 뭉뚱그려 익명화되어 처리된다. "나라가 해방이 되고/하늘에 자
유의 깃발"이 펄럭이던 시절을 살았다는 구절을 통해 이 시에서 애도되는 대
상 역시 해방기에 활동했던 작가들임을 알 수 있다. 박인환은 끊임없이 해방
기의 기억을 소환하면서 동시에 기억 속에 봉인시키고 있다. 해방기에 대한
박인환의 기억은 공적으로 인정받지도 못하고 언어화될 수도 없다. 이에 따
라 이 시에도 '옛날의 사람들'로 뭉뚱그려진 타자들에게 "당신들의 유지를
받들어 가고 있"다고 말하면서 동시에 그들이 세운 "예술의 금자탑"이 "밤낮
으로 나를 가로막고 있"다고 말하는 이중적 태도가 드러난다.

　　이 시기 박인환이 이상을 애도하는 태도에도 변화가 나타난다. 이는 이
상과 동시대를 살았던 이들의 추모글이나 이상 연구 1세대와도 비교된다.

<hr>

67 『박인환 문학전집』1, 233~234면.

가령 김기림은 이상이 죽은 후 적극적으로 이상 기념 작업에 착수한 바 있다. 김기림은 "가장 우수한 최후의 모더니스트 이상은 모더니즘의 초극이라는 이 심각한 운명을 한몸에 구현한 비극의 담당자였다."[68] 라면서 이상에게 '최후의 모더니스트'라는 칭호를 부여했다. 해방 후에는 『이상 선집』(1949)을 간행하며 이상 추모의 분위기를 만들어냈다. 『이상 선집』에 실린 글에서 김기림은 이상을 "비통한 순교자"라 불렀는데,[69] 이러한 명명은 이후 '예술을 위해 순교한 천재'라는 이상의 이미지를 형성하는 데 적지 않은 영향을 미쳤다.

이상을 "일개의 특이한 엣세이스트"[70] 로 폄하한 조연현과 달리 이상 연구 1세대에 속하는 임종국, 이어령, 고석규 등은 김기림의 이상 비평에서 크게 벗어나지 않는다. "절망을 통하여 실로 근대문명과 정신의 일체에 대해서 불신을 표명하던 근대적 자아의 절망상을 발견할 수 있"다면서,[71] "독한 절망과 미로에서도 끝끝내 초극을 의욕한 것은 확실히 하나의 격렬한 표현적 자세가 아닐 수 없다"[72] 고 평한 임종국의 해석은 '모더니즘의 초극'이라는 운명과 맞선 것으로 본 김기림의 평과 거의 일치한다. 이어령은 자의식 추구가

---

68 김기림, 「모더니즘의 역사적 위치」, 『인문평론』, 1939.10.

69 김기림, 「이상의 모습과 예술」, 김기림 편, 『이상 선집』, 백양당, 1949(김유중·김주현 편, 앞의 책, 37면 재인용).

70 조연현, 「근대 정신의 해체」, 『문예』, 1949.11, 132~136면. 해당 부분의 내용은 다음과 같다. "이상의 해체된 주체의 분신들은 서구적인 의미에 있어서의 우리의 근대정신이 이를 영도해 나아갈 민족적인 주체가 붕괴된 것을 말하는 것이며 이러한 붕괴는 우리의 근대정신의 최초의 해체를 상징하는 것이다. 이상이라는 하나의 완전한 시인도 작가도 못 되는 일개의 특이한 엣세이스트가 가진 문학사적인 의의는 바로 이러한 곳에 있었던 것이다."

71 임종국, 「이상연구」, 『이상전집』, 태성사, 1956, 278면.

72 임종국, 「이상론(一)」, 『고대문화』, 1955.12, 140면.

이상 문학의 본체라고 지적하며 이상을 나르시스트라고 규정하였는데, 이역시 이미 김기림의 「이상의 모습과 예술」에서 논의된 바 있는 사실이다. 그런데 이상의 추도사로 쓰인 다음 글에서 이어령은 이상과 자기 세대의 운명을 동일시하고 있다.[73]

> 알고보면 당신의 형벌은 우리의 것이었다. "절름발이"처럼 다리를 절며 끝없이 걸어간 당신의 길은 바로 우리 이 시대의 수인(囚人)들이 끌려가고 있는 숙명의 그 길이다.
> 개방(開放)한 고독, 휘황한 백서(白書)에도 황혼이었는 또한 당신의 도시가 우리 것이다.
> 간음한 아내, 지폐와 같이 숫한 사람의 지문이 묻은 간음한 아내. 옛날 당신을 괴롭혔던 그것이 지금도 우리와 더불어 있어야 한다는 마지막 위안의 동반자다.
> 모든 것을 잃어버리고 육친과 재산과 고향을 잃어버리고 달도 구름도 모두 잃어버리고 끝내는 자신의 모습마저 상실해버린 천치와도 같은 인간의 행행 그 속에 당신과 우리들이 한 자리에 있었다.
> 상,
> 한번 보지도 못한 당신의 모습을 이렇게 그리운 사람처럼 부르는 그 까닭이 바로 이러한 공동(共同)의 운명에서가 아니었을가?
> 생각하면 참 어처구니 없는 일. 어쩌다가 우리는 이처럼 무거운 십자가를 짊어졌을가?[74]

이어령 자신이 고백하듯 이상과 이어령을 비롯한 전후 세대는 서로 얼굴도 한 번 보지 못한 사이였다. 그럼에도 불구하고 이들은 "그리운 사람"을 부

---

73 이어령, 「이상론: '순수의식'의 牢城과 그 破壁」, 『문리대학보』 6집, 서울대문리대학생회, 1955.9; 「나르시스의 학살」, 『신세계』, 1956.10; 「續·나르시스의 학살」, 『신동아』, 1957.1.
74 이어령, 「묘비없는 무덤 앞에서—추도 이상 20주기」, 『경향신문』, 1957.4.17.

르듯이 애틋하게 이상의 이름을 부른다. 순교자 이상과 마찬가지로 자신들을 문학을 위해 기꺼이 죽을 수 있는, "무거운 십자가를" 짊어진 "공동의 운명"을 지닌 존재로 치부하면서 그의 뒤를 따르리라 맹세한다. 이상의 비극적 죽음을 애도하면서 "당신의 길은 바로 우리 이 시대의 수인(囚人)들이 끌려가고 있는 숙명의 그 길"이라며, 자신들의 비극적 상황을 부각시키는 것이다. 프로이트에 따르면 애도 작업을 통해 포기된 대상은 나의 일부로 화하고 나는 자아의 현존 속에서 그것을 끊임없이 기억하게 된다.[75] 하지만 비장미를 띠고 있는 이 글에는 슬픔이나 비애로 인한 감정적 동요보다는 전후 세대의 고통을 이해받고자 하는 인정 욕망이 두드러진다. 이와 달리 박인환의 시에는 이상의 죽음에 대한 구체적 기억과 더불어 감정을 이입하여 슬픔을 표출하는 태도가 강하게 나타난다.

> 오늘은 삼월 열이렛날
> 그래서 나는 망각의 술을 마셔야 한다
> 여급(女給) 마유미가 없어도
> 오후 세 시 이십오 분에는
> 벗들과 '제비'의 이야기를 하여야 한다
>
> 그날 당신은
> 동경제국대학 부속병원에서
> 천당과 지옥의 접경으로 여행을 하고
> 허망한 서울의 하늘에는 비가 내렸다.
>
> 운명이여

---

75 지그문트 프로이트, 「슬픔과 우울증」, 『정신분석학의 근본개념』, 윤희기·박찬부 옮김, 열린책들, 2003, 247면.

얼마나 애타운 일이냐
권태와 인간의 날개
당신은 싸늘한 지하에 있으면서도
성좌를 간직하고 있다.

정신의 수렵을 위해 죽은
랭보와도 같이
당신은 나에게
환상과 흥분과
열병과 착각을 알려 주고
그 빈사의 구렁텅이에서
우리 문학에
따뜻한 손을 빌려 준
정신의 황제

무한한 수면(睡眠)
반역과 영광
임종의 눈물을 흘리며 결코
당신은 하나의 증명을 갖고 있었다
'이상(李箱)'이라고.

— 「죽은 아폴론」 전문76

이 시에서 시적 주체는 이상의 기일을 맞아 술을 마시며 이상과 관련된 추억을 이야기하고 있다. 여급 마유미는 이상의 소설 「지주회시」에 등장하는 인물의 이름이며, '제비'가 이상이 경영하던 다방의 이름이라는 것은 알려진 사실이다. 그리고 2연에서는 이상이 사망한 날을 기억하고 있다는 듯 "허망한 서울의 하늘에는 비가 내렸다"고 회상한다. 임종국(1929~1989), 고석규

---

76 『박인환 문학전집』1, 224~225면.

(1932~1958), 이어령(1934~)과 마찬가지로 1926년생인 박인환이 1937년 사망한 이상 생전을 기억했을 가능성은 적다. 더구나 박인환을 비롯한 후반기 동인들이 이상의 기일을 3월 17일로 착각했다는 사실을 통해서도 박인환이 이상이 사망한 당시 '비가 내렸는지'를 알기는 어려웠으리라 짐작되는데,[77] 다만 현장감 넘치는 묘사를 통해 이상의 죽음을 생생하게 전달함으로써 슬픔으로 인한 파토스를 배가하고 있음은 분명해 보인다.

이처럼 전후에 이상이 "하나의 증명"으로까지 승격하게 된 데는 '애도의 정치'를 둘러싼 전후의 복잡한 역사 정치적 맥락이 개입한 것으로 보인다. 박인환은 "그 빈사의 구렁텅이에서/우리 문학에/따뜻한 손을 빌려 준/정신의 황제"라고 칭하며 이상을 갈 길을 잃고 방황하고 있는 전후 한국문학을 구원해줄 구원자로 평가한다. 그런데 이는 반공주의 이데올로기로 인해 구체적 이름을 언급할 수 있는 선배 작가가 거의 없던 전후 한국문학의 곤란을 보여주는 장면이기도 하다. 한국전쟁 이후 협소화된 문화적 지형도 내에서 이상을 추모하면서 실제로 박인환은 해방기 시절 우애를 나누었던 오장환, 김기림 등의 선배 문인을 떠올렸을지도 모른다. 하지만 다시는 그 시절로 돌아갈 수 없다는 것을 알기에 "망각의 술"을 마시며 기억을 지워버리려는 것이다.

---

77 그렇다면 이것은 박인환이 허구로 창작한 내용이거나 누군가에게 이 당시의 상황을 들은 것일 가능성이 높다. 1연에서 "벗들과 '제비'의 이야기를 하여야 한다"는 구절 역시 이상이 운영했던 '제비' 다방에 대한 이야기를 박인환이 이상과 동시대를 살았을 누군가에게 들은 내용일 가능성이 높다. 또한 박인환은 「지주회시」에 등장하는 마유미를 실제 인물로 알고 있었는데, 이 역시 누군가의 회고담을 듣고 이야기한 것이 아닌가 한다. 그는 이상과 마유미가 <글루미 선데이>를 좋아했다며, 일본에 들르게 되면 얼굴도 모르는 마유미를 찾아야겠다고 이야기하기도 한다. "이상의 이야기가 어느 문학잡지에 나던 날, 인환은 이상의 정부 '마유미'(작중인물)을 위해 술을 마시자고 나에게 덤벼들었다./"리상——사비시이네——."/마유미가 서울역 광장에서 했다는 작중의 이 말을 수없이 되풀이 해가며,/"사비시이 도끼니와 우따와 나꾸쟈!"" 이봉구, 「가는 세월 속의 시인 박인환」, 김광균 외, 앞의 책, 163~164면.

그런 점에서 이 시에는 이상뿐만 아니라 박인환에게 이상의 죽음에 대한 이야기를 전해주었을 선배 문인들에 대한 우회적 애도 역시 포함되어 있다. 이로 인해 해방기에 창작된 「나의 생애에 흐르는 시간들」보다 오히려 「죽은 아폴론」에서 이상의 죽음을 애통해하는 강도가 심해진 것으로 보인다.

5. 결론

1950년대는 애도의 시대이면서 동시에 애도 되지 못한 죽음이 만연한 시대이기도 하였다. 냉전체제 속에서 국민 국가적 상상력(national imaginings)에 포섭되지 않는 죽은 자들의 이름을 부르는 행위는 철저히 금지되었다. 1950년대 문학장에 이상이 갑작스레 호명된 데는 이상이 공산주의와는 무관한, 즉 정치색을 띠지 않은 작가로 평가받았다는 점도 작용하였다. 전후 한국에서 이상은 1930년대 문학을 떠받쳐온, 하지만 냉전체제 속에서 공론장에서 언급조차 되지 못했던 문학가들의 빈 자리를 감당해야 하는 책무를 지게 된 것이다. 이에 따라 박인환의 시에도 내셔널리즘과 반공주의의 경계선을 넘지 않는 선에서 죽음에 대한 애도가 나타난다. 박인환의 시에서 애도될 수 있는 죽음은 전쟁으로 인해 사망한 군인(국군과 유엔군)이거나 이데올로기 문제에서 자유로운 작가에 한정된다. 전쟁으로 인한 피해의식에서 벗어나지 못한 박인환은 반공주의를 어느 정도 내면화하면서도, 해방기 시절에 대한 노스탤지어를 버리지 못했다. 이에 따라 박인환의 시적 주체는 피해자 의식에 시달리면서 동시에 죄책감을 안고 죽음을 소망하는 우울증자의 모습을 보이며, 시적 주체의 죽음이 도래할 때까지 애도가 유예되는 양상이 나타난다.

기형도 시의 '자기혐오'에 대한 존재론적 연구*

레비나스의 존재론의 관점으로

/

오주리

1. 서론

1) 문제제기 및 연구사 검토

기형도(奇亨度, 1960~1989)는 스물아홉이란 나이에 요절함으로써 죽음의 미학을 시와 삶을 통해 완결한 시인이다. 그러므로 그의 시세계의 죽음의 미학은 독자들에게 큰 공명을 울리며 하나의 진실로서 다가간다. 기형도 시의 죽음의 미학은 일차적으로 시인 자신의 죽음과 관련이 있지만, 이차적으로는 시인의 가족들의 죽음이나 사회적 약자들의 죽음과 관련이 있다. 기형도의 사인은 뇌졸중이다. 그렇지만 그의 시세계에는 죽음을 바라보는 시인의 내면에서 우러나오는 멜랑콜리와 타나토스가 이미 그의 때 이른 죽음에 대한 전조처럼 배어있다. 그리고 이러한 멜랑콜리와 타나토스는 자신의 죽음뿐 아니라 타자의 죽음으로부터 기인한다.

---

* 이 논문은 오주리의 「기형도 시의 '자기혐오'에 대한 존재론적 연구 — 레비나스의 존재론의 관점을 중심으로」(『문학과 종교』 제24권 제3호, 2019.9.)를 수정·보완한 것임을 밝힙니다.

기형도에 대한 연구는 김현이 1989년 유고시집『입속의 검은 잎』의 해설에서 기형도의 시세계의 '미래가 없는 부정성'[1] 에 주목한 이래, 이와 같은 관점에서 주로 이루어져 왔다. 예컨대, 박철화,[2] 오생근,[3] 정과리,[4] 정효구[5] 등의 평론이 기형도론의 일반론을 죽음의 미학으로 구축했다. 그 이후, 기형도 시의 죽음의 미학에 대한 연구는 학문적으로 심화되어, 엘리아데(Mircea Eliade, 1907~1986)의 관점으로 본 정보규의 논문,[6] 프롬(Erich Fromm, 1900~ 1980)의 관점으로 본 한용희의 논문,[7] 프로이트(Sigmund Freud, 1856~1939)의 관점으로 본 조성빈의 논문,[8] 레비나스(Emmanuel Levinas, 1906~1995)의 관점으로 본 금은돌의 논문[9] 등, 이론의 관점에서 다각도로 이루어졌다. 그 가운데 가장 주목할 만한 연구는 금은돌의, 레비나스의 타자의 윤리의 관점에서 기형도의 문학세계를 바라본 논문이다. 본고는 이 논문에 동의하면서 기형도의 죽음의 미학을 '자기혐오(Self-Hatred)' 나아가 '혐오사회(嫌惡社會)'[10] 와의 연관성 하에 레비나스의, 타자 중심의 존재론의 관

---

1 김현, 「영원히 닫힌 빈방의 체험」, 『입속의 검은 잎』, 서울: 문학과지성사, 1989, 154면.

2 박철화, 「집 없는 자의 길찾기, 혹은 죽음」, 『정거장에서의 충고』, 박해현 외 편, 서울: 문학과지성사, 2009.

3 오생근, 「삶의 어둠과 영원한 청춘의 죽음」, 『정거장에서의 충고』.

4 정과리, 「죽음, 혹은 순수 텍스트로서의 시」, 『정거장에서의 충고』.

5 정효구, 「차가운 죽음의 상상력」, 『정거장에서의 충고』.

6 정보규, 「기형도 시의 죽음의식 연구」, 고려대학교 문학창작학과 대학원 석사학위논문, 2005.

7 한용희, 「고트프리트 벤과 기형도의 시세계 비교: 소외의 양상을 중심으로」, 서울대학교 외국어교육과 석사학위논문, 2009.

8 조성빈, 「기형도 시의 타나토스 연구」, 고려대학교 문학창작학과 대학원 석사학위논문, 2012.

9 금은돌, 『거울 밖으로 나온 기형도』, 서울: 국학자료원, 2014.

10 '혐오사회(嫌惡社會)'라는 용어는 혐오가 만연한 사회라는 의미로 언론 등에서 통용되고 있다. 그러나, 아직 '혐오사회'라는 용어가 학문적으로 규정되어 있는 것은 아니다. 다만,

점11에서 심화시켜 나아가 보고자 한다. 그 이유는 기형도의 죽음의 미학이 현재의, 혐오사회의 전조를 보여준다고 판단되기 때문이다. 기형도 시에 나타난 사회적 약자의 죽음은 1980년대 사회의 구조적 폭력에 그 원인이 있는 것으로 암시되고 있으며, 그 죽음에 대하여 시적 주체의 공포, 우울, 그리고 죄의식이 표현되고 있다. 본고는 이러한 양상을 '혐오사회'의 사회적 약자를 향한 혐오가 전이되어 한 시인의 시적 주체에게 '자기혐오'로 나타난다고 보고자 한다. 이에 대한 이론적 관점은 다음 장, 2. 연구의 시각에서 상세화하도록 한다.

2) 연구의 시각

이 논문 「기형도 문학의 '자기혐오'에 대한 존재론적 연구 — 레비나스의 존재론의 관점으로」는 기형도 문학에 나타난 '자기혐오'의 양상을 존재론적 관점에서 접근하는 데 있어 레비나스의 존재론적 관점을 원용하고자 한다. 사르트르(Jean-Paul Sartre, 1905~1980)는 "지옥, 그것은 타자이다(L'enfer, c'est les Autres.)"[12]라고 말했고, 반면에 레비나스는 '나는 지옥이다'라고 말

혐오라는 개념은 사회학적으로 성·인종·신분·계급상의 사회적 약자 또는 사회적 소수자에 대한 차별과 폭력을 유발하는 증오, 적대, 멸시 등의 정서로 규정된다. 이러한 근거에 따라, 오늘날, 혐오가 만연한 사회가 '혐오사회'라고 통칭되고 있다. 본고 또한 '혐오사회'라는 용어를 이와 같은 통례에 따라 통칭할 것이다. 나아가, 본고는 혐오가 유발하는 폭력성, 죄의식 등과 관련해서는 레비나스의 철학을 원용하여 학문적으로 심화해가도록 할 것이다.

11 레비나스의 타자 중심의 존재론은 윤리학으로 발전된다. 이 자체가 미학이라고 볼 수는 없으나 레비나스의 윤리학은 미학, 즉, 예술론을 내포할 가능성을 가진다. 이에 대해서는 나윤숙의 「레비나스의 윤리학과 예술론」을 참조할 수 있다. 그러므로 본고는 기형도의 자기혐오에 대하여 그의 죽음의 미학을 레비나스의 존재론으로 접근함으로써 구명하고자 한다.

했다.13 사르트르가 타자를 지옥이라고 말한 의미는 인간은 타자로 인해 불행하지만, 타자로부터 벗어날 수 없다는 것이었다. 반면에 '나'를 지옥이라고 한 레비나스의 논제는 '자기혐오'의 존재론적 근거가 된다. 그러므로 레비나스에게 주체의 해방에 타인(他人, Autrui)은 필수적이다.14 그래서 레비나스는 '자아와 너'(moi-toi)의 관계, 즉, 얼굴과 얼굴을 마주하는 관계, 타인을 타인으로서 바라보는 관계를 내세운다.15 나아가 이러한 맥락들은 레비나스에게 '타자성'(他者性, altérité)을 확립할 수밖에 없는 근거가 된다. 레비나스의 '타자성'은 '절대적으로 다른 것'으로서, 유일한 '얼굴'로 현현하면서도 스스로 절대화한다.16

기형도 문학의 '자기혐오'는 자기 자신의 운명과 인생을 사랑하지 않는다는, 시적 태도를 통해 여러 작품에서 드러난다. 기형도 문학의 이러한 '자기혐오'는 '죽음충동', 즉 '타나토스'와 밀접한 연관을 가지면서, 기형도 특유의 '죽음의 미학'을 만들어낸다. 그리고 이러한 '죽음의 미학'은 그의 요절과 맞물려 일종의 '기형도 신화'를 탄생케 하였다.

그런데 여기서 문제적인 것은 기형도 문학의 '자기혐오'를 현대사회에 만연해 있는 '사회적 약자에 대한 혐오'가 전이된 양상으로 볼 수 있다는 것이다. 예컨대, 기형도 문학에 나타나는 사회적 약자들의 죽음들과 이에 대한 사회적 무관심 속에서 기형도 문학의 시적 주체는 죄책감과 무력감을 동시에 느끼는데, 이러한 일련의 심리적 메커니즘은 '사회적 약자를 향한 혐오'의

---

12 Jean-Paul Sartre, *Huis Clos suivi de Les Mouches*, Paris: Gallimard, 2018, p.93.
13 Emmanuel Levinas, 『모리스 블랑쇼에 대하여』, 박규현 역, 서울: 동문선, 2003, 82면. 참조.
14 Emmanuel Levinas, 『존재에서 존재자로』, 서동욱 역, 서울: 민음사, 2003, 167면.
15 위의 책, 161~162면.
16 마사토 고다 외, 『현상학 사전』, 기다 겐 외 편. 이신철 역, 서울: 도서출판 b, 2011, 398면.

'자기혐오'로의 전이(轉移)를 해명해 줄 수 있다. 기형도 문학의 이러한 특성은 1980년대 한국사회의 이면에 숨겨진 폭력성과 밀접한 관계를 맺고 있다. 이러한 점들에 대하여, 아우슈비츠에 대한 성찰로부터 타자와 공존하는 존재론을 확립한 레비나스의 존재론은 기형도의 문학을 해명하는 데 도움을 줄 것이다.

레비나스의 죽음관은 하이데거(Martin Heidegger, 1889~1976)의 죽음관에 대한 반성적 성찰로부터 비롯된다. 하이데거는『존재와 시간』에서 현존재(Dasein)[17] 로서의 인간을 죽음을 향한 존재(Sein Zum Tode)[18] 로 규정함으로써 현대철학에서 죽음에 대한, 가장 심원한 해석을 해낸 철학자로 평가되고 있다. 그러한 하이데거의 관점에 따르면, 죽음은 그 어떤 타인도 대신해 줄 수 없는 것이라는 점에서 한 인간 존재에게 가장 고유한, 실존적인 문제가 된다.[19] 그러나 레비나스는『신, 죽음, 그리고 시간』에서 자신의 죽음에 대한 관점을 하이데거의『존재와 시간』에 대한 통찰로부터 다르게 이끌어 낸다. 일단 레비나스는『신, 죽음, 그리고 시간』에서 하이데거의 죽음을 향한 존재라는 개념이 중요한 이유는 인간을 시간적 유한성을 지닌 존재로 보기 때문이 아니라 무(無)에 대한 존재로 보기 때문이라고 해석한다.[20] 이러한 해석은 하이데거가『형이상학이란 무엇인가』에서 밝힌 바와 일맥상통하는 해석이다. 하이데거는『형이상학이란 무엇인가』에서 인간이 죽음에 의해 불안을 느끼는 것은 존재가 무화(無化)되는 것에 대한 불안이라고 말한

---

17 Martin Heidegger,『존재와 시간』, 이기상 역, 서울:까치, 1998, 67면.
18 위의 책, 317면.
19 위의 책, 322면.
20 Emmanuel Levinas,『신, 죽음, 그리고 시간』, 김도형 외 역, 파주: 그린비, 2013, 17~18면.

바 있기 때문이다.[21] 레비나스는 여기서 더 나아가 무화를 죽음의 부정적 특성으로 보면서 증오 또는 살해의 욕망에 새겨진다고 말 한 바 있어 주목된다.[22] 그러한 주장이 나올 수 있던 것은 레비나스가 타자와의 관계 속에서 죽음에 대하여 통찰하였기 때문이다. 하이데거의 타자에 대한 관점은 대사회적 관점에서 비판받는 편이다. 하이데거는 『존재와 시간』에서 인간을 세계내존재(In-der-Welt-Sein)[23] 그리고 공동현존재(Mitdasein)[24] 로 규정한 바 있다. 그러한 개념은 현존재를 사회적 존재 또는 역사적 존재로 보는 관점이다. 그런데 여기서 문제가 되는 것은 하이데거가 타자와의 관계를 평화로운 관계로만 보았다는 것이다. 레비나스는 하이데거의 세계내존재와 공동현존재 개념이 독재를 눈 가리는 등 집단성으로 환원된다며 강하게 비판하고, 하이데거의 존재론의 의의를 고독 가운데 있는 존재로만 한정하였다.[25] 하이데거의 이러한 개념은 현상학의 효시인 후설(Edmund Husserl, 1859~1938)로부터 기인한다. 후설은 오스트리아 태생이다. 당시의 오스트리아의 사회와 역사에 대한 학문적 성향은 상당히 보수적이었다. 인간의 주관성에 관심하였던 후설은 대사회적인 관점에서 보수성을 띠고 있었다는 것이다. 이러한 후설에 대한 비판은 『후설 현상학에서의 직관이론』에 잘 나타난다. 즉, 레비나스의 관점에서 후설 철학의 의의는 인식론으로 한정된다.[26] 이에 반해, 리투아니아 출신 유대인이었던 레비나스는 제2차 세계대전 중의 아우슈

---

21 Martin Heidegger, 「형이상학이란 무엇인가」, 『이정표』 1, 신상희 역, 파주: 한길사, 2005, 179면.
22 Emmanuel Levinas, 앞의 책, 19면.
23 Martin Heidegger, 『존재와 시간』, 80면.
24 위의 책, 160면.
25 Emmanuel Levinas, 『존재에서 존재자로』, 160면.
26 Emmanuel Levinas, 『후설 현상학에서의 직관이론』, 김동규 역, 파주: 그린비, 2014, 269면.

비츠 수용소의 홀로코스트를 고통스럽게 바라보며, 후설이나 하이데거와는 다른 타자론을 세우게 된다. 즉, 하이데거가 죽음을 존재의 무화로 규정하였고, 죽음의 각자성(各自性, Jemeinigkeit)에 주목함으로써 한 실존의 결단을 중요시한 데 반해, 레비나스는 그 무화에서 증오와 살인을 발견하는 한편, 타자의 죽음에 주목함으로써 공동체 안에서의 윤리를 중요시하였던 것이다. 레비나스가 타자의 죽음에 주목한 이유는 바로 인간은 타자의 죽음을 경험할 수는 없지만, 타자의 죽음을 통해 두려움을 갖게 된다는 데 있다.[27] 또한, 레비나스는 타자에 대하여 책임을 지는 데서 '나'의 정체성이 만들어진다는 원칙에 따라, 죽어가는 타인에게 응답할 수 있을 때, '나'의 정체성이 확립되며, 반대로 응답할 수 없을 때, 살아남은 자의 유죄성만 남게 된다고 한다.[28] 이것은 브레히트(Bertolt Brecht, 1898~1956)의 시 「살아남은 자의 슬픔」("Ich, der Überlebende")을 그대로 연상시킨다. 이 시 또한 제2차 세계대전 중 유대인 학살 당시 자살한 친구 벤야민(Walter Benjamin, 1892~1940)을 잃은 브레히트가 살아남은 자로서의 슬픔을 노래한 시이다. 이 시의 슬픔은 '유죄성,' 즉 죄의식에서 기인한다. 그런데, 이 시의 마지막 구절에서 주목할 부분은 "나는 자신이 미워졌다"[29]라는, 자기혐오의 감정으로 전환되는 심리이다. 이러한 심리적 메커니즘은 기형도의 시에도 적용될 수 있다. 즉, 타자에 대한 유죄성의, 자기혐오로의 전이의 심리적 메커니즘이 그렇다는 것이다. 레비나스는 죽음에 대하여 하이데거보다 비관적인 인식을 갖는다. 하이데거가 『존재와 시간』에서 인간 현존재를 죽음을 향한 존재라고 규정하였

---

27 Emmanuel Levinas, 『신, 죽음, 그리고 시간』, 22면.
28 위의 책, 25면.
29 Bertolt Brecht, 『살아남은 자의 슬픔』, 김광규 역, 서울:한마당, 2004, 117면.

을 때, 그것은 자신의 죽음에 기획투사 해 봄으로써 자신의 존재의 진리를 찾으며 살라고 하는 의미였다. 그러나 레비나스는 죽음을 죽을 수밖에 없음 (mortalité), 즉 필멸성으로 인식한다.[30] 그뿐만 아니라 레비나스는 인간에 대해서도 비관적인 인식을 가지고 있다. 즉, 레비나스는 인간존재를 코나투스 (conatus)[31]가 아니라, 타인의 볼모로 보는 것이다.[32] 그러나 이것은 부정적인 의미인 것은 아니다. 레비나스는 사회적 관계를 일종의 원초성으로 상정하고, 대면을 통해 나로부터 타자로 성취된다고 하면서, 존재의 외재성을 주장한다.[33] 레비나스의 이러한 관점은 존재를 폐쇄적으로 이해하는 것을 반대한다. 그러면서 그는 '타인을 향한 존재'(être pour autrui)를 통해 자아를 긍정하고, 그러한 자아는 선함 속에서 보존된다고 주장한다.[34] 다시, 선함을 보존한 자아는 '선함으로서의 존재'(l'être comme bonté)이다. 그러한 존재는 나아가 '타자를−위한−존재'(être pour l'autre)가 되는데, 타자를 위한다는 것은 하이데거적 의미의 '서로 함께 있음'(Miteinandersein)을 너머 평화를 옹호해야만 한다.[35] 여기서 레비나스는 하이데거의 죽음의 존재론적 본래성과 각자성을 넘어, '타자를 위한 죽음'(mourir pour l'autre)[36]과 '타자의 죽음에

---

30 Emmanuel Levinas, 앞의 책, 29면.

31 어원적으로 코나투스(conatus)는 라틴어 노력하다(conor)의 명사형이다. 스피노자(Baruch de Spinoza, 1632~1677)는 『에티카』(*Ethics*)에서 존재 안에 스스로 지속하려는 노력을 언급한 바 있는데(140), 이와 같은 것을 코나투스(conatus)라고 할 수 있다.

32 Emmanuel Levinas, 앞의 책, 38면.

33 Emmanuel Levinas, 『전체성과 무한: 외재성에 대한 에세이』, 김도형 역, 파주: 그린비, 2018, 434면.

34 위의 책, 459~460면.

35 Emmanuel Levinas, 『우리 사이: 타자 사유에 관한 에세이』, 김성호 역, 파주: 그린비, 2019, 294면.

36 위의 책, 298면.

대한 염려'[37]를 내세운다. 그러면서 레비나스는 결론적으로 '타자를 위한 죽음'과 '타자의 죽음에 대한 염려'는 단순히 희생 이상인 것으로, 거룩한 사랑이자 자비라고 그 의미를 격상한다.[38] 레비나스에게 '타자를 위한 죽음'은 '함께 죽음'(mourir ensemble)이기도 하다.[39] 바로 이 지점에서 레비나스의 죽음관은 하이데거의 죽음관의 본래성과 각자성을 완전히 넘어선다.

요컨대, 기형도 문학의 죽음의 미학은 존재를 무화하는 죽음의 부정성에 기반을 두고 있다. 그러나 자신의 삶과 운명을 사랑하지 않는다는 자기혐오는 본래적인 나의 존재를 찾아가는 하이데거의 존재론[40]만으로는 해명이 어렵다. 기형도 문학의 죽음의 미학은 타자의 죽음에 대한 공포와 무력감 때문에 타자에게 응답하지 못했다는 유죄성이 자기혐오로 전이된 것으로 볼 수 있다. 이것은 하이데거의 '죽음을 향한 존재'를 넘어, 레비나스의 '타자를 위한 존재' 그리고 '선함으로서의 존재'라는 전제에 기형도 문학의 세계관이 서 있음을 방증한다.

나아가, 「기형도 시의 '자기혐오'에 대한 존재론적 연구」는 1980년대의 상황 속에서의 기형도 문학의 '자기혐오'에 대한 해명을 통해, 오늘날의 혐오 사회에 내재된 위험성에 경각심을 일깨우고, 그 대안을 찾아야 하는 절박함을 일깨우는 데 기여할 것으로 기대된다. 이에 따라, 2부에서는 기형도 시의 자기혐오 양상을 통해 죽음의 미학과 존재에 대한 부정성을, 3부에서는 기형도 시의 사회적 혐오의 양상을 통해 타자의 죽음에 새겨진 증오와 살의를,

---

37 위의 책, 301면.
38 같은 곳.
39 위의 책, 298면.
40 최상욱, 『하이데거 VS 레비나스』, 서울: 세창출판사, 2019, 98면.

4부에서는 기형도 시의 사회적 혐오의 자기혐오로의 전이 양상을 통해 타자의 죽음에 응답하지 못함의 유죄성을, 그리고 마지막으로 5부 결론에서는 기형도 시의 혐오사회에의 시사점을 논의해 보고자 한다.

2. 기형도 시의 자기혐오: 죽음의 미학과 존재에 대한 부정성

기형도 시의 자기혐오에 대한 존재론적 연구를 위해 우선 기형도 시에 나타난 자기혐오의 양상을 확인해 보도록 한다. 기형도 시의 자기혐오는 여러 시편에서 다양하게 나타난다.

> 한때 절망이 내 삶의 전부였던 적이 있었다/그 절망의 내용조차 잊어버린 지금/나는 내 삶의 일부분도 알지 못한다/이미 대지의 맛에 익숙해진 나뭇잎들은/내 초라한 위기의 발목 근처로 어지럽게 떨어진다/오오, 그리운 생각들이란 얼마나 죽음의 편에 서 있는가/그러나 내 사랑하는 시월의 숲은/아무런 잘못도 없다
>
> ─ 기형도, 「10월」 부분. (73)[41]

위에 인용된 시 「10월」에서 시적 주체는 "절망이 내 삶의 전부"라고 말하면서, "그리운 생각"은 "죽음의 편"에 서 있다고 말한다. 이 시에서 시적 주체는 삶 전체에 대한 절망의 돌파구를 죽음을 통해 찾으려 한다. 죽음은 존재에 대한 부정성이다. 이 시에서 떨어지는 "나뭇잎"은 존재의 필멸성을 암시한다. 이 시의 시적 주체가 "시월의 숲"을 사랑한다는 것은 존재의 필멸성에

---

41 본문 내 시작품의 인용의 출처는 모두 『기형도 전집』(문학과지성사, 2018)이며, 시 제목과 면수만 간단히 표기하도록 한다.

대해 동질감을 느낀다는 것이다. 이처럼 기형도의 시에는 죽음에 대한 응시가 나타나 있지만, 그것이 자신의 존재의 본질을 찾으려는 방향으로 나아가지 않고, 자기를 부정하는 방향으로 나아간다.

> 너희 흘러가 버린 기쁨이여/한때 내 육체를 사용했던 이별들이여/찾지 말라, 나는 곧 무너질 것들만 그리워했다[…]//어둠 속에서 중얼거린다/나를 찾지 말라……무책임한 탄식들이여/길 위에서 일생을 그르치고 있는 희망이여
>
> — 기형도, 「길 위에서 중얼거리다」 부분. (59)

「10월」과 비슷한 유형의 작품으로 위에 인용된 「길 위에서 중얼거리다」를 들 수 있다. 이 시에서 "나는 곧 무너질 것들만 그리워했다"라는 구절은 「10월」의 "그리운 생각들이란 얼마나 죽음의 편에 서 있는가"라는 구절에 상응된다. 이 시에서의 "(나를) 찾지 말라"는 구절은, 은둔 정도를 의미할 수도 있지만, 은둔은 사회적으로 상징적 죽음이기도 하다는 점에서 죽음을 암시하는 것으로도 볼 수 있다. 이 시에서도 역시 기형도는 "희망"을 거부하는 '절망'의 상태에 빠져 있다. 그러면서 「10월」에서 "대지의 맛"이라는 구절에 상응되는 시어들인 "기쁨"과 "육체"를 거부하고 있다. 이 시의 죽음의 미학도 역시 죽음의 도저한 부정성에 의해 시적 주체의 삶이 붕괴되어 가고 있는 모습을 보여준다. 다음의 시편들은 그러한 데서 연유하는, 구체적인 자기혐오의 양상들이다.

> 내 얼굴이 한 폭 낯선 풍경화로 보이기/시작한 이후, 나는 주어를 잃고 헤매이는/가지 잘린 늙은 나무가 되었다.
>
> — 기형도, 「病」 부분. (101)

나의 생은 미친 듯이 사랑을 찾아 헤매었으나/단 한 번도 스스로를 사
랑하지 않았노라

　　　　　　　　　　　　　　　　　　　－ 기형도, 「질투는 나의 힘」 부분. (64)

　위에 인용된 시 「병」과 「질투는 나의 힘」은 기형도 시의 자기혐오를 보여
주는 대표적인 작품들이다. 우선, 「병」에서 "주어를 잃고"라는 시 구절은 주
체성의 상실을 의미한다. 이러한 주체성의 상실은 자신의 얼굴이 "낯선 풍경
화"로 보이는 소외로부터 기인한다. 나아가 이 시의 시적 주체가 자신을 "가
지 잘린 늙은 나무"에 은유하는 것은 자신의 존재에 대한 부정성을 표현한
것이다. 이러한 것들이 모두 자기혐오의 이유가 될 수 있다. 「질투는 나의 힘」
은 자기혐오를 조금 더 직접적으로 보여주는 시이다. 특히, 동명의 영화 『질
투는 나의 힘』이 있는 데서 알 수 있듯이, 이 시는 기형도의 시 가운데 독자
들에게 가장 잘 알려진 시 중 한 편이다. 그런 의미에서 이 시에서의 "단 한
번도 스스로를 사랑하지 않았노라"라는 시 구절은 기형도 시에서의 자기혐
오를 대표하는 문장이라고 볼 수도 있다. 그러나 이 시에서 주목해야 할 시
구절은 바로 "사랑을 찾아 헤맸으나"이다. 그 이유는 기형도의 시적 주체의
내면의 사랑에 대한 갈망, 즉 에로스가 처음부터 없었던 것은 아니기 때문이
다. 에로스는 사랑인 동시에 생에 대한 열정이자 진리에 대한 열정이다. 그
러나, 기형도에게도 레비나스가 말한 바와 같이 "사랑은 치유할 수 없는 본
질적인 허기"[42] 였다. 다음 시에서는 기형도에게 어떠한 계기가 에로스를 타
나토스로 전환되게 했는지 살펴보도록 하겠다. 다음의 시는 「빈집」이다.

42　Emmanuel Levinas, 『존재에서 존재자로』, 68면.

사랑을 잃고 나는 쓰네//잘 있거라, 짧았던 밤들아/창밖을 떠돌던 겨울 안개들아/아무것도 모르던 촛불들아, 잘 있거라/공포를 기다리던 흰 종이들아/망설임을 대신하던 눈물들아/잘 있거라, 더 이상 내 것이 아닌 열망들아//장님처럼 나 이제 더듬거리며 문을 잠그네/가엾은 내 사랑 빈 집에 갇혔네

— 기형도, 「빈집」 전문. (84)

위에 인용된 기형도의 「빈집」은 「질투는 나의 힘」과 함께 독자들로부터 가장 많은 사랑을 받는 시이다. 그 이유는 유추컨대 이 작품들은 '사랑'이라는 시어가 전경화 되어 있어, 일종의 사랑시(love poem)로 읽힐 수 있기 때문일 것이다. "사랑을 잃고 나는 쓰네"라는 서두는 실연으로 인한 절망감을 보여준다. 다음으로 "공포를 기다리던 흰 종이들아"는 시인이 백지라는 자신의 내면세계와 마주할 때의 고립감과 절망이 만들어내는 타나토스로 인한 공포감을 표현하고 있다. 레비나스는 자아의 정체성도 타자와의 관계 속에서 정립되는 것이라고 하였다. 타자와의 관계가 단절된 상황에서는 자아의 정체성도 붕괴된다. 그런 의미에서 마지막 구절 "빈집에 갇혔네"는 시적 주체의 자폐적 상황이 상징적으로 표현된 것이라고 해석될 수 있다. 다음 시에서는 그러한 양상이 더욱 심화된 것이 확인된다. 다음 시는 「오래된 서적」이다.

내가 살아온 것은 거의/기적이었다/오랫동안 나는 곰팡이 되어/나는 어둡고 축축한 세계에서/아무도 들여다 보지 않는 질서//속에서, 텅 빈 희망 속에서/어찌 스스로의 일생을 예언할 수 있겠는가/다른 사람들은 분주히/몇몇 안 되는 내용을 가지고 서로의 기능을/넘겨보며 서표(書標)를 꽂기도 한다/또 어떤 이는 너무 쉽게 살았다고/말한다, 좀 더 두꺼운 추억이 필요하다는//사실, 완전을 위해서라면 두께가/문제겠는가? 나는

여러 번 장소를 옮기며 살았지만/죽음은 생각도 못 했다, 나의 경력은/출생뿐이었으므로, 왜냐하면,/두려움이 나의 속성이며/미래가 나의 과거이므로/나는 존재하는 것, 그러므로/용기란 얼마나 무책임한 것인가, 보라/나를/한 번이라도 본 사람은 모두/나를 떠나갔다, 나의 영혼은/검은 페이지가 대부분이다, 그러니 누가 나를/펼쳐볼 것인가, 하지만 그 경우/그들은 거짓을 논할 자격이 없다/거짓과 참됨은 모두 하나의 목적을/꿈꾸어야 한다, 단/한 줄일 수도 있다//나는 기적을 믿지 않는다

　　　　　　　　　　　　　　　 － 기형도, 「오래된 서적」 전문. (44~45)

위에 인용된 시 기형도의 「오래된 서적」에서 시적 주체는 "나"를 "곰팡이" 또는 "검은 페이지"에 은유하고 있다. 그러한 은유들은 시적 주체가 극도로 자신을 혐오하고 있는 것으로 해석될 수 있는 은유들이다. 이 시에서 "어둡고 축축한 세계"는 "빈집"의 또 다른 표현일 것이다. 즉 타인과 단절된 자폐적 상황은 "빈집"에서 "어둡고 축축한 세계"로 그 상상력이 변주된다. 이 시에서 문제적인 것은 "모두/나를 떠나갔다"는 것이다. 이것은 사실이라기보다 시적 주체의 심리적 진실일 터이다. 이러한 시적 주체는 타인으로부터 자신에 대한 혐오를 느낀다고 고백한다. 기형도의, 이 같은 자신에 대한 혐오는 그와 동시대의 시인인 최승자의 시집 『이 시대의 사랑』에서 시적 주체가 자신을 "곰팡이"(「일찍이 나는」)로 느끼며 "독신자 아파트"(「어느 여인의 종말」)에서 고독사(孤獨死) 할 것이라고 자조한 것과 유사하다. 그러나 기형도의 시적 주체는 최승자의 시적 주체보다 무기력하다. 레비나스는 『존재에서 존재자로』에서 무기력을 시작의 불가능성[43] 이라고 해석한다. 「오래된 서적」의 시적 주체가 자신의 경력은 "출생뿐"이라고 말하는 것이 바로 삶을 시작하는 것에 대한 불가능성으로 해석될 수 있다. 그러한 무기력은 곧 존재

43　Emmanuel Levinas, 『존재에서 존재자로』, 37면.

앞에 머뭇거리며,[44] 삶에 대해 두려워한다는 것이다.[45] 여기서 더욱 문제적인 것은 「오래된 서적」의 시적 주체가 "두려움이 나의 속성"이라고 말할 때, 그가 두려워하는 것은 죽음이 아니라, 바로 삶이라는 것이다. 「오래된 서적」의 시적 주체가 "미래"에 대하여 부정하고, "용기"에 대하여 회의하는 것을 바로 삶 자체에 대한 두려움이라고 할 수 있을 것이다. 하이데거가 존재를 위한 두려움(peur pour l'être)을 말한다면, 레비나스는 존재함에 대한 두려움(peur d'être)을 말한다.[46] 하이데거의 두려움은 무에 대한 두려움이다. 즉, 인간의 유한성에 대한 두려움이다. 반면에 레비나스의 두려움은 "존재 바로 그 자체 때문에 죽음이 해결할 수 없는 어떤 비극을 존재는 자기 안에 감추고 있다"는 데서 오는 두려움이다.[47] 기형도의 시적 주체가 두려워하는 것은 바로 삶에 대한 두려움이다. "죽음은 생각도 못 했다"(「오래된 서적」)라는 것이 바로 시적 주체 자신의 두려움이 죽음보다 삶에 있었다는 것을 방증한다.

레비나스에게서 증오[48]는 살의와 같은 맥락으로 이해될 수 있다. 프로이트는「슬픔과 우울증」에서 우울증의 심리적 메커니즘의 일환으로서 자애심의 하락[49]과 자기징벌(Selbstbestrafung)[50]을 지적한다. 즉, 타자를 상실함으로써 자아마저 상실하게 되면서 자신을 비난하고 자기를 징벌하려는 성향을

---

44 위의 책, 40면.
45 위의 책, 42면.
46 위의 책, 26면.
47 같은 곳.
48 본고는 카롤린 엠케의 『혐오사회』의 용례(17)와 제러미 월드론의 『혐오표현, 자유는 어떻게 해악이 되는가?』의 용례(291~292)에 따라 증오를 혐오와 같은 의미로 사용하기로 한다.
49 Sigmund Freud,「슬픔과 우울증」,『무의식에 관하여』, 윤희기 역, 서울: 열린책들, 1998, 251면.
50 위의 책, 260면.

보이는 것이 우울증의 심리적 메커니즘인 것이다. 기형도의 「빈집」과 「오래된 서적」에서 시적 주체의, 타자와의 단절의 양상이 자기부정으로 전환되는 메커니즘은 바로 우울증의 메커니즘으로 볼 수 있다. 여기서 프로이트적 개념들을 레비나스적 개념으로 대체해 볼 수 있을 것이다. 즉, 자애심의 하락은 자기혐오로, 자기징벌은 자신에 대한 살의에 상응될 수 있을 것이다. 이것은 레비나스의 관점에 따라, 인간이 타자를 향한 존재라는, 원초적인 전제가 붕괴될 때, 자아의 정체성도 붕괴된다는 것을 보여주고 있다.

나아가, 타자와의 단절은 신(神)과의 관계의 단절을 통해서도 나타난다. 다음은 신과의 단절이 나타난 시편들이다.

> 보아라, 쉬운 믿음은 얼마나 평안한 산책과도 같은 것이냐. 어차피 우리 모두 허물어지면 그뿐, 건너가야 할 세상 모두 가라앉으면 비로소 온갖 근심들 사라질 것을. 그러나 내 어찌 모를 것인가. 내 생 뒤에도 남아 있을 망가진 꿈들, 환멸의 구름들, 그 불안한 발자국 소리에 괴로워할 나의 죽음들.
> ― 기형도, 「이 겨울의 어두운 창문」 부분. (74)

위에 인용된 시 「이 겨울의 어두운 창문」에서는 신앙과 내세와 구원에 대한 회의가 나타난다. 이 시의 "쉬운 믿음"은 심리적 안위를 얻기 위해 안이하게 신앙생활을 하는 태도가 "산책"과 무엇이 다르냐고 반문하고 있다. 특히 "내 생 뒤에도 남아 있을 망가진 꿈들…나의 죽음들"은 죽은 다음, 천국에 간다는 식의 내세관과 구원관에 대하여 기형도의 시적 주체가 회의하고 있음을 보여주는 것이다.

> 나는 그때 왜 그것을 몰랐을까. 희망도 아니었고 죽음도 아니었어야

할 그 어둡고 가벼웠던 종교들을 나는 왜 그토록 무서워했을까. […] 어둠은 언제든지 살아 있는 것들의 그림자만 골라 디디며 포도밭 목책으로 걸어왔고 나는 내 정신의 모두를 폐허로 만들면서 주인을 기다렸다. […] 그리하여 어느 날 기척 없이 새끼줄을 들치고 들어선 한 사내의 두려운 눈빛을 바라보면서 그가 나를 주인이라 부를 때마다 아, 나는 황망히 고개 돌려 캄캄한 눈을 감았네.

— 기형도, 「포도밭 묘지」1 부분. (75~76)

저 공중의 욕망은 어둠을 지치도록 내버려 두지 않고 종교는 아직도 지상에서 헤맨다. 묻지 말라, 이곳에서 너희가 완전히 불행해질 수 없는 이유는 신(神)이 우리에게 괴로워할 권리를 스스로 사들이는 법을 아름다움이라 가르쳤기 때문이다. 밤은 그렇게 왔다. 비로소 너희가 전 생애의 쾌락을 슬픔에 걸듯이 믿음은 부재 속에서 싹트고 다시 그 믿음은 부재의 씨방 속으로 돌아가 영원히 쉴 것이니, 골짜기는 정적에 싸이고 우리가 그 정적을 사모하듯이 어찌 비밀을 숭배하는 무리가 많지 않으랴.

— 기형도, 「포도밭 묘지」2 부분. (77)

위에 인용된 「포도밭 묘지」1·2는 연작이다. 기독교의 상징체계 내에서 '포도밭'은 천국의 은유이다. 또한, 포도주는 예수의 성혈(聖血)이다. 이처럼 포도는 기독교의 상징체계에서 중요한 의미를 지닌다. 이러한 의미상의 맥락에서 「포도밭 묘지」연작은 천국의 상실이라는, 밀턴(John Milton, 1608−1674)의 『실낙원』(Paradise Lost)과 같은 주제의식을 갖는다고 볼 수 있다. 이 시들에서 천국의 은유인 "포도밭"이 "묘지"가 된 이유는 바로 구원자인 예수 그리스도의 은유인 "주인"의 부재 때문이다. 삼위일체(三位一體) 교리에 따라 성자(聖子) 예수는 곧 성부(聖父) 하느님이다. 그러므로 "주인"은 다시 하느님으로 해석된다. 하느님이 인간의 주인인 이유는, 무로부터의 창조(création ex nihilo)라는 개념에서 피조물인 인간은 철저히 수동적인 지위에 놓이기 때문일 것이다.[51] 사뮈엘 베케트(Samuel Beckett, 1906년~1989)의 『고도를 기다리며』(*En Attendant Godot*)에서 신(神)의 은유인 '고도'가 인간에게 영원한 기다림의 대상일 뿐 결코 나타나지 않는 것처럼, 「포도밭 묘지」 1에서도 시적 주체의 정신이 완전히 "폐허"가 될 때까지 '주인'은 나타나지 않는다. 도리어, 이 시의 후반부에서 누군가 시적 주체가 자신의 "주인"이 되어주길 기대하자 시적 주체는 이에 대해서 마다하게 된다. 왜냐하면, 시적 주체 자기 자신의 영혼의 상태가 이미 유사죽음의 상태에까지 이르렀기 때문이다. 요컨대 이 시는 시적 주체에게 구원자가 나타나지 않는 삶에서 오는 도저한 절망을 보여준다. 동시에 이 시는 또한 자신이 타자에게 구원자가 되어줄 수 없음의 유죄성을 보여준다.

이 시의 연작인 「포도밭 묘지」 2에서도 동일 선상의 문제의식이 발견된다. 「포도밭 묘지」 1의 "가벼웠던 종교"는 「포도밭 묘지」 2의 "종교는 아직도 지상에서 헤맨다."에 상응된다. 즉, 종교의 본질인, 인간의 영혼의 구원은 이루어지지 않고 있다는 의미인 것이다. 기독교에서 영혼의 구원은 예수의 십자가 대속(代贖)을 통해 이루어진다. 레비나스에 따르면 대속은 동일자 안에 타자를 갖는 것이다.[52] 그것은 기독교 의식에서 빵과 포도주를 예수 그리스도의 몸과 피로서 받아들이는, 영성체(領聖體)를 통해 구현된다. 예수가 인간의 죄를 대속한다는 것은 육화(肉化, incarnation)를 통해 자신의 살 속에 타자를 가짐(avoir l'autre dans sa peau)[53] 을 실현한 것이다. 그리고 다시 인간은 영성체를 통해 자신이라는 동일자 안에 신이라는 타자를 갖는 것이다. 그

---

51 Emmanuel Levinas, 앞의 책, 22면.
52 Emmanuel Levinas, 『존재와 다르게』, 김연숙 외 역, 인간사랑, 2010, 217면.
53 같은 곳.

런데 이 시「포도밭 묘지」2에서 더욱 문제적인 것은 기독교가 '괴로움'을 '아름다움'으로 받아들이고, '슬픔'을 '쾌락'으로 받아들이는 역설적 진실이 진술되고 있다는 것이다. 그런데 시적 주체의, 이러한 진술을 하는 태도는 사뭇 반어적이다. 이러한 태도에는 기독교에 대한 원망이 내포되어 있다. 다음 시에서는 구원에 대한 회의가 훨씬 강하게 나타난다.

> 보라, 이분은 당신들을 위해 청춘을 버렸다/당신들을 위해 죽을 수도 있다/그분은 일어서서 흐느끼는 사회자를 제지했다/군중들은 일제히 그분에게 박수를 쳤다/사내들은 울먹였고 감동한 여인들은 실신했다/그때 누군가 그분에게 물었다, 당신은 신인가/그분은 목소리를 향해 고개를 돌렸다/당신은 유령인가, 목소리가 물었다/저 미치광이를 끌어내, 사회자가 소리쳤다
>
> ― 기형도,「홀린 사람」부분. (67)

이러한 구원에 대한 회의라는 문제의식은「홀린 사람」에서 풍자적으로 나타나고 있다.「홀린 사람」은 광신(狂信)을 둘러싼 해프닝을 연극적으로 구성한 시이다. 즉, 이 시의 신은 광신도들의 '신'이다. 한국사회의 불안정성은 세계적인 기준에서 보았을 때, 많은 사이비 종교와 이단을 만들어냈다. 한국 사회에서 소외된 자들이 심리적 위안을 위해 광신에 빠지는 경우가 많았던 것이다.「홀린 사람」에서 이른바 "홀린 사람"들은 한국사회의 가치관의 아노미 상태에서 구원에 대한 갈급으로 광신에 빠진 사람들을 가리킨다. 그러나 어떤 의미에서 광신은 신정론(神正論, Theodiciy)에 대한 갈망을 내포한다. 신정론은 라이프니츠가『신정론』에서 처음 쓴 개념어로 하느님께서 세상의 악에 대항해 주신다는 신학적 개념을 가리킨다.[54] 즉, 광신도들은 자신들을 세상으로부터 박해받는 자로 여기며 신이 세상의 악에 대응해 그러한

문제를 모두 해결해주기를 바라는 것이다. 그러나 홀로코스트를 목격했던 레비나스는 신정론에 회의적이었다.[55] 레비나스는 신정론을 대신하여 윤리를 통해 평화를 만들어 나아가야 할 것을 주장한다. 신의 이념은 본질이 존재를 포함하는 이념이자, 존재 원인의 이념이다.[56] 또한, 신도 존재자이다.[57] 그러나 광신에는 이와 같은, 존재의 문제에 대한, 이성적인 신앙의 자세가 결여되어 있는 것이다.

이처럼 기형도의 시편들에서는 절대적인 타자로서의 신과의 관계마저 단절된 것으로 나타난다. 신과의 단절은 기독교적 의미에서 일종의 악(惡)이다. 레비나스는 인간은 자기 자신 안에서의 폐쇄성에서 벗어나 타자를 향한 존재이자 타자를 위한 존재가 될 때 자신의 정체성을 확립할 수 있을 뿐만 아니라, 선함의 상태에 놓일 수 있다고 하였다. 위의 시편들은 시적 주체가 타자와의 관계의 단절 가운데서 자신의 정체성이 붕괴되고 악에 노출되는 국면들을 보여주고 있다. 이것은 시적 주체에게 심리적으로 상당한 고통을 유발함으로써 죽음을 해결의 돌파구로 찾게 한다.

3. 기형도 시의 사회적 혐오: 타자의 죽음에 새겨진 증오와 살의

2부에서 기형도 시의 자기혐오를 죽음의 미학과 존재에 대한 부정성의 관점에서 살펴본 데 이어, 3부에서는 기형도 시의 사회적 혐오를 통해 타자의

---

54 박원빈, 『레비나스와 기독교: 기독교 신학적 관점에서 바라본 현대철학』, 성남: 북코리아, 2011, 24면
55 위의 책, 13면.
56 Emmanuel Levinas, 『존재에서 존재자로』, 19면.
57 위의 책, 20면.

죽음에 새겨진 증오와 살의의 의미에 대해 논의해 보고자 한다. 기형도의 시에 나타난 죽음의 미학에는 자기 자신의 죽음에 대한 응시뿐 아니라, 무수히 많은 타자들의 죽음에 대한 응시가 나타나 있다. 그 대표적인 작품들은 「안개」와 「봄날은 간다」이다.

> 몇 가지 사소한 사건도 있었다./한밤중에 여직공 하나가 겁탈당했다./기숙사와 가까운 곳이었으나 그녀의 입이 막히자/그것으로 끝이었다. 지난 겨울엔/방죽 위에서 취객 하나가 얼어 죽었다./바로 곁을 지난 삼륜차는 그것이/쓰레기 더미인 줄 알았다고 했다. 그러나 그것은/개인적인 불행일 뿐, 안개의 탓은 아니다.
>
> — 기형도, 「안개」 부분. (33)

> 여자는/자신의 생을 계산하지 못한다/몇 번인가 아이를 지울 때 그랬듯이/습관적으로 주르르 눈물을 흘릴 뿐/끌어안은 무릎 사이에서/추억은 내용물 없이 떠오르고/소읍은 무서우리만치 고요하다
>
> — 기형도, 「봄날은 간다」 부분. (125~126)

위에 인용된 시 기형도의 「안개」는 기형도의 등단작으로서, 기형도의 시 세계의 시원을 상징적으로 잘 보여주고 있는 작품이자, 기형도의 대표작이다. 이 시에서는 "여직공"이 강간을 당한 후 살인을 당하였고, 노숙자로 추정되는 "취객"이 동사하였다. 이처럼 사회적 약자들의 죽음이 「안개」라고 하는 시에서 중요한 모티프가 되고 있다. 그러나 이 시의 "안개"는 그러한, 사회에서 타자화된 약자들의 죽음을 은폐한다. 레비나스가 타자의 얼굴을 통해서 하는 주장은 "살인하지 말라 Thou shalt not kill."이다.[58] 레비나스의 관

---

58 Emmanuel Levinas, *Ethics and Infinity*, Trans. R. A. Cohen. Pittsburgh: Duquesne UP, 1985, p.89. (이경화, 「성경적 맥락에서 살펴본 레비나스의 윤리학과 트웨인의 『허클베리

점으로 볼 때, 이 시편들에서 기형도가 묘사하고 있는 사회적 약자들은 얼굴이 은폐된 자들이다. 이 사회의 이데올로기는 그 죽음에 대해 아무런 책임을 지지 않는다. 왜냐하면, 「안개」에서 그것은 "개인적 불행"이기 때문이다. 「봄날은 간다」가 「안개」와 함께 논의될 수 있는 것은 「안개」의 여직공이 「봄날은 간다」의 창녀에 대응될 수 있기 때문이다. 「봄날은 간다」는 창녀의 삶을 소재로 다루고 있다. 이 시는 T. S. 엘리엇(Thomas Stearns Eliot, 1888~1965)의 『황무지』(*The Waste Land*)의 제2부 「체스 놀이」("A Game of Chess")의 주제처럼 '낙태'를 통해서 창녀의 삶의 불모성을 폭로하고 있다.[59] 이 시의 제목의 "봄날"은 '매매춘(賣買春)'의 '춘(春),' 즉, '봄'으로 상징되는 '성(性)'으로 볼 수 있다. 이 시에서 한 사회로부터 완전히 소외된 창녀의 삶은 사람들의 무관심 속에 "무서우리만치 고요하다." 매매춘은 사회의 구조적인 악(惡)이다. 창녀는 그 희생양이다. 더욱 문제적인 것은 제삼자들의, 이에 대한 무관심과 방관 또한, 그러한 사회의 구조적인 악을 암묵적으로 지탱하는 한 축이라는 점이다. 기형도의 문학은 이와 같이 사회적 약자에 대한 혐오를 여러 시편에서 형상화하고 있다. 레비나스에 따르면 타자의 죽음에는 증오와 살의가 새겨져 있는 것이었다. 기형도 시에서의, 사회적 약자의 죽음은 사회의 구조적 악으로부터 비롯된 증오와 살의를 "개인적 불행"이라는 표현을 통해 반어적으로 폭로한다. 이와 같은 문제의식은 다음의 시 「가는 비 온다」에서도 드러난다.

이런 날 동네에서는 한 소년이 죽기도 한다./저 식물들에게 내가 그러

편의 모험』 연구」, 『문학과 종교』 vol. 12. no. 2. 한국문학과종교학회, 2007, 29면. 재인용.)
59 Thomas Stearns Eliot, 『황무지』, 황동규 역, 서울: 민음사, 1991, 72면.

588 / 한국 근대시의 사상

나 해줄 수 있는 일은 없다/언젠가 이곳에 인질극이 있었다/범인은 「휴
일」이라는 노래를 틀고 큰 소리로 따라 부르며/자신의 목을 긴 유리조각
으로 그었다. […] 나는 안다, 가는 비……는 사람을 선택하지 않으며/누
구도 죽음에게 쉽사리 자수하지 않는다/그러나 어쩌랴, 하나뿐인 입들을
막아버리는/가는 비……오는 날, 사람들은 모두 젖은 길을 걸어야 한다

— 기형도, 「가는 비 온다」 부분. (62)

「가는 비 온다」는 사회에 만연한 여러 죽음들을 비 내리는 풍경 가운데 묘
사하고 있다. 특히, 이 시의 "범인"과 "「휴일」"은, 이른바 '지강헌 사건'을 다
루고 있음을 보여준다. '지강헌 사건'이란 영등포교도소로부터 탈옥한 지강
헌(池康憲, 1954~1988)이 인질극을 벌이며 비지스(Bee Gees)의 노래, 「홀리
데이」("Holiday")를 틀었다가 경찰의 권총에 사살된 사건을 가리킨다. 공범
이었던 강영일은 '유전무죄 무전유죄(有錢無罪 無錢有罪)'를 호소하다 자살
하였다. 이 사건은 법적으로 옳고 그름을 떠나, 1980년대 후반, 자본주의 사
회의 발전의 이면의, 빈부격차에 울분을 갖고 있던, 많은 시민들의 심금을
울렸다. 기형도는 이 시에서 단순히 '지강헌 사건'을 다루는 데 그치지 않는
다. '가는 비'는 누구에게나 내린다. 누구나 이 사회의 약자를 죄인으로 내모
는 현실로부터 자유롭지 못하다. 그리고 가난 때문에 죄인이 된 자들은 자신
의 탈옥을 반성하지 않는다. 감옥으로 돌아가는 것은 다시 죽음에 직면하는
것이기 때문이다. 기형도는 이처럼 사회의 부조리가 사람들을 죽음으로 내
몰고 있다고 인식하고 있다. '유전무죄 무전유죄'를 외친 강영일은 가난한 자
가 죄인이 될 수밖에 없음을 호소하는, 현대판 '장발장'(Jean Valjean)이라고
볼 수도 있다. 1862년 빅토르 위고(Victor Hugo, 1802~1885)의 『레미제라
블』(Les Miserables)이 나온 지 10여 년 후인 1871년 프랑스에서는 파리코뮌
(Paris Commune)이 시도되었던 것을 상기해 보면, '장발장'은 한 명의 문제적

인물인 것이 아니라, 그 시대의 상당수의 사회적 약자들을 대변하는 인물이었던 것이다. 기형도는 이 시에서 또 다른 죄인들이 우리 안에 잠재해 있음을 말하고 있다. 이 시는 역시 레비나스가 타인의 죽음에서 증오와 살의를 읽어낸 것으로 해석될 수 있다. 서로가 타자를 위한 존재 또는 타자를 향한 존재가 되지 못할 때, 선은 무너져 악이 되며, 그것의 발현된 양상은 사회적 약자들의 죽음에 대한 방조로 나타난다.

4. 기형도 시의 사회적 혐오의 자기혐오로의 전이: 타자의 죽음에 응답하지 못함의 유죄성

2부와 3부에서 각각 기형도 시의 자기혐오와 사회적 혐오에 대해 논의를 하였다면, 4부에서는 이를 종합하여, 기형도 시의 사회적 혐오가 어떻게 자기혐오로 전이되는지 논의해 보고자 한다. 본고는 이에 대하여 레비나스의, 타자의 죽음에 응답하지 못함의 유죄성을 느끼는 주체가 그것을 죄의식으로 떠안게 되고, 그 죄의식이 타나토스로 전환됨으로써 자기혐오라는 존재에 대한 부정성으로 나타난다는 것을 증명해 보고자 한다. 처음으로 살펴볼 작품은 「장밋빛 인생」이다.

> 단 한 번이라도 저 커다란 손으로 그는/그럴듯한 상대의 목덜미를 쥐어본 적이 있었을까/사내는 말이 없다, 그는 함부로 자신의 시선을 사용하지 않는 대신/한곳을 향해 그 어떤 체험들을 착취하고 있다/숱한 사건들의 매듭을 풀기 위해, 얼마나 가혹한 많은 방문객들을/저 시선으로 노려보았을까,[…]//나는 인생을 증오한다
> — 기형도, 「장밋빛 인생」 부분. (51)

위에 인용된 시 「장밋빛 인생」에서 정체불명의 '그'는 시적 주체에게 폭력성과 가학성을 연상시키는 인물로 묘사되고 있다. '혐오'는 가학성 또는 폭력성이 잠재된 정동이다. 이 시에서 주목해야 할 부분은 마지막 연이다. 그것은 바로 "나는 인생을 증오한다"라고 하는 시 구절이다. 이 구절에는 자기혐오가 담겨 있다. 그러나 인생이란 자기 자신의 혼자만의 인생일 수 없다. 반드시 타자와의 관계 가운데 이루어지는 것이 인생이다. 폭력적인 또는 가학적인 타자와 관계맺음 할 수밖에 없는 인생은 증오될 수밖에 없다. 그러한 맥락에서 「장밋빛 인생」은 사회적 혐오가 자기혐오로 전이된다는 것을 방증할 수 있는 시이다. 이 시는 비교적 직접적으로 사회적 혐오의, 자기혐오로의 전이가 확인될 수 있는 시였다. 다음의 시편들은 타자의 죽음에 응답하지 못함의 유죄성을 보여줄 시편들이다.

> 그날 밤 삼촌의 마른기침은 가장 낮은 음계로 가라앉아 다시는 악보 위로 떠오르지 않았다
> — 기형도, 「삼촌의 죽음—겨울 판화 4」 부분. (97)

> 네 파리한 얼굴에 술을 부으면/눈물처럼 튀어 오르는 솔방울이/이 못난 영혼을 휘감고/온몸을 뒤흔드는 것이 어인 까닭이냐.
> — 기형도, 「가을 무덤—제망매가」 부분. (150)

기형도의 시에서 가장 자주 눈에 띄는 타자의 죽음은 바로 가족의 죽음이다. 「삼촌의 죽음—겨울 판화 4」는 제목에 명시되어 있는 바와 같이, "삼촌"의 죽음을, 「가을 무덤—제망매가」도 역시 제목에 명시되어 있는 바와 같이, 누이의 죽음을 다루고 있다. 「삼촌의 죽음—겨울 판화 4」에서 삼촌은 병사하였다. "삼촌"의 음성이 "다시는 악보 위로 떠오르지 않았다"는 것은 삼촌

의 죽음을 암시함과 동시에 시적 주체가 타자의 죽음에 응답하지 못한 상황을 표현하고 있다. 「가을 무덤―제망매가」도 마찬가지로 "술"을 부어도 죽음으로부터 다시 깨어나지 않는, 죽음이 시적 주체에게 도저한 비애감을 느끼게 하는 상황을 보여주고 있다. 이러한 시편들을 통해서 기형도는 타자의 죽음 앞에서의 무력감과 우울감을 느끼게 된다. 그러나, 가족의 죽음 가운데서도 기형도에게 가장 큰 영향을 미친 것은 바로 아버지의 죽음이다. 다음의 작품들을 바로 그러한 작품들이다.

> 밤 세 시, 길 밖으로 모두 흘러간다 나는 금지된다/장맛비 빈 빌딩에 퍼붓는다/물 위를 읽을 수 없는 문장들이 지나가고/나는 더 이상 인기척을 내지 않는다//[…]//장맛비, 아버지 얼굴 떠내려오신다/유리창에 잠시 붙어 입을 벌린다/나는 헛것을 살았다, 살아서 헛것이었다/우수수 아버지 지워진다, 빗줄기와 몸을 바꾼다/아버지, 비에 묻는다 내 단단한 각오들은 어디로 갔을까?
>
> ― 기형도, 「물속의 사막」 부분. (60)

> 이튿날이 되어도 아버지는 돌아오지 않았다. 아버지는 간유리 같은 밤을 지났다.// 그날 우리들의 언덕에는 몇 백 개 칼자국을 그으며 미친 바람이 불었다. […] 어머니가 말했다. 너는 아버지가 끊어뜨린 한 가닥 실정맥이야. […]공중에서 획획 솟구치는 수천 개 주삿바늘. […] 오, 그리하여 수염투성이의 바람에 피투성이가 되어 내려오는 언덕에서 보았던 나의 어머니가 왜 그토록 가늘은 유리막대처럼 위태로운 모습이었는지를.
>
> ― 기형도, 「폭풍의 언덕」 부분. (111)

위에 인용된 「물속의 사막」에서 "나는 금지된다"라는 구절은 자신의 의지를 넘어선 힘에 의해 무력감을 느끼는 심리를 보여주고 있다. 그런데 이 시에서 문제적인 것은 "장맛비"를 통해, '아버지의 죽음'을 연상하게 된다는 것이다. 이 시가 단순히 "아버지, 비에 묻는다"라는 구절에서 나타나는 바와 같이 아버지에 대한 애도만을 보여준다면, 이 시는 전형적인 애도시가 되었을 것이다. 그러나 문제적인 것은 이 시의 주체는 "나는 헛것을 살았다"고 하면서 삶을 허무한 것으로 느낀다는 것이다. 이것은 "아버지"의 죽음 앞에서의 무력감이 "아버지"의 죽음에 응답하지 못함의 유죄성으로 받아들여지고, 이러한 죄의식이 다시 자신의 자아에 대한 공격성으로 전이됨으로써, 자신의 존재를 부정하고, 자신의 삶을 혐오하는 심리로 전이된다는 것이다. 이러한 심리적 메커니즘은 「폭풍의 언덕」에 좀 더 극단적으로 형상화되어 있다. 이 시는 "아버지"의 기일을 배경으로 삼고 있다. 그러면서 "어머니"는 시적 주체를 "아버지가 끊어뜨린 한 가닥 실정맥"이라고 비난하고 있다. 이러한 비난은 시적 주체가 "아버지"의 죽음에 직접적으로 죄책감을 느끼도록 하였음을 유추케 한다. 병상에 누운 "아버지"와 그로 인해 힘겹게 생계를 책임져야 했던 "어머니" 그리고 그처럼 가난한 가정의 짐스러운 아들이었던 시적 주체의 가족관계는 에밀리 브론테(Emily Bronte, 1818~1848)의 소설 『폭풍의 언덕』(*Wuthering Heights*)으로부터 제목을 차용해 옴으로써 기이하고 위태롭게 그려지고 있다. 기형도의 시에서 타자의 죽음에 응답하지 못함의 유죄성은 1980년대의 한국사회의 상황과도 깊은 연관을 지니고 있다. 그러한 양상을 보여주는 시는 다음과 같다.

　　나무의자 밑에는 버려진 책들이 가득하였다/은백양의 숲은 깊고 아름다웠지만/그곳에서는 나뭇잎조차 무기로 사용되었다/그 아름다운 숲에 이르면 청년들은 각오한 듯/눈을 감고 지나갔다, 돌층계 위에서/나는 플라톤을 읽었다, 그때마다 총성이 울렸다/목련철이 오면 친구들은 감옥

과 군대로 흩어졌고/시를 쓰던 후배는 자신이 기관원이라고 털어놓았다/
존경하는 교수가 있었으나 그분은 원체 말이 없었다/몇 번의 겨울이 지
나자 나는 외톨이가 되었다/그리고 졸업이었다, 대학을 떠나기가 두려
웠다

— 기형도, 「대학시절」 전문. (41)

위의 시 기형도의 「대학시절」은 제목 그대로 그의 대학시절을 자전적으
로 보여주고 있는 작품이다. 전기적으로, 기형도는 1979년 연세대학교에 입
학하여 1985년에 졸업하였다. 그의 대학시절은 박정희 전 대통령과 전두환
전 대통령의 군사독재체제에 반대하며 민주화를 외치던 학생운동이 절정에
이르렀던 시기였다. 특히 광주민주화운동은 학생들로 하여금 집단적으로 살
아남은 자의 슬픔과 죄책감을 느끼도록 하였고, 그것이 격렬한 학생운동의
중요한 동력이 되었다. 그러나 학생운동은 이 시에서 "감옥"이나 "기관원"이
란 시어에서 보다시피, 공안정국 하에 철저히 탄압과 감시를 받았다. 이러한
대학시절에 이 시의 시적 주체는 "플라톤"을 읽었노라고 고백하고 있다. 플
라톤은 스승인 소크라테스의 죽음을 보며, 고대 그리스의 민주주의에 반대
하며, 철인왕의 통치에 의한 이상정치를 내세웠던 철학자이다. 이 시의 시적
주체는 시대의 흐름을 역행하거나, 아니면 최소한 방관하고 있었다. 그러한
이유에서 시적 주체는 고립될 수밖에 없었다. 이 시에서 "외톨이"라는 시어
는 그러한 의미에서 학생운동에 동참하지 못한 죄의식의 표현이라고 할 수
있다. 레비나스에게서 타자와의 만남은 상처받을 가능성에 자신을 노출하
는 것이다.[60] 그러므로 인간은 코나투스의 차원에서 자신을 보존하기 위해

---

60 Emmanuel Levinas, *Otherwise than Being*, Trans. Alphonso Lingis, Pittsburgh: Duquesne
University Press, 1998, p.75. (민승기, 「라캉과 레비나스」, 김상환·홍준기 편, 『라캉의 재
탄생』, 서울:창작과비평사, 2002. 재인용.)

타자로부터 스스로를 고립시키려 할 수도 있다. 그러나 레비나스는 타자와의 관계가 단절된 주체의 폐쇄성 안에서는 정체성도 붕괴된다고 보았다. 다음의 시는 기형도의 유고시집의 표제작이면서 대표작인 「입속의 검은 잎」이다.

> 택시 운전사는 어두운 창밖으로 고개를 내밀어/이따금 고함을 친다, 그때마다 새들이 날아간다/이곳은 처음 지나는 벌판과 황혼,/나는 한 번도 만난 적이 없는 그를 생각한다//그 일이 터졌을 때 나는 먼 지방에 있었다/먼지의 방에서 책을 읽고 있었다/문을 열면 벌판에는 안개가 자욱했다/그해 여름 땅바닥은 책과 검은 잎들을 질질 끌고 다녔다/접힌 옷가지를 펼칠 때마다 흰 연기가 튀어나왔다/침묵은 하인에게 어울린다고 그는 썼다/나는 그의 얼굴을 한 번 본 적이 있다/신문에서였는데 고개를 조금 숙이고 있었다/그리고 그 일이 터졌다, 얼마 후 그가 죽었다//그의 장례식은 거센 비바람으로 온통 번들거렸다/죽은 그를 실은 차는 참을 수 없이 느릿느릿 나아갔다/사람들은 장례식 행렬에 악착같이 매달렸고/백색의 차량 가득 검은 잎들은 나부꼈다/나의 혀는 천천히 굳어갔다, 그의 어린 아들은 잎들의 포위를 견디다 못해 울음을 터뜨렸다/그해 여름 많은 사람들이 무더기로 없어졌고/놀란 자의 침묵 앞에 불쑥불쑥 나타났다/망자의 혀가 거리에 흘러넘쳤다/택시 운전사는 이따금 뒤를 돌아다본다/나는 저 운전사를 믿지 못한다, 공포에 질려/나는 더듬거린다, 그는 죽은 사람이다/그 때문에 얼마나 많은 장례식들이 숨죽여야 했던가/그렇다면 그는 누구인가, 내가 가는 곳은 어디인가/나는 더 이상 대답하지 않으면 안 된다, 어디서/그 일이 터질지 아무도 모른다, 어디든지/가까운 지방으로 나는 가야 한다/이곳은 처음 지나는 벌판과 황혼,/내 입속에 악착같이 매달린 검은 잎이 나는 두렵다
>
> — 기형도, 「입속의 검은 잎」 전문. (68~69)

이 시 기형도의 「입속의 검은 잎」은 김병익의 평문 「검은 잎, 기형도, 그리고 김현」이래, 일반적으로 1980년 광주민주화운동과 그때 운명한 시민운

동가의 장례식을 소재로 삼고 있는 것으로 알려져 있다.[61] 그 근거는 기형도의 친구인 박해현이 기형도에게 「입 속의 검은 잎」을 창작하게 된 동기를 물어보았을 때, 기형도가 답신을 보내어 광주의 망월동 묘지에 다녀온 후 쓴 시라고 밝혔다는 것이다.[62] 그런데 기형도의 「짧은 여행의 기록」을 보면, 그가 국립 5.18 민주묘지, 이른바, 망월동 묘지로부터 내려오는 차편에서 고(故) 이한열(李韓烈, 1966~1987) 열사의 어머니와 대화를 나누는 장면이 나온다.[63] 고 이한열 열사도 이곳에 묻혔던 것이다. 이러한 연유에서 「입 속의 검은 잎」은 1987년 6월 항쟁과 고 이한열 열사의 장례식을 소재로 한 작품이라는 견해들도 나타나기 시작했다. 즉 그것은 이 작품의 소재를 윤상원(尹祥源, 1950~1980)으로부터 시작해 박종철(朴鐘哲, 1965~1987)과 이한열로 이어지는, 광의의 민주화운동으로 운명한 의인의 장례식으로 보자는 견해인 것이다.[64] 이러한 다양한 견해들 중 어느 견해에 따라서든 이 작품의 해석이 가능한 것은 기형도가 어떠한 특정한 역사적 사건의 발발일인지 모호성을 띠도록 "그날"이라고 표현을 했으며, 또한 어떠한 특정한 역사적 인물인지 모호성을 띠도록 "그"라고 표현을 했기 때문이다. 그리고 나아가 오히려 이러한 모호성이 이 시의 문학성을 높여주는 기재일 수도 있는 것이다. 그러므로 본고는 이 작품의 배경을 광주민주화운동으로부터 6월 항쟁까지를 아우르는, 광의의 민주화운동으로 보도록 하겠다.

이러한 맥락에서 "장례식"이라는 시어는 민주화운동 당시의 희생자에 대한 애도를 표하고 있다는 해석이 타당해진다. 이 시에서 "망자의 혀"가 바로

---

61 김병익, 「검은 잎, 기형도, 그리고 김현」, 『정거장에서의 충고: 기형도의 삶과 문학』, 108면.
62 위의 책, 107~108면.
63 기형도, 『기형도 전집』, 311면.
64 권혁웅, 「기형도 시의 주체 연구」, 『한국문예비평연구』 34, 한국문예비평학회, 2011, 72면.

제목의 "입속의 검은 잎"과 은유된다. 그런 의미에서 이 시는 민주화운동의 희생자에 대한 애도시로 볼 수 있다. 그러나 이 시는 그렇게 단선적인 구조만을 가지고 있는 것은 아니다. "어디서 그 일이 터질지 모른다"는 구절은 민주화운동을 탄압하는 국가폭력이 한국사회 어디에서나 가능하다는 것을 의미한다. 이와 같은 국가폭력은 시적 주체에게 공포를 유발하는 가장 주요한 원인으로 작동하고 있다.

기형도 문학세계 전반에 녹아있는 공포의 연원이 한 가지인 것은 아니다. 그의 공포의 원인은 첫째, 자신의 존재함 자체, 즉 삶 자체에 있다. 둘째, 가족들의 죽음에 그 공포의 원인이 있다. 그러나 셋째, 바로 위에 인용된 시편에서와 같이 사회적 차원에서 국가폭력에 그 공포의 원인이 있기도 한 것이다. 특히 기형도는 타자의 죽음을 목도하면서 죽음에 대한 공포를 느끼게 된다. 레비나스는 하이데거와 달리, 타자의 죽음에 주목한다. 타인의 죽음을 통해 인간은 두려움을 갖게 되고, 그러한 의미에서 죽음은 타자가 대신할 수 없다는, 하이데거적인 각자성 이상의 의미를 갖는 것이다. 이 시의 '죽음'은 민주화라는, 한 사회의 공동체적 가치를 지향한 죽음이라는 데서, 레비나스적 의미의 '타자를 위한 죽음(mourir pour l'autre)'[65] 이자 '함께 죽음(mourir ensemble)'[66] 이라고 규정할 수 있다. 그리고 이러한 죽음을 맞이한 존재는 레비나스적 의미에서 '선함으로서의 존재(l'être comme bonté)'[67] 이기도 할 것이다.

한편 이 시의 주체는 타자들의 죽음에 응답하지 못함에 대한 유죄성을 강

---

65 Emmanuel Levinas, 『우리 사이: 타자 사유에 관한 에세이』, 298면.
66 같은 곳.
67 위의 책, 294면.

하게 느끼고 있음을 표현하고 있다. 특히, 마지막 구절, "내 입속에 악착같이 매달린 검은 잎이 나는 두렵다"는 구절이 그러하다. "입속의 검은 잎"은 망자들의 혀인데, 이 시의 시적 주체는 어느덧 그 망자들에 의해 빙의된 것처럼 자신과 망자를 동일시하고 있다. 그러므로 이 시는 타자의 죽음에 대한 공포와 타자의 죽음에 응답하지 못함에 대한 죄의식 그리고 심리적으로나마 그들과 '함께 죽음'을 문학적으로 실현해 내고 있다. 그 '함께 죽음'은 기형도의 시적 주체가 '타자를 위한 존재(être pour autre)[68]'였으며, 또한 '선함으로서의 존재'였음을 방증하는 것이기도 하다. 다시 말해, "입속의 검은 잎"이란 타자의 얼굴을 무섭도록 마주한 데서 발견한 타자의 진실을 의미한다. 나아가 "입속의 검은 잎"은 '자아─너'의 관계가 포개어져 만들어낸 진실의 이미지, 그 결정체이다. 그러한 의미에서 이 작품은 존재의 몸서리치는 슬픔이 나타난 아름다운 작품이라고 할 수 있다. 그러므로 이 작품은 끝내 요절로 생을 마감한 시인의 묘비명처럼 유고시집의 표제작으로 남아 오늘날까지 독자들에게 깊은 슬픔을 공명하고 있는 것이다.

5. 결론: 기형도 시가 혐오사회에 주는 시사점

이 논문 「기형도 시의 자기혐오에 대한 존재론적 연구: 레비나스의 존재론의 관점으로」는 기형도의, 자기 자신, 자신의 인생, 그리고 자신의 운명을 사랑하지 않는 태도를 자기혐오로 규정한 후, 그 원인이 존재함 자체에 대한 공포와 죽음이라는 존재에 대한 부정성에 있다고 보았다. 레비나스의 존재

---

68 같은 곳.

론은 타자의 죽음에서 거기에 새겨진 증오와 살의를 읽어내었다는 점에서 평화로운 타자론의 확립을 촉구하는 존재론이었다고 할 수 있다. 기형도의 자기혐오는 가깝게는 아버지를 비롯한 가족의 죽음으로부터, 여직공의 죽음, 노숙자의 죽음, 범죄자의 죽음, 그리고 민주화운동의 희생자의 죽음 등에 응답하지 못한 유죄성에서 기인하고 있다. 기형도 시에 나타나는 1980년대의, 다양한 사회적 약자들의 죽음에는 사회의 구조적 책임이 뒤따른다. 레비나스는 기형도의 「안개」에서 타자들의 죽음에 대해 "개인의 불행"이라 방관하는 태도에서 벗어나, 또는 자신의 본래적 자기를 찾기 위해 자신의 실존에만 관심을 갖는 태도에서 벗어나 타자를 향한 존재 그리고 타자를 위한 존재가 됨으로써 선함의 편에 설 것을 주장하고 있다. 기형도의 시의 자기혐오는 그것이 사회적으로 만연한 혐오가 사회적 약자들의 죽음을 불러오고, 그것에 대해 무력감과 죄책감을 느낀 시인이 갖는, 일종의 전이된 심리임을 보여주었다.

기형도의 시는 죽음의 미학을 통해 한국시사에서 가장 심원한 존재론적 성찰을 보여준 시이다. 그러나 존재론의 문제는 사회의 문제와 항상 교집합을 갖기 마련이다. 바로 그 교집합이 인간은 필연적으로 타자와의 관계를 통해서 자신의 정체성도 확립할 수 있다고 하는 부분이고, 그러한 의미에서 타락한 사회에서는 올바른 존재론도 확립되기 어렵다고 할 수 있다. 현대사회의 한 특징으로 혐오사회가 거론되고 있는 것은 사회 구성원들이 바로 이러한 타자의 문제를 올바로 확립하지 못한 데서 비롯되었다고 할 수 있다. 기형도 시의 자기혐오는 그것이 사회적 혐오와 무관하지 않으며, 그것이 한 젊은 시인의, 요절의 심리적인 하나의 원인이 될 수 있다는 것을 다시 생각해 보도록 함으로써 혐오사회에 대한 반성을 촉구하고 있다고 하겠다.

구인회 모더니즘의 동시대적 예술성과 미학적 정치성*

『시와 소설』을 중심으로

/

김정현

1. 서론 : '순수한 혹은 비정치적인' 구인회 모더니즘의 '기원'

문학사적으로 공인된 순수한 혹은 비정치적인 구인회 모더니즘이란 정설은 어디로부터 기원한 것일까. 초기 문학사적 규정에 따른다면, 구인회 모더니즘은 대략 3가지 정도의 층위로 평가되었다. 이는 백철의 (정치적 의도를 가지고 있지 않은) '무의지파'[1] 또는 조연현의 '비정치적인 순수한 예술주의자 집단'[2], 그리고 김윤식의 '카프 격파를 위한 정치적 집단'[3] 이라는 평가를 통해서 확인된다. 동시대적인 백철의 평가로부터 문학사적 규준을 성립시킨 김윤식의 논의에 이르기까지, <구인회> 모더니즘의 평가에는 '정치적'이란 용어가 항시 작동하고 있다. 즉 카프 문학에 대타항으로 구인회 모더니즘이

* 이 글은 2017년 구보학회 16집에 발표된 것을 일부 수정한 것이다. 이 논문은 2016년 대한민국 교육부와 한국연구재단의 지원을 받아 수행된 연구임 (NRF-2016S1A5A2A029 26837)
1 백철,『신문학사조사』, 백양당, 1953, 민중서관, 304~312면.
2 조연현,『한국현대문학사』, 성문각, 1969, 495~500면.
3 김윤식,「고현학의 방법론 — 박태원을 중심으로」, 김윤식·정호웅 편,『한국문학의 모더니즘과 리얼리즘』, 민음사, 1989, 123면.

설명되어 왔다는 사실은 구인회와 30년대 모더니즘에 대한 문학사적 '규준'이 역설적으로 어떻게 성립되었는가를 상기시켜 준다.

이른바 정치와 운동을 위한 조직으로서의 카프 리얼리즘 문학과 '순수'한 구인회 문학의 이항대립적 개념은 30년대 문단사를 평가하는 대표적 기준이다. 이러한 리얼리즘과 모더니즘 '대립'은 단순히 문예사조사적인 리얼리즘과 모더니즘의 형식적 차이의 문제를 넘어서 '정치성'을 문학의 기준으로 삼는 카프 문학을 한국 문학사의 주류로 자리 잡게 해왔다고 해도 과언은 아니다. 분명 구인회 모더니즘의 성격을 규정하는 논의는 리얼리즘과 다른 기준과 인식이 필요할 것이지만, 구인회가 카프 문학의 '대립항'으로서 인식되었다는 점은 문제적이다. 정치성과 미학성이란 개념들의 '간극'은 카프 문학의 정론성을 바탕으로 한 문학사적 규정이 역으로 구인회 모더니즘을 인식하게 해주는 '거울'이었음을 보여준다. '순수한' 혹은 '비정치적'이란 규정 자체가 사실상, 비순수한 정치적 문학이라는 카프 문학의 대립쌍으로 구인회 모더니즘을 규정하게 된 '기원'으로 작동하고 있는 것이 아닌가라는 질문을 던질 수 있는 것이다.

이러한 관점에서 연구사를 들여다보면, '순수한', '비정치적' 문학인 구인회 모더니즘은 사실상 그 자체를 들여다보고 해석되고 설명되기 이전에, 카프 문학의 대타항이라는 출발점을 지니고 있는 셈이라 할 수 있다. 80년대 후반 해금을 기점으로 본격적으로 이루어진 구인회 모더니즘에 대한 연구들4 역시 이러한 '기준'에 의해서 해석되었다. 또한 구인회를 미적 모더니티

---

4 서준섭, 『한국 모더니즘 문학 연구』, 일지사, 1988; 최혜실, 『한국 모더니즘 소설 연구』, 민지사, 1992. 본격적인 구인회 모더니즘 연구의 초창기에 씌여진 이 두 연구들의 공통적인 특징은 모두 구인회 모더니즘으로 대변되는 현대적인 문학의 출현을 고평하면서도, 동시에 카프 문학에 대비되어, 사회적 의식이 부족한 기교 중심주의의 문학으로 평가한다는 점

또는 미학적 근대성[5]의 관점에서 평가하고, 자본주의에 대한 안티테제인 '예술적 자율성'의 문제에 주목[6]했던 90년대와 2000년대의 연구들에서도 이러한 기준은 여전히 작동하고 있다.

> 이렇듯 문학의 근대성은 그 발생에 있어서부터 어쩔 수 없이 무언의 자기 모순에 빠져 있다. 그것은 무엇보다도 예술작품이 상품화를 거부하게끔, 다시 말해 예술작품을 교환대상으로 전락시키는 사회적 세력들에 대항하여 간신히 버티도록 하는 전략이다. (…) 상품의 지위로 단순히 전락해 버리는 것을 막기 위해서 모더니스트의 작품은 지시대상과 실제적 역사적 세계에 대한 판단을 중지하고 스스로 작품의 결을 복잡하게 한다. 다시 말해서 작품의 즉흥적인 소비성을 예방하기 위해 형식을 교란시키고, 현실에서의 더러운 거래로부터 벗어나 자기 목적적인 대상이 되기 위해 자기만의 언어로 자신의 주위에 방어망을 구축한다. 바로 이상이 「오감도」를 신문에 연재함으로써 독자들의 갖은 비난을 감수했던 것은 그 스스로 의도했던 것이라 할 수 있다. 말하자면 습관화된 의사소통이라는 현실적인 과정을 방해하기 위해 매스컴과 동질화시키려는 힘에 대항하는 전략을 구사한 것이다.[7]

위의 글은 카프문학과의 대립이 아닌 또 다른 근대성(혹은 미적 모더니티)에 대한 논의로 구인회 모더니즘 연구의 관점이 변화했다는 점을 일차적으

에 있다.

5 박헌호, 「구인회를 어떻게 볼 것인가」, 『근대문학과 구인회』, 상허문학회 편, 깊은샘, 1996, 34~35면. 박헌호는 이를 다음과 같이 설명한다. "요컨대 카프에 대항하고자 했던 이들이 자신의 정당성을 주장할 수 있었던 것은 그들 역시 근대성의 체현자라는 인식이 깔려있었기 때문이다. 그것은 미의 영역에서 근대성을 추구하는 일이며, 근대성을 추구한다는 점에서 민족의 발전을 선도하는 것이다. (…) 경향문학과의 대립이 다만 정치이념적 차원에 그치지 않고 문학적으로 신념화될 수 있었던 것은 이처럼 미적 근대성(문화적 근대성)이라는 또다른 근대성의 광채가 빛나고 있었기 때문이다."
6 김민정, 『한국 근대문학의 유인과 미적 주체의 좌표』, 소명출판, 2004.
7 위의 책, 164~165면.

로 보여준다. 즉 구인회 모더니즘의 연구의 주된 관점은 결과적으로 미적 근대성, 즉 합리적 모더니티에 대한 미학적 비판으로 규정되었으며, 이는 현재까지 이어지는 구인회 모더니즘 연구의 한 도달점이다. 그러나 이러한 '예술적 자율성'과 미적 모더니티에 대한 논점 역시 구인회 모더니즘이 지니는 미학성의 차원을 정확하게 제시한다고 보기 어렵다. 합리적 모더니티에 저항하는 "부정성의 형식을 통해 유지하려는 다양한 미학적 실천"[8] 라는 말은 어디까지나 사회적 모더니티에 대한 저항과 부정의 차원만을 의미한 것으로 볼 수 있기 때문이다.

최근 이루어지고 있는 경성 모더니즘 연구에 있어서도 위의 연구적 관점은 동일하게 발견된다.[9] 구인회 모더니즘의 텍스트적 전략과 미학성은 그 자체로 의미화되고 규정되기 보다는, 식민지적 상황이나 자본주의적 현실에 대한 비판과 저항의 층위로 논의된다. 물론 합리적 모더니티와 식민지 현실에 대한 부정과 저항이 없는 것이 아니지만, 동시에 그것이 구인회 모더니즘의 '전부'로 평가되어야만 하는 것인가. 즉 핵심은 구인회 모더니즘을 둘러싼 그들의 '예술가적 정체성'에 대한 구체적인 면모를 확인하는 것에 있다. 이는 그들 스스로 추구했던 "조선문학의 신기축"[10] 과 일종의 "예술운동"[11] 의 맥

---

8 위의 책, 180면.

9 권은, 「제국−식민지의 역학과 박태원의 동경 텍스트」, 『서강인문논총』41, 2014, 380면. 권은은 박태원의 작품에 나타난 '동경' 모티프를 제국과 식민지에 대한 텍스트적 무의식의 발현이며, 이것을 "일본 제국에 종속된 조선의 식민지적 현실을 문학 텍스트로 재현하려는 문학적 시도의 일환"으로 평가한다. 이러한 접근법은 결과적으로 텍스트에 의해 제시되는 미학적 전략과 층위의 차원을 삭제하고 텍스트를 그 실증적 맥락으로서 국한시키는 문제점이 있다고 판단된다.

10 「문단인 소식 − 구인회 조직」, 『조선중앙일보』, 1933.8.31.

11 「문인의 신단체」, 『삼천리』, 1933.9.

락을 구체적으로 무엇이었는지를 확인하는 방법을 통해 이루어질 수 있는 것이다.[12]

유의미한 지점은 지금의 연구적 관점이 아닌, 당대의 구인회 구성원들이 생각했던 '새로운 조선문학의 건설'이란 맥락 자체이다. 예컨대 구인회의 유일한 기관지인 『시와 소설』에 실린 박태원과 정지용, 김기림과 이상 텍스트들 사이의 긴밀한 '상관성'이 존재한다는 점[13]은 그간 구인회 모더니즘에 대한 연구에서 주목받지 못해왔다. 추후 논의를 진행시키면서 검토하겠지만, 이들의 '미학적 동질성'을 주목하지 못한다면, 구인회의 기관지인 『시와 소설』은 단순히 글쓰기의 독특함이나 미학적 기법의 층위로만 논의될 수 밖에 없다. 그렇기에 그들의 미학적 텍스트 속에 나타난 예술적 인식과 사유를 검토하는 것은 구인회로 대변되는 30년대 모더니즘의 예술적 가치와 인식의 문제를 새로운 차원에서 접근하는 것이 될 수 있다. 본고의 논의는 필자의 박사학위논문에서 다루었던 구인회 모더니즘의 '예술가적 산책자'와 '데포르마시옹(déformation)'이라는 연구적 테마를 세부적으로 확장하는 차원에서 이루어졌다는 점을 미리 밝혀둔다.

---

12 이에 대해서는 조영복, 「이상 혹은 리트로넬로의 비교 교유록」, 신범순 외 편, 『이상의 사상과 예술』, 신구문화사, 2007, 92~95면. 조영복은 구인회의 구성원들의 미학적 공유지점에 대해 다음과 같이 지적한다. 즉 구인회의 구성원들에 대해 그들이 "일상적 삶과 관습을 '데폴매숑'함으로써 그들은 현실에서의 결핍된 욕망을 보정하는 몽상가들이었다. 일상의 관습과 질서를 데폴매숑(해체)할 수 있는 것은 예술만이 가능했으며, 그 점에서 그들은 스스로 '데폴매숑'의 영웅이 되기를 원했다."는 점을 주목할 수 있다.

13 신범순, 「1930년대 시에서 니체주의적 사상 탐색의 한 장면(1) — 구인회의 '별무리의 사상'을 중심으로」, 『인문논총』72-1, 2015, 33~34면. 신범순의 『시와 소설』의 동인지의 공통적 성격에 대해서 박태원과 정지용, 김기림과 이상의 작품들이 모두 '거리'와 대결하는 예술적 인식의 문제라는 점을 지적했다.

2. 구인회 모더니즘의 동시대적 예술성의 양상과 미학적 면모

우선 본 논문에서 검토하려는 것은 구인회에 대한 구성원들의 회고이다. 그간 구인회 연구의 공통적인 문제점은 구인회를 과연 하나의 목표를 가진 문학적 단체로 볼 것인지, 아니면 예술적인 취향을 공유하는 친목 모임에 불과했던 것인지를 명확하게 판단하기 어려웠다는 점에 있다. 또한 순수한 친목단체라는 구인회에 대한 평가는 당시 동인이었던 조용만의 회고에서 상당 부분 의존해왔다는 점 역시 주목된다. 그간의 구인회 연구의 토대가 된, 조용만의 '친목'에 대한 회고는 구인회 모더니즘의 예술적 공통성과 목표를 규정하기 어렵게 하는 장애물이 되어 왔다고 해도 과언은 아니다.[14]

요컨대 카프의 대척점이란 위치에서 일정한 강령과 뚜렷한 목적성을 찾을 수 없었기 때문에 그간의 연구들은 구인회를 일종의 '친목단체'로 한정시켜 논의할 수밖에 없었다. 그러나 이러한 접근법은 구인회의 미학적 방향성이 정확하게 규정되기 어렵다는 문제점을 내포한다.[15] 이에 본고는 박태원과 김기림, 이상과 관련된 그들의 예술적 동류성과 동시대성에 대한 회고를 주목해보고자 한다. 구인회의 결성과 해산시기에 해당하는 30년대 초중반에 대해 이루어진 박태원과 이상, 김기림 등의 회고를 주목해야 하는 이유는 구

---

14 이에 대해서는 현순영, 「구인회 연구의 쟁점과 과제」 『인문학연구』38, 2009, 291~293면 참조.

15 현순영, 「구인회의 활동과 성격 구축 과정 : 구인회의 성격구축과정 연구(2)」, 『한국언어문학』68, 2008, 475~479면. 실제로 현순영은 일반적으로 알려진 조용만의 회고와 다르게 박태원이 1933년 10월~1934년 6월 사이에, 그리고 이상은 1934년 9월~1935년 2월 사이에 구인회에 가입했다고 본다. 현순영에 따른다면 이러한 시차의 의미는 구인회가 '구성원들의 예술적 능력에 대한 검토와 검증'을 시도한 결과로 볼 수 있는 것이다. 이에 따른다면 구인회는 단순한 친목을 목적으로 하는 것이 아닌 자신들의 미학과 예술에 대한 목표를 지니고 있는 것이라고 볼 수 있을 것이다.

인회라는 단체를 통해 그들이 추구했던 새로운 조선예술의 미학성에 대한 '흔적'을 찾을 수 있기 때문이다.

특히 구인회의 가장 대표격인 '이상'을 중심으로 이루어진 회고는 구인회 모더니즘의 기본적 성격과 의미, 그리고 이들이 추구했던 동시대적인 예술성의 측면이 무엇인가를 확인해줄 중요한 증거가 된다. 이에 우선적으로 살펴볼 수 있는 것은 김기림의 회고이다. 김기림의 회고에서 중요하게 검토할 수 있는 지점은 우선 박태원과 김기림, 이상이 공유했던 구인회의 미학적 동질성 그리고 '이상'을 통해 드러나는 그들의 미학에 대한 인식 층위이다.

무슨 싸늘한 물고기와도 같은 손길이었다. 대리석처럼 흰 피부, 유난히 긴 눈사부랭이와 짙은 눈썹, 헙수룩한 머리 할 것 없이, 구보가 꼭 만나게 하고 싶다던 사내는 바로 젊었을 적 'D. H. 로―렌스'의 사진 그대로인 사람이었다. 나는 곧 그의 비단처럼 섬세한 육체는, 결국 엄청나게 까다로운 그의 정신을 지탱하고 섬기기에 그처럼 소모된 것이라고 생각했다. 그가 경영한다느니보다는 소일하는 찻집 '제비' 회칠한 4면 벽면에는 '쥬르·르나르'의 '에피그람'이 몇 개 틀에 걸려 있었다. 그러니까 이상과 구보와 나와의 첫 화제는 자연 불란서 문학, 그중에서도 시일 밖에 없었고 나중에는 '르네·클레르'의 영화, '단리'의 그림에까지 미쳤던가 보다. 이상은 '르네·클레르'를 퍽 좋아하는 눈치다. '단리'에게서는 어떤 정신적 혈연을 느끼는 듯도 싶었다. 1934년 여름 어느 오후, 내가 일하는 신문, 그날 편집이 끝난 바로 뒤의 일이었다. (…) // 게다가 그는 늘 인생의 테두리에서 한 걸음만 비켜 서 있었던 것이다. 또 다른 의미에서는 그의 말대로 현실에 다소 지각하였거나 그렇지 않으면 현실이 그보다 늘 몇 시간 뒤떨어졌던 것이다. 그러므로 그는 나면서부터도 한 인생의 망명자였던 것이다. (…) // 이상은 드높은 감정 때문에 극도로 뒤볶는 우리 시를 그 감정의 분별없는 투자에서 건져내려 했던 것이다. 아담한 온대가 야만한 제국주의의 유린을 받듯, 시가 소박하고 유치하고 지저분한 감정의 식민지가 되는 것을 그는 못마땅히 여겼던 것이다. 인생의 어떠한 격렬한 장면에서도 그의 시와 생리는 늘 평균 체온보다 몇 분 도리어 낮은 체온을 유지하고 싶었던 것이다.[16]

1933년 결성된 구인회가 이후의 그 인원이 몇 번의 교체과정을 거쳤다는 점은 이미 잘 알려진 바와 같다. 1934년경 박태원과 이상이 가입하게 되면서 구인회의 구성이 본격화될 때를 회상하는 김기림의 글에서 우선 주목되는 바는 박태원이 김기림에게 이상을 소개했다는 점, 그리고 그들이 공유하던 폭넓은 예술적 양상으로서 '쥘 르나르', '살바도르 달리', '르네 끌레르' 등이 언급되었다는 점이다. 이를 토대로 본다면 이들이 이른바 "불란서 문학 그중 에서도 시"에 관심이 있었다는 사실은 중요하다. 그것은 구인회의 중요 구성 원인 박태원과 김기림, 그리고 이상의 문학적 '공통점'을 검토하는데 있어서 유의미한 양상을 보여준다.

이상 연구에서도 지적된 바 있지만, 그가 경성고공에서 공부할 당시 서구 모더니즘 건축과 초현실주의 미술에 관심이 있었다는 사실을 주목할 필요가 있다.[17] 위 회고에서 드러난 것처럼 박태원이 소개시켜준 이상에 대해 김기 림이 관심을 가지게 된 이유는 바로 '불란서'와 '시'라는 단어를 통해 암시된 '초현실주의'에 대한 공통된 미학적 동류성이 있기 때문이다. 이러한 미학적

---

16 김기림, 「이상의 모습과 예술」, 『이상선집』서문, 백양당, 1949. (김유중·김주현 편, 『그 리운 그 이름, 이상』, 지식산업사, 2004, 32~34면) 이하 인용하는 선집 및 전집류는 처음 에만 서지사항을 기록하고 이후에는 생략하도록 한다.

17 김민수, 『이상평전』, 그린비, 2012, 194~196면. 김민수는 경성고공의 교육과정 분석을 통해 당시 이상이 "20세기 시각예술에 나타난 미학적 속성들, 곧 이미지의 파편화, 동시 성, 속도감, 동역학적 구성, 자유배치"를 습득했다는 점을 강조한다. 즉 이상은 "입체파 이후 구성주의, 절대주의, 데 스틸, 다다, 초현실주의, 바우하우스와 르 코르뷔지에의 건 축적 표명 등에서 발현된 새로운 미학체계의 양상"을 초현실주의의 맥락과 모더니즘의 범주로서 이해하고 있었다고 볼 수 있다.

동류성 때문에 김기림이 파악하고 있는 이상에 대한 "비단처럼 섬세한 육체
는, 결국 엄청나게 까다로운 그의 정신을 지탱하고 섬기기에 그처럼 소모된
것이라고 생각"한다는 언급은 단순히 개인적 호감에 그치는 것으로 보기 어
렵다. 즉 "인생의 망명자" — 이는 본장의 후반부에 '이미그란트'라는 용어를
통해서 다루어질 것이다 — 라는 언급은 김기림이 이상을 통해 그들이 추구
하는 예술가가 근본적으로 어떠해야 하는가의 인식을 드러내는 것이라 할
수 있다.

　이러한 점에서 '살바도르 달리(단리)'에 대한 이상의 친연성, 즉 미학적 동
류성의 문제는 중요하다. 이는 달리로 대변되는 초현실주의에 대한 이상의
지대한 예술적 관심과 더불어 '근대성'에 대한 강한 비판적 의식의 문제를 구
인회 모더니즘의 중요한 특질[18]로 볼 근거가 되기 때문이다.[19] 즉 김기림이
보는 이상 또는 이들이 '공유'했던 목표란 "드높은 감정 때문에 극도로 뒤볶
는 우리 시를 그 감정의 분별없는 투자에서 건져내려 했던" 예술가적 면모에

18　조영복, 『넘다 보다 듣다 읽다 — 1930년대 문학의 '경계넘기'와 '개방성'의 시학』, 서울대
　　학교 출판문화원, 2013, 60~61면 참조. 조영복은 당대 이상과 김기림 등 당대 구인회 구
　　성원들의 미학적 취향이 서구 모더니즘의 폭넓은 이해에 기반해 있었으며, 이것이 단지 형
　　식적 실험에 대한 관심만이 아닌, 전위적 작품을 추구하는 시대정의와 미학의 새로운 방향
　　성에 관심이 있었다는 사실을 논의했다. 또한 실제로도 정지용(「최근의 외국문단 좌담회」,
　　『삼천리』, 1934.9, 218~219면)이나 김기림(「현대시의 발전」, 『조선일보』, 1934.7.12~22)
　　등은 장 콕토와 앙드레 브르통 등을 거론하면서, 그것이 새로운 '현대시'의 발전과 긴밀히
　　매개되어 있다는 점을 강조한 바 있다. 특히 김기림의 글이 문제적인데, 현순영은 김기림
　　의 「현대시의 발전」이 당시 구인회의 1, 2차 문학강연에서 발표된 것의 연장선상에 있음
　　을 논의한 바 있다.(현순영, 「구인회의 활동과 성격 구축 과정」, 앞의 글, 461~466면)
19　이에 대해서는 살바도르 달리, 이은진 옮김, 『살바도르 달리 — 어느 괴짜 천재의 기발하
　　고도 상상력 넘치는 인생 이야기』, 이마고, 2002, 303~304면 참조. 예컨대 살바도르 달
　　리는 1차 세계대전 이후 30년대의 유럽세계의 근대성을 "기계적 사이비 진보에 의존하면
　　서 인간의 에스프리를 실추"시켰다고 평가하면서, 근대를 향유하는 군중들을 "우매함"으
　　로 강하게 비판하는 태도를 보여준다.

있다. '예술가 이상'으로 대변되는 구인회의 미학적 목표는 "시가 소박하고 유치하고 지저분한 감정의 식민지가 되는 것"을 방지하는 지성적이고 현대적인 조선문학의 건설에 있었던 셈이다.

유치한 감성의 배제와 새로운 지성적 시에 대한 추구로 이해된 김기림 시론의 특징을 고려해볼 때, 그가 보여주는 박태원과 이상에 대한 동류적 의식을 드러내는 회고는 중요하다. 이는 김기림이 당시 '전체시론'에 대한 논의를 전개해나갈 시기에 구인회에서 활발할 활동을 하고 있었다는 사실과 관련되기 때문이다.[20] 실제로도 일정한 행동강령없이 순수한 문학적 취향을 나누었다고 알려진 구인회의 미학성을 검토할 때 우선시되어야 하는 부분은 이들이 '초현실주의'로 대변되는 동시대적 공유점을 지녔다는 것이다. 박태원의 이상에 대한 회고에서도 언급된 바이지만, 이들의 미학적 공유점인 '초현실주의'는 그간 구인회의 미학적 성격을 규정하는데 있어서 중요하게 주목받지 못해왔다. '초현실주의'에 대한 구인회 구성원들의 관심에 대해 박태원은 다음과 같은 기록을 남긴바 있다.

> '제비' 헤멀슥한 벽에는 십호 인물형의 초상화가 걸려 있었다. 나는 누구에겐가 그것이 그 집 주인의 자화상임을 배우고 다시 한번 치어다 보았다. 황색 계통의 색채는 지나치게 남용되어 전 화면은 오직 누―런 것이 몹시 음울하였다. 나는 그를 '얼치기 화가로군' 하였다. // 다음에 또 누구한테선가 그가 시인이란 말을 들었다. // "그러나 무슨 소린지 한마디 알 수 없지 ……." // 나는 그무슨 소린지 알 수 없는 시가 보고 싶었다.

---

20 이에 대한 보다 자세한 논의는 졸고, 『<구인회>의 '데포르마시옹' 미학과 예술가적 존재론 연구』(서울대학교 박사학위논문, 2017.)의 2장 4절을 참고할 것. 특히 김기림이 「현대시의 발전」에서 제시하는 '꿈의 리얼리티' 개념이 앙드레 브르통의 '초현실주의'에 기반한 것이며, 그가 초현실주의에 대한 미학적 이해를 토대로 새로운 조선문학의 방향성을 제시했다는 점을 주목할 필요가 있을 것이다.

이상은 방으로 들어가 건축 잡지를 두어 권 들고 나와 몇 수의 시를 내게 보여주었다. 나는 쉬르리얼리즘에 흥미를 갖고 있지는 않았으나 그의 「운동」일편은 그 자리에서 구미가 당겼다. // 지금 그 첫 두 머리 한 토막 이 기억에 남아 있을 뿐이나 그것은

　　일층 우에 이층 우에 삼층 우에 옥상정원에 올라가서 남쪽을 보 아도 아모것도 없고 북쪽을 보아더 아모것도 없길래 다시 옥상정 원 아래 삼층 아래 이층 아래 일층으로 나려와 …

로 시작되는 시였다. // 나는 그와 몇 번을 거듭 만나는 사이 차차 그의 재 주와 교양에 경의를 표하게 되고 그의 독특한 화술과 표정과 제스처는 내게 적지 않은 기쁨을 주었다. // 어느 날 나는 이상과 당시 조선중앙일 보에 있든 상허와 더불어 자리를 함께하여 그의 시를 중앙일보 지상에 발표할 것을 의논하였다. // 일반 신문 독자가 그 난해한 시를 능히 용납 할 것인지 그것은 처음부터 우려할 문제였으나 우리는 이미 그 전에 그 러한 예술을 가졌어야만 옳았을 것이다.[21]

　박태원이 이상을 처음 만나게 된 때를 기록한 「이상의 편모」에서 주목되 는 것은 김기림의 「이상의 모습과 예술」과 거의 동일한 시기에 경험했던 이 상의 예술적인 면모이다. 우선 박태원의 언급에서 주목되는 것은 "나는 쉬르 리얼리즘에는 흥미를 가지고 있지는 않았으나"라는 지적일 것이다.

　이상과 교류를 가지기 시작했으며, 구인회에 가입할 즈음인 1934년경 박 태원이 발표한 「표현·묘사·기교 — 창작어록」은 박태원의 미학적 입장과 이상, 김기림 등과의 미학적 유사성을 확인하는데 있어서 중요하다. 위 글에 서 제시된 '심경소설'[22]의 개념을 통해 본다면, 박태원이 이른바 초현실주의

21　박태원, 「이상의 편모」, 『조광』, 1937.6. (류보선편, 『구보가 아즉 박태원일 때』, 깊은샘, 　　 2004, 205~206면)

22　박태원, 「표현·묘사·기교 — 창작어록」, 『조선중앙일보』, 1934.12.17~31.(위의 책,

적인 것으로 이해될 수 있는 타이포그라피적 기법에만 집착하지 않는다는 점이 확인된다.[23] 실제로도 유학당시인 20년대 후반 일본의 초현실주의에 대한 열풍을 상기해 볼 때, 박태원이 초현실주의를 접했다는 점은 자명하다. 그러나 보다 중요한 것은 박태원이 '심경소설' 개념을 통해 강조하는 '기교 이상의 문제', 즉 '마굴(魔窟)'로 대변되는 현대에 대한 우수한 묘사의 측면이다.

김기림 역시 「운동」에 대한 비슷한 회고를 남고 있다는 점[24]에서도 주목되지만, 박태원 역시 "그의 「운동」 일편은 그 자리에서 구미가 당겼다."라고 강조하는 것은 이 작품이 근대, 즉 모더니티에 대한 이상의 우수한 '암면묘사'에 해당하는 것이었기 때문이라 판단된다. 박태원의 지적처럼 「운동」의 미학적 요소는 구인회의 예술적 방향성이 단지 도시를 기교적으로 이미지화

269~271면) 이에 대한 자세한 논의는 졸고, 『<구인회>의 '데포르마시용' 미학과 예술가적 존재론 연구 - 김기림, 이상, 정지용을 중심으로』, 앞의 책, 2장 3절을 참고할 것. 특히 주목되어야 하는 것은 박태원의 심경소설 개념이 단순히 일본의 사소설과 등가적인 것이 아니라는 점에 있다. 박태원은 자신의 심경소설이란 개념이 근본적으로 모더니티, 즉 근대성이라는 '마굴(魔窟)'에 대한 우수한 암면묘사'에 기반해 있다는 점을 강조하면서 이것이 "한 작가가 진리를 굽히지 않기 위하야, 자기 자신의 그리 아름답지 않는 '발가숭이'를 내"놓는 것으로 평가한다.

23 위의 글, 262~263면. 예컨대 박태원은 「᷺᷂ …┤╁╪╪╪╪」나 특정한 표현을 위해 "큰활자"로 인쇄하는 효과 등을 지적하면서, 이러한 초현실주의적 타이포그래피 기법을 6－7년전에 이미 접했다고 언급했다. 위 언급을 시기상 파악해보면, 이는 200년대 후반의 일본에 박태원이 유학했을 당시 경험했을 초현실주의의 기교와 관련되어 있다는 사실이 확인 가능하다. 박태원의 초현실주의에 대한 경험은 비슷한 시기 첫 번째 일본 유학을 경험했던 김기림 역시 동일하게 체험했던 것이기도 하다.

24 임종국, 『이상 전집』, 문성사, 1966, 356~357면. 이상의 일문시인 「조감도」중 「운동」에 대한 김기림의 회고는 다음과 같다. "「제비」다방 우중충한 뒷방에서 묵은 건축잡지를 뒤적이면서 보여준 시들은 오늘날 기억에 희미하지만, 유독 그중에서도 「운동」한 편은 지금도 뇌리에 생생하다" 박태원과 동시에 「운동」을 보았던 것이 아님에도 유사한 평가를 내리는 김기림의 회고는 박태원과 동일한 입장에서 이상과의 동류적인 문학적이고 예술적인 사유를 인식하는 근거가 된다고 할 수 있다.

하는 것만을 추구하지 않았음을 보여준다. 그것은 '모더니티'로서 제시되는 도시에 대한 이들의 인식이 세계 그 자체를 '무의미한 것'으로 파악하고 있는 예술적 세계관과 관련되어 있다. 1층 위에 2층이 있고, 2층 위에 3층이 있으며, 옥상정원에 올라 경성의 모더니티를 바라보아도 거기에는 '아무것도 없다'는 철저한 미학적 사유가 이들이 '공유'했던 예술가적 인식과 세계관의 문제와 직접적으로 연결되어 있다고 할 수 있기 때문이다.[25]

따라서 박태원과 이태준이 이상의 「오감도」를 연재하기로 상의하면서 "일반 신문 독자가 그 난해한 시를 능히 용납할 것인지 그것은 처음부터 우려할 문제였으나 우리는 이미 그 전에 그러한 예술을 가졌어야만 옳았을 것"이라고 언급하는 부분은 중요하다. 이들의 공통된 미학적 취향으로서의 '불란서(서구)의 초현실주의'의 문제는 단지 구인회 모더니즘이 서구의 모더니즘을 단순히 수용했다는 사실 이상의 맥락을 내포한다. 구인회를 결성하면서 그들이 강조했던 '새로운 조선문학의 신기축을 세우겠다고 선언'은 지성적이고 현대적인 조선문학이 이들의 목표점이었다는 점을 보여준다. 그들이 초현실주의에 관심을 가졌던 것은 단지 기법에 대한 관심이 아닌, 지성적이고 현대적인 예술의 방향성이라는 측면에서 파악되어야 할 필요가 있는 것이다.

이들이 구인회를 통해 추구했던 '새로운 조선문학'이란 바로 현대성으로서의 예술, 즉 시대에 이면과 어둠에 대한 면밀하고 철저한 작가적 정신이 뒷받침되어 있는 것으로 규정될 필요가 있다. 그것은 리얼리즘식 반영론과 무관하며, 또한 흔히 이야기되어 온 것처럼 순수한 미학적 '기법'에 대한 집

---

25 이에 대해서는 졸고, 「이상과 벤야민, '모더니티'로서의 도시─텍스트와 '예술가적 산책자'론」, 『한국현대문학연구』46, 2015, 101~104면 참조.

착으로서 평가되기 어렵다. 이상 스스로 「오감도 작자의 변」에서 '이태준, 박태원 두 형이 끔찍이도 편을 들어주면서' 강조했다시피 "철鐵ㅡ 이것은 내 새길의 암시오, 앞으로 제 아모에게도 굴하지 않겠지만 호령하여도 에코ㅡ 가 없는 무인지경은 딱하다."[26] 고 언급했던 것은 구인회의 미학적 자존심과 더불어 그들의 양면적인 당대적 위상을 드러낸다. 이상의 언급처럼 구인회 는 '강철'같은 의지로 자신들의 예술적 자부심, 즉 새롭고 독자적인 조선문학 을 향한 기치를 버리지 않을 것이다. 그러나 동시에 이 발언은 자신들의 문 학적 가치를 이해해줄 수 없는 '에코가 없는 딱한 무인지경'과도 같은 조선 문단에 대한 비판적 인식을 보여주는 셈이다.

이상과 김기림, 그리고 박태원의 회고에서 확인되다시피 이들이 구인회를 통해 추구했던 예술가적 정체성과 미학성의 문제는 당대의 모더니즘 문학가 들에게도 제대로 이해되기 어려웠던 점에서 문제적이다. 그렇다면 문제는 이상이 스스로 지적하고 있는 '강철'로서의 문학적 방향성과 '새로운 조선문 학의 추구'가 실제로 당대의 문학장에서 제대로 수용되었는가를 확인해 보 는 것이다. 이는 1936년 10월부터 11월 사이 『조선일보』에 연재된 최재서의 「『천변풍경』과 『날개』에 관하야 ― 리얼리즘의 확대와 심화」를 통해 확인 된다. 이상의 문단적 위치를 공고히 해준 최재서의 당시 논의는 이상으로 대 변되는 「구인회」 모더니즘이 어떻게 조선문단에서 이해되고 있었는지를 보 여주는 근거가 된다.

> 우리는 『날개』에서 우리문단에 드물게 보는 리아리즘의 심화를 갖엇
> 다. 현대의분열과모순에 이만큼 고민한 개성도 없거니와 그고민을 부질

---

26 박태원, 「이상의 편모」, 위의 글. (류보선편, 『구보가 아즉 박태원일 때』, 207면)

없이 영탄치한고 이만큼 실재화한 예를 보지못한다『천변풍경』이 우리 문학의 리아리즘을 일보 확대한데 비하야『날개』는 그것을 일보 심화하 얏다고 볼것이다. 그러나 우리는 이작품을 읽고나서 무엇인가 한가지 부 족되는 늣김을 감출수없다. 높은 예술적기품이라할가 여하튼 중대한 일 요소를 갖우지 못하였다.

그것은 이 작품에 모랄이 없다는것으로써 설명할수있으리라고 생각 한다. 작자는 이사회에대하야 어느 일정한 태도를갖이고 있다. 이작품의 모든 삽화에 낱아나는 포―즈이다. 그러나 그것은 단편적인 포즈에 불 과하고 시종일관 인생관은 아니다. 상식을 모욕하고 현실을 모독하는것 이 작자의 습관인것을 확인할수있다. 그것이 작자의 윤리관이고 지도원 리이고 비평표준이 되느냐 하면 나는 선뜩 대답키를 주저한다. 작자는 이세상을 욕하고 파괴할줄은 안다. 그렇나 그 피안에 그의 독자한 세계 는 아즉 발견할 수 없다. (…) 모랄의 획득은 이 작자의 장래를 좌우할 중 대문제일 것이다.[27]

이 글에서 우선적으로 문제가 되는 것은 최재서가 이야기하는 '리얼리즘' 을 일반적 리얼리즘의 개념으로 이해할 수 없다는 점에 있다. 이에 대해서 기존에 논의한 비를 반복할 필요는 없겠지만, 한 가지 지적해두어야 하는 것 은 최재서의 리얼리즘 개념이 사실상 당대 모더니즘 논자들에게서 사용된 '심리적 리얼리티/리얼리즘'의 개념과 동일하다는 점이다. 이는 사실상 서구 초현실주의와 영미 주지주의로 대변되는 모더니즘의 개념과 등가적인 것이 라는 점에도 그러하다.[28]

---

27 최재서, 「『천변풍경』과 『날개』에 관하야 ― 리얼리즘의 확대와 심화」, 『문학과 지성』, 인문사, 1938, 111~112면.

28 이에 대해서는 졸고, 「1930년대 모더니즘 담론에 나타난 '심리적 리얼리티' 개념에 대한 일고찰」, 『어문연구』44―2, 2016 참조. 이 논문에서 필자가 주목했던 지점은 「『천변풍 경』과 『날개』에 관하야 ― 리얼리즘의 확대와 심화」에서 최재서가 제시하는 '리얼리즘/ 리얼리티'의 개념이 일반적인 혹은 카프 리얼리즘의 층위로 이해되어서는 안된다는 점이 다. 이는 당시 최재서뿐만이 아니라, 백철, 안회남, 이효석 등에게서 사용된 '심리적 리얼

위 문제를 염두에 두었을 때, 최재서의 「날개」평은 그 의미가 검토될 수 있다. 최재서는 「날개」에 대해서 "현대의 분열과 모순에 이만큼 고민한 개성도 없거니와 그 고민을 부질없이 영탄치 않고 이만큼 실재화한 예를 보지 못한다"고 고평한다. 그러나 문제는 최재서가 생각하는 "모랄", 즉 '모랄의 부족'이라는 논의의 양상이다.

물론 최재서의 '모랄' 개념에 대해서도 상당한 논의가 필요하겠지만, 우선 위의 언급만으로 그의 '모랄' 개념에 대한 단초를 확인하는 것은 가능하다. 최재서는 「날개」에 대해서 '한가지 부족되는 느낌'이 있다고 강조하면서 이 작품이 "높은 예술적 기품이라 할까 여하튼 중대한 일 요소를 갖추지 못하였다"고 비판한다. 최재서의 입장에서 판단하는 '모랄'이라는 것은 단순히 "이 세상을 욕파고 파괴할 줄" 아는 것 이상의 문제, "그 피안에 그의 독자한 세계는 아직도 발견할 수 없다."는 점과 관련되어 있다. 최재서의 언급은 결과적으로 「날개」로 대변되는 이상의 작품이 세계를 파괴하고 부정하는데 있어서 가치가 있지만, 그에 따른 새로운 사회학적 전망을 밝히지 못한다는 점을 비판하고 있는 것으로 판단된다.[29]

리즘/리얼리티'의 개념과 동일한 것으로 검토될 필요가 있다. 즉 당시 사용된 '(심리적) 리얼리즘/리얼리티'는 당대의 서구 초현실주의와 영미 주지주의와 사실상 동일했으며, 또한 동시에 김기림이 언급하고 있는 '꿈의 리얼리티' 개념과 동궤적인 의미를 가진다는 점을 주목해 볼 수 있을 것이다.

29 안회남, 「작가 박태원론」, 『문장』, 1939.2. (박현숙 편, 『박태원 소설집 ― 소설가 구보씨의 일일』, 깊은샘, 1994, 351~352면) 당대 모더니즘 문학장이 보여준 구인회 문학에 대한 섬세하지 못한 이해는 안회남의 박태원에 대한 평가에서도 반복된다고 할 수 있다. 해당 구절은 다음과 같다. " 언젠가 한번 씨는 나에게 향하여 자기는 소위 인쓰피레이숀이라는 것을 가지고 작품을 쓰는 것이 아니라는 말을 한일이 있다. 이것은 인쓰피레이숀이라는 말에 대한 세상의 문학청년적기질과 진부한 해설에의 반발적 태도로서로 그것을 조소하여 농담으로 한말 같으나 만일 그렇지않고 기분(幾分)이라도 이속에 씨의 진심이 발현되어 있다면 나는 적지않는 염려가 생긴다. 더욱이 우에 지적한 씨의 사상적 근거의 박

김기림을 제외하고 당대 문단장에 있어서 가장 뛰어난 수준의 이론적 접근능력을 보여준 최재서의 평가는 「날개」가 당대 문학인들에게 어떻게 받아들여졌는가를 보여주는 일종의 '지표'가 된다. 그렇다면 문제의 핵심은 최재서의 평가에 대한 구인회 구성원들의 직접적인 반응에 있다. 이는 당대 문학장에서 제대로 이해되기 어려웠던 새로운 조선문학을 추구하는 구인회의 목표지점을 이해하는데 있어서 필수적으로 논의되어야 하는 것이기도 하다.

> 상의 숙소는 구단 아래 꼬부라진 뒷골목 2층 골방이었다. 이 '날개' 돋친 시인과 더불어 동경 거리를 만보하면 얼마나 유쾌하랴하고 그리던 온갖 꿈과는 딴판으로 상은 '날개'가 아주 부러져서 기거도 바로 못하고 이불을 둘러쓰고 앉아 있었다. 전등불에 가로 비친 그의 얼굴은 상아보다도 더 창백하고 검은 수염이 코 밑에 턱과 참혹하게 무성하다. (…) 사실은 나는 '듀비에'의 <골고다>의 '예수'의 얼굴을 연상했던 것이다. 오늘와서 생각하면 상은 실로 현대라는 커―다란 모함에 빠져서 십자가를 걸머지고 간 '골고다'의 시인이었다.
> 암만 누우라고 해도 듣지 않고 상은 장장 두시간이나 앉은 채 거진 혼자서 그동안 쌓인 이야기를 풀어 놓는다. '엘만'을 찬탄하고 정돈에 빠진 몇몇 벗의 문운을 걱정하다가 말이 그의 작품에 대한 월평에 미치자 그는 몹시 흥분하여 속견을 꾸짖는다. 재서의 '모더니티'를 찬양하고 또 씨의 <날개>평은 대체로 승인하나 작자로서 다소 이의가 있다고도 말했다. 나는 벗이 세평(世評)에 대해서 너무 신경과민한 것이 벗의 건강을 더욱 해칠까 보아서 시인이면서 왜 혼자짓는 것을 그렇게 두려워하느냐, 세상이야 알아주든 말든 값있는 일만 정성것 하다 가면 그만이 아니냐고 어색하게나마 위로해 보았다.[30]

약한 것을 연결하여 생각할 때 한층 더하다." 이러한 안회남의 '사상적 근거의 박약'이라는 비판적 입장은 최재서의 이상에 대한 '모랄'의 부족이란 지적과 사실상 유사한 층위의 태도로 파악이 가능하다.

30 김기림, 「고 이상의 추억」, 『조광』, 1937.6. (김유중·김주현 편, 『그리운 그 이름, 이상』,

김기림의 2차 일본 유학시절, 그리고 이상이 사망 직전 동경에 와서 머무르던 시기를 회상하고 있는 「고 이상의 추억」에서 우선 주목되는 부분은 '날개'와 '골고다의 예수'로 상징되는 이상의 예술가적 면모의 양상일 것이다. 김기림은 이를 "오늘 와서 생각하면 상은 실로 현대라는 커ー다란 모함에 빠져서 십자가를 걸머지고 간 '골고다'의 시인"이라는 언급을 통해 드러낸다. 김기림이 파악하는 이상이란 피폐한 삶 속에서도 '모더니티'로 대변되는 시대의 어둠을 직면하는 예술가적인 정열을 지닌 존재라고 볼 수 있다.

이러한 김기림의 언급에서 또한 주목되는 바는 "씨의 <날개>평"으로 언급된 최재서의 「『천변풍경』과 『날개』에 관하야 ― 리얼리즘의 확대와 심화」에 대한 이상의 반응이다. 김기림에 따른다면 이상은 "'엘만'을 찬탄하고 정돈에 빠진 몇몇 벗의 문운을 걱정하다가 말이 그의 작품에 대한 월평에 미치자 그는 몹시 흥분하여 속견을 꾸짖는다. 재서의 '모더니티'를 찬양하고 또 씨의 <날개>평은 대체로 승인하나 작자로서 다소 이의가 있다고도 말했다." 즉 「날개」가 가진 미학성에 대한 제대로 된 이해가 부족한 조선 문단의 상황을 비판하고 최재서의 평가를 고평하면서도, 동시에 "작자로서 다소 이의가 있다고도 말했다."라는 이상의 언급은 최재서로 대변되는 당대 조선의 모더니즘 문학장과 구인회간의 '거리'를 드러내는 중요한 맥락인 셈이다. 이에 대한 이상의 직접적인 언급이 김기림과의 편지 속에서 제시되어 있다.

조선일보 모씨논문(최재서의 글: 인용자 주) 나도 그후에 얻어 읽었소. 형안(炯眼)이 족히 남의 흉리를 투시하는가 싶습디다. 그러나 씨의 모랄에 대한 탁견에는 물론 구체적 제시도 없었지만 ― 약간 수미(愁眉:

28면)

근심에 잠겨 찌푸린 눈썹: 인용자 주)를 금할수 없는가도 싶습다. 예술
적기품운운은 씨의 실언이오. 톨스토이나 菊池寬(기쿠치 칸 : 인용자 주)
씨는 말하자면 영원한 대중문예(문학이아니라)에 지나지않는 것을 깜빡
잊어버리신듯 합니다.31

"호령하여도 에코―가 없는 무인지경"인 조선의 문단에서 그나마 자신들
의 문학을 어느 정도라도 이해할 수 있을 최재서의 평가에 대한 이상의 반응
은 일차적으로 "형안(炯眼)이 족히 남의 흉리를 투시하는가 싶"었다는 것이
다. 이는 「날개」를 "현대의분열과모순에 이만큼 고민한 개성도 없거니와 그
고민을 부질없이 영탄치한고 이만큼 실재화한 예"로 고평하는 언급과 관련
된 것으로 보인다. 김기림의 언급 중 '재서의 모더니티를 찬양하고'라는 부분
은 위 맥락을 뒷받침한다. 그러나 문제는 다음과 같은 구절이다. "씨의 모랄
에 대한 탁견에는 물론 구체적 제시도 없었지만 ― 약간 수미(愁眉: 근심에
잠겨 찌푸린 눈썹: 인용자 주)를 금할수 없는가도 싶습다. 예술적기품운운
은 씨의 실언이오."

김기림이 들었던 '작자로서 다소 이의가 있다'라는 언급이 바로 위의 구절
에 제시된 이상의 발언과 일치하는 것이다. 이상이 판단하기에 「날개」에 대
한 최재서의 평가는 뛰어난 부분이 분명히 있다. 그러나 '모랄'로 대변되는,
"그 피안에 그의 독자한 세계는 아즉 발견할 수 없다"는 판단에 대한 이상의
반응은 최재서의 분석이 "실언"에 불과하다는 것이다. 즉 톨스토이류로 대
변되는 사회적 전망의 확보는 이상이 보기에 '문학이 아닌' "영원한 대중문
예"에 불과하다. 그렇다면 이상으로 대변되는 구인회의 미학적 방향성은 구
체적으로 어떻게 확인될 수 있는가. 이는 김기림의 회고 그리고 이상의 언급

31 이상, 「사신(7)」, 김주현 편, 『증보정본 이상문학전집』3, 소명출판, 2009, 263~264면.

에서 동시에 나타나는 '엘만'과 '이미그란트'에 대한 언급들을 통해 검토될수 있다. '엘만'으로 대변되는 데포르마시옹에 대한 인식은 그들이 공유했던예술가적 인식과 그 사유가 어떠한 층위로 제시될 수 있는지를 보여주는 중요한 지표가 된다.

> 오늘은 음력 섣달그믐이오. 향수가 대두하오. O라는 내지인문학생과커피를 먹고 온 길이오. 커피집에서 랄로를 한곡조듣고 왔오. 후베르만이란 해금가는 참 너무나 탐미주의입디다. 그저 한없이 멋지다(것치레만 좋은 것: 인용자 주)다 뿐이지 정서가 없오 거기 비하면 요전 엘만은참 놀라운 인물입니다. 같은 랄로 더욱이 최종악장 원무곡의 부를 그저막 헐어내서는 완전히 딴것을 맨들어 버립디다.
> 엘만은 내가 싫어하는 해금가였었는데 그의 꾸준히 지속되는 성가(聲價)의 원인을 이번 실연(實演)을 듣고 비로소 알았소. 소위 엘만톤이란무엇인지 사도의 문외한 이상으로서 알 길이 없으나 그의 슬라브적 굵은선은 그리고 분방한 데포르마시옹(déformation)은 경탄할만한 것입디다.영국사람인줄 알았더니 나중에 알고보니까 역시 이미그란트(immigrant)입디다.32

이상의 위 언급에서 주목되는 '이미그란트'라는 단어는 김기림이 「이상의모습과 예술」에서 "그는 나면서부터도 한 인생의 망명자였던 것"이라고 말했던 부분과 밀접하게 관련되어 있다.33 '이미그란트', 즉 이주자라는 표현이 '현실'로부터 벗어나 있는 자라는 맥락에서 해석된다면, '망명자' 역시 이와 동일한 맥락을 가질 수 있기 때문이다.

---

32 이상, 「사신(8)」, 위의 책, 267~268면.
33 이상이 언급하고 있는 미샤 엘만의 공연은 1937년 1월 경 도쿄 히비야 공연에서 열린 방일 연주회를 말하는 것이다. 이후 엘만은 2월에 부민관에서 내한 공연을 가진 바 있다. 이에 대해서는 함대훈, 「미샤 엘만 회견기」, 『조광』, 1937.4. 참조.

이상의 언급에 따른다면 그가 추구하는 예술이란 후베르만으로 대변되는 '한없는 탐미주의'같은 겉치례와 무관하다. 그것은 그저 한없이 멋진 겉치례에 불과뿐 정서가 없다. 거기에 비하면 엘만의 연주는 이와 다른 특징을 가지고 있다는 점에서 이상의 감탄을 끌어낸다. 이상은 이를 경탄할 만한 "분방한 데포르마시옹(déformation)"이라고 지적한다. 같은 '랄로'의 곡을 한없이 탐미주의적으로 만들어버린 후베르만에 비해서, 엘만의 곡은 "슬라브적인 굵은 선"과 더불어 "분방한 데포르마시옹"을 가진 예술이다. 그것은 같은 랄로의 "최종악장 원무곡의 부를 그저 막 헐어내서는 완전히 딴것을 맨들어버"릴 줄 아는 변용(왜곡)의 방법론이자 이미그란트로서의 '정신적 태도'로 가능한 것이 된다.

이를 토대로 본다면 이상이 구인회의 구성원들을 대상으로 삼았던 「소설체로 본 김유정론」[34]에서 정지용, 김기림, 박태원, 김유정 등을 거론하며, '데포르마시옹(데폴메슌)'의 큰 예술가들이라고 지칭했던 것을 중요하게 주목해볼 필요가 있다. 즉 「김유정」론에서 제시된 구인회 구성원들의 공통된 '데포르마시옹'은 그들이 추구했던 "이렇게 교만하고 고집쎈 예술가"들의 자부심이 어떻게 가능했는지를 보여준다. 이는 그들이 톨스토이류의 "영원한 대중문예"나 '탐미주의적 기교'가 아닌, 지성적으로 현대적인 "문학"과 예술

---

34 이상, 「소설체로 쓴 김유정론 ─ 작고한작가본죽은작가」, 김주현 편, 『증보정본 이상문학전집』2, 332면) 해당 구절은 다음과 같다. "누구든지 속지말아. 이 시인가운데쌍벽(정지용과 김기림: 인용자 주)과 소설가중쌍벽(박태원과 김유정 : 인용자 주)은 약속하고 분만(分娩)되듯이 교만하다. 이들이 무슨경우에 어떤얼골을했댔자 기실은 그 교만에서 산출된 표정의 떼플매슌 외에 아모것도 아니니까 참 위험하기 짝이없는 분들이라는것이다. / 이분들을 설복할 아모런 학설도 이천하에는 없다. 이렇게들 또 고집이세다. / 나는 자고로 이렇게 교만하고 고집쎈 예술가를 좋아한다. 큰예술가는 그저 누구보다도 교만해야한다는 일이 내 지론이다."

을 지향했기 때문에 가능한 자부심이기도 하다. 그것은 현실에 속하지 않는 '이미그란트'로서의 예술가적 자의식과 '데포르마시옹'으로 대변되는 미학적 방법론을 바탕으로 하는 것이다.

이상이 이야기한 '예술적 기품'이라는 것은 당대 모더니즘 이론의 최고봉이던 최재서에게도 명쾌하게 파악되기 어려웠다. 이를 염두에 둔다면 이상이 「날개」에서 언급한 것처럼 합리적 모더니티에 의해 "희망과 야심이 말소된 페—지"[35]란 오히려 그와 무관한, '인공(미학)의 날개'로 대변되는 예술에 대한 역설적인 '희망과 야심'이 드러나 있다고 할 수 있지 않을까. 위에서 검토한 회고들에서처럼 '고집쎄고 교만한 데포르마시옹의 이민자들' 또는 '큰 예술가들'로 대변되는 미학적 자의식과 동류성의 문제는 표면적인 문학적 강령으로서만 파악되기 어려운 구인회 모더니즘의 성격을 어떻게 접근해야 하는 지를 보여준다.

본 장에서 살펴본 바와 같이 이상을 둘러싼 박태원과 김기림, 그리고 더 나아가 이태준과 김유정, 정지용 등에 대한 동시대적 회고를 통해 드러나는 것은 이들의 공유했던 미학적 취향과 그 성격의 층위이다. '데포르마시옹 (déformation)' 또는 '이미그란트'로 대변되는 이들의 미학적 동질성은 '꿈의

---

35 이상, 「날개」, 『조광』, 1936.9. (김주현편, 『증보정본 이상문학전집』2, 290면) 이는 이른 바 이상의 대표작인 「날개」의 마지막 장면을 어떻게 해석할 것인가의 문제와 깊숙이 관련된 것이다. 본고의 관점에서 보면 「날개」의 마지막 구절 "희망과 야심의 말소된 페—지가 떡슈네리넘어가듯번뜩였다"(책과 문자의 이미지는 또한 지적인 것과 연관된다)와 이 '박제된 천재의 "인공의 날개"가 "날개야 다시 돋아라./ 날자. 날자/ 한번만 더 날자ㅅ구나./ 한번만 더 날아보자ㅅ구나."라는 구절은 이 '인공의 날개'가 사실상 미학과 예술 — 미학적 기교로서 —의 '날개'를 알레고리화한다는 점이 파악 가능하다. 요컨대 아내로 대변되는 모더니티의 세계를 '거부'하고 예술가적 주인공이 돌아가야 하는 곳은 결국 '예술'로 표상되는 절대적 가치의 세계인 셈이다. 이 지점이 최재서에 대해 "예술적 기품 운운은 씨의 실언"이라고 자부할 수 있는 이상의 미학적 자부심이자 예술적 층위라 할 것이다.

리얼리티'(김기림) 또는 '초현실주의'에 기반해 있었다는 점은 확연하다. 그러나 핵심은 구인회가 단지 초현실주의를 수용했다는 사실 자체가 아니다. 이들은 스스로 내세웠던 대로 '조선 문학의 신기축', 즉 새로운 조선문학의 건설을 위한 방법론으로서 초현실주의를 참고했기 때문이다. 박태원이 강조하다시피, 그것은 단지 '기법'에 대한 관심으로서만 평가되기 어렵다. 이는 '현대' 혹은 '모더니티'로서의 세계를 인식하고 사유하는 미학적 방법론 — 박태원은 이를 '현대의 마굴에 대한 우수한 암면묘사'로 언급한다 — 과 예술가적 세계관을 토대로 하는 것이다.

따라서 구인회의 미학적 사유의 특성과 핵심은 당대에서도 제대로 이해되지 못했다는 점은 유의미하게 논의해야할 필요가 있다. 이상의 언급처럼 "호령하여도 에코—가 없는 무인지경"인 조선문단의 상황 속에서 이들은 '데포르마시옹'과 '이미그란트'로 대변되는 자신들만의 문학을 추구해 나아간 새로운 조선문학의 기수들이기 때문이다. 김기림 역시 기교주의 논쟁의 핵심인 「기교주의 비판」에서도 "30년대 초기의 기교주의의 문화사적 의의", 즉 구인회를 위시한 30년대 모더니즘 문학을 평가하면서, "외국의 좋은 시론이나 시운동의 영향을 받으면서 한나라의 시가 성장해가는 것은 절대로 굴욕이 아니다. (…) 오늘에 있어서는 벌써 한 나라의 문학은 세계적 교섭에서 전연 절연된 상태에서 존립할 수 없다."[36] 고 지적한 바 있다. 이러한 '맥락'들은 구인회의 구성원들이 당대의 '감상적(혹은 원시적인)'인 문단의 상태에 맞서 새로운 문학의 가치를 공통적으로 지향했다는 점을 보여주는 근거가 된다. 구인회를 둘러싼 당대적 회고와 상황들은 그들이 추구했던 "조선문학의 신

---

36 김기림, 「기교주의 비판」, 『조선일보』, 1935.2.10~2.14. (김학동편, 『김기림 전집』2, 96면)

기축"과 "예술운동"이 '현대적'이고 '지성적'인 새로운 조선문학이란 목표점을 향해 있는 것이었다는 점을 보여주는 것이다.

3. 「방란장주인」와 「유선애상」에 나타난 예술가의 멜랑콜리와 미학성

지금까지 살펴본 바대로, 당대 구인회 구성원들의 회고는 그들이 일종의 미학적 동류의식에 근간해 어떻게 '새로운 조선문학의 건설'이라는 목표를 추구했는가에 대한 맥락을 보여준다고 평가할 수 있다. 정리하자면 이는 현실을 이탈하고자 하는 '이미그란트(이주자, 망명자)'로서의 예술가적 태도와 '데포르마시옹(변형, 왜곡)'이라는 미학적 방법론에 근간해 있다는 것이다. 요컨대 그들은 자신들의 문학이 '에코가 없는 무인지경'인 조선문단 속에서도 새로운 가능성을 세울 '철'의 예술을 추구했다. 그렇다면 문제는 구인회의 이러한 방향성을 구체적으로 어떻게 검토해볼 수 있는가에 있다. 이는 유일하게 발간된 구인회의 동인지인『시와 소설』에 실린「방란장 주인 — 성군 (星群) 중의 하나」(박태원)와「유선애상」(정지용) 그리고「제야」(김기림)와「가외가전」(이상)이 보여주는 미학적 혹은 정치적 교차점에 대한 논의를 통해 가능할 것이다.

실질적으로 구인회 기관지인『시와 소설』에 대한 연구는 많지 않으며, 대체로 미적 근대성과 예술적 자율성의 측면으로 논의해왔다. 기존 연구의 논의에서 주목되는 바는『시와 소설』의 작품 구성에 있어서는 통일된 경향을 찾아보기 어렵다는 평가이다.[37] 즉『시와 소설』은 특정한 이념적 지향이 드러내지 않거나 혹은 역으로 '탈이데올로기적' 면모와 순수문학에 대한 추구였으며[38], 결과적으로 구인회 구성원들의 단순한 작품 '모음집'에 가까운 것이었다는 평가가 내려져 왔다. 또한 "『시와 소설』은 회원들이 모두 게을러서 글렀소이다. 그래 폐간하고 그만둘 심산이오."[39] 라는 이상의 회고처럼 동인지가 단 1호로 종간되었다는 사실은 『시와 소설』에 대해 특별한 의미부여를 하기 어렵게 했다.

그러나 이러한 논의들은 『시와 소설』을 통해 드러나는 구인회의 미학적 사유와 세계관의 문제를 본격화하지 못한 접근법이라 할 수 있다. 그렇다면 『시와 소설』에 나타난 구인회 구성원들의 '공통된' 미학적 친연성에 어떻게 접근할 수 있는가. 이는 작품에 대한 소재적이고 표층적인 분석만으로는 가능하지 않다. 본고의 후반부는 『시와 소설』에 수록된 박태원과 정지용, 그리고 김기림과 이상의 작품의 '예술적 인식'과 '정치성'이란 키워드로 분석할 것이다. 이때 중요한 것은 이들의 작품이 그 표면적인 소재와 무관하게 모두 '거리' 혹은 모더니티로 대변되는 현대와의 치열한 대결을 텍스트적 중심축으로 삼고 있다는 점을 주목할 필요가 있다는 점이다.

우선 본 장은 첫 번째로 박태원과 정지용에게서 나타나는, 모더니티의 세계 속에서 존재하는 '멜랑콜리'적인 예술가의 고독이란 테마를 분석하고자 한다. 이는 기존에 상당부분 논란이 되었던 「방란장주인 ― 성군 중의 하나」와 「유선애상」의 텍스트 해석 문제와 밀접한 관련을 맺고 있다. 기존 연구에서 「방란장주인 ― 성군 중에 하나」는 이른바 '장거리 문장'으로 대변되는 박태원 소설의 기교적 우수성을 보여주지만, 동시에 서사적 차원에서는 별

---

37 유철상, 「구인회의 성격과 순수문학의 의의」, 『현대문학이론연구』25, 2005, 255~261면.
38 김아름, 「구인회의 『시와 소설』에 나타난 문학적 글쓰기의 양상들」, 『우리어문연구』50, 2014, 208~209면.
39 이상, 「사신(2)」. (김주현편, 『증보정본 이상문학전집』3, 251면)

다른 주제의식을 갖지 않는 것으로 논의되었다. 그러나 문제는 작품의 말미에 제시되는 '수경선생의 상황'을 통해 보여지는 멜랑콜리적인 예술가의 '우울'에 어떻게 접근할 수 있는 가이다.

　　오늘은 밤에나 들를 생각들인지 「자작」도, 「만성」이도 와있지 않은 점 안이 좀더 쓸쓸하여 그는 세수도 안한 채 그대로 「미사에」에게 단장을 내어 달래서 그것을 휘저으며 황혼의 그곳 벌판을 한참이나 산책하다가 문득 일주일 이상이나 「수경 선생」을 보지 못하였든것이 생각나서 또 무어 소설이라도 시작한것일까 하고 그의 집으로 발길을 향하며 (…) 자기 몸에 비겨 무어니 무어니 하여도 우선 의식 걱정이 없이 정돈된 방 안에 고요히 있어 얼마든 자기 예술에 정진할 수 있는 「수경 선생」의 처지를 한없이 큰 행복인거나같이 불어워도 하였으나 그가 정작 늙은 벗의 집 검은 판장 밖에 일으렀을때 그것은 또 어찌된 까닭인지 그의부인이 히스테리라고 그것은 소문으로 그도 들어 알고 있는 것이지만 실상 자기의 두눈으로 본 그 광경이란 참으로 해괴하기 짝이 없어 무엇이라 쉴사이 없이 쫑알거리며 무엇이든 손에 닷는대로 팽개치고 깨틀이고 찢고 하는 중년 부인의 광태 앞에 「수경 선생」은 완전히 위축되어 연해 무엇인지 사과를 하여 가며 그 광란을 진정시키려고 애쓰는 모양이 장지는 닫혀 있어도 역시 여자의 소행인듯싶은 그 찢어지고 부러지고 한 틈으로 너무나 역력히 보여 방란장의 젊은 주인은 좀더 오래 머물러 있지 못하고 거의 달음질을 쳐서 그곳을 떠나며 문득 황혼의 가을 벌판우에서 자기 혼자로서는 아모렇게도 할수 없는 고독을 그는 그의 전신에 느꼇다.(느끼고,)[40]

---

40 박태원, 「방란장주인 — 성군 중의 하나」, 『시와 소설』, 구인회동인편집, 창문사, 1936.3, 28~29면. 박태원의 「방란장 주인 — 성군(星群)중의 하나」는 약간의 개작 과정을 거친 바 있다. 『시와 소설』의 원래 판본에는 소설의 마지막이 '느꼇다'라고 끝나있으나, 1948 년판 발간된 을유문화사판 『성탄제』에 수록된 판본은 소설의 말미가 '느끼고'로 끝났고 쉼표가 상당부분 추가되어 있다. 본고의 인용문은 박태원이 개작한 의도를 고려하여 마지막 구절에만 '느끼고'를 같이 표기한다.

선행연구의 지적처럼 「방란장 주인 - 성군 중의 하나」는 여급 미사에와 결혼을 고민하고 있는 방란장 주인의 내면을 주요한 줄거리로 삼는다. 이를 서사적 차원에서만 고려해본다면 이 소설은 별다른 의미를 갖지 않는 불우한 예술가들의 일상만을 다루고 있는 것처럼 판단될 수 있다. 그러나 「방란장 주인 - 성군 중의 하나」의 핵심은 '서사적'인 차원이 아닌 불우한 방란장 주인인 예술가가 느끼는 고독과 우울 그 자체의 의미에 있다.

「날개」와 유사하게 '현실'로서의 아내, 혹은 여급 미사에와의 '결혼'으로 의미화되는 안정된 삶이란 '모더니티'로 대변되는 현대적이고 일상적인 삶을 알레고리화하는 맥락을 갖는다는 점을 우선 주목해 보자. 박태원이 스스로 강조했듯이 우수한 '심경소설'이란 '현대에 대한 뛰어난 암면묘사'를 보여주는 작품이며, 동시에 '작가의 그리 아름답지 않은 발가숭이를 내어 놓을 수 있'어야 한다. 이런 맥락에서 보면, 박태원이 묘사하는 방란장 주인의 현실과 결혼에 대한 묘사는 헛된 꿈을 꾸는 예술가의 안일함에 대한 일종의 '발가숭이'적인 풍자적 효과를 위한 것이라는 점이 확인 가능이다. 이는 「방란장 주인 - 성군 중의 하나」가 현실적으로 안정되어 보이는 '수경선생'의 역설적 상황을 통해 현실에 안착할 수 없는 예술가의 우울과 고독, 즉 '멜랑콜리'적 감각에 기반해 있다는 점과 관련되어 있다.[41]

이러한 관점에서 본다면 소설 속에서 길게 제시되는 있는 미사에와의 결

---

[41] 김홍중, 「멜랑콜리와 모더니티」, 『마음의 사회학』, 문학동네, 2010 참조. 김홍중은 벤야민의 이론을 토대로 멜랑콜리가 "사회적 근대의 궁극적으로 낙관적인 세계상, 세계관, 세계감(합리적 모더니티: 인용자 주)과는 상이한 또 다른 구조(문화적 모더니티: 인용자 주)에 대한 심층적인 이해"와 관련되어 있음을 밝히고 있다. 기원적으로는 보들레르의 댄디로부터 유래하는 멜랑콜리의 사유는 현실에 순응하지 않는 예외적인 '천재', 즉 세계에 대한 '철학'이자 숙고의 양상을 본질적으로 지니는 것이다.

혼과 생활에 대한 방란장 주인의 고민은 사실상 모더니티의 세계에 안착하려는 일종의 '안온한' 태도로서 판단된다. 그러나 현실에 안착하려는 '헛된 욕망'이 도달할 '파국(카타스트로피)'를 가장 명확하게 보여주는 것이 바로 수경선생과 아내의 드잡이질이다. 즉 "무어니 무어니 하여도 우선 의식 걱정이 없이 정돈된 방안에서 고요히 있어 얼마든 자기 예술에 정진할 수 있는 「수경 선생」의 처지를 한없이 큰 행복인거나같이 불어워도 하"는 방란장 주인이 "실상 자기의 두눈으로 본 그 광경이란 참으로 해괴하기 짝이 없"다는 결론이 제시된다는 점이 중요하다.

소설 말미의 맥락을 통해 본다면 방란장 주인이 꿈꾸는 안정되고 평화로운 삶, 혹은 현실에의 안착이자 합리적 모더니티의 세계에 대한 귀환을 상징하는 '수경선생의 처치'란 실상 '히스테리'로 대변되는, "무엇이라 쉴사이 없이 쫑알거리며 무엇이든 손에 닷는대로 팽개치고 깨틀이고 찢고 하는 중년 부인의 광태"에 시달리는 현실일 뿐이다. 그 광경을 보며 놀란 "방란장의 젊은 주인은 좀더 오래 머물러 있지 못하고 거의 달음질을 쳐서 그곳을 떠"난다. 수경선생의 미래처럼, 미사에와의 결혼이 부여하는 현실의 삶이란 이미 이 불우한 예술가에게 불가능한 것이기 때문이다. 자신이 '현실' 속에 평안한 삶을 누릴 수 없다는 인식, 혹은 그것을 거부하는 것이야 말로 '성군(별무리)' 또는 '이미그란트'로 대변될 수 있는 예술가의 숙명인 셈이다. 현실에 귀환할 수 없는 단독자로서의 고독, 혹은 그것에 대한 감각. 이러한 감정이 바로 "문득 황혼의 가을 벌판 우에서 자기 혼자로서는 아모렇게도 할 수 없는 고독을 그는 그의 전신에 느꼈다.(느끼고,)"라는 언급의 핵심적 정체이다.

요컨대 「방란장주인 — 성군 중의 하나」는 단순히 예술가의 불우한 일상을 다룬다는 표면적인 서사로만 분석되기 어렵다. 보다 중요한 측면은 작품의 말미에 드러나는 '전신을 뒤덮는 고독'의 근본적 정체 — 이는 박태원 스스로 강조했던 '현대에 대한 우수한 암면묘사'에 해당하는 것이다 — 이다. 아내 혹은 결혼으로 상징되는 안정된 삶에 대한 귀환불가능성, 그로부터 인식되는 '멜랑콜리'적 감정은 '모더니티'라는 세계 속에 위치하는 예술가의 존재가치 그 자체를 묻는 박태원의 미학적 사유를 드러내어 준다.[42]

이러한 '멜랑콜리'의 감각 혹은 모더니티의 세계로부터 이탈하고자 하는 '교만한' 예술가의 면모는 정지용의 「유선애상」에 있어서도 동일하게 확인되는 모티프이다. 선행 연구는 「유선애상」의 해석적 난해성을 문제시하며, 주로 시적 대상의 구체적인 소재를 오리, 악기, 자동차, 축음기 등등으로 검토해왔다.[43] 그러나 문제는 시적 대상의 구체적 소재를 확인하는 것이 아니라, 그것이 왜 그렇게 변용, 왜곡(데포르마시옹)되었는가에 있다. 즉 「유선애상」을 해석하는 핵심은 기존에 문제시 되었던 '유선(형)이 무엇인가'가 아닌, '애상'이라는 멜랑콜리적 감각 그 자체이다.

생김생김이 피아노보담 낫다. / 얼마나 뛰여난 연미복맵시냐. // 산뜻한 이신사를 아스빨트우로 꼰돌란듯 / 몰고들다니길래 하도 딱하길래

---

42 이러한 점에서 그의 대표작이라 할 「소설가 구보씨의 일일」의 마지막 장면을 '결혼에 대한 어머니의 욕망'에 순응한다는 해석은 다소 표면적인 해석이라고 할 수 있다. 박태원이 '스스로 이상(하융)과 자신이 구분되지 않았다'(「이상의 비련」, 『여성』, 1939.5.)고 지적했던 바를 고려해 본다면, 오히려 「소설가 구보씨의 일일」의 진정한 핵심은 '좋은 소설을 쓰시오'라고 이야기했던 벗 하융에게서 드러나는 것이라 할 수 있다.

43 이에 대해서는 소래섭, 「정지용 시 <유선애상>의 소재와 의미」, 『한국현대문학연구』 20, 2006 참조. 소래섭은 유선애상 해석에 있어서 실증적이고 '소재적인 해석이 한계가 있음'을 지적하면서, 동시에 이 텍스트가 '꿈과 환상이 혼합되어 있는 양상'을 지니고 있다고 지적했다. 특히 소래섭은 시의 도입부분에 대한 분석을 통해 "이 시의 대상으로 언급되어온 오리, 택시, 담뱃파이프, 자전거 안경 등의 생김새를 피아노와 연결시키기는 어렵다"고 언급한 바 있다.

하로 청해왔다. //(…)// 줄창 연습을 시켜도 이건 철로판에 밴 소리로구
나. / 무태(舞台)로 내보낼 생각을 아예 아니했다. //(…)// 대체 슬퍼하는
때는 언제길래

　아장아장 꽥꽥거리기가 위주냐. // 허리가 모조리 가느러지도록 슬픈
행렬에 끼여 / 아조 천연스레구든게 옆으로 솔쳐나쟈— // 춘천삼백리 벼
루ㅅ길을 냅다 뽑는데 / 그런상장(喪章)을 두른 표정은 그만하겠다고 꽥
— 꽥— // 몇킬로 휘달리고나 거북처럼 흥분한다. / 징징거리는 신경방석
우에 소스름 이대로 견딜 밖에. // 쌍쌍히 날러오는 풍경들을 뺨으로 해
치며 / 내처 살폿 어린 꿈을 깨여 진저리를 쳤다. // 어늬 화원으로 꾀여내
어 바늘로 찔렀더니만 / 그만 호접같이 죽드라.[44]

「유선애상」의 해석에 있어서 주목되는 것은 사실상 유선(형)의 실증적인
대상이 무엇인지를 따져보는 것이 아니다. 핵심은 이것이 '애상', 즉 일종의
'멜랑콜리'적 감각을 어떻게 의미화할 수 있는가에 있다. "산듯한 이신사"로
제시된 악기/유랑악사인 예술가가 "아스팔트우로 꼰돌란듯 / 몰고들다니"는
'하도 딱한' 상황에 처해있다는 '애상'(멜랑콜리)의 의미를 어떻게 파악할 수
있는 가가 시 전체의 맥락을 잡아주는 토대가 된다.

　우선 시의 대상을 악기/유랑악사인 예술가로 본다면, 이 예술가가 '아스팔
트'로 대변되는 모더니티로부터 '배제'된 존재로 의미화 된다는 점을 주목할
수 있다. 박태원의 「방란장 주인 — 성군 중의 하나」에서처럼 예술가적 존재
는 모더니티라는 세계로부터 이탈하며, 벗어나(려)는 존재이다. 즉 모더니티
의 세계인 '거리'에게 받은 상처로 인해 "줄창 연습을 시켜도 이건 철로판에
밴 소리"처럼 망가진 소리를 낼 수밖에 없는 악기/유랑악사(예술가)는 '멜랑
콜리'를 통해 근대를 인식 또는 사유하는 존재로 파악이 가능하다. 그것이 바

---

44 정지용, 「유선애상」, 『시와 소설』, 10~11면.

로 "허리가 모조리 가느러지도록 슬픈행렬에 끼여 / 아조 천연스레구든게 옆으로 솔쳐나쟈ー"라는 언급의 핵심적 맥락이다.

'아스팔트'라는 언급에서 파악되듯이 '멜랑콜리'적인 악기/유랑악사인 예술가에게 모더니티의 공간이란 '허리가 모조리 가느러지도록 슬픈 행렬'에 불과한 것으로 인식된다. 이상의 언급처럼 '교만하고 오만한' 예술의 가치와 의미가 받아들여질 리 없는 (합리적) 모더니티의 세계란 예술가를 고독과 우울에 빠트린다. 그러나 역으로 합리적인 모더니티란 예술가의 입장에서 '슬픈 행렬'에 불과한 것일 뿐이다. 그렇기에 악기/유랑악사인 예술가는 '거리'로부터 "아조 천연스레구든게 옆으로 솔펴나쟈ー"야 한다. 거리와 군중 혹은 근대라는 '슬픈 행렬'에서 '빠져나가'려는 '이미그란트'적 태도를 통해 예술가는 모더니티의 세계를 자신의 독자적인 환상과 이미지를 새롭게 '데포르마시옹'할 수 있는 것이다.

그렇게 보았을 때, 시의 후반부에 제시되는 환상적 이미지의 구성들이 가지는 의미가 파악될 수 있다. 악기/유랑악사인 예술가는 도시의 거리를 벗어난 곳인 "춘천 삼백리 벼루ㅅ길"에서 비로소 '냅다 자신의 소리를 질러대며' 도시와 거리의 무가치한 "상장(喪章)을 두른 표정은 그만하겠다고 꽥ー꽥ー"된다. '거북처럼 흥분하는 신경방석'이라는 멜랑콜리적 감각에 기반한 예술가적 태도는 '상장(죽음)'으로서의 모더니티와 무의미한 세계를 거부하고, '춘천'으로 표상되는 교외 혹은 비ー도시적 공간에서만이 자신의 소리와 그 본래적인 '속도'를 향유할 수 있음을 드러낸다. 이러한 악기/유랑악사인 예술가의 존재는 일종의 '꿈'을 향유하는 존재이다. 이를 통해 본다면 '나비'의 상징성이란 단순히 '호접몽'의 반영이 아닌, 예술가적인 주체의 꿈과 환상을 의미화하는 것으로 파악이 가능하다.[45]

시의 후반부는 그러하기에 현실의 구체적인 장소에 대한 경험으로 해석되기 어렵다. 문제는 바로 이것이 예술가적 자의식이자 나비의 꿈(호접몽)으로 구성되어 있다는 점에 있다. 즉 "쌍쌍히 날러오는 풍경들을 뺨으로 해치"는 듯 느껴지는 강렬한 이미지의 정체는 바로 도시와 거리라는 모더니티의 세계에 대한 부정과 더불어 악기/유랑악사인 예술가 '내처 살폿 어린 꿈' 그 자체를 형상화한 것이다. 그러나 도시가 아닌 '공간'을 향한 예술가의 꿈이란 도시와 거리로 구성된 화려한 '화원'으로부터 쉽게 벗어나기 어렵다. 거리와 군중 혹은 합리적 모더니티의 세계가 악기/유랑악사인 예술가를 부정하고 배제한다는 점을 토대로 본다면, '화원'에 꾀어내어진 나비가 '바늘'에 의해 "그만 호접처럼 죽"게 되어 버린다는 것은 예술가의 상징적 죽음을 보여주는 것이라고 판단 가능하다. 그러나 역설적으로 본다면 나비의 죽음은 또한 모더니티의 세계로부터 탈출하는 '나비/예술가'의 가능성을 의미화하는 것이기도 하다. 요컨대 '멜랑콜리'라는 감정이자 현실로부터 이탈한, '나비'로 상징되는 예술가의 존재론적인 가치증명의 측면이 바로 「유선애상」의 환상이 보여주는 '꿈' 이미지들의 핵심인 것이다.

지금까지 살펴본 것처럼, 박태원의 「방란장주인 — 성군 중의 하나」와 「유선애상」의 핵심에는 구인회 구성원들이 추구했던 미학성의 근본적 양상을 보여준다. 그것은 바로 모더니티의 세계인 거리와 군중으로부터 배제 혹은 이탈되는 자들인 예술가의 자기 정체성의 측면이라 할 수 있다. 특히 위 작

---

45 조영복, 「정지용의 <유선애상>에 나타난 꿈과 환상의 도취」, 『한국현대문학연구』20, 2006, 247~251면. 조영복은 위 논문에서 '나비'의 이미지에 대해 다음과 같이 평가한다. "정지용에게 나비는 피로하고 지친 일상의 삶에 매달린 시적 자아영상을 투영해 낸 것이면서, 그 피로한 일상의 무게를 털고 영적인 세계, 초월적인 세계로 귀환하는 영혼을 상징한다."

품들이 '거리' 혹은 '안정된 결혼'으로 대변되는 '모더니티'의 세계에 안착할 수 없는 자들의 멜랑콜리적 감각에 기반해 있다는 점이 공통되게 드러난다. 모더니티의 세계로부터 부정당한 존재들은 역으로 자신의 예술적 존재방식을 통해 현실을 파괴할 수 있는 미학적 사유를 보여줄 수 있는 것이다.

이는 이른바 미적 모더니티와 예술적 자율성의 근본적 목적이 무엇에 있는가를 드러낸다. 그것은 현실에 대한 비판이 아닌 현실 그 자체를 붕괴시키고 파괴시켜 버리는 예술가적 주체의 세계관이 무엇으로부터 가능했는가를 보여준다. 구인회의 구성원들이 공유했던 '교만하고 큰 예술가'의 데포르마시옹과 현실에 안주하지 않는 '이미그란트'적 인식이 바로 이와 관련되어 있다. 이러한 구인회 구성원들이 '미학적 친연성'의 층위를 이해할 때, 그들이 공유했던 초현실주의적 미학성의 양상이 단순히 기교중심주의적 태도와 무관하다는 점을 확인할 수 있다. 그것은 세계를 부정하는 것 이상의 측면, 즉 멜랑콜리적 감각에 기반한 자신들의 독자적인 미학적 환상과 이미지를 긍정하는 것을 목표로 하기 때문이다.

4. 「제야」와 「가외가전」에 제시된 정치성과 '파국적' 알레고리

전 장에서 살펴본 바와 같이, 구인회 문학의 미학적 요소와 새로운 조선문학의 건설이란 목표는 예술가적 정체성과 자기인식, 멜랑콜리적 감각을 통해 확인될 수 있는 것이다. 박태원과 정지용에게서 드러난 이러한 미학적 요소는 그들에 비해 좀더 '정치적'인 맥락을 드러내는 김기림과 이상에게 있어서도 동일하다. 이는 도시와 거리 혹은 세계와 대결하는 유사한 예술가의 미학적인 입장에서 가능한 것이기도 하다.

본 장은『시와 소설』에 수록된 김기림의 「제야」와 「가외가전」의 공통된 '정치성'의 맥락을 통해 구인회의 구성원들이 인식했던 '파국적 모더니티(카타스트로피)'의 핵심적 맥락과 알레고리적 이미지의 문제를 다루고자 한다. 이는 그간 난해함의 절정으로 평가되었던 이상의 「가외가전」을 새롭게 해석하는 문제와도 밀접한 관련을 맺는다. 특히 「가외가전」의 난해성에 대한 연구들은 대체적으로 개별적 텍스트 해석에만 치중하는 바람에 해석적 모호함을 가중시켜 온 감이 있다. 그러나 문제는 「제야」와 「가외가전」이 『시와 소설』에 동시적으로 실렸으며, 또한 당대의 현실과 '정치적 맥락'을 동시에 깊숙이 건드리고 있다는 점에 있다.

이는 「제야」의 '몬셸경' 그리고 「가외가전」의 '지도'와 '훈장형조류'의 상관관계를 해명하는 것을 통해 해명될 수 있다. 특히 중요한 것은 그들이 도시를 '데포르마시옹(변용)'하고 있는 방식 혹은 그 이미지의 알레고리적 맥락이 어떻게 미학적이며 동시에 정치적일 수 있는가를 주목하는 것이다. 우선 김기림의 「제야」를 살펴보자.

> 광화문 네거리에 눈이오신다. / 꾸겨진 중절모가 산고모가 「베레」가 조바위가 사각모가 「샷포」가 모자 모자 모자가 중대가리 고치머리가 흘러간다. // 거지아히들이 감기의위험을 열거한 / 노랑빛 독한 광고지를 / 군축호회와함께 뿌리고갔다. // 전차들이 주린 상어처럼 / 살기 띤 눈을 부르뜨고 / 사람을찾어 안개의해저로 모여든다. / 군축이될리있나? 그런건 // 목사님도조차도 믿지않는다드라. // 「마스크」를 걸고도 국민들은 감기가 무서워서 / 산소호흡기를 휴대하고 댕긴다. / 언제부터 이평온에 우리는 이다지 특대생처럼 익숙해버렸을까? // 영화의 역사가 이야기처럼 먼 어느 종족의 한쪼각부스러기는 / 조고만한 추문에조차 쥐처럼비겁하다. // 나의외투는 어느새 껍질처럼 내몸에 피어났구나. / 크지도 적지도않고 신기하게두 꼭맞는다. // 아들들아 여기에 준비된 것은 / 어여

뿐 곡예사의 교양이다. / 나는 차라리 너를 들에 노아보내서 / 사자의 우름을 배호게하고십다. //(…)//광화문 네거리에 눈이 오신다. 별이 어둡다. / 몬셀경의 연설을 짓밟고 눈을차고 / 죄깊은 복수구두 키드구두 / 강가루 고도반 구두 구두 구두들이 흘러간다. / 나는 어지러운 안전지대에서 / 나를 삼켜갈 상어를 초초히 기다린다.[46]

    섣달 그믐날이란 뜻을 가진 '제야'에서 우선 주목되는 이미지는 새해 첫날을 맞이하며 들뜬 12월 31일날 밤 광화문의 풍경이다. '온갖 모자들(군중들)'과 '죄깊은 구두들'이 흘러가는 눈내리는 광화문 거리'의 풍경은 일종의 화려한 도시의 모더니티를 이미지화하는데, 이때 「제야」의 정치적 맥락을 드러내는 부분은 "거지아히들이 감기의위험을 열거한 / 노랑빛 독한 광고지를 / 군축호회와 함께 뿌리고 갔다."는 구절과 "몬셀경의 연설을 짓밟고 눈을차고"라는 구절일 것이다.

    『시와 소설』이 1936년 3월에 발간되었다는 점을 고려해보면 1935년 12월 31일 그리고 '군축호회'라는 「제야」의 당대적 배경이 당시 2차 세계대전을 앞두고 열린 제네바 군축회의와 관련되어 있다는 점이 우선 확인된다. 1932년 2월부터 스위스 제네바에서 열린 군축회의는 일본과 나치 독일의 반대와 각국의 이익충돌 때문에 성과를 내지 못하다가 36년경 말 흐지부지 된 국제연맹의 회의였다. 이를 고려해본다면 「제야」에 등장하는 몬셀경은 군축회담에 참가한 당시 영국 대표였던 볼튼 메러디스 에이리스-몬셀(Bolton Meredith Eyres-Monsell)을 가리키는 것으로 보인다.[47]

---

46 김기림, 「제야」, 『시와 소설』, 20~22면.
47 이에 대해서는 「벽두 영몬셀대표 일본질문에 답함」『동아일보』, 1936.1.8. 기사를 참고할 수 있다. 기사의 서두는 "우풍 완전히 암초에 봉착한 이 정체된 국면을 과연 잘 타개할 수 있을지없을지 성공삼분결렬 칠분의 예상하에 휴회후 군축회의 제일위원회는 십칠일만

조선일보의 사회부 기자로서, 당시 2차 세계대전으로 급격히 전환되어 가는 국제 정세에 민감했을 김기림이 '군축회담'을 중요한 소재로 삼았다는 것은 「제야」의 '정치적 맥락'이 어둡고 우울한 분위기의 근간에 해당한다는 점을 드러낸다. 2차 세계대전의 암운이 경성에 드리우는 상황 속에서 거리 속의 '모자'와 '구두'로 상징되는 군중들은 그저 '감기와도 같은 산소호흡기'를 쓰고 도시의 화려함만을 즐길 뿐이다. "군축이될리"없는 긴급한 정치적 상황 속에서도 거리의 군중들은 "언제부터 이평온에 우리는 이다지 특대생(모범생: 인용자 주)처럼 익숙해져"있다. 그들에게 자본의 폭력을 상징하는 '노랑빛 독한 광고지'나 '군축호회로 상징되는 전쟁의 위협따윈 '감기'처럼 가벼운 것일 뿐이다.

즉 김기림이 바라보는 '거리' 혹은 모더니티의 세계란 평온함과 화려함의 이면 속에서 "전차들이 주린 상어처럼 / 살기 띈 눈을 부르뜨고 / 사람을 찾아 안개의 해저로 모여"드는 우울한 곳이 된다. 이때 파국적인 국제정세의 상황 속에서 언제 부서질지 모르는 평온을 즐기는 군중들의 거리를 김기림에 단지 "어여쁜 곡예사의 교양"에 불과하고 지적한다는 점은 유의미하다. 그러한 세계 속에서 김기림의 예술가적 자의식은 바로 '모자'와 '구두'와 다른 '외투'의 이미지로 제시된다. 거리의 군중과 구분되는 '외투'의 존재는 뒤이어 제시되는 '들판에 나가서 사자의 울음을 배울 아들들'의 존재와 연결고리를 갖는다는 점에서 중요하게 주목될 필요가 있다.

김기림이 멜랑콜리적인 시선을 통해 알레고리화하는 「제야」의 핵심은 사

에 예정과 여히 육일오후십시십오분(경성시간칠일오전영시십오분)부터 클라렌스 하우스에서 재개되었다."로 시작한다. 기사의 내용은 당시 군축회담의 영국측 대표인 몬셀해상(海相)이 일본의 질의사항에 대해 비판적인 태도를 보였다는 것과 그가 차후 군축회의 의장 역할을 하게 되었다는 내용이다.

실상 거리와 대별되는 '들판을 활보하는 사자의 울음'이 지닐 수 있는 정치성이자 미학성에 있다 할 것이다. '사자'인 예술가(김기림)는 자본과 전쟁으로 상징되는 합리적 모더니티의 파국(카타스트로피)에 동화된 자들을 '어여쁜 곡예사의 교양'에 불과하다며 비판하고, 그것을 넘어선 '들판의 울음'을 추구한다. 요컨대 "어지러운 안전지대에서 /나를 삼켜갈 상어(전차: 인용자 주)를 초초히 기다"리며 예술가는 2차 세계대전을 앞둔 시대적 맥락에 대한 비판과 더불어, '노랑빛 독한 광고지'로 상징되는 자본의 무가치함을 일종의 '파국'으로 바라본다. 즉 김기림은 합리적 모더니티의 세계를 단지 언제든지 붕괴될 수 있는 '안전지대'로 제시함으로서, 그 안온하고 평온한 세계는 언제든지 금방 무너질 수 있다는 점을 정직하게 사유하고 있는 것이다. 이처럼 합리적 모더니티의 이면에 감춰진 파국을 직시하는 것이 바로 「제야」에 제시된 김기림의 '지성적'인 정치성이자 미학성의 핵심적 양상이라 할 수 있다.

그렇다면 「제야」에서 확인되는 정치적 미학의 맥락이 이상의 「가외가전」과 어떻게 관련되어 있는지를 살펴볼 필요가 있다. 이는 일차적으로 「제야」에 등장하는 '사자의 울음을 배울 아이들'의 존재와 「가외가전」에 등장하는 "흰조때문에 마멸되는 몸"을 가진 "모도소년이라고들그리는데노야인기색"이 완연한 '소년'이 텍스트의 중요한 시적 화자로 제시된다는 점과 관련된다.

흔히 이상의 가장 난해한 텍스트로서 평가받았던 「가외가전」은 '가외가', 즉 거리 바깥의 거리라는 공간을 매춘, 유곽[48] 또는 인간의 육체 또는 인간의 장기처럼 지저분한 것이 가득한 도시 자체[49]로서 해석된 바 있다. 그러나

---

48 매음굴에 대한 해석은 이경훈, 『이상, 철천의 수사학』, 소명출판, 2000, 190면; 유곽에 대한 해석은 조해옥, 『이상 시의 근대성 연구』, 소명출판, 2001, 76면 참고.
49 인간의 육체에 대한 묘사에 대한 해석은 권영민 편, 『이상전집』1, 태학사, 2013, 123∼124면 참조.

문제는 이것이 단순히 인간의 육체 또는 도시의 모더니티에 대한 표상으로 서만 해석되기 어렵다는 점에 있다. "묵묵히—기도를봉쇄한체하고말을하면 사투리"인 '소년이자 노야인' 예술가(이상)의 존재는 김기림의 '사자'인 예술 가의 존재와 마찬가지로 '가외가'의 거리에서 도시를 '조감'한다. 이 예술가 의 시선에 의해서 도시의 세계는 "썩은것"이자 "치사스러운 금니"들의 공간 으로 알레고리화 된다. 그렇다면 "마즌편평활한유리에해소된정체를도포한 조름오는혜택"으로 가득찬 무의미한 도시와 거리를 "이세기의곤비(困憊: 괴 로움 — 인용자 주)와살기가바둑판처럼넓니깔였다"50 고 파악하는 자의 미 학적 사유의 의미를 검토해볼 필요가 있다. 즉 예술가의 미학적인 인식이 어 떻게 정치적일 수 있는가의 문제가 바로 「가외가전」의 맥락을 푸는 가장 핵 심적 논점이 된다.

> (…) 좀지각해서는 / 텁텁한바람이불고하면학생들의지도가매일마다 채식을곳인다. 객 / 지에서도리없어다수국하든집웅들이어물어물한다. 즉이취락은바로 / 여드름돋는계절이래서으쓱거리며잠꼬대우에더운 물을붓기도한다. / 갈 — 이갈때문에견듸지못하겠다. // (…) 화/ 폐의스켄 달—발처럼생긴손이염치없이노파의통고(痛苦)하는손을잡는다. // 눈에 띠우지안는폭군이잡임하였다는소문이있다. 아기들이번번이애 / 총이 되고되고한다. 어디로피해야저어른구두와어른구두가맞부딧는 / 꼴을안 볼수있으랴. 한창급한시각이면가가호호들이한데어우러저서 / 멀리포성 과시반(屍班)이제법은은하다. // 여기있는것들은모도가그잡다한방을쓸 어생긴답답한쓰레기다. 낙뢰 / 심한그방대한방안에는어디로선가질식한 비둘기만한까마귀한마리가 / 날아들어왔다. 그렇니까강하든것들이역마 잡듯픽픽씰어지면서방은 / 금시폭발할만큼정결하다. 반대로여기있는것 들은통요사이의쓰레기 / 다. // (…) 속기를펴놓은상궤웅 / 에알뜰한접시

---

50 이상, 「가외가전」, 『시와소설』, 16~17면.

가있고접시우에삶은계란한개—또—크로터뜨린노란자 / 위겨드랑에서
난데없이부화하는훈장형(勳章型)조류—푸드덕거리는바람에방 / 안지가
찌저지고빙원웋에좌표잃은부첩떼가난무한다. 퀼련에피가 / 묻고그날
밤에유곽도탔다. 번식한고거즛천사들이하늘을가리고온대 / 로건넌다.
그렇나여기있는것들은뜨듯해지면서한꺼번에들떠든다./방대한방은속
으로곪어서벽지가가렵다. 쓰레기가막붙ㅅ는다.[51]

「가외가전」을 당대 국제정치적 맥락을 통해 해석할 때 우선 주목되는 구
절은 " 좀지각해서는 / 텁텁한바람이불고하면학생들의지도가매일마다채식
을곳인다."라는 부분이다. 「제야」에서 '노랑빛 독이든 광고지'와 '이루어질
리 없는 군축호회'를 바라보는 예술가의 인식은 「가외가전」에서도 사실상
동일한데, 이는 '텁텁한 바람이 불고 하면 학생들의 지도가 매일 채색을 고친
다'라는 구절과의 유사성을 통해 드러난다.

이 구절을 주목할 때 유의할 부분은 바로 '텁텁한 바람'의 의미가 무엇이
될 수 있는가에 있다. 우선 주목되는 바는 '텁텁한 바람'에 의해서 '학생들의
지도가 매일 채색을 고친다'는 부분이다. 즉 '텁텁한 바람'과도 같은 '세기의
곤비와 살기가 바둑판처럼 깔린' 국제 정치의 상황은 학생들이 배우는 '세계
지도'가 채색을 매일매일 바뀌게 한다. 이 말은 당시 일촉측발의 2차 세계대
전의 상황을 두고 전쟁에 의해서 국경선이 바뀐다는 것을 의미한다고 볼 수
있다. 요컨대 이상의 알레고리적 이미지가 보여주는 「가외가전」의 정치적
맥락은 언제든지 벌어질 수 있는 전쟁의 파국이 모더니티의 일상 속에 스며
들어 있다는 것을 미학적으로 드러내고 있는 것이다. 따라서 "화폐의 스켄달
—발처럼생긴손이염치없이노파의 통고(痛苦:고통스럽고 아픈— 인용자 주)

---

51 위의 글, 18~19면.

하는손을 잡는"다는 표현은 '염치없고 괴상한 화폐의 스캔들(자본주의)'이 '소년(노야)'와 동일한 존재인 '노파'를 고통스럽게 한다는 맥락으로 파악이 가능해 진다.

이러한 맥락에서 본다면 '눈에 띄지 않는 폭군이 잡입'하고 '아기들이 번번히 애총(아기무덤 — 인용자 주)이 되는' 상황 역시 2차 세계대전이라는 전쟁의 상황과 관련되어 해석될 수 있다. 물론 '눈에 띄지않는 폭군'을 명시적으로 나치독일이나 히틀러 혹은 더 나아가 일본 제국주의로 해석하긴 어렵다. 그러나 당시 34년 9월 정지용과 김기림이 참석한 『삼천리』좌담회에서 당시 문인들이 이미 '히틀러'와 '괴벨스'의 등장을 통해 문학이 정치선동의 도구로 사용되는 상황을 비판적으로 언급했다는 것[52]은 구인회의 동료인 이상 역시 이러한 정치적 맥락을 충분히 알고 있었을 것이라는 점을 추론할 수 있게 한다.

핵심은 당시의 민감한 국제정치의 상황이자 김기림의 「제야」와 이상의 「가외가전」이 지닌 기본적인 '정치적' 맥락이다. 이러한 「가외가전」의 정치적 요소는 이어지는 "어디로피해야저어른구두와어른구두가맞부딪치는/꼴을안볼수있으랴. 한창급한시각이면가가호호들이한데어우려져서/멀리 포성과 시반(屍班: 시체에 나타나는 반점 — 인용자 주)이제법은은하다."라는 구절에서 확정적으로 드러난다. 「제야」에 등장하는 구두들과 동일한, 전쟁의 위기를 불러일으키는 '어른구두들'을 피하려 하는 예술가인 이상은 당대의 정치적 맥락을 알레고리화하면서 부정하는 미학적 인식을 이 구절

---

52 이선희, 「최근의 외국문단 좌담회」, 『삼천리』, 1934.9. 215~217면. 해당 기사를 확인해 보면 당시 '히틀러와 괴벨스(벳버르스)의 등장을 통해 문학이 선전선동과 정치공작에 동원되는 사태'를 우려하고 있다는 언급이 등장한다.

에서 드러내고 있다.

즉 '한창 급한시각에 가가호호들이 어우려진'다는 것은 당시 전쟁상황을 앞둔 일제시대의 등화관제와 방공대연습을 맥락화 하는 것으로 파악될 수 있다. 당시 만주지역에서 소련과의 충돌을 대비해 34년경부터 군부와 총독부의 협의로 본격적으로 등화관제와 방공대연습이 시행되었다는 점[53]을 고려해본다면, '멀리 포성과 시반이 제법 은은하다'라는 구절은 전쟁 상황에 대한 이상의 비판적 시선이 내포되어 있다고 판단된다. 요컨대 '포성'과 '눈에 띄지 않는 폭군의 잠입'으로 암시되는 전쟁의 상황은 결과적으로 세계에 애총(아이들의 무덤)과 '시반(시체반점)'을 넘치게 할 뿐인 무의미한 것에 불과하다는 점을 미학적으로 드러내고 있는 것이다.

따라서 시의 마지막 부분에서 제시되는 "여기있는것들은모도가그잡다한방을쓸어생긴답답한쓰레기다."라는 구절은 예술가로서의 이상이 판단하는 세계에 대한 인식과 비판을 집약하는 것으로 논의되어야 한다. '방대한 방'이자 '금시폭발할듯 정결해보이는'세계를 모두 무가치한 '쓰레기'로 선언하는 이상의 시선은 "속기를펴놓은상궤웋/에알뜰한접시가있고접시우에삶은계란한개—�—크로터뜨린노란자/위겨드랑에서난데없이부화하는훈장형(勳章型)조류—푸드덕거리는바람에방/안지가찌저지고빙원웋에좌표잃은부첩떼가난무한다."는 언급을 통해 모더니티의 세계가 전쟁을 통해 파국으로 치닫고 있음을 드러낸다. '전쟁의 상황'에 대한 속기가 날아들며, '빙원위의부첩(簿牒: 정부의 문서 — 인용자 주)'가 난무하는 '접시'위에 "난데없이부화하는훈장형조류"는 위의 맥락에서 '전쟁'을 추동하는 세력인 '파시즘'에 대한 비

---

53 이에 대해서는 「등화관제실시코저 군부와총독부가 협의」, 『동아일보』, 1934.3.21. 기사를 참조할 것.

판을 제시하는 미학적 정치성을 갖는다. 오직 냉혹한 '자본'과 '전쟁'만이 승리하는 카타스트로피의 상황을 이상은 전쟁의 승리를 의미화하는 '훈장형 조류의 탄생'이란 이미지를 통해 집약하고 있는 것이다.

전쟁의 급박한 상황과 자본주의의 파국이 몰아치는 당시의 상황이란 이상에게 '파국'이자 '카타스트로피'로 규정될 수밖에 없다. 이 역사적 '진보'의 흐름 속에서 예술가를 상징하는 '가외가'의 영역인 '피문은 궐련'과 예술가의 거주처인 '유곽'을 불태운다.[54] 그리고 모든 것을 파국으로 환원시켜 버리는 '병원'과 '불임'의 모더니티는 세계를 '번식한 고 거짓 천사들이 하늘을 가리'도록 가득 차게 만든다. 즉 현실의 모든 모순을 압축한 '속으로 곪은 방대한 방'이 언제든지 붕괴될 수 있으며 '쓰레기가 막 붙는' 곳일 뿐이라는 이상의 냉정한 평가는, 모더니티로서의 당대의 국제정치와 전쟁의 상황을 '데포르마시옹'하는 예술가적 인식이자 미학적 정치성의 맥락을 보여주는 것이다.

지금까지 살펴본 것과 같이 김기림의 「제야」와 이상의 「가외가전」은 모두 당대 2차 세계대전을 앞둔 정치적 맥락을 배경으로 깔고 있다. 위 두 작품이 동시에 『시와 소설』에 실렸다는 사실은 김기림과 이상이 바라보는 모더니티로서의 파국의 정치적 맥락을 보여준다. 김기림의 '노랑빛 독한 광고지/화폐의 스캔들'(자본)과 이상의 '군축호회/훈장형조류'(정치)는 예술가들이

---

54 신형철, 「'가외가'와 '인외인' ― 이상의 「가외가전」(1936)에 나타난 일제 감정기 도시화 정책의 이면」, 『인문학연구』50, 2015, 57~63면. 신형철은 식민지 통치권력이 지배하는 '가'의 영역과 그것에 벗어나 있는 '가외가'의 이미지에 주목한다. 신형철은 시의 마지막 부분에 대해서 다음과 같이 평가하고 있다 "눈여겨봐야 할 것은 '속기', '훈장', '방안지', '부첩' 같은 소재들이 갖는 공통된 성격이다. 그것은 역사적, 정치적 성격을 갖는 것들이고 국가기관이나 지역 관공서에서 사용할만한 물품들이다. (…) 그것들은 식민통치권력의 환유들로 거기에 존재하고 있다. 그리고 중요한 이전까지 등장한 그 모든 '가외가'들이 산출한, 차별과 배제의 권력―공간인 '가(방)'가 마침내 폭발한다는 것이다."

바라보는 파국적 모더니티와 이를 미학적으로 데포르미시옹하는 미학적 세계관을 의미화한다. 자본과 전쟁으로 가득찬 거리, 모더니티, 도시의 세계를 완전하고도 완벽하게 '무(nothing)'로 사유하고 부정하며, 그것을 넘어선 '사자의 울음소리'를 꿈꾸는 것. 이것이 바로 김기림이 '꿈의 리얼리티'라고 말했으며, 이상이 '이미그란트(이방인)'이자 '데포르마시옹'의 천재들이라 언급했던 구인회 예술가들이 보여준 미학적 정치성의 근본적 목표라 할 수 있는 것이다.

5. 결론 : '순수한 모더니즘'이라는 이름의 이면

지금까지 본고는 구인회 구성원들의 회고를 통해 당대 조선의 문학장에서 제대로 이해되지 못했던 구인회 문학의 동시대성과 미학적 정치성의 문제를 다루었다. 김기림과 박태원, 이상의 회고에서 두드러지는 것이지만, 이들은 '초현실주의'라는 미학적 기반을 토대로 지성적이고 현대적인 '새로운 조선문학의 건설'이라는 기치를 공유해왔다. 그것은 그들 스스로의 말처럼 '순연한 예술운동'이자 '조선문학의 신기축'을 건설하기 위한 노력이었다고 판단된다.

본고의 검토처럼 『시와 소설』에 실린 박태원의 「방란장 주인 — 성군중의 하나」와 정지용의 「유선애상」 그리고 김기림의 「제야」와 이상의 「가외가전」은 모두 '거리', 즉 모더니티의 현실로부터 이탈하고 예술가로서의 독자적인 가치를 긍정하는 태도를 취한다. '결혼'과 '안정'으로 상징되는 현실로부터 이탈하며 자신의 미학적 태도를 긍정하는 것(박태원, 정지용)과 동시에 당대의 정치적 맥락을 비판하고 그것을 '파국'으로 규정하는 것(김기림, 이상)은 구인회 구성원들이 추구했던 예술의 가치가 근본적으로 무엇이었는지를 보여준다. 현실에 대한 현실적 비판이 아닌, 현실에 대한 미학적인 비판인 것이자 동시에 미학적이기에 정치적일 수 있는 지성적 예술, 그것이야 말로 당대에 구인회가 추구했던 새로운 현대적 조선문학의 구체적 방향이라 할 수 있는 것이다.

그러한 점에서 구인회 문학과 예술의 핵심이라 할 '이미그란트(이방인)'인 예술가가 행하는 '데포르마시옹(변용)', 즉 이른바 '기교'의 의미가 무엇인지를 다시금 논의할 필요가 있다. 『시와 소설』을 통해 드러나는 정치적이고 미학적인 알레고리적 이미지의 양상은 지금까지 구인회에 부여된 '기교파'란 이름이 무엇이었는가를 되묻게 한다. 따라서 문제는 구인회의 구성원들이 왜 그토록 기교에 매달렸는가, 그것이 무엇이었으며, 어떻게 필요했던 것인가를 질문하는 것에 있다. 핵심은 지금 '우리'의 시선이 아닌 역설적으로 그들의 문학에 대한 인식으로부터 구인회 모더니즘 논의를 출발해야 한다는 것이다.

요컨대 구인회의 '문학'과 '기교'란 단지 현실 유리적이지도 않으며, 현실과 무관한 추상적인 것도 아니다. 그렇게 본다면 김기림이 「제야」를 완성한 직후 발표했던 평론인 「시와 현실」(1936.1)에서 그가 '강한 현실증오의 감정에서 문학을 한다는 것'을 왜 언급했는지가 짐작 가능하다. 요컨대 미학적이며 동시에 정치적인 것, 혹은 미학적이어야 만이 정치적일 수 있는, 현대적이고 지성적인 새로운 조선문학의 추구가 바로 구인회 모더니즘의 핵심적 방향성이라 할 것이다. 물론 그러한 '문학'이란 모더니티와 파국에 대한 '데포르마시옹'과 더불어 그것을 극복하려는 '이미그란트'(이방인)인 예술가적 태도에서 유래해 있다는 점은 자명해 보인다.

『문장』의 미적 이념으로서의『문장』*
김용준의 예술론을 중심으로

/

박슬기

1. 『문장』의 화가들: 김용준과 길진섭

『문장』이 추구한 이념을 고전주의 혹은 전통주의라고 보는 견해는 이미 정설이 되어 있다. 『문장』에 대한 긍정적인 평가도, 부정적인 평가도 모두 여기에 걸려있다.[1] 이 논의들은 하나의 전제, 즉『문장』이 현실 정치의 전망이 전적으로 사라진 상태에서 조선 민족 공동체라는 미학적이고도 상상적인 정치체를 구상하고자 했다는 점을 인정한다. 평가는 이 이념의 정당성, 혹은 실체성에 관계된다.

가령『문장』의 고전/전통주의가 일본의 제국주의 논리와 유사성을 지니고 있다고 보는 견해에서는 "조선적인 것=과거의 것"이라는 등치가『문장』의 전통주의의 토대라고 전제한다.[2] '과거의 것'으로서 '조선'을 소환하려는

---

* 이 글은 2009년『비평문학』33집에 수록되었던 논문을 수정하여 게재하는 것이다.
1 문화예술 전반에 걸쳐 일본화가 진행되던 시기에 조선적인 전통을 복원하고 지켰다는 측면을 일제의 제국주의정책에 대한 소극적인 저항으로 평가할 때,『문장』의 전통/고전주의는 긍정적인 의미를 획득한다. 그러나 이러한 전통/고전주의가 일본의 대동화 공영권의 논리에 흡수된 것이며 그것의 조선적 양상이라고 할 때, 이는 부정적인 것으로 여겨진다.

시도는 과거라는 시간을 통해 동양적인 것을 추구하려던 대동화 공영권의 논리와 은밀한 관계를 가지게 된다는 것이다. 이는 쉽게 '상고주의'와 결부된다. 조선이라는 과거는 오직 아름다움의 대상으로 발견[3] 되며, 이는 취향으로 말하자면 논리적이라기보다는 생리적인 "복고적 태도"[4] 에 가까운 것이다.

그러할 때 『문장』의 이념이기도 한 전통/고전은 무엇인가, 혹은 어떻게 추구했는가에 대한 물음은 논의의 밖에 놓인다. 그러나 『문장』의 기획의 의도와 그 결과가 아니라 『문장』의 기획의 실체를 문제삼고 이를 규명하지 않는다면 『문장』의 전통/고전주의는 이념으로서의 지위를 확정받지 못할 것이다. 그러므로 이 글은 하나의 소박한 질문에서 출발한다. 『문장』의 이념, 즉 고전주의 혹은 전통주의라고 운위되어 왔던 이 이념의 실체는 무엇인가. 『문장』이 지향하는 바가 무엇이었는가, 그리고 그 지향이 어떤 의미가 있는가를 묻기 전에, 『문장』이라는 잡지 자체가 어떻게 구성되었는지를 확인해보는 일이 필요하다. 왜냐하면 모든 방법은 대상 안에 있는 것이기 때문이다.[5]

『문장』의 창간호 여묵(편집후기)에는 세 사람의 이름이 보인다. 김연만, 이태준, 그리고 길진섭 중에서, 문장의 발행인인 김연만[6] 을 제외한다면 편

---

2 차승기, 「1930년대 후반 전통론 연구」, 연세대학교 박사, 2002.
3 위의 글, 74면. 차승기는 이태준의 미의식을 연구하면서, 그에게 고완품이란 과거의 삶을 의미하며, 이 과거의 삶과 현재의 삶 사이의 거리를 '아름다움'으로 채워 넣었다고 논의하고 있다.
4 김윤식, 『한국근대문학사상비판』, 일지사, 1978, 171면.
5 W. Benjamin, 조만영 역, 『독일 비애극의 원천』, 새물결, 2008, 12~13면 참조.
6 그는 이태준의 친구이자, 이태준에게 평생 도움을 주었던 인물로서 동경 유학을 도왔다고 알려져 있다. 이태준과 김연만의 관계에 대해서는, 김병익, 『한국문단사』, 일지사, 1973, 166~167면 참고.

집 실무를 담당했던 이는 이태준과 길진섭이다. 화가 길진섭이 『문장』에서 맡았던 역할은 이태준이 쓴 후기에 정리되어 있다. "출판부의 최후의 가치를 결정하는 것은 실로, 활자호수에서부터 제본에 까지를 통제하는 장정으로서, 그 일을 양화가 길진섭 우(友)가 책임해주게 된 것은 『문장』의 자랑이 아닐수 없다."(1집:192)[7] 장정을 다만 잡지를 아름답게 꾸미는 일로 간주하지 않고, "최후의 가치를 결정"하는 일로 간주했다는 점은 주목을 요한다. 이태준은 간단하게 말했으나, 한 잡지의 창간호부터 폐간호까지 한 명의 화가, 그것도 매우 영향력이 있는 화가가 일관되게 장정을 꾸민다는 것에는 대수롭게 넘겨버릴 수 없는 점이 있다. 문예지에 화가가 주도적으로 참여하고 있다는 점, 더군다나 의뢰에 따르지 않고 자신의 취향과 경향으로 장정을 이끌어가고 있다는 것은 어떤 의미를 지닐 수 있는가?

이것이 이 글의 첫 번째 의문에 해당한다. 두 번째 의문은 이런 것이다. 제2호 여묵에서 이태준은 "원고난이란 재정난 이상임을 깨달았으나 어데까지는 엄선주의인 것은 무론이다."라고, 길진섭은 "앞으로 지금까지 우리가 느껴온 상업미술의 의미에서의 표지가 아니고 한개의 작품으로 표지를 살려나갈 작정이다."(2집:198)라고 언급한다. 앞서 창간호의 여묵에서 이태준이 자신은 작품을, 길진섭은 장정을 책임질 것이라고 말한 데 이어지는 각오와 같은 것이기도 하다. 어느 잡지나, 그것이 문예지이든 대중 잡지이든 간에, 잡지의 완성도를 다짐하는 것은 통례다. 그러나 잡지의 위상이나 역할을 강조하기보다는, 먼저 매체 자체의 완성도를 다짐하는 경우는 예외적인 일에 해당할 것이다.

---

7 「후기」, 『문장』 1호, 1939.2 이하 『문장』의 수록 글을 인용할 때는 본문에 (「제목」, 권호: 면수)로 표시한다.

이태준이 다짐한 것처럼,『문장』의 부정할 수 없는 성과는 그 높은 문학적 성취에 있다. 이태준, 정지용이라는 두 핵심 인물 뿐 아니라, 일제 말기의 가장 아름다운 작품들이『문장』을 통해 대부분 발표되었다는 점에는 이견이 없다. 동시에『문장』은 가장 아름다운 잡지이기도 하다. 이는 화가였던 김용준, 길진섭의 성취다. 또한 동시에 그 매체 자체를 하나의 예술품으로 완성시키고자 의도했던『문장』그룹 모두의 욕망이다. 잡지『문장』은 이병기, 정지용, 이태준이라는 문학계와 김용준, 길진섭이라는 미술계라는 두 그룹의 공통된 미의식과 지향성에 기반하고 있는 것이다.

2. 목일회의 동양주의 미술

『문장』의 편집위원이었던 길진섭은 누구인가? 그는 근원 김용준과 함께 동경 미술학교에 입학했던 동기생이며, 유학시절 김용준과 함께 백치사에서 거주했고, 당시 와세다에 청강생으로 있던 이태준[8] 과 각별하게 지냈던 서양화가이다. 김용준과 함께 동경 미술학교 동문회 격인 동미회를 창설했고, 이후 백만양화회, 목일회 등의 단체를 창립할 때 늘 함께 했다. 동미회와 목일회는 모더니즘 미술은 곧 동양주의 미술이라는 기치로 현대 서양 미술과 조선의 전통 미술은 동일한 원류를 지닌다는 의식으로 1920~30년대에 미술

---

8 이태준은 1927년 조치대학(上智大學) 전문부 정치경제학과에 입학했다. (민충환, 「이태준의 전기적 고찰」,『이태준 문학 연구』, 깊은샘, 1993, 44면.) 이태준의 동경 생활에 대해 새로 밝혀진 사실은 1925년에 와세다대학 전문부 정치경제학과와 와세다전문학교 정치경제학과에 청강생으로 입학했던 사실이다. (구마키 쓰토무(熊木 勉), 「<사상의 월야>와 일본—이태준의 일본체험」, 한국현대문학회 2009년 제 1차 전국학술발표대회 자료집, 2009. 3.)

계의 동양주의 논의에 중심에 섰던 단체9 이다.

즉 표지화와 권두화를 나누어서 그린 길진섭과 김용준10 은 목일회의 핵심 구성원이며, 『문장』에 참여했던 화가들은 모두 목일회와 밀접한 관계를 지니고 있다. 길진섭과 김용준 외에, 표지화를 그린 화가는 13집의 정현웅과 24집의 배운성이다. 권두화의 경우 김환기(5집), 이승만(9집)이 참여했다. 이 중에서 이승만과 배운성을 제외하면, 정현웅과 김환기는 김용준과 길진섭과 밀접한 관계에 있으면서, 목일회의 회원이었다는 공통점을 지닌다.

목일회의 화가들이 『문장』에 참여한 정도는 단순히 의뢰에 의해 표지화나 권두화, 삽화, 컷을 그리는 정도가 아니었다. 달리 말해 김용준과 길진섭이 번갈아서 『문장』의 표지화와 권두화를 지속적으로 그려나갔다는 정도에 그친 것은 아니다. 『문장』의 첫 특집호인 7집에서는 이 점이 반영되어 있다. 당대의 내로라하는 소설가들의 작품으로 소설 특집을 꾸몄는데, 여기에는 화가 11인이 참여하여 그림을 그렸다. 이 그림은 단순한 삽화가 아니라, 독립된 작품으로서의 위상을 지닌다. 실린 순서대로, 길진섭, 이병규, 윤희순, 김환기, 정현웅, 김용준, 김규택, 김만형, 구본웅, 이승만, 이상범이 그들인데, 이들은 대부분 목일회의 회원이거나 김용준, 길진섭과 그 경향을 같이 하는 화가들이었다. 말하자면 『문장』에서 그림은 다만 하나의 장식이 아니라, 『문장』에 담겨있는 화가들의 지향을 선명하게 드러내는 것이었다. 그러

---

9 목일회의 핵심 구성원은 김용준, 황술조, 구본웅, 길진섭 등으로 1934년 5월 조직되었다. 목일회의 구성과 활동에 대해서는 기혜경, 「목일회연구」, 『미술사논단』12호, 2001, 참조.

10 표지화의 경우 김용준이 총 16회, 길진섭이 총 8회(2,4,5,10,15,21,23,26집)을 담당했다. 권두화는 11집 이후부터 실리지 않는데, 김용준이 총 5회, 길진섭이 1회(3집) 담당했다. 이로 볼 때, 두 사람이 커트와 삽화를 나누어 그렸지만, 김용준이 더 중추적인 역할을 한 것으로 보인다.

므로 첫 특집호 7집은 『문장』의 또 한 계열, 즉 미술계의 영향을 드러내고 있다는 점에서 주목을 요한다.[11] 다시 말해 『문장』은 목일회의 매체이기도 한 것이다.

목일회와 구인회의 친분은 이미 알려진 바가 있거니와, 무엇보다 이태준은 김용준과 이미 1926년부터 교유관계를 맺고 있었을 뿐 아니라 그의 미적 인식과 긴밀하게 공명[12]하고 있었다. 그 결과가 잡지 『문장』이라 할 수 있으며, 그런 한에서 『문장』의 토대는 일본의 백치사(白痴舍)에서 시작된다고 할 수 있다. 백치사는 김용준이 1926년 동경미술학교에 입학한 후, 당시 입학 동기였던 길진섭, 김주경 등과 함께 표현파를 추구하는 미술학도들과 결성한 모임이기도 하면서, 그들이 함께 살던 집의 이름이기도 하다. 당시 와세다 대학의 청강생으로 있던 이태준도 백치사에 거의 매일 내왕하며 어울렸다.

이 백치사의 분위기는 단적으로 유미주의이자 탐미주의에 가까운 것이었다. 김용준은 이 시절에 대해 "소시얼리즘의 사조에는 비교적 냉정"하고, "그와는 정반대라면 반대의 유미적 사상, 악마주의적 사상, 혹은 니체의 초인적인 사상, 또는 체호프와 같은 적막한 인생관을 토대로 한 사상 등을 동경하는 일종의 파르나시앵(고답파)들"[13] 이었다고 회고한다. 이토록 철저히 유미주의 사상에 열중하고 모더니즘 예술을 추구했던 이들이 동양주의와 조

---

11 김현숙은 이를 주목하여, 목일회가 『문장』을 중심으로 '신문인화 운동'을 펼쳤다고 본다. (김현숙, 「한국 근대미술에서의 동양주의 연구:서양화단을 중심으로」, 홍익대 박사, 2002, 130~150면 참조.) 이 그림들에 대한 자세한 분석 역시, 김현숙의 논문 참조.

12 이태준은 녹향회의 창설 전람회가 논란에 휘말리자, 「녹향회 화랑에서」(『동아일보』, 1939.5.28~5.30.)를 발표하여, 이들을 지원 사격했다.

13 김용준, 「백치사와 백귀제」, 『조광』, 1936.8. (여기서는 『근원 김용준 전집』 3권, 열화당, 2001, 145면.)

선미술로 옮겨갔던 이유는 무엇이었을까? 이들의 변화가 단순히 1930년대 유행한 동양주의의 열풍에 기대고 있다고 보기는 어렵다.

1920년대 후반에서 1930년대에 이르는 미술계의 경향은 일별하기 어렵지만, 크게 일제 주도의 관변 미술과 이에 저항하는 소미술단체들의 반관변 미술로 나눌 수 있다.[14] 당시에 녹향회(1928)을 비롯하여, 1930년대의 프롤레타리아 예술동맹 미술부, 동미회, 향토회, 백만양화회와 같은 젊은 미술가 그룹들이 대거 창설되었는데, 이 구성원들은 대부분 일본에서 유학을 마치고 돌아온 젊은 서양화가들이었다.[15] 그들은 총독부에 의한 조선 미술을 반대하고, 새로운 조선 미술을 성립시키고자 했다. 당대에 동양주의는 조선 사회 전반에 걸쳐 확산된 것으로, 미술계 역시 예외는 아니었다. 이 동양주의는 동양적이고 향토적인 소재와 동양화의 전통화법을 추종하는 복고주의 계열과 현대적 신양식과 소재를 취하되, 동양의 미술을 정신적인 차원에서 추종하려던 목일회파 계열로 나눌 수 있다. 둘의 차이를 선명하게 하고, 자신의 동양주의를 차별화하고자 하는 의도에서 김용준은 다음과 같이 쓴다.

---

14 김현숙은 당시의 미술계의 구도를 관변 미술과 반관변미술로 나누고, 이들의 대립이 '조선 미술'에 대한 견해의 차이에서 발생했다고 본다. 그는 향토색을 추구하는 미술과 동양주의 미술은 서로 완벽히 분리되기는 어렵다는 유보적 태도를 보이면서도, 이 둘은 일견 유사해보이지만 다른 토대에 바탕을 두고 있다는 점을 강조함으로써, 당시의 동양주의 미술에 대한 새로운 견해를 제시하고 있다. (김현숙, 앞의 글, 122면.)

15 녹향회의 창립 이념을 밝힌 「미술만어」(『동아일보』, 1928.12.15.)에서 심영섭은 "총독부 미술 전람회나 서화협회 전람회는 자유롭고 신선한 창작을 제대로 선보이기 어렵다"는 이유를 든다. 여기서 녹향회, 동미회, 백만양화회 등은 김용준을 중심으로 창설되었고, 이 그룹의 미적 태도에 대해서 안석주 등의 프로예술 미술부 쪽의 비판이 있었으나, 이들은 이런 비판 속에서 자신들의 미적 이념을 확립해 나갔던 것이다. 이 시기의 미술계의 논쟁에 관해서는 최열, 「1928~1932년간 미술논쟁연구」, 『한국근대미술사학』1호, 1994, 참조.

조선의 공기를 실은(載), 조선의 성격을 갖춘(備), 누가 보든지 '저건 조선인의 그림이군'할만큼 조선 사람의 향토미가 나는 회화란 결코 알록달록한 유치한 색채의 나열로써 되는 것도 아니요, 조선의 어떠한 사건을 취급하여 표현함으로써 되는 것도 아니요, 그렇다고 선지(宣紙)에 수묵을 풀어 고인(古人)을 모(模)하는 등은 더욱더 아닐 것이다. 그러면 조선심은 어디서 찾겠는가. 조선의 공기를 감촉케 할, 조선의 정서를 느끼게 할 가장 좋은 표현방식은 무엇이겠는가.16

그가 이 글에서 비판하는 것은 크게 두 가지로 요약된다. 하나는 전통 미술을 완전히 모방함으로써 박제화시키는 것에 대한 비판이다. 이 글의 맥락에서 더욱 중요한 것은 두 번째 비판인데, 이는 "조선성"을 조선적 색채와 조선적 소재에 두는 당대의 아카데미적인 동양주의 미술에 반대하는 것이다. 이는 총독부 미술 전람회나 서화협회가 추구했으며, 일본의 신일본주의 및 동양화 중심주의의 영향을 받았으나 조선에 있어 한 번 더 굴절된 일종의 오리엔탈리즘적인 것이다. 일제에 의해 추구되었던 '조선적인 것'이란, 조선의 향토색을 고착화시키는 것이며 또 하나는 조선적인 소재를 취하는 것으로 정리된다. 이는 윤희순이 지적했듯, "지극히 안일, 쇠락, 침체, 무활동한 희망이 없는 절망에 가까운 회색"17에 가까운 것으로 조선적인 것을 원시적이고 쇠락한 것으로 규정하려는 일본의 의도에 부합하는 것이다.

이 인용의 마지막 부분에서, 그는 "조선심을 어디서 찾겠는가"라는 질문을 던진다. 말하자면 "조선심"이라는 '조선 그림'의 이념의 문제를 '무엇'에서 '어디서'로 옮겨 놓은 것이다. 그러할 때 "조선의 공기를 감촉케 할, 조선

---

16 김용준, 「회화로 나타나는 향토색의 음미」, (『근원 김용준 전집』 5권, 132면.)
17 윤희순, 「제11회 조선미전의 제현상」, 『매일신보』, 1932.6.1~8. 이 글에서 그는 조선미전에서 '조선적인 정조'를 내기 위해 동원한 소재들이 초가집, 무너진 흙담과 같은 것이며 또한 조선의 색채들은 노란 저고리, 파란 치마, 백의 등으로 고정되어 있다고 비판한다.

의 정서를 느끼게 할 표현 방식"이란 '조선심'과 불가분의 관계로 이해된다. 그러므로 그것은 일종의 방법이며 형식이다. 이는 그가 말한 바, 색이나 소재로 규정되는 것이 아니라, 표현 방식 속에서 즉 그것의 형식 속에서 형식과 함께 드러날 어떤 것이기 때문이다. 단순히 소재나 색을 통해서 조선적인 것을 형상화했다고 여기는 것과는 전혀 다른 문제인 것이다.

이렇게 문제의 요점을 옮겨놓음으로써, 김용준과 목일회의 동양주의 미술은 관변 미술과는 다른 토대에 서게 된다. 관변 미술이 조선적 미술을 하나의 제국주의 질서 안에서 조선을 하나의 지방으로 고착화시키려는 의도에 기반하고 있었기 때문에, 그들은 조선적인 것을 소재나 색채에 고정시켜 놓는다. 조선심은 조선적 소재나 조선적 색채와 동일한 것으로 사유된다. 그러나 목일회의 화가들은 표현 방식을 더 중요하게 생각하며, 이는 본래 그들 미술의 원점인 서구의 표현주의 예술과 동일한 예술적 지향을 공유하고 있다. 김환기의 그림이 보여주듯, 추상적이고 정물의 서구적 표현 속에서도 얼마든지 조선성은 드러날 수 있다고 본 것이다. 이 때 조선성이란 좁은 의미에서 조선에 한정될 수 있는 것이 아니며, 서구의 미술과 동양의 미술이 동일하게 기반하고 있는 일종의 보편적 미적 이념이라고도 할 수 있는 것[18] 이다.

18 이 글의 끝에 김용준은 조선의 미를 "애조(哀調)"에서 찾은 야나기 무네요시를 비판하면서, "고담한 맛, 그렇다, 조선인의 예술에는 무엇보다 먼저 고담한 맛이 숨어 있다."라고 쓴다. 간접적으로 "조선심"을 규정하고 있다. 이런 규정을 보건데, 김용준의 동양주의가 오리엔탈리즘에 포섭되지 않았다고 단언할 수는 없다. 말하자면 일본의 대동아공영권의 논리, 즉 동양의 가치로 세계를 재질서화하려는 의도에 포섭될 우려가 없다고 할 수는 없다. 그러나 대동아공영권의 논리는 미적 가치로서의 동양주의를 정치적 질서의 원리로 환원하는 데 비해, 김용준 그룹의 동양주의는 전적으로 그것을 독립된 미적 이념으로 존속시키려고 했다는 점에서 차이를 지닌다. 말하자면 이는 예술이 토대하는 보편적인 이념을 문제삼는 것으로서, 이를 일괄적으로 오리엔탈리즘 혹은 대동아공영권의 논리로 환원시킨다면, 이는 미적인 가치를 과도하게 정치적으로 해석하는 일이라 할 수 있다.

3. 김용준의 예술론 — 형식으로서의 미적 이념

김용준과 목일회는 서구의 미술은 표현주의로 수렴된다고 보고, 주관의 표출이라는 차원에서 동양과 서양의 미술은 동일한 원류를 지닌다고 보았다. 그러므로 소재주의이거나 모방주의로서의 조선 미술을 단호히 거부하고, "조선의 정신"을 형상화하는 것은 무엇을 그렸느냐가 아니라 얼마나 그 정신을 표현하고 있느냐에 달려 있다고 보았다. 서양의 형식으로도 충분히 조선의 정신을 표현할 수 있다는 것인데, 이러한 견해는 당시 이태준도 공유하고 있다. 그는 「제십삼회 협전 관람기」(조선중앙일보, 1934.10.24 − 30)에서 동양화 역시 중국에서 기원하였지만 조선의 정신을 구현하고 있다면서, "조선의 양화(洋畵)"를 옹호하고 있다.

그렇다면 추상적이고 관념적이기까지한 "조선의 정신"은 이들의 하나의 미적 이념이라고 할 수 있다. 그것은 "각 시대를 통하여 거의 공통적으로 느껴지는 무엇"[19]이어서 무엇으로도 설명하기 어렵다. 그러할 때 김용준은 "그러한 내용을 결정하기 위해서는 선과 형과 색채가 전연 별개의 것이 아니요 부단히 관련성이 있는 것"이라고 하며, 양식의 문제를 가지고 온다. 즉 그에게 이념은 오직 그것을 표현하는 형식을 통해서만 암시적으로 드러나는 것이다.

> 서양화답다는 것과 서양취가 난다는 것과는 근본적으로 다르나. '서양화답게'란 말은 서양적인 모든 조건의 마티에르를 살리기 위한 말이요, '서양취'란 말은 작품의 내용이 주는 인상, 가령 인물의 표정이나 체구나 혹은 동세나 또는 건축이나 정물 등의 공기가 마치 서양인이 호흡

---

19 김용준, 「전통의 재음미」, 『동아일보』, 1940. (『근원 김용준 전집』 5권, 134면.)

하는 그 가운데 선 것 같음으로 하는 말이다. (중략) 군[김만형－인용자]의 이 결점의 원인은 다른 방면으로는 데생의 부족에서 온다. 풍경, 그기타에서보다도 인물에 있어서는, 데생의 수련이란 것은 작가에게 결정적인 지반을 세워 주는 것으로, 인물 묘사에 있어 불완전한 데생은 관자(觀子)에게 큰 불안을 주는 것이다. (중략) 이러한 결점들은 요컨대 군이너무 이데아에 탐닉하고 리얼에 대한 반성이 부족한 탓이라 하겠다.(「김만형군의 예술」, 20집: 211－212)

김만형의 예술을 평하는 자리에서 그는 김만형의 그림이 빛과 색채를 통해서 매우 강렬한 열정을 형상화하고 있다고 고평하면서, 그의 약점을 두고 "서양취가 너무나 농후하다"고 지적한다. 이를 위해 서양화답다는 것과 서양취가 난다는 것을 구분한다. 전자를 "서양적인 모든 조건의 마티에르를 살리기 위한 말"이며, 후자를 두고는 작품의 내용이 주는 인상, 즉 인물의 표정, 동세 또는 건축이나 정물의 공기가 "마치 서양인이 호흡하는 그 가운데 선 것 같음"을 의미하는 말이라는 것이다. 얼핏 보기에는, 후자가 서양화의 정수를 더 체현하는 것처럼 보이지만, 김용준의 견해는 다르다. 그는 아무리 서양취가 농후한 작품일지라도, 서양인이 보기에는 다만 모방에 불과할 뿐이라는 것이다.

요약하면 전적으로 서양인의 입장에 서고자 하고 기법보다는 서양적인 소재에 집중한다면 그것은 다만 서양화의 모방에 지나지 않는다. 오히려 서양적인 모든 조건의 '마티에르' 즉, 기법에 집중할 때 오히려 더 서양적인 어떤 것을 포착할 수 있다는 것이다. 즉 '서양적인 정신'은 '서양적인 모든 기법을 통해서'만 포착될 수 있다. 서양적인 정신, 서양화의 이데아라고 부를 수 있는 것을 잡으려면 그 이념에 집중할 것이 아니라 다만 앞에 놓여 있는 대상, 즉 리얼한 것들을 기법적으로 정교하게 포착해야 한다는 것이다.

여기서 기법은 테크닉이 아니라 회화의 기초적인 데생에 해당한다. 데생은 대상을 구성적으로 완전하게 전달하려는 데 그 의의가 있는 만큼, 데생이 견실하지 않는 한 대상의 온전한 제시는 불가능하기 때문이다. 그런 의미에서 '리얼'은 다만 눈앞에 보이는 대상만을 의미하지 않는다. 그에게 '리얼'이란 눈에 보이는 대상 그 자체를 가리키는 것이 아니라, 그 대상을 구성하는 선이거나 색, 혹은 그것의 분위기를 통해 드러나는 어떤 것, 그 대상이 품고 있는 요체이자 핵심에 해당하는 것으로 보아야 할 것이다. 즉 '리얼'에 집중하라는 말은 그 대상의 외적이고도 내적인 본질에 가 닿아야 한다는 주문이다.

이런 한에서 '리얼'은 사실(寫實)이라고 말할 수 있다. 녹향회의 2회 전시회를 보고 김용준은 김주경과 박광진의 그림에 대해 "두 분이 다 신낭만파적 색채가 농후하나, 한갓 유감은 사실(寫實)의 미가 회화의 기본 원리인 것을 두 분은 인식치 못한다"[20] 고 비판한다. 이 비판이 다만 데생의 건실함이라든가 묘사의 사실적 충실함의 부족만을 가리키는 것은 아니다. 바로 이어 "다시 말하면, 사실세계(寫實世界)에서 초사실세계(超寫實世界)로 뛰어 올라간 중간 도정이 화면상에 나타나지 않았다"고 덧붙이고 있기 때문이다.

그림의 대상을 제대로 된 기법으로 대상을 포착하지 못할 때, 대상은 다만 하나의 정물로 떨어질 뿐이다. 그는 다음과 같이 덧붙인다. "우리는 그려진 한 개의 능금(林檎)이라도 곧 그것이 우주의 한 실재가 되기를 요구한다. 그림 한 폭을 통하여 우주의 생명을 느낄 수 있어야 할 것이다." 이 지점에서 대상이 드러내고 있는 어떤 '무엇'을 드러내는 것이 있음을 전제한다. 또한 이를 미술 작품의 '이념'이라고 여길 수 있다면, 그것은 오직 사실(寫實), 즉 형

---

20 「동미전과 녹향전」(『혜성』, 1931.5.)(『근원 김용준 전집』5권, 246면.)

식과 기법을 통해서만 드러낼 수 있다. 특히 "서와 사군자에 한하여는 그 표현이 만상의 골자를 포착하는 데 있"다며, "일획 일점이 곧 우주의 정력의 결정인 동시에 전 인격의 구상적 현현이다."[21] 라고 단호히 강조한다.

예술 작품의 이념이라는 것이 있다고 한다면, 그것은 오직 형식을 통해서만 드러난다. 이념은 형식 안에 내포[22] 되어 있는 것으로 형식과는 전혀 별개의 영역에 있는 것이지만, 형식에 결부되지 않고서는 결코 드러날 수 없는 것이기도 하다. 말하자면 김용준의 예술론은 일종의 형식주의 미학이지만, 전적으로 형식만을 옹호하는 것은 아니다. 그의 동양주의가 예술의 보편적 기원을 추구하는 것과 관련이 있다고 했을 때, 그것은 형식을 '통해서' 추구될 수 있는 것이 아니라 형식 '안에' 내포되어 있는 것이기 때문이다. 즉 그에게 어떤 '보편적 이념'은 미술 작품 자체를 넘어서 있다고 상정되지 않는다. 그것은 형식 안에 있으면서, 그것에 의해 규정되지는 않지만 형식을 떠나서는 드러날 수 없는 것이다. 따라서 이념을 추구하기 위해서는 먼저 그것이 드러난 형식 자체를 성실히 묘사하는 일이 필요하다. 그리고 이 형식을 통해서만 그 형식의 이념은 드러나게 될 것이다.

4.『文章』이라는 작품

이념과 형식이 불가분의 관계를 맺고 있다고 하는 김용준의 견해는『문장』그룹의 공통된 미적 인식인 것으로 보인다. 물론 이는 직접적으로는『문장』

---

21 김용준, 「11회 서화협전의 인상」,『삼천리』, 1931.11.(『근원 김용준 전집』5권, 252면.)
22 이 용어는 벤야민적 맥락에 따라 사용한다. 벤야민은 이념이라는 내용을 싸고 있는 그릇으로서 형식을 사유한 것이 아니라, 그것과는 별개의 것이면서도 형식 속에 스며들어 있는 존재 형식을 내포(內包)라는 용어로 표현한다. (W. Benjamin, 앞의 책, 13∼18면 참조.)

에 참여한 목일회의 인식일 것이며, 간접적으로는 이태준의 미적 인식일 것[23]이다. 이러한 점은 『문장』창간호부터 연재된 『문장강화』에도 기본적으로 깔려 있는 전제이다. 그 요체는 훌륭한 글이란 좋은 내용에 있는 것이 아니라, 적절하게 사용된 단어, 잘 짜인 문장에 의해 이루어진다는 것이다. 말하자면 좋은 문장 속에서 작품은 그 훌륭함을 드러낸다.

> 모사는 선부공이 해왔으나 종이에 그것을 먹칠해 보기는 내가 먼저다. 도저히 원획(原劃)이 날 리가 없다. 영화 필름을 조각조각으로 보는 셈이다. 생동할 리가 없다. 그러나 멀리서 바라보면 자형(字形)만은 방불하다. 나는 낮에는 집에 별로 있지 못하다. 밤에나 보기에는 더욱 방불하다. 그런데 이 두 폭 24자를 먹칠만 하기에 나는 이틀 저녁에 세 시간 이상씩이 걸리었다. 완당이 자유분방하게 휘둘러 놓은 획 속에 나는 이틀 저녁을 갇혀 있었다. 완당의 필력, 필의, 필후(筆後)를 이틀 저녁을 체험한 셈이다. 천자획(天子劃)은 어떻게, 고자획(孤子劃)은 어떻게 다르난 것을 횡―하니 외일수가 있다. 완당의 획은 어떤 성질의 동물이란 것이 만져지는 듯하다. 화풍이나 서체를 감식하려면 원작자의 화풍, 서체를 이해해야 하고 이해하자면 보기만 하는 것보다 모사하는 것이 훨씬 첩경일 것을 느꼈다. (「모방」, 3집: 147)

추사의 글씨에 대한 이태준과 김용준의 애착은 『문장』의 제자를 추사의 예서체로 하기 위해서 애썼다(「여묵」, 5집: 202)는 데서도 드러난다. 여기서 중요한 것은 이태준이 추사의 글씨를 감상하는 방법이다. 그는 글씨를 모사하는 데서, 그 속에 드러난 추사의 "필력, 필의, 필후"를 느낀다. 이는 다만 추사라는 전통에 대한 애호를 뜻하지는 않는다. 그것의 형체를 따라가면서 그

---

23 김용준의 예술론이 이태준의 예술론과 밀접한 관련이 있다는 것은 이미 전제한 바다. 그러나 이태준의 미학을 한 마디로 정의하기는 어려우며, 이는 별도의 이태준론의 과제로 보인다. 여기서는 다만 『문장』에 한해서 논의하려고 한다.

속에 드러나는 어떤 정신성을 획득하는 방식인 것이다. 이러할 때 조선적인 전통을 추구하는 것과 그것의 형상을 모방하는 것은 결코 다른 차원에 있지 않다. 오히려 그 형상의 모방을 통해서만 진정으로 조선적인 전통을 획득할 수 있는 것이기 때문이다.

일제말기에 『문장』이 추구한 것이 고전/전통주의인 것은 의심할 여지가 없다. 그러나 그것은 『문장』이라는 매체 자체를 논외로 하고서는 성립하지 않는다. 달리 말해 『문장』에 소개되었던 고전의 목록이나 학예면을 차지한 조선어문학자들의 연구논문들이 '전통'의 전부는 아니며, 그 내용으로 인해 『문장』의 성격이 규정되는 것도 아니다. 표지화에서부터, 여묵에 이르기까지 그 모든 구성 요소들은 『문장』을 하나의 작품으로서 완성하고 있으며, 이 작품이 고전/전통적인 이념을 발산하고 있기 때문이다. 그러므로 『문장』의 이념은 고전/전통주의이되, 동시에 『문장』이라는 매체 자체이기도 하다.

이들의 사상이 대동아 공영권에 흡수되는 것이냐, 소극적인 의미에서 민족의 얼을 지켜내는 저항적 의미를 가지느냐 하는 문제는 그 다음에 논의되어야 할 문제일 것이다. 또 하나 중요한 것은 당대의 사회적 흐름 속에서 『문장』은 어디까지나 예술가의 태도를 견지했다는 점이다. 『문장』을 이끈 구인회와 목일회는 하나의 작품으로서 『문장』을 창작하고자 했다. 그런 의미에서 『인문평론』이 평론가의 잡지였다고 한다면, 『문장』은 예술가의 잡지였다고 할 수 있다. '전통'은 이 예술가들의 '작품' 속에 내포되어 하나의 정전(正典)으로서의 지위를 획득한다.

신범순 교수 연구 업적 목록*

/

1. 학위논문·학술지 논문 및 학술대회 발표 자료

1.1. 학위논문

「소월시의 서정적 주체에 대한 연구」, 서울대학교 대학원 석사학위논문, 1985.
「해방기 시의 리얼리즘 연구―시적주체의 이데올로기와 현실성에 대한 기호학
　　적 접근」, 서울대학교 대학원 박사학위논문, 1990.

1.2. 학술지 논문 및 학술대회 발표 자료

「개화가사의 양식적 특징과 현실 의미의 전환 양상」, 『국어국문학』 제95호,
　　1986.
「愛國啓蒙期 '時事評論歌辭'의 形成과 政治的 危機意識의 文學化: 大韓民國日申
　　報 所載 歌辭를 중심으로」, 『국어국문학』 제97호, 1987.
「프로문예운동의 방향전환에 있어서 레닌주의와 그에 대한 비판」, 『관악어문연
　　구』 제12권 1호, 1987.12.
「이상 문학에 있어서의 분열증적 욕망과 우화」, 『국어국문학』 제103호, 1990.5.
「서정주에 있어서 '침묵'과 '풍류'의 시학」, 『한국현대문학연구』 제2호, 1993.2.
「30년대 문학에 있어서 퇴폐적 경향에 대한 논의」, 『관대논문집』 제24권 2호,
　　1996.
「정지용 시에서 '헤매임'과 산문 양식의 문제」, 『한국현대문학연구』 제5호, 1997.

---

* 서울대학교 국어국문학과 석사과정의 김규태, 김현진이 정리하였다.

「정지용 시에서 '詩人'의 초상과 언어의 특성」, 『한국현대문학연구』 제6집, 1998.6.

「현대시에서 전통적 정신의 존재형식과 그 의미: 김소월과 백석을 중심으로」, 『국어교육』 제96호, 1998.

「사이버 시대 시의 유령적 초상과 창조적 고민의 소멸」, 『한국현대문학연구』 제8집, 2000.12.

「隱者의 정원에 나타난 象徵과 꿈의 의미 : 「安憑夢遊錄」을 중심으로」, 『韓國文化』 제26호, 2000.12.

「반근대주의적 魂의 詩學에 대한 고찰 : 서정주를 중심으로」, 『한국시학연구』 제4호, 2001.5.

「韓國民畵의 形而上學的 꿈과 諧謔的 놀이 : '混沌의 탁자'에 대하여」, 『韓中人文科學硏究』 제7집, 2001.12.

「정지용의 시와 기행산문에 대한 연구 : 혈통의 나무와 德 혹은 존재의 平靜을 향한 여행」, 『한국현대문학연구』 제9집, 2001.6.30.

「민화에서 역원근법의 상징적 의미」, 『중한인문과학연구회 국제학술대회』, 2002.8.

「원초적 시장과 레스토랑의 시학—야생의 식사를 향하여—」, 『한국현대문학연구』 제12집, 2002.12.

「이상 문학에서의 글쓰기의 몇 가지 양상 : 변신술적 서판을 향하여」, 『이상 리뷰』 제3호, 2004.2.

「담배파이프와 안경의 얼굴기호: 이상의 자화상을 중심으로」, 『이상 리뷰』 제4호, 2005.6.

「이상의 원시주의와 부채꼴 인간의 의미—근대적 파편성을 넘어서기」, 『한국현대문학회 학술발표회자료집』, 2006.1.

「이상의 무한사상의 비극적 최후: 거울과 꽃의 종생기」, 『한국시학회 학술대회 논문집』, 2006.6.

「김소월 시의 여성주의적 이상향과 민요시적 성과(1)」, 『관악어문연구』 제32집, 2007.

「이상의 근대초극 사상—무한정수 멱좌표와 역사시대의 종말」, 『한국현대문학회 학술발표회자료집』, 2007.8.

「김소월 시의 여성주의적 이상향과 민요시적 성과(2)」, 『관악어문연구』 제33집, 2008.

「이상의 '기하학적 우주론'을 위한 예비 시론」, 『이상리뷰』 제7호, 2009.3.

「이상의 개벽사상—태양아이의 역사철학」, 『문예운동』 제107호, 2010.9.

「≪시인부락≫파의 '해바라기'와 동물 기호에 대한 연구 : 니체 사상과의 관련을 중심으로」, 『관악어문연구』 제37집, 2012.

「동아시아 근대 도시와 문학」, 『한중인문학회 학술대회』, 2013.11.

「1930년대 시에서 니체주의적 사상 탐색의 한 장면(1)—구인회의 '별무리의 사상'을 중심으로」, 『人文論叢』 제72권 제1호, 2015.2.

「이상의 나무인간—'꽃나무'에 대하여」, 『이상학회 창립대회 자료집』, 2015.12.12.

「李箱의 후광, 초역사의 빛」, 『이상학회 창립대회 자료집』, 2015.12.12.

「인체탁자와 오르간적 감각의 식사—전미래 작가의 포스터 그림에 대해서」, 『이상학회 제4회 정기학술대회 자료집』, 2017.4.22.

「근대적 이성의 상자 바깥을 향해」, 『한국현대문학회 학술발표회자료집』, 2017.6.

「계몽 속의 샤먼 샤먼 속의 계몽」, 『한국현대문학회 학술발표회자료집』, 2017.6.

「이상 시 주석과 해석의 한 시도—<황>연작과 '사진첩' 시편에 담긴 '낙원 프로젝트'에 대하여」, 『이상학회 제5회 정기학술대회 자료집』, 2017.12.

「한국문학의 '계몽과 여성'—차이 너머의 통합적 한쌍의 좌표 읽기를 기대하며」, 『한국현대문학연구』 제54집, 2018.4.

「한국적 다다이즘으로의 전회와 음악적 육체성—고한용/정지용/이상을 중심으로」, 『이상학회 제6회 정기학술대회 자료집』, 2018.4.

「한국문학의 계몽과 비평—개회사를 대신하여」, 『한국현대문학회 학술발표회자료집』, 2018.8.

「'계몽'은 어떻게 새롭게 정의되어야 하는가? 그것은 무엇을 지향해야 하는가? 누구에게 무엇을 어떻게 말해야 하는가?」, 『한국현대문학연구』 제56집, 2018.12.

「이상의 문학산책지도와 소프라노 산책의 길」(『이상학회 제7회 정기학술대회
    자료집』, 2018.12.22.)

「경성다방론과 커피의 시」(『이상학회 제7회 정기학술대회 자료집』, 2018.12.22.)

「계몽과 전통—정체성의 새로운 차원에 대한 논의를 위하여」, 『한국현대문학연
    구』제57집, 2019.4.

「기획의 변: '제3의 정동'과 어두운 사회적 이성으로부터의 상승」(『한국현대문
    학회 자료집』, 2019.8.)

「'구인회' PARA−SOL파'의 신체극장과 신체[몸]의 기호들」(『한국현대문학회
    학술발표회자료집』, 2021.2)

「문학연구의 새로운 방향과 학문의 진실 찾기의 여정」, 서울대학교 국어국문학
    과 교수연구발표회, 2021.6.

2. 저서

2.1. 단독 저서

『소월시의 서정적 주체에 대한 연구』(태학사, 1990)

『한국현대시사의 매듭과 혼—개화기에서 해방 직후까지』(민지사, 1992)

『글쓰기의 최저낙원』(문학과지성사, 1994)

『한국현대시의 퇴폐와 작은 주체』(신구문화사, 1998)

『바다의 치맛자락』(문학동네, 2006)

『이상의 무한정원 삼차각나비: 역사시대의 종말과 제4세대 문명의 꿈』(현암사,
    2007)

『노래의 상상계』(서울대학교출판문화원, 2011)

『이상 문학 연구—불과 홍수의 달』(지식과교양, 2013)

『이상 시 전집: 꽃속에 꽃을 피우다.1: 신범순 원본주해』(나녹, 2017)

『이상 시 전집: 꽃속에 꽃을 피우다.2: 신범순 수정확정』(나녹, 2017)

『구인회 파라솔(PARA−SOL)파의 사상과 예술—신체악기(ORGANE)의 삶, 신
    체극장 아크로바티(ACROBATIe)』(예옥, 2021)

2.2. 공동 저서·편집서

「분단현실의 이론적 인식과 민족문학운동의 방향전환문제」, 『분단문학 비평』
　　(청하, 1988)

『해방공간의 문학: 소설』(돌베개, 1988)

『해방공간의 문학: 시』(돌베개, 1988)

『해방공간의 문학: 월북시인주요시선』(돌베개, 1988)

「백석의 공동체적 신화와 유랑의 의미」, 『분단문학에서 통일문학으로』(학민사,
　　1988)

「趙敏煥論 풍자적 경향과 시적 인식의 문제」, 『한국현대시연구』(민음사, 1989)
　　(정한모 박사 퇴임기념논문집)

「李燦−현실주의적 흐름과 비관적 낭만성」, 『월북문인 연구』(문학사상사, 1989)

「해방공간의 진보적 시운동에 대하여」, 『해방공간의 문학운동과 문학의 현실인
　　식』(한울, 1989)

「해방공간의 진보적 시운동에 대하여」, 『해방공간의 문학연구 1. 문학운동론
　　및 이념논쟁』(태학사, 1990)

「백석의 공동체적 신화와 유랑의 의미(백석의 시에 대한 현실주의적 접근)」,
　　『한국 현대리얼리즘 시인론』(태학사, 1990)

「김기림의 근대성 추구에 있어서 '작은자아' '군중' 그리고 '가슴'의 의미」, 『모더
　　니즘 연구』(자유세계, 1993)

「좌절된 글쓰기와 비평의 탄생 」, 『문학이란 무엇인가』(문학동네, 1994)

「질기고 부드럽게 걸러진(영원)」, 『미당연구』(민음사, 1994)

「포스트모더니즘들의 차이에 대한 계보학적 논의와 우리의 지평」, 『포스트모더
　　니즘과 문학비평』 제10권 (고려원, 1994)

「백석론−백석의 공동체적 신화와 유랑의 의미」, 『한국현대시인론: 그 비평적
　　재조명』(시와 시학사, 1995)

「새로운 시대의 예감과 준비를 위한 시의 여정(旅程)」, 『한국 현대 문학 50년』,
　　(민음사, 1995)

「서정주에 있어서 '침묵'과 '풍류'의 시학」, 『언어와 논술』, (관동대학교 언어와
　　논술 편찬회, 1997)

「김기림의 근대성 추구에 있어서 '작은 자아' '군중'그리고 '가슴'의 의미」(『김기
　　림』, 새미, 1999)

(공저)『깨어진 거울의 눈: 문학이란 무엇인가』(현암사, 2000)

「현대시조의 양식실험과 자유시에의 경계ー시조의 현대적 의미에 대한 모색」
　　(『만해 2000』, 만해사상실천선양회, 2000)

「사이버 시대 시의 유령적 초상과 창조적 고민의 소멸」, 『사이버 문학론』(월인,
　　2001)

「깊이 우러난 삶의 간추림, 그 정결(淨潔)의 미학ー이상범론」, 『한국현대시조작
　　가론1』(태학사, 2001)

『문학과지성사 한국문학선집 : 1900～2000』(문학과지성사, 2001)

「정지용 시와 기행산문」, 『정지용 이해』(태학사, 2002)

「정지용 시에서 '병적인 헤매임'과 산문 양식의 문제」, 『한국현대시인론1』(새
　　미, 2003)

「韓國民畵의 形而上學的 꿈과 諧謔的 놀이」, 『민속학술자료총서 328: 민화 4』
　　(우리마당터, 2003)

「떠도는 존재들의 우울과 영원한 상사곡ー김소월, 『진달래꽃』(1934)」; 「삶과
　　죽음이 뒤섞인 바다의 길ー고은, 『문의마을에 가서』(1974)」, 『시집이
　　있는 풍경』(위즈북스, 2003)

「원초적 시장과 레스토랑의 시학」, 『한국문학과 풍속』(국학자료원, 2003)

「문학적 언어에서 가면과 축제」, 『언어와 진실』(국학자료원, 2003) (김상대 교
　　수 정년퇴임 기념논총 간행)

「김상훈 시의 서사시적 목소리와 변혁주체의 시적 형상화 문제」, 『김상훈 시 연
　　구』(세종출판사, 2003)

「풍속화적 웃음의 무덤덤함과 자연주의」, 『시적 상상력과 언어: 오탁번 시읽기』
　　(태학사, 2003)

「한국 현대시의 연속성에 대한 통찰 : 『한국 근대문학론과 근대사』 오세영」(『열

린 생각 열린 책읽기 : 문학』, 인디북, 2004)

「김소월 — 김소월의「시혼」과 자아의 원근법」,『20세기 한국시론1』(한국현대
　　　시학회, 2006)

「실낙원의 산보로 혹은 산책의 지형도」,『이상 문학 연구의 새로운 지평』(역락,
　　　2006)

「무한육면각체의 정원(제논적 거울무한)」,『이상의 사상과 예술—이상 문학 연
　　　구의 새로운 지평 2』(신구문화사, 2007)

「이상의 '기하학적 우주도'를 위한 예비적 시론」,『이상시 작품론』(역락, 2009)

(공저)『한국 거석 문명의 수수께끼』(포항시립미술관, 2011)

「맑은 거울을 향한 사색」,『김영석 시의 세계』(국학자료원, 2012)

「동아시아 근대 도시와 문학」;「이상의 자화상과 거울서판의 기호학」,『동아시
　　　아 문화 공간과 한국 문학의 모색』(어문학사, 2014)

「반구대암각화의 신화, 기호학적 관찰—뱀 밧줄로 휘감은 생명나무에 생식도끼
　　　번뜩」,『반구대 암각화의 비밀』(울산대학교출판부, 2016)

2.3. 공동 번역

질 들뢰즈,『니체 철학의 주사위』(인간사랑, 1993)

3. 비평 및 기타

「갈망과 고독의 비극적 형식—김현승<고독시편>들에 대한 의미해명 시론」,
　　　(『현대시학』187, 1984.10)

「해설: <二代>를 통한 分斷悲劇의 日常的 意味化 」(『염상섭전집 7』, 민음사,
　　　1987)

「해설: 소시민적 일상의 무거운 지옥과 가벼운 언어의 날개들」(이세룡,『작은
　　　평화』, 청하, 1987)

「해설: 탐미적 경향의 극복과 비극적 현실인식」(『광염소나타 외』, 조선일보사
　　　출판국, 1988)

「개인사의 시화와 운명의 시화-<저 쓰라린 세월>, 박정만 저」, (『한국문학』 173, 1988.3)

「한 소시민 시인의 내면성과 현실적 구원-조창환론을 위하여」, (『현대시학』 235, 1988.10)

「민족문학의 주체와 방법론」, (『문학사상』194, 1988.12)

「어느 고독한 모더니스트의 시적 여정-<김종삼론>, 장석주 편저」, (『한국문학』185, 1989.3)

「이찬론-현실주의적 흐름과 비관성 낭만성」, (『문학사상』197, 1989.3)

「가벼운 언어의 폭풍 속에서 시적 글쓰기의 검은 구멍과 표류」, (『세계의문학』 61, 1990.9)

「분단 역사의 흔적에 대한 소설적 글쓰기의 모험-분단·통일·문학」, (『세계의 문학』58, 1990.12)

「김현적 실존의 흔적 지우기, 또는 죽음의 타자-<말들의 풍경>, 김현 저」, (『현대시세계』11, 1991.6)

「30년대 모더니즘에서 산책가의 꿈과 재현의 붕괴」, (『시와시학』3~4, 1991. 9.12)

「90년대 신세대 시인들의 시적 지평」, (『현대시학』271~281, 1991.10~1992.8)

「타자의 풍경, 기표의 주사위-이승훈론」, (『현대시』2권 11호, 1991.11)

「작은 세계 2, 도시 유목민의 얼굴과 거리의 풍경」, (『현대시학』272, 1991.11)

「시인론: 김승희-가벼운 존재의 감옥과 미로」, (『작가세계』11, 1991.12.)

「자기의 조그만 여로-90년대 신세대 시인들의 시적 지평」, (『현대시학』273, 1991.12)

「작은 시선의 해부학과 글쓰기의 경계-작가 최수철론」, (『한국문학』207, 1992.1)

「새로운 육체와 천의 성 1-90년대 신세대 시인들의 시적 지평」, (『현대시학』 276, 1992.3)

「키메라의 언어-<혼돈>의 육체와 언어의 소용돌이」, (『현대시세계』214, 1992.6)

「글쓰기의 최저낙원−새로운 소설들의 가능성」, (『문예중앙』, 1992.9)

「부서진 육체와 사랑의 공간−채호기·허수경론」, (『문학과사회』19, 1992.9)

「확대되는 자기의 영토와 환상 풍경」, (『현대시』제4권 제3호, 1993.3)

「처용, 허수아비, 갈대」, (『시와시학』11, 1993.9)

「천년의 세월에 깎인 한<애린>−김지하의 <애린>에 대하여」, (『현대시』제4
　　권 제9호, 1993.9)

「천년의 세월에 깎인 한(恨), (애린)」(『한국문학작품선』, 한국문학예술진흥원,
　　1993)

「해설: 생기 있는 죽음과 책의 꿈」(박인숙, 『지느러미가 아름다운 사람』, 세계
　　사, 1993)

「올해 시단의 회고와 내년의 전망」, (『심상』, 1994.1)

「질기고 부드럽게 걸러진 영원 2−미당 서정주의 <떠돌이의 시>」, (『현대시』
　　제5권 제4호, 1994.4)

「그릇의 열린 공간」, (『시와시학』6, 1994.6)

「주제비평: 내려가는 삶의 바닥과 미궁−사십대의 퇴폐가 빚는 시의 지평」(『작
　　가세계』제6권 제3호, 1994)

「해설: 연약한 여성적 둘레 속의 人生」(이선영, 『오, 가엾은 비눗갑들』, 세계사,
　　1994)

「아버지의 슬픈 유산과 새로운 세대의 방황−여름철의 몇몇 소설 경향」, (『동서
　　문학』214, 1994.9)

「내려가는 삶의 바닥과 미궁−사십대의 퇴폐가 빚는 시의 지평」, (『작가세계』
　　22, 1994.9)

「해설: ‘이서국’의 클라인씨병과 푸른 물결의 사막」(서림, 『이서국으로 들어가
　　다』, 문학동네, 1995)

「서울의 아메리카 속에 놓인 자라무늬 자리」, (『문학동네』제2권 2호, 1995.5)

「글쓰기 학교의 무한한 연습장 − 새로운 시인을 괴롭히는」(『신춘문예: 당선작
　　품집』, 예하출판, 1995)

「해설: 시인의 글쓰기에 담긴 아련한 도취 그리고 그의 <그릇>이라는 기표」

(오세영 시선,『신의 하늘에도 어둠은 있다』, 미래사, 1996)

「흩어진 신비(神秘)를 주워모으기—90년대 시에 대한 비판」(『문학동네』 제3권
　　3호, 1996.8)

「해설: 역사의 미로 속에 빠진 존재에 대한 물음」(이명찬,『아주 오래된 동네』,
　　문학동네, 1997)

「김춘수 특집: 꽃·여우·처용·도스토예프스키 작품론 1: 무화과나무의 언어 —
　　김춘수 초기에서『부다페스트에서의 소녀의 죽음』까지 시에 대해」(『작
　　가세계』제9권 제9호, 1997)

「이상 문학 연구의 새로운 방향 — 심포지엄 발표문에 대한 몇 가지 질문1」(『이
　　상 문학 연구 60년』, 문학사상사, 1998)

「새로운 세기의 심연에서 장미 키우기 : 문제는 시의 넓이가 아닌 내면적 깊이」
　　(『문학사상』 제314호, 1998.12)

「자연이라는 상징의 숲 속으로 나아간 길 : 오세영 시집『벼랑의 꿈』」(『現代詩
　　學』제364호, 1999.7)

「현대시에서 전통적 풍류 공간인 산의 심상」(『시와 시학』 제35호, 1999.9)

「시를 꿈꾸는 것들 : 뜻을 펴는 언어의 새로운 흐름과 그 깊이」(『문학사상』 제
　　325호, 1999.11)

「'나무'의 언어와 세계의 언어 : 멀어져 가는 것들 그리고 외롭고 단단한 심상(心
　　象)」(『문학사상』 제326호, 1999.12)

「너무나 작고 느린 세계의 시와 언어」(『시안』 제2권 제4호, 1999.12)

「해설: 마음의 서녘하늘에 울리는 말」(『화엄의 바다: 석성우 시조집』, 토방,
　　2000)

「仁僖正易과 周易」(『동양사상과 인희정역』, 태백원, 2001)

「해설: 시조의 강물에 띄운 영혼의 빈 배—이상범의 <풀빛 화두>에 붙여」, (이
　　상범,『풀빛 화두』, 책만드는집, 2001)

「해설: 우러난 삶의 간추림, 그 정결(淨潔)의 미학」(이상범,『꿈꾸는 별자리』, 태
　　학사, 2001)

「한국현대시사의 매듭과 혼에 수록된 국경의 밤의 서사적 극적 형식과 신파극적

요소」(김영식, 『파인 김동환문학연구 2. 문학평론편』, 논문 자료사, 2001)

(해제: 김소월; 김기림; 송찬호; 장옥관; 최서림 편) 『문학과지성사 한국문학선
집: 1900~2000』(문학과지성사, 2001)

「미당의 시학으로서 '구술림'과 풍류적 멋 : 침묵의 시학에서 풍류의 시학으로」
(『문학사상』 제340호, 2001.2)

「미당 시의 여인과 바다」(『시안』 제4권 제1호, 2001.3)

「수묵 정원의 번짐과 우울한 환상에 젖은 말들」(『문학동네』 제8권 제2호, 2001.6)

「텍스트이론의 지평과 학문간의 다리놓기」; (공동) 「한국텍스트과학의 제과제」
(『고영근의 국어학 세계』, 삼경, 2002)

「[한국 현대시의 재조명]−김소월 편」(『시작』 제1권 제1호, 2002.5)

「[한국 현대시의 재조명 ②] 육체의 옷과 구름−김소월 편2」(『시작』 제1권 제2
호, 2002.8)

「헌 책방을 지키는 영혼들」(『서정시학』 제12권 제2호, 2002.9)

「[한국 현대시의 재조명 ③]주요한의 「불노리」와 축제 속의 우울(1)」(『시작』 제
1권 제3호, 2002.11)

「한국 현대시와 샤머니즘−주제발표2 샤머니즘의 근대적 계승과 시학적 양상
−김소월을 중심으로」(『시안』 제5권 제4호, 2002.12)

「서정시의 뼈대인 '자아의 깊이' 보인 <지구의 가을> − 심각한 담론과 사적인
담론을 결합시킨, 울림이 있는 작품」, (『제17회 소월시문학상 작품집』,
문학사상사, 2003)

「[한국 현대시의 재조명 ④] 처용신화와 성적 연금술의 상징」(『시작』 제2권 제1
호, 2003.2)

「[한국 현대시의 재조명 ⑤] 식당의 시학−이상과 김기림」(『시작』 제2권 제2호,
2003.5)

「[한국 현대시의 재조명 ⑥] 동백, 혈통의 나무−신경증과 불안의 극복−정지용
론」(『시작』 제2권 제4호, 2003.12)

「해설: 우리 시대의 아름답고 슬픈, 단단한 심연의 별」, (김혜옥, 『취하요리』, 열
림원, 2004)

「해설: 성스러운 산과 시의 우화」(이은봉·유성호 편,『산이 시를 품었네』, 책만
　　드는집, 2004)

「자크 브로스,『나무의 신화』: 불타는 나무 뒤의 신화」(『대학신문』1652호,
　　2005.4)

「유랑예인의 넋에 대한 찬가 혹은 비가: 임권택의 영화들 '서편제'와 '취화선'을
　　중심으로」(『문학수첩』제2권 제2호, 2005.6)

「육당 시조의 의미」(최남선,『백팔번뇌』, 태학사, 2006)

「잃어버린 지평선 찾기」(『시와시학』제65호, 2007.3)

「이상의 '기하학적 우주도'를 위한 예비적 시론」(『문학과의식』제71호, 2007.
　　11.20)

「축제적 신시(神市)와 처용 신화의 전승上」(『시와정신』제27호, 2009.3.1)

「해설: 고양이의 철학 동화」(송찬호,『고양이가 돌아오는 저녁』, 문학과지성사,
　　2009)

「신채호 시의 그릇과 칼」(『시와정신』제30호, 2009.12.1)

「특별기고─골짜기에 파묻힌 황금시대」(『차생활』, 2010.여름)

「"한국 거석문명의 수수께끼"를 찾아서」,(『문학의오늘』제1호, 2011.12)

「관악을 떠나는 사람들을 위하여」, (『대학신문』, 2012.2.25)

「노래의 성(城)이 되기까지: 장석남 시인의 발길」(『문학동네』제70호, 2012.3.1)

「시적 언어의 기원에 대하여 : 선사시대 기호문자의 존재론」(『시와정신』제40
　　호, 2012.6.1)

「해설: 삶의 작은 빛으로 세상의 시를 읽다」(정숙자,『뿌리 깊은 달』, 천년의 시
　　작, 2013)

「역사의 불모지에 떨어지는 꽃들 : 꽃의 존재와 역사의 잠」(『시와정신』제49호,
　　2014.9.1)

「연구실 창 가을 풍경화를 바라보며」, (『대학신문』1887호, 2014.10)

「복(福) 도깨비가 그립다 : 李箱의 동화<황소와 도깨비>」(『샘터』, 2015.1.1)

「'나무 인간' 이상의 불꽃─얼어붙은 거울세계를 뚫고 꽃을 피우다. <면경>을
　　남기고 죽다」(『이상학회 창립대회 자료집』, 2015.12.12)

「이상의 최초의 한글 시 「꽃나무」 읽기」(『근대문학』 제1호, 2015.12.28)

「삶의 공간 예술의 향기: 카페에서의 사색」(『차생활』 제45호, 2016.겨울)

「카페에서의 사색2: <카페 프란스>의 이방인과 보헤미안 3총사의 사상」(『차생활』 제46호, 2017.봄)

[삶의 공간 예술의 향기]「카페에서의 사색3: 시인 이상의 낙원 프로젝트 3개의 사과 이야기」(『차생활』 제47호, 2017.여름)

[삶의 공간 예술의 향기]「지용의 '바다연꽃'과 <인동차>를 읽다」(『차생활』 제48호, 2017.가을)

[삶의 공간 예술의 향기]「피카소의 '고양이'와 서울대의 고양이들」(『차생활』 제49호, 2017.겨울)

[삶의 공간 예술의 향기]「이상의 '문학산책지도'와 빗속 감기차의 맛」(『차생활』 제50호, 2018.봄·여름)

「정소정의 <뿔>에 나타난 3개의 꿈상자와 '사슴농장'의 카니발」(『봄작가, 겨울무대 기념공연 <뿔>』, 2018.11)

「제비다방의 앵무 부부와 예술가들의 춤 – <커피사회>전시와 '이상학회 제7회 학술대회'를 위한 퍼포먼스」(『이상학회 제7회 정기학술대회 자료집』, 2018.12.22)

[삶의 공간 예술의 향기]「서울역 커피사회 전시 파노라마와 제비다방 이야기」(『차생활』 제52호, 2019.봄·여름)

「연구실의 빛과 그림자와 물의 꿈」(『차생활』 제53호, 2019.가을·겨울)

이상학회는 2015년 12월 신범순 초대 회장의 주도로 이상이 역사의 파국을 돌파하고자 제시한 기획과 사상을 탐색하기 위해 창립하였다. 창립 정신과 수 년 간의 발표와 토론을 통해 공고하게 다진 사상적 관점을 바탕으로 이상과 구인회를 넘어 한국 근대시 전체의 사상적 계보를 탐색하고 있다. 근대성 추구와 구별되는 근대 극복 문학사상의 계보 정립, 서구 사상으로 포괄되지 않는 문학사상의 주체적 흐름에 대한 탐색, 구인회와 생명파 등 문인 집단의 성격에 대한 문학사상적 의미 부여, 문학이 철학이나 사회학 등 여타 분야를 앞질러갔던 사상적 면모의 제시 등이 이러한 탐색의 결과로 제출될 것이다.

강민호 / 서울대학교 박사과정
권희철 / 한국예술종합학교 조교수
김규태 / 서울대학교 석사과정
김미라 / 서울대학교 박사과정
김보경 / 서울대학교 박사과정
김예리 / 강원대학교 부교수
김정현 / 인천대학교 객원교수
김현진 / 서울대학교 석사과정
김효재 / 서울대학교 강사
박슬기 / 서강대학교 부교수
소래섭 / 울산대학교 부교수

신형철 / 조선대학교 부교수
안지영 / 청주대학교 조교수
양소영 / 덕성여자대학교 조교수
엘리아 / 살라망카대학교 강사
오주리 / 가톨릭관동대학교 조교수
이유미 / 서울대학교 박사 졸업
조연정 / 서울대학교 강의교수
조은주 / 전북대학교 조교수
최희진 / 서울대학교 박사 졸업, 조교
허 윤 / 서울대학교 강의조교수

한국
근대시의
사상

초판 1쇄 인쇄일	2021년 8월 10일
초판 1쇄 발행일	2021년 8월 18일

엮은이	이상학회
펴낸이	정진이
편집/디자인	우정민 우민지
마케팅	정찬용 정구형
영업관리	한선희 김보선
책임편집	우정민
인쇄처	으뜸사
펴낸곳	국학자료원 새미(주)
	등록일 2005 03 15 제25100−2005−000008호.
	경기도 고양시 일산동구 중앙로 1261번길 79 하이베라스 405호
	Tel 442−4623 Fax 6499−3082
	www.kookhak.co.kr
	kookhak2001@hanmail.net

ISBN	979−11−6797−000−8 *93810
가격	45,000원